U0529930

红字
七个尖角顶的宅第

The Scarlet Letter
The House of the Seven Gables

〔美〕纳撒尼尔·霍桑/著
胡允桓/译

名著名译丛书

A

人民文学出版社

Nathaniel Hawthorne
THE SCARLET LETTER
THE HOUSE OF THE SEVEN GABLES
根据 The World Syndicate Publishing Company 1937 年版译出

图书在版编目(CIP)数据

红字　七个尖角顶的宅第/(美)纳撒尼尔·霍桑著;胡允桓译.—北京:人民文学出版社,2017(2025.1 重印)
(名著名译丛书)
ISBN 978-7-02-012498-5

Ⅰ.①红… Ⅱ.①纳… ②胡… Ⅲ.①长篇小说—小说集—美国—近代 Ⅳ.①I712.44

中国版本图书馆 CIP 数据核字(2017)第 040609 号

责任编辑　张海香
装帧设计　刘　静　陶　雷
责任印制　苏文强

出版发行　人民文学出版社
社　　址　北京市朝内大街 166 号
邮政编码　100705

印　　刷　三河市中晟雅豪印务有限公司
经　　销　全国新华书店等

字　　数　396 千字
开　　本　890 毫米×1290 毫米　1/32
印　　张　14　插页 3
印　　数　16001—19000
版　　次　1999 年 7 月北京第 1 版
印　　次　2025 年 1 月第 4 次印刷
书　　号　978-7-02-012498-5
定　　价　49.00 元

如有印装质量问题,请与本社图书销售中心调换。电话:010-65233595

纳撒尼尔·霍桑

纳撒尼尔·霍桑（1804—1864）

　　美国心理分析小说的开创者，被称为美国十九世纪最伟大的浪漫主义小说家。代表作包括长篇小说《红字》《七个尖角顶的宅第》，短篇小说集《重讲一遍的故事》《古宅青苔》《雪影》等。其中《红字》已成为世界文学经典，亨利·詹姆斯、爱伦·坡、赫尔曼·梅尔维尔等文学大师都深受其影响。

　　《红字》是霍桑的第一部长篇小说，描写了两百多年前发生在新英格兰殖民时期的一个浪漫的爱情悲剧。小说以深邃的主题和象征、隐喻等艺术手法形成独特的风格，1850年一经问世便引起巨大轰动，时至今日仍是不朽的经典。《七个尖角顶的宅第》是一部描写大家族衰亡史的小说，串联整个故事的那座大宅第具有多重象征意义。这两部作品以曲折隐秘的方式传达了作者对美国历史、社会、政治、宗教、艺术和道德等诸多问题的见解，思想深邃，艺术精湛，散发出持久的魅力，是当之无愧的美国文学典范。

译　者

胡允桓（1939—2018），笔名武夫，出生于天津。先后毕业于北京外国语大学英文系和中国社会科学院研究生院外国文学系。当过大学教师，后任人民文学出版社外国文学编辑室编辑、编审。多年从事英美文学的翻译和研究工作，主要译著有《所罗门之歌》《秀拉》《霍桑全集》等。

出 版 说 明

人民文学出版社从上世纪五十年代建社之初即致力于外国文学名著出版，延请国内一流学者研究论证选题，翻译更是优选专长译者担纲，先后出版了"外国文学名著丛书""世界文学名著文库""二十世纪外国文学丛书""名著名译插图本"等大型丛书和外国著名作家的文集、选集等，这些作品得到了几代读者的喜爱。

为满足读者的阅读与收藏需求，我们优中选精，推出精装本"名著名译丛书"，收入脍炙人口的外国文学杰作。丰子恺、朱生豪、冰心、杨绛等翻译家优美传神的译文，更为这些不朽之作增添了色彩。多数作品配有精美原版插图。希望这套书能成为中国家庭的必备藏书。

为方便广大读者，出版社还为本丛书精心录制了朗读版。本丛书将分辑陆续出版。

人民文学出版社
2015 年 1 月

前　言

　　十九世纪上半叶,在新生的美利坚合众国的文化中心新英格兰地区,随着政治经济形势的新发展,出现了神学和哲学上的重大变革。唯一理教派虽脱胎于加尔文教,却否定"命定论"和"原罪观",认为人可以不必通过任何中介与上帝直接沟通,使自己获得新生;这一教派的名称之含义便是只尊圣父,以示有别于传统的"三位一体",这样就把"圣子"耶稣由神变成了人,与教众也就成了兄弟关系。超验主义则进一步反对当时占统治地位的洛克的"感觉论"这一机械唯物主义观点,主张人能超越感觉和理性直接认识真理,从而打破了旧有教条的束缚,释放了人的主观能动性。作为这一哲学理论的中坚分子拉尔多·华尔多·爱默生,以其文学理论和创作实践,大大推动了新一代的浪漫主义文学,促成了有"新英格兰文艺复兴"之誉的美国文学的首次繁荣。

　　在当时涌现的一批优秀诗人和作家中有一位善写小说的巨匠,他就是纳撒尼尔·霍桑(Nathaniel Hawthorne,1804—1864)。他出身于当地一名门望族,世代都是虔诚的加尔文教徒;两代先祖曾是马萨诸塞殖民地政教合一的权力机构中的要人,参与过一六九二年萨莱姆驱巫案及其后的迫害教友派的活动;霍桑一家后来以航海为业。小纳撒尼尔四岁时,做船长的父亲病死在外,全靠才貌双全的母亲将他及两个姐妹抚养成人。家庭和社会环境中浓重的加尔文教气氛深深地影响了霍桑,使他自幼性格阴郁,耽于思考;而祖先在迫害异端中的那种狂热则使他产生了负罪感,乃至改变了姓氏的拼写,以示有别于祖先。

　　霍桑十四岁时在外祖父的庄园住了一年,附近的湖光山色使他心旷神怡,而他的孤僻个性和诗人气质也在此形成。他在波多因大学读书时深为同学所推重。他在这里结识的几位同学有后来成为诗人的朗费罗、当了总统的皮尔斯和投身海军的布里奇,他们都对他日后的生活和创作产生了影响。一八二五年他从大学毕业后回到萨莱姆故居,在十二年的时间里认真思考、读书和写作,经过焚毁原稿、匿名发表短篇小说的长期磨炼,终于出版了第一部短篇小说集《重讲一遍的故事》,从此作为短篇小说家而闻名。一八四二年婚后,霍桑迁到超验主义文人荟萃的康考德居住,在浓重的哲学和文学氛围中度过后半生。

霍桑的这一身世和经历,形成了他复杂的世界观和独特的创作思想及手法。

《红字》是霍桑的长篇小说代表作,一八五〇年问世后,霍桑名声大噪,成为当时公认的最重要的作家。

《红字》的爱情悲剧故事早已为大家所熟悉,其背景是一六五〇年前后的波士顿,当时的居民是一六二〇至一六三〇年间来此定居的第一代移民。他们都是在英格兰故土受詹姆斯一世迫害而抱着创建人间乐土的理想来新大陆的清教徒(即加尔文教徒),史称"朝圣的教父"。清教徒在英国最初是反抗罗马教皇专制、反对社会腐败风气的,他们注重理智,排斥感情,推崇理想,禁绝欲望;后来却发展到极致,不但迫害异端,甚至连妇女在街上微笑都要处以监禁,儿童嬉戏也要加以鞭笞。一六五八年普利茅斯殖民当局制定的法律中就有这样一款:凡犯有奸淫罪者,"当于袖上及背部佩戴布制 AD 二大写字母,本政府治下若发现其未佩此二字母者,立即予以逮捕并当众施以鞭刑"。可见,当年罹此羞辱者曾大有人在,霍桑并非杜撰。

全书的情节和人物紧紧围绕着"红字"而发展。人物之间的恩恩怨怨虽然写得十分含蓄,但我们仍可看出,贝灵汉总督、威尔逊牧师、西宾斯老夫人和那位最年轻而唯一有同情心的姑娘这四个次要人物,分别是珠儿、丁梅斯代尔牧师、罗杰·齐灵渥斯和海丝特这四个主要人物的反衬或影子。而四个主要人物的个性更是在与"红字"的关联中得到深刻的揭示的。

海丝特·白兰是**有形的红字**。在作者的笔下,她汲取了"比红字烙印所代表的罪恶还要致命"的精神,把矛头指向了"与古代准则密切相关的古代偏见的完整体系——这是那些王室贵胄真正的藏身之地",堪称是一位向愚昧的传统宣战的斗士,其高度是很多文学作品中的妇女形象所难以企及的。她的这种精神境界尽管没有为其同时代人所理解,但她的含辛茹苦、助人为乐等种种美德,使她胸前的红字不再是"通奸"(Adultery)的耻辱徽记,而成了"能干"(Able),甚至"值得尊敬"(Admirable)的标志了。丁梅斯代尔是**无形的红字**。他并非不想公开忏悔自己的"罪孽",但"赎罪"、"内省"等宗教意识的束缚使他显得怯懦。他既要受内心的谴责,又要防外界的窥测;他苦熬七年之后,最终虽以袒露胸膛上的"罪恶"烙印,完成了道德的净化与灵魂的飞升,却始终把自己正当的爱视同邪魔,更无勇气与旧的精神体系彻底决裂。齐灵渥斯是**红字的制造者**。他的名字原文即有"令人齿冷"之意。他把爱变成恨,以复仇作为生活目标,不惜抛弃"博爱"的基督精神,以啮噬他人的灵魂为乐,从而堕落成"最坏的罪人",终于在失去复仇这一生活目标时结束了自己的生命。小珠儿则是**活的红字**,"是另一种形式的红字,是被赋予了生命的红字!"她和母亲胸前的红字交相辉映,既是"罪恶"的产物又是爱情的结晶。她的美和齐灵渥斯的丑形成强烈对比:一方面体现了作者遵循的浪漫主义鼻祖卢梭的观点——老医生的博学多识使他成为深受文明污染的**社会人**,而小女孩肆无忌惮的狂野则仍保持着**自然人**的纯真;另方面又表明了作家的宗教意识——齐灵渥斯既然是撒旦,小珠儿便是天使(Angel),这个活着的"A"字又何尝不可以代表"前进"(Advance)呢!

如果说霍桑在《红字》中从具体的"爱"与"恨"出发去探究"善"与"恶"的关系的话,那么在《七个尖角顶的宅第》中,就把这一主题引申为爱能化解恨,善有善报、恶有恶终的美好愿望了。

读者从作为《红字》引言的随笔《海关》一文中看到,作者竭力把《红字》的故事说成确有其人其事,加之书中的贝灵汉总督和威尔逊牧师亦是真实的历史人物,故该书发表后曾引起人们极大的兴趣,这显然并非作者的初衷。故他在《七个尖角顶的宅第》的"引言"中专门阐述了一番他对撰写"罗曼史"的见解,再三声明该书故事是杜撰,人物系臆造,连地点也毫无影射。同时确切指出,他只想表达一条真理:"一代人的恶行会延续到其后世,这种恶行尽管可以一时得逞,却会成为难以驾驭的真正的危害；……攫取不义之财……的罪恶的报应会落到不幸的后代的头上，将他们压垮致残，直到那聚敛起来的财富会物归原主。"

第一代移民马修·莫尔依靠自己勤劳的双手在后来称作莫尔井的一股泉水的周围开辟了一片土地，并盖起了自己的住房。但有权有势的潘钦上校为了强占那片土地竟把莫尔诬为巫师，送上了绞架，莫尔死前指着仇人愤然发誓，"上帝将令他饮血"！潘钦上校在那片地基上起造了七个尖角顶的宅第，他所用的工匠，正是莫尔的儿子。就在巨宅落成的庆典上，上校猝死。从现代医学来看，那本是由于脑血管大出血造成的，但当时人们都很迷信，就认为是死于非命，并与马修·莫尔的诅咒联系起来。到了两家的第三代，又由于东部一大片土地的产权证书问题有过一次交涉，造成了爱丽丝·潘钦因得不到爱而忧郁致死——传说中却认为她中了莫尔后人的催眠术，从而使故事蒙上了一层迷雾。一百多年之后，已知的潘钦家人只剩下了四个：从外貌到内心都酷似老上校的杰弗瑞法官，有着爱美的天性和敏感的神经的克里福德，耽于旧日辉煌、心地善良却一无所能的海波吉巴以及在乡间长大、"不像潘钦家的人"的小菲比。杰弗瑞为了霸占遗产，曾气死叔父并嫁祸于克里福德，待克里福德出狱后，又逼他透露家财秘密，结果自己却死于家族痼疾脑溢血。他不择手段积累下的大批财富也就落入其余三人之手，并由于菲比巴和霍尔格雷渥定情，间接归还给了莫尔家人。

霍桑当然不会停留在以爱化解恨的主题上。通过七个尖角顶的宅第为象征的豪门旧族的没落，他深刻地痛斥了巧取豪夺的可鄙并讽刺了好逸恶劳的可悲。读者定会为海波吉巴开办小店铺前后的种种栩栩如生的描绘和忧心忡忡的心理而拍案叫绝，再佐以潘钦家视为传家之宝的"披羽两足动物"的群鸡的蜕变猥琐形象，简直把"没落"二字发挥到了极点。与之相对的则是菲比那朝气蓬勃的精神、健康善良的心地和似是天成的无所不会的生活能力。我们不妨将她视为《红字》中小珠儿步入少女时期后性格的延续。这一番笔墨，仍是对**自然人**形象的讴歌。

如果我们将书中的两位"哲人"霍尔格雷渥和凡纳大叔相参照——顺便说一句，霍桑所处的时代，原有谈论玄学的风尚——，我们就可以看出，前者的哲理夹杂了相当多的书本知识（所幸抑或不幸，他读书还不够系统），而后者貌似浑噩懵懂，由于冷眼旁观身边的世界，话一出口便字字珠玑。这个人人都以为最糊涂的人其实最为清醒。霍桑自己诚然是个饱学之士，他能够如此赞赏"大隐隐于市"、"世人皆醉吾独醒"的凡纳大叔，恐怕是有感于文人学者自身的不足吧！至于他那以善抑恶的理想，恐怕也只有当人类重新回归到大自然的怀抱，才能彻底摒弃文明社会给予人的精神污染喽！这才是浪漫主义文学的真谛。

爱默生在论述自然的本质时曾经提出："每一种自然现象都是某种精神现象的象征物"；霍桑也认为，客观物质世界仅仅是假象，其"灵性"才是本质。因此，他的很多描述都十分隐蔽含蓄，有些甚至无法用数理逻辑去推敲。如凡纳大叔那说不清的年龄，他口口声声宣称的归宿地"农场"实际是济贫院甚至是墓地，他搜集残羹剩饭是供自己果腹，根本没养什么肥猪。莫尔家人的催眠术（这在霍桑时代也颇为时兴）亦真亦幻，摄影技术在阳光下能够显示一个人的真实性格乃至不可见人的阴暗心理，如他在《七个尖角顶的宅第》的引言中所说无非是一种撰写"罗曼史"小说的手段，……凡此种种，都表明了霍桑的作品是值得再三咀嚼、反复品味的经典，有着隽永的深邃。

作为十九世纪后期美国浪漫主义作家的杰出代表，霍桑的文学作品及其艺术成就，对当时及后世都有重大影响。

至于霍桑那种渲染气氛、深挖心理的手法，更为后世所推崇。他不但把自己的小说称作"罗曼史"，还进一步称之为"心理罗曼史"，以表明自己对心理描写的重视，从而被认为是美国文学史上的浪漫主义小说和心理分析小说的开创者。他那前后呼应的严密结构，渐进渐明的情节发展，尤其是通过深挖心理而凸现的人物性格，从亨利·詹姆斯、威廉·福克纳，直至犹太作家索尔·贝娄和艾萨克·辛格，黑人女作家托妮·莫瑞森等，无不继承发扬。由此可见霍桑对美国乃至世界文坛的巨大贡献。

霍桑作品的一大长处是引人深思,发人联想;让我们从那"永恒的光斑"和"血红的 A 字"出发,伴随着爱丽丝·潘钦那支飘向上天的告别曲,去浮想联翩吧!

译者　谨识

一九九七年六月北京

目录

红　字

海关
　　——《红字》之引言 …………………………………… 003
第一章　　狱门 ………………………………………… 034
第二章　　市场 ………………………………………… 036
第三章　　相认 ………………………………………… 044
第四章　　会面 ………………………………………… 052
第五章　　海丝特做针线 ……………………………… 058
第六章　　珠儿 ………………………………………… 066
第七章　　总督的大厅 ………………………………… 074
第八章　　小鬼和牧师 ………………………………… 080
第九章　　医生 ………………………………………… 088
第十章　　医生和病人 ………………………………… 096
第十一章　内心 ………………………………………… 104
第十二章　牧师的夜游 ………………………………… 110
第十三章　海丝特的另一面 …………………………… 119
第十四章　海丝特和医生 ……………………………… 126
第十五章　海丝特和珠儿 ……………………………… 132
第十六章　林中散步 …………………………………… 138
第十七章　教长和教民 ………………………………… 143
第十八章　一片阳光 …………………………………… 152
第十九章　溪边的孩子 ………………………………… 157

第二十章	迷惘中的牧师	163
第二十一章	新英格兰的节日	172
第二十二章	游行	179
第二十三章	红字的显露	188
第二十四章	尾声	195

七个尖角顶的宅第

引言		203
第一章	古老的潘钦家族	205
第二章	小店铺的橱窗	222
第三章	第一位顾客	231
第四章	柜台后的一天	242
第五章	五月和十一月	252
第六章	莫尔井	264
第七章	客人	272
第八章	今日之潘钦	284
第九章	克里福德和菲比	297
第十章	潘钦花园	306
第十一章	拱顶窗	316
第十二章	达盖尔派摄影师	326
第十三章	爱丽丝·潘钦	337
第十四章	菲比的辞别	354
第十五章	愁苦相和笑脸	363
第十六章	克里福德的房间	375
第十七章	两只猫头鹰的出逃	384
第十八章	潘钦州长	395
第十九章	爱丽丝花束	407
第二十章	伊甸园之花	419
第二十一章	启程	426

红 字

海 关

——《红字》之引言

需要表明的是,尽管本人无意在家庭的炉边或对个人的朋友过多地谈论我自己的为人行事,我一生中还是有两次被叙述自身经历的冲动所左右,欲对公众一吐为快。第一次是在三四年前,当时我描写了我在一座幽静的老宅中的生活,以飨读者——可以无法原宥也确实毫无理由地说,那是无论宽容的读者抑或冒失的作者都难以想象的。而如今——虽说我深居简出,却依然十分乐于找到一两个前一次的知音——,我又一次强拉住公众的衣襟,讲述我在一处海关的三年经历。在写作中,著名的"本教区执事"的先例得到最忠实的遵循。不过,事实似乎是这样的:当笔者任其书稿迎风飘散时,他谈话的对象并非对他的书不肯卒读或不屑一翻的多数人,而是对他的理解胜于他的大多学友或同伴的少数人。确实有些作者远不止于此,他们完全沉溺于叙述私事,只适于某个独一无二的充分同情的心灵和头脑阅读;似乎那部撒遍世界的印制出来的书,肯定会揭示作家本性不连贯的片断,并通过与作品的这一交流,完整他的生活圈子。诚然,即使在我们客观地讲述之处,亦难礼数不缺地面面俱到。但是,由于思想僵化和语言麻木,除非讲话人同其听众处于某种真实关系,否则,设想有一位虽不算最亲密、却是善解人意的好心朋友在聆听我们的谈话,这种想法还是可以原谅的;此时,由于意识到了这种亲切,天生的节制消失了,我们可以海阔天空地谈起我们周围的环境,甚至我们自己,但在这一面具之后仍然保持着最内层的我。在这一程度上并在这些限度之内,依本人之浅见,一位作家才可以在不会冒犯读者或他自己的权利的前提下,写出其自身经历。

诸君同样将会看到,这篇题为《海关》的随笔具有总是为文学所认可的一种适度，诸如解释下述正文的大部事实如何为我所掌握，并为这里所包容的叙述的确切性提供证据。事实上——这一真正把自己置于编撰的地位或者充其量在构成作品的故事中屡发议论的愿望——这才是我同公众建立个人关系的舍此无它的真实原因。在达到这一主要目的的过程中，似乎可以允许用些许附加的笔触，轻描淡写一下此前未曾涉及的生活模式以及进入其中的一些人物，而作者无非是刚好侧身其间。

在我的故乡萨莱姆，半个世纪之前的德比老王时代，位于车水马龙的码头的顶端——如今为木头发朽的库房所累，商业活动的景象几乎荡然无存；或许只有沿着孤凄码头的什么地方停有一艘三桅帆船或方帆双桅船卸着毛皮；或者在近旁有一艘新苏格兰公司的纵帆船在码放着装舱的木柴——我说的是在这破旧的码头的顶端，那里时常被海潮冲刷，沿着那排建筑物底层的背部，还长着一道并不繁茂的野草，显示出倦怠地度过多年岁月的痕迹——从前窗放眼望去，这里一派死气沉沉，而在海湾对面则耸立着一座宽敞的砖砌建筑。从其屋顶的最高点上，在每天上午的整整三个半小时之内，随风飘扬着或无风下垂着合众国的国旗；但由于那十三道条纹是竖直的而不是水平的，便表明了这里是山姆大叔①的民政机构而不是军事驻地。建筑物的前面，饰有一个前廊，在六根圆木柱支撑的阳台下，有几级宽阔的花岗岩台阶下到街边。入口的上方悬挂着一块巨大的美国鹰徽：秃鹰伸展着双翼，胸前有一面盾牌，如果我没有记错的话，每只爪子都混握着雷石和倒钩箭。由于这只不愉快的猛禽特有的习惯性的坏脾气，从它利喙犀目的凶相和通常是残忍的表现来看，它似是对温顺的居民区预示着灾祸；尤其警告着对自己的安全十分在意的全体市民，谨防有人闯入其羽翼遮蔽下的建筑物。然而，尽管它凶相毕露，此时此刻却有许多人在这只联邦之鹰的羽翼下寻求庇护；我斗胆想象，在这只鹰的胸扉中具备一个鸭绒枕所有的一切柔软舒适。不过，即使在它心情最佳的时候也毫无伟大的温情，而且或迟或早——早比迟更经常——它会带着爪子的抓痕，利喙的

---

① 美国政府的绰号，始用于1898年美西战争，一说与美国的缩写 U. S. 相同而致。

啄伤，或它那倒钩箭造成的流脓的创口，振翅飞离窝巢。

　　围绕着上面描写的那栋建筑物——我们完全可以直接称之为港口的海关——的路面的石缝中，长满了杂草，表明近日来没有多少生意问津，路上已绝少人涉足了。然而，一年中的某些月份，常有一些上午，公务随着活跃的脚步进展着。每逢此刻，就使年长的居民想到最近一次对英作战①之前的岁月，当年，萨莱姆本身就是一座港口；不像如今这样招致本地商人和船主们的冷嘲热讽，他们听任这里的码头坍塌，其商船或货物却毫无必要也不被觉察地扩大了纽约或波士顿的强大的商潮。就在这样的一个上午吧，刚好有三四艘船只同时抵达这里——通常都来自非洲或南美——或许是即将出港驶向远方，于是有了在花岗岩的台阶上轻捷地上上下下的频繁的脚步声。在这里，在饱经海上风浪的船长尚未受到他妻子的迎迓之前，你却可以先在港口里看见他：腋下夹着一个失去光泽的白铁盒子，里面装着他的商船的文件。在这里，还会看到商船的主人，或笑逐颜开或愁容满面，或彬彬有礼或怒形于色，全看此次完成的航行在商业上实现的计划，会立即变成黄金呢，抑或将他埋进重重的烦恼之中，令别人避之犹恐不及。在这里，还有那些年轻神气的秘书——那些未来的拧眉攒目、胡须花白、忧心忡忡的商人的雏形——，他们如同嗜血的狼仔一样体味着货运贸易，并且已然把货物送上主人的船只，虽说他们还是在贮水池里摆弄模型小艇才相宜。场景中的另一个身影是驶往外国的水手正在谋求一张通行证；或许是一名刚刚抵达的水手，他苍白虚弱，正在寻找获准去医院的保单。我们也不该忘记从不列颠省份运来木柴的锈迹斑斑的小型纵帆船的船长们；那一身油布雨衣雨帽的打扮，虽说没有美国佬那种警觉的外观，但对我们这日渐衰退的行业，却做出了一项不算不重要的贡献。

　　有些时候，所有这些人都凑到了一起，再加上其他的杂色人等，使这一伙人形形色色，一时间将这座海关构成一幅人头攒动的景观。不过，更多的时候，你跨上台阶就会辨出——夏季是在入口处，冬季或天气恶劣时则在适当的房间里——一排令人起敬的人物，坐在跷起前腿、

---

① 指1812年美国第二次对英作战。

椅背抵墙的老式座椅上。他们通常都打着瞌睡，但偶然也可听到他们在谈话，嗓门介乎演讲和打鼾之间，而那种无精打采又俨如济贫院中的穷人，或者靠慈善救济、靠专营劳动之类的种种方式存活而不是独力谋生的人。这些老绅士们——像马太①一样坐在海关的收税处，却不像他那样有责任为了使徒的使命招之即来——便是海关的官员。

再往前走，在你进入的前门的左侧，是某个房间或办公室，大约十五英尺见方，顶棚颇高，两扇拱顶窗虎视着前面所述的衰败的码头，第三扇窗则隔着一条窄巷可以看到德比街的一段。从这三面窗口都可瞥见杂货铺、滑轮作坊、廉价成衣店、船具商店；在这些店铺门口，总可以看到一群群的老水手、码头工，以及诸如此类出没于海港的人物在说说笑笑。这座房间本身蛛网密结，旧漆斑驳；地面上铺着灰砂，这种风格在别处早已废弃不用了；综观其有欠整洁的外貌，很容易得出结论：这是一座那些带着扫帚和拖把这类神奇工具的妇女绝少问津的圣殿。至于家具，室内有一台带大漏斗形烟道的炉灶，一张旧的松木办公桌，旁边立着一个三条腿的凳子，两三把摇摇欲坠的老木椅，以及——切勿忘记这里的藏书——一些书架上的二三十本国会法案和一厚册税收法摘要。一个白铁皮的管子向上穿过天花板，构成与建筑物的其它部分联络的传声筒。就在这里，差不多六个月之前，曾有一个人从一个屋角踱到另一个屋角，或是懒洋洋地坐在长腿凳上，一只臂肘撑到办公桌上，目光在晨报的栏目上扫视着——诚挚的读者，您可能已经认出，就是这同一个人②曾经欢迎您进入他那间赏心悦目的小书斋，那里的阳光愉快地透过柳枝，投射到老宅的西侧。但是如今，您若是走进去找他，询问这位民主党的海关督察的行止，只能无功而返。改革的长把细枝扫帚已将他清理出办公室；一个更称职的继任者已经取代他的地位，领取他的薪金。

这座萨莱姆旧镇——我的故乡，虽说在我的少年和成年时代都曾

---

① 《圣经》人物，耶稣的十二门徒之一，原为罗马帝国的税吏，此处即涉及他的这两种身份。

② 指作者本人，这里所说的即本文开始所讲的作者三四年前所写的一篇有关老宅的自述中的场面。

离乡客居在外——使我,或者曾经使我,魂牵梦系,那种情感的力量是我实际住在这里时从未意识到的。确实,就其景色而论,那平坦呆板的表面,覆盖着的大多是木头房屋,没有几栋具备建筑学上的美感——那种参差不一,既不别致又不古雅,而只是平淡沉默而已,——漫长而懒散的街道令人厌烦地沿整座半岛延伸,一端是绞架山和新几内亚,另一端是济贫院的景色,——这就是我的故乡,如果对其依依不舍,也就有理由对乱糟糟的棋盘产生感情了。然而,尽管我在异国他乡无一例外地十分幸福,内心却总怀着对老萨莱姆的情感,由于找不到更好的字眼,就权称之为眷恋吧。这种情愫可归于我的家庭多年来深深植根于这里的土壤。自从源于布立吞人①的我的家族的最早移民在这片满目疮痍、树林环绕的定居点上露面以来,已经有二又四分之一世纪之久了,如今这里已形成了一座城镇。他的后人们在这里生生死死,将他们自身的凡胎肉体与此地的尘世土壤融合为一,以致当我漫步街头的片刻,脚下的土地无处不与由其构成的我的俗子之躯血脉相通了。因此,从某种意义上说,我所言及的这种关联不过是土壤对土壤的息息交感共鸣罢了。我的乡亲中很少有人能够明了这一点,而由于那些家族乐于频繁迁徙,也无须认为有弄个明白的必要。

但这种情愫仍然有其道德品性。我的第一位先祖在家庭的传说中笼罩着一种隐隐约约的高大伟岸,就我的记忆所及,其身影早就出现在我童年的想象之中了。它至今仍纠缠着我,并且以往事诱出一种亲情,对此我绝少在涉及本镇现状时宣扬。我似乎更强调他是这里的一位居民,因为他是一位板着面孔、蓄着胡须、身穿深褐长袍、头戴尖顶高帽的先祖——他携带着《圣经》和佩剑早早来到这里,在新辟的街道上郑重其事地迈着庄严的步伐,如同一尊战争与和平之神那样身躯高大——我强调他胜似我自己:因为本人的名字鲜为人知,本人的面孔别人感到陌生。他是一名军人、一位议员、一位法官;他又是教会中的一个首领;他具备清教徒的一切品性,无论正邪。他还是个残忍的迫害狂,教友派教徒将他记入他们的历史,叙述了亲眼目睹的他严惩他们教派一位妇

---

① 古代住在不列颠南部的凯尔特人的一部分,是英伦三岛上的原始土著。

女的事件；人们担心，其恶劣的影响会比他善举的记录持续时间要长，尽管他做过许多好事。他的儿子也承袭了这种迫害精神，在牺牲巫师的行径中十分惹人注目，以致人们说巫师的血会公道地在他身上留下污迹。确实，那个污迹之深，埋在宪章街墓地中他的那身老枯骨，如果没有全然化作尘埃的话，上面定会依旧保留着！我不知道我的这两位先祖是否考虑过忏悔和哀告上天宽恕他们的酷行；或者他们如今是否在另一个世界里，在酷行的沉重后果下呻吟。不管怎样，我当前身为作家，作为他们的后人，特此代他们蒙受耻辱，并祈求从今以后洗刷掉他们招致的任何诅咒——据我耳闻，且由家族消沉和式微的现状可见，多年之前确曾有过这一说法。

然而，经过漫长的岁月之后，在长满了年深日久的青苔的我们家族之树的古老树干上，居然在顶端的粗枝上生出我这样一个不肖子孙，我的这两位板着面孔、穿着黑褐色袍服的清教徒先祖，无疑定会认为这是对他们罪孽的充分报应。我从来没有怀着先人们认为值得称道的目标；如果我在家庭范围之外的生活曾经是成功而辉煌的话，我的任何成功即使不被他们视为奇耻大辱，也毫无价值可言。"他是个什么货色？"我的祖辈的一个灰影对另一个嘀咕着。"一个写故事的作家！这算是什么样的生计呢？——在他的时代和他那一代人中，这算是为上帝争光、为人类谋福的什么方式呢？哼，这个败家子完全会成为一个浪荡鬼呢！"这就是我和我的先祖们隔着时间的海湾交换的赞语！不过，让他们随心所欲地嘲笑我吧，他们的强烈本性已经和我的禀性纠缠在一起了。

还在镇子草创的婴儿和童年时代，我们家族就由这两位精力充沛的先祖在这里深深地扎根了；从那时起一直在这里生息繁衍，而且总是备受尊崇；就我所知，还从未因一个不肖子孙而使家族蒙羞受辱；但从另一方面来讲，在头两代人之后，也绝少或没有做出什么令人难忘的业绩或者提出过什么惊世骇俗的要求。他们逐渐退缩到人们关注的视线之外，如同街上随处可见的那些老宅，房檐之下一半的高度都被堆积的新土掩埋了。父传子，子传孙，在一百多年的时间里他们都操着海上生涯；每一代人都有头发灰白的船长从商船的后甲板退休到家园，而由一个十四岁的男孩接替桅杆前的位置,面对着一片汪洋和他的祖辈和父辈顶过的海风。这个男孩也在相应的时间里,从艏楼到舱室,经历了风吹雨打的成年期,在四海漂泊之后返归故里,变老,死去,将他的尸骸与他生身地的土壤融合为一。一个家庭与其出生及埋葬的那片土地的久远的联系,在人类与乡土之间创造了一种亲情纽带,这与那地方任何迷人的景色或道德的环境毫无关联。这不是爱,而是一种本能。新的居民——他们本人或是其父亲及祖父才刚从外国来此——无权被称作萨莱姆人;他不具备牡蛎似的那种坚韧,而两个世纪漫长岁月缓缓流过之前的老定居者,正是以这种坚韧将自己牢系于这片土地之上,镶嵌了自己的世代子孙。至于这片土地于他毫无欢乐,这些木头老宅,这里的泥土,这里呆滞的一隅情愫,这里凛冽的东风,以及最严酷的社会气氛,全都不在话下——这一切,还有他可以看见或想象的身边的大大小小的错误,也都无关宏旨。那种吸引力持续着,而且十分强大,仿佛这片乡土是人间天堂。我的情况也始终如此。我几乎感到注定要把萨莱姆当作我的家乡;以致我所熟悉的这里的人的容貌类型和性格气质——尽管家族的一个人躺进了坟墓,另一个人又代之而起,沿着通衢昂首阔步——依然是我儿时在这座老城中所司空见惯的那样。然而,这一情怀却证明了:业已变得不健康的联系最终会被切断。人类的本性将不会就此兴旺,恰如一株土豆在同一块地力耗尽的土地中过长地一代接一代地种了又种。我的子女都是在别处出生的,只要他们的命运尚未脱离我的掌握,他们就会植根于不熟悉的土地之中。

我从老宅中露面之后,主要出于同家乡的这种奇妙、怠惰和不快的情感上的联系,使我原可到其它地方选择更好的职位之时,却进入了山姆大叔的砖砌建筑,占据了一个席位。我是命该如此。我曾不止一次、两次地外出——看似十分经常——但终又返回,如同一枚磨损了的半便士硬币总要转回到你手中;或者说,仿佛萨莱姆于我是不可避免的宇宙中心。于是,在一个晴朗的早晨,我揣着总统签署的委任状,踏上花岗岩的台阶,并且作为海关督察被介绍给将协助我担起这一重任的那一伙绅士们。

我深为怀疑——或者更确切地说,我毫不怀疑——合众国的无论军政两界的任何公务官员能够像我这样拥有如此令人起敬的元老们听其指挥。当我看着他们时,"最老的居民"的下落便一目了然了。从当今上溯二十年,收税官的独立地位一直使萨莱姆海关远离通常造成官职脆弱、宦海沉浮的政治漩涡,一名军人——新英格兰最负盛名的军人——曾坚定地站在他的堂皇职守的基座上;他不但通过明智的慷慨确保了自身职务的连任,而且他还始终是他的下属们在众多危险临头和胆战心惊的时刻的保护伞。米勒将军是个彻头彻尾的保守派;他心地善良,丝毫不受习俗的影响;他对老相识有强烈的恋旧心,难以趋于变化,即使当变化会带来毫无疑问的改进时亦复如此。因此,我接收我的部门之际,便发现了几位年长之人。他们大多是年迈的船长,历经各海洋之颠簸,坚定地承受了生活的暴风骤雨之后,最终漂进这一平静的避风港;除去定期的总统选举的担忧之外不受任何干扰,一心只想谋得一纸生存的新契约。虽说他们无论如何也不比别的同龄人更年轻力壮,却显然有某种法宝之类的驱邪物把死亡拒之于门外。据我所知,他们当中有两三个人患了痛风症和风湿病,或许已卧床不起,在一年中的很长一段时间里都没梦想过在海关露面;但经过一个蛰伏的冬季之后,竟然步履蹒跚地走进五六月份温暖的阳光之下,动作懒散地执行起他们所称的公务,并且随着他们的悠闲和便利,重新躺倒在床。我应该对缩短不止一位这些共和制的年高德劭的公务员的办公时间引咎自责。按照我的请求,他们获准从他们艰巨的劳动中静休,而且没过多久,——仿佛他们生活的唯一原则是报效国家的热情,我对此深信不疑——便退隐到一个更美好的世界去了。对我来说,这倒是个虔诚的慰藉:由于我的介入,为他们提供了对邪恶和腐败行径——所有的海关官员都理所当然地注定会堕入那种行径的——忏悔的充分的空间。海关的前后门全都面对着通往天堂的大道。

我属下的官员大多是辉格党①人。这群德高望重的老先生们有了我这样一位不是政客的新督察是件好事,因为我虽然在原则上忠于民主党,却不容许政治倾向干预海关事务。若非如此——假定是一位活

---

① 即共和党的前身。

跃的政客被安插在如此颇具影响的岗位上，利用职权轻而易举地迎头痛击由于体弱多病而尸位素餐的一位辉格党人收税官——，恐怕这伙老迈的人员中难得有一位会在灭绝天使踏上海关台阶的一月之内继续在其职位上苟延残喘。根据这方面的公认法典，一位政客即使把这些白发苍苍的老人一一送上断头台，也不算渎职。显而易见的是，这些老家伙们唯恐在我的身边表现出某些失礼之举。看到我一露面他们便诚惶诚恐的样子；见到一张经过半个世纪风吹浪打布满犁沟似的皱纹的面孔，在我这样一个毫无危害的人的一瞥之下，变得灰白；听到当年惯于通过传话筒吼叫着发号施令，足以把北风之神吓得不敢吱声的粗嗓门，对我讲起话来却是声音发颤，实在让我既痛心又开心。这些出色的老人深知，按照一切既定的法则——况且其中有些人还因自身缺乏办公效率而负担沉重——，他们理应让位于年纪更轻、政治上更保守、总之较他们更适合为我们共同的山姆大叔效劳的人。我本人对此也深知不爽，只是心中从未觉得要将其付诸行动。因此，理所当然地使我大大地蒙羞受辱，而且相当地损害我的公务良心的是，在我的任职期间，他们继续在码头上蠕动，在海关的台阶上踱上踱下。他们也花费了大量时间，在他们惯常的角落里，在仰靠在墙上的座椅中打着瞌睡；不过，他们还会在午前醒来一两次，彼此之间不厌其烦地讲起说过数千次的海上旧事，以及已经成为他们圈中的暗语和黑话的陈腐玩笑。

  我以为，他们很快就发现了新来的督察并无大害。于是，这些好心的老先生就怀着轻松的心情和有所作为的愉快良知——如果不是对我们可爱的国家的话，至少也是为了他们的一己之私——履行海关的种种手续。他们戴着眼镜洞察着船只的货舱！他们对鸡毛蒜皮的琐事大做文章，有时却对重大隐患视而不见，任其溜过指间！每逢这样一个横祸飞来之时——当满载的值钱货物，或许在正午时分而且径直在他们毫无猜疑的鼻尖之下，走私靠岸时——，他们便以无以复加的警觉和轻捷，着手锁了又锁，还要保险地贴上封条，加上蜡印，把那艘违章偷税的船只的各条通道统统堵死。经过这样一番弥补过失，非但不能惩戒他们原先的失职，反倒似乎要为他们值得赞誉的小心大唱颂歌了；在再也无法补救的时刻，对当即表现出的这种热情，只好感激不已地加以认可。

除非人们非同一般地难于共事，我总是愚蠢地惯于和他们善意相处。对于我的同僚的优秀品性，只要果真存在，我总是优先予以考虑，并且构成我心目中他的特征。由于这些上年纪的海关官员大多品行优良，况且我予他们又处于尊长和卫护的有利于增进友情的地位，我很快就喜欢上了他们所有的人。在夏日的午前——当酷暑几乎熔化了人类的一切家庭，而对他们半蛰伏的感觉系统只送来了宜人的温馨之际——聆听他们像往常一样在后门口倚墙坐成一排闲聊，实在感到愉悦；此时此刻，过去几代人的连珠妙语从封冻中融化开来，伴随着纵情大笑从他们的唇间涌出。表面上看，这些长者的兴致和儿童的欢笑十分相近；不过却同含蓄幽默的睿智大不相关：那种饱含诙谐和智慧的光束，舞弄于浮面，并将光明和欣喜同时加诸葱绿的嫩枝和灰暗的枯干。然而，对嫩枝一方当真是阳光；而对枯干那一方，却更像是杉林的磷火。

读者诸君应该理解，描述我这些出色的年高朋友老迈昏聩的样子，委实不公得令人伤感。首先，我的助手们并非无一不是老人，其中自有能力出众、精力充沛的年轻力壮之士，完全优于他们的邪恶星辰将他们抛进的那种懒散和依赖的生活模式。再者，更主要的是，这些高龄的白发有时确是一处维修良好的智慧之屋的顶棚。但是，论及我这伙老人的大多数，如果我将他们统统地列为一群从另一种生活经历中没有汲取任何值得保存的教益的萎靡不振的老家伙，也绝无过错。他们似乎已然将自己愉快地多次收获并连同外壳都仔细珍藏于记忆之中的那些实际智慧的金色种子抛了个一干二净。他们谈起清晨的早点或者昨天、今天或明天的正餐，比起四五十年之前的沉船和当年用年轻的眼睛所目睹的世界奇迹，更加兴致勃勃和津津有味。

这一海关之父——不仅是这一小伙官员的，而且我敢说是整个合众国的全体可尊敬的海关人员的元老——原是某种常设稽查官。他完全称得起是税收机制的地道的正统子嗣：彻头彻尾或者更确切地说天造地设的税务官；早在如今在世的人所无法记起的年代，他那位革命时期的上校和本港当年收税官的父亲，就为他创建了一间办公室并指定他在其中任职。我与这位稽查官初识时，他已年逾八旬，或近于耄耋之年,诚然是你愿耗费终生而发现的一位最了不起的常青树的标本。他红光满面,结实的身躯上神气地套着纽扣闪亮的蓝色上装,他那轻快有力的步伐,他那精神矍铄的风采,这一切使他似是——当然不年轻了——自然之母新缔造的一种人形之身,年迈体弱休想触动得他。他那时时响彻海关的洪亮嗓门和朗朗笑声,毫无老人发声的颤音和沙嘎,而是底气十足的黄钟大吕之声,如同鸡鸣或吹号。如果将他仅仅视作一头野兽——其实难有其它看法——,从他那强壮的躯体到健康的器官,及至在如此高龄仍有享受一切——或近乎一切——他一向所追求或企望的乐趣的能力,都堪称是最无可挑剔的角色。他对海关生涯有固定收入的保障掉以轻心,对可能遭到免职绝少忧虑,这无疑对他轻松度日做出了贡献。然而,初始和更潜在的原因则在于他的十分完美的动物本性,有限的智力,以及极少的道德和精神成分;这后面一项特点确实是使这位老先生不致四脚着地走路的足够保证。他没有思考能力,没有感情深度,没有烦人的敏感;简言之,除去由他的良好健康而必然形成的快活脾性所支撑的平庸本能,他一无所长,但他尽管没心没肺,执行起公务来却受人尊敬并为大家所普遍接受。他一生中先后是三个妻子的丈夫;亦曾是二十名子女的父亲,但他们大多在童年或成年的各个年龄段不期而然地回归到大地中去了。人们会以为,这样伤心透顶的哀痛定会使最开朗的性情一再浸透昏暗的色调。但我们这位老稽查官却不在此列!简短的一声叹气便足以将这些阴沉回忆的重负一扫而光。随后,他就会像光屁股的婴孩一样准备去嬉戏了;这位收税官随时可以寻欢作乐的劲头远胜过他的一位年轻下属,而那位十九岁的青年则要比他老成持重得多。

  我曾经以我自认比起对任何引起我注意的人都更按捺不住的好奇心,观察和研究过这位家长式的大人物。他确实十分稀奇古怪:以某种观点来看,他完美无缺;而在其它方面,却十分浅薄、虚妄、难以捉摸,绝对地无足轻重。我的结论是:他没有灵魂,没有心肝,没有头脑;如我已经说过的,除去本能一无所有;尽管如此,他性格中为数不多的东西又极其狡黠地拼凑在一起,让人难以觉察到他的缺欠,不过,就我而言,却在对他的琢磨中感到极大的满足。可能而且确实难以设想,像他这样一个凡夫俗子来世将如何生存；然而必须承认，直到最后一口气，他在这里一直好端端地生存着；虽说他不比野兽具有更高的道义感，而有广泛得多的享乐，并且和它们一样，天生不受迟暮之年的阴郁消沉之苦。

他在一点上比起他的四足兄弟们远胜一筹，那就是他有本领搜集到美味佳肴，而以食为乐正是他生活享受中不小的一部分。他的饕餮主义是十分令人愉悦的品性；听他谈起烤肉就如同咸菜和牡蛎一般刺激食欲。由于他不具备更高的素质，如此全身心地投入促进他口腹之乐、之利，并不会牺牲和污秽任何精神供奉，我总是感到很高兴和满意地听他大谈特谈鸡鹅鱼肉和各自最恰当的烹饪加工方法。无论那顿盛宴是多久以前享用的，他回忆起那些美味，就如同把烧得喷香的乳猪和火鸡端到了你的鼻子底下。他的味觉能把菜香保留不止六七十年，仍然新鲜如同早餐刚刚吞咽下的羊肉片。我曾经听过他吃饭时吧嗒嘴，当年桌旁的所有客人除去他之外，都早已辞世入土。观察那些过去菜肴的魂魄在他面前不停地站起身，实在奇异之极；它们既未发怒也不图报复，而似是对他先前赞赏并寻求既是精神的又是肉体的了无穷尽的欢乐表示感激。一块嫩牛腰肉，一块小牛后腿肉，一块猪排骨，一只特别的仔鸡或者一只上等的火鸡，或许早在老亚当斯①的时代就已经为他的餐桌增色了，如今他记忆犹新；而我们民族后来的全部经历，以及使他个人生活生辉或失色的一切事件，对他都如同过眼烟云，谈不上什么长期影响了。就我所能判断的而论，这位老人一生的主要悲剧事件，是二十或四十年前活着并死掉的一只鹅给他造成的灾祸，那只鹅体态硕大，可是放到桌上却皮厚肉老，刀子无论如何也切不动，只有用斧头和手锯才能拆开。

不过，是结束这一话题的时候了；可是我还愿意再赘言几句，因为在我所认识的所有的人当中，这位仁兄是最适合担任海关官员的。出于篇幅所限而不便涉及的种种原因，大多数人都因为这种特定的生活方式而有损道德。而老稽查却不会如此，设若他在此岗位上坚持到底，

---

① 亚当斯一家在美国历史上出过众多名人，此处应指塞缪尔（1722—1803）或约翰（1735—1826），他们都是独立时期的领导人。

他依然会不亚于当年,而且会以同样好的胃口,坐在桌边大吃大嚼。

还有一幅肖像,缺少了它,我的海关肖像画廊就会不完整得奇怪了;但我较少的观察机会使我只能勾勒出一个轮廓。那就是对收税官的描绘:我们这位英勇的老将军,在经过辉煌的军旅战绩并随之统治了蛮荒的西部领土之后,于二十年前来到这里,度过他多彩而荣耀的一生的晚年。这位无畏的战士已然差不多度过了七十个春秋,如今只是在踱过他早年行军的余路;他年老体衰的重负,即使靠为他本人提神的回忆之军乐,也减轻不了些许。当年率队行军的步伐如今变得颤栗不稳。只有依靠一名仆人的搀扶和用手沉重地按压着铁栏杆,才能缓慢吃力地迈上海关的台阶,勉强地走过地板,来到壁炉边他习惯的座椅。他经常坐在那里,沉默而安详地凝视着熙来攘往的景色;只听得文件簌簌作响,官员们信誓旦旦,商讨工作的议论纷纷,以及随便聊天的喊喊喳喳;这一切声响和气氛他似乎只是模模糊糊地有所感觉,难以深入到他沉思的内心。他在这种宁静之中,面容温和慈祥。如果有什么事引起他的注意,他脸上就泛起礼貌和兴致的表情,证明他心中尚有光明,只是智慧之灯的外设滤光片才阻挡了光线的四溢。你越深入地穿透他的头脑,那里的实体就越坚牢。当无须他进行耗费明显精力的说或听时,他的面孔就暂时陷入先前那种毫无笑意的平静表情。看到这副样子,人们并不难过,因为尽管消沉,并没有风烛残年的那种痴呆。他生就的强劲的高大身材,也没有垮得老态龙钟。

然而,在这种不利的情况下去观察和判断他这个人,其难度犹如依据一座已然坍塌的发灰的旧要塞的废墟,比如说提肯德洛加①,在想象中去追溯和重现其昔日的雄姿。那里或许时断时续地有保存还算完整的城墙,但其余地方则只有不成形的土堆,那种粗笨的样子依稀显出当年的强固,然而随着多年的和平和荒废,布满了野草和不知名的苇丛。

但当我深情地望着这位老战士——因为我们之间虽然很少交谈,但我对他的感情仍和所有认识他的两足和四足动物的一样,用"深情"

---

① 位于纽约州东北部乔治湖畔,是控制加拿大和哈德逊河谷的要津,为历次战争中必争之地,现已辟为博物馆。

一词恐怕并无不妥——时,仍能抓住他的肖像的特征。其突出之处便是高贵和英雄的品性,表明他赢得了显赫的名声绝非偶然而是理所当然。我认为,他的精神绝不可能以一次困难的行动来标志;而应该是在他人生的任何阶段为激励他的行动所需的一种冲动;那他一旦被激励起来,便会克服障碍,达到一定的目标,成为一个一往无前和无往不胜的人。当年洋溢着他本性的那种热情,至今仍未消失,而且绝不属那种火苗中一闪的光焰;而是如同冶炼炉中炽铁的深红的辉光。沉重、结实、坚定:这就是描绘他的字眼,尽管在我所说的那时候,他已经不宜时地被衰老所笼罩。但即使在彼时,我仍然可以想见,在某种可以深入到他的意识中的激励之下——由响得足以唤醒他那并非死去、只是沉睡的全部精力的击鼓之声激起——,他仍能像抖掉病人的长袍一般甩掉他的虚弱,抛弃年龄的拖累,抓住战剑,再次以勇士的姿态一跃而起。而且在这种紧张时刻,他的举止仍会镇定自若。这样展示他,当然只是想象中的描绘;既不是预言,也不是期望。我在他身上所见到的——那是如老提肯德洛加要塞不可摧毁的壁垒已被引为最恰当的明喻一样显而易见的——是或许在他早年就已牢固形成的那种顽强深沉的坚毅;是和他的大多天赋一样隐藏在有些沉重的一大团东西之中,如同一吨铁矿一样的那种不肯柔顺驯服的正直;是和他在齐皮瓦①或伊利要塞率众与敌人白刃战同样强烈的那种慈悲心肠,我认为这种军人的慈悲和当年任何或所有的慈善家的好争论同出一辙,都是真诚的戳记。他曾亲手杀人,亦未可知——在他那充斥着胜利能量的精神的冲锋陷阵面前,人们自然是如同扇镰横扫之下的草叶一般纷纷倒了下去;但即使如此,他心灵中绝无丝毫落井下石的残忍。我既然了解他,就会对他固有的善良充满信心地做出呼吁。

在我遇到这位将军之前,许多人物——以及那些在一幅素描中做出过丝毫不爽的类似贡献的人——应该已经消失或是模糊了。一切纯粹的优秀品性通常都是最为昙花一现的;大自然并没有以植根于腐朽的罅隙,并从中汲取必要营养的新的美好的绚丽来为人类的废墟生色

---

① 又名奥吉布瓦,北美印第安人的一支,此处为地名。

增辉,恰似在提肯德洛加要塞的遗址上自然播下的爬墙花无济于事一般。不过,即使在优美方面,也还有值得一提之处。不时会有一束幽默的光辉射穿朦胧阻隔的面具,愉悦地在我们的面孔上闪烁。在跨过童年和少年之后,在成年男子身上绝少看到的天生的优雅品性,在将军对鲜花的美艳香馥的喜爱中却显而易见。人们会认为,一名老兵只会将肩上的带血的桂冠引以为荣,但这里却有一个老战士对花卉似乎怀有少女般的倾心。

这座壁炉近旁是勇敢的老将军常坐之处,而督察——只在绝少的避犹不及的情况下,才不得不肩起难负的重任去投入一场和他的谈话——则喜欢远远地站着,观察他那安详甚或近乎昏睡的面孔。他似乎与我们远离,虽说我们不过在数码之遥的地方看着他;他似乎偏处一隅,虽然我们走过他椅边时近在咫尺;他似乎不可触及,虽说我们只要伸出双手就可与他的手相握。或许,他生活在他心目中的那个比收税处这个不宜的环境更为真实的境界之中。阅兵的分列式正步走,战场上的喧嚣嘈杂,旧时雄壮军乐的轰响奏鸣,这些三十年前听到的音响——这样的场面和声音,或许都活跃在他的感官之中。与此同时,商人和船长,潇洒的职员和粗鲁的水手在办公室中进进出出,活跃的商务和海关生活在他周围不停地悄声进行,无论这些人还是他们的事务,老将军都似乎保持着最远的距离。他如同一柄旧剑——如今虽已锈蚀,但曾在战场上闪耀,至今沿其锋刃仍在熠熠生辉——似的无用武之地,他同助理收税官办公桌上的墨水台、文件夹和红木尺格格不入。

有一件事对我重塑和再造尼亚加拉①边境的这位高大健壮的武夫,这位具有真实和简单能量的人,颇有助益。那就是回忆他那值得铭记的话语:"让我试试,先生!"——这句话是处于绝境之际他挺身做出壮举时脱口而出的豪言,体现了新英格兰的那种知难而进的刚毅精神和气魄。如果说,在我国,英勇行为可以获得授勋的殊荣,这句话——

---

① 以大瀑布著称于世,位于美国一加拿大交界的五大湖地区,当年美法曾在此发生摩擦。

似乎说起来容易，但只有他在面临危险而光荣的使命时才说过——正是将军的臂章上最美好和最恰当的铭文。

要使自己惯于与那些和自己不同的人，那些与自己的志趣不相符，并且其圈子和能力都需要自己跳出自我才能赞赏的人结伴相处，这对一个人的道德和精神健康是大有裨益的。我生活中的众多偶然，经常为我提供这种便利，但从来不如在我坐办公室的连续生涯中那么充分和多变。尤其有一个人，对他性格的观察给予了我对天才的新概念。他生来独具一个商人的种种禀赋：果断干脆、精明老练、头脑清晰，具有看透一切疑难的目光和如同一个巫师挥动魔杖般地将那些疑难挥之即去的工作能力。他自幼在海关中长大，对这里的活动更是驾轻就熟；许多错综复杂的生意，在门外汉看来乱作一团，在他眼前却井井有条。依我之见，他如同他那个阶级的楷模似的矗立着。确实，他本人就堪称是海关，或者无论如何，是驱动各式各样相关的齿轮运转的主发条。因为在这样一个机构之中，所任命的官员都是谋求个人私利和方便的，很少首先顾及是否与所担负的职责相称，所以也就没必要去寻求自身所缺乏的本领。于是，出于一种不可避免的需要，恰如磁石对铁屑具有吸引力一般，我们这位商业天才就把别人遇到的困难都拉到了自己跟前。他会怀着一种轻松的降贵纡尊和对我们的愚蠢——在他那有条理的头脑看来几近犯罪了——的善意宽容，当即易如反掌地将费解之事变得如同白昼般清晰。商人们对他的评价并不亚于我们这些圈内的朋友。他的正直是完满的；对他而言那是一种自然的法则，胜似一种选择或道义，无非是像他那样具有出众的清晰和精确的头脑的人的主要条件：办事就是要忠诚老实和有条不紊。他良心上的一个污点，犹如他职业范围内的任何问题一样，同样会使这样的人烦恼，而且在程度上要远远大于账目平衡上的讹误，或者记录本上满好的一页纸上的一个墨渍。简言之，——而且在我的生活是个罕见的例子——我遇到了一个完全适合自己所处环境的人。

我如今发现与自己相关的就是这样一些人。既然我被抛进了一个与我以往的习惯颇不相同的职位，只有使自己从中认真撷取可能存在的任何裨益了：在这种听天由命的状况下，我正是这样化弊为利的。在经历了与充满梦幻的同侪们共建布鲁克农场①的艰苦而不切实际的试验之后,在经历了在爱默生②这样的有智有识之士的微妙影响圈内的三年生活之后,在经历了同埃勒里·钱宁③在阿萨别斯的篝火旁所度过的那些纵情狂想、忘乎所以的自由日子之后,在经历了与梭罗④在瓦尔登他的隐居茅屋中有关松树和印第安遗迹的谈话之后,在经历了由于赞赏希拉德文化的古典精美而变得吹毛求疵之后,在经历了在朗费罗⑤的炉边浸润了诗情之后,——终于到了我活动一下我本性的其他官能并用迄今我毫无胃口的食物来滋补自己的时候了。即使那位老稽查为了换换口味,也属意于我这样一个曾结识过阿尔考特⑥的人。我认为,这从某种程度上证实了一个均衡稳定的系统和不缺任何基本部分的完善的组织;有了这些值得记忆的同仁,我可以同个性完全不同的人立刻融溶在一起,而且从不低声抱怨这种改变。

　　文学,无论其实践与目标,如今我已很少有时间去考虑,在这一阶段,我根本没了读书的爱好;文学已经超越了我。大自然,在地球和空中发展着的大自然,在一种意义上,已为我的目力所不见;而一向脱俗的所有富于想象力的愉悦,也从我的头脑中消失了。如果说还有一种官能,一种禀赋,依然存在于我身上,也暂时毫无生气了。倘若我没有意识到,在回首往事时我还可以选择那些有价值的经历的话,在上述这一切变化中就会有某种伤感,某种难以尽言的令人消沉的东西。确实,这样的生活是不可能泰然地长久持续下去的;否则,很可能无须我改变

---

① 由乔治·李普雷于一八四一年在马萨诸塞州西罗克斯别里创建的乌托邦试验基地,有包括霍桑在内的许多名人参加其中,一八四七年以失败告终。
② 拉尔夫·沃尔多·爱默生(1803—1882),美国超验主义创始人,十九世纪后期浪漫主义文学主将。
③ 威廉·埃勒里·钱宁(1780—1842),美国神学家、作家和慈善家,新英格兰地区唯一理教领袖。
④ 亨利·大卫·梭罗(1817—1862),十九世纪后期美国浪漫主义文学主将,曾在瓦尔登湖畔过回归自然的生活,作品以散文为主。
⑤ 亨利·沃兹沃斯·朗费罗(1807—1882),十九世纪后期美国浪漫主义文学主将,诗人,霍桑的大学同学。
⑥ 布朗森·阿尔考特(1799—1888),美国教育家、哲学家和作家,在康涅狄格州几处学校推行进步的教学法失败后,退居到瓦尔登,与超验主义文人交往。

外形——那倒是值得我花费时间去做的,我就会永非故我了。然而我从来认为这仅只是权宜的生活。一种预言的本能始终在我耳畔低语:在不长的时期内,只要海关的新变动于我大有裨益之时,我的生活就要改变了。

与此同时,我在那里当起了税收督察,而且恪尽职守。一个有头脑、有想象,又很敏感的人(假定他的这些品性较之督察胜过十倍),只要他一心不嫌麻烦,随时都可能成为风流人物。我的同僚,以及我的职责使我必须与之打交道的商人和船长,没有对我另眼相看,恐怕也没有把我当成另一种人。我估计,他们当中谁也没读过我的一页作品,即使读过我的全部著作,也不会因而对我刮目相看;而且,设若那些同样无足轻重的书页出自彭斯或乔叟①式的手笔,何况这二位也曾和我一样在他们各自的时代担任过海关税吏,也依然于事无补于万一。对于一个梦想在文学上取得声望并以此跻身世界名流之列的人来说,从他的追求获得承认的狭窄圈子里撤开一步,看看在圈外他的成就和他的目标是多么微不足道,倒是一个绝好的教训——尽管常常是一颗苦果。我并不是说,我特别需要这种教训,无论是事先的警告抑或事后的指责,不过,我毕竟还是充分地汲取了这种教训;我也不是说,我从这种反省中得到了欣慰,即使当这一真理为我所充分理解时,会造成我的痛苦,或者在叹息中加以抛弃。在涉及文学的谈话中,那位海军军官——他是个出色的伙伴,和我同时进入海关,比我稍迟一些离开那里——,确实常常与我探讨他最喜欢的拿破仑、莎士比亚或诸如此类的话题。还有那位资浅的收税官——据人们交头接耳的议论,这位年轻的先生偶尔会在山姆大叔的信笺上写满(从几步之外望去)颇像诗歌似的东西——也不时和我谈起书籍,大概因为这是我之所长吧。以上便是我的全部文字交往了,对我的需要也就足够了。

我不再追求或介意我的姓名到处在书籍封面上闪光,我微笑着思忖,如今已经另有时尚了。海关的标记用黑色油墨漏印在辣椒口袋、染

---

① 罗伯特·彭斯(1759—1796),著名苏格兰诗人,作品极具民族风格,《友谊地久天长》即为他据民歌所写歌词;杰弗瑞·乔叟(约1340—1400),有"英国诗歌之父"之誉,代表作是《坎特伯雷故事集》。这两个人都曾在海关任职。

料篮子、香烟盒子以及各色各样必须缴纳关税的商品的包裹之上，以证明这些货物已付过进口税金，正常通过了海关。我的知名度由这样奇怪的声誉之舟佩戴着，就此传播到此前从未企及而且我希望今后再也不要去的那些地方。

然而往昔并未消逝。那些曾经似是十分旺盛和活跃、后来又悄无声息地休眠的思绪，往往再次萌生。往事在我心中复苏的最值得注意的一次机会终于将其带进适宜的文学法则之内，于是就产生了我现在正撰写的这篇随笔奉献给公众。

海关大楼的二层是一个大房间，那里的砖墙和木椽从未饰以护墙板或加过油漆粉刷。这个大房间——其设计规模的初衷是适用于旧时的海港商贸公司的，可惜对未来繁荣的设想却始终未得实现——面积之大，远远超过其使用者所知的利用方案。因此，位于收税部门上方的这座不实用的大厅迄今尚未竣工，尽管昏暗的大梁上布满陈年蛛网，看来仍在等待木匠和泥水匠来收拾。房间一端的凹处，一个摆一个地堆着许多圆筒，里面塞着成捆的文件。还有大量的类似废纸零乱地堆积在地板上。想起来令人伤感：多少天、多少周、多少月、多少年的辛辛苦苦曾经耗费在这些陈腐的文件上，如今只落得个地面上的累赘，隐藏在被人遗忘的角落里，再也不被人瞥上一眼。联想起来，又有多少令纸的其它手稿——上面写满的不是枯燥乏味的官方文牍，而是由创造性的头脑撰写出的思想，由深刻的心灵喷泻出的丰富抒情——也同样湮没无闻了；尤其令人不忍的是，那些书稿即使在当年也未曾像这些遍地堆放的文件那样为某种目的服务过，未曾像这些信笔涂鸦的表格为海关职员带来舒适的生活一般给那些作家赢得安逸！或许，这些文件作为地方志的史料也未见得毫无价值。无疑会从中发现萨莱姆先前商业的统计数字，以及那些名冠一时的商界巨子——德比老王、老比利·格雷、老西蒙·弗列斯特——以及诸如此类的人物的回忆录；在他们堆积如山的财富开始萎缩之前，他的戴着敷了白粉的假发的头颅是难以在坟墓中瞑目的。如今构成萨莱姆的贵族阶层的大多豪门的奠基人，可以在这里找到踪迹，从通常大大迟于革命时期他们尚不为人知的小本经营开始，上溯到他们的子孙视为早已确立了显要地位的年代。

革命之前，记载欠缺；海关的早期文件和档案，大约在国王的官吏们伴随着英国军队从波士顿溃逃时，被携往了哈利法克斯。我始终将此引以为憾，因为回溯到摄政时期①前后，其文件必然包含着那些被遗忘或被缅怀的人物的参考资料并涉及古老的习俗，它们所赋予我的乐趣，是不亚于我在老宅附近的田野里捡到印第安箭头时的心情的。

一个雨天，我闲来无事，却有幸发现了一些有趣的东西。我在堆积在屋角的废纸堆中翻找，展开一份又一份的文件，浏览着那些早已沉没在海底或锈蚀在码头的船舶的名称，以及一些商人的姓名，这些商人如今在交易所闻所未闻，他们长满青苔的墓碑上的铭文也不再清晰可辨。看着这些物件，我有一种耗在已故的活动的尸体上的那种哀伤、萎靡和勉为其难的心情——由于无补于事而有些懒洋洋地驰骋着我的想象：从干枯的骨骼升腾起老城那辉煌的一面的形象，当时，印度还是一片陌生的新地域，只有萨莱姆才知晓通向那里的航道——我的手碰巧放到了一个小包裹上，那是一张用古老发黄的羊皮纸仔细裹起来的。这个封包有一种久远年代的官方记录的外观，那时候的公职人员都用工整而正规的手书写在比起现在所用的要坚牢的材料上。那东西顿时引起了我本能的好奇心，促使我解开了褪色的红色丝绳，仿佛一桩财宝即将见到天日了。我打开折得死死的羊皮纸封套，发现原来是一纸委任状：由雪利总督亲笔所写并加盖了印章，任命一位名叫乔纳森·普的先生为英王陛下治下的马萨诸塞省海湾的萨莱姆港海关督察。我印象中曾经读到过（大概是在菲尔特的编年史中）大约一百六十年前的一则普督察先生的讣告，亦曾在近期的一张报纸上看到过一条消息，记述了在圣彼得教堂重修期间，在其小墓地中发现了普先生遗骸的始末。如果我所记不差的话，我的这位可尊敬的前辈只留下了残缺不全的骸髅，一些服饰的碎片和一套庄严地拳曲着的假发——这假发不同于它一度装饰过的头颅，保存得十分完好。但是，当我验看由羊皮纸委任状包着的文件时，却发现了普先生在拳曲的假发覆盖下的可敬的头颅之内的运转，即普先生的精神生活的蛛丝马迹。

---

① 指一六五三年至一六五九年英国克伦威尔父子担任摄政王的期间。

简言之，那是非官方的、具有私人性质的记录，至少是从他个人的角度，而且显然出自他本人的手笔。我可以推测，这些材料夹在海关的废纸堆内，只是由于普先生的猝死，而且他大概是把这些材料放在了他的办公桌内，他的继任对此一无所知或者以为是与税收营业有关了。在向哈里法克斯移交档案时，既然已知这包东西与公务无涉，也就留了下来，从那时起再也没有启过封。

这位百余年前的督察——据我推测，早年间他很少受与职务相关的生意的烦扰——似乎把颇多的闲散时间的一部分致力于地方古董收藏家式的研究和类似性质的其它探讨。这就为原本会生锈的头脑提供了琐细活动的资料。他的部分事实不久后在构思题为《通衢》的文章时对我大有助益。其余的也会在今后用于同等价值的目的；或许，假若我对故土的敬重激发起我的虔诚的使命感，从而就此编纂出一部萨莱姆的正规历史亦未可知。与此同时，任何一位贤者如果愿意并且有此能力，亦可利用这些材料，也就把我从这种劳而无功的任务中解脱了。我考虑，最终的处置方案是将其交付埃塞克斯历史学会来保管。

在那个神秘的包裹中最吸引我的注意力的，是与一块磨损褪色的红色细布相关的某一事件。红布上面依稀尚有金线刺绣的痕迹，但已朽得不见原样，看不出光泽了。显而易见，那是极其美妙的针线活，据精通此种神奇手艺的女士向我确认，那种针黹手艺如今业已失传，即使辨别出针脚和缝线，依然无法复原。仔细辨认，便可看出这块猩红的破布片——由于长年累月的佩带和亵渎的虫蛀，已经损毁成只是一块破布片了——呈一个字母的形状。是大写的 A 字母。精确量来，每个笔画恰好是三又四分之一英寸长。毫无疑问，原先是用作衣裙上的装饰品的；至于当年如何佩带，或是表示什么等级、荣誉和尊严，这个谜（世界上这类具体的东西千奇百怪）我却无从去猜测了。但它却莫名其妙地引发了我的兴趣，使我目不转睛地对着这个古老的红字盯视不已。诚然，其中必有最值得探究的深意，这个神秘的象征实际上散发出的内涵，巧妙地传达给我的感觉，颇值我用心揣摩。

就在这样茫然之际——并且思索着，除去其它假定之外，这个字母会不会是白人设计出来饰在身上以引起印第安人注目的呢——便拿起放在胸前一试。当时我似乎感到——读者尽可以发笑，但切勿怀疑我的话——，我似乎感到：我经受了一种震惊，既不完全是又几乎就是肉体上的一阵烧灼，仿佛那字母不是红布做的，而是一块滚烫的熨铁。我一惊之下，便不由自主地松手把它抖落到地上。

由于我专心注意那红字，却一直忽略了红布包着的一小卷烂纸。此时我打开一看，竟满意地发现上面是老督察的笔迹，相当详尽地记述了事情的始末。其中有几大张信纸讲的是一位名叫海丝特·白兰的妇女生平的许多具体言行，看来她在我们先辈的心目中是个颇为令人瞩目的人物。她生活的年代约在马萨诸塞初创至十七世纪末叶之间。普督察先生所记的是当时一些老人的口述，他们儿时曾经见过她：虽然上了年纪，但并非老态龙钟，而是外貌端庄。从某个几乎难以记忆的日子起，她便惯于在乡间四出助人，像是一位志愿看护，尽其所能做着各种有益的杂务；还以对别人在各方面，尤其在关乎心灵的问题上，提出她的忠告为己任；由此，她这样一个助人为乐的人必然赢得许多人对她犹如对天使般的尊重，但我也设想，同样会有些人把她当作一个爱管闲事的疯子。再往下读那份手稿，我还发现了有关这一奇特女性的其它情况和所遭苦难的记载，读者自会从题为《红字》的故事中得窥其大部；请大家牢记，该故事的主要事实均证据确凿，自有普督察先生的文献足资证明。原件及那块布制红字本身——一件十分奇妙的文物——仍存我手，可向由该故事引起兴趣并愿一睹实物的任何读者无偿展示。既然我已经为这故事修饰润色并对影响书中人物情感的表现和动机加以虚构，就不该误认为我把自己限定在老督察那六七页大信笺的资料里，不越雷池一步。恰恰相反，我任凭自己的想象驰骋，几乎或完全不受约束，仿佛全部事实都出自我本人的创造。我所力争的只是其轮廓的真实性。

这一事件在某种程度上将我的思绪引向了往事的轨迹。这里似有一个故事的基地。仿佛让我看到了百多年前的老督察，穿着他的袍服，戴着他那一成不变的假发——虽和他一起葬入坟墓，但并没有朽烂——在海关弃置的房间中和我会了面。他的神态中有一种庄严，那是肩负国王的使命并感戴于陛下那炫目的辉光的人才有的。而共和制的一名官员那副自惭形秽的模样,天啊,又是多么不同啊!如今的官员作为人民的公仆最无足轻重,比他的主人的最下层还要低下。老督察的身影虽然看上去模模糊糊,却神气十足,用他的鬼影绰绰的手把那个红字的象征和那一小卷说明文字亲自交给了我。他用自己那鬼声告诫我,要我郑重考虑我对他的孝道和敬重——把他看作我职务上的先辈是十分合理的——,把他那份虫蛀并发霉的呕心沥血的手稿公之于众。"把这件事办了吧。"普督察先生的鬼魂一边说着,还一边点着他那戴着令人难忘的假发的堂皇的头,以示强调——"把这件事办了吧,一切好处全都归你自己!你不久就需要这份材料了;因为你们现在的时代和我们那时不同了,那时候,一个人的职务是一种终身契约,往往还能传给子孙后代。不过,在白兰老女士这件事上,我要托付你,这一理所当然的信任就是对你前辈的忆念!"我也就对普督察先生的鬼魂回答说:"一定照办!"

于是我便对海丝特·白兰的故事浮想联翩。当我在房间里来回踱步的时候,或者当我从海关的正门到侧面入口的范围内上百次地走来走去的时候,我始终都在思考这个题目,不知用了多少小时。我那连续不断地往返走动的脚步该是多么无情地惊扰了老稽查员、过磅员和收税员在地下的长眠啊,他们一定厌烦透顶了。他们记起自己原先的习惯,就会说,是督察在后甲板上散步呢。他们大概会以为,我唯一的目的便是糊口果腹——确实,一个健全的人所能从事的自主的行动只能是以此为唯一的目的了。而且说实在的,时时沿走道吹着的东风所加剧的食欲,已经成了如此不倦的练习的唯一有价值的结果了。然而海关的气氛对敏感和想象的精妙收获实在太不相容,假若我在这里的职务持续上十届总统任期,我怀疑《红字》的故事还能否奉献到公众的眼前。我的想象力是一面失去光泽的镜子,对于我苦心孤诣充塞其中的人物,不肯映出或者只照出模糊得令人难过的形象。无论在我智慧的锻造间中如何加热,故事中的那些人物既不温暖也不柔顺。他们既没有激情的光焰,也没有伤感的脆弱,始终全是僵尸,只是面带轻蔑挑衅的狞笑,死死盯着我的面孔。"你和我们有什么关系?"那种表情仿佛在说,"你对虚幻的家族一度所拥有的那些微权力已经离你而去了!

你用它换成政府给的菲薄的金币了。那就走吧,去赚你的薪水吧!"简言之,我自己想象中的这些几乎蛰伏的人物揶揄着我的低能,而且也没什么不公平。

　　我的每日生活,不仅仅在山姆大叔有权占有的那三个半小时中深为烦人的麻木所左右。那种感觉还伴随着我去海滨散步,去乡间闲逛,以至随时随地与我寸步不离——在为数不多而且不很情愿的情况下,我鼓励自己去寻求大自然魅力的滋补,过去每当我跨出老宅的门限时,总会使我思路十分清新活跃。使我智力活动迟钝的这同一种麻木,又陪同着我回家,在我十分荒谬地称作书斋的我那房间里,压抑着我。直到深夜,当我坐在僻静的客厅中,只靠月光和煤火照亮,殚精竭虑地进一步勾勒着虚构的场面,以便第二天可以在缤纷描绘的纸页上放射光芒的时候,这种麻木仍不肯离我而去。

　　既然想象的功能在这种时刻拒绝启动,也就不便勉为其难了。月色射进一个熟悉的房间,白花花地落在地毯之上,把图案照得清晰可见——虽然把一切物体都照得纤毫毕现,但仍不能与晨光与午日的可见度相比——这正是一位罗曼史作家同他虚幻的人物结识的最适合的中介。这里有熟知的住所的小小家居场景,有一把把特色各异的椅子,中间有一张桌子,上面摆着一个针线筐、一两卷书和一盏没点的灯,还有沙发、书柜、墙上的画——这些细部全都看得一清二楚,全都被这非比寻常的光线照得活灵活现,仿佛失去了物质的实体,而变成了有灵性的东西。在经历这场变化并由此获得的这种尊严中,没有什么东西是太小太琐碎可言的。一只童鞋,一个安放在藤条小车内的玩具娃娃,一个摇动木马——以及诸如此类的物件,简言之,白天用过或玩过的东西,此刻虽几如阳光下那样生动地呈现着,却被赋予了一种生疏幽远的品性。于是,我们熟悉的这座房间的地面,变成了一个中间地带,介乎真实世界和缥缈仙境之间,**实在**和**虚幻**可以相遇,并以各自的本质相互浸润。鬼魂可以步入此地而无须使我们惊惧。设若我们环顾四周,发现了已经离去的亲人的形体,此刻却静悄悄地坐在这神秘的月色之中,那副神情会使我们捉摸不透它到底是从远方归来了呢,抑或从来没在我们的炉边挪动过,由于我们已经如此身景合一,定当见怪不怪了。

不知何故有些发暗的煤火,在形成我要描述的效果中,具有根本性的影响。那煤火射出无孔不入的光芒,照遍全室,为墙壁和顶棚涂上一层黯淡的红晕,从锃亮的家具上映出辉光。这暖光与月色的清冽灵性融为一体,实际上把人心的柔情和敏感传达给虚幻出来的形体,将其从雪人变成了男男女女。我们瞥上一眼镜子,就会看见——在那镜框之内的深处——半熄半燃的无烟煤闷火的红光,地板上的银白月色,以及这幅画面的全部明暗的反反复复,其中有一个人从现实进一步向前移动,更接近了想象。于是,在这样的时刻,面对这样的场面,他独自一人坐在那里,如果还不能幻想出奇妙的事情,并使其栩栩如生的话,他就再也不需要撰写罗曼史了。

但是,对我来说,在我的全部海关生涯中,月色与日光和炉火泛亮,在我看来都十分相像,哪一个也不比摇曳的烛光更有助益。所有的感受和与之相联的天赋——谈不上丰富多彩或价值连城,都是我所拥有的最佳禀性——全都弃我而去了。

不过,我依然坚信,只要我尝试不同次序的结构,我的才能就不会如此不得要领和毫无灵验了。比如,我完全可以满意地写出一位退休船长成了稽查员的故事,由于他那口若悬河的讲故事的天才,几乎没有一天不使我捧腹大笑和敬佩不已,我如果不加以叙述,实在是老大不敬。假如我能保存他叙事风格的形象生动的力量以及生活传授给他的加在描写中的幽默色彩,我心悦诚服地相信,其结果必会在文学上平添新意。不然的话,我随时都可以另谋一项更严肃的任务。由于这种务实的日常生活如此紧迫地压在我身上,当我那不可捉摸的美丽肥皂泡每时每刻都因和某些现实环境的粗糙接触而破灭时,试图把我自己抛回另一个时代,或者坚持要凭空创造另一个天地的模样,是愚蠢的。更聪明的办法,是把力量用于将构思和想象渗透进晦暗而实在的现今,并使之成为明亮的透明体;用于把开始变得如此沉重的负担升华到脱俗的程度;用于坚定地寻求隐藏于烦人的琐事和我如今所熟悉的普通人中的不可摧毁的真正价值。咎责在我。在我面前展开的生活篇章之所以看似枯燥乏味,只是因为我没有挖掘更深层的含义。我将要写出来的最好的书就在那里:仿佛由飞掠而过的现实所写就的篇章一页页地呈现在我面前,然而仅仅由于我的头脑没有顿悟,我的手指又缺乏熟巧,而未能将其记录下来,致使那些篇章又以下笔如飞的同等快速消逝了。或许,在将来的某一天,我会记起些许片言只语和断章碎节,将其书写下来,使纸页上的文字变作黄金。

  这种感觉来得太迟了。此时此刻,我只意识到:本来是乐趣的体验如今成了无可奈何的折磨。对于这种状态是没有什么理由可大为哀叹的。我已经不再是勉强写些粗劣故事和散文的作家,而成了一位说得过去的海关督察了。如此而已。然而,无论如何,也只能认定是受着一种疑虑的笼罩:智力已经衰退,或者如同乙醚从小瓶中逸出一样,不知不觉地就散失了;因此,每瞥上一眼,你只会发现一种不那么容易挥发的更少的残存物。这一事实是不容置疑的,经过验证我自己和其他人,我就政府机构对人性格的影响得出了结论:对我们如今所谈论的这种生活方式颇不以为然。或许,今后我会以一些别的形式来发展这种影响。目前只要说一点就够了:一位长期担任海关官员的人很难具备值得称道和受人尊敬的人格,个中原因很多;其中之一是他维持局面靠的是职位,另一条则是这种职业的本质,虽说我相信是诚笃的,却属于将一个人排斥在人类的共同努力之外的那一种。

  一种影响——我相信在每个踞有这种职位的人身上都或多或少地显而易见——便是,当他依傍着共和制的强大手臂时,他本人特殊的能力便会离他而去。他失去了自立的能力,其程度与他本来禀性的强弱成比例。如果他具备与生俱来的非同一般的能力,而那种职位上的较弱的魔力在他身上作用的时间又不太久的话,他失去的力量尚可赎回。被免职的官员——这种不讲情面的撤职及时地把他推回了一个拼搏的世界,由他去奋争,总算是不幸之中的万幸——倒可以就此回归他的自我,恢复他本来的面目。可惜这种情况很少发生。一般地说,他总要坚持他的岗位,直到毁掉自己,然后心力交瘁地离职,充其量也只能沿着崎岖的生活小径,踽踽而行了。他既然意识到自己的脆弱——他历经锻炼的刚性与柔性已全然失去——,在随后谋求外界对他的支持时,便永远是茫然四顾,心情怅惘了。他那持续不断并无处不在的希冀——面对一切沮丧却无视其无能为力,这种希冀无非是让他终生魂牵梦系的幻觉,而且依我之见,如同阵阵发作的霍乱的痛苦一般,在他死后还要折磨他一个短时间——只是不久之后有朝一日能够喜从天降,让他重返官场。这种胜过一切的寄托成了他事业心的精髓,使他拒不考虑从事任何其它事情的可能性。既然过不多久,他的山姆大叔的强有力的手臂即将提携和支持他,他又何必胼手胝足、历尽艰辛从泥泞中向外挣扎呢?当他不用多久,也就是个把月的时间吧,就能从他的大叔的钱袋里拿到一小堆亮闪闪的金币,为什么还要在这里为糊口而工作或者到加利福尼亚去淘金呢?微不足道的官瘾竟足以使一个可怜的家伙染上这种不治之症,看起来奇怪,却是多么可悲啊。山姆大叔的金币——并不意味着对这位高尚的"老先生"的老大不敬——就这一点而论,无异于魔鬼的工薪那样能够惑人。无论谁触摸到那种金币,务须小心为妙,否则,他会发现这笔交易对他苛刻不利,他付出的即使不是他的灵魂,也会是他的许多优秀品质:他的毅力、勇敢和不懈,他的真诚、自立以及一切值得重视的阳刚之气。

　　这是多么精致的远景展望啊!并非督察本人已经充分吸取了这一教训,或者由于连任或撤职而承认他已经不可救药。无论如何,我的反应并不是那么惬意。我开始变得孤僻和不安;不停地内省,以便发现有哪些可怜的特性业已消失,对于其余部分的损坏又已增长到何等程度。我竭力计算着我还能在海关待多久而尚能保持人格。说实话,我最忧虑的——因为绝不会有某条政策要培养我这样的沉默寡言的人,也难以有什么规定从本质上要一位政府官员辞职——,因此也是我的主要烦恼,便是我会在督察的任上变得须发苍白,未老先衰,像老稽查那样完全判若两人。我所面对的这种日复一日的冗长乏味的办公室生涯,难道不会像伴随我这位可尊敬的朋友一般使我终老此生,把正餐时间当作一天的中心,而把其余的时光像一条老狗似的用来在阳光下或阴凉处瞌睡吗?一个人如果觉得如此虚掷他的才能和情感便是幸福的最佳定义的话,这又是多么阴郁的期盼啊!然而,我始终在庸人自扰罢了。上天为我考虑妥了比我为自己所能想象的更好的安排。

　　我任督察的第三年,发生了——用"本教区执事"的口吻来说——

一桩非凡事件,便是泰勒将军①当选为总统。为了全面估价官僚生涯的优越性,必须从一开始便观察一个采取不友善态度的执政者。当时他的地位令人出奇地厌倦,所做的每一件事都令人难以接受,一个倒霉鬼恐怕也不过如此任职了;由于颠来倒去也少有好的选择,即使可能是最好的事情,在他面前也像是最坏的了。他被一些既不爱戴又不理解他的人玩弄于股掌之上,而且,既然伤害和感激二者必居其一,他是受到他们伤害而不是得到他们感激的;对于一个又骄傲又敏感的人来说,了解这一点倒是满奇妙的体验。同样奇妙的是:一个在征战中始终泰然自若的人,居然要在凯旋之时观察嗜血行为的肆虐,何况他明知道他本人就在目标之列!人类本性中没有什么比这种倾向更丑陋的了——我如今目睹的这种特性是在不比他们的邻人更坏的人们身上——:仅仅因为他们拥有伤害他人的权力就变得更残忍了。如果加诸公务员身上的这种断头台当真是事实而不是最贴切的比喻的话,我倒衷心相信,获胜党派的狂热分子们会激动得足以砍掉我们所有人的头颅,并感谢上苍给予了他们这一机会!在我这样一个无论胜负都始终是平静和好奇的旁观者看来,这种凶狠恶毒的怨恨报复精神如今在辉格党人身上的突出表现,是我所属的党派在取得众多胜利时所从未有过的。民主党人掌权,一般地说,是因为他们需要这份权力,而且还因为多年的实践使之成为政争的规律,即:除非宣布了另一种制度,否则低声抱怨便是一种懦弱的行径。不过,长期习惯于获胜,使他们慷慨大度了。当他们看准机会时,懂得如何网开一面;而当他们下手时,斧头确实可能是锋利的,但斧刃上却绝少恶毒;而且他们也不惯于对刚砍下的头颅不光彩地再踢上一脚。

简言之,我无非是处境堪忧而已,却有足够的理由庆幸自己处于失败的一方而不属于获胜的一派。如果说此前我从来不是什么最热衷的党徒,而如今当此危难之际,我却开始对我所偏爱的党派密切关注了;根据对机遇的理智的估量,我不无遗憾和惭愧地看到,我留任的前景要

---

① 扎彻瑞·泰勒(1784—1850),有四十年军龄的将军,以智勇双全而在对墨西哥的战争中受到尊崇,一八四九年作为辉格党人当选为美国第十二届总统,坚决反对扩展蓄奴州,任职仅十六个月即猝死。

优于我的那些民主党人兄弟们。但是谁又能看透鼻尖前一英寸的未来呢？我的头颅竟然是第一个落地的！

我倒认为，一个人头颅落地之时，绝少是他一生中最为惬意之际。然而，如果遭难者能够把落到他头上的这场灾难变成好事而不是坏事，哪怕如此之意外，也同我们的大多不幸一样，总会有补救和安慰的途径。就我的具体情况而论，安慰的题目唾手可得，事实上，这个题目早在需要派上用场之前的相当一段时间，就已在我的冥想当中出现了。考虑到我先前对官场的厌倦和隐约的辞职念头，我的幸运有些类似一个原本乐于接受自杀的人却刚好遭到了谋害，尽管这是他始料未及的。我在海关和先前在老宅一样，度过了三个春秋，这样的任期长得足以要休息一下疲惫的脑筋了，而且长得打破了文人墨客的老习惯，有了养成新习惯的余地，还长得——实在太长了——无法再在一种不自然的状态下生活，做着对任何人来说都确实既无益又无趣的事情，使自己不得在这个世界上耕耘，或者至少无法平息内心不宁静的冲动。再者，我这位卸任督察对于遭到无礼解职，毫无被辉格党人视作敌人的那种不快，这是因为我怠于政治事务——我宁可自由自在地在大家都会相遇的广阔静谧的田野里闲逛，也不愿在同仁们互相回避的那些狭窄的小径上拘束自己——，有时使我的民主党兄弟们怀疑我是不是他们的自己人。如今，在我赢得了殉难的桂冠之后（可惜再没有头颅可戴了），上述的疑问看来是有了答案。最后，我生性并不英勇，在我乐于支持的党派落败、众多能人倒台之际，我遭到撤职，总要比当一个孤零零的幸存者看起来正派得多；何况，在仰仗一个不友好的政府的施舍吃了四年的残羹剩饭之后，总算被迫重新确定自己的位置，又何必要索取一个友善的政府的更羞辱人的恩赐呢。

与此同时，新闻界抓住了我这件事，使我在一两个星期之内屡屡见报，令我陷入绝境，如同欧文的无头骑士①一般；直叫我哭笑不得，巴不得像政治僵尸应得的下场那样被埋葬掉。关于我的自我比喻就不多赘

---

① 华盛顿·欧文（1783—1859），美国独立后第一个享有国际声誉的作家，号称"美国文学之父"，他在《睡谷的传说》一书中利用了民间流传的鬼怪故事中的"无头骑士"。

述了。那个真人，肩上可始终长着头颅，已经为自己得出了自我安慰的结论：一切事情都有好的一面；于是便对墨水、纸张和钢笔进行了投资，打开我长期弃置未用的记事本，重新当上了作家。

现在，我那位早先的前任普督察先生的呕心沥血之作开始活跃起来。由于长期闲散，我的思维机器已经生锈，要想写出效果令人比较满意的故事，总需要一点时间。即使我的思绪最终几乎全神贯注到这一任务上，但在我看来，由于被和暖的阳光反衬得过于令人不快，却对柔和了几乎所有的自然景象和现实生活、并且无疑会柔和其每一幅画面的温情和亲切的影响展现得过少，这故事总有一种严峻的昏暗外观。这种无法迷人的效果，或许是由于仍处于尚未完成转变的时期，故事尚在成形中的骚动阶段。但这并不意味着作家的头脑中缺乏兴奋的情绪，因为当他在这些毫无阳光的幻想的朦胧中徘徊时，比起他告别老宅以来的任何时刻都要感到高兴。构成本卷的一些较短的文章便是我从公务生活的艰辛和荣誉不自主地退出以来所写就的，其余的则辑自报刊，内容都是当年广为流传、如今又经创新的故事①。由于全集都贯穿着关于政治断头台的隐喻，书名可考虑定为《一位被砍头②的督察的遗稿》；而我即将收笔的此篇随笔，如果对一位谦虚君子来说，生前就公之于世显得过于自传化的话，大可认为他是行将就木前所书而予以原宥。愿全世界都安息吧！我祝福我的朋友们！我原谅我的敌人们！因为我已经置身于安详王国之内了！

海关生涯如同身后的梦幻。那位老稽查——我顺便遗憾地说，他不久前坠马身亡，否则必然会一直活下去——连同和他一起坐在海关收税处的所有那些年高德劭的人物，在我的心目中只是一些影子：在我的想象中曾时常追随的那些白发苍苍、满脸皱纹的形象，如今已一去不复返了。那些商人们——平格里、菲力普斯、谢帕德、厄普顿、金保尔、勃特拉姆、汉特以及半年之前与我熟稔如故的许多别的姓名——，那些似乎在世上举足轻重的运输业人士，都是多么快地不仅在行动上，而且

---

① 原编者注：作家在撰写本文时，原拟连同《红字》出版若干短篇小说和小品，但经重新考虑，认为还是以推迟发表为佳，故此处的设想并未付诸实现。

② 原文为 decapitated，亦有"（因政治原因）被撤职"的含义。

在回忆中,就同我失去了任何联系啊!我是颇费了一番心血才记起为数不多的几个人的身影和称谓。同样不用多久,我的故乡也会在一团记忆的朦胧中变得晦暗,为一层浓雾笼罩和包围;犹如它并不是真实世界的一部分,而只是一片空中楼阁,只有想象中的居民住在其间的木头住宅之中,走在陋巷和毫无色彩的冗长的通衢之上。因此,故乡也就不再是我生活的现实。我已经是别处的市民了。我的那些善良的乡亲也不会对我深感抱憾;因为故乡虽然在我的文学创作中依然和别的东西一样亲切,在他们的心目中仍然颇为重要,我的众多先人居住和埋葬的这处地方还是为我带来了愉快的回忆,但于我却从来缺乏一个文人为了获得智力加工的丰收而需要的真正气氛。反倒是我在其他面孔中间会做得更为出色;何况,不消说,这些熟人没有我尽可以过得同样美好。

然而——噢,变换和获胜的思绪!——目前这一代人的曾孙们或许有时会善意地回想起我这位撰写往事的作家,因为当怀念往昔的日子到来时,他的故事可以指出,在城镇那些值得纪念的遗迹中,**镇上的水泵**的所在地!

第一章 狱 门

一群身穿黯色长袍、头戴灰色尖顶高帽、蓄着胡须的男人,混杂着一些蒙着兜头帽或光着脑袋的女人,聚在一所木头大房子前面。房门是用厚实的橡木做的,上面密密麻麻地钉满大铁钉。

新殖民地的开拓者们,不管他们的头脑中起初有什么关于人类品德和幸福的美妙理想,总要在各种实际需要的草创之中,忘不了划出一片未开垦的处女地充当墓地,再划出另一片土地来修建监狱。根据这一惯例,我们可以有把握地推断:波士顿的先民们在谷山一带的某处地方修建第一座监狱,同在艾萨克·约翰逊①地段标出头一块茔地几乎是在同一时期。后来便以他的坟茔为核心,扩展成王家教堂的那一片累累墓群的古老墓地。可以确定无疑地说,早在镇子建立十五年或二十年之际,那座木造监狱就已经因风吹日晒雨淋和岁月的流逝而为它那狰狞和阴森的门面增加了几分晦暗凄楚的景象,使它那橡木大门上沉重的铁活的斑斑锈痕显得比新大陆的任何陈迹都益发古老。像一切与罪恶二字息息相关的事物一样,这座监狱似乎从来不曾经历过自己的青春韶华。从这座丑陋的大房子门前,一直到轧着车辙的街道,有一片草地,上面过于繁茂地簇生着牛蒡、蒺藜、毒莠等等这类不堪入目的杂草。这些杂草显然在这块土地上找到了共通的东西,因为正是在这块土地上早早便诞生了文明社会的那株黑花——监狱。然而,在大门的一侧,几乎就在门限处,有一丛野玫瑰挺然而立,在这六月的时分,盛开着精致的宝石般的花朵,这会使人想象,它们是在向步入牢门的囚犯或跨出阴暗的刑徒奉献着自己的芬芳和妩媚,借以表示在大自然的深深的心扉中,对他们仍存着一丝怜悯和仁慈。

---

① 艾萨克·约翰逊,北美马萨诸塞英国殖民地的创始人。

由于某种奇异的机缘,这一丛野玫瑰得以历劫而永生;至于这丛野玫瑰,是否仅仅因为原先严严实实地遮蔽着它的巨松和伟橡早已倒落,才得以在古老而苛刻的原野中侥幸存活,抑或如为人深信不疑的确凿证据所说,当年圣徒安妮·哈钦逊①踏进狱门时,它便从她脚下破土而出,我们不必费神去确定。既然我们要讲述的故事要从这一不祥的门口开篇,而恰恰在门限处一眼便可望见这丛野玫瑰,我们怎能不摘下一朵玫瑰花,将其呈献给读者呢!但愿这株玫瑰花,在叙述这篇人性脆弱和人生悲哀的故事的进程中,能够象征道德之花的馥郁,而在读完故事阴森凄惨的结局时,仍可以得到一些慰藉。

---

① 安妮·哈钦逊(1591—1643),出生于英国的北美殖民地教士,她认为灵魂的拯救只有通过个人对上帝感化的直觉,而不是依靠善行。此主张触怒马萨诸塞宗教界,并引起论战和分裂。一六三七年遭审讯并被逐出,她和家人迁居罗得岛,后在纽约州被印第安人杀死。

第二章 市　场

　　二百多年前一个夏日的上午,狱前街上牢房门前的草地上,满满地站着好大一群波士顿的居民,他们一个个都紧盯着布满铁钉的橡木牢门。如若换成其他百姓,或是推迟到新英格兰后来的历史阶段,这些蓄着胡须的好心肠的居民们板着的冷冰冰的面孔,可能是面临凶险的征兆,至少也预示着某个臭名昭著的罪犯即将受到人们期待已久的制裁,因为在那时,法庭的判决无非是认可公众舆论的裁处。但是,由于早年清教徒性格严峻,这种推测未免过于武断。也许,是一个慵懒的奴隶或是被家长送交给当局的一名逆子要在这笞刑柱上受到管教。也许,是一位唯信仰论者①、一位教友派②的教友或信仰其它异端的教徒被鞭挞出城,或是一个闲散的印第安游民,因为喝了白人的烈酒满街胡闹,要挨着鞭子给赶进树林。也许,那是地方官的遗孀西宾斯老夫人那样生性恶毒的巫婆,将要给吊死在绞架上。无论属于哪种情况,围观者总是摆出分毫不爽的庄严姿态;这倒十分符合早期移民的身份,因为他们将宗教和法律视同一体,二者在他们的品性中融溶为一,凡涉及公共纪律的条款,不管是最轻微的还是最严重的,都同样令他们肃然起敬和望而生畏。确实,一个站在刑台上的罪人能够从这样一些旁观者身上谋得的同情是少而又少、冷而又冷的。另外,如今只意味着某种令人冷嘲热讽的惩罚,在当时却可能被赋予同死刑一样严厉的色彩。

　　就在我们的故事发生的那个夏天的早晨,有一情况颇值一书:挤在人群中的好几位妇女,看来对可能出现的任何刑罚都抱有特殊的兴趣。

---

① 一种主张基督徒可以按照福音书中所阐明的受到感化的美德而摆脱道德法律约束的教派。
② 或称"贵格派"或"公谊会",是一个没有明确的教义,也没有常任牧师,而靠内心灵光指引的教派。

那年月没有那么多文明讲究,身着衬裙和撑裙的女人们公然出入于大庭广众之中,只要有可能,便要扭动她们那并不娇弱的躯体,挤进最靠近刑台的人群中去,也不会给人什么不成体统的感觉。那些在英伦故土上出生和成长的媳妇和姑娘们,比起她们六七代之后的漂亮的后裔来,身体要粗壮些,精神也要粗犷些;因为通过家系承袭的链条,每代母亲遗传给她女儿的,即使不是较她为少的坚实有力的性格,总会是比较柔弱的体质、更加娇小和短暂的美貌和更加纤细的身材。当时在牢门附近站着的妇女们,和那位堪称代表女性的男子气概的伊丽莎白①相距不足半个世纪。她们是那位女王的乡亲:她们家乡的牛肉和麦酒,佐以未经提炼的精神食粮,大量充实进她们的躯体。因此,明亮的晨曦所照射着的,是宽阔的肩膀、发育丰满的胸脯和又圆又红的双颊——她们都是在遥远的祖国本岛上长大成人的,远还没有在新英格兰的气氛中变得白皙与瘦削些。尤其令人瞩目的是,这些主妇们多数人一开口便是粗喉咙、大嗓门,要是在今天,她们的言谈无论是含义还是音量,都足以使我们瞠目结舌。

"婆娘们,"一个满脸横肉的五十岁的老婆子说,"我跟你们说说我的想法。要是我们这些上了一把年纪、名声又好的教会会友,能够处置海丝特·白兰那种坏女人,倒是给大伙办了件好事。你们觉得怎么样,婆娘们?要是那个破鞋站在眼下咱们这五个姐们儿跟前听候判决,她能够带着那些可敬的官老爷们赏给她的判决溜过去吗?老天爷,我才不信呢!"

"听人说,"另一个女人说,"尊敬的丁梅斯代尔教长,就是她的牧师,为了在他的教众中出了这桩丑事,简直伤心透顶啦。"

"那帮官老爷都是敬神的先生,可惜慈悲心太重喽——这可是真事,"第三个人老珠黄的婆娘补充说,"最起码,他们应该在海丝特·白兰的脑门上烙个记号。那总能让海丝特太太有点怕,我敢这么说。可她——那个破烂货——她才不在乎他们在她前襟上贴个什么呢!哼,

---

① 即伊丽莎白一世(1533—1603),一五五八至一六〇三年在位的英国都德王朝女王,在她统治期间,英国空前强大,戏剧也极度繁荣,莎士比亚的创作即在此时。

你们等着瞧吧,她准会别上个胸针,或者是异教徒的什么首饰,挡住胸口,照样招摇过市!"

"啊,不过,"一个手里领着孩子的年轻媳妇轻声插嘴说,"她要是想挡着那记号就随她去吧,反正她心里总会受折磨的。"

"我们扯什么记号不记号的,管它是在她前襟上还是脑门上呢?"另一个女人叫嚷着,她在这几个自命的法官中长相最丑,也最不留情,"这女人给我们大伙都丢了脸,她就该死。难道说没有管这种事的法律吗?明明有嘛,圣经里和法典上全都写着呢。那就请这些不照章办事的官老爷们的太太小姐们去走邪路吧,那才叫自作自受呢!"

"天哪,婆娘们,"人群中一个男人惊呼道,"女人看到绞刑架就害怕,除去这种廉耻之心,她们身上难道就没有德行了吗?别把话说得太重了!轻点,喂,婆娘们!牢门的锁在转呢,海丝特太太本人就要出来了。"

牢门从里面给一下子打开了,最先露面的是狱吏,他腰侧挎着剑,手中握着权杖,那副阴森可怖的模样像个暗影似的出现在日光之中。这个角色的尊容便是清教徒法典全部冷酷无情的象征和代表,对触犯法律的人最终和最直接执法则是他的差事。此时他伸出左手举着权杖,右手抓着一个年轻妇女的肩头,拽着她向前走;到了牢门口,她用了一个颇能说明她个性的力量和天生的尊严的动作,推开狱吏,像是出于她自主的意志一般走进露天地。她怀里抱着一个三个月左右的婴儿,那孩子眨着眼睛,转动她的小脸躲避着过分耀眼的阳光——自从她降生以来,还只习惯于监狱中的土牢或其它暗室那种昏暗的光线呢。

当那年轻的妇女——就是婴儿的母亲——全身伫立在人群面前时,她的第一个冲动似乎就是把孩子抱在胸前;她这么做与其说是出于母爱的激情,不如说可以借此掩盖钉在她衣裙上的标记。然而,她很快就醒悟过来了,用她的耻辱的一个标记来掩盖另一个标记是无济于事的,于是,索性用一条胳膊架着孩子,她虽然面孔红得发烧,却露出高傲的微笑,用毫无愧色的目光环视着她的同镇居民和街坊邻里。她的裙袍的前胸上露出了用红色细布做就、周围用金丝线精心绣成奇巧花边的一个字母 A。这个字母制作别致,体现了丰富而华美的匠心,佩在衣服上构成尽美尽善的装饰,而她的衣服把她那年月的情趣衬托得恰到好处,只是其艳丽程度大大超出了殖民地俭朴标准的规定。

那年轻妇女身材颀长,体态优美之极。她头上乌黑的浓发光彩夺目,在阳光下熠熠生辉。她的面孔不仅皮肤滋润、五官端正、容貌秀丽,而且还有一对鲜明的眉毛和一双漆黑的深目,十分楚楚动人。就那个时代女性举止优雅的风范而论,她也属贵妇之列;她自有一种端庄的风韵,并不同于如今人们心目中的那种纤巧、轻盈和不可言喻的优雅。即使以当年的概念而言,海丝特·白兰也从来没有像步出监狱的此时此刻这样更像贵妇。那些本来就认识她的人,原先满以为她经历过这一磨难,会黯然失色,结果却惊得都发呆了,因为他们所看到的,是她焕发的美丽,竟把笼罩着她的不幸和耻辱凝成一轮光环。不过,目光敏锐的旁观者无疑能从中觉察出一种微妙的痛楚。她在狱中按照自己的想象,专门为这场合制作的服饰,以其特有的任性和别致,似乎表达了她的精神境界和由绝望而无所顾忌的心情。但是,吸引了所有的人的目光而且事实上使海丝特·白兰焕然一新的,则是在她胸前熠熠闪光的绣得妙不可言的那个**红字**,以致那些与她熟识的男男女女简直感到是第一次与她谋面。这个红字具有一种震慑的力量,竟然把她从普通的人间关系中超脱出来,紧裹在自身的氛围里。

"她倒做得一手好针线,这是不用说的。"一个旁观的女人说,"这个厚脸皮的淫妇居然想到用这一手来显摆自己,可真是从来没见过!我说,婆娘们,这纯粹是当面笑话我们那些规规矩矩的官老爷,这不是借大人先生们判的刑罚来大出风头吗?"

"我看啊。"一个面孔板得最紧的老太婆咕哝着,"要是我们能把海丝特太太那件讲究的衣袍从她秀气的肩膀上扒下来,倒挺不错;至于她绣得稀奇古怪的那个红字嘛,我倒愿意赏给她一块我害风湿病用过的法兰绒破布片,做出来才更合适呢!"

"噢,安静点,街坊们,安静点!"她们当中最年轻的同伴悄声说,"别让她听见你们的话!她绣的那个字,针针线线全都扎到她心口上呢。"

狱吏此时用权杖做了个姿势。

"让开路,好心的人们,让开路,看在国王的份上!"他叫嚷着,"让开一条路;我向诸位保证,白兰太太要站的地方,无论男女老少都可以看清她的漂亮的衣服,从现在起直到午后一点,保你们看个够。祝福光明正大的马萨诸塞殖民地,一切罪恶都得拉出来见见太阳!过来,海丝特太太,在这市场上亮亮你那鲜红的字母吧!"

围观的人群中挤开了一条通路。海丝特·白兰跟着在前面开路的狱吏,身后尾随着拧眉攒目的男人和心狠面恶的女人的不成形的队伍,走向指定让她示众的地方。一大群怀着好奇心来凑热闹的小男孩,对眼前的事态不明所以,只晓得学校放了他们半天假,他们一边在头前跑着,一边不时回过头来盯着她的脸、她怀中抱着的眨着眼的婴儿,还有她胸前那个丢人现眼的红字。当年,从牢门到市场没有几步路。然而,要是以囚犯的体验来测量,恐怕是一个路途迢迢的旅程;因为她虽说是高视阔步,但在人们逼视的目光下,每迈出一步都要经历一番痛苦,似乎她的心已经给抛到街心,任凭所有的人碾踩践踏。然而,在我们人类的本性中,原有一条既绝妙又慈悲的先天准备:遭受苦难的人在承受痛楚的当时并不能觉察到其剧烈的程度,反倒是过后延绵的折磨最能使其撕心裂肺。因此,海丝特·白兰简直是以一种安详的举止,度过了此时的磨难,来到市场西端的刑台跟前。这座刑台几乎就竖在波士顿最早的教堂的檐下,看上去像是教堂的附属建筑。

事实上,这座刑台是构成整个惩罚机器的一个组成部分,时隔二三代人的今天,它在我们的心目中只不过是一个历史和传统的纪念,但在当年,却如同法国大革命时期恐怖党人的断头台一样,被视为教化劝善的有效动力。简言之,这座刑台是一座枷号示众的台子,上面竖着那个惩罚用的套枷,做得刚好把人头紧紧卡住,以便引颈翘首供人观瞻。设计这样一个用铁和木制成的家伙显然极尽羞辱之能事。依我看来,无论犯有何等过失,再没有比这种暴行更违背我们的人性的了,其不准罪人隐藏他那羞惭的面容的险恶用心实在无以复加;而这恰恰是这一刑罚的本意所在。不过,就海丝特·白兰的例子而论,倒和多数其它案子相仿,她所受到的惩处是要在刑台上罚站示众一段时间,而无须受扼颈囚首之苦,从而幸免于这一丑陋的机器最为凶残的手段。她深知自己此时的角色的意义,举步登上一段木梯,站到齐肩高的台上,展示在围观人群的众目睽睽之前。

设若在这一群清教徒之中有一个罗马天主教徒的话,他就会从这个服饰和神采如画、怀中紧抱婴儿的美妇身上,联想起众多杰出画家所竞先描绘的圣母的形象;诚然,他的这种联想只能在对比中才能产生,因为圣像中那圣洁清白的母性怀中的婴儿是献给世人来赎罪的。然而在她身上,世俗生活中最神圣的品德,却被最深重的罪孽所玷污了,其结果,只能使世界由于这妇人的美丽而更加晦暗,由于她生下的婴儿而益发沉沦。

在人类社会尚未腐败到极点之前,目睹这种罪恶与羞辱的场面,人们还不致以淡然一笑代替不寒而栗,总会给留下一种敬畏心理。亲眼看到海丝特·白兰示众的人们尚未失去他们的纯真。如果她被判死刑,他们会冷冷地看着她死去,而不会咕哝一句什么过于严苛;但他们谁也不会像另一种社会形态中的人那样,把眼前的这种示众只当作笑柄。即使有人心里觉得这事有点可笑,也会因为几位至尊至贵的大人物的郑重出席,而吓得不敢放肆。总督、他的几位参议、一名法官、一名将军和镇上的牧师们就在议事厅的阳台上或坐或立,俯视着刑台。能有这样一些人物到场,而不失他们地位的显赫和职务的威严,我们可以有把握地推断,所做的法律判决肯定具有真挚而有效的含义。因之,人群也显出相应的阴郁和庄重。这个不幸的罪人,在数百双无情的目光紧盯着她、集中在她前胸的重压之下,尽一个妇人的最大可能支撑着自己。这实在是难以忍受的。她本是一个充满热情、容易冲动的人,此时她已使自己坚强起来,以面对用形形色色的侮辱来发泄的公愤的毒刺和利刃;但是,人们那种庄重的情绪反倒隐含着一种可怕得多的气氛,使她宁可看到那一张张僵刻的面孔露出轻蔑的嬉笑来嘲弄她。如果从构成这一群人中的每一个男人、每一个女人和每一个尖嗓门的孩子的口中爆发出哄笑,海丝特·白兰或许可以对他们所有的人报以倨傲的冷笑。可是,在她注定要忍受的这种沉闷的打击之下,她时时感到要鼓足胸腔中的全部力量来尖声呼号,并从刑台上翻到地面,否则,她会立刻发疯的。

然而,在她充当众目所瞩的目标的全部期间,她不时感到眼前茫茫一片,至少,人群像一大堆支离破碎、光怪陆离的幻象般地朦胧模糊。

她的思绪,尤其是她的记忆,却不可思议地活跃,越出这蛮荒的大洋西岸边缘上的小镇的粗创的街道,不断带回来别的景色与场面;她想到的,不是那些尖顶高帽帽檐下藐视她的面孔。她回忆起那些最琐碎零散、最无关紧要的事情;孩提时期和学校生活,儿时的游戏和争吵,以及婚前在娘家的种种琐事蜂拥回到她的脑海,其中还混杂着她后来生活中最重大的事件的种种片断,一切全都历历如在目前;似乎全都同等重要,或者全都像一出戏。可能,这是她心理上的一种本能反应:通过展现这些各色各样、变幻莫测的画面,把自己的精神从眼前这残酷现实的无情重压下解脱出来。

无论如何,这座示众刑台成了一个瞭望点,在海丝特·白兰面前展现出自从她幸福的童年以来的全部轨迹。她痛苦地高高站在那里,再次看见了她在老英格兰故乡的村落和她父母的家园:那是一座破败的灰色石屋,虽说外表是一派衰微的景象,但在门廊上方还残存着半明半暗的盾形家族纹章,标志着远祖的世系。她看到了她父亲的面容:光秃秃的额头和飘洒在伊丽莎白时代老式环状皱领上的威风凛凛的白须;她也看到了她母亲的面容,那种无微不至和牵肠挂肚的爱的表情,时时在她脑海中萦绕,即使在母亲去世之后,仍在女儿的人生道路上经常留下温馨忆念的告诫。她看到了自己少女时代的光彩动人的美貌,把她惯于映照的那面昏暗的镜子的整个镜心都照亮了。她还看到了另一副面孔,那是一个年老力衰的男人的面孔,苍白而瘦削,看上去一副学者模样,由于在灯光下研读一册册长篇巨著而老眼昏花。然而正是这同一双昏花的烂眼,在一心要窥测他人的灵魂时,又具有那么奇特的洞察力。尽管海丝特·白兰那女性的想象力竭力想摆脱他的形象,但那学者和隐士的身影还是出现了:他略带畸形,左肩比右肩稍高。在她回忆的画廊中接下来升到她眼前的,是欧洲大陆一座城市里的纵横交错又显得狭窄的街道,以及年深日久、古色古香的公共建筑物,宏伟的天主教堂和高大的灰色住宅①;一种崭新的生活在那里等待着她,不过仍和

---

① 指荷兰的阿姆斯特丹,可参见下章。据历史记载,当年在英国受迫害的清教徒,先逃亡到荷兰,随后才移居新大陆。

那个畸形的学者密切相关;那种生活像是附在颓垣上的一簇青苔,只能靠腐败的营养滋补自己。最终,这些接踵而至的场景烟消云散,海丝特·白兰又回到这片清教徒殖民地的简陋的市场上,全镇的人都聚集在这里,一双双严厉的眼睛紧紧盯着她——是的,盯着她本人——她站在示众刑台上,怀中抱着婴儿,胸前钉着那个用金丝线绝妙地绣着花边的鲜红的字母 A!

这一切会是真的吗?她把孩子往胸前猛地用力一抱,孩子哇的一声哭了;她垂下眼睛注视着那鲜红的字母,甚至还用指头触摸了一下,以便使自己确信婴儿和耻辱都是实实在在的。是啊!——这些便是她的现实,其余的一切全都消失了!

第三章 相 认

这个身佩红字的人终于从充当众目严厉注视的对象的强烈意识中解脱出来，因为她此时注意到人群的外圈站着一个身影，那个人立刻不可遏止地占据了她的头脑。一个身着土著装束的印第安人正站在那里，但在这块英国殖民地中，红种人并非鲜见，此时有这么一个人站在那儿，不会引起海丝特·白兰的任何注意，更不会把一切其它形象和思绪一概从她的头脑中排挤出去。在那个印第安人的身边，站着一个身上混穿着文明与野蛮服装的白种人，无疑是那印第安人的同伴。

他身材矮小，满脸皱纹，不过还很难说年事已高。他一望可知是个智慧出众的人，似乎智力上的高度发展不可能不引起形体上的变化，从而在外表上具备了显著的特征。尽管他似乎是漫不经心地随便穿了件土人的衣服，其实是要遮掩或减少身体的怪异之处，但海丝特·白兰仍一眼便看出那个人的两肩并不一般高。她一看到了那人瘦削、多皱的面孔和稍稍变形的躯体，便不由自主地再一次把婴儿紧搂在胸前，直弄得那可怜的孩子又疼得哭出了声。但做母亲的好像对此听而不闻。

在那个不速之客来到市场、海丝特·白兰还没看到他之前，他的目光早已直勾勾地盯上了她。起初，他的目光只是随随便便的，像是一个习惯于洞察他人内心的人，除非外表上的什么东西与内心有关，否则外观便既无价值又不重要。然而，他的目光很快就变得犀利而明察秋毫了。他的面孔上掠过一阵痛苦的恐怖，像是一条蛇在上面迅速蜿蜒，因稍停片刻，而使那盘踞的形体清晰可见。他的脸色由于某种强有力的内心冲动而变得阴暗，不过他立刻用一种意志力控制住，使这种脸色稍纵即逝，换上了一副可以说是平静的表情。仅仅过了瞬间，那种痉挛就几乎消逝得无影无踪，终于沉积在他天性的深渊。当他发现海丝特·

白兰的目光与他的目光相遇,并且看来已经认出了他时,他便缓慢而平静地举起一个手指,在空中做了一个姿势,然后把手指放在自己的嘴唇上。

随后,他碰了碰旁边站着的一个本镇居民的肩膀,礼数周到地开了腔。

"我请问您,好心的先生,"他说,"这位妇女是谁?——为什么要站在这里示众受辱?"

"你大概在这儿人生地不熟,朋友,"那个镇上人一边回答,一边好奇地打量这个发问的人和他的不开化的同伴,"不然的话,你一定会听到过海丝特·白兰太太,还有她干的丑事。我可以向你保证,她在虔诚的丁梅斯代尔牧师的教堂里已经引起了公愤。"

"您算说对了,"那人接口说,"我是个外地人,一直迫不得已地到处流浪。我在海上和陆上屡遭险衅,在南方不信教的人当中给囚禁了很久;如今又给这个印第安人带到这里来找人赎身。因此,请问您肯不肯告诉我,海丝特·白兰——我把她的名字说对了吗?——这个女人犯了什么过错,给带到那座刑台上呢?"

"真的,朋友,我想,你在人迹罕到的地方历经劫难之后,"那个镇上人说,"终于来到我们这块敬仰上帝的新英格兰,心里一定挺高兴的;这里的一切罪恶都要当众揭发出来,在长官和百姓面前加以惩罚呢。那上边站着的女人嘛,先生,你应该知道,是一个有学问的人的妻子,男人生在英国,但已经长期在阿姆斯特丹定居,不知为了什么,他好久以前想起要漂洋过海,搬到我们马萨诸塞这地方来。为此,他先把他妻子送来,自己留在那边处理那些免不了的事。天啊,好心的先生,在差不多两年的时间里,也许还没那么久呢,这女人一直是我们波士顿这儿的居民,那位学者白兰先生却始终没有一点音讯;而他这位年轻的老婆,你看,就自个儿走上了邪道——"

"啊!——啊哈!——我明白了,"那陌生人苦笑着说,"照您说的,这位饱学之士本应在他的书本中也学到这一点。那么,您能不能开个恩告诉我,先生,谁可能是那婴儿的父亲呢?我看,那孩子——就是白兰太太怀里抱着的,也就有三四个月吧。"

"说实在的,朋友,那件事还是一个谜呢;像但以理①那样聪明的解谜人,我们这儿还没有哪。"那镇上人回答说,"海丝特太太守口如瓶,地方官挖空心思也白费劲。说不定那个犯下罪的人正站在这儿看这个让人伤心的场面呢,可别人还不知道正是他干的,他可忘了上帝正盯着他哪。"

"那个学者,"那陌生人又冷笑着评论说,"应该亲自来调查调查这桩奇案。"

"要是他还活着,是该由他来办的。"那镇上人附和着说,"唉,好心的先生,我们马萨诸塞的当局认为,这个女人年轻漂亮,准是受了极大的诱惑才堕落的——何况,很可能,她的丈夫已经葬身海底——那些当官的不敢大胆地用我们正义的法律强制判她极刑。论罪,她是该处死的。但是,由于他们心肠软,大慈大悲,只判了白兰太太在刑台上站三个小时,以后,在她的有生之年,胸前要永远佩带一个耻辱的标记。"

"好聪明的判决!"那陌生人沉重地垂下头说,"这样她就成了告诫人们抵制罪恶的活训条了,直到那个耻辱的字母刻到她的墓碑上为止。不过,让我不痛快的是,那个和她通同犯罪的人居然没有在刑台上陪她站着,这本来是最起码的嘛。反正他会让人知道的!——会让人知道的!——他一定会让人知道的!"

他向和他谈话的那镇上人恭恭敬敬地鞠了一躬,又跟他的印第安随从耳语了几句,便双双穿过人群挤到前边去了。

在这段时间里,海丝特·白兰一直站在高台上,牢牢盯视着那陌生人;她的注意力完全集中到他身上,那一阵子,她的视界内的一切目标全都从她眼前消失了,只剩下了他和她两个人。或许,在另外一种场合同他邂逅要益发可怕。如今呢,她那本来只该在壁炉旁恬静的柔光中、在家中幸福的暗处或在教堂的庄严气氛笼罩下才能看到的姿容,却在聚拢来的全镇人面前,被大家像看热闹似的死盯着:炎炎的午日烧灼着她的面孔,照亮了脸上的耻辱,她胸前佩着丑陋的鲜红标记,怀中抱着因罪孽而生下的婴儿。此情此景虽然可怕,但她却感到这数以千计的

---

① 据传为《旧约·但以理书》的作者,被视为最贤明的裁判者。

旁观者的存在倒是一种庇护。她这样站着,在她和他之间隔着这么多人,总比只有他们俩面面相觑要好受一些。她确实向这种示众场面寻求着避难之所,唯恐这顶保护伞会从她身边撤掉。她的脑际充满了这种种念头,对于她身后传来的话语竟然充耳不闻,直到后来那严肃的话音越来越高地一再重复她的名字,使得在场的所有的人都听得一清二楚了。

"听我说,海丝特·白兰!"那声音喊道。

前面已经提及,就在海丝特·白兰站立的高台的正上方,有一处阳台,或者说是露天走廊,是从议事厅延伸出来的。当年,在地方长官开会中间如果要发布什么公告,需要镇民都来出席聆听时,就在这里举行种种仪式。今天,为了目睹我们上面所描写的场面,贝灵汉总督亲自坐镇,椅子后面站着四个持戟的警卫充当仪仗。他帽子上插着一支黑羽毛,大氅上绣着花边,里面衬着的是黑丝绒紧身衣;他是一位年长的绅士,皱纹中印下了他的艰苦的经历。他出任这一地区的首脑和代表很适当,因为这一殖民地的起源和发展及其现状,并非取决于青春的冲动,而有赖于成年的严厉和老练,以及老年的权谋和手腕;他们所以能成就颇多,恰恰因为他们的幻想和希望有限。环绕着这位总督的其他显要,一个个都威风凛凛,因为他们所属的时代,官方机构被公认为具有神权制度的神圣性。不消说,他们都是为人圣洁、主持正义的好人。然而,要从整个人类大家庭中遴选出同等数量的英明贤德之士绝非易举,假如让这种人坐下来审判一个犯了罪的女人的心灵,并分清善与恶的交错盘结,比起海丝特·白兰此时转过身来面对着的这伙表情僵滞的圣人们,不一定高明多少。确实,她似乎深知这一点,不管她期待着什么样的同情,只能到人群中的博大及温暖的胸怀中去寻求,因此,当她抬眼朝阳台上望去时,这个不幸的女人立时面色苍白,周身战栗了。

刚才呼喊她注意的声音发自德高望重的约翰·威尔逊牧师,他是波士顿神职人员中年事最高的一位,如同当年从事这一职业的他的同辈人一样,他也是一位大学者,此外,他还是个亲切和蔼的人。不过,他的这种待人亲切和蔼的心肠,并没有像他那聪明才智的头脑一样得到仔细认真的栽培,老实讲,于他来说,这种好心肠与其值得自我庆幸,不如视作一种耻辱。他站在那里,便帽下面露出一绺灰白的假发;他那双习惯于他的书斋中朦胧光线的灰色眼睛,在这纤尘不染的阳光中,也像海丝特的婴儿的眼睛一样眨着。他那副样子就像我们在古旧的经书扉页上看到的黑色木刻肖像;而当他此时迈步向前,干预人类的罪孽、情欲和苦恼时,他的权力也并不比那些肖像为多。

"海丝特·白兰,"那牧师说道,"我已经同我这里这位年轻的兄弟争论过,而你正是有幸坐听他布道的,"——此时威尔逊先生把手放在身边一个脸色苍白的年轻人的肩头——"我说,我曾经试图说服这位虔诚的青年,要由他面对苍天,在这些英明而正直的长官面前,在全体人民的旁听之下,来处理你的问题,触及你罪孽中邪恶而阴暗的一面。由于他比我更了解你的秉性,他应该是个更合格的法官,他更清楚应该选用什么样的刚柔相济的辞令,来克服你的桀骜不驯;以使你不再隐瞒那个诱惑你如此堕落的人的姓名。然而,尽管他的才华超出了他的年龄,却仍有年轻人的优柔,他同我争辩说,强制一个妇女在光天化日之下和大庭广众之中,敞开自己内心的隐私,是和妇女的本性格格不入的。确实,我试图说服他,耻辱在于苟且罪孽的当时,而不在于袒露罪孽的事后。你再说一遍吧,丁梅斯代尔兄弟,你对此看法如何?到底该由你呢还是由我,来探究这可怜的罪人的灵魂呢?"

阳台上那些道貌岸然、可尊可敬的先生们彼此一阵交头接耳;贝灵汉总督表达了这阵窃窃私语的主旨,他说话时语气庄重威严,不过仍含有对他招呼着的那年轻牧师的尊敬。

"善心的丁梅斯代尔牧师先生,"他说,"你对这女人的灵魂负有极大的责任。因此,应该由你来规劝她悔过和招供,以证明你尽职尽责并非枉然。"

这番直截了当的要求把整个人群的目光都吸引到了丁梅斯代尔牧师的身上;他是毕业于英国一所名牌大学的年轻牧师,把当时的全部学识都带到我们这片荒野密林的地带来了。他那雄辩的口才和宗教的热情早已预示了他在自己的职业中将要飞黄腾达。他的外貌颇具魅力,有着高耸、白皙的额头和一双忧郁的褐色大眼,至于他的嘴唇,如果不是紧紧闭着,就会易于颤抖,表明了他既有神经质的敏感又有极大的自制力。尽管他有极高的天赋和学者般的造诣,这位年轻的牧师身上却流露出一种忧心忡忡和惊慌失措的神色,恰似一个人在人生道路上偏离了方向,颇有迷惘之感,只有把自己封闭起来才觉得安然。因此,只要他的职责允许,他就在浓荫密布的小径上漫步,借以保持他自己的纯真和稚气;必要时,便会带着清新馥郁和露水般晶莹纯洁的思想迈步走出来,正如许多人所说,使他们感受到天使般的言辞。

威尔逊牧师先生和总督大人作了公开介绍并引起大家注意的,正是这样一个年轻人。他们要他在众人当场聆听的情况下,来盘诘那个女人灵魂中的秘密——而她的灵魂虽然受到玷污,依然神圣不可侵犯。他被置于尴尬的境地,直逼得他面颊上失去血色,双唇不停地颤抖。

"跟这个女人谈谈吧,我的兄弟。"威尔逊先生说,"这是她灵魂的关键时刻,而正如令人崇敬的总督大人所说,由于你对她的灵魂负有职责,因此,这对你自己的灵魂也同样是关键时刻。劝诫她招认真情吧!"

丁梅斯代尔牧师先生低下头去,像是在默默祈祷,然后便迈步向前。

"海丝特·白兰,"他俯身探出阳台,坚定地朝下凝视着她的眼睛说着,"你已经听到了这位好心的先生所讲的话,也已经看到了我所肩负的重任。如果你感到这样做了可以使你的灵魂得以平静,使你现世所受的惩罚可以更有效地拯救你的灵魂,那么我就责令你说出同你一起犯罪的同伙和同你一起遭罪的难友!不要由于对他抱有错误的怜悯和温情而保持沉默吧;因为,请你相信我的话,海丝特,虽然那样一来,他就要从高位上走下来,站到你的身边,和你同受示众之辱,但总比终生埋藏着一颗罪恶的心灵要好受得多。你的沉默对他能有何用?无非是诱引他——啊,事实上是迫使他——在罪孽上再蒙以虚伪!上天已经赐给你一个当众受辱的机会,你就该借以光明磊落地战胜你内心的邪恶和外表的悲伤。现在呈献到你唇边的那杯辛辣而有益的苦酒,那人或许缺乏勇气去接过来端给自己,可我要提请你注意,不要阻止他去接受吧!"

青年牧师的话音时断时续,听起来甜美、丰润而深沉,实在撼人心肺。那明显表达出来的感情,要比言词的直接涵义更能拨动每个人的心弦,因此博得了听众一致的同情。甚至海丝特怀中那可怜的婴儿都受到了同样的感染:因为她此时正转动始终还是空泛的视线,盯向丁梅斯代尔先生,还举起两条小胳膊,发出一阵似忧似喜的声音。牧师的规劝实在具有说服力,以致在场的所有的人都相信,海丝特·白兰就要说出那罪人的姓名了;否则,那个犯罪的男人自己,不管此时站在高处或低位,也会在内心必然的推动之下,走上前来,被迫登上刑台。

海丝特摇了摇头。

"女人,你违背上天的仁慈,可不要超过限度!"威尔逊牧师先生更加严厉地嚷道,"你那小小的婴儿都用她那天赐的声音,来附和并肯定你所听到的规劝了。把那人的姓名说出来吧!那样,再加上你的悔改,将有助于从你胸前取下那红字。"

"我永远不会说的!"海丝特·白兰回答说,她的眼睛没有去看威尔逊先生,而是凝视着那年轻牧师的深沉而忧郁的眼睛,"这红字烙得太深了。你是取不下来的。但愿我能在忍受我的痛苦的同时,也忍受住他的痛苦!"

"说吧,女人!"从刑台附近的人群中发出的另一个冷酷的声音说,"说出来吧;让你的孩子有一个父亲!"

"我不说!"海丝特回答着,她的脸色虽然变得像死人一样惨白,但还是对那个她确认无疑的声音作出了答复,"我的孩子应该寻求一个上天的父亲;她将永远不会知道有一个世俗的父亲的!"

"她不肯说!"丁梅斯代尔先生喏嚅着。他一直俯身探出阳台,一只手捂住心口,等候着听他呼吁的结果,这时他长长吐了一口气,缩回了身体。"一个女人的心胸是多么坚强和宽阔啊!她不肯说!"

那年长的牧师看出来这可怜的罪人一意孤行,他对此早已成竹在胸,便对人群发表了一通论述罪恶的演讲,他列举了形形色色的罪过,并且时时涉及那不光彩的字母。他在长达一个多小时的演讲中,详尽地叙述着这个标记,他那强有力的言辞在人们的耳际反复轰鸣,在他们的心头引起了新的恐惧,似乎把这个标记用炼狱之火染得通红。与此同时,海丝特·白兰始终带着一种疲惫的淡然神情,在她的耻辱台上凝眸端立。那天早晨,她忍受了人性所能承担的一切;由于她的气质决定了她不会以昏厥来逃避过于强烈的苦难,她的精神只能躲藏在麻木的石质硬壳下,而令动物生命的机能依然无损。因此,那位布道者的声音虽在她耳畔残酷无情地响如雷鸣,但却无济于事。在她备受折磨的这后一段时间,那婴儿的尖声哭号直贯云霄;她虽下意识地想哄着孩子安静下来,但似乎对婴儿的不安无动于衷。她就这样木雕泥塑般地又给带回监狱,从众人眼前消失在钉满铁钉的牢门后面。那些目光随着她身影窥视的人耳语着说,她胸前的红字在牢内黑漆漆的通路上投下了一道血红的闪光。

第四章　会　面

　　海丝特·白兰返回监狱之后，便陷入一阵神经质的激动之中，必须有人片刻不离地看守着她，以防止她做出自戕之举，或在一时狂乱之中对可怜的婴儿有所伤害。夜幕将临，人们发现无论是大声呵斥抑或是以惩罚作威胁，对于她的不顺从都无济于事，看守布莱基特先生便主张请来一个医生给她看看。按照他的介绍，那医生不但精通基督教的各种医术，而且熟谙从野蛮人那里学来的长在林间的一切草药。老实讲，需要医生诊治的，不仅是海丝特本人，倒是那孩子更为急迫。由于她要从母亲的乳汁中汲取营养，似乎同时吸进了渗透在母亲肌体中的一切骚动、痛楚和绝望。此时，她正在痛苦的痉挛中扭动着，那小小的身躯成了海丝特·白兰一天中所忍受的精神上的极度痛苦的有力的具体表现。

　　那个外表奇特的陌生人紧跟在看守身后走进了凄凉的牢房，他上午在人群中露面的时候，曾经引起了红字佩带者的深切注意。长官们后来安排他暂时栖身狱中，倒不是担心他会做出什么有害之举，而是在和印第安头人们协商他的赎身问题之前，只有如此才最为方便妥善。据称他名叫罗杰·齐灵渥斯。看守把他领进牢房之后，刚逗留了片刻，室内居然随那人的到来而安静下来，使看守颇为诧异；此时婴儿虽然依旧呻唤不止，海丝特·白兰却立刻像死去一般地僵呆了。

　　"朋友，请让我和我的病人单独待一会儿，"那医生说道，"请相信我吧，好看守，你管的这间牢房很快就会安静下来的；而且我还向你保证，白兰太太将从此遵从执法长官，不会再像原先那样了。"

　　"嘿，要是你老先生能够做到这一条，"布莱基特看守回答说，"我可要承认你真是手到病除了！真的，这女人一直像是魔鬼缠身；我简直使尽了招数，就差用鞭子把撒旦从她身上赶走啦。"

陌生人心平气和地走进牢房,那态度倒和他自称的医生职业相称。看守退出以后,只剩他和那女人面面相对时,他依然平静如初,尽管她在人群中曾经那么专注地望着他,已经说明他俩之间的关系密切异常。他先诊视那孩子,是啊,那婴儿躺在轮床上辗转哭泣,使他不能不撇下其它,把平息她作为当务之急。他仔细地诊视了孩子,然后从怀里掏出一个皮匣。里面像是装着药物,他取出一粒,搅进一杯水里。

"我过去对炼金术的研究,"他述说着,"再加上过去一年里生活在一个精通草药品性的民族中间,使我比许多科班出身的医生更高明。听我说,妇人!这孩子是你的——和我毫无血缘——她也不会把我的音容认作是她父亲的。所以,还是由你亲手给她喂药吧。"

海丝特推开了他举着的那剂药,两眼疑虑重重地紧盯着他的面孔。

"你打算在这无辜的婴儿身上发泄你的仇恨吗?"她悄声说。

"愚蠢的女人!"那医生不冷不热地应道,"加害于这样一个不幸的私生婴儿,难道我发疯了?给她喝下去会药到病除的;即使她是我的孩子——对,既是我的,当然也就是你的!——我也没有更好的药了。"

她仍然迟疑不决,事实上,她的头脑此时已经不清醒了。他便借机抱过婴儿,亲自给她喂了药。药力很快便见了效,看来医生说话算数。患病的小家伙的呻唤平息了,痉挛般的扭动也逐渐停止了,过了一会儿,她就像病儿解除痛苦之后惯见的那样,香甜地进入了梦乡。那医生如今可以当之无愧了,这才探视做母亲的。他仔细认真、专心致志地为她摸脉,还观察她的眼睛——他的盯视本是如此熟悉,此时却陌生而冷酷,直看得她的心都抽搐了,收紧了——最后,他满意地结束了诊断,开始调和另一剂药。

"我不懂得什么迷魂汤或忘忧草之类的东西,"他说道,"但我在那些野蛮人中间学到了许多新诀窍,这里的就是其中一种——这是一个印第安人教给我的一种偏方,以报答我传授给他的像巴拉塞尔苏斯①那样一些老掉牙的知识。喝下去吧!这药也许不如一颗无罪的良心那样让人舒服。那种良心我可没办法给你。不过,这剂药像是把油倒在

---

① 巴拉塞尔苏斯(1493—1541),瑞士的炼金术士和医生。

暴风雨掀起的海浪上,总可以平息你那澎湃翻腾的情欲。"

他把杯子端给海丝特,而她在接过杯子的时候,眼睛缓缓地打量着他的面孔,她的目光中说不上有什么恐惧,倒是充满了怀疑和探究,想弄清他的目的何在。她接着又看了看她那熟睡的孩子。

"我想到过死,"她说,"我巴不得去死——甚至还祈祷过上帝要我去死,如果我还能够有所祈求的话。不过,要是这杯药可以置我于死地,在你眼看着我一口吞下去之前,我请求你再想一想。看!杯子已经沾到我嘴唇了。"

"那就喝吧。"他回答着,依然冷酷如前,不动声色,"难道你这么不了解我吗,海丝特·白兰?我的目标会如此浅薄吗?即使我心里想着复仇的念头,为了达到我的目标,比起让你活着——比起给你药吃,让你解除身体的危害——以便让这灼热的耻辱可以继续烧烫你的胸膛,难道我还有什么更高明的做法吗?"他一边说着,一边把长长的食指放到那红字上,那字立刻火烧火燎地像是烙进了海丝特的胸膛。他注意到她那不由自主的姿势,微微一笑。"所以说,还是活下去吧,在男男女女的眼前,——在你确曾称作丈夫的人眼前,——在这个孩子的眼前,承受你注定的命运吧!那么,为了你可以活下去,把这药吃下去。"

海丝特·白兰无须再听劝告,也没有再加拖延,便举杯将药一饮而尽,然后,按照这个手段高明的男人的示意,坐到了孩子睡着的床上;而他则拉过牢房中唯一的一把椅子,坐在她的旁边。她面对这种种安排,不由得周身颤栗起来;因为她感觉到——在完成这一切由人道或原则,或者,果真如此的话,由一种优雅的残忍迫使他做出这些解脱她肉体上痛苦的事情之后——下一步,他就要作为被她无可挽回地深深伤害了的人来对待她了。

"海丝特,"他说,"我不对你盘诘:出于什么原因或以何种方式,你堕入了深渊,或者宁可说,你登上了耻辱的刑台——我正是在那儿见到你的。原因唾手可寻。那就是我的愚蠢和你的软弱。我,——一个有头脑的人,——一个博览群书的蛀书虫,——一个已经老朽的人,已经把我的大好年华都用来充实我对知识的饥渴之梦了,——我与你这样的青春与美貌已经无关了!我生来畸形,我怎能自欺,竟以为知识和智能可以在年轻姑娘的心目中掩盖肉体的缺陷！人们都认为我聪明,如果智者有自知之明,我早就该预见到这一切了。我原先就应料到,当我走出那浩渺的莽林,步入这基督徒的居住区时,首先映入我眼帘的就是你本人,海丝特·白兰,作为不光彩的形象,高高站在众人面前。唉,从我们新婚燕尔,一起走下那古老教堂的门阶的那一刻起,我就应该看到:在我们道路的尽头燃着红字的熊熊烈火！"

"你知道,"海丝特说,——尽管她十分沮丧,但依旧无法忍受刚才在她耻辱的标记上那平和的一戳——"你知道我一向对你很坦率。我没有感受到爱情,我也不想装假。"

"的确,"他回答说,"那是我的愚蠢！我刚才已经说过了。不过,直到我生命的那一刻为止,我都白活了。整个世界都是那么郁郁寡欢！我的心宽敞得可以容下好多客人,但孤寂而凄凉,没有一处家居的壁炉。我多盼望能点燃一炉火啊！看来这并非非分之想,——尽管我年老,我阴沉,我畸形,——可这种天南地北人人都可以用来温暖自己的最朴素的福分,我也能够享有才是。于是,海丝特,我就把你装进了心窝,放进最深的地方,想用你给我的温暖来温暖你！"

"我让你太受委屈了。"海丝特讷讷着说。

"我们彼此都让对方受了委屈,"他回答说,"是我先委屈了你,我把你含苞的青春同我这朽木错误地、不自然地嫁接在一起,从而断送了你。因此,作为一个没有白白具有思想而且懂得哲理的人,我对你既不谋求报复,也不怀有邪念。在你我之间,天平保持了相当的平衡。不过,那个坑害了你我二人的人还活着,海丝特！他是谁？"

"不要问我！"海丝特·白兰定睛望着他的面孔回答说,"这一点你永远不会知道的！"

"永远不,你是这么说的吗？"他接口说,脸上露出阴沉和自信的笑意,"永远不会知道他！相信我吧,海丝特,还没有什么事情,——无论是在外部世界上的,还是在不可见的某种思想深处之中的——都没有什么事情能够逃过一个对解决神秘问题孜孜以求的人的眼睛。你可以对那些刨根问底的群众隐藏你的秘密。你也可以对那些牧师和大人们掩饰你的秘密,即使在他们像今天所做的那样,竭力想把那人的名字从你心中挤轧出来,让你们结伴示众的时候,也是枉然。至于我呢,我要用他们所不具备的其它感觉来寻求答案。我要像我在书本中探索真理、用炼金术提炼黄金那样去找出这个男人。我可以靠一种共同感应来觉察出他来。我要看着他浑身战抖。我会突然而不自主地感到自己在颤栗。或迟或早,他必将落入我的掌握之中!"

那个满脸皱纹的学者的眼睛,亮闪闪地死盯住海丝特·白兰,直逼得她用双手紧紧捂住胸口,唯恐他马上从那儿读到她的秘密。

"你不想说出他的名字吗?反正他逃不出我的手心。"他接着说,露出得意的神情,似乎是他在主宰命运,"他的衣服上没有像你一样缝着耻辱的字母;但我仍可以洞察他的内心。不过不必为他担心!不要以为我会扰乱上天的惩治方法,或者,把他揭露出来,诉诸人间的法律去制裁,那样我会得不偿失。你也不要猜想我会设法勾销他的生命;不,我也不会诋毁他的名誉的,要是我判断得对,他是一个颇有名望的人。让他活着吧!反正他逃不出我的手心!"

"你的行动像是在发慈悲,"海丝特困惑而惊恐地说,"可你的言辞只能让人感到害怕!"

"既然你曾经是我的妻子,我要求你必须做到一点,"那学者继续说,"你始终不肯泄露你的奸夫。那就也为我保密吧!这地方没人认识我。绝对不要对任何人露一点口风,说我曾经是你的丈夫!这里,在地球的这块蛮荒野地里,我要扎下我的帐篷;因为在别的地方我也是一个漂泊者,与世人的兴趣隔绝,但在这里我发现了一个女人、一个男人、一个孩子,我和他们之间存在着最紧密的联系。不管是爱还是恨;也不管是对还是错!你和你的人,海丝特·白兰,都属于我。你在哪儿,他在哪儿,我的家就安在哪儿。但你别把我泄露出去!"

"你为什么要这样呢?"海丝特怯生生地问,她也说不清她怎么会由于这一秘密的约束而畏缩了,"你为什么不公开站出来,把我立刻抛弃呢?"

"可能是,"他答道,"因为我不愿意蒙受一个不忠实的女人给丈夫带来的玷辱。也许是别的什么原因。总之,我的目标是生生死死不为人所知。因此,让这里的人都以为你丈夫已经死了吧,关于他,不应再有任何消息了。无论从言谈间,从表情上,还是从动作上,都要装作不认识我!别露一点口风,尤其对你恋着的那个男人。要是你在这点上坏了我的事,你就小心点吧!他的名誉,他的地位,他的生命,全都握在我的手心里。当心吧!"

"我将像为他保密一样来为你保密。"海丝特说。

"发个誓吧!"他接茬说。

她于是起了誓。

"现在,白兰太太,"老罗杰·齐灵渥斯说——从今以后我们就这么称呼他了,"我丢下你不管了;让你和你的婴儿,还有那红字,一起过日子吧!怎么样,海丝特?判决是不是规定你睡觉时也要佩着那标记?你难道不怕睡魔和凶梦吗?"

"你干吗要这样子冲我笑?"海丝特对着他的目光费解地问,"你打算像那个在森林里作祟的黑男人一样纠缠着我们吗?你是不是已经把我引进了一个圈套,证明我的灵魂给毁掉了呢?"

"不是你的灵魂,"他说着,又露齿一笑,"不,不是你的!"

第五章　海丝特做针线

海丝特·白兰的监禁期满了。牢门打开,她迈步走到阳光下。普照众生的日光,在她那病态的心灵看来,似乎只是为了暴露她胸前的红字。这是她第一次独自步出牢门,比起前面所描写的在众目睽睽之下前呼后拥,走上千夫所指的示众受辱台,这才是一次真正的折磨。那天,她为一种反常的神经紧张和个性中全部好斗的精神所支撑,使她能够将那种场面变成一种惨淡的胜利。更主要的,那是在她一生中独一无二的一次个别的孤立事件,因此她可以不惜调动在平静的岁月中足够多年消耗的生命力去应付一时之需。就惩办她示众的法律而论,那是一个外貌狰狞的巨人,其铁腕既可以消灭她,也可以支撑她,正是法律本身扶持着她挺过了那示众的可怕煎熬。然而此时此刻,从孑然一身步出狱门起,她就要开始过一天又一天的正常生活了;她必须以自身的普通体力支撑自己活下去,否则只有倒在生活下面。她再也不能靠预支生命力来帮助自己度过目前的悲痛。明天还要有明天的考验与之俱来,后天也会如此,再下一天仍会如此;每天都有每天的考验,然而在忍受难以言喻的痛苦这一点上又都是一样的。遥远的未来的时日,仍有其要由她承载的重荷,需要她一步步捱下去,终生背负着,永远不得抛却;日复一日,年复一年,都将在耻辱的堆积上再叠上层层苦难。她将在长年累月之中,放弃她的个性,而成为布道师和道学家指指点点的一般象征,借以形象具体地说明女性的脆弱与罪孽的情欲。他们将教育纯洁的年轻人望着她——这个胸前佩带着灼热鲜明的红字的女人;望着她——这个有着可敬的父母的孩子;望着她——这个有着今后会长成女人的婴儿的母亲;望着她——这个原本是纯洁无辜的女人;把她当作罪恶的形象、罪恶的肉体和罪恶的存在。而她必将带到坟墓中去的那个耻辱,将是矗立在她坟上的唯一墓碑。

这事说来令人不可思议：既然她的判决词中没有限制她不得超越清教徒居民区的条款，那么在这片边远偏僻的土地之外，她面对着整个世界，原可以自由地回到她的出生地或任何其它欧洲国家，改头换面，隐姓埋名，一切从新开始；她还面对着通向阴森莫测的莽林的道路，也可以在那里逃脱制裁她的法律，使自己不驯顺的本性在生活习俗完全两样的民族中相得益彰。看来实在不可思议的是，她竟然仍把这地方视作自己的家园；而恰恰在这里，况且也只有在这里，她才会成为耻辱的典型。但确实有一种天数，一种具有冥冥之力的如此不可抗拒和难以避免的感情，迫使人们像幽灵般出没并滞留在发生过为他终生增色添辉、引人瞩目的重大事件的地方，而且那事件的悲伤色调愈浓，人们也就愈难以背离那块地方。她的罪孽，她的耻辱，便是她深扎于此地的根。她在这块土地上好像获得了比她降生人世更具融溶力量的新生，海丝特·白兰的这一新生把所有其他移民和飘泊者仍感到格格不入的森林地带，变成了她自己荒凉阴郁但却是终生安身立命之家。世界上别的景色，甚至包括她度过幸福的童年和无瑕的少女时期的英格兰乡村——像是早已换下的衣服，交给她母亲去保管了——，相比之下，那些地方在她眼里都是他乡异地了。将她束缚在这里的，是深深嵌进她心灵深处的铁打的锁链，永远不可能断裂了。

虽然她向自己隐藏着那个秘密，但只要那个秘密像蟒蛇出洞似的从她心中一钻出来，她就会面色苍白，这或许是——应该说无疑是，将她滞留在如此息息攸关的场地和小路上的另一种感情。在这场地上居住着一个人，在这里的小路上踏着他的脚步，虽说不为世人所认可，她却自信他俩已结成一体，并将共同来到末日审判的席位前凭栏而立，在那里举行神圣的婚礼，以共同承担未来的永无止期的报应。人类灵魂的诱惑者一再把这个念头塞进海丝特的脑海，还嘲笑着攫住她的情欲和狂喜，然后又竭力让她抛掉这一念头。她只能对这个念头匆匆一瞥，便又急忙将其闭锁在它的地窖里。终于，她分析出自己在新英格兰继续居留下来的动机，并且迫使自己去相信的，其实只有一半是真情，另一半则是自欺。她对自己说，这里曾是她犯下罪孽的地方，这里也应是她接受人间惩罚的地方；这样，或许她逐日受到的耻辱的折磨最终会荡涤她的灵魂,并产生出比她失去的那个还要神圣的另一个纯洁,因为这是她殉道的结果。

因此,海丝特·白兰并没有出走。在镇郊半岛的边缘上,有一间小茅屋远离居民区。这是原先的一名移民建起后又放弃了的,因为那一带土地过于贫瘠,不宜耕种,况且离群索居,而社会活动当时已成为移民的一个显著的习惯。茅屋位于岸边,隔着一泓海水与西边一片浓荫覆盖的小山相望。半岛上只长着一丛孤零零的矮树,非但没有遮住茅屋,反倒像是在指示出这里有一个目标,而那个目标原本不情愿或至少是应该被挡得看不见的。就在这间孤陋的小屋里,海丝特从仍在严密监视她的当局处获准,用她那菲薄的手段来养活她自己和她的孩子。一个疑虑重重的神秘阴影立刻就缠住了这块地方。年纪尚幼、不理解这个女人为什么会被人类的仁慈拒之门外的孩子们,会蹑手蹑脚地走近前来,窥视她在茅屋窗边飞针走线,窥视她伫立门前,窥视她在小花园中耕作,窥视她踏上通往镇子的小径;待到看清她胸前的红字,便怀着一种害怕受到传染的奇异的恐惧,迅速逃开了。

尽管海丝特处境孤立,世上没有一个朋友敢于露面,然而她倒不致缺衣少穿。她掌握了一门手艺,即使在那片没有太大施展余地的地方,也还足以养活她自己和日见长大的婴儿。这门手艺,无论在当时抑或在现在,几乎都是女性唯一可以一学便会的,那就是做针线活。她胸前佩戴的那个绣得十分绝妙的字母,就是她精致和富于想象力的技艺的一个样品;那些宫廷贵妇们为了在自己的夹金丝织物上增加手工艺装饰品的绚丽和灵性,恐怕也巴不得对此加以利用。诚然,在这里,清教徒们的服饰一般以深黑和简朴为特色,她那些精美的针线活儿可能很少有人问津。不过,时尚总在日益增加对这类精美制品的需求,这也不会影响不到我们严肃的祖先们,他们也确曾抛弃过许许多多看来是难以废除的风气。像授任圣职、官吏就任,以及一个新政府可以对人民显示威仪的种种形式这样一些公众典礼,作为一种成规,执行得庄严有序,显示出一种阴沉而又做作的壮丽。高高的环状皱领、精心编织的饰带和刺绣华丽的手套,都被认定是居官的人夸耀权势的必需品;而且,尽管禁止奢侈的法律不准平民等级效法这一类铺张,但是地位高或财富多的人,随时都可得到豁免。在丧葬活动中也是一样,诸如死者的装殓,或是遗属志哀用的黑丧服和白麻布上种种象征性的图案,都对海丝特·白兰这样的人能够提供的劳动有经常和具体的需求。而婴儿的服装——当时的婴儿是穿袍服的——也为她提供了依靠劳动获得收入的机会。

没过多久,她的针线活就逐渐成为如今称作时髦的款式了。或许是出于对这位如此命苦的女人的怜悯;或许是出于对平淡无奇的事情也要故弄玄虚的少见多怪;或许是出于某种难以解释的原因——这在当时和今天都是有的——某些人苦求不得的,别人却可予取予夺;或许是因为海丝特确实填补了原先的一项空白;不管是什么原因吧,反正求她做针线的活路源源不断,只要她乐意干多少钟点,总有很不错的收入。一些人可能是为了抑制自己的虚荣心,才在一些堂皇庄重的场合专门穿戴由她那双有罪的手缝制的服装。于是,她的针线活便出现在总督的皱领上、军人的绶带上、牧师的领结上,装饰在婴儿的小帽上,还给封闭在死人的棺木中霉烂掉。但是从来没人求她为新娘刺绣遮盖她们纯洁的赧颜的白色面纱,这是记载中绝对没有的。这一绝无仅有的例外说明,社会对她的罪孽始终是深恶痛绝的。

海丝特除去维持生计之外一无所求;她自己过着极其艰苦朴素的生活,对孩子的衣食则稍有宽容。她自己的衣裙用的是最粗糙的料子和最晦暗的颜色,上面只有一件饰物,就是那红字——那是她注定非戴不可的。反之,那孩子的服饰却显得别出心裁,给人一种充满幻想、毋宁说是奇思异想的印象,确实增加了那小姑娘早早就开始显露出来的活泼动人之美,不过,做母亲的给她这样打扮,似乎还有更深的含义。这一点我们以后再说。海丝特除去在打扮孩子上稍有花费外,她把全部积蓄都用在了救济他人上面,尽管那些人并不比她更为不幸,而且还时常忘恩负义地对她横加侮辱。她时常替穷人制作粗布衣服,而如果她把这些时间用来发挥她的手艺,收入原可以更多的。她做这种活计可能有忏悔的念头,不过,她花这么多时间干粗活,确实牺牲了乐趣。她天生就有一种追求富足和奢华的东方人的秉性——一种喜欢穷奢极欲的情调,但这一点在她的全部生活中,除去在她那精美的针线手工中尚可施展之外,已经别无表现的可能了。女人从一针一线的操劳中所能获得的乐趣,是男人无法理解的。对海丝特·白兰来说,可能只有靠这样一种抒发形式,才能慰藉自己对生活的激情。但即使对这绝无仅有的一点乐趣,她也不例外地像看待其它乐趣一样地视为罪过。把良心和一件无关紧要的事情病态地联系在一起,恐怕并不能说明真心实意的忏悔,其背后可能有些颇值怀疑和极其荒谬的东西。

就这样,海丝特·白兰在人世上有了自己的一席之地。由于她生性倔强而且才能出众,虽说人们让她佩带了一个对女性的心灵来说比烙在该隐①额上的印记还要难堪的标志,却无法彻底摒弃她。然而,她在同社会的一切交往中,却只能有格格不入之感。同她有所接触的那些人的一举一动、一言一行,甚至他们的沉默不语,都在暗示,往往还表明:她是被排除在外的;而她的孤凄的处境似乎证明:她是生活在另一个世界中的,只有靠与众不同的感官来同其余的人类交流。对于人们感兴趣的道德问题,她避之犹恐不及,却又不能不关心,恰似一个幽灵重返故宅,但又无法让家人看见或感到,不能和家中的亲人们共笑同悲;即使得以表现出为人禁止的同情,也只能唤起别人的恐惧与厌恶。事实上,她的这种心情以及随之而来的最辛辣的嘲讽,似乎成了她在世人心目中所保留的唯一份额了。在那感情还不够细腻的时代,虽然她深知自己的处境,时刻不敢忘怀,但由于人们不时最粗暴地触痛她最嫩弱的地方,使她清晰地自我感觉到一次次新的剧痛。如前所述,她一心一意接济穷苦人,但她伸出的救援之手所得到的回报却是谩骂。同样,她由于职业关系而迈入富室时,上流社会的夫人们却惯于向她心中滴入苦汁;有时她们不动声色地对她施展阴谋,因为女人们最善于利用日常琐事调制微妙的毒剂;有时她们则明目张胆地攻讦她那毫无防御的心灵,犹如在溃烂的创口上再重重地一击。海丝特长期以来对此泰然处之;她毫无还手之力,只是在苍白的面颊上不禁泛起红潮,然后便潜入内心深处。她事事忍让,确实是一位殉道者,但她不准自己为敌人祈祷——她尽管宽宏大量,却唯恐自己用来祝福的语言会顽强地扭曲成

---

① 《旧约·创世记》中说,该隐是亚当及夏娃之长子,因妒忌而杀死弟弟亚伯。

对他们的诅咒。

　　清教徒的法庭对她极其狰狞地安排下的惩罚,时刻不停地以种种方式使她感到永无休止的悸痛。牧师会在街心停住脚步,对她规劝一番,还会招来一群人围住这可怜的有罪的女人,对她又是嬉笑,又是蹙额。当她走进教堂,一心以为自己会分享众生之父在安息日的微笑时,往往不幸地发现,她正是讲道的内容。她对孩子们渐生畏惧之心,因为他们从父母那里摄取到一种模模糊糊的概念:这个除去一个小孩之外从无伴侣、在镇上踽踽独行的可怕的女人,身上有着某种骇人之处。于是,他们先放她过去,再远远尾随着她尖声喊叫,那些出于无心脱口而出的语言,对他们本无明确的含义,可她听来却同样可畏。她的耻辱似乎已广为传播,连整个自然界都无有不晓了;即使树叶在窃窃私语这一隐私,夏日的微风在悄然四散,冬天的寒风在高声疾呼,她的痛楚也不过如此!此外,一双陌生的眼睛的凝视也会让她感到特别难过。当不速之客毫无例外地好奇地盯着她那红字时,就把那标记又一次烙进海丝特的灵魂;以致她常常禁不住,但终归还是控制住自己,不去用手捂住那象征。其实,熟人的目光又何尝不给她带来苦恼!那种习以为常的冷冷的一瞥真叫她受不了。简而言之,海丝特·白兰始终感到被人们注视那标记的可怕的痛苦;那地方不但永远不会结痂,相反,看来还会随着逐日的折磨而变得益发敏感。

　　但也有时候——好多天有这么一次,或者要好几个月才有这么一次,她会感到一双眼睛——一双人类的眼睛望着她那耻辱的印记,似乎能给她片刻的宽慰,像是分担了她的一半痛苦。但那瞬间一过,更深的刺痛便疾速返回;因为在这短暂的邂逅中,她又重新犯了罪。难道海丝特是独自犯下这罪过的吗?

　　奇特而孤独的生活的折磨,已经在一定程度上影响了她的思绪,设若她精神上怯懦些,心理上脆弱些,这种影响就会更加严重。当她在这个与她表面上保持着联系的小小天地中迈着孤独的步伐走来走去时,海丝特似乎时时觉得,——如果全然出于幻觉,其潜在的力量也是不可抗拒的——她感到或者说想象着,那红字赋予了她一种新的体验。她战战兢兢又不由得不去相信,那字母让她感应到别人内心中隐藏着的罪孽。她对这些启示诚惶诚恐。这些启示意味着什么呢？如若不是那个邪恶的天使的阴险的挑动，难道还能是别的吗？他一心想说服这个目前还只是他的半个牺牲品的、苦苦挣扎着的女人：表面的贞洁不过是骗人的伪装，如果把一处处真情全都暴露在光天化日之下的话，除去海丝特·白兰之外，好多人的胸前都会有红字闪烁的。或许，她应该把那些如此含糊又如此明晰的暗示当作真理来接受吧？在她所有的不幸遭遇中，再没有比这种感受更使她难堪和厌恶的了。这种感受总是不合时宜地涌上心头，令她既困惑又震惊。有时候，当她走过一位德高望重的长官或牧师身边时，她胸前的红色耻辱就会感应出一种悸动——这些人可都是虔诚的楷模和正义的化身，在那个崇尚古风的年代，他们都是人间天使，令人肃然起敬的。每逢这种时刻，海丝特总会自忖："我又遇到什么魔障了吗？"可是，在她勉强抬起的眼睛前面，除去那位活圣人的身形之外，却看不到别人！也有时候，当她遇到某位太太时，望着她们那神圣凛然的面孔，心中便会油然生出一种神秘的姊妹之感，而那位太太却是被众口一词地公认为从来都是冷若冰霜的。那位太太胸中的未见阳光的冰雪和海丝特·白兰胸前的灼热逼人的耻辱，这二者之间有何共同之处呢？还有时候，她周身通电似的战栗会警告说："看啊，海丝特，这位可是你的伙伴！"而她抬头一看，就会发现一双少女的眼睛，羞怯地对红字一瞥，便连忙溜开，脸上迅速泛起一片隐隐可见的冰冷的赧颜，似乎她的女贞因这刹那的一瞥就此受到某种玷辱。啊，用那个致命的象征为护符的恶魔，你无论在青年人还是老年人身上，难道不肯给这个可怜的罪人留下一点值得崇敬的东西吗？——像这样的丧失信仰从来都是罪恶的一种最悲惨的结果啊。所幸，海丝特·白兰仍在竭力使自己相信，世人还没有像她那样罪孽深重；如果承认这一点，就足以证明：这个自身脆弱和男人的严酷法律的可怜的牺牲品，还没有彻底堕落。

在那个压抑人性的古老年月里，凡夫俗子们对他们感兴趣的事情，总要涂上一层荒诞恐怖的色彩，他们就此杜撰了一篇关于红字的故事，我们完全可以随手写成一个骇人的传说。他们曾经断言，那个象征不仅是人间的染缸中染出来的红布，而且还由炼狱之火烧得通红，每逢海丝特·白兰夜间外出,那红字便闪闪发光。而我们应该说,那红字深深烙进海丝特的胸膛,因此在那个传说中包含着比我们如今将信将疑的更多的真理。

第六章　珠　儿

　　我们迄今尚未谈及那个婴儿；那个小家伙是秉承着高深莫测的天意而诞生的一个清白无辜的生命，是在一次罪恶的情欲泛滥中开放的一株可爱而不谢的花朵。当那个凄惨的女人眼睁睁看着她长大，看着她日益增辉添色的娇美，看着她那如颤抖的阳光般笼罩在她小小脸蛋上的智慧的时候，做母亲的感到多么惊诧啊！这是她的珠儿！海丝特这么叫她，并非出于她的外表，因为她绝无珍珠的涵义所包含的那种柔和、洁白和平静的光泽。她给她的婴儿取名"珠儿"，是因为这孩子极其昂贵，是花费了她全部所有才得到的，是她这做母亲的唯一财富！真是太奇妙了！人们用一个红字来标明这女人的罪孽，其潜在的灾难性的功效之深远，使她得不到任何人间的同情，除非那同情和她本人一样罪孽深重。作为她因之受惩的罪孽的直接后果，上帝却赐予了她一个可爱的孩子，令其在同一个不光彩的怀抱中成长，成为母亲同人类世代繁衍的永恒联系，最后居然要让这孩子的灵魂在天国中受到祝福！然而，这种种想法给海丝特·白兰带来的影响，主要还是忧虑而不是希望。她知道她有过罪孽的行为，因此她不相信会有好的结果。她日复一日地心怀悸惧地观察着孩子逐渐成长的天性，唯恐发现什么阴郁狂野的特征，与带来孩子生命的罪孽相应。

　　诚然，孩子身上没有生理缺陷。这婴儿体形完美、精力旺盛，在她稚嫩的四肢的动作中具有天生的灵活，称得起是出生在伊甸园中的；可说是在世上第一对父母被逐出之后，留在园中当作天使们的玩物的。这孩子有一种天然的优雅，这可不是无瑕的丽质所一定具备的；她的衣服无论怎样简朴，见到的人总会认为只有这样穿着才能极尽其美。当然，小珠儿穿的并不是破衣烂衫。她的母亲怀着一种病态的动机——这一点我们以后会看得更加清楚，尽其所能购买最昂贵的衣料，并殚精竭虑来装点孩子的衣裙,供人们去观赏。这个小家伙经这么一打扮,实在漂亮动人,在那晦暗的茅屋的地面上,简直像有一轮圣洁的光环围绕着她——当然,这也是珠儿自身有恰到好处的美丽的光彩,若是把这身灿烂的袍子穿到一个不那么可爱的孩子身上,反倒会黯然失色的。不过,珠儿即使身穿土布袍子,满地打滚地玩,弄得衣服破烂、硬邦邦,她的姿质仍是照样完美。珠儿的外貌中蕴含着万千变化之美:在她这一个孩子身上,综合着从农家婴儿野花似的美到小公主的典雅高贵的气质的无所不包的独到之处。不过,透过这一切,有一种热情的特性和浓重的色调是她永远不会失去的;而这种特性和色调如果在她的任何变化中变得黯淡或苍白,她也就不再是她自己,不再是珠儿了。

外表上的千变万化说明——其实是恰到好处地表现出:她内在生命的多方面的特性。看来除去多方面的特性之外,她也具备深沉之处,只是对她所降临的这个世界还缺乏了解和适应的能力——也许只是由于海丝特忧心忡忡才误以为如此。这孩子根本不懂得循规蹈矩。随着她的诞生,就破坏了一条重大法律;其结果便是:构成这小家伙的素质或许可以说是美艳照人的,但都错了位,或许是本有其独特的次序,只是其安排和变化的要点,实在难以或不可能发现。海丝特只能靠回忆自己当时的情况来分析这孩子的性格:在珠儿从精神世界汲取自己的灵魂、从世上的物质中形成自己的躯体的关键时期,她本人如何如何;但这样推断出来的孩子的性格,仍然是十分模糊不全的。做母亲的激动心态始终是将道德生活的光束传送给孕育着的胎儿的媒介;不管这些光束原先是多么洁白,总要深深地染上中间体的绯红和金黄、火焰般的光辉、漆黑的阴影和飘忽不定的光彩。而最主要的是,当时海丝特的好斗精神也永远注入了珠儿的身心。她能够看到当时笼罩着自己心灵的那种狂野、绝望和挑战的情绪,任性的脾气,甚至还有某种阴郁和沮丧的愁云。如今,这一切都在这小孩子的气质中略见端倪,眼下犹如晨曦照射,在今后的人生岁月中将会充满雨骤风狂。

当年的家规可要比现在严厉得多。怒目瞪视、厉声呵斥和抬手就打,全都有《圣经》可依,这些手段不仅是对错误言行的处罚,而且是作为培养儿童品德的有益措施。然而,海丝特·白兰和珠儿是寡母孤儿,她绝不会对孩子失之苛责。她多少出于自己的失足和不幸,早早便想对她受权负责的婴儿施以慈爱而严格的管教。但这一职责非她所能胜任。海丝特对珠儿试过用笑脸相劝或厉声训斥,但两种办法都不能奏效,最后只好被迫站在一旁,听凭孩子随心所欲了。当然,体罚和管束在施行的当时还是有效的。至于对孩子思想或感情的任何其它教育开导,小珠儿也可能听,也可能不听,全看她当时是否高兴了。还在珠儿是婴儿的时候,她母亲就渐渐熟悉了她的一种特别的神情,那是在告诉母亲,此时对她的一切强制、劝说或请求都将无济于事。那一种神情极其聪慧,又极其费解,极其刚愎,有时又极其凶狠,但总是伴随着一种奔放的情绪,令海丝特在此时无法盘诘:珠儿到底是不是一个凡人的子嗣。她更像是一个飘忽的精灵,在茅屋的地面上作过一阵奇思异想的游戏之后,便要面带嘲笑地飞走了。每逢她那狂野、明亮、漆黑的眼睛中出现那种神情时,她便蒙上一层远不可及的神秘色彩,仿佛正在空中翱翔,随时都可能消失,就像不知来自何处、去往何方的闪光似的。海丝特一看到这情景,就要像追逐逃跑的小精灵那样向孩子扑去,而珠儿也一定要开始逃跑;母亲抓住孩子,把她紧紧贴在胸前,热切地亲吻着,这样做倒不是出自爱的洋溢,而是使自己确信,珠儿是个血肉之躯,并非虚幻之物。但珠儿被抓住的时候,她咯咯的笑声中虽然充满欢乐和鸣,却使母亲较前益发困惑。

海丝特把她花了极其高昂的代价才得到的珠儿,看作她唯一的财富和全部的天地,但她看到在自己和孩子之间十分经常地插入这令她困惑的魔障,则痛心不已,有时还流下热泪。此时,珠儿或许就会——因为无法预见那魔障可能对她有何影响——攥起小手,紧皱眉头,板起面孔,在小脸上露出不满的冷冷表情。也有不少时候,她会再次咯咯大笑,比前一次笑得还响,就像是个对人类的哀伤无从知晓的东西。还有更罕见的,她会因一阵悲恸而全身抽搐,还会抽抽噎噎地说出几个不连贯的词语来表达她对母亲的爱,似乎要用心碎证明她确实有一颗心。不过,海丝特毫无把握使自己相信这种来得快、去得疾的旋风般的柔情。这位母亲将这一切情况前思后想之后,觉得自己像是一个呼唤精灵的人,但是由于没有按照魔法的步骤行事,尚把握不住制服这个还闹不清底细的新精灵的咒语。只有在孩子躺下安然入睡时,她才感到真正的宽心;这时她才能确定她的存在,体味上几小时的沁人肺腑的恬静和幸福,直到小珠儿一觉醒来——也许就在孩子刚刚睁眼的时候,那种倔劲又表现出来了!

好快啊,真是迅速得出奇呢!珠儿已经长到不满足于母亲脸上常挂着的微笑和嘴里唠叨的闲言碎语,能够与社会交往的年纪了!若是海丝特·白兰能够在别的孩子高声叫嚷的童声中,听到珠儿那莺啼燕啭般的清脆嗓音,能够从一群嬉戏的儿童的喧哗之中辨明她自己的宝贝儿的腔调,她该有多么幸福啊!但这是绝不可能的。珠儿生来便是那婴孩天地的弃儿。她是一个邪恶的小妖精,是罪孽的标志和产物,无权跻身于受洗的婴孩之列。最值得注意的是,这孩子仿佛有一种理解自己孤独处境的本能;懂得自己周围有一条命中注定不可逾越的鸿沟;简言之,她知道自己与其他孩子迥然不同的特殊地位。自从海丝特出狱以来,她从来都带着珠儿出现在人们面前。她在镇上四处走动,珠儿也始终都在她身边;起初是她怀中的婴儿,后来又成了她的小伙伴,满把握着她的一根食指,得蹦蹦跳跳地用三四步才赶上海丝特的一步。珠儿看到过这块殖民地上的小孩子们,在路边的草地上或是在自家门前,做着清教徒童规所允许的种种怪里怪气的游戏:有时装作一起去教堂,或是拷问教友派的教徒,或是玩同印第安人打仗和剥头皮的把戏,或是模仿巫术的怪样互相吓唬。珠儿在一旁瞅着,注视着,但从来没打算和他们结识。如果这时和她说话,她也不会吱声。如果孩子们有时围起她来,她就发起小脾气,变得非常凶狠,她会抄起石子向他们扔去,同时发出连续的尖声怪叫,跟巫婆用没人能懂的咒语喊叫极其相似,吓得她母亲浑身直抖。

事实上,这伙小清教徒们是世上最不容人的,他们早就在这对母女身上模模糊糊地看出点名堂,觉得她们不像是人世间的人,古里古怪地与众不同;于是便从心里蔑视她们,嘴里时常不干不净地诅咒她们。珠儿觉察出这种情绪,便以一个孩子心胸中所能激起的最刻毒的仇恨反唇相讥,这种大发脾气对她母亲颇有价值,甚至是一种慰藉,因为在这种气氛中,她至少表现出一种显而易见的真诚,替代了那种刺痛她母亲的一阵阵的任性发作。然而,海丝特吃惊地从中又辨出了曾存在她自己身上的那种邪恶的阴影的反射。这一切仇恨和热情,都是珠儿理所当然地从海丝特心中承袭下来的。母女二人一起被摒弃在人间社会之外,在珠儿降生之前折磨着海丝特·白兰、在孩子出生后随母性的温柔而渐渐平息下去的那些不安定成分,似乎都植根于珠儿的天性之中了。

珠儿在家中,并不想在母亲茅屋的里里外外结识很多各种各样的伙伴。她那永不停歇的创造精神会迸发出生命的魔力,并同千万种物体交流,犹如一个火炬可以点燃一切。那些最不值一玩的东西——一根棍子、一块破布、一朵小花——都是珠儿巫术的玩偶,而且无须经过任何外部变化,便可以在她内心世界的舞台上的任何戏剧中,派上想象中的用场。她用自己一人的童音扮作想象中的形形色色、老老少少的角色相互交谈。在风中哼哼唧唧或是发出其它忧郁呻吟的苍劲肃穆的松树,无须变形,就可充当清教徒的长者,而园中最丑陋的杂草便权充他们的子孙,珠儿会毫不留情地将这些"儿童"踩倒,再连根拔起。真是绝妙之极!她开动脑筋幻化出来的各色各样的形体,虽然缺乏连续性,但确实活脱跳跃,始终充满超越自然的活力——这种活力很快便消沉下去,仿佛在生命之潮的急剧而热烈的迸发之中衰竭了,继之而来的又是另一种有狂野精力的形象。这和北极光的变幻不定极其相似。然而,单从一个正在成长着的头脑喜欢想象和活泼好动来说,珠儿比起其他聪慧的儿童并没有什么明显的长处,只不过是由于缺乏玩伴,她同自己创造出来的幻想中的人群更加接近而已。她的独特之处在于她对自己心灵和头脑中幻化出来的所有的人都怀着敌对情绪。她从来没有创造过一个朋友,却总像是在大面积地播种龙牙①,从而收获到一支敌军,她便与之厮杀。看到孩子还这么年幼,居然对一个同自己作对的世界有如此坚定的认识,而且猛烈地训练自己的实力,以便在肯定会有的争斗中确保自己获胜,是多么让人心酸得难以形容啊!而当一个母亲在内心中体会到这一切都是由她才引起的,又是多么深切地哀伤啊!

---

① 希腊神话中说,腓尼基王子卡德摩斯杀一龙后种其齿,遂长出一支军队,相互征战,最后余下五人,与卡德摩斯建立底比斯国。

海丝特·白兰眼望着珠儿,常常把手里的活计放到膝上,由于强忍不下的痛苦而哭出声来,那汩汩涌出的声音,半似说话,半似呜咽:"噢,天上的圣父啊——如果您还是我的圣父的话——我带到这人世上来的是一个什么样的生命啊!"珠儿呢,在一旁听到了这迸射而出的语言,或是通过某种更微妙的渠道感受到了那痛苦的悸动,便会把她那美丽动人的小脸转向她母亲,露着精灵般聪慧的笑容,然后继续玩起她的游戏。

这孩子的举止上还有一个特点也要说一说。她降生以来所注意到的头一件事情是——什么呢?不是母亲的微笑——别的孩子会学着用自己的小嘴浅浅一笑来呼应,事后会记忆模糊,以致热烈地争论那到底是不是真的在笑。珠儿意识到的第一个目标绝不是母亲的微笑!似乎是——我们要不要说出来呢?是海丝特胸前的红字!一天,当她母亲俯身在摇篮上的时候,婴儿的眼睛被那字母四周绣着的金线的闪光吸引住了;接着便伸出小手朝那字母抓去,脸上还带着确定无疑的笑容,闪出果断的光彩,使她的表情像个大得多的孩子。当时,海丝特·白兰喘着粗气,紧紧抓住那致命的标记,本能地试图把它扯下来;珠儿那小手这莫测的一触,给她带来了多么无穷无尽的熬煎啊。此时,小珠儿以为她母亲那痛苦的动作只不过是在和她逗着玩,便盯着母亲的眼睛,微微一笑。从那时起,除非这孩子在睡觉,海丝特没有过片刻的安全感,也没有过片刻的宁静和由孩子带来的欢乐。确实,有时一连几个星期过去了,其间珠儿再没有注视过一次红字;之后,又会冷不丁地像猝死地一抖似的看上一眼,而且脸上总要露出那特有的微笑,眼睛也总要带着那古怪的表情。

一次,当海丝特像做母亲的喜欢做的那样,在孩子的眼睛中看着自己的影像时,珠儿的眼睛中又出现了那种不可捉摸的精灵似的目光;由于内心烦闷的妇女常常为莫名其妙的幻象所萦绕,她突然幻想着,她在珠儿的眼睛那面小镜子中看到的不是她自己的小小的肖像,而是另外一张面孔。那张魔鬼似的面孔上堆满恶狠狠的微笑,可是长的容貌像她极其熟悉的面孔,不过她熟悉的那面容很少有笑脸,更从来不会是恶狠狠的。刚才就像有一个邪恶的精灵附在了孩子身上,并且探出头来嘲弄地望着她。事后,海丝特曾多次受到同一幻觉的折磨,不过那幻觉没有那么活生生地强烈了。

一个夏日的午后,那时珠儿已经长大,能够到处跑了。孩子采集了一把野花自己玩着,她把野花一朵接一朵地掷到母亲胸口上;每当花朵打中红字,她就像个小精灵似的蹦蹦跳跳。海丝特的第一个动作就是想用合着的双手来捂住胸膛。可是,不知是出于自尊自豪还是出于容忍顺从,抑或是感到她只有靠这种难言的痛苦才能最好地完成自己赎罪的苦行,她压抑下了这一冲动,坐得挺挺的,脸色变得死一般地苍白,只是伤心地盯着珠儿的狂野的眼睛。此时,花朵仍接二连三地抛来,几乎每一下都未中那标记,使母亲的胸口布满伤痛,不但在这个世界上她找不到止痛药膏,就是在另一个世界上,她也不知道如何去找这种灵丹妙药。终于,孩子的弹药全都耗尽了,她一动不动地站在那里瞪着海丝特,从她那深不可测的黑眼睛中,那小小的笑眯眯的魔鬼形象又在探出头来望着她了——或者,根本没那么回事,只是她母亲这么想象罢了。

"孩子,你到底是个什么呀?"母亲叫着。

"噢,我是你的小珠儿!"孩子回答。

珠儿边说边放声笑着,并且用小妖精的那种调皮样子蹦蹦跳跳着,她的下一步想入非非的行动可能是从烟囱中飞出去。

"你真一点不假是我的孩子吗?"海丝特问。

她提出这样一个问题绝不是漫不经心的,就当时而论,她确实带着几分诚心诚意;因为珠儿这么鬼精鬼灵的,她母亲吃得不大准,她未必还不清楚自己的身世之谜,现在只不过还不打算亲口说出来。

"是啊;我是小珠儿!"孩子又说了一遍,同时继续着她的调皮动作。

"你不是我的孩子!你不是我的珠儿!"母亲半开玩笑地说;因为就在她最为痛苦的时候,往往会涌来一阵寻开心的冲动。"那就告诉我吧,你是什么?是谁把你打发到这儿来的?"

"告诉我吧,妈妈!"孩子走到海丝特跟前,紧紧靠着她膝头,一本正经地说,"一定跟我说说吧!"

"是你的天父把你送来的!"海丝特·白兰回答说。

但她说话时有点犹豫,这没有逃过孩子犀利的目光。不知孩子和往常一样想要调皮,还是受到一个邪恶的精灵的指使,她举起她小小的食指,去摸那红字。

"不是他把我送来的!"她明确地说,"我没有天父!"

"嘘,珠儿,嘘!你不许这么说!"母亲咽下一声哀叹,回答说,"我们所有的人都是他送到这世上来的。连我——你妈妈,都是他送来的。就更不用说你了!要不是这样,你这个怪里怪气的小妖精似的孩子是从哪儿来的?"

"告诉我!告诉我!"珠儿一再喊着,这次不再板着面孔,而是笑出了声,还在地上跳着脚,"你非告诉我不可!"

对这一逼问,海丝特可没法作答了,因为连她自己也尚在阴暗的迷宫中徘徊呢。她面带微笑、周身战栗地想起了镇上邻居的说法:他们遍寻这孩子的父亲没有结果,又观察到珠儿的古怪作为,就声称可怜的小珠儿是一个妖魔的产物。自从古天主教时代以来,世上常见这种孩子,都是由于做母亲的有罪孽,才生下来以助长肮脏恶毒的目的。按照路德[①]在教会中那些敌人的谣言,他本人就是那种恶魔的孽种;而在新英格兰的清教徒中间,有这种可疑血缘的,可不仅仅珠儿一个孩子。

---

① 马丁·路德(1483—1546),德国神学家,宗教改革的领袖。

第七章　总督的大厅

一天，海丝特·白兰到贝灵汉总督的宅邸去交他定做的手套，这副绣了花并镶了边的手套是总督要在某个重大的政典上戴的；因为这位前任统治者虽然在一次普选中从最高的品级上降了一两级，但他在殖民地的行政长官中仍然保持着举足轻重和受人尊崇的地位。

此时，还有比呈递一副绣好的手套远为重要的另一个原因，促使她去谋求晋见一位在殖民地事务中有权有势的人物的一次机会。她耳闻，有几位力主在宗教和政府的原则上要严加治理的头面人物，正在谋划夺走她的孩子。前面已经暗示过，珠儿既然可能是妖魔的孽种，这些好心肠的人们就不无理由地主张：为了对做母亲的灵魂表示基督教的关怀，他们应该从她的道路上搬掉这样一块绊脚石。反之，如果这孩子当真能够接受宗教和道德的教化，并且具备最终获救的因素，那么，把孩子移交给比海丝特·白兰更高明的监护人，珠儿就可以更充分地发挥这些条件，从而肯定享有更美好的前途。在推进这一谋划的人们当中，据说贝灵汉总督是最为热心奔走的一个。这类事情如果推迟若干年，最多交由市镇行政管理委员会这一级去裁处，而在当时，居然要兴师动众地加以讨论，而且还要有显要人物来参与，看来未免稀奇，也确实有点荒唐可笑。然而，在早年的纯朴时期，哪怕对公众利益来说，比起海丝特和她孩子的安置问题还要次要的事情，都要由立法者审议并由政府立法，岂不妙哉。就在我们这个故事发生之前并不很久的时期，曾经发生过涉及一口猪的所有权的争议，其结果，不仅在这块殖民地的立法机构中引起了不可开交的激烈辩论，而且还导致了该机构组织上的重大变更。

眼前涉及海丝特·白兰自身权利的这件事，虽然一方面是广大公众，另一方面是只以自然的同情为后盾的孤身女人，双方众寡悬殊，难以对垒,但她还是忧心忡忡地从她那孤零零的小茅屋中出发去力争了。不消说,小珠儿仍然陪伴着她。珠儿如今已经长到能够在母亲身边轻快跑动的年龄,一天到晚不肯闲着,就是比这再远的路也能走到了。不过,她经常还要母亲抱着走,其实并不是因为走不动,而是想撒娇;可是没抱几步就又迫不及待地要下来,蹦蹦跳跳地在海丝特前面走着,跑着,不时还在长草的小路上磕磕绊绊,不过绝不会摔出伤来。我们曾经谈到珠儿洋溢着光彩照人的美丽,是个浓墨重彩、生动活泼的小姑娘:她有晶莹的皮肤,一双大眼睛既专注深沉又炯炯有神,头发此时已是润泽的深棕色,再过几年就几乎是漆黑色的了。她浑身上下有一团火,向四下发散着,像是在激情时刻不期而孕的一个子嗣。她母亲在给孩子设计服装时呕心沥血,充分发挥了华丽的倾向,用鲜红的天鹅绒为她裁剪了一件式样独特的束腰裙衫,还用金丝线在上面绣满新奇多彩的花样。这种强烈的色调,如果用来衬托一个不够红润的面颊,会使容貌显得苍白黯淡,但却与珠儿的美貌相得益彰,使她成了世上前所未有的活跳跳的一小团炫目的火焰。

然而,这身衣裙,老实讲,还有这孩子的整个外貌,实在引人注目,使目睹者不可遏止也难以避免地想到海丝特·白兰胸前注定要佩带的那个标记。孩子是另一种形式的红字,是被赋予了生命的红字!做母亲的头脑中似乎给这红色的耻辱所深深印烙,她的一切观念都采取了它的形式,才精心制作出来了这个相仿的对应物;她不惜花费许多时间,用病态的才智创造出这个既像她的慈爱的对象又像她的罪孽和折磨的标志的作品。然而,事实上,恰恰是珠儿集二者于一身;而且,也正因为有了这个同一性,海丝特才能如此完美地用孩子的外表来象征她的红字。

当这两个行路人来到镇区之时,那些清教徒的孩子们停下了游戏——那些闷闷不乐的小家伙们其实也没什么可玩的,抬起眼来,一本正经地互相议论着:

"瞧,还真有个戴红字的女人;而且,一点不假,还有个像红字似的小东西在她身边跑着呢!这下可好啦,咱们朝她们扔泥巴吧!"

珠儿可是个谁也不怕的孩子,她在皱眉、跺脚、挥着小手做出各种吓人的姿势之后,突然朝这伙敌人冲去,把他们全都赶跑了。她怒气冲冲地追着他们,简直像个小瘟神——猩红热或某个羽毛未丰的专司惩罚的这类小天使,其使命就是惩处正在成长的一代人的罪孽。她尖呼高叫,其音量之骇人,无疑会使这些逃跑的孩子心儿狂跳不止。珠儿大获全胜,不声不响地凯旋,她回到母亲身边,微笑着抬眼望着母亲的脸。

之后,她们便一路平安地来到了贝灵汉总督的住所。这是一座宏大的木造宅邸,那种建筑形式在今天的一些老城镇的街道上仍可见其遗风;不过如今已是青苔丛生,摇摇欲坠,其昏暗的房间中发生过并消逝了的那些悲欢离合,无论是记忆犹新还是全然忘却,都令人黯然伤感。然而在当年,这样的宅邸,外观上仍保持着初建年代的清新,从洒满阳光的窗中闪烁着人丁的欢乐,家中还没有人去世。确实,住宅呈现着一派欣然景象:墙面涂着一层拉毛灰泥,由于里面掺和着大量的碎玻璃碴,当阳光斜照到大厦的前脸时,便会闪着炫目的光芒,仿佛有一双手在向它抛撒着钻石。这种夺目的光彩或许更适合阿拉丁①的宫殿,而对于一个庄重的清教徒统治者则并不相宜。大厦的前脸还装饰着当年显得情调古雅、怪模怪样、看着很神秘的人形和图像,都是在涂灰泥时画就的,此时已变得坚实耐久,供后世观赏了。

珠儿望着这幢灿烂而奇妙的住宅,开始雀跃起来,使劲要求从住宅前脸上把整整一层阳光给剥下来,好让她玩个痛快。

"不行,我的小珠儿!"她母亲说,"你要采集你自己的阳光。我可没有阳光可以给你!"

她们走近了大门;那建筑物有一座拱形门洞,两侧各有一座细高的塔楼或者说是突出的前脸,上面镶着格子窗,里面还有木制的百叶窗,必要时可以关上。海丝特·白兰举起吊在门口的槌子,敲了一下门,总督的一个家奴应声而至,他本是一个英国的自由民,但已当了七年奴仆了。这期间,他只是主人的财产,无非是和一头公牛或一把折椅一样可以交易和出售的一件商品。那奴仆按照当时和早先英国世袭古宅中仆人的习惯装束,穿着一件蓝色号衣。

---

① 见《一千零一夜》中阿拉丁与神灯的故事,他的宫殿是灯神所建,故辉煌异常。

"贝灵汉总督大人在吗?"海丝特问。

"是的,在家。"那家奴一边回答,一边睁大眼睛瞪着那红字,他来到这地方只有几年,以前还从未见过那标记,"是的,大人在。只是他有一两位牧师陪着,还有一个医生。你此刻恐怕不能见大人。"

"不过,我还是要进去。"海丝特·白兰回答说,那家奴大概是从她那不容置辩的神气和胸前闪光的标志判断,把她当作了本地的一位贵妇,没有表示反对。

于是,母亲和小珠儿被引进了入门的大厅。贝灵汉总督是按照故乡广有土地的乡绅的住宅样式来设计他在殖民地的新居的,但又因他所使用的建筑材料的性质、此地气候的差异以及社交生活的不同模式,作了不少变动。于是,这座宅邸中就有了一座宽敞而高度恰到好处的大厅,前后贯穿整个住宅,形成一个公共活动的中心,与宅中所有的房间都直接或间接地连通着。这座敞亮的大厅的一头,由两座塔楼的窗户透进阳光,在门的两侧各形成一个小小的方框。另一头,却由一扇让窗帘遮着一部分的凸肚窗照得十分明亮。这种凸肚窗——我们在古书中读到过,深深凹进墙中,而且还有铺了垫子的座位。在这扇窗子的坐垫上,放着一部对开本的厚书,可能是《英格兰编年史》这一类的大部头著作;正如同时至今日,我们还会将一些烫金的书卷散放在室中的桌上,供来客翻阅消遣。大厅中的家具,包括几把笨重的椅子,椅背上精雕着团团簇簇的橡树花,还有一张与椅子配套的桌子,以及一整套伊丽莎白时代的全部设备,说不定还是从更早的年代祖传下来的,由总督从故土运到了这里。桌子上面,为表明英格兰好客的遗风犹存,摆着一个硕大的锡镴单柄酒杯,如果海丝特或珠儿往杯里张望的话,还可看见杯底上残存着刚喝光的啤酒的泡沫。

墙上悬着一排肖像,都是贝灵汉家族的先祖,有的胸前护着铠甲,有的则穿着衬有环状皱领的平日的长袍,但个个面露威严,这是当年的肖像所必备的特征,似乎他们都是已故的风云人物的鬼魂而不是他们的画像,以苛刻褊狭的批评目光审视着活人的活动和娱乐。

大厅四周全都镶嵌着橡木护墙板,正中位置上悬挂着一副甲胄,那可不像画中的那种遗物,而是当时的最新制品;因为那是在贝灵汉总督跨海来到新英格兰那一年,由伦敦的一位技术熟练的工匠打造的,包括一具头盔、一面护胸、一个颈套、一对护胫、一副臂铠和吊在下面的一把长剑。这全套甲胄,尤其是头盔和护胸,都擦得锃亮,闪着白色的光辉,把四下的地板照得通明。这套明晃晃的盔甲,可不只是摆设,总督确曾穿着它多次在庄严的阅兵式和演武场上耀武扬威,而且,更重要的,也确曾穿着它在皮廓德之战①中冲锋陷阵。因为贝灵汉总督虽是律师出身,而且惯于在谈到培根②、柯克③、诺耶和芬奇④时,将他们引为同道相知,但这一新国家的事态已经将他变成了政治家和统治者,同时也变成了军人。

小珠儿就像她刚才对宅邸闪光的前脸大为高兴一样,此时对那明晃晃的盔甲也兴奋异常,她在擦得锃亮的护胸镜前照了好长时间。

"妈妈,"她叫道,"我在这里面看见你了。瞧啊!瞧啊!"

海丝特出于哄孩子高兴的愿望,往里瞧了瞧;由于这一凸面镜的特殊功能,她看到红字的映像极为夸张,显得比例极大,成了她全身最显著的特征。事实上,她仿佛完全给红字遮住了。珠儿还向上指着头盔中一个相似的映像,一边向母亲笑着,小脸上又露出了那常有的鬼精灵的表现。她那又调皮又开心的神情,也同样映现在盔甲的凸面镜中,显得益发夸张和专注,使海丝特·白兰觉得,那似乎不是她自己孩子的形象,而是一个精灵正在试图变作珠儿的模样。

"走吧,珠儿,"海丝特说着,便拉着她走开,"来看看这座漂亮的花园。我们也许能在那儿看到一些花,比我们在树林里找得到的还要好看呢。"

于是珠儿便跑到大厅最远端的凸肚窗前,沿着园中小径望过去,小径上铺着剪得矮矮的青草,两侧夹着一些由外行人粗粗种下的灌木。

---

① 皮廓德本是印第安阿尔贡钦人之部落,十七世纪初定居新英格兰南部;此战在一六三六至一六三八年。
② 弗兰西斯·培根(1561—1626),英国著名散文家、哲学家和政治家,文艺复兴的杰出代表。
③ 爱德华·柯克爵士(1552—1634),英国法理学家和法律学作家。
④ 诺耶(Noye)和芬奇(Finch),生平不详,当是同培根和柯克同时代的名人;或是由作者故意杜撰出来,讽刺贝灵汉的。

但花园的主人似乎已经看到:在大西洋的此岸,在坚硬的土地上和剧烈的生存竞争中,要把故乡英格兰的装点园艺的情趣移植过来,实在是枉费心机,从而决定放弃了这一努力。圆白菜长得平平常常;远远种着的一株南瓜藤,穿过空隙,在大厅窗下,端端结下一颗硕大的果实,似乎在提醒总督:这颗金黄色的大南瓜,已经是新英格兰的土壤能够为他奉献的最丰富多彩的点缀了。不过,园中还有几丛玫瑰花和几株苹果树,大概是布莱克斯通牧师先生①所栽植株的后裔。这位波士顿半岛的第一位定居人和半神话的人物,在我们早期的编年史中,常可读到他骑在牛背上四处行走。

珠儿看见了玫瑰丛,开始叫着要一朵红玫瑰,而且怎么哄都不听。

"轻点,孩子,轻点!"她母亲正正经经地说,"别嚷,亲爱的小珠儿!我听见花园里有人说话。总督走来了,还有几位先生跟他在一起呢!"

事实上,可以看见从花园中的林荫路的那头,有几个人正朝房子走过来。珠儿对母亲劝她安静下来毫不在乎,反倒发出一声怪叫,然后才不吱声,而且也不是出于听话,只因为她那种瞬息万变的好奇心此时被几个新出现的人激励起来了。

---

① 威廉·布莱克斯通牧师(1595—1675),原为英国教会牧师,是波士顿及罗得岛的第一位定居者,先于一六二三年到达波士顿,后因一六三五年教会论战中失败,迁居罗得岛。参见本书前言科顿及第一章安妮·哈钦逊注释。

第八章　小鬼和牧师

贝灵汉总督身穿一件宽大的长袍,头戴一顶上年纪的绅士居家独处时喜欢用的便帽,他走在最前面,像是在炫耀他的产业,并且论说着他正在筹划着的种种改进方案。他的灰色胡须下面,围着詹姆斯国王统治期间①那种老式的精致而宽大的环状皱领,使得他的脑袋颇有点像托盘中的洗礼者约翰②的头颅。他外貌刻板威严,再加上垂暮之年的老气横秋,由此给人的印象,与他显然竭力使自己耽于世俗享乐的措施,二者很难协调起来。我们严肃的先人们虽然习惯于嘴里这么说,而且心里也这么想,认为人类的生存无非是经受考验和斗争,并且诚心诚意地准备好一声令下即要牺牲自己的财富和生命,但如果认定他们从道义上会拒绝唾手可得的享乐或奢侈,那可就大错特错了。例如,可尊可敬的约翰·威尔逊牧师,就从来没有宣讲过这一信条。此时他正跟在贝灵汉总督的身后,越过总督的肩膀,可以看见他的雪白的胡须。他建议说,梨和桃可以在新英格兰的气候中驯化,而紫葡萄也可能靠在日照的园墙上得以繁茂地生长。这位在英国教会的丰满乳汁中养育出来的老牧师,早已对一切美好舒适的东西怀有合法的嗜好;而且,无论他在布道坛上或是在公开谴责海丝特·白兰的罪名时显得多么声色俱厉,但他在私生活上的温和宽厚为他赢得的热爱之情,是胜过他的同辈神职人员的。

随在总督和威尔逊先生身后走来的,是另外两名客人:一位就是大家记得在海丝特·白兰示众的场面中短短地扮演了一个不情愿的角色

---

① 指詹姆斯一世,斯图亚特王朝的国王,一五六七年起为苏格兰王,一六〇三年继伊丽莎白女王统治英国。
② 《新约·马太福音》言,赫洛提王庆寿,以施洗礼者约翰之头盛于盘中,赏给舞姬莎罗美。

的阿瑟·丁梅斯代尔牧师;另一位紧紧伴着他的是老罗杰·齐灵渥斯,这位精通医术的人已经在镇上定居了两三年了。由于年轻的牧师在教会事务上过于不遗余力地尽职尽责、自我牺牲,最近健康状况严重受损,因此,学者成为他的医生和朋友,也就可以理解了。

走在客人前面的总督,踏上一两级台阶,打开了大厅的窗户,发现了眼前的小珠儿。但窗帘的阴影罩住了海丝特·白兰,遮住了她的部分身形。

"我们这儿有个什么呀?"贝灵汉总督吃惊地望着眼前这个鲜红的小人儿,说道,"我敢说,自从我在老王詹姆斯时代荣获恩宠,时常被召进宫中参加假面舞会、大出风头的岁月以来,我还从来没见过这样的小家伙呢。那时候,每逢节日,常有成群的这种小精灵,我们都把他们叫作司戏者①的孩子。可这样一位客人怎么会跑到我的大厅里来了?"

"哎,真的!"好心肠的威尔逊老先生叫道,"长着这么鲜红羽毛的会是什么小鸟呢?我想,当阳光穿过五彩绘就的窗户、在地板上投射出金黄和绯红的形象时,我看到过这样子的人物。可那是在故乡本土啊。请问你,小家伙,你是谁呀?你母亲为什么把你打扮成这副怪模样啊?你是基督徒的孩子吗,啊?你懂得《教义问答手册》吗?也许,你是那种调皮的小妖精或小仙女吧?我们还以为,连同罗马天主教的其它遗物,全都给留在快乐的老英格兰了呢。"

"我是我妈妈的孩子,"那鲜红的幻象回答说,"我叫珠儿!"

"珠儿?——还不如叫红宝石呢!——要不就叫红珊瑚!——要不就叫红玫瑰,从你的颜色来看,这可是最起码的呢!"老牧师答应着,伸出一只手,想拍拍小珠儿的脸蛋,可是没成功。"可你的妈妈在哪儿呢?啊!我明白了。"他又补充了一句;然后转向贝灵汉总督,悄悄说:"这就是我们一起议论过的那个孩子;往这儿瞧,那个不幸的女人,海丝特·白兰,就是她母亲!"

"你是这么说的吗?"总督叫道,"不,我们满可以判断,这样一个孩子的母亲,应该是一个鲜红色的女人,而且要当之无愧是个巴比伦式的

---

① 十五和十六世纪时圣诞节联欢活动中,指定监督嬉闹游戏的官员。

女人①！不过,她来得正好;我们就来办办这件事吧。"

贝灵汉总督跨过窗户,步入大厅,后面跟着他的三位客人。

"海丝特·白兰,"他说着,把生来严峻的目光盯住这戴红字的女人,"最近,关于你的事议论得不少。我们已经郑重地讨论过,把一个不朽的灵魂,比如说那边那孩子,交付给一个跌进现世的陷阱中的人来指导,我们这些有权势的人能够心安理得吗?你说吧,孩子的母亲!你想一想吧,要是把她从你身边带走,让她穿上朴素的衣服,受到严格的训练,学会天上和人间的真理,是不是对这小家伙的目前和长远利益有好处呢?在这方面,你又能为这孩子做些什么呢?"

"我能教我的小珠儿我从这里学到的东西!"海丝特·白兰把手指放到那红色标志上回答。

"女人,那是你的耻辱牌啊!"那严厉的官老爷回答道,"正是因为那字母所指明的污点,我们才要把你的孩子交给别人。"

"可是,"母亲平静地说,不过面色益发苍白了,"这个牌牌已经教会了我——它每日每时都在教育我,此时此刻也正在教育我,我要接受教训,让我的孩子可以变得更聪明、更美好,尽管这一切对我本人已毫无好处了。"

"我们会做出慎重的判断的,"贝灵汉说,"而且也会认真考虑我们即将采取的措施的。善良的威尔逊先生,我请求你检查一下这个珠儿——我们权且这么叫她吧——看看她具备不具备这个年龄的孩子应受的基督徒教养。"

老牧师在一张安乐椅中就座之后,想把珠儿拉到他的膝间。但那孩子除去她母亲之外还不习惯别人的亲热,立即穿过敞开的窗户逃了出去,站在最高一层的台阶上,像一只长着斑斓羽毛的热带鸟儿似的,随时准备飞上天空,逃之夭夭。威尔逊先生对这一反抗举动颇为吃惊——因为他是老爷爷般的人物,通常极受孩子们的喜爱——但他仍继续他的测验。

"珠儿,"他郑重其事地说,"你应当留心听取教诲,这样,到时候你

---

① 《新约·启示录》云,巴比伦的卖淫妇身穿紫红色衣服。

才可能在胸前佩戴价值连城的珠宝。你能不能告诉我,我的孩子,是谁造出了你?"

如今珠儿十分清楚是谁造出了她,因为海丝特·白兰是个出身于虔诚教徒家庭的女儿,在同孩子谈过她的天父之后不久,就开始给她灌输那些真理,而一个人的心灵哪怕再不成熟,都会以热烈的兴趣来吸取这些真理的。因此,珠儿虽然年仅三岁,却已颇有造诣,完全经得起《新英格兰入门》或《西敏寺教义问答手册》初阶的测验,尽管她连这两部名著是什么样子都不知道。但一般孩子多少都有的那种任性,小珠儿本来就甚于别的儿童十倍,而在目前这最不合时宜的当儿,更是彻底地支配了她:她不是闭口不言,就是给逼得说岔了。这孩子把手指放到嘴里,对好心肠的威尔逊先生的问题,一再粗野地拒不回答,最后居然宣称她根本不是造出来的,而是她妈妈从长在牢门边的野玫瑰丛中采下来的。

大概是由于珠儿正站在窗边,附近就有总督的红玫瑰,再加上她想起来时走过狱前见到的玫瑰丛,就受到启示,生出了这样一种奇思异想。

老罗杰·齐灵渥斯面带微笑,对着年轻牧师耳语了几句。海丝特·白兰望着这位医生,即使此刻对她命运攸关,也还是惊讶地发现,他的外貌发生了多么大的变化——自从她熟悉他的时候以来,他的黑皮肤变得益发晦暗,他的身体益发畸形了。她和他的目光接触了瞬间,立即便把全部注意力集中在眼前正在进行的场面中去了。

"这太可怕了!"总督叫着,渐渐从珠儿的应答所带给他的震惊中恢复过来,"这是个三岁的孩子,可她根本说不出是谁造出了她!毫无疑问,她对自己的灵魂,对目前的堕落,对未来的命运,全然一无所知!依我看,诸位先生,我们无须再问了。"

海丝特抓住珠儿,强把她拉进自己的怀里,面对着那几乎是满脸凶相的清教徒长官。她被这个世界所抛弃,只剩下孤身一人,只有这一件珍宝才能维持她心灵的生存,她感到她有不可褫夺的权利来对抗这个世界,而且准备好维护自己的权利一直到死。

"上帝给了我这个孩子!"她大声说道,"他把她给了我是为了补偿你们从我手中夺走的一切。她是我的幸福！——也分毫不爽地是我的折磨！是珠儿叫我还活在世上！也是珠儿叫我受着惩罚！你们看见没有？她就是红字，只不过能够受到喜爱，因此也具有千万倍的力量来报应我的罪孽！你们带不走她！我情愿先死给你们看！"

"我可怜的女人，"那不无慈悲的老牧师说，"这孩子会受到很好的照顾的！——远比你能办到的要强。"

"上帝把这孩子交给了我来抚养。"海丝特·白兰重复说，嗓音大得简直像喊叫了，"我绝不会放弃她的！"说到这里，她突然一阵冲动，转向了年轻的牧师丁梅斯代尔先生，此前她简直始终没有正眼看过他。"你来替我说一句话嘛！"她说，"你原来是我的牧师，曾经对我的灵魂负责，你比这些人更了解我。我不能失去这个孩子！替我说句话吧！你了解我——而且你还具有这些人所缺乏的同情心！你了解我心里的想法，也了解一个母亲的权利，而当那位母亲只有她的孩子和红字的时候，这种权利就更加强烈！请你关注一下吧！我绝不会失去这个孩子的！关注一下吧！"

这种狂野而独特的吁请，意味着海丝特·白兰的处境已经把她快逼疯了。于是，那年轻的牧师马上走上前来，他面色苍白，一只手捂住心口——只要他那古怪的神经质一发作，他就会做出这个习惯的动作。他此时的样子，比起上次海丝特示众时我们所描绘的，还要疲惫和憔悴；不管是由于他那每况愈下的健康状况，抑或其它什么原因，他那双又大又黑的眼睛的深处，在烦恼和忧郁之中还有一个痛苦的天地。

"她所说的确有道理，"年轻的牧师开口说，他那甜蜜柔和的嗓音虽然微微发颤，却强劲有力地在大厅中回荡着，直震得那空壳铠甲都随之轰鸣，"她的话确有道理，鼓舞她的感情也没有错！上帝赐给了她这个孩子，也就赋予了她了解孩子天性和需求的本能——而这孩子的天性和需求看来又是如此与众不同——她做母亲的这种本能别人是不可能具备的。何况，在她们的母女关系之中难道没有一种令人敬畏的神圣之处吗？"

"喂！——这是怎么讲，善良的丁梅斯代尔先生？"总督接口说，"我请你把话说得明白些！"

"尤其是,"年轻牧师接着说,"如果我们换一个角度来看待这件事,我们岂不是说,那创造了一切肉体的天父,只是随便地承认了一次罪行,而对亵渎的淫秽和神圣的爱情之间毫不加以区别吗?这孩子是她父亲的罪孽和她母亲的耻辱的产物,但却来自上帝之手,而上帝要通过许多方式来感化做母亲的心灵,因此她才这么诚挚地、怀着这么痛苦的精神来祈求养育孩子的权利。她是在祈求祝福,向赐予孩子生命的上帝祈求祝福!毫无疑问,诚如这母亲自己对我们所说,她也是在祈求一种报应;她在祈求一种折磨,让她在意想不到的许多时刻体会到这种折磨;她在祈求一阵剧痛,一下刺扎,一种时时复发的、纠缠着她的快乐的痛楚!在这可怜的孩子的衣服上,她不是表达了她的这种想法吗?这身衣服不是有力地提醒我们那烙进她胸口的红色象征吗?"

"还是你说得高明!"好心肠的威尔逊先生叫道,"我本来担心这女人除去拿她的孩子装幌子再也没有更好的想法呢!"

"噢,并非如此!——并非如此!"丁梅斯代尔先生继续说,"请相信我,她已经认识到了上帝在这个孩子的存在上所创造的神圣的奇迹。而且她可能也感受到了——我想恰恰如此——上帝赐给她这个孩子,尤其意味着,要保持母亲的灵魂的活力,防止她陷入罪恶的更黑暗的深渊,否则撒旦还会设法诱惑她的!因此,给这个可怜而有罪的女人留下一个不朽的婴儿,一个可能带来永恒的欢乐或悲伤的生命,对她会大有好处;让她去抚养孩子,让她培养孩子走上正路,这样才能随时提醒她记着自己的堕落;因为这也是对造物主的神圣誓言,同时教育她,如果她能把孩子送上天国,那么孩子也就能把她带到天国!就此而论,有罪的母亲可要比那有罪的父亲有幸。因此,为了海丝特·白兰,也同样为这可怜的孩子的缘故,我们还是按照天意对她们的安排,不去管她们吧!"

"我的朋友,你讲这番话,真是诚挚得出奇呢。"老罗杰·齐灵渥斯对他笑着说。

"而且,我这年轻兄弟的话里的重要意义还蛮有分量呢。"威尔逊牧师先生补充说,"你怎么看,尊敬的贝灵汉老爷?他为这可怜的女人所作的请求蛮好吧?"

"确实不错,"那长官回答,"并且还引证了这些论据,我们只好让事情依旧如此喽,至少,只要没有人说这女人的闲话就行。不过,我们还是要认真,对这孩子要按时进行《教义问答手册》的正式考核,这事就交给你和丁梅斯代尔先生吧。再有,到了适当时候,要让十户长注意送她上学校和做礼拜。"

那年轻的牧师说完话之后,便离开人群,后退几步,让窗帘厚厚的褶襞挡住了他部分面孔;而阳光在地板上照出的他的身影,还在由于刚才激昂的呼吁而颤抖。珠儿那野性子的轻灵小鬼,轻手轻脚地偷偷溜到他身旁,用双手握住他的手,还把小脸贴在上面;那抚爱是那么温柔,而且还那么从容,使得在一旁看着的海丝特不禁自问:"那是我的珠儿吗?"然而她明白,这孩子的心中是有着爱的,不过这种爱通常是以激情的形式来表达的;她生来恐怕还没有第二次像此时这样温柔文雅呢。而牧师呢——除去追寻已久的女性的关心之外,再没有这种孩子气的爱的表示更为甜蜜的了,由于这种爱发自精神本能,因此似乎是在暗示着,我们身上确实具有一些值得一爱的东西——此时他环顾四周,将一只手放在孩子的头上,迟疑了一会儿,然后吻了她的额头。小珠儿这种不寻常的温情脉脉到此为止,她放声笑着,朝大厅另一头轻捷地蹦跳而去,威尔逊老先生甚至怀疑,她的脚尖是否触到了地板。

"这小姑娘准是有魔法附体,我敢说。"他对丁梅斯代尔先生说,"她根本用不着老女巫的笤帚就能飞行!"

"没见过这样的孩子!"老罗杰·齐灵渥斯评论说,"很容易在她身上看出她母亲的素质。先生们,请你们想一想,要分析这孩子的天性,要根据她的体态和气质来对她的父亲作出聪明的猜测,是不是超出了哲学家的研究范畴了呢?"

"不;在这样一个问题上,要追踪非宗教的哲学的暗示,是罪过的。"威尔逊先生说,"最好还是靠斋戒和祈祷来解决吧;而最好的办法可能莫过于,留着这宗秘密不去管它,听凭天意自然地揭示好了。这样,每一个信奉基督的好男人,便都有权对这可怜的被遗弃的孩子,表示父爱了。"

这件事就此圆满地解决了,海丝特·白兰便带着珠儿离开了宅邸。

在她们走下台阶的时候,据信有一间小屋的格子窗给打开了,西宾斯太太把头探出来,伸到阳光下,她是贝灵汉总督的姐姐,脾气古怪刻毒,就是她,在若干年之后,作为女巫而被处决了。

"喂,喂!"她说,她那不祥的外貌像是给这座住宅的欣欣向荣的气氛投上了一层阴影,"你们今晚愿意同我们一道去吗?树林里要举行一次联欢,我已经答应过那黑男人,海丝特·白兰要来参加呢。"

"请你替我向他抱歉吧!"海丝特带着凯旋的笑容回答说,"我得待在家里,照顾好我的小珠儿。要是他们把她从我手中夺走,我也许会心甘情愿地跟你到树林里去,在黑男人的名册上也签上我的名字,而且还要用我的鲜血来签呢!"

"我们下一次再在那儿见吧!"那巫婆皱着眉头说罢,就缩回了脑袋。

如果我们假定,西宾斯太太和海丝特·白兰之间的这次谋面有根有据而并非比拟象征的话,那么,年轻牧师反对拆散一个堕落的母亲和因她的脆弱而诞生的女儿的论点,就已经得到了证明:这孩子早在此时就已挽救了她免坠撒旦的陷阱。

第九章　医　生

　　读者会记得,在罗杰·齐灵渥斯的称呼背后,还隐藏着另一个姓名,原来那姓名的人下了决心再不让人提起。前面已经叙述过,在目睹海丝特·白兰示众的人群中,站着一个风尘仆仆的上了年纪的男人,他刚刚逃出危险的荒野,却看到体现着他所希冀的家庭温暖和欢乐的女人,在众人面前作为罪孽的典型高高站在那里。她那主妇的声名任凭所有的人践踏在脚下。在公共市场上,她周围泛滥着对她丑行的种种议论。若是这些浪潮传到她的亲属或是她身无瑕疵时代的同伴那里,除去染上她的耻辱之外,别无其它;这种耻辱,会随原有关系的亲密和神圣程度,而严格成比例地在亲友中相应加以分配。那么,作为与这个堕落的女人关系最亲密和最神圣的一个人,既然他还有选择的余地,何必前来公开要求这份并非求之不得的遗产呢?他决心不同她在那受辱台上并肩而立。由于除海丝特·白兰之外谁都不认识他,而且他还掌握着锁钥,让她缄口不言,他打定主意将自己的姓名从人类的名单上勾销;即使考虑到他原先的关系和利益,他也要从生活中彻底消失,就像他当真如早已风传的那样葬身海底了。这一目的一旦达到,就立刻涌现了新的利益,于是也就又有了新的目标;这个目标即使不是罪过的,也实在是见不得人的,但其力量之强,足以运用他的全部机能与精力去奋争。

　　为了实现自己的决心,他以罗杰·齐灵渥斯的名义在这座清教徒城镇中居住下来,他无须其它介绍,只消他所具备的异乎寻常的学识就成了。由于他的前半生对当时的医学科学作了广泛的研究,于是他就以所熟悉的医生这一行当为业,出现在这里,并且受到了热烈欢迎。当时在殖民地,精通内外科医术的人尚不多见。看来,医生们并不具备促使其他人漂洋过海的那种宗教热情。他们在深入钻研人体内部时,可能把更高明、更微妙的能力表现在物质上,错综复杂的人体机构令人惊诧,似乎其内部包含着全部生命,具备足够的艺术,从而对生命的存在丧失了精神方面的看法。无论如何,波士顿这座美好城镇的健康,凡涉及医学二字的,以往全都置于一位年老的教会执事兼任药剂师的监督之下,他那笃信宗教的举止就是明证,比起靠一纸文凭配出的药剂,更能赢得人们的信赖。唯一的外科医生则是一位每日惯于操刀为人忙于理发的人,只是偶尔才实践一下这种高贵的技艺。与这两位同行相比,罗杰·齐灵渥斯成了夺目的新星。他很快就证明他对博大精深的古典医道了如指掌,其中每个偏方都含有许多四处搜寻而来的形形色色的成分,其配制之精良,似是要获得长生不老药的效果。况且,在他被印第安人俘虏囚禁期间,又对当地的草药的性质掌握了大量的知识;他对病人毫不隐讳地说,大自然恩赐给那些未开化的野蛮人的这些简单药物,同众多博学的医生在试验室中花费了数世纪才积累起来的欧洲药典,几乎可以取得他本人同等的信任。

人们认为,这位陌生的学者至少在宗教生活的表面形式上看,堪称楷模;他来到之后不久,就选定丁梅斯代尔牧师先生做他精神上的导师。这位年轻的圣徒在牛津始终享有学者般的声誉,他的最热心的崇拜者认为,在他的有生之年,只要他能为如今尚属无力的新英格兰教会做出像古代圣徒在基督教信仰初期所成就的那种伟业,便可与上天指定的使徒相提并论。然而,就在此时,丁梅斯代尔先生的健康开始明显地恶化。据那些最熟悉他日常生活的人说,这位年轻牧师的面颊之所以苍白,是因为他过分热衷于潜心研究学问和一丝不苟地完成教区的职守,尤其是为使粗鄙的世俗环境不致遮蔽他精神上的明灯,他经常彻夜不眠并施行斋戒。还有人宣称,如果丁梅斯代尔先生当真要死,无非是因为这个世界不配他的脚再在上面踩踏。反之,他本人则以他特有的谦逊申明他的信念:如果天意认为他应该离世,那就是因为他没有资格在这人世间执行其最卑微的使命。虽说对他健康每况愈下的原因众说纷纭,但事实却是不容置疑的。他身体日见消损,他的嗓音虽仍然丰润而甜美,却含有某种预示衰颓的忧郁;人们时常观察到,每逢稍有惊恐或其它突发事件,他就会用手捂住心口,脸上一红一白,说明他很痛苦。

　　这位青年牧师的身体就是这种状况,当罗杰·齐灵渥斯初到镇上的时候,情况已经相当危险,这年轻人的曙光眼见就要过早地陨灭了。齐灵渥斯首次登场时,谁也说不出所以然,简直像是从天而降或从地狱钻出,这就具有一种神秘色彩,从而很容易被夸大成奇迹。如今无人不晓他是一名医生;人们注意到他采集药草、摘取野花、挖掘植根,还从树上折取细枝,常人眼中的无用之物,他似是熟知其隐含的价值。人们听到他提起坎奈姆·狄戈比爵士①和其他名人——他们的科学造诣简直被视作超自然的,但他却说是他的笔友或熟人。他既然在学术界地位如此之高,为什么要到这里来呢?他的天地理应在大城市,在这蛮荒野地中又能寻找到什么呢? 为了回答这些疑问,于是就有了谣言的土壤,不管一些风传多么离奇,也为一些明智的人所接受:说是上天创造了一个绝对的奇迹,把一位著名的医学博士,从一所德意志大学里,凭空摄到了丁梅斯代尔先生书斋的门前。而一些具有更加聪慧的信仰的人明知,上天为实现其目的,不必求助于所谓奇迹的插曲来达到舞台效果,但也乐于看到罗杰·齐灵渥斯是假上天之手才及时到来的。

　　由于医生对年轻的牧师从一开始就显示出强烈的兴趣,上述想法就得到了鼓励;医生以一个教民的身份与他形影相随,并且想战胜他天性中的含蓄和敏感,来赢得他的友谊和信任。他对他的牧师的健康深为震惊,还急切地给予治疗,他认为,如果及早诊治的话,总不会不见疗效的。丁梅斯代尔先生教团中的长老、执事、修女,以及年轻貌美的少女们都众口一词地再三要求他对医生自告奋勇的治疗不妨一试。但丁梅斯代尔先生却委婉地拒绝了这些恳求。

　　"我不需要医药。"他说。

　　但这位年轻牧师怎么能这样讲呢? 一个接一个安息日,他的面颊越来越苍白消瘦,他的声音也比先前更加颤抖,而且他用手捂心口的动作,已经从漫不经心的姿态变成时时都有的习惯了。是他厌倦了他的

---

① 狄戈比爵士(1603—1665),英国作家、航海家和外交家,皇家学会理事。他还发现了植物对氧的需要。

工作吗？是他想死吗？丁梅斯代尔先生一再受到波士顿的长老们如此的盘诘和他教堂中的执事们的——用他们自己的话说——"规劝"：上天如此明显地伸出救援之手，拒绝是有罪的。他默默不语地听着，终于答应和医生谈谈看。

"如果这是上帝的意旨，"丁梅斯代尔牧师先生为了实现自己的诺言，向老罗杰·齐灵渥斯医生讨教时说，"我宁愿不要你为我的缘故来证明你医道精熟，我要满意地让我的辛劳、我的悲哀、我的罪孽和我的痛苦都尽快与我同归于尽，令其世俗部分埋在我的墓中，而将其精神部分随我同去永恒的境界。"

"啊，"罗杰·齐灵渥斯说，不管是做作的还是天生的，他的举止总是安详得令人瞩目，"一个年轻的牧师确实喜欢这么讲话。年轻人啊，都还没有扎下深根呢，就这么轻易地放弃生命吗？在人世间和上帝同行的圣人们，都会欣然随他而去，走在新耶路撒冷的黄金铺路上的。"

"不是的，"年轻的牧师插话说，他把手放在心口上，额上掠过一抹痛苦的红潮，"如果我还有资格到那里去走动的话，我倒宁愿留在这里来吃苦。"

"好心的人从来都是把自己说得十分卑微的。"医生说。

就这样，神秘的老罗杰·齐灵渥斯成了丁梅斯代尔牧师先生的健康顾问。这位医生不仅对疾病感兴趣，而且还对他的病人的个性和品质严加窥测。这两个人虽然在年纪上相差悬殊，但逐渐共同消磨起更多的时间了。为了牧师的健康，而且也使医生能够收集具有奇效的植物，他俩在海滨、林间长时间散步，聆听海浪的低语与林涛的唳鸣。同样，他俩也时常到彼此的书斋和卧室中去做客。对牧师来说，这位科学家的陪伴中自有一种魅力，因为从他身上可以看出广博精深的知识修养，以及浩渺无际的自由观念——这在自己的同行中是万难找到的。事实上，他在医生身上发现了这些特色，即使没有引起震惊，也足以深感诧异。丁梅斯代尔先生是一个地道的牧师，一个真正的笃信宗教的人，他有高度发展的虔诚的感情和有力地推动着自身沿着信仰的道路前进的心境，而且会随着时间的流逝而日渐深入。无论在何种社会形态中，他都不会是那种所谓有自由见解的人；他总要感到周围有一种信仰的压力,才能心平气和,这信仰既支撑着他,又将他禁闭在其铁笼之中。然而,当他放弃惯常采用的认识而换用另一种知识媒介来观察宇宙时,他也确实感到一种偶然的舒畅,尽管这种喜悦之中仍带着几分震颤。犹如打开了一扇窗户,使一种更自由的气息得以进入那闭锁和窒人的书斋,而他通常就在这里的灯光或遮着的阳光之下,伴着从经书中散发出来的霉烂气味——不管是感官上还是道德上的,消耗着他的生命。但这破窗而入的空气又过于清冷,使他无法坦然地长久吸取。于是,牧师和陪伴他的医生只好再龟缩到他们的教会划为正宗的禁区之内。

罗杰·齐灵渥斯就是这样仔细检查他的病人的:一方面,观察他的日常生活,看他在熟悉的思绪上所保持的惯常的途径,另一方面,也观察他被投入另一种道德境界时的表现,因为那种境界的新意可能唤起某些新东西浮出他性格的表面。看来,医生认为首先要了解其人,然后才能对症下药。凡有心智的东西,其躯体上的病痛必然染有心智上的特色。在阿瑟·丁梅斯代尔的身上,他的思维和想象力十分活跃,他的情感又是十分专注,他身体上的病症大概根源于此。于是,罗杰·齐灵渥斯,那位和善友好又技艺精湛的医生,就竭力深入他病人的心扉,挖掘他的准则之中,探询着他的记忆,而且如同一个在黑暗的洞穴中寻找宝藏的人一样,小心翼翼地触摸每一件东西。像他这样一个得到机会和特许来从事这种探索,而且又有熟巧将其进行下去的调查人,很少有秘密能逃过他的眼睛。一个荷有秘密的人应该特别避免与医生亲密相处。假如那医生有天生的洞察力,还有难以名状的某种能力——我们姑且称之为直觉吧,假如他没有流露出颐指气使的唯我独尊,他自己又没有鲜明的难以相处的个性,假如他生来就有一种与病人脉脉相通的能力,借此使病人丧失警觉,以致自言自语地说出心中所想的事,假如他平静地听到这些表白,只是偶尔用沉默无声的同情,用自然而然的喘息,以及间或的一两个字眼,表示充分的理解,假如在一个可信赖的人的这些品格上加上他那医生身份所提供的有利条件——那么,在某些难以避免的时刻,患者的灵魂便会融解,在一个黑暗而透明的小溪中涓涓向前,把全部隐私带到光天化日之下。

上述这些特色,罗杰·齐灵渥斯全部或者大部分具备。然而,随着时间的流逝,如我们所说,在这两个有教养的头脑之间发展起了亲密无间的关系,他们有如同人类思维与研究的整个领域那么广阔的地带可以交汇;他们讨论涉及伦理和宗教、公共事业和私人性格的各种题目;他们就似乎涉及两人自己私事的问题大量交谈;然而医生想象中肯定存在的那种隐私,却始终没有溜出牧师的意识传进他的同伴的耳中。的确,医生怀疑连丁梅斯代尔先生身体痼疾的本质都从来没有坦率地泄露给他。这种含蓄实在是太奇特了!

过了一段时间,在罗杰·齐灵渥斯的暗示之下,丁梅斯代尔先生的朋友们作出安排,让他俩同住在一栋房子里;这样,牧师生活之潮的每一个起落都只能在他的这位形影相随的热心医生的眼皮底下发生。这一众望所瞩的目的达到之后,举镇欢腾。人们认为,这是有利于年轻牧师的最好的可行措施。除非,当真如某些自认为有权威的人所一再催促的那样,他从那众多的如花似玉、在精神上崇拜他的年轻姑娘当中选择一位充当他忠实的妻子。然而,目前尚无迹象表明阿瑟·丁梅斯代尔已经屈从众愿采取这一步骤;他对这类建议一概加以拒绝,仿佛僧侣的独身主义是他教会规章中的一项条款。因此,既然丁梅斯代尔先生明显地做了这种选择,他就注定要永远在别人的饭桌上吃无味的配餐,除去在别人的炉火旁取暖之外,只有忍受终生寒冷的份;看来,这位洞察一切、经验丰富、慈爱为本的老医生,以父兄般的关怀和教民的敬爱对待这年轻的牧师,确实是全人类中与他如影随形的最恰当的人选了。

这两位朋友的新居属于一个虔信宗教的寡妇,她有着不错的社会地位,她这所住宅所占的地皮离后来修建的王家教堂相距不远,一边有一块墓地,就是原先艾萨克·约翰逊的旧宅,这里易于唤起严肃认真的回忆,很适合牧师和医生双方各自的职业。那好心肠的寡妇,以慈母般的关怀,分配丁梅斯代尔先生住在前室,那里有充分的阳光,还有厚实的窗帘,如果愿意的话,中午也可把房间遮得十分幽暗。四壁悬挂着据说是戈白林①织机上织出的织锦,不管真假,上面确实绣着《圣经》上面

---

① 十五世纪时法国的一著名染织家族所建的同名织锦及壁毯场。

所记载的大卫、拔示巴和预言者拿单的故事①，颜色尚未褪掉，可惜画中的美妇简直如那宣告灾难的预言者一样面目可憎了。面色苍白的牧师在这里摞起他的丰富藏书，其中有对开桑皮纸精装本的先哲们的著作、拉比②们记下的传说，以及许多僧院的考证——对这类文献，清教教士们尽管竭力诋毁，却不得不备作不时之需。在住宅的另一侧，老罗杰·齐灵渥斯布置下他的书斋和实验室；在一位现代科学家看来，连勉强齐备都称不上，但总还有一个蒸馏釜及一些配药和化验的设备，都是这位惯于实验的炼丹术士深知如何加以利用的。有了这样宽敞的环境，这两位学者便在各自的房间里坐了下来，不过经常不拘礼节地互访，彼此怀着好奇心观察另一个人的事情。

我们已经提及，阿瑟·丁梅斯代尔牧师那些最明智的朋友于是便顺理成章地认为，是上天接受了人们在公开场合、在家中以及私下的许多祈祷，才安排了这一切，以达到恢复年轻牧师健康的目的。但是，我们现在必须说明的是，后来另外一部分居民开始对丁梅斯代尔先生和那神秘的老医生之间的关系持有异议了。当没有受过教育的人们试图用自己的眼光来看问题时，是极其容易上当的。不过，当他们通常凭自己伟大而温暖的心胸的直觉来形成自己的判断时，他们的结论往往深刻无误，具有超自然表象的真理的特征。就我们所谈的这些人而论，他们对罗杰·齐灵渥斯的偏见，其事实或理由都不值认真一驳。有一个上年纪的手艺人，在三十多年以前托玛斯·奥佛白利爵士③被害的时代，确曾是伦敦的一个市民；他出面证明说，他曾经看见这位医生——当时叫的是另外一个名字，笔者如今已经忘了，陪着那位著名的老术士福尔曼博士④，而那个老博士涉嫌与奥佛白利被害一事有关。还有两三个人暗示说，这位医术高明的人在被印第安人俘获的时期，曾经参与

---

① 《旧约·撒母耳记下》言，以色列王大卫杀死乌利亚，并夺其美妻拔示巴，而拿单则预言大卫必自取其祸。
② 犹太教教士，基督教的诞生与古犹太教有渊源，故古犹太教拉比的著述有基督教古文献价值。
③ 托玛斯·奥佛白利爵士（1581—1613），英国诗人和散文家，后因反对其恩主之婚姻，被投入伦敦塔监禁，并被慢性毒药毒死。
④ 福尔曼博士（Dr. Forman），生平不详，可能是作者假托的人物。

野蛮人法师的念咒活动,以此来增加其医学上的造诣;那些印第安法师的法力无边,这是众所周知的,他们时常用邪门歪道奇迹般地把人治好。还有一大批人——其中不少都是头脑冷静、观察务实的,他们在别的事情上的见解一向颇有价值——肯定地说,罗杰·齐灵渥斯自从在镇上定居,尤其是和丁梅斯代尔先生伙居一宅以来,外貌上发生了明显的变化。起初,他外表安详而沉思,一派学者模样;而如今,他的脸上有一种前所未见的丑陋和邪恶,而且他们对他看得越多,那丑陋和邪恶就变得越明显。按照一种粗俗的说法,他实验室中的火来自下界,而且是用炼狱的柴薪来燃烧的;因此,理所当然地,他的面孔也就给那烟熏得越来越黑了。

总而言之,有一种广为流传的看法,认为阿瑟·丁梅斯代尔牧师和基督教世界各个时期特别圣洁的许多其他人一样,脑海中萦绕着的不是撒旦本人,就是扮作老罗杰·齐灵渥斯的撒旦的使者。这个恶魔的代理人获得神圣的特许,在一段时间里,钻入牧师的内心,阴谋破坏他的灵魂。人们断言,任何有理智的人都不会怀疑哪一方会得到胜利。人们都怀着不可动摇的希望,等着看到牧师焕发着必胜的荣光,走出这场争斗。然而,一想到他为了赢得胜利而在挣扎中所经受的致命的折磨,同时又令人神伤。

天啊!从这可怜的牧师眼睛深处的阴郁和恐怖来判断,这场争斗极其剧烈,而且远不能说胜利在握。

第十章　医生和病人

老罗杰·齐灵渥斯一生中都是个脾气平和的人，他虽无温暖的爱，但却心地慈悲，而且在涉及同各方面的关系时，始终是一个纯粹而正直的人。照他自己的想象，他是以一个法官的同等的严峻与公正来开始一次调查的，他只向往真理，简直把问题看得既不包含人类的情感，也不卷入个人的委屈，完全如同几何学中抽象的线和形一般。但在他着手进行这一调查的过程中，一种可怕的迷惑力，一种尽管依然平静、却是猛烈的必然性，却紧紧地将这老人攫在自己的掌握之中，而且在他未完成它的全部旨意之前，绝不肯将他放松。如今，他像一个矿工搜寻黄金似的掘进这可怜的牧师的内心；或者更确切地说，像一个掘墓人挖进一座坟墓，可能原指望找到陪葬在死者胸部的珠宝，结果却除去死尸及腐烂之外一无所获。假若那里果真有他要找的东西的话，天啊，让我们为他自己的灵魂哀叹吧！

有时候，从医生的眼中闪出一线光芒，像是炉火映照似的，燃着蓝幽幽的不祥之光，或者我们也可以说，像是班扬那山边可怕的门洞中射出、在朝圣者的脸上跳动着的鬼火的闪光①。那是因为这个阴沉的矿工所挖掘的土地中刚好显露了鼓励他的一些迹象。

"这个人，"他在一次这种场合中自言自语说，"尽管人们相信他很纯洁，尽管他看来极其高尚神圣，但他从他父亲或母亲身上继承了一种强烈的兽性。让我们沿着这一矿脉再向前掘进一点吧！"

之后，他就对这位牧师的幽暗的内心加以长时间的搜寻，翻出了许多宝贵的东西，都是由思想和钻研而强化的、由天启而燃亮的，诸如对

---

① 这是英国作家约翰·班扬（1628—1688）在其代表作《天路历程》中所写的作者梦中所见。

灵魂的热爱、纯洁的情操、自然的虔诚等等，均以对人类的福祉的高尚志向为其形式——然而这一切无价之宝于那位探矿人无异于一堆废物——他只好沮丧地转回身来，朝着另一个方向开始寻求。他鬼鬼祟祟，左顾右盼，小心翼翼地向前探索，犹如一个偷儿进入一间卧室，想去窃取主人视如眼珠的宝物，而主人却躺在那里半睡半醒——或者可能还大睁着眼睛。尽管他事先筹划周密，但地板会不时吱嘎作响，他的衣服也会窸窣有声，而且到了近在咫尺的禁地，他的身影也会投射到被窃人的身上。另一方面，丁梅斯代尔先生的敏感的神经时常会产生一种精神直觉的功效，他会模模糊糊地意识到，对他的平静抱有敌意的某种东西已经同他发生了关联。而老罗杰·齐灵渥斯也具备近乎直觉的感知能力；当牧师向他投来惊恐的目光时，医生就会坐在那里，成了关切和同情牧师的好心朋友，绝不打探他的隐私了。

而丁梅斯代尔先生如果没有病人常有的某种病态，以致对整个人类抱着猜疑的态度的话，他或许会对此人的品性看得更充分些。由于他不把任何人视为可信赖的朋友，故此当敌人实际上已出现时，仍然辨认不出。所以，他依旧同老医生随意倾谈，每天都在书斋中接待他；或者到他的实验室去拜访他，并且出于消遣的目的，在一旁观看他如何把药草制成有效的药剂。

一天，他用一只手支着前额，肘部垫在朝坟墓开着的窗子的窗台上，同罗杰·齐灵渥斯谈话，那老人正在检看一簇难看的植物。

"在哪儿，"他斜眼看着那簇植物开口问道——最近牧师有个特点，他很少直视任何东西，不管是人还是生命的，"我好心的朋友，你在哪儿搜集到的这些药草，叶子这么黝黑松软？"

"在这跟前的坟地里就有，"医生一边继续干他的活，一边回答，"我以前还没见过这种草。我是在一座坟墓上发现的。那座坟上没有墓碑，除去长着这种丑陋的野草也没有其它东西纪念死者。这种草是从死者的心里长出来的，或许是显示了某种随同死者一起埋葬的隐私，要是能在生前公开承认就好了。"

"也可能，"丁梅斯代尔先生说，"他诚心诚意地切望如此，但他办不到。"

"那又为什么呢?"医生接口说,"既然一切自然力量都这么诚挚地要求忏悔罪过,连这些黑色杂草都从死者的心中生长出来,宣布了一桩没有说出口的罪行,为什么办不到呢?"

"这样解释,好先生,不过是你自己的想象。"牧师答道,"如果我的预感不错的话,除去上天的仁慈,没有什么力量,无论是通过讲出来的语言或是任何形式的标志,能够揭示可能埋在一个人心里的秘密。那颗因怀有这种秘密而有负罪感的心,也就此必然将秘密保持下去,直到一切隐秘的事情都要予以揭示的那一天。就我阅读和宣讲《圣经》而论,我并不认为,人们的思想和行为到了非揭示不可的时刻,就一定是一种报应。这种看法确实是非常肤浅的。绝非如此;除非我的见解根本不对,我认为这种揭示仅仅意味着促使一切智者在知识上的满足,他们将在那一天立等看到人生中的阴暗问题得以揭示。需要有一种对人心的知识来彻底解决那一问题。何况,我还设想,如你所说的那种怀有这些痛苦的隐私的心,到了最后那一天非袒露不可的时候,不是不情愿的,倒是带着一种难言的愉快的。"

"那么,何必不及时说出来呢?"罗杰·齐灵渥斯平静地斜睨着牧师说,"有负罪感的人为什么不尽早地让自己获得这种难言的慰藉呢?"

"他们大多能这么做。"牧师一边说着,一边紧紧捂住自己的心口,像是有揪心的疼痛纠缠着他,"许许多多可怜的灵魂向我做过忏悔,不仅是在生命弥留的病榻上,而且也在精力旺盛、名声良好的时刻。何况,我还亲眼看到,在作了这样一番倾诉之后,那些负罪的兄弟们有多么轻松!就像是被自己污浊的呼吸长时间窒息之后,终于吸进了自由的空气。还能是别的情况吗?一个倒霉的人,比如说犯了谋杀罪吧,怎么可能宁愿把死尸埋在自己心中,而不肯把尸体马上抛出去,听凭世界去安排呢!"

"然而,有些人就是这样埋葬着自己的秘密的。"那安详的医生评论着。

"确实;有这种人。"丁梅斯代尔先生回答说,"不过,不必去设想更加明显的原因,我们就可以说,他们之所以缄口不言,正是出于他们的本性。或者——我们能不能这样假设呢？——他们尽管有着负罪感，然而却保持着对上帝的荣光和人类的福祉的热情，他们畏畏缩缩，不肯把自己的阴暗和污秽展现在人们眼前；因为，如此这般一来，是做不出任何善举的，而且，以往的邪恶也无法通过改过来赎罪。于是，他们默默忍受着难言的折磨，在同伴中走来走去，表面像新落下的雪一般地纯洁，而内心却沾满了无法洗刷的斑痕。"

"这些人在自欺。"罗杰·齐灵渥斯用异乎寻常的强调口吻说，还伸出食指轻轻比了一下，"他们不敢接受理应属于他们自己的耻辱。他们对人类的爱，他们为上帝服务的热忱——这种种神圣的冲动在他们的内心中，或者可以或者无法同邪恶的伙伴同处共存，然而这些邪恶的伙伴既是他们的罪孽开门放进来的，就必然会在他们心中繁衍起一个魔鬼的种子。不过，要是他们追求为上帝增辉添光，那就不要把肮脏的双手朝天举起吧！要是他们想为同伴们服务，那就先强制自己忏悔他们的卑下，以表明良心的力量和存在吧！噢，明智和虔诚的朋友，你难道让我相信，虚伪的表现比起上帝自己的真理能够对上帝的荣光和人类的福祉更有好处吗？相信我吧，这种人是在自欺！"

"可能是这样的。"年轻的牧师淡淡地说，像是放弃了这个他认为不相干和没道理的讨论。的确，他总有一种本领，能够随时摆脱使他那过于敏感和神经质的气质激动起来的任何话题。"不过，目前嘛，我倒要向我的技艺高超的医生讨教一下，他对我的羸弱的体格的好心关照，是否当真叫我获益了呢？"

罗杰·齐灵渥斯还没有来得及回答，就听到从邻近的墓地里传来了一个小孩子的清澈而狂野的笑声。当时正是夏天，牧师不自主地从打开的窗子向外面望去，看到海丝特·白兰和小珠儿在穿越围栏的小径上走着。珠儿的模样如白昼一般美丽，但处于那种调皮任性的兴致之中，每当此刻，她便像完全脱离了人性的共鸣与交往的范围。此时她正大不敬地从一个坟墓跳到另一个坟墓；终于来到一位逝去的大人物——说不定正是艾萨克·约翰逊本人——的宽大、平整、带纹章的墓石跟前，在那上面跳起舞来。听到她母亲又是命令又是恳求地要她放规矩些，小珠儿才不再跳舞，从长在墓旁的一株高大的牛蒡上采集多刺的果实。她摘了满满一把之后，便在缀在母亲胸前的红字周围，沿着笔画一一插满，这些带刺的牛蒡便牢牢地扎在上面了。海丝特并没有把它们取下。

罗杰·齐灵渥斯这时已走到窗前，面带狞笑地向下望着。

"在那孩子的气质中，根本没有法律，没有对权威的敬重，对于人类的法令或意向，不管正确与否，都不屑一顾。"他这样讲着，与其说是在同他的同伴谈话，倒更像是自言自语，"有一天，我看到她在春巷的畜槽边，竟然往总督身上泼水。我的天，她究竟是个什么东西呢？这小鬼是不是彻头彻尾地邪恶了？她有感情吗？在她身上能看到什么人性原则吗？"

"完全没有——只有把法律破坏得支离破碎的自由。"丁梅斯代尔先生回答说，其态度之安详，简直像是对此自问自答，"至于能否为善，我可就不得而知了。"

那孩子可能是远远听到了他俩的声音；因为她抬头看着窗户，面带欢快而聪明的顽皮笑容，朝丁梅斯代尔牧师先生扔上一颗带刺的牛蒡。那敏感的牧师怀着神经质的恐惧，将身子一缩，躲开了那轻飘的飞弹。珠儿发现了他的激动，在极度狂喜之中，拍起了小手。海丝特·白兰也同样禁不住抬眼来看；于是这老老少少四个人便默默地互相瞅着；后来，孩子出声笑了，还大叫着——"走吧，妈妈！走吧，要不，那老黑人就抓住你了！他已经抓住了牧师。走吧，妈妈，要不他就抓住你了！可他抓不住小珠儿！"

于是她在死者的坟墓间蹦蹦跳跳，欢快雀跃地拽着她母亲走开了，她那出奇的劲头似乎说明她与那逝去并埋葬的一代毫无共同之处，也不承认她自己与他们同属一个族类。仿佛她是由新元素刚刚做成的，因此必得获准去过她自身的生活，并自有其定法，而不能将她的怪异看作是一种罪过。

"那边走着一个妇人，"罗杰·齐灵渥斯停了一会儿后接着说，"她不论有什么过错，绝不会被你认为如此难以忍受的隐蔽着的负罪感所左右。你看，海丝特·白兰是不是胸前佩戴了那红字，就不那么痛苦了呢？"

"我的确十分相信这一点,"牧师回答说,"不过我无法为她作答。她面孔上有一种痛楚的表情,那是我不情愿看到的。话说回来,我认为,一个受折磨的人能够像这可怜的妇人海丝特这样,有自由来表达自己的痛苦,总比全都闷在心里要强。"

又是一阵停顿;医生开始重新动手检查和整理他采集来的植物。

"刚才你在问我,"他终于开口说,"我对你的健康有何看法。"

"是啊,"牧师回答说,"我很乐于听一听。我请你坦率地讲出来,不管我是该活还是该死。"

"那我就坦率直陈吧,"医生说着,一边仍然忙着摆弄他那些药草,一边始终不动声色地睨视着丁梅斯代尔先生,"你的身体失调很奇怪,症候本身并不严重,也不像表现出来的那样厉害——到目前为止,至少我所观察到的症状是如此。我的好先生,我每日都在观察你,注意你的表象,如今已经有几个月过去了,我应该说你是一个病得很重的人,不过也还没有病到连一个训练有素而且恪尽职守的医生都感到无望和不治的地步。可是——我不知道说什么才是——这病我似乎知道,可又不明白。"

"你是在打哑谜,博学的先生。"牧师斜瞥着窗外说。

"那我就说得再明确些,"医生继续说,"出于我谈话所不得不有的坦率,我要请你原谅,先生——如果看来确实需要的话。作为你的朋友——作为受命于天,对你的生命和身体健康负有责任的人,我来问问你,你是否已经把你的全部症状暴露给我并向我详加说明了呢?"

"你怎么能这样盘问呢?"牧师问道,"的确,请来医生,却又向他隐瞒病情,岂不成了儿戏嘛!"

"那么,你就是说,我已经全部了然了?"罗杰·齐灵渥斯故意这样说着,同时用透着精明的炯炯目光盯着牧师的面孔,"但愿如此吧!不过,我还是要说!只了解病症表象的人,通常也不过只掌握了要他医治的疾病的一半症状。一种肉体上的疾病,我们以为是全部症状了,其实呢,很可能只是精神上某种失调的征候。如果我的话有丝毫冒犯的话,我的好先生,就再次请你原谅。先生,在我所认识的一切人当中,你的肉体同你的精神,可以说是最相融溶、合二而一的了,对你而言,身体不过是精神的工具罢了。"

"这样看来,我就不必多问了,"牧师说着,有点匆忙地从椅子上站起身,"我是这样理解的,你并不经营治疗灵魂的药物!"

"这就是说,一种疾病。"罗杰·齐灵渥斯用原先的语气继续侃侃而谈,似乎没有留意刚才的话被打断了——只是站起身来,把自己那矮小、黝黑和畸形的身体面对着形容憔悴、双颊苍白的牧师,"如果我们能这么叫的话,你精神上的一种疾病,一处痛楚,会立即在你肉体上出现恰如其分的反应。因此,你能叫你的医生只诊治你肉体上的病症吗?你要是不肯首先向他袒示你灵魂上的创伤或烦恼,他又怎能对症下药呢?"

"我不!——不会对你说!——我不会对一个世俗的医生讲的!"丁梅斯代尔先生激动地叫喊起来,同时把他那双瞪得又圆又亮、带着一种恶狠狠目光的眼睛,转向老罗杰·齐灵渥斯,"我不会对你说的!不过,果真我得的是灵魂上的疾病,那我就把自己交给灵魂的唯一的医生!只要他高兴,他可以治愈我,也可以杀死我!让他以他的公正和智慧,随心所欲地处置我吧。然而,你算什么?竟要来插一手?——竟敢置身于受磨难的人和他的上帝之间?"

他做了个发狂般的姿势,便冲出屋去了。

"迈出这一步倒也好。"罗杰·齐灵渥斯望着牧师的背影,阴沉地一笑,自言自语地说,"一无所失。我们很快还会重新成为朋友的。不过看看吧,如今,激情如何完全左右了这个人,让他无法自主了!这种激情能如此,另一种激情当然也一样!这位虔诚的丁梅斯代尔牧师,以前也曾在他内心热烈的激情的驱使之下,干出过荒唐事的!"

事实证明,在这两个伙伴之间,同以往一样,在同一基础上重建同一程度的亲密关系,并不困难。年轻的牧师经过数小时独处之后,意识到自己神经的失调促使他出现了不自觉的大发脾气,其实,从医生的言谈话语之中丝毫找不出为自己辩解或掩饰的借口。他确实为自己对那善良的老人粗暴的发泄感到惊讶,人家不过是在尽职尽责地忠言相劝,何况也正是牧师他本人所求之不得的呢。他怀着懊悔不迭的心情,迫不及待地去向医生赔礼道歉,并请他这位朋友继续为他诊治,即使没有成功地恢复他的健康,但总算把他的病弱之躯维系到目前嘛。罗杰·齐灵渥斯欣然同意,并继续为牧师进行医疗监督;他诚心诚意地尽力而为,但在每次诊视之后,总要在嘴上带着神秘而迷惑的笑意,离开病人的房间。医生的这一表情在丁梅斯代尔先生面前是看不出的,但他穿过前厅时就变得十分明显了。

"一种罕见的病例!"他喃喃地说,"我一定要更深入地观察。这是灵魂和肉体之间一种奇妙的共鸣!即使仅仅出于医术的缘故,我也要穷根究底!"

就在上述那场面发生之后不久的一天正午,丁梅斯代尔牧师先生毫不知觉地陷入了沉睡之中,他坐在椅子上,前面的桌上摊开一大本黑皮的书卷。那准是一部催眠派文献中卓有功效的作品。像牧师这样的深沉酣睡,尤其值得注意,因为他属于那种通常睡眠极轻、时断时续,如同在嫩枝上雀跃的小鸟般极易受惊的人。无论如何,他这种非同寻常的酣睡,已经让他的精神完全收缩到自己的天地,以致当老罗杰·齐灵渥斯并没有特别蹑手蹑脚地走进他的房间时,他居然没有在椅子里惊动一下。医生直接走到他的病人跟前,把手放在牧师的胸口,扯开到目前为止连诊视时都没解开过的法衣。

此时,丁梅斯代尔先生确实抖了抖,微微一动。

那医生稍停一会儿,就转身走了。

然而,他却带有一种多么狂野的惊奇、欢乐和恐惧的表情啊!事实上,他的那种骇人的狂喜,绝不仅仅是由眼睛和表情所能表达的,因之要从他整个的丑陋身躯迸发出来,他将两臂伸向天花板,一只脚使劲跺着地面,以这种非同寻常的姿态来益发放纵地表现他的狂喜!若是有人看到老罗杰·齐灵渥斯此时的忘乎所以,他就不必去询问:当一个宝贵的人类灵魂失去了天国,堕入撒旦的地狱之中时,那魔王该如何举动了。

不过,那医生的狂喜同撒旦的区别在于,其中尚有惊奇的成分!

第十一章 内 心

　　在上面描述的那件事之后，牧师和医生间的交往，虽然表面上同原先没什么两样，但却具有了不同的性质。罗杰·齐灵渥斯的思路如今变得十分平坦了。的确，那倒不一定就是他要追寻的途径。他虽然表面上平静、温和、不动感情，然而我们却担心，在这个不幸的老人心中至今仍深深埋藏着的恶毒，此时却要活跃起来，从而会引导他想象出超乎常人的更直接的向敌人复仇的手段。他把自己装扮成那人的可信赖的朋友，让对方向他吐露一切恐惧、自责、烦恼、徒劳的懊悔、回潮的负罪感，而且丝毫不能苟且！那些向世界隐瞒着的一切内疚，本可以获得世界的博大心胸的怜悯和原谅的，如今却要揭示给他这个毫无怜悯心的人，给他这个不肯原谅人的人！那珍藏着的一切隐私，竟然滥施给这样一个人，最最恰如其分地让他得偿复仇之凤债。

　　由于牧师生性羞赧和敏感，他的沉默寡言与自我克制阻遏了这一阴谋的得逞。然而，罗杰·齐灵渥斯对事态如此进展，几乎没有表现出什么不满，因为上天既然要改变他的阴险手段，天意对复仇者和他的牺牲者自有一定安排，或许就是要原谅本来罪责当罚的人。他几乎可以说，他已获得一个启示，至于这一启示是来自上苍，抑或其它什么地方，对他的目标来说，并不足道。由于有这启示之助，在他同丁梅斯代尔先生随后的关系中，不仅牧师外表的言行举止，而且连牧师最深藏的灵魂，似乎都一一展现在他的眼前，致使他能看清和理解牧师每时每刻的变化。这样，他在那可怜的牧师的内心世界中，就不仅是个旁观者，而且成了一名主要演员了。他可以随心所欲地利用牧师。他要引起牧师一阵痛苦的悸动吗？那牺牲者反正永远处于遭受煎熬的状态；只消知道控制引擎的弹簧就成了，而医生对此恰恰了如指掌！他要让牧师因突来的恐惧而大惊失色吗？他只消像一个魔法师一般把魔杖一挥，就会升起一个面目可怖的幽灵——升起数以千计的幽灵——以千奇百怪的死亡或更加可怖的外形,全都聚在牧师周围,手指直戳他的胸膛!

这一切都完成得十分巧妙诡秘,牧师虽时常模糊地感到有某个邪恶的势力在死死盯住自己不放,却从未能明了其实质。的确,他望着那老医生的畸形身躯时是满怀疑虑和恐惧的——有时甚至带有仇恨的刻毒和厌恶。在牧师的眼中,那医生的姿态和步法,他的灰白胡须,他的最轻微和最无关紧要的动作,乃至他袍服的那种样式,都是可憎的;在牧师的心中,本有一种对他更深的反感,这原是不言而喻的,但牧师却不肯承认。因为,既然不可能为这种怀疑和厌恶找到理由,而且明知一处病灶的毒素正在侵染他的整个心脏,于是丁梅斯代尔先生也就不把他的一切不祥预感归咎于其它了。他自责不该对罗杰·齐灵渥斯抱有反感,并忽略了本应从这种反感中吸取的教训,却竭力来根除这种反感。尽管他无法做到这一点,却遵循一般原则,继续保持他和那老人的亲密交往,从而不断为对方提供实现他目的的机会——那可怜而孤凄的老人,着实比他的牺牲品更加不幸——为达此目的,那复仇者已经倾尽全力了。

就在丁梅斯代尔牧师先生饱尝肉体上疾病的痛苦,备受精神上某种阴险的烦恼的折磨,还要听凭他的死敌的诡计的摆布的期间,他在他的圣职上却大放异彩,广受欢迎。事实上,他在很大程度上是靠他的悲伤才获得这一切的。他的智慧的天赋,他在道德上的感知,他经受和表达感情的能力,都是由于他在日常生活中所受的刺痛,才得以保持一种异乎寻常的状态的。他的名声虽然仍处于上升阶段,却已超过了他的同行,其中有好几位还颇有声望。他们中间有些学者在神学领域中追求深奥的学识所花费的岁月,比丁梅斯代尔先生的年纪还要长;因此完全可能比他们的小兄弟取得更加扎实和更有价值的成就。也有些人比他具备更坚强的心地,富于更多的机敏和如钢铁或岩石般坚定的理解力;如果再加之适量的教义的交融,就会形成一种极受尊敬、颇有效验又高高在上的牧师的典型。还有一些人是地道的神父,他们的官能由于刻苦钻研书籍和冷静耐心的思考而变得精细复杂,尤其由于同美好世界的精神交流而变得虚无缥缈,他们虽仍寄生于必死的皮囊之中,但他们神圣的自身几乎已经由于纯净的生活而被引入那美好世界中去了。他们所唯一缺乏的，只是在圣灵降临节①时天赐给特选圣徒们的天才，即火焰的舌头②；这象征着的似乎不是运用外国的和人所不晓的语言演讲的能力，而是以心灵中的方言对全体人类兄弟讲话的能力。这些本来可以成为圣徒的神父们，缺乏的就是上天赐给他们行使职务的最后也是最难得的一个资格，即火焰的舌头。他们即使确曾梦想过运用日常语言和譬喻这种最普通的媒介来表达最崇高的真理的能力，然而他们的这种追求也是徒劳的。他们的声音发自他们惯处的高位，听来遥远而模糊不清。

丁梅斯代尔先生出于他自身性格的许多特点，自然无疑地本应属于这最后一类人的。他原可攀上信仰和圣洁的巅峰，可惜由于身负重荷——管它是罪孽呢还是痛苦呢，这一趋势受到了阻挠，如今注定要蹒跚而行了。这重荷将他压到最底层；他本是个颇具灵性的人，他的声音本来连天使都会来聆听和应答的！然而，正是由于这一重荷，他才能够同人类的负罪的兄弟们有如此同气相求的共鸣，使他的心能够同他们的心谐振，使他的心能够接受他们的痛楚，并把他的心悸的痛楚用洋洋洒洒的悲切和动人心弦的辞令传送给成千上万颗这样的心。他的辞令通常都能打动人心，但有时也让人心惊肉跳！人们并不知晓他何以有如此动人的能力。他们一心认为这年轻的牧师是神圣的奇迹。他们把他想象成传达上天智慧、谴责和博爱的代言人。在他们的心目中，他脚踏的地面都是圣洁的。他教堂中的处女们，围在他身边，一个个变得面色苍白，成了情欲的牺牲品，她们的情欲中渗透着宗教的情调，连她们自己都认为纯属宗教激情，将其公然收进自己洁白的心胸，作为在祭坛前最该接受的祭品。他的教众中的年长者，眼见丁梅斯代尔先生身体如此羸弱，尽管他们自己也深受病弱之苦，却相信他一定会先他们而赴

---

① 基督教的圣灵降临节即犹太人的五旬节，在复活节后的第七个星期日，其间五十天为复活节季节。

② 《新约·使徒行传》云："五旬斋来临，门徒聚在一处；天上忽发来响声，仿佛吹过一阵大风，弥漫屋宇；又有舌如火焰，分别降在各人头上，他们全为圣灵所罩，遂依圣灵所赐之口才，说起异国言语。"

天堂,遂谆谆嘱告他们的儿女,一定要把他们的老骨头葬在他们年轻牧师的神圣坟墓近旁。而就在可怜的丁梅斯代尔先生虑及他的坟墓的时候,或许一直在扪心自问:既然墓中葬着一个可诅咒的东西,那坟上还会不会长出青草!

公众对他的景仰是如何折磨着他,那痛苦是难以想见的!他的真诚的冲动就在于崇尚真理,并把缺乏以神圣本质为其生命的一切生物,视为阴影,从而否定其分量或价值。如此说来,他自己又是什么呢?是一种实体呢,抑或只是所有阴影中最昏暗的一个?他渴望从他自己的布道坛上,用最高亢的声音说话,告诉大家他是什么。"我,你们目睹身着牧师黑袍的这个人;我,登上神圣的讲坛,将苍白的面孔仰望上天,负责为你们向至高无上的、无所不知的上帝传达感情的人;我,你们将其日常生活视如以诺①般圣洁的人;我,你们以为在其人间旅途上踏下的印痕会放出光明,指引朝圣者能随之步入天国的人;我,亲手为你们的孩子施洗的人;我,为你们弥留的朋友们诵念临终祈祷,让他们隐隐听到从已经告别的世上传来'阿门'之声的人;我,你们如此敬仰和信赖的牧师,却是一团污浊,一个骗子!"

丁梅斯代尔先生不止一次在登上布道坛时打定主意,不把上述这番话说出来,就不再走下来。他不止一次清好喉咙,颤抖着深吸一口长气,准备在再度吐气的同时,把他灵魂深处的阴暗秘密装上,一吐为快。他不止一次——应该说不止上百次——已经实际上这样说了!说出来了!可是又如何呢?他一再告诉他的听众,他是个彻头彻尾的卑鄙小人,是最卑鄙的人当中尤为卑鄙的一个伙伴,是最恶劣的一个罪人,一个令人憎恶的货色,是一个难以想象的邪恶之物;而唯一奇怪的是:他们竟然看不见,他那肮脏的肉体已经被全能的上帝的怒火所焚,在他们的眼前枯萎了!难道还能有比这番话说得更明白的吗?人们难道不该在一时冲动中从座位上站起身来,把他从被他玷污的布道坛上拉下来吗?没出现过这种事,当真没有!他们全都听进了耳朵,但他们都对他

---

① 以诺,在《旧约·创世记》第五章第二十四节中是爱国者玛土撒拉的父亲,上帝的同行者;而在第四章第十七节中则是该隐之一子。此处当为前者。

益发敬重。他们绝少去猜疑,在他那番自我谴责的言辞中潜藏着多么殊死的涵义。"这位神圣的青年!"他们彼此喁喁私语,"这位人间的圣者!天哪!既然他在自己洁白的灵魂中都能觉察出这样的罪孽,那他在你我心中又会看到多么骇人的样子呢!"牧师深知这一切——他是一个多么难以捉摸又懊悔不迭的伪君子啊!——他深知他那含糊其词的忏悔在人们心目中是一种什么反映。他竭力想把自己负罪的良心公之于众来自欺,但赢得的却仅仅是另一种罪孽,以及自知之耻,而毫无片刻的自欺之宁。他说的本来都是真情实话,结果却变成了弥天大谎。然而,他天生热爱真理,厌恶谎言,为旁人所不及。因此,他厌恶不幸的自我尤胜其它!

　　他内心的烦恼,驱使着他的行动坐卧与古老腐败的罗马天主教的信条暗相啮合,反倒背离了自他生来便哺育他的新教的较好的灵光。在丁梅斯代尔先生深锁的密室中,有一条血淋淋的刑鞭。这位新教和清教的牧师,时常一边对自己苦笑,一边鞭打自己的肩膀,而随着那苦笑,就鞭打得更加无情。他也像许多别的虔诚的清教徒一样,有斋戒的习惯——不过,别人斋戒是为了净化肉体,使之更适合于天光照耀,他的斋戒则不同,他严格地当作一种自我惩罚,直到双膝在下面颤抖为止。他还彻夜不眠地祝祷,一夜接着一夜,有时在一片漆黑之中,有时只伴着一盏昏灯,有时则在脸上照着最强的光线面对一面镜子。他就这样不断地自省,其实只是在自我折磨,丝毫得不到自我净化。在长夜不眠的祝祷之中,他的头脑时常晕眩,似乎有许多幻象在他眼前飞舞;这些幻象有时在内室的昏暗中自身发着微光,看着似有似无,有时则出现在镜子之中,近在咫尺,显得更清晰些。这些幻象时而是一群凶暴的恶魔,对着这位牧师狞笑嘲弄,呼唤他随他们而去;时而是一伙闪光的天使,像是满载哀伤的重荷,沉重地向上飞去,但随着越飞越高,而变得轻灵起来;时而又来了他年轻时那些夭折的朋友,还有他那面带圣者般的蹙容、须发花白的父亲,以及在走过时却扭转面孔不理睬他的母亲。在我看来,一个母亲的幽灵——一个母亲的最淡漠的幻影——也会对她儿子投以怜悯的目光吧!随之,在被这些光怪陆离的奇思异想弄得十分阴森可怖的内室中,海丝特·白兰领着身穿猩红袍服的珠儿飘然而过,那孩子伸出食指,先指指母亲胸前的红字,然后又指指牧师本人的胸膛。

这些幻象从来没有一个令他产生过什么错觉。无论任何时候,他依靠自己的意志力,都能在层层迷雾般的虚幻中辨别出其实质,使自己坚信:它们在本质上都不像一旁那张雕刻着花纹的橡木桌或是那本皮面铜扣的方形大卷神学著作那样,并非坚实的实体。然而,尽管如此,在一种意义上,它们又都是这可怜的牧师所应付的最真实又最具体的东西。像他过的这种虚假的生活,实在有难言的痛苦,因为我们周围的无论什么现实,原是由上天注定赐给我们的精神上的喜悦和营养,但对他来说,其精髓和实质却被窃取一空。对那个不真实的人来说,整个宇宙都是虚伪的——都是难以触摸的,在他的把握之中化为子虚乌有。至于他本人,迄今为止在虚伪的光线中所显示出的自身,已经变成一个阴影,或者更确切地说,已不复存在了。继续赋予丁梅斯代尔先生在地球上一种真实存在感的唯一事实,就是他灵魂最深处的痛苦,以及由此在他外貌上造成的毫不掩饰的表情。假如他一度找到了微笑的能力,并在脸上堆满欢快的笑意,也就不曾有过他这样一个人了!

在我们微有暗示却避免进一步描绘的这样一个丑恶的夜晚,牧师从他的椅子上惊跳而起。一个新的念头在他心中油然而生,他或许在其中可以获得瞬间的安宁。此时他像赴公众礼拜一样,着意将自己打扮一番,然后以相应的一丝不苟的姿态,蹑手蹑脚地走下楼梯,打开房门,向前走去。

第十二章 牧师的夜游

丁梅斯代尔先生当真是在一种梦幻的阴影中行走,或许实际上是在一种梦游的影响下行走,他一直来到当初海丝特·白兰第一次公开受辱数小时的地点。还是那一座平台或刑台,由于七年悠长岁月的风吹日晒雨淋已经变得斑驳黧黑,而且由于又有许多犯人登台示众已经给践踏得高低不平,不过它依然矗立在议事厅的阳台之下。牧师一步步走上台阶。

那是五月初的一个朦胧的夜晚。一望无际的云幕蒙住了从天顶到地平线的整个夜空。假如当年海丝特·白兰忍辱受罚时站在那里围观的人群能够重新召集起来的话,他们在这昏黑的午夜依然无法分辨台上人的面孔,甚至也难以看清那人的轮廓。不过,整个城镇都在睡梦之中,不会有被人发现的危险。只要牧师愿意,他可以在那儿一直站到东方泛红。除去阴冷的空气会钻进他的肌体,风湿症会弄僵他的关节,黏膜炎和咳嗽会妨碍他的喉咙之外,绝无其它风险可担;果真染上这些症状,也无非是让翌日参加祈祷和布道的听众的殷殷期望落空而已。没有谁的眼睛会看到他,只是要除掉那一双始终警觉的眼睛——那人已经看到过他在内室中用血淋淋的鞭子抽打自己了。既然如此,他为什么还要到这里来呢?难道只是对忏悔加以嘲弄吗?这确实是一种嘲弄,但是在这种嘲弄之中,他的灵魂却在自嘲!这种嘲弄,天使会为之涨红着脸哭泣,而恶魔则会嬉笑着称庆!他是被那追逐得他无地自容的"自责"的冲动驱赶到这里来的,而这"自责"的胞妹和密友则是"怯懦"。每当"自责"的冲动催促他到达坦白的边缘时,"怯懦"就一定会用颤抖的双手拖他回去。可怜的不幸的人啊!像他这样一个柔弱的人如何承受得起罪恶的重负呢?罪恶是那种神经如钢铁的人干的,他们自己可以选择:要么甘心忍受;要么在受压过甚时便运用自己凶猛的蛮力,振臂一甩,以达目的!这个身体羸弱而精神敏感的人两者都不能做到,却又不停地彷徨于二者之间,时而这,时而那,终将滔天之罪的痛苦与徒劳无益的悔恨纠缠在一起,形成死结。

就这样,丁梅斯代尔先生站立到刑台之上,进行这场无济于事的赎罪表演,这时,一种巨大的恐怖感攫住了他,仿佛整个宇宙都在盯视他裸露的胸膛上正在心口处的红色标记。就在那块地方,肉体痛苦的毒牙确确实实在咬啮着他,而且已经为时很久了。他没有了任何意志力或控制力,便大吼一声,这一声嘶叫直插夜空,在一家家住宅间震响,并回荡在背后的丛山之中,像是有一伙魔鬼发现这声音中有如许多的不幸和恐怖,便将它当作玩物,来来回回地摆弄起来。

"这下子完了!"牧师用双手遮住脸,喃喃自语,"全镇的人都会惊醒,匆忙跑来,在这儿发现我了!"

但是并没有发生这种情况。那声尖叫,在他自己受惊的耳朵听起来,要比实际的音响大得多。镇上人并没有惊醒,就算惊醒了,那些睡得昏昏沉沉的人也会误以为这喊叫是梦中的惊悸或是女巫的吵闹——在那个年月,当女巫们随着撒旦飞过天际时,她们的声音时常在居民区或孤独的茅屋上空掠过,被人们听见。因此,牧师没有听见任何骚动的征象,便不再捂着眼,并四下张望。在稍远的另一条街上,在贝灵汉总督宅邸的一个内室的窗口,他看到那位老长官露出头来,手中拿着一盏灯,头上戴着一顶白色睡帽,周身上下裹着一件白色长袍。他那副样子就像是一个从坟墓中不合时宜地钻出来的鬼魂。显然是那叫声惊醒了他。还有,那座房子的另一个窗口,出现了总督的姐姐,西宾斯老夫人,她手里也拿着一盏灯,尽管距离这么远,仍然能看出她脸上那种乖戾不满的表情。她把头探出窗格,不安地朝天仰望。不消说,这位令人敬畏的老妖婆已经听到了丁梅斯代尔先生的叫喊,并且由于那无数的回声和反响,她还以为是恶魔和夜间飞行的女巫的喧嚣呢,人们都知道,她常同它们一起在林中嬉游。

那老夫人一发现贝灵汉总督的灯光,就赶紧一口吹熄了自己的灯,消失不见了。很可能她飞上了云端。牧师再也望不见她的踪影了。总督在小心翼翼地向暗中观察一番之后,也缩回了身子,当然,在这般黑夜中他看不了多远,比起要望穿一块磨石相差无几。

牧师渐渐地比较平静了。不过,他的目光很快便迎到一道微弱的闪光,起初还在远处,后来便沿街逐渐接近了。那闪光投在周围,可以辨出这里有一根立柱,那里有一段园篱;这儿有一扇格窗玻璃,那儿有一个唧筒和满槽的水;近处还有一座拱形橡木大门,上面有铁制扣环,下面是一段粗木充当台阶。可敬的丁梅斯代尔先生尽管此时坚信,他的末日已经在他听到的脚步声中悄悄临近,但还是注意到了这些细小之物;而且再过几分钟,那闪亮的灯光就要照到他,暴露出他隐藏已久的秘密。当那灯光越来越近时,他在那一道光圈之中看到了他的牧师兄弟——或者说得更确切些,是他同道中的父辈,也是他极为敬重的朋友——可敬的威尔逊先生;据丁梅斯代尔先生此时的推断,他一定是刚从某个弥留者的病榻边祈祷归来。事实果然如此。这位好心的老牧师正是刚刚从温斯洛普总督的停尸房中回来,那位大人就在这一时辰中从尘世升入了天国。此时,老牧师像旧日的圣者似的,周围罩着一圈光环,使他在这罪孽的昏夜中发出荣光——似乎那已故的总督把自己的荣光遗赠给了他,又好像当老牧师仰望那凯旋的朝圣者跨进天国时,那遥远的天光洒到了他身上——简而言之,此时那好心的神父威尔逊正借助灯光为自己引路,一步步走回家去!也正是那盏灯的昏光,触发了丁梅斯代尔先生的上述奇思异想,使他绽出了微笑——不,他简直是对那想法放声大笑——之后就怀疑自己是否要发疯了。

可敬的威尔逊先生走过刑台时,一手将黑色宽袖长法衣紧紧裹住他的身躯,另一手将灯举到胸前,就在此刻,丁梅斯代尔牧师几乎禁不住要说出口了:

"晚上好,可敬的威尔逊神父!我请求你到这里来,陪我过上一小时欢乐的时光吧!"

天啊!丁梅斯代尔先生当真说出声了吗?在一刹那间,他相信这些话确实已经说出了口。其实只是在他的想象之中发出了声。那可敬的威尔逊神父依旧缓缓地朝前走着,眼睛死盯住脚下的泥径,根本没朝刑台侧头瞥上一眼。在那闪亮的灯光渐渐消逝在远处之后,牧师在袭来的一阵昏迷中发现,刚才那一刻间,确实有一种非常焦心的危机;尽管他内心不禁竭力用一种凄凉的强颜欢笑来加以宽慰。

不久,在他脑海中的肃穆幻象中又悄悄夹杂进来同样可怕的古怪念头。他感到由于不惯于夜间的凉意,四肢逐渐发僵,并且怀疑自己还能否走下刑台的台阶。天将破晓,他会被人发现站在台上。四邻将开始起身。最早起床的人踏入晨曦的微光,将会看到有个轮廓模糊的身形高高站在耻辱台上;于是便会在半惊骇半好奇之中走开去,敲开一家又一家的大门,叫人们出来看这已死的罪人的鬼魂——那人一定会这么想的。一阵破晓时的喧闹将从一家飞到另一家。之后,曙光渐明,老汉们会匆忙爬起身,穿上法兰绒长袍,主妇们则顾不上脱下她们的睡衣。那伙衣冠楚楚的人物,平素里从来没人见过他们有一丝头发散乱,此时也会遭了梦魇般的衣冠不整地就跑到了众人眼前。老总督贝灵汉会歪戴着他那詹姆士王时期的环状皱领,绷紧面孔走出来;西宾斯太太,由于彻夜遨游不曾阖眼,脸色会较平时更加难看,而裙上还会沾着林中细枝;好心的威尔逊神父也会来的,他在死者床边熬了半夜,对于这么早就给从光荣的圣徒的美梦中惊醒,满肚子不高兴。到这里来的还会有丁梅斯代尔先生教堂中的长老们和执事们,以及那些对自己的牧师崇拜之极、在她们洁白的心胸中为他立了圣龛的少女们;顺便说一下,她们此时正在慌乱之中,会根本来不及蒙上面巾。总而言之,所有的人都会磕磕绊绊地迈过门槛,在刑台四周抬起惊惶的面孔。他们会依稀看到那里站着一个人,额上映着东方的红光,那会是谁呢?除去可敬的阿瑟·丁梅斯代尔先生还能是谁!他已经冻得半死,正满面羞惭地站在海丝特·白兰曾经示众的地方!

牧师的神思随着这一荒唐可怖的画面驰骋,在不知不觉之中突然爆发出一阵狂笑,连他自己都大吃一惊。这狂笑立刻得到一声轻灵的童稚笑声的响应,随着一阵心悸——不过他弄不清到底是出于剧烈的痛楚抑或极度的欢乐——,他从笑声中辨出了小珠儿的腔调。

"珠儿!小珠儿!"他稍停片刻就喊道;然后,他压低了嗓音说:"海丝特!海丝特·白兰!是你在那儿吗?"

"是的;我是海丝特·白兰!"她应答着,语调中充满惊奇;接着牧师听到了她走下便道,逐渐接近的脚步声。"是我,还有我的小珠儿。"

"你从哪里来,海丝特?"牧师问道,"你怎么到这儿来啦?"

"我刚刚守护在一个死者的床边,"海丝特·白兰回答说,"是在温斯洛普总督床边,给他量了袍子的尺寸,现在我正往家里走。"

"上这儿来吧,海丝特,你,还有小珠儿,"可敬的丁梅斯代尔先生说,"你们母女俩以前已经在这儿站过了,可是我当时没和你们在一起。再上来一次吧,我们三口人一起站着吧!"

她默默地踏上台阶,并且站到了台上,手中一直牵着小珠儿。牧师够着孩子的另一只手,也握住了。就在他这么做的瞬间,似有一股不同于他自己生命的新生命的激越之潮,急流般涌入他的心房,冲过他周身的血管,仿佛那母女俩正把她们生命的温暖传递给他半麻木的躯体。三人构成了一条闭合的电路。

"牧师!"小珠儿悄声说。

"你要说什么啊,孩子?"丁梅斯代尔先生问道。

"你愿意在明天中午的时候,跟妈妈和我一块站在这儿吗?"珠儿询问着。

"不成;不能那样,我的小珠儿。"牧师回答说;由于那瞬间的新精力,长期以来折磨着他生命的对示众的种种恐惧,又重新回到他心头;而且,他对目前的这种团聚——虽说也有一种陌生的欢愉——已经颤栗不安了。"那样不成,我的孩子。真的,终有一天,我一定同你妈妈和你站在一起,不过明天还不成。"

珠儿笑着,想抽出她的手。但牧师紧紧地握住了。

"再稍待一会儿,我的孩子!"他说。

"可你一定要答应,"珠儿问道,"明天中午握着我的手和妈妈的手,好吧?"

"明天还不成,珠儿,"牧师说着,"得换换时间。"

"那在什么时候呢?"孩子一劲地追问。

"在最后审判日,"牧师耳语说——说来奇怪,是他身为传播真理的牧师的职业感迫使他这么答复孩子的,"到了那一天,在审判座前面,你妈妈,你,还有我,应该站在一起。但这个世界的光天化日是不会看到我们在一起的!"

珠儿又笑了。

但不等丁梅斯代尔先生把话讲完,乌云遮蔽的夜空上便远远地闪过一道宽阔的亮光。那无疑是一颗流星发出来的,守夜人可能经常看到这种流星在空旷的苍穹中燃成灰烬。它发散出的光辉十分强烈,把天地间浓厚的云层照得通明。那广漠的天穹变得雪亮,犹如一盏巨灯的圆顶。它就像白昼一般清晰地勾勒出街上熟悉的景色,但也平添了那种由不寻常的光线照到熟悉的物体上总要产生的可怕印象。那些附有突出的楼层和古怪的角顶的木屋;那台阶和门槛,以及周围早早破土而出的青草;那些覆着新翻出的黑土的园圃;那些有点发旧,甚至在市场一带两侧都长满了绿草的车道——这一切全都清晰可见,不过都露出一种独特的模样,似是给这些世上的事物一种前所未有的另一种道义上的解释。就在那儿,站着牧师,他一手捂着心口;还有海丝特·白兰,胸前闪着刺绣的字母;以及小珠儿,她本人就是一个象征着他同她之间连接的环节。他们三人站在亮如白昼的奇妙而肃穆的光辉里,似乎正是那光辉要揭示一切隐秘,而那白昼则要将所有相属的人结合在一起。

小珠儿的眼中闪着妖气,当她仰望牧师时,脸上带着那种调皮的微笑,使她的表情时常都是那么鬼精灵似的。她从牧师手中抽出手来,指着街道对面。但他紧握双手捂在胸前,抬眼眺望天顶。

在那年代,凡是流星出现和不像日月升落这么规律的其它自然现象,统统都被解释为超自然力量所给予的启示,这是再普通不过的事了。于是,在午夜的天空中,如果看到一支闪光的长矛、一支冒着烈焰的剑、一张弓、一簇箭这类形象,便会认为是印第安人要打仗的预兆。瘟疫,则人所周知是由一阵红光示警的。从移民时期直到革命年代,凡是发生在新英格兰的重大事件,无论好也罢,坏也罢,恐怕都受过这类性质的某种景象的事先警告。许多人都曾多次见过。不过,更多的情况是,这种景象的可信性不过是某个单独的目睹者心诚所致,他用想象中那种有色的、放大的和变形的中介来看待这种奇迹,再在事后的回忆中更加清晰地勾勒出来。国家的命运居然会在无垠的天际中用这些可怕而费解的符号揭示出来,这种念头实在伟大。对于上苍来说,在这样广漠的轴卷上写下对一个民族的判决，恐怕也不能算太大。我们的先祖笃信这类事情倒是好事，因为这说明，他们的新生的共和国，是在天意的格外垂青和严格监视之下的。但是，当某人发现出现在同样大幅的卷面上的一个启示只是针对他一人的时候，我们又该作何评论呢？在这种情况下——当一个人由于长期的和强烈的隐痛而备受自我反省的煎熬，他把自我已经扩展到整个大自然，以致天空本身不过是适于书写他的历史和命运的纸张时，这种"启示"只能是他精神状态极度混乱的症状罢了！

因此，当牧师抬眼眺望天顶，看到出现了用暗红色的光线勾出的巨大字母"A"时，我们只能归结为他由于心病而眼睛出了毛病。这并非是说，当时根本没有流星出现并在云霭中隐隐燃烧；而是说并没有他那负罪的想象力所赋予的那种形状；或者，至少不是那么确定无疑——别的罪人也可能从中看到另一种象征呢。

当时还有一个特殊的细节可以说明丁梅斯代尔先生的心理状态。在仰望天顶的整个过程中，他始终非常清楚，小珠儿在指着站得离刑台不远的老罗杰·齐灵渥斯。牧师似乎用辨出那神奇字母的同样目光，也看见了他。流星的亮光，如同对一切其它物体一样，也给予他的容貌一种崭新的表情；也可能是，医生当时没有像平素那样小心地掩饰他看着自己的牺牲品时的那种恶毒样子。诚然，如果那流星照亮了天空，显现了大地，并以末日审判来威胁海丝特·白兰和牧师的话，那么，罗杰·齐灵渥斯就可以看作是魔王，他怒目狞笑地站在那里，等候着来认领他们。他的表情如此真切，或者说，牧师对其感觉是那么强烈，直到那流星陨落、街道及一切其它东西都立即湮灭之后，依然如画般地保持在黑暗中。

"那人是谁，海丝特？"丁梅斯代尔先生心惊胆战地喘着气说，"我一见他就发抖！你认识那人吗？我恨他，海丝特！"

她记起了她的誓言，便默不作声。

"我告诉你，一见到他，我的灵魂就发抖！"牧师又嗫嚅着说，"他是谁？他是谁？你不能帮我一下吗？我对那人有一种无名的恐惧！"

"牧师，"小珠儿说，"我能告诉你他是谁！"

"那就快说吧,孩子!"牧师说着,弯腰把耳朵凑近她的嘴唇,"快说吧!——悄悄地,尽量小声点。"

珠儿在他耳边嘀咕了几句,听着倒真像说话,其实只是儿童们在一起玩的时候所发的莫名其妙的音符。无论如何,即使其中包含着有关老罗杰·齐灵渥斯的秘密信息,也是博学的牧师所不懂的,只能徒增他的困惑而已。接着那小精灵似的孩子笑出了声。

"你在拿我开心吗?"牧师说。

"你胆小!——你不老实!"那孩子回答说,"你不愿意答应明天中午拉着我和妈妈的手!"

"尊贵的先生,"医生一边应声说,一边走到平台脚下,"虔诚的丁梅斯代尔牧师,难道当真是你吗?哎哟哟,果然是的!我们这些做学问的人,就知埋头书本,确实需要好好照看!我们会醒着做梦,睡着走路的。来吧,好先生,我的亲爱的朋友,我请求你啦,让我带你回家吧!"

"你怎么会知道我在这儿呢?"牧师惊惧地问。

"说真的,我讲的是实话,"罗杰·齐灵渥斯回答,"我对此一无所知。我在那令人崇敬的温斯洛普总督的床边呆了大半夜,尽抽技之能为他减轻痛苦。他现正返回他美好世界的家,我呢,也在回家的路上,就在这时闪出了那道奇怪的光。跟我走吧,我求求你,可敬的先生;不然的话,明天安息日你就没法尽好责任了。啊哈!瞧啊,这些书本多么烦人啊——这些书本!——这些书本!你要少读点书,好先生,想法散散心;否则,这夜游症在你身上会越来越重的。"

"我就跟你一起回家吧。"丁梅斯代尔先生说。

他就像一个刚刚从噩梦中惊醒的人,周身无力,心中懊丧得发冷,便听凭那医生把自己领走了。

第二天恰好是安息日,他的布道被认为是他宣讲过的最丰富、最有力,也是最充满神启的。据称,不止一个人而是很多人的灵魂领悟了那次布道的真谛,在内心中发誓今后要永远怀着对丁梅斯代尔先生的神圣的感激之情。但是,就在他走下讲坛的阶梯时,那灰胡须的教堂司役上来迎接他。那人手中举着一只黑手套,牧师认出了是自己的。

"这是,"那司役说,"今天一早在干了坏事的人示众的刑台那儿发现的。我想,准是撒旦丢在那儿,有意中伤阁下您的。不过,说实在的,他还是跟平常一样,又瞎又蠢,而且会总是这样的。一只纯洁的手是不需要用手套来遮掩的!"

"谢谢你,我的好朋友。"牧师庄重地说,心头却暗吃一惊;因为他的记忆已经紊乱,竟然把昨夜的事情看作是幻象了。"是啊,看来是我的手套,真的!"

"那么,既然撒旦瞅机会偷了它去,阁下您以后就应该不戴手套去对付他了。"那老司役狞笑着说,"不过,阁下您听说昨天夜里人们看见的征兆了吗?——天上显出一个大红字母'A',我们都解释是代表'天使'①。因为,昨天夜里,我们那位善心的温斯洛普总督成了天使,所以不用说,上天要显显像才是呢!"

"没有,"牧师答道,"我没听说这件事。"

---

① 英文"天使"一词为 Angel,也是以"A"起始。

第十三章　海丝特的另一面

在海丝特·白兰最近同丁梅斯代尔先生的那次独特的会面中,她发现牧师的健康状况大为下降,并为此深感震惊。他的神经系统似乎已彻底垮了。他的精神力量已经衰颓,低得不如孩子。虽说他的智能还保持着原有的力量,或者说,可能已经达到了只有疾病才会造成的一种病态的亢奋,但他的精神力量已经到了无能为力的地步了。由于她了解一系列不为他人所知的隐情,她立即推断出,在丁梅斯代尔先生自己良知的正常活动之外,他的宁静已经受到一部可怕的机器的干扰,而且那机器仍在开动,他还得忍受。由于她了解这个可怜的堕落的人的以往,所以当他吓得心惊胆战地向她——被人摒弃的女人——求救,要她帮他对付他靠本能发现的敌人的时候,她的整个灵魂都受到了震动。她还认为,他有权要她倾力相助。海丝特在长期的与世隔绝之中,已经不惯于以任何外界标准来衡量她的念头的对或错了,她懂得——或者似乎懂得——她对牧师负有责任,这种责任是她对任何别人、对整个世界都毋庸承担的。她和别的人类的任何联系——无论是花的、是丝的、是银的,还是随便什么物质的——全都断绝了。然而他和她之间却有着共同犯罪的铁链,不管他还是她都不能打破。这一联系,如同一切其它纽带一样,有与之紧相伴随的义务。

海丝特·白兰如今所处的地位已同她当初受辱时我们所看到的并不完全一样了。春来秋往,年复一年。珠儿此时已经七岁了。她母亲胸前闪着的刺绣绝妙的红字,早已成为镇上人所熟悉的目标。如果一个人在大家面前有着与众不同的特殊地位,而同时又不干涉任何公共或个人的利益和方便,他就最终会赢得普遍的尊重,海丝特·白兰的情况也正是如此。除去自私的念头占了上风、得以表现之外,爱总要比恨来得容易,这正是人类本性之所在。只要不遭到原有的敌意不断受到新的挑动的阻碍,恨甚至会通过悄悄渐进的过程转变成爱。就海丝特·白兰的情况而论,她既没受到旧恨的挑动,也没有增添新的愠怒。她从来与世无争,只是毫无怨尤地屈从于社会的最不公平的待遇;她也没有因自己的不幸而希冀什么报偿;她同样不依重于人们的同情。于是,在她因犯罪而丧失了权利、被迫独处一隅的这些年月里,她。生活的纯洁无瑕,大大地赢得了人心。既然她在人们的心目中已经再无所失,再无所望,而且似乎也再无所愿去得到什么,那么这个可怜人的迷途知返,也只能被真诚地看作是美德感召的善果了。

　　人们也注意到:海丝特除去呼吸共同的空气,并用双手一丝不苟的劳作为她自己和小珠儿挣得每日的面包之外,对分享世上的特权连最卑微的要求都从不提出;反之,一有施惠于人的机会,她立即承认她与人类的姊妹之情。对于穷苦人的每一种需要,她比谁都快地就提供了她菲薄的支援;尽管那些心肠狠毒的穷人对她定期送到门口的食物或她用本可刺绣王袍的手指做成的衣物,竟会反唇相讥。在镇上蔓延瘟疫的时候,谁也没有海丝特那样忘我地献身。每逢灾难,无论是普遍的还是个人的,这个为社会所摒弃的人,都会马上挺身而出。她来到愁云紧锁的家庭,并非作为客人,而是作为理应到来的亲人;似乎那室内晦暗的微光成了她有权与她的同类进行交往的中介。她胸前绣着的字母闪着的非凡的光辉,将温暖舒适带给他人。那字母本来是罪恶的标记,此时在病室中却成了一支烛光。在受难者痛苦的弥留之际,那字母甚至会将其光辉跨越时间的界限:在现世的光亮迅速黯淡下去,而来世的光亮还没照到死者之前,为他照亮踏脚的地方。在这种紧急情况下,海丝特显示了她那可贵的温厚禀性:那是人类温情的可靠源泉,对任何真正的需要都有求必应,哪怕需要再大,也绝不会枯竭。她的胸口虽然佩着耻辱牌,对有所需要的人却是柔软的枕头。她是自我委任的"慈善的姊妹";或者,我们完全可以说,人世的沉重的手掌曾经这样委任了她。但当时无论人世或她本人都没有期待着她会不负所望。那字母成了她响应感召的象征。由于从她身上可以得到那么多的支援——她深富同情心又极肯助人——许多人都不肯再按本意来解释那红色的字母

"A"了。他们说,那字母的意思是"能干"①;海丝特·白兰只是个弱女子,但她太有力量了。

只有阴暗的住房才能容纳她。当太阳再次升起的时候,她已经不在了。她的身影跨过门槛消逝了。这个大有助益的亲人离去了,根本没有回过头来看一眼应得的感谢——如果她刚刚如此热心地尽过力的那些人的心中肯于感激她的话。有时在街上遇到他们,她从来不抬头接受他们的致意。如果他们执意要和她搭讪,她就用一个手指按住那红字,侧身而过。这或许是骄傲,但极似谦卑,反正在众人的心目中产生了谦卑品格的全部软化人心的影响。公众的情绪是蛮不讲理的:当常理上的公道作为一种权利加以过分要求时,可能遭到拒绝;但是一旦完全投其所好、吁请暴虐的人们慷慨大度时,倒常常会得到超出公道的奖赏。由于社会把海丝特·白兰的举止解释成这类性质的吁请,因此反倒宁可对其原先的牺牲品,显示出一种比她所乐于接受的、或者说比她实际应得的更加宽厚的态度。

居民区的统治者和有识之士比起一般百姓花费了更长的时间才认识到海丝特的优秀品质的影响。他们对海丝特所共同持有的偏见,被推论的铁框所禁锢,要想摆脱就得付出远为坚韧的努力。然而,日复一日,他们脸上那种敌视的僵死的皱纹逐渐松弛下来,伴随岁月的流逝,可以说变成了一种近乎慈爱的表情。那些身居要位、从而对公共道德负有监护之责的人的情况就是如此。与此同时,不担任公务的普通百姓已经差不多彻底原谅了海丝特·白兰因脆弱而造成的过失;不仅如此,他们还开始不再把那红字看作是罪过的标记——她为此已忍受了多么长时间的阴惨惨的惩罚啊——而是当成自那时起的许多善行的象征。"你看见那个佩带刺绣的徽记的好人了吗?"他们会对陌生人这样说,"她是我们的海丝特——我们这镇上自己的海丝特,她对穷人多么好心肠,对病人多么肯帮忙,对遭难的人多么有安慰啊!"之后,出于人类本性中对别人说三道四的癖病,他们也确实悄声说起若干年前那桩见不得人的丑事。不过,即使在讲话人的心目中,那红字仍有修女胸前

---

① "A"本是"通奸"(Adultery)的首字,现在被人们释作"能干"(Able)的首字。

的红十字的效果。那红字赋予其佩带者一种神圣性,使她得以安度一切危难。假若她落入盗贼之手,那红字也会保她平安无事。据传,而且有不少人信以为真,有一个印第安人曾瞄准那红字射箭,那飞箭虽然射中目标,却落到了地上,对她毫无伤害。

那象征物,或者更确切地说,它所代表的社会地位,在海丝特·白兰本人的头脑中,有着强烈而独特的作用。她性格中一切轻松优雅的绿叶,全都因那火红的徽记而枯萎,并且早已落得精光,只剩下了光秃秃的粗糙的轮廓,如果说她还有朋友和伙伴的话,恐怕也早就为此而规避了。就连她人品上的魅力也经历了类似的变化。这可能部分由于她着装上故作严肃简朴,部分因为她举止上有意不动声色。还有一个令人伤感的变化:她那满头丰盈的秀发,不是剪得短短的,就是让一顶帽子完全遮住,以致从来没有一缕在阳光下闪烁。除去这一切原因之外,再加上其它一些因素,看来,在海丝特的面孔上已不再有任何"爱情"可仔细揣摩之处,在海丝特那端庄和雕像般的身材上,不再有任何使"情欲"梦想投入其紧紧拥抱之处,在海丝特的胸膛中也不再有任何能够使"慈爱"落枕之处了。作为一个女性本来不可或缺的某些禀性,在她身上已不复存在。当女人遭遇并经受了一场非同一般的苛刻的惩罚时,她那女性的品格通常会遭受这种命运并经历这种严峻的变化。如果她只有柔情,她就会死掉。如果她侥幸活下去,她的柔情要么从她身上给排挤出去,要么在她心中给深深碾碎,永远不再表露出来。这两种情况在外人看来没什么不同,而后者或许更符合实际。她既然曾经是女人,虽然一时不再是女人,但只消有魔法点化一下,完全可以随时重新变成女人的。我们将要看到海丝特·白兰以后会不会受到这种点化,再变成女人。

海丝特给人的那种如大理石般冰冷的印象,大部要归咎于这一事实:她的生活,在很大程度上已经从情和欲变成了思想。她形只影单地立足于世上——孤独得对社会无所依靠,只有小珠儿需要她指点和保护,——孤独得对恢复她的地位已不抱希望,即使她还没有鄙夷这种愿望,但是她已把断裂的锁链的碎片全然抛弃了。人世间的法律并非她心目中的法律。当年正处于人类智慧初获解放的时代,比起以前的许多世纪,有着广阔得多的天地任其驰骋。手执利剑的人已经推翻了王室贵胄。比他们更勇敢的人,则将与古代准则密切相关的古代偏见的完整体系,并非实际地,而是在理论范围之内——这是那些王室贵胄真正的藏身之地——予以颠覆并重新安排了。海丝特·白兰汲取了这一精神。她采取了思想自由的观点,这在当年的大西洋彼岸本是再普通不过的事,但设若我们的移民祖先们对这种自由思想有所了解的话,她的观点会被认为比红字烙印所代表的罪恶还要致命的。在她那独处海边的茅舍里,拜访她的那些思想是不敢进入新英格兰的其它住宅的;假如有人看见这些影子般的客人轻叩她的门扉的话,就会把接待他们的主人视同魔鬼般危险了。

值得重视的是,那些具有最大胆的思想观点的人,对于外界的清规戒律也最能泰然处之。他们满足于思想观点,并不想赋予其行动的血肉。海丝特的情况似乎就是这样。不过,假若小珠儿未曾从精神世界来到她身边的话,她的情况也许就会大不一样了。那样的话,她也许会同安妮·哈钦逊携手并肩,作为一个教派的创始人,名标青史。她也许会在自己的某一时期成为一名女先知。她也许会——并非不可能——因企图颠覆清教制度的基础,而被当时严厉的法官处以死刑。但她的思想热情,因为她成了母亲,得以在教育孩子之中宣泄出去。上天把这小女孩交付给海丝特,就是要她保护女性的幼芽和蓓蕾,在众多的困难中加以抚育和培养。一切都与她作对。世界在以她为敌。孩子的本性中含有欠妥之处,不断表明她降临到这个世界上是个错误——是她母亲无视法律的激情的发泄,而且时常迫使海丝特辛酸地扪心自问:这个可怜的小家伙降生到世上,究竟是祸还是福。

事实上,她心中也时常升腾起涉及全人类女性的同样阴郁的问题:即使对女性中最幸福的人来说,那人的生存有价值吗?至于她自己本人的生存,她早已予以否定,并且作为已决之点不再重提。勤于思考,虽说可以对女人起到和对男人相同的作用——使人安静下来,但却使她感到伤感。也许她已经看清了自己面临的任务是无望的。首先,整个社会制度要彻底推翻并予以重建。其次,男人的本性,或者说由于世代沿袭的习惯而变得像是本性的东西,应该从本质上加以改变,然后妇女才可能取得似是公平合理的地位。最后,即使排除掉一切其它困难,妇女也必须先进行一番自身的更有力的变化,才能享有这些初步改革的成果,然而到那时,凝聚着她的女性的最真实的生命的精髓,或许已然蒸发殆尽了。一个女人,无论如何运用她的思维,也无法解决这些问题。或许只有一条出路才能解决这些问题:如果她的精神能够主宰一切,这些问题便会不复存在。然而,由于海丝特·白兰的心脏已经不再有规律而健康的搏动,她便只有茫无头绪地徘徊在思考的幽暗迷宫之中:时而因无法攀越的峭壁而转弯,时而因深陷的断层而返回。她周围是一遭恐怖的野景,四处不见舒适的家园。不时有一种可怕的疑虑攫住她的灵魂,不知是否该把珠儿马上送上天庭,自己也走向"永恒的裁判"所断定的来世,才更好些。

那个红字尚未恪尽厥职。

但是此时,自从那天夜里丁梅斯代尔先生夜游时他俩见了一面以来,她又有了一个新的题目去思索;在她看来,为了达到那一目标,她简直值得耗尽一切精力并做出一切牺牲。她已经目睹了牧师是在多么剧烈的痛苦之中挣扎着——或者说得更准确些,是怎样停止挣扎的。她亲眼看到,他已经站到发疯的边缘——如果说他还没有跨过那边缘处于疯狂状态的话。毋庸置疑,不管自责的秘刺中有什么致痛的功效,那只提供救援之手又在那蜇刺中注入了致他死命的毒液。一个秘密的敌人,假借朋友和救护者之名,时刻不离他的前后左右,并借此机会撬动丁梅斯代尔先生秉性中纤弱的锁簧。海丝特不禁自问:是否由于她这方面在真诚、勇气及忠贞上本来存在着缺陷,才造成牧师被抛进凶隙横生、毫无祥兆的境地呢?她唯一能够自我辩解的就是:除去默许罗杰·齐灵渥斯隐姓埋名之外,她原本别无它法使牧师免遭比她承受的还要阴暗的毁灭。在那种动机之下,她作出了自己的抉择,而如今看来,她所选定的却是二者之间更加不幸的方案。她决心在尽可能的情况下来补偿自己的过失。经过多年艰苦和严正的考验,她已经坚强有力多了,自信不像当年那个夜晚那样不是罗杰·齐灵渥斯的对手了:当晚他俩在牢房中谈话时,她是刚刚肩负犯罪的重压,并为羞耻之心逼得半疯的。从那晚起,她已在自己的道路上攀登到一个新高度了。而另一方面,那个老人呢,由于不顾一切地寻求复仇,则使自己降低到同她接近或许比她还低的水平了。

　　终于,海丝特·白兰打定主意去会她原先的丈夫,尽她的全力来解救显然已落入对方掌握之中的牺牲品。没过多久,她便找到了机会。一天下午,在半岛上一处荒无人烟的地点,她带着珠儿散步,刚好看见那老医生,一手挽着篮子,另一只手拄着拐杖,正弯着腰在地上一路搜寻可以配药的树根和药草。

第十四章　海丝特和医生

　　海丝特打发小珠儿跑到水边去玩贝壳和缠结的海藻,好让她同那边那采药人谈一会儿话。那孩子便像鸟儿般地飞了开去,她那双赤裸着的白白的小脚丫,一路拍着水在潮湿的海边跑着。她不时停下身来,把退潮留下的水洼当作镜子,好奇地朝里面照着她自己的面孔。水洼里,一个满头长着乌黑闪亮的鬈发、眼中露着小精灵般微笑的小姑娘,在朝她窥视,珠儿由于没有别的玩伴,便伸手邀她同自己进行一场赛跑。但那映像的小姑娘,也同样和她伸手招呼,仿佛在说:"这地方更好些!你到水洼里来吧!"珠儿一脚踏进去,水没到了膝盖,她看见的只是水底的自己的白脚丫;同时,从更深的一层水下,映出了一种支离破碎的微笑,在动荡的水中上下漂浮闪动。
　　与此同时,她母亲已和那医生搭话了。
　　"我想跟你谈一谈,"她说,"谈谈同我们至关紧要的事。"
　　"啊哈!原来是海丝特太太有话要和老罗杰·齐灵渥斯说吗?"他直起腰来回答说,"高兴之极!噢,太太,我从各处都听到有关你的好消息!就在昨天晚上,一位长官,一位圣明的人,还谈起了你的事,海丝特太太,他悄悄告诉我,在议会中曾经提及有关你的问题:大家议论起,要是把你胸前的红字取下来,会不会对公众的好运有妨碍。我敢发誓,海丝特,我当即恳求那可敬的长官,这事应予立即施行!"
　　"那些长官们可不乐于取下这徽记,"海丝特平静地应道,"要是我有资格把这玩意儿取下来,它就会自然而然地落下去,或是变成表示别的意思的东西了。"
　　"那就别取下来啦,既然你觉得合适,就继续戴下去吧,"他接着说,"触及女人的装饰一事,那可得随着她自己的心气儿。那字母绣得那么鲜艳,戴在你胸前,恰到好处地显示了你的勇敢!"

在他俩谈话的这段时间里,海丝特一直不错眼珠地盯着那老人,她惊奇地注意到,在这七年之间,他发生了多么明显的变化。那倒不是说他又老了许多;因为虽然可以看出他年事益高的痕迹,但就他的年纪而论,仍有坚韧的精力和机敏,然而,她原来印象最深的他先前那种聪慧好学的品格,那种平和安详的风度,如今已经踪影皆无,取而代之的是一种急切窥测的神色,近乎疯狂而又竭力掩饰。他似乎有意用微笑来遮掩,但那种微笑却暴露出他的虚伪,在他脸上时隐时现,似是在捉弄他,使旁人益发清楚地看出他的阴险。他的眼睛中还不时闪出阵阵红光;像是那老人的灵魂正在燃烧,却憋在胸中闷着,只是偶尔不小心受到激情的鼓吹,才喷出瞬间的火焰。而他则尽快地将这火焰压下去,竭力装出一副没发生过这种事的样子。

总之,老罗杰·齐灵渥斯是一个显而易见的实例,证明人只要甘心从事魔鬼的勾当,经过相当一段时间,就可以靠他本人的智能将自身变成魔鬼。这个闷闷不乐的人之所以发生了这一变化,就是由于他在七年的时间里全力以赴地剖析一颗充满痛苦的心灵并从中取乐,甚至还要对他正剖析并观察着的剧烈痛苦幸灾乐祸地火上浇油。

红字在海丝特·白兰的胸上燃烧。因为这里又多了一个被毁灭的人,其责任,部分要归咎于她。

"你在我脸上看到了什么,"医生问道,"让你盯得这么紧?"

"要是我还有多余的心酸的泪的话,我会为一件事而哭泣的。"她回答说,"不过,算了吧!我还是来谈谈那个不幸的人吧。"

"谈他的什么事呢?"罗杰·齐灵渥斯迫不及待地叫着,仿佛他喜爱这个话题,巴不得有个机会能同这个唯一可以谈谈悄悄话的人讨论一番,"咱们不说假话,海丝特太太,这会儿我刚好正忙着在那位先生身上转着念头。你就随便说吧,我会作出答复的。"

"我们上次在一起交谈的时候,"海丝特说,"是在七年以前,当时你迫使我答应为你我之间原先的关系保密。由于那个人的生命和名声全都在你的把握之中,我除去遵从你的意志保持沉默之外,似乎已别无出路。然而我受到这一承诺的约束,不能不疑虑重重;因为我虽然抛弃了对其他人的一切责任,却还保有对他的责任;而有一个声音在悄悄对我说,在我发誓为你保密之时,就背叛了这一职责。从那一天起,谁都没有像你这么接近他。你跟踪着他的沉重的脚步。你无论睡着醒着都守在他的身旁。你搜寻着他的思想。你挖掘并折磨他的心灵!你玩弄他于你的股掌之上,让他镇日里备受死去活来之苦;然而他对你竟依旧毫不了解。他是上天留给我保持忠诚的唯一的一个人,我却允许你对他这般肆虐,我确实扮演了一个虚伪的角色!"

"难道你还有别的出路吗?"罗杰·齐灵渥斯问道,"我的手指指着他,只消一动,就可以把他从布道坛上抛到牢狱中去——甚至还会把他抛到绞刑架上!"

"那样也许倒好些!"海丝特·白兰说。

"我对那人做了什么坏事呢?"罗杰·齐灵渥斯又问道,"我跟你说,海丝特·白兰,自古以来,就连帝王付给医生的最大报酬,也无法买到我在这不幸的牧师身上所花费的心血!要不是我假以援手,他和你犯下罪孽之后的头两年里,他的生命便会在备受折磨之中烧光了。海丝特,因为他的精神缺乏你那种力量,挺不住你所受的红字的那种重压。噢,我完全可以揭发一项天大的秘密!只要一说出口就足够了!可是我在他身上尽了最大努力,凡医术能做到的,无不设法。如今他得以在这个世界上苟延残喘,全靠我的努力呢!"

"他还不如马上死掉呢!"海丝特·白兰说。

"是啊,妇人,你算说对了!"老罗杰·齐灵渥斯叫着,内心的火焰在她眼前烧得一片血红,"他不如马上死掉!他遭的那份罪还没有一个活人受过呢。而且这一切的一切全都让他最恶毒的敌手看在眼里!他已经意识到我这个人了。他已经感觉到有个像是诅咒的势力始终在他身边徘徊。他通过某种精神的感觉——造物主从来没有造过像他这样敏感的人——得知,拉扯他心弦的并不是什么友谊之手,而且还知道,有一双好奇的眼睛正在窥视他的内心,一心要寻找邪恶,并且已经找到了。不过他并不清楚,那双眼和那只手就是我的!他也有他的牧师兄弟们所共有的那种迷信,幻想着自己已被交给一个恶魔,受尽骇人的梦幻、绝望的念头、悔恨的蜇刺和无望的宽恕的折磨;像是让他预先尝试一下等待着他的进入坟墓之后的是什么滋味。然而这恰恰是我的无所不在的暗影!——一个受到他最卑劣的委屈的人的最紧密的接触!——那个人已经变得只是出于极端的复仇的毒剂的永恒的驱使才活着了!是啊,他是对的!他没有弄错!他肘腋边确有一个恶魔!一个曾经有过人心的活人已经变成专门折磨他的恶魔了!"

那不幸的医生,一边说着这番话,一边神色恐怖地举起双手,仿佛他看到了某个不认识的怪影在镜中侵夺了他的映像。这属于那种多少年才出现一次的时刻:此时,一个人的精神风貌一丝不苟地显示在他心灵的眼前。他恐怕从来没有像此时这样看清他自己——这样说大概没有什么不妥。

"难道你还没有把他折磨够吗?"海丝特注意到了那老人的神色,就这么问他,"难道他还没有偿还你的一切吗?"

"没有!——没有!他只不过增加了他的负债!"那医生回答说;在他接下去说着的时候,他的神情不再是恶狠狠的,而变得阴郁了。"你还记得我九年前的样子吗,海丝特?即使在那时,我也到了垂暮之秋,而且还不是初秋。但我的全部生活都是由真诚、勤学、沉思和宁静的岁月所构成的,我忠实地将其奉献给为自己增加知识,也同样忠实地将其奉献给为人类造福——虽说这后一个目标与前一个相比只是附带的。谁也比不上我生活得那样平和,那样纯真;很少有人像我那样生活得富于裨益。你还记得那时的我吗?虽说你可能认为我冷酷无情,难道我不是为他人着想,很少替自己打算吗?——就算我不是温情脉脉,难道我不是善良、真诚、正直,对爱情始终不渝的人吗?过去的我难道不就是这样子吗?"

"是这样子的,而且还不只这些。"海丝特说。

"可我现在成了什么样子呢?"他紧盯着她的面孔,逼问着,同时让他内心的全部邪恶都无保留地表露在他的外貌上,"我已经告诉过你我是什么了!一个恶魔!是谁把我弄成这样子的?"

"就是我!"海丝特周身战抖着说,"是我!我的责任并不比他小。可你为什么不对我报复呢?"

"我把你留给了红字,"罗杰·齐灵渥斯回答说,"如果红字还不能为我出气,我也别无它法了!"

他面带微笑,把一个指头放在红字上面。

"它已经替你报复了!"海丝特·白兰说。

"我正是这么看的,"那医生说,"那么,如今你要我对那个人怎么办呢?"

"我要揭露这一秘密,"海丝特坚定地回答说,"他应该辨清你的真实面目。其结果会如何,我并不知道。但我长期以来向他隐瞒真相的这笔债,现在总该偿还了——正是因为我才毁掉他的啊。至于他的良好的名声和他在世间的地位,或许还有他的生命,予取予夺都在你的掌握之中。我的情况就不一样了——红字已经使我皈依了真理,尽管那真理如熨铁一般火热,深深地烙进了我的灵魂,——而他那鬼一般空虚的生活再延迟下去,我也看不出还有什么好处,因此我也不会卑躬屈膝地乞求你的慈悲。你对他尽管随心所欲好了!对他不会有什么好处,——对我不会有什么好处,——对你也没什么好处!对小珠儿不会有什么好处!没有任何指引我们跳出这阴惨的迷津的道路!"

"女人,我满可以可怜你的!"罗杰·齐灵渥斯说,由于她表现出的绝望中有一种近乎庄严的气质,连他也不由得不肃然起敬了,"你具有了不起的天赋。如果你早些得到强过于我的爱,这件邪恶就不会发生了。我可怜你,因为你美好的天性横遭荒废!"

"我也同样地可怜你,"海丝特·白兰回答说,"因为仇恨已经把一个聪明而正直的人变成了恶魔!你还愿意把仇恨从心中排挤出去,再恢复成人吗?即使不是为了他的缘故,那么总是加倍地为了你自己嘛!你放宽容些,把对他来世的报应交给有权处理此事的神灵吧!我刚才说过了,像目前这样,无论对他,对你,或者对我,都不会有任何好处,我们是在这片阴惨的邪恶迷津中一起徘徊,在我们铺撒在路上的罪孽上每走一步都要跌跌撞撞。事情本不该这样的!由于你一直深深受到委屈,你就拥有一切权力来宽恕,你可以因此从中获益,而且只有你一人单独获益。你难道要放弃那唯一的特权吗?你难道要反对这没本钱的利益吗?"

"安静点,海丝特,安静点!"那老人阴沉而严厉地回答说,"上天没有赐给我宽恕的品德,我也没有你所说的那种权力。我那早已忘掉的老信仰,如今又回到了我身上,要对我们所做出和所遭受的一切给予解释。由于第一步走歪了,你就种下了邪恶的胚胎;但自从那时起,它也就成了一种阴暗的必然。不过,使我受到伤害的,除非处于一种典型的错觉之中,倒不是罪过;而我呢,虽然从魔鬼的手中夺得了他的职责,但我跟恶魔毕竟不一样。这是我们的命运。让那黑色之花随它去开吧!如今,你去走你的路,随你自己的意愿去处理同那人的关系吧。"

他挥了挥手,又继续采集药草了。

第十五章　海丝特和珠儿

就这样,罗杰·齐灵渥斯——那个身材畸形的老人,他那张面孔会长时间地萦绕在人们的脑海,想忘都忘不掉——离开了海丝特·白兰,一路弯着腰走开了。他东一处西一处地采集一棵药草或挖掘一个树根,然后装进他挎着的提篮里。他深猫着腰朝前走着,灰白的胡须几乎触到了地面。海丝特在他身后盯视了一小会儿,怀着一种有点想入非非的好奇心,想看清楚早春的嫩草会不会在他脚下枯萎,那一片欣欣向荣的葱翠会不会显出一条枯褐、弯曲的足迹。她不晓得那老人如此勤快地采集的是哪种药草。大地会不会在他目光的感应下立刻产生邪意,在他手指的一触之下马上生出一种从不知名的毒草来迎接他呢?或者说,大地会不会把每一种良木益草在他接触之后都变成毒木莠草来满足他呢?那普照四方的明亮的太阳是不是也当真能照到他身上呢?或者说,是不是有一圈不祥的阴影,当真像看上去的那样,始终伴随着他那畸形的身躯,任凭他走到哪里都如影随形呢?那么,现在他又往哪里去了呢?他会不会突然沉入地下?从而留下一块枯荒之地,很需要经过一段时间,才会看见龙葵、山茱萸、杀生草以及其它种种在这一气候中能够生长的毒草,可怕地滋生蔓延起来。或者说,他会不会展开蝙蝠的翅膀腾空飞去,飞得越高,样子越丑呢?

"不管是不是罪过,"海丝特·白兰一边继续注视着他的背影,一边狠狠地说,"我反正恨这个人!"

她为这种感情而自责,但她既不能抑制也不能减少这种感情。为了克制这种感情,她回忆起那些早已逝去的岁月,那是在遥远的土地上,那时候他每到傍晚便从幽静的书斋中出来,坐在他们家的壁炉旁,沉浸在他妻子容光焕发的娇笑之中。他那时常说,他需要在她的微笑中温暖自己,以便从他那学者的心中驱散长时间埋头书卷所积郁的寒气。这种情景也曾经作为幸福而出现过;但如今,透过她随之而来的生活的悲惨的折射,只能归类于她回忆中最不堪入目的部分了。她惊诧何以会有过这种情景!她惊诧自己何以会最终嫁给了他!她认为,她以前竟然忍受并回握了他那不冷不热的攥握,竟然以自己眉眼和嘴唇的微笑来迎合他的笑意,实在是她最应追悔的罪过。在她看来,罗杰·齐灵渥斯对她的触犯,就是在她不谙世事时便使她误以为追随在他身边便是幸福,而这比起他后来受到的伤害要大得多。

"是啊,我是恨他!"海丝特又重复了一句,口气更狠了,"他害苦了我!他伤我要比我伤他厉害得多!"

让那些只赢得女人首肯婚约但没有同时赢得她们内心最深处的激情的男人们发抖吧!他们会像罗杰·齐灵渥斯一样遭到不幸的:因为当某一个比他们更有力的接触唤醒她们的全部感知时,即使是他们当作温暖的现实而要加诸女人的那种平静的满足,那种坚如磐石的幸福形象,都要统统受到指责。但海丝特早就应该对这种不公平处之泰然了。不公平又能怎样?难道在七年漫长的岁月中,在红字的折磨下备受痛苦,还悟不出一些忏悔之意吗?

当她站在那儿盯着老罗杰·齐灵渥斯躬腰驼背的身影时,那瞬间油然而生的心情,在海丝特心头投下了一束黯光,照出了她平时无论如何也不会对自己承认的念头。

在他走开之后,她才叫孩子回来。

"珠儿!小珠儿!你在哪儿?"

珠儿的精神从来十足,当她母亲同那采药老人谈话时,她一直玩得挺带劲。起初,她像前面说的那样,异想天开地和映在水洼中的自己的倒影戏耍,招呼那映像出来,由于它不肯前进一步,她便想为自己寻找一条途径进入那不可捉摸的虚幻的天地中去。然而,她很快就发觉,要么是她,要么是那映像,总有一个是不真实的,于是便转身走开去玩更开心的游戏了。她用桦树皮做了许多小船,在上面装好蜗牛壳,让它们漂向大海,其数量之多,胜过新英格兰任何一个商人的船队;可惜大部分都在离岸不远的地方沉没了。她抓着尾巴逮住了一条活鲎鱼,捕获了好几只海星,还把一个水母放到温暖的阳光下融化。后来,她捞起海潮前缘上的白色泡沫,迎风撒去,再一蹦三跳地跟在后面,想在这些大雪花落下之前就抓在手里。接着,她看到一群海鸟在岸上飞来飞去地觅食,这调皮的孩子就拣满一围裙小石子,在岩石间爬着追逐着那些海鸟,投出一颗颗石子,显出不凡的身手。珠儿把握十足地相信,她投中了一只白胸脯的小灰鸟,那小鸟带着一只折断的翅膀鼓翼而飞了。可随后这小精灵般的孩子却叹了口气,放弃了这种玩法;因为她伤害了一个如海风或者说和珠儿她本人一样狂野的小家伙,很为此伤心。

她最后一件事是采集各种海草,给自己做了一条围巾或披肩,还有一圈头饰,把自己打扮成一个小人鱼的模样。她倒是继承了她母亲那种制作服装衣饰的天才。珠儿拿过一片大叶藻给她那身人鱼的装束做最后的点缀:她在自己的胸前,尽力模仿着她所极熟悉的她母亲胸上的装饰,也为自己佩了一个。一个字母"A",不过不是猩红的,而是鲜绿的!这孩子把下颏抵到胸口,怀着奇妙的兴致端详着这一玩意儿,仿佛她诞生到这个世界上的唯一目的就是弄清其隐秘的含义。

"我不知道妈妈会不会问我这是什么意思!"珠儿想道。

就在这时,她听到了她母亲的呼唤,就像一只小海鸟似的一路轻快地跑跳着,来到海丝特·白兰的面前,又跳又笑地用手指着自己胸前的装饰。

"我的小珠儿,"海丝特沉默了一会儿之后说,"那绿色的字母,在你童稚的胸口是没有意义的。不过,我的孩子,你可知道你妈妈非戴不可的这个字母的意思吗?"

"知道的,妈妈,"那孩子说,"那是一个大写的 A 字。你已经在字帖上教过我了。"

海丝特目不转睛地盯着她的小脸;然而,孩子那黑眼睛中虽然带着平时极其独特的表情,她却说不准珠儿是否当真把什么意思同那象征联系到了一起。她感到有一种病态的欲望想弄明白这一点。

"孩子,你知道你妈妈为什么要戴这个字母吗?"

"我当然知道!"珠儿说着,闪光的眸子紧盯着她母亲的面孔,"这和牧师用手捂住心口都是出于同样的原因!"

"那究竟是什么原因呢?"海丝特问道,起初还因为孩子那番话荒诞不经而面带微笑；但转念一想，面孔就苍白了。"除去我的心之外，这字母跟别人的心又有什么关系呢？"

"那我可不知道了，妈妈，我知道的全都说了。"珠儿说道，那神情比平时说话要严肃认真得多，"问问你刚刚同他谈话的那个老头儿吧！他也许能告诉你。不过，现在说真格的，我的好妈妈，这红字是什么意思呢？——为什么你要在胸前戴着它？——为什么牧师要把手捂在心口上？"

她用双手握住她母亲的一只手，用她那狂野和任性的个性中少见的一本正经的神情盯着母亲的眼睛。这时海丝特突然闪过一个念头：这孩子也许当真在以她孩提的信任来寻求同自己接近，并且尽其智慧所能来建起一个同情的交汇点。这表现出珠儿的不同往常的另一副面孔。此前，做母亲的虽以极其专一的钟爱爱着她的孩子，却总在告诫自己，且莫指望得到比任性的四月的微风更多的回报——那微风以缥缈的运动来消磨时光，具有一种难以名状的突发的激情，会在心情最好时勃然大怒，当你放它吹进怀中时，经常是给你寒气而不是爱抚；为了补偿这种过失，它有时会出于模糊的目的，以一种值得怀疑的温柔，亲吻你的面颊，轻柔地抚弄你的头发，然后便跑到一边去作别的无所事事的举动，只在你的心中留下一种梦幻般的快感。何况，这还是母亲对她孩子的气质的揣摩呢。至于别的旁观者，恐怕不会看出什么讨人喜欢的品性，只能说出些糟糕得多的评价。但此时闯入海丝特脑海的念头是：珠儿早熟和敏感得出奇，或许已然到了可以作为朋友的年龄，可以尽其所能分担母亲的忧伤，而不会对母女任何一方造成不敬了。在珠儿那小小的混沌的个性中，或许可以见到开始呈现出——也可能从一开始就一直存在着——一种毫无畏缩、坚定不移的气质，一种无拘无束的意志，一种可以培养成自尊心的桀骜不驯的骄傲，而且对许多事物抱有一种极度的轻蔑，而对这些事物如果加以推敲，就可能会发现其中确有虚伪的污点。她还具有丰富的情感，尽管至今还像未熟的果子那样酸涩得难以入口。海丝特自忖，这个小精灵似的孩子已经具备了这些纯正的禀赋，如若再不能成长为一个高贵的妇人，那就是她从母亲身上继承到的邪恶实在太大了。

珠儿一味纠缠着要弄清红字之谜，看来是她的一种内在的天性。从她开始懂事的时候起，就对这一问题当作指定的使命来琢磨。海丝特从那时起就常常想象：上天赋予这孩子这种突出的倾向，是有其惩恶扬善的果报意图在内的；但直到最近，她才扪心自问，是否还有一个与那个意图相关的施赐仁慈与恩惠的目的。如果把小珠儿不仅当作一个尘世的孩子，也当作一个精神使者，对她抱有忠诚与信任，那么，她难道就不能承担起她的使命，把冷冷地藏在她母亲心中，从而把那颗心变成坟墓的忧伤扫荡净尽吗？——并帮助母亲克制那一度十分狂野，至今仍未死去或入睡，而只是禁锢在同一颗坟墓般的心中的激情呢？

此时在海丝特头脑中翻腾的就是这些念头，其印象之活跃生动，不啻在她耳畔低语。而且眼前就有小珠儿，在这段时间里始终用双手握住母亲的手，还仰起脸来望着母亲，同时一而再、再而三地刨根问底。

"这字母到底是什么意思，妈妈？——你干吗要戴着它？——牧师干吗总要用手捂着心口？"

"我该说什么才好呢？"海丝特心中自忖，"不成！如果这是换取孩子同情的代价，我是不能支付的。"

于是她开口说话了。

"傻珠儿，"她说，"这是些什么问题呢？这世上有许多事情是一个小孩子不该问的。我怎么会知道关于牧师的心的事情呢？至于这红字嘛，我戴上是因为金线好看。"

在过去的七个年头中，海丝特·白兰还从来没有就她胸前的标记说过假话。很可能，那红字虽是一个严苛的符咒，但同时也是一个守护神，不过现在那守护神抛弃了她，正是由于看到了这一点，尽管红字依然严格地守在她心口，但某个新的邪恶已经钻了进去，或者说某个旧的邪恶始终没有被驱逐出来。至于小珠儿呢，那种诚挚的神情很快就从她脸上消失了。

但那孩子仍不肯就此罢休。在她母亲领她回家的路上，她又问了两三次，在吃晚饭时和海丝特送她上床时又问了两三次，在她像是已经入睡之后又问了一次；珠儿抬起头来，黑眼睛中闪着捣蛋的光芒。

"妈妈，"她说，"这红字到底是什么意思？"

第二天一早,那孩子醒来的第一个表示,就是从枕头上猛地把头一抬,问起另外那个问题,不知为什么她总是把那个问题同探询红字的问题搅在一起——

"妈妈!——妈妈!——牧师干吗总用手捂住心口呢?"

"闭嘴,调皮鬼!"她母亲回答说,语气之严厉,是她以前从来不准自己有的,"别缠我了,要不我就把你关进橱柜里去了!"

第十六章　林中散步

　　海丝特·白兰不管眼下有什么痛苦或日后有什么结果,也甘冒风险,一心要对丁梅斯代尔先生揭示那个钻到他身边的人的真实身份。她知道他有一个习惯,喜欢沿着半岛的岸边或邻近的乡间的山林中边散步边思考,但接连好几天,她都没能趁着这个时间找个机会同他交谈。当然,她就是到他自己的书斋去拜访,也不会引起谣言,更不会对牧师那圣洁的名声有什么影响,因为原本就有许多人到他的书斋中去忏悔,他们所招认的罪孽之深重,或许不亚于红字所代表的那种。然而,一来她担心老罗杰·齐灵渥斯会暗中或公然搅扰;一来她自己心里疑神疑鬼,虽说别人并不会猜测;一来她和牧师谈话时,两人都需要整个旷野来呼吸空气——出于这一切原因,海丝特从来没想过不在光天化日之下而在什么狭窄的私下场所去见他。

　　后来,她到一家病人的房中去帮忙,而丁梅斯代尔牧师先生先前也曾应邀去做过祈祷,她才在那里听说他已经在前一天就走了——到他的印第安信徒中拜访使徒艾略特去了。他可能要在第二天下午的某个时刻回来。于是,到了次日那个钟点,海丝特就带上珠儿出发了——只要母亲外出,不管带着她方便与否,她反正总是必不可少的伴侣。

　　这两个行路人穿过半岛踏上大陆之后,脚下便只有一条人行小径可走了。这条小路蜿蜒伸入神秘的原始森林之中。树木紧紧夹住窄窄的小路,耸立在两旁,浓密蔽荫,让人举目难见青天。在海丝特看来,这恰是她多年来徘徊其中的道德荒野的写照。天气阴沉而寒冷。头上是灰蒙蒙的云天,时而被微风轻拂;因而不时可见缕缕阳光,孤寂地在小径上闪烁跳跃。这种转瞬即逝的欢快,总是闪现在森林纵深的远端。在天气和景色的一片阴霾中,那嬉戏的阳光——充其量不过是微弱的闪耀——在她们走近时就退缩了,她们原本希望阳光闪耀过的地方会明亮些,但走到跟前倒显得益发阴暗了。

"妈妈,"小珠儿说,"阳光并不爱你。它跑开躲起来了,因为它害怕你胸口的什么东西。你瞧嘛!它在那儿跳呢,远远地。你站在这儿,让我跑过去抓住它。我只不过是个孩子。它不会逃避我的,因为我胸前还什么都没戴呢!"

"我的孩子,我但愿你一辈子也别戴吧。"海丝特说。

"干吗不戴呢,妈妈?"珠儿问道,她刚要拔腿朝前跑,忽地停下了脚步,"等我长成大人,难道它不会自然就来了吗?"

"快跑吧,孩子,"她母亲回答,"去抓住阳光!它会转眼就跑掉的。"

珠儿拔腿飞快地跑去,海丝特微笑着看到,她还真的抓住了阳光,并且站在阳光中放声大笑,全身披着的灿烂的彩晖,还随着她快速移动的活跃激荡着而闪闪发亮。那光亮依傍在孤独的孩子身边,似是因为有了这样一个玩伴而兴高采烈,一直到她母亲差不多也要迈步进入那充满魔力的光圈为止。

"这下它要走了。"珠儿摇着头说。

"瞧!"海丝特微笑着回答,"现在我可以伸出手来,抓住一些阳光了。"

就在她打算这么做时,阳光又消失了;或者,从珠儿脸上闪耀着的焕发的容光来判断,她母亲也可能想象是孩子把阳光吞了进去,单等她们步入更幽暗的地方时,再放出来照亮她们的小径。在珠儿的禀性中,这种永不衰竭的精神活力带有一种蕴含着的崭新精力的感觉,给她的印象最为深刻;珠儿没有忧郁症——如今几乎所有的孩子都从他们先辈的烦恼中,把这种症状同瘰疬一起继承了下来。也许这种活泼同样是一种疾病,不过是珠儿降生之前海丝特用来遏制自己的忧伤的那种野性的反映。这种活力在孩子的性格上增加了一种坚硬的金属般的光泽,其魅力甚属可疑。她需要——一些人终生都需要一些东西——一种阴郁来深深地触动她,以便增加她的人性,并使她能够同情。好在对小珠儿来说,还有的是时间呢。

"过来,我的孩子!"海丝特一边说着,一边从珠儿刚刚在阳光中站着不动的地方向四下望着,"我们要在林子里坐下来,休息一下。"

"我还不累呢,妈妈,"那小姑娘回答说,"不过,你要是愿意借这个机会给我讲个故事的话,倒是可以坐下来。"

"讲个故事,孩子!"海丝特说,"关于什么的故事呢?"

"噢,讲个关于黑男人的故事吧。"珠儿回答着,一边攀住她母亲的袍子,一边又真诚又调皮地抬头盯着母亲的面孔,"讲讲他怎么在这座林子里走动,还随身带着一本书——一本又大又重的册子,上面还有铁箍;讲讲这个长得挺丑的黑男人怎么向在这林子里遇到的每一个人拿出他册子和一支铁笔,让他们用自己的血写下他们的名字。然后他就在他们的胸前打上他的记号!你以前遇到过这个黑男人吗,妈妈?"

"谁给你讲的这个故事,珠儿?"她母亲这样问着,心里明白这是当时的一种普遍的迷信。

"就是昨天夜里你照看的那家的老太婆,她在屋角的炉灶那儿讲的。"那孩子说,"不过她讲的时候,还以为我睡着了呢。她说,有成千成千的人在这儿遇见过他,在他的册子上写下了名字,身上也让他打了记号。那个脾气挺坏的西宾斯老太太就是一个。还有,妈妈,那个老太婆说,这个红字就是黑男人打在你身上的记号,夜里在这黑林子里遇见他时,红字就会像红色火苗一样闪闪发光。这是真的吗,妈妈?你是在夜里去见他的吗?"

"你夜里醒来时,可曾发现你妈妈出去了?"海丝特问。

"我不记得有过。"孩子说,"要是你害怕把我一个人留在咱们的小屋里,你可以带我一块儿去那儿嘛。我可高兴去呢!不过,妈妈,现在就告诉我吧!有没有这么一个黑男人?你到底见过他没有?这红字是不是他的记号?"

"要是我告诉你,你肯不肯让我安静安静?"她母亲问。

"成,你可得全告诉我。"珠儿回答。

"我活这么大就见过那黑男人一次!"她母亲说,"这个红字就是他的记号!"

母女俩一边这么谈着,就走进了树林挺深的地方,在这儿她们很安全,绝不会被任何随便走过林中小径的路人看到。她们这时在一堆繁茂的青苔上坐了下来,这地方在一百多年以前,曾经长过一棵巨松,树冠高耸入云,树根和树干遮在浓荫之中。她们所坐的地方是一个小小的山谷,两侧的缓坡上铺满树叶,中间流着一条小溪,河底淹没着落叶。悬在溪上的树木常年来投下的大树枝,阻遏了溪流,在一些地方形成了漩涡和深潭;而在溪水畅通、流得欢快的地段,则露出河底的石子和闪光的褐砂。她们放眼沿河道望去,可以看见在林中不远的地方水面粼粼的反光,但没多久,就在盘错的树干和灌木中失去了踪迹,而不时为一些长满灰色地衣的巨石遮住视线。所有这些大树和巨石似乎有意为这条小小的溪流蒙上一层神秘的色彩;或许是害怕它那喋喋不休的多嘴多舌会悄悄道出它所流经的古老树林的内心秘密,或者是害怕它那流过池塘时的光滑水面会映出其隐衷。确实,当小溪不停地偷偷向前流动时,一直在潺潺作响,那声音和蔼、平静又亲切,但总带点忧郁,就像一个婴儿时期没有玩痛快的小孩子,仍然不知如何在伤心的伙伴和阴暗的事件中自得其乐。

"啊,小河啊! 啊,蠢得烦人的小河啊!"珠儿聆听了一阵儿流水的谈话后这样叫着,"你为什么这样伤心? 打起点精神来,别总是唉声叹气的!"

但在林间流过它短短生命的溪水,其经历是那样的肃穆,不可能不把它讲出来,而且看来也别无其它可说。珠儿与那溪水就有点相似,她的生命也是涌自一个神秘之泉,并流经同样阴沉的暗景。但同溪水不同的是,她是一路蹦蹦跳跳地走过来的,她容光焕发,谈吐轻快。

"这条伤心的小河都说些什么啊,妈妈?"她询问道。

"如果你有自己的忧伤,那么小溪也可以跟你把它说出来的,"她母亲回答,"就像它在对我谈我的忧伤一样! 不过,珠儿,这会儿我听到有脚步声沿着小路走来,还有拨开树枝的声音。我想让你自己去玩一会儿,留下我和走来的那人谈一谈。"

"是那个黑男人吗?"珠儿问。

"你去玩儿好吗,孩子?"她母亲又说了一遍,"可是别在林子里走得太远。留点心,我一叫你就回来。"

"好的,妈妈。"珠儿回答说,"不过,要是那个黑男人,你就让我稍稍待上一会儿,看上他一眼,他还挟着那本大册子呢,不是吗?"

"走吧,傻孩子!"她母亲不耐烦地说,"他不是黑男人!你现在就能看到他,正在穿过林子走来。那是牧师!"

"原来是他!"孩子说,"妈妈,他用手捂着心口呢!是不是因为牧师在册子上写下名字的时候,黑男人在那地方打下了记号?可是他干吗不像你一样,把记号戴在胸口外面呢,妈妈?"

"现在快走吧,孩子,过一会儿再来缠我。"海丝特·白兰叫喊着,"不过别走远。就在能听到流水声的地方好了。"

那孩子沿着溪流唱着走开了,她想把更明快的歌声融进溪水的忧郁腔调中。但那小溪并没有因此而得到安慰,仍然不停地唠叨着在这阴森的树林中已经发生的一些十分哀伤的故事——或是预言某些将要发生的事情的伤心之处——诉说着其中莫测的隐秘。于是,在她小小的生命中已经有了太多的阴影的珠儿,便放弃了这条如泣如诉的小溪,不再和它交往。因此,她就一心采集紫罗兰和木莲花,以及她发现长在一块高大石头的缝隙中的一些猩红的耧斗菜。

海丝特·白兰等她的小精灵孩子走远之后,便向那穿过森林的小径上走了一两步,但仍遮在树木的暗影之中。她看到牧师正沿着小径走来,他只身一人,只是手中拄着一根从路边砍下的手杖。他样子憔悴无力,露出一种失魂落魄的沮丧神情,这是他在居民区周围或其它他认为显眼的地方散步时,从来在他身上看不到的。但在这里,在这与世隔绝的密林中,在这密林本身就使人深感精神压力的地方,他这种沮丧神情却暴露无遗,令人目不忍睹。他无精打采,举步维艰;仿佛他不明所以,不肯向前,也根本不想再迈一步,如果他还有什么可高兴的,大概就是巴不得在最近的一棵树下躺倒,无所事事地躺上一辈子。树叶会撒落在他身上,泥土会逐渐堆积,从而在他身上形成一个小土丘,无须过问他的躯体内还有无生命。死亡这个十分明确的目标,是不必巴望,也不必回避的。

在海丝特的眼中,丁梅斯代尔牧师先生除去像小珠儿曾经说过的那样,总用手捂着心口之外,没有表现出显而易见的受折磨的征候。

第十七章　教长和教民

尽管牧师走得很慢,也几乎要走过去了,可海丝特·白兰还是提不起声音喊他。最后,她总算叫了出来。

"阿瑟·丁梅斯代尔!"她说,起初有气无力,后来声音倒是放开了,可是有些沙哑,"阿瑟·丁梅斯代尔!"

"是谁在说话?"牧师应声说。

他立刻提起精神,挺直身子站住了,就像是一个人正处于不想被人看见的心情之中,突然吃了一惊似的。他急切地循声望去,模模糊糊地看见树下有个人影,身上的服色十分晦暗,在阴暗的天空和浓密的树荫遮得连正午都极为朦胧的昏幽之中,简直难以分辨,他根本说不上那儿是个女人还是个影子。也许,在他的人生旅途上,常有这么一个幽灵从他的思想里溜出来纠缠他吧。

他向前迈了一步,发现了红字。

"海丝特!海丝特·白兰!"他说,"是你吗?你是活人吗?"

"岂止如此!"她回答说,"我已经这样生活了七年了!而你呢,阿瑟·丁梅斯代尔,你还活着吗?"

他俩这样互相询问对方的肉体的实际存在,甚至怀疑自己还活着,是不足为奇的。他们在这幽暗的树林中如此不期而遇,简直像是两个幽灵,出了坟墓之后在世上首次邂逅:他们的前世曾经关系密切,但如今却站在那里打着冷战,都让对方给吓坏了;似乎既不熟悉自己的状态,又不惯于与脱离了肉体的存在为伴。双方都是鬼魂,但又被对方的鬼魂吓得不知所措!他们其实也被自己吓得不知所措;因为这一紧急关头又重新勾起他们的意识,并向各自的心头揭示了自己的历史和经历,那是除去这种令人窒息的时刻,平常的人生中所从来没有的。灵魂在逝去的瞬间的镜子中看到了自己的模样。阿瑟·丁梅斯代尔恰恰是心怀恐惧,周身战抖,并且事实上缓慢而勉强地伸出他那死人一般冰冷的手,触摸到海丝特·白兰的发凉的手。这两手的相握虽然冷漠,但却驱散了相会时最阴沉的东西。他们此时至少感到双方是同一天地中的居民了。

他俩没再多说,况且哪一个也没有引路,只是凭着一种默契,便一起退到海丝特刚才走出的树荫中,双双坐在她和珠儿坐过的那堆青苔上。他们好不容易才开口讲话,起初只是像两个熟人那样搭讪两句,说说天空阴沉,就要有暴风雨了,后来便谈到各自的健康情况。他们就这样谈下去,小心翼翼地,一步一步地,扯到深深埋藏在心底的话题。由于命运和环境这多年来将他们相互隔绝,他们就需要些轻松的闲谈来开头,然后再敞开交谈的大门,把他们的真实思想领进门限。

过了一会,牧师的目光紧紧盯住海丝特·白兰的眼睛。

"海丝特,"他说,"你得到平静了吗?"

她凄楚地笑了笑,垂下眼睛看着自己胸前。

"你呢?"她反问。

"没有!——除了绝望再无其它!"他回答说,"作为我这样一个人,过着我这样的生活,我又能指望什么呢?如果我是一个无神论者,——一个丧尽良心的人;——一个本性粗野的恶棍,——或许我早就得到了平静。不,我本来就不该失去它的!不过,就我的灵魂而论,无论我身上原先有什么好品质,上帝所赐予的一切最精美的天赋已经全都变成了精神折磨的执行者。海丝特,我实在太痛苦了!"

"人们都尊重你,"海丝特说,"而且说实在的,你在他们中间确实做着好事!这一点难道还不能给你带来慰藉吗?"

"益发痛苦,海丝特!——只能是益发痛苦!"牧师苦笑着回答说,"至于我表面上做的那些好事,我也毫无信念可言。那不过是一种幻觉罢了。像我这样一个灵魂已经毁灭的人,又能为拯救他人的灵魂做出什么有效之举呢?——或者说,一个亵渎的灵魂能够净化他人吗?至于别人对我的尊重,我宁愿统统变成轻蔑与愤懑!我不得不站在布道坛上,迎着那么多仰望着我的面孔的眼睛,似乎我脸上在发散天国之光!我不得不看着我那群渴望真理的羔羊聆听我的话语,像是一只

'火焰的舌头'在讲话！可是我再向自己的内心一看,却辨出了他们所崇拜的东西中丑陋的真相！海丝特,你能认为这是一种慰藉吗？我曾在内心的极度辛酸悲苦之中,放声嘲笑我的表里不一！撒旦也是这样嘲笑的！"

"你在这一点上冤枉了自己。"海丝特温和地说,"你已经深刻而痛彻地悔过了。你的罪过早已在逝去的岁月中被你抛弃在身后了。说实在的,你目前的生活并不比人们心目中的神圣的你差什么。你这样大做好事来弥补和证实你的悔过,难道还不是真心诚意,实实在在的吗？为什么还不能给你带来平静呢？"

"不成,海丝特,不成啊！"牧师应道,"其中并没有实实在在的东西！那是冰冷与死寂的,对我毫无用处！忏悔嘛,我已经做得够多的了！可是悔过呢,还一点没有！不然的话,我早就该抛掉这貌似神圣的道袍,像人们在最后审判席上看到我的那样,袒露给他们看了。你是有幸的,海丝特,因为你能把红字公开地戴在胸前！可我的红字却在秘密地灼烧！你简直想象不出,在经过七年之久的欺骗的折磨之后,看到一双眼睛能够认清我是什么货色,我的心内有多么轻松！假如我有一个朋友——或者说,哪怕他是我最恶毒的敌人！——能够让我在受到别人赞扬而感到难过的时候,随时到他那儿去一下,让他知道我是一切罪人中最可耻的,我想,这样我的灵魂或许还可得以生存。只消这小小的一点真诚就可以挽救我！可是,如今呢,一切全是虚伪！——全是空虚！——全是死亡！"

海丝特·白兰凝视着他的面孔,迟迟没有开口。不过,他如此激烈地说出长期压抑的情感,这番话倒给了她一个机会,正好借以说出她来此想谈的事。她克服了内心的畏惧,终于启齿了。

"像你此时所希望有的那样一个朋友,"她说,"以便可以哭诉一下你的罪过,不是已经有我了嘛——我是你的同案犯啊！"——她又迟疑了,但还是咬了咬牙,把话说了出来。——"你也早就有了那样一个敌人,你还和他同住在一所房子里呢！"

牧师猛地站起身来,大口喘着粗气,紧紧抓住胸口,像是要把心抠出来。

"啊！你说什么！"他叫道，"一个敌人！而且跟我住在一起！你是什么意思？"

海丝特·白兰如今才充分意识到，这个不幸的男人所受的伤害有多深，她对此是有责任的，她不该允许那个一心抱着恶毒动机的人在他身边摆布他这么些年，其实即使是一瞬间也不该的。那个心怀叵测的人不管蒙上什么面具来遮掩，仅仅接近一下像阿瑟·丁梅斯代尔那样敏感的人，就足以扰乱他的方寸了。有一段时间，海丝特没怎么动脑筋考虑这一点；也许是因为她自己痛不欲生，而把他的厄运看得比较容易忍受，也就没去过问他。但自从他那天晚上夜游以来，最近她对他的全部同情都变得又温柔又有力了。如今她对他的心看得更准了。她毫不怀疑，罗杰·齐灵渥斯没日没夜地守在他身边，他那不可告人的险恶用心毒化了他周围的气氛，他那医生的身份对牧师的身心痼疾具有权威性的影响——这一切都构成了达到残酷目的的可乘之机。凡此种种，使那个受苦人的良心始终处于一种烦躁状态，长此以往，不但不会以有益健康的痛苦治愈他，反而会紊乱和腐蚀他的精神生命。其结果，他在世间难以不弄得精神错乱，之后则与"真"和"善"永远绝缘，其现世的表现就是疯狂。

这就是她带给那个男人的毁灭，而那个男人正是她一度——唉，我们何必不直说呢？——而且至今仍满怀激情地爱恋着的！海丝特觉得，正如她最近对罗杰·齐灵渥斯所说，牺牲掉牧师的好名声，甚至让他死掉，都比她原先所选择的途径要强得多。如今，与其把这极其严重的错误坦白出来，她宁可高高兴兴地躺在这林中落叶之上，死在阿瑟·丁梅斯代尔脚旁。

"啊，阿瑟，"她叫道，"原谅我吧！不管我有什么不好，我可一直想努力做一个诚实的人！诚实是我可以仅守的美德，而且不管有什么艰难险阻，我也确实牢牢守住了这一美德；只有一条例外，那就是当你的利益、你的生命、你的名誉受到挑战的时候！只有在这种时候，我才同意采取欺骗的手段。但说谎永远不能算是好事，哪怕退路是死亡的威胁！你难道还不明白我要说的话吗？那个老人！——那个医生！——就是人们叫他罗杰·齐灵渥斯的那个人！——他是我过去的丈夫！"

牧师以他的激情的全部冲动，看了她一会儿，这种激情以各种形态同他那比较高尚、比较纯洁、比较温柔的品德混杂在一起，事实上是恶魔在他身上所占领的阵地，并借以战胜其它的那部分。海丝特还从来没见过这么阴暗、这么凶猛的脸色。在那蹙额皱眉的刹那间，那可真是一种阴森的变脸。但他本人已经给折磨得十分虚弱，即使这种较低劣的表现也只能是转瞬即逝的挣扎。他一屁股坐在地上，把脸埋在双手之中。

"我早就该明白了，"他讷讷地说，"我其实早就知道了！从我第一眼看到他起，直到后来每次见到他，我的心都会退缩，这难道不是向我泄露了秘密吗？我怎么还没明白呢？噢，海丝特·白兰，你简直，你根本不懂这件事有多可怕！有多无耻！——有多粗鄙！——竟然把一颗病弱和犯罪的心暴露给幸灾乐祸地盯视着的眼睛，丑得有多可怕啊！女人啊，女人啊，你要对此负责的！我不能原谅你！"

"你应当原谅我！"海丝特一边叫着，一边扑倒在落叶上，躺在他身边，"让上帝来惩罚吧！你得原谅我！"

她怀着突然和绝望的柔情，猛地伸出两臂搂住了他，并且把他的头靠在她胸前；她没有顾及这样一来，他的面颊恰好贴在那红字上。他本想抽身出来，但是动弹不得。海丝特不肯放松他，以免看见他盯望着她面孔的那种严厉表情。整整七年，全世界都曾经对她，对她这孤苦无依的女人，皱起眉头，但她还是挺过来了，从来没有一次掉转开她那坚定而伤心的目光。上天也同样向她皱眉，但她活了过来。然而，这个苍白虚弱、负罪而伤透心的男人的皱眉，却是海丝特所忍受不了，会让她死掉的！

"你还得原谅我！"她一遍又一遍地重复着，"你别皱眉好吗？你肯原谅我吗？"

"我一定原谅你，海丝特。"牧师终于回答了，同时深深地叹了一口气，那是发自悲伤而不是气愤的深渊的，"我现在爽快地原谅你。愿上帝饶恕我们俩吧！海丝特，我们并不是世上最坏的罪人。还有一个人，甚至比受到玷污的教士还要坏！那老人的复仇比我的罪过更见不得人。他阴险地凌辱一颗神圣不可侵犯的心灵。你和我，海丝特，从来没干过这种事!"

"从来没有,从来没有!"她悄声说,"我们的所作所为其本身是一种神圣的贡献。我们是这样看的!我们在一起说过的!你忘了吗?"

"嘘,海丝特!"阿瑟·丁梅斯代尔说着,从地上站起身来,"没有;我没忘!"

他俩重新坐下,肩并着肩,手握着手,就这样坐在长满青苔的倒下的树干上。这是生命赋予他们的最阴郁的时刻;这是生命旅途早就引导他们走来的地方,而且在他们的不知不觉之中越走越黑暗;然而此时此地却包含着一种魅力,叫他们流连忘返,期望着能够再停留一会儿,再停留一会儿,终归仍是再停留一会儿。四下的森林朦胧一片,一阵风吹过,响起噼啪之声。粗大的树枝在他们的头上沉重地摇晃;一棵肃穆的老树对另一棵树悲声低吟,仿佛在倾诉树下坐着的这一对人儿的伤心的故事,或是在不得不预告那行将到来的邪恶。

然而他们仍然不肯回去。那通往居民区的林中小路看来有多么沉闷,一回到那居民区,海丝特·白兰就得重新负起她那耻辱的重荷,而牧师则要再次戴上他那好名声的空虚的面具!因此他们就又多待了一会儿。金色的光辉从来没有像在这黑树林的幽暗中这么可贵。在这里,红字只有他一个人的眼睛能够看见,也就不必烧进那堕落的女人的胸膛中去了!在这里,对上帝和人类都虚伪的阿瑟·丁梅斯代尔也只有她一人的眼睛能够看见,也就在这片刻之间变得诚实了!

他为突然闪现的一个念头而惊跳起来。

"海丝特,"他叫道,"如今又有了一种新的可怕之处!罗杰·齐灵渥斯既然知道了你有意要揭示他的真实身份,那么,他还肯继续保持我们的秘密吗?今后他将采取什么途径来复仇呢?"

"他生性喜欢诡秘从事,"海丝特沉思着回答说;"而且这一禀性已经随着他悄悄行使他的复仇计划而益发牢固了。我认为他大概不会泄露这个秘密。他肯定会谋求另外的手段来满足他那不可告人的感情。"

"可是我啊!——同这样一个死对头呼吸同一处的空气,我又怎么能够活得长久呢?"阿瑟·丁梅斯代尔惊呼着,心里一沉,神经质地用手去捂住心口——他的这种姿势已经变得不由自主了,"为我想一想吧,海丝特!你是坚强的。替我想个办法吧!"

"你不能继续跟他住在一起了。"海丝特说,语气徐缓而坚定,"你的心再也不能处于他那双邪恶的眼睛的监视之下了!"

"这可比死还要糟糕得多!"牧师应道,"但是怎么来避免呢?我还有什么选择呢?你刚才告诉我他是什么人时,我就一屁股坐在了这些枯叶上,可是我还要倒在这里吗?我应该沉沦于此,并且马上死掉吗?"

"天啊!你已经给毁成什么样子啦!"海丝特说着,泪水涌进了她的眼睛,"你难道就因为软弱而要死吗?此外再没有别的原因了!"

"上帝的裁判正落在我身上。"那位受到良心震撼的牧师回答说,"那力量太强大,我挣扎不动了!"

"上帝会显示仁慈的,"海丝特接口说,"只要你有力气来接受就成。"

"你帮我振作振作吧!"他回答说,"给我出个主意该怎么办。"

"你说,这世界是这么狭小吗?"海丝特·白兰一边高声说着,一边用她那深沉的目光注视着牧师的眼睛,她的目光本能地有一种磁石般的效力,作用在那涣散消沉得简直无法撑持自己的精神之上,"难道整个天地就只在那边那小镇的范围之内吗?只在不久之前,那里还是一片撒满落叶的荒野,和我们现在呆的这地方差不多凄凉。那林中小径是通往何处的呢?你会说,是返回居民区的!不错;但是还可以再往前走啊。它越往深处去,就更深深地通向蛮荒野地,每走一步,人们就会越看不清它,直到再走不多久,枯黄的落叶上便不见白人的足迹了。到那里,你就自由了!只消走这短短的一程路,就可以把你从使你万分苦恼的世界带到你仍可享受到幸福的地方!在这无边无际的大森林里难道还没有一处树荫足以将你的心隐藏起来,不让罗杰·齐灵渥斯监视吗?"

"是有的,海丝特;不过只是在这些落叶之下!"牧师苦笑着回答说。

"何况还有海上的宽阔航道!"海丝特继续说,"是它把你带到了这里。只要你愿意,它还可以把你再送回去。在我们的祖国,不管是在偏僻的农村,还是在大城市伦敦——或者,当然还有德国、法国,以及令人愉快的意大利,——你都会超出他努力所及并且不为他所知晓!到那时,你与这些铁石心肠的人们,还有他们的看法,又有什么关系呢?他们已经尽其所能把你禁锢这么久了!"

"那可不成!"牧师回答,听他那口气,就像是要他去实现一场梦,"我根本没力气去。像我这样一个悲惨的罪人,只有一个念头,就是在上天已经安排给我的地域里了此残生。既然我已经失去了自己的灵魂,我只有继续尽我所能来拯救别的灵魂!虽说我是个不忠于职守的哨兵,等到这种沉闷的守望终了的时候,我所能得到的报酬只能是不光彩的死亡,但我仍不敢擅离岗位!"

"你已经给这长达七年的不幸的重荷压垮了。"海丝特应着,热心地用自己的精力给他鼓劲,"但是你应该把这一切都抛在身后!当你沿着林中小径走去时,你不该让它拖累你的脚步,如果你想跨海东归,你也不该把它带到船上。把你遭受到的一切损害都留在发生地吧。不要再去理睬它!一切重新开始!这次尝试失败了,你就不可能再干了吗?不是这样的!未来还是充满尝试和成功的。还有幸福有待你去享有!还有好事要你去做!把你的虚伪的生活变成真实的生活吧。如果你的精神召唤你去从事这一使命,就到红种印第安人中间去做牧师和使徒吧。或者,——也许更符合你的秉性——到有教养的世界的那些最聪明和最著名的人们中间去做一名学者和圣哲吧。你可以去布道!去写作!去有一番作为!你可以做任何事情,只要不躺下死掉!放弃阿瑟·丁梅斯代尔这个姓名,给你自己另起一个,换一个更高贵的,好使你在那姓名下不会感到恐惧和耻辱。你何必还要一天天陷在蚕食着你生命的痛苦之中!——它已经削弱了你的意志和行动!——它已经折磨得你甚至无力去悔改了!挺身起来,离开这里吧!"

"噢,海丝特!"阿瑟·丁梅斯代尔喊道,她的热情在他的眼中燃起一道闪光,亮了一下就又熄灭了,"你是在鼓励一个两膝发抖的人去赛跑!我身上已经没有力量和勇气独自到那广袤、陌生和困难的天地去闯荡了!"

这是一颗破碎的心完全沮丧的最后表示。他没有力气去抓住那似乎是唾手可得的幸运。

他又重复了一遍那个字眼。

"独自一人啊,海丝特!"

"不会叫你独自一人前往的!"她深沉地悄声回答说。

这样,话就全讲明了!

第十八章　一片阳光

阿瑟·丁梅斯代尔凝视着海丝特的面孔,他的神情中确实闪烁着希望和欣喜,但其中也夹杂着畏缩,以及对她的胆识的一种惊惧,因为她说出了他隐约地暗示而没敢说出的话。

但是,海丝特·白兰天生具有勇敢和活跃的气质,加之这多年来不仅被人视如陌路,而且为社会所摒弃,所以就形成了那样一种思考问题的高度,对牧师来说简直难以企及。她一直漫无目标地在道德的荒野中徘徊;那荒野同这荒林一样广漠、一样错综、一样阴森,而他俩如今正在这幽暗的林中进行决定他们命运的会谈。她的智慧和心灵在这里适得其所,她在荒漠之处自由漫游,正如野蛮的印第安人以林为家。在过去这些年中,她以陌生人的目光看待人类的风俗制度,以及由教士和立法者所建立的一切;她几乎和印第安人一样,以不屑的态度批评牧师的丝带、法官的黑袍、颈手枷、绞刑架、家庭或教会。她的命运发展的趋向始终是放纵她自由的。红字则是她进入其他妇女不敢涉足的禁区的通行证。耻辱,绝望,孤寂!——这些就是她的教师,而且是一些严格粗野的教师,他们既使她坚强,也教会她出岔子。

而在牧师那一方面,却从来没有过一种经历会引导他跨越雷池一步;虽说只有一例,他曾经那么可怕地冒犯了其中最为神圣的戒条。但那只是情感冲动造成的罪过,并非原则上的对抗,甚至不是故意而为。从那倒霉的时日起,他一直以病态的热情,小心翼翼地监视着自己的,不是他的行为——因为这很容易调整——而是他的每一丝情绪和每一个念头。当年,牧师们是身居社会首位的,因此他只能更受戒律、原则甚至偏见的束缚。身为牧师,他的等级观必然也会限制他。作为一个一度犯罪、但又因未愈的伤口的不断刺激而良心未泯并备受折磨的人,他或许会认为比起他从未有过罪孽反倒在道德上更加保险。

这样,我们似乎就明白了:就海丝特·白兰而论,这备受摒弃和耻辱的整整七年的时间,只不过是为此时此刻做好准备而已。但阿瑟·丁梅斯代尔可不同!倘使像他这样一个人再次堕落的话,还能为减轻罪行作何辩白呢?没有了;除非可以勉强说什么:他被长期的剧烈痛苦压垮了;他的头脑已经被自责折磨得阴暗和混乱了;他要么承认是一名罪犯而逃走,要么继续充当一名伪君子而留下,但他的良心已难以从中取得平衡;为了避免死亡和耻辱的危险,以及一个敌人的莫测的诡计,出走原是合乎情理的;最后,还可以说,这个可怜的朝圣者,在他凄凉的旅途中,倍感昏迷、病痛和悲惨的折磨,却瞥见一道充满仁爱和同情的闪光,其中有崭新和真实的生活,可以取代他目前正在赎罪的沉重的命运。如果把那严酷而伤感的真理说出来,那就是:罪孽一旦在人的灵魂中造成一道罅隙,今世便万难弥合。当然,你尽可以用心守望,以防敌人再度闯进禁地,甚至还可以预防他在随后的袭击中选择另一条比他原来成功的突破口更好的途径。但是,那断壁颓垣仍然存在,敌人就在附近暗中移动,试图再次获得难忘的胜利。

如果这算是一场激争,那是无须描述的。只消一句话就足够了:牧师决心出走,但不是一个人。

"在这过去的七个年头中,"他想着,"如果我还能回忆起有过瞬间的宁静或希望,我也会看在上天的仁慈的诚意上忍受下去的。可是如今,我既已命中注定无法挽回,又何必不去捕捉已经定罪的犯人临刑前所能得到的那点慰藉呢?或者说,像海丝特规劝我的那样,如果这是一条通往美好生活的途径,我踏上它肯定不是舍弃什么光明的前程!何况,没有她的陪伴,我再也活不下去了;她对我的支撑是那样有力,她对我的抚慰是那么温柔!啊,我不敢抬眼仰望的天神啊,你还肯再饶恕我么!"

"你就走吧!"海丝特说,当他迎到她的目光时,她是那么安详。

这决定一旦做出之后,一股欣喜异常的色彩便将其跳动的光辉投射到他胸中的烦恼之上。这种振奋人心的决定对于一个刚刚逃脱自己心灵禁锢的囚犯来说,有如踏上一片未受基督教化的、尚无法律管理的荒土,让他呼吸到那旷野的自由空气。他的精神就此一下升腾起来,比起被悲惨心境压得匍匐在地时,更近地看到了天空的景色。他是一个深具宗教气质的人,因此他的情绪上便必然会染上虔敬的色调。

"我重新尝到喜悦了吗?"他对自己诧异地叫道,"我还以为喜悦的胚胎已经在我心中死掉了呢!噢,海丝特,你可真是我的好天使呢!我似乎已经把我这个疾病缠身、罪孽玷污和忧愁满腹的人抛到了这林中落叶之上,再站起来时已经脱胎换骨,周身充满新生的力量来为仁慈的上帝增光!如今我这条生命已经好得多了!我们怎么没有早点想到这一步呢?"

"咱们不要回头看了,"海丝特·白兰回答说,"过去的已经一去不复返了!现在我们又何必去留恋呢?瞧!我取下这个标志,也就同时取下了与此相关的一切,就像从来没发生过这件事一样!"

她一边这样说着,一边解开别着红字的胸针,从胸前取下红字,远远地抛到枯叶之中。那神秘的标志落在离小溪不远的地方。只消再飞过几指宽的距离,红字就会落进水里,那样的话,小溪除去连续不断地喃喃诉说着的莫测的故事之外,又要载着另一段哀怨流淌了。但那个刺绣的红字落在岸边,像一颗遗失的珠宝似的闪闪发光,某个倒霉的流浪者可能会把它捡起来,从此便会被神秘的罪恶幽灵、沉沦的心灵和难言的不幸所萦绕了。

海丝特除掉那耻辱的标志之后,深深长叹一声,她的精神就此解脱了耻辱和苦闷的重荷,轻松得简直飘然欲仙了!她如今感到了自由,才明白那重荷的分量!随着另一次冲动,她摘下了那顶束发的正正经经的帽子;满头乌黑浓密的秀发立刻飘洒在肩头,厚实之中显出光影婆娑,为她的容貌平添了柔和之美。她的嘴角和眼波中散发出温柔的嫣然笑意,似是涌自她女性的心头。长期以来十分苍白的面颊也泛起红潮。她的女性,她的青春,和她各方面的美,都从所谓的无可挽回的过去中恢复了,伴随而来的是她少女时期的希望和一种前所不知的幸福,都在此时此刻的魔圈中荟萃一堂。而且,那种天昏地暗似乎是这两个人心中流泄出来的,此时也随着他们忧伤的消逝而消散了。突然之间,天空似乎一下子绽出微笑,立时阳光四射,将灿烂的光芒洒向朦胧的树林,使每一片绿叶都兴高采烈,把所有枯黄的落叶染成金黄,连肃穆的树木的灰色树干也闪出亮光。原先造成阴影的东西,如今也成了发光体。小溪的河道也愉快地粼粼闪光,溯源而上可以直抵树林的那神秘心脏,此时也已成为一种欢乐的神秘。

这就是大自然——从未被人类法律管制过的、也从未被更高的真理照射过的蛮荒的、异端的、森林中的大自然——对这两个人精神的祝福所表示的同情!无论是新诞生的、抑或是从昏死般沉睡中醒来的爱情,总要产生一种阳光,将内心充满,并洋溢而出,喷薄到外界。此时即使林中仍然幽暗如故,在海丝特的眼中,在阿瑟·丁梅斯代尔的眼中,也仍然会是光芒四射的!

海丝特望着他,心头又是一阵喜悦的震颤。

"你应该认识一下珠儿!"她说,"我们的小珠儿!你已经见过她了,——是啊,我知道的!——但现在你要用另一副目光来见她。她是一个怪孩子!我简直不理解她!但你会像我一样亲亲热热地爱她,还要给我出出主意怎么对付她。"

"你看孩子会高兴认识我吗?"牧师有点不安地问,"我躲着小孩子已有好长时间了,因为他们常常对我表示不信任——一种回避和我亲近的态度。我甚至一直害怕小珠儿!"

"唉,那可太让人难过了!"做母亲的回答说,"但是她会亲亲热热地爱你的,你也会一样爱她的。她就在不远的地方。我来叫叫她!珠儿!珠儿!"

"我看见孩子了,"牧师说,"她就在那边,站在一道阳光下,离这儿还有一段路,在小溪的对岸。你是说这孩子会爱我?"

海丝特莞尔一笑,又叫了一声珠儿,这时可以看见她了,就在一段距离之外,正如牧师所说,她站在透过树穹照到她身上的一道阳光之中,像是个披了一层灿烂衣装的幻影。那阳光来回抖动,使得她的身影忽明忽暗——一会儿像是个活生生的孩子,一会儿又像是孩子的精灵——随着阳光去而复返。她听到了她母亲的呼唤,慢慢穿过树林走了过来。

她母亲坐在那儿和牧师谈话的当儿,珠儿并不觉得时间过得无聊。那座阴森森的大树林——对那些把世间的罪孽和烦恼都装进胸扉的人们来说,虽然显得那么严厉,但却成了那孤独的幼儿的玩伴,而且懂得怎么陪着她玩。大森林尽管阴沉忧郁,却露出最亲切的心情来欢迎她,向她提供了红树浆果,那是去年秋天长出,今年春天才成熟的,此时红得像珠珠血滴,衬在枯叶上。珠儿采集了这些浆果,很喜欢那种野果的滋味。那些野生的小动物,都不肯从她的小径上走开。一只身后随着十只雏鸟的雌鹧鸪,确曾冲上前来威吓她,但很快就后悔那么凶,还咯咯叫着她的孩子不必害怕。一只独栖在低枝上的野鸽,在珠儿来到树下时没有飞开,只是发出一声既像问候又像惊讶的叫声。一只松鼠从它作巢的高树的密叶中叽叽咕咕,不知是生气还是高兴——因为松鼠本是爱发怒又逗人爱的小家伙,它的脾气实在让人捉摸不定——它边向那孩子叽叽咕咕,还扔下一颗坚果在她的头上。那是一颗去年结下的坚果,已经被它的利齿咬啮过了。一只狐狸被她踏在落叶上的轻轻的脚步声所惊醒,舒头探脑地望着珠儿,似乎拿不定主意,是悄悄溜走,还是待在原地继续它的瞌睡。据说——故事叙述到这里确实有些荒唐了——,还有一只狼走上前来,嗅了嗅珠儿的衣服,还把它那野兽的头仰起来让她拍拍。不过,实情大概是:那森林母亲及其养育的这些野兽,全都在这人类的孩子身上辨出了一种亲切的野味。

而她在这林中,也要比在居民区两边铺了草的街道上,或是她母亲的茅屋中,显得温和些。花朵像是明白这一点;在她经过时,就会有那么一两朵悄声低语:"用我来打扮打扮你自己吧,你这漂亮的孩子,用我来打扮打扮你自己吧!"——而为了让它们高兴,珠儿也就摘了几朵紫罗兰、银莲花和耧斗菜,以及一些从老树上垂到她眼前的翠绿的嫩枝。她用这些花枝编成花环,戴在头发上,缠在腰肢间,于是便成了一个小仙子,或是林中小仙女,或是同古老的树林最为亲密无间的什么精灵。珠儿把自己这样打扮好了,便听到她母亲的呼唤,慢慢地往回走去。

她走得很慢;因为她看到了牧师。

第十九章　溪边的孩子

"你会十分喜爱她的。"海丝特·白兰又说了一遍,这时她和牧师正坐在那里瞅着小珠儿,"你难道不认为她很美吗?你看,她天生有多大的本事用那些普通的花朵来装扮自己啊!就算她能在林中采到珍珠、钻石和红宝石,也不会把自己打扮得比这更漂亮了。她是一个十分出色的孩子!但我知道她的额头长得像谁!"

"你知道,海丝特,"阿瑟·丁梅斯代尔带着不安的微笑说,"这个总是在你身边蹦蹦跳跳的可爱的孩子,曾经多次引起我心惊肉跳吗?我认为,——噢,海丝特,这是个什么样的念头,而且产生这种顾虑又是多么可怕啊!——我自己的一部分面容重现在她的脸上,而且那么酷似,我真怕人们会认出来!不过,她主要还是像你!"

"不,不!不是主要像我!"做母亲的露出温柔的微笑回答说,"过不多久,你就不必担心人们会追究她是谁的孩子了。她头发上戴着那些野花,显得她的模样漂亮得多么不平常啊!仿佛有一个被我们留在我们亲爱的老英格兰的仙子,把自己打扮好,跑来迎接我们了。"

他俩坐在那里,正是怀着一种他们谁也没有体验过的感情来注视着珠儿慢慢走来。在她身上能够看出把他俩联系在一起的纽带。过去这七年里,她作为如同有生命的象形文字,被奉献给人类社会,在她身上揭示了他们竭力要隐藏的秘密,要是有一位先知或法师有本领破解这个火焰般的文字的话,就会懂得一切全都写在这个象征之中,一切全都显示得明明白白!而珠儿就是他俩生命的合而为一。不管以往的邪恶可能是什么,当他们一起看到由他们交汇并将永在一起共存的肉体结晶和精神概念时,他们怎么可能会怀疑,他们在凡世的生命和未来的命运已经密不可分呢?像这样的想法,以及其它一些他们没有承认或尚未定型的可能的想法,当那孩子向前走着的时候,在她身上投射出一种使人敬畏的色彩。

"你跟她搭话的时候,别让她看出什么不同寻常的地方,既不要太热情,也不要太急切。"海丝特轻声说,"我们的珠儿有时候是个一阵阵让人捉摸不定的小精灵。尤其是在她不大明白缘由的时候,很难接受别人的激情。不过,这孩子有着强烈的爱!她爱我,而且也会爱你的!"

"你难以想象,"牧师说着,偏过头来瞥了一眼海丝特·白兰,"我又害怕这次见面,又盼着这次见面的那种心理!不过,说实话,就像我刚才跟你说的,孩子们是不大乐于同我亲近的。他们不会爬上我的膝头,不肯和我说悄悄话,也不愿回报我的微笑,而只是远远地站着,奇怪地打量着我。连小小的婴儿都一样,我把他们抱在怀里时,他们就使劲哭。可珠儿长这么大,竟有两次对我特别好!头一次,——你知道得很清楚!第二次就是你领她到板着面孔的老总督的那所房子里去的时候。"

"那次你大胆地为了她和我进行了申辩!"做母亲的回答,"我记得清清楚楚,小珠儿也会记得的。别怕!她开头也许会认生、害臊,但很快就会爱起你来的!"

这时,珠儿已经来到小溪对岸,站在那儿不出声地瞅着海丝特和牧师,他俩依旧并肩坐在长满青苔的树干上,等着见她。就在她停下脚步的地方,小溪恰好聚成一个池塘,水面平静而光滑,把珠儿那小小的身影完满地映现出来:她腰缠嫩枝编的花带,使她的美貌绚丽如画,比本人还要精美,更像仙女。那映像几乎与真的珠儿分毫不爽,似乎将其自身的某种阴影般莫测的品性传递给孩子本人了。奇妙的是,珠儿站在那里,不错眼珠地透过林中的幽暗盯视着他们;与此同时,她全身都沐浴在仿佛是被某种感应吸引到她身上的一道阳光中。在她脚下的小溪中站着另一个孩子——是另外一个,但又一模一样——身上同样洒满阳光。海丝特模糊而痛心地感到,她自己好像同珠儿变得陌生起来,好像那孩子独自在森林中游荡时,走出了她和她母亲同居的范围,如今正在徒劳地想回来。

这种印象有正确的一面,也有错误的一面;孩子和母亲是变得生疏了,但那要归咎于海丝特,而不是珠儿。自从孩子从她身边走开,另外一个亲人来到了母亲的感情圈内,从而改变了他们三人的地位,以致珠儿这个归来的流浪儿,找不到她一向的位置,几乎不知自己身在何方了。

"我有一种奇怪的幻想,"敏感的牧师说,"这条小溪是两个世界之间的分界线,你永远不会再和珠儿相会了。要不,说不定她是个小精灵,像我们儿时的童话所教的,她是不准渡过流淌的溪流的吧?请你赶快催催她;这么耽搁着,已经把我的神经弄得颤抖起来了。"

"过来,乖宝贝儿!"海丝特给孩子鼓劲说,同时伸出了双臂,"你走得太慢慢腾腾了!你什么时候像现在这样懒洋洋过?这儿有我的一个朋友,他也该是你的朋友。从今以后,你就不只有你妈妈一个人的爱了,你要得到双倍的爱的!跳过小溪,到我们这儿来。你不是可以像一头小鹿一样地跳嘛!"

珠儿对这些甜蜜的话语不理不睬,仍然待在小溪的对岸。此时她那一对明亮而狂野的眸子,时而盯着她母亲,时而盯着牧师,时而同时盯住他们两个;仿佛要想弄清并给自己解释他们两人之间的关系。出于某种难以名状的原因,阿瑟·丁梅斯代尔感到孩子的目光落在他身上时,他的手以习惯成自然的姿势,悄悄捂到了心口上。最后,珠儿做出一副独特的不容置辩的神情,伸出她小小的食指,显然是指着她母亲的胸部。在她脚下,映在镜面般的溪水中的那个戴着花环、浴满阳光的小珠儿的影像,也指点着她的小小的食指。

"你这个怪孩子,为什么不到我身边来呢?"海丝特叫道。

珠儿依旧用她的食指指点着;眉间渐渐皱起;由于这姿态表情来自一个满脸稚气、甚至像婴儿般面孔的孩子,就给人印象尤深。而由于她母亲仍在不断呼唤她,而且脸上堆满非比寻常的笑容,那孩子便以更加专横的神情和姿态使劲跺着两脚。同样,在小溪中那个美得出奇的形象,也映出了皱着的眉头、伸出的手指和专横的姿态,为小珠儿的模样平添了效果。

"快点,珠儿;要不我可要跟你生气了!"海丝特·白兰嚷道,她平时尽管已经熟习了这小精灵似的孩子的这种举止,但此时自然巴不得她能表现得更懂规矩些,"跳过小溪来,顽皮的孩子,跑过来!要不我就过去了!"

珠儿刚才对她母亲的请求无动于衷,此时对母亲的吓唬也毫不惊惶;却突然大发脾气,做出激烈的姿态,把她小小的身躯弄得七扭八歪。她一边这样狂暴地扭动着,一边厉声尖叫,震得四下的树木一起回响;因此,虽说她只是独自一人毫无道理地大发小孩脾气,却像是有一群不露面的人在同情地给她助威。此时在小溪中又一次看到珠儿愠怒的身影:头戴花冠,腰缠花带,脚下使劲地跺着,身子狂暴地扭着,同时那小小的食指也始终指着海丝特的胸口!

"我明白这孩子是怎么回事了。"海丝特对牧师低声说着,由于强按心中的忧烦而变得面色苍白,"孩子们对于每日在眼前司空见惯的东西容不得有丝毫改变。珠儿是看不见我不离身地佩带的东西了!"

"我恳求你了,"牧师回答说,"如果你有什么办法能让这孩子安静下来,赶紧拿出来吧!除去像西宾斯太太那样的老妖婆发疯式的愤怒。"他强笑着补充说,"再没有比看到这孩子发脾气更让人不情愿的了。在年幼、美丽的珠儿身上,和那满脸皱纹的老妖婆一样,准有一种超自然的力量。要是你爱我,就让她安静下来吧!"

海丝特又转向珠儿,这时她脸上泛起红潮,故意斜睨了牧师一眼,然后重重地叹了口气;但她还没来得及开口,红潮就褪成死一般的苍白了。

"珠儿,"她伤心地说,"往你脚下瞧!就在那儿!——在你跟前!——在小溪的这边岸上!"

那孩子的目光转向指给她看的地方;红字就躺在那里,紧靠着岸边,金丝刺绣还在溪中反着光。

"把它捡回来!"海丝特说。

"你过来拾吧!"珠儿回答道。

"哪有这样的孩子!"海丝特回头对牧师评论着,"噢,我有好多她的事要告诉你呢!不过,的的确确,她对这可恨的标记的看法是没错的。我还得再忍受一下这折磨人的玩意儿,——也就是几天吧,——到那时我们就已经离开这块地方,再回头看看,就只是一块我们曾经梦想过的土地了。这片森林还藏不住它!但汪洋大海可以从我手里把它取走,并且永远把它吞没!"

她一边这样说着,一边走到小溪边上,把红字捡起来,重新钉到胸前。仅仅片刻之前,海丝特还满怀希望地谈到要把红字沉进深深的海底,但当她从命运之神的手中重新接过这死一般的象征时,就感到一种难以避免的阴沉笼罩着她。她已经把它抛进了无限的空间!——她曾经吸进了一小时的自由空气!——可现在那红色的悲惨又重新在老地方闪闪发光了!事情从来如此,一种邪恶的行为不管有否这种表征,从来都带有这种厄运的品性。接着,海丝特挽起她浓密的发绺,用帽子罩了起来。似乎在这令人哀伤的字母中有一种枯萎的符咒,她的美丽,她那女性的丰满和温暖,都像落日般地离去了;一抹灰蒙蒙的阴影似是落在了她身上。

这一阴郁的变化完成之后,她向珠儿伸出了手。

"现在你认识你妈妈了吧,孩子?"她压着声音责问说,"现在你妈妈又戴上了她的耻辱,——她又悲伤了,你愿意走过河来,认她了吧?"

"是啊,现在我愿意过去了!"孩子回答着,跳过小溪,抱住了海丝特,"现在你才真是我妈妈了!而我也是你的小珠儿了!"

珠儿以一种她不常有的温柔劲,往下拽着她母亲的头,亲了她母亲的额头和双颊。可是,似乎有一种必要推动着这孩子,在她偶然给人的某种安慰中溶进一阵极度的苦恼,接着,珠儿抬起她的嘴唇,也把那红字亲吻了一下。

"这可不好!"海丝特说,"你对我表示出一点点爱的时候,却要嘲弄我!"

"牧师干吗坐在那儿?"珠儿问。

"他等着欢迎你呢。"她母亲回答,"你过来,恳求他的祝福吧!他爱你,我的小珠儿,而且也爱你妈妈。难道你不肯爱他吗?来啊!他可想问候你呢!"

"他爱我们吗?"珠儿说着,目光中流露出明察秋毫的聪慧,抬起眼睛瞅着她母亲的面孔,"他会跟我们手拉着手一起回去——我们三个人一起进镇子去吗?"

"这会儿还不成,我的乖孩子。"海丝特回答说,"但是在未来的日子里,他会跟我们手拉手地一起走的。我们会有我们的一个家和壁炉;你呢,将要坐在他的膝头;而他会教给你许多事情,会亲亲热热地爱你。你也会爱他的;不是吗?"

"那他还会用手捂着心口吗?"珠儿探询着。

"傻孩子,这算什么问题啊!"她母亲惊讶地大声说,"过来请他祝福吧!"

但是,不知是出于一切受宠的小孩子那种似乎是本能的对危险的对手的嫉妒,还是她那种异想天开的天性又发作了出来,珠儿不肯对牧师表示丝毫好感。只是在她母亲连拉带拽之后,才总算把她领到了他跟前,可她还是往后坠着,脸上还做着怪样,表示她的不情愿;从她还是婴儿时期起,她就会做出各色各样的怪模样,把她那活泼的面容变成一系列的不同表情,每一种表情中都带有一种新的恶作剧。牧师给弄得既难过又尴尬,但他想,一次亲吻或许可以起到一种奇异的效果,让孩子能把他看得亲近些,抱着这样的希望,他弯腰向前,在她的额头上亲了一下。珠儿立刻挣脱她母亲拉着她的手,跑到小溪边上,猫下身子,洗起她的额头,直到那不受欢迎的亲吻完全给洗净,散进潺潺流逝的溪水之中。然后她便远远地待在一边,默默地望着海丝特和牧师;此时,两个大人正在一起谈着,根据他们很快要去实现的新目标和新处境,做出种种安排。

这次命运攸关的会见此时已接近尾声。那小小的山谷将被遗弃在幽暗和古老的树木中间,孤独而寂寞地聆听着那些树木的众多舌头长时间地悄声议论着在这里发生过的不为人知的事情。而这条忧郁的小溪也将在它那已经过于沉重的小小心灵中再加上另一个神秘的故事,它将继续潺潺向前,悄声低语,其音调比起先前的多少世纪绝不会有半点欢快。

第二十章　迷惘中的牧师

牧师先回去了。他一面在前面走着,一面回过头来望着海丝特·白兰和小珠儿,怀着几分期望,想透过林中暮霭,再看看逐渐模糊的母女二人的身影或面容。他的生活中发生了如此巨大的变迁,他一时还无法相信是真的。但是海丝特就在那儿,身穿灰袍,仍然站在树干的旁边——那是多年前被一阵疾风吹倒的,之后年深日久就长满了青苔,于是他们这两个承受着世上最沉重的负担的同命运的人,才得以一起坐在上面,安享那难得的一小时的休憩与慰藉。那儿还有珠儿,又轻捷地从溪边蹦跳着回到了母亲身边她的老位置,因为那闯来的第三者已经离去了。这么看来,牧师刚才并没有昏昏睡去,并非在梦中才见到这一切的!

为了摆脱那搅得他莫名其妙地心烦意乱的说不清、道不明的印象,他回忆并更加彻底地澄清了一下他和海丝特为出走所安排的计划。他俩已经商妥,比起只在沿海一带疏落地散布着印第安人的茅屋或欧洲移民聚居区的新英格兰或全美洲的荒野,旧大陆人烟稠密、城市辏集,更适合于他们隐蔽或隐居式的生活。不消说,牧师的健康状况极不宜于忍受森林中的艰苦条件,何况他的天赋才能、他的文化教养以及他的全部前程,也只有在文明和优雅的环境中才能找到归宿;地位越高,他才越有用武之地。促使他们作出这一抉择的,还因为刚好有一条船停在港湾;这是那年月中时常有的一种形迹可疑的航船,虽说在深海中并非绝对地非法,却是带有极不负责任的性质在海面上游荡的。这艘船最近从拉丁美洲北部海域开来,准备在三天之内驶往英国的布利斯托尔。海丝特·白兰作为妇女慈善会的志愿人员,有机会结识了船长和海员,她可以有把握为两个大人和一个孩子弄到舱位,而且那种环境还提供了求之不得的一切保密要求。

牧师曾经兴致勃勃地向海丝特询问了那艘船可能启航的准确时间。大概是从那天算起的第四天。"那可太幸运了!"他当时曾经这样自言自语。那么,为什么丁梅斯代尔牧师先生认为很幸运呢?我们本不大想公之于众;然而,为了对读者无所隐瞒,我们不妨说说,因为在第三天,他要在庆祝选举的布道会上宣教;由于这样一个机缘构成了新英格兰牧师一生中的荣誉时期,因此也就成了他结束他的牧师生涯的难得的最恰当的方式和时机。"至少,他们在谈起我时,"这位为人楷模的人自忖,"会认为我并非未尽公职或草草了事!"像这位可怜的牧师如此深刻和一丝不苟的自省,居然会遭到被人欺骗的悲惨下场,委实令人伤心!我们已经说过,也许还会说到他这个人的过失;但就我们所知,没有一件比这更软弱得可怜的了;眼下也没有任何证据比这更微不足道却无可辩驳地说明:一种微妙的疾病早已开始蚕食他性格的实体了。在相当长的时期内,谁也无法对自己装扮出一副面孔,而对众人又装扮出另一副面孔,其结果必然是连他本人都会弄不清到底哪一副是真实的了。

丁梅斯代尔先生同海丝特会面之后的归途中,他激动的感情赋予了他所不习惯的体能,催促着他大步流星地向前走去。那林间小路在他看来,比他记忆中来时的途径,似是更加蛮荒,由于天然的高低不平而更加坎坷,而且更少有人迹了。但他跨越了积水的坑洼,穿过了绊腿的灌木,爬上了高坡,步入了低谷,总而言之,以他自己都不解的不知疲倦的活力,克服了路上的一切障碍。他不禁忆起仅仅在两天之前,在他一路辛辛苦苦地沿着这同样的途径走来时,他是多么周身无力,气喘吁吁,走不上两步就要停下来喘上一口气。在他走近镇子的时候,一系列熟悉的东西呈现在眼前,却给了他一种似是而非的印象。好像不是昨天,不是一天、两天,而是许多天,甚至好几年之前,他就离开此地了。确实,那里还有那条街道的每一个原有的痕迹,这和他记忆中的是一致的,而房舍的各个独特之处,诸如众多的山墙,各个尖顶上都有的风信鸡,凡是他记得的都应有尽有。然而,那种起了变化的突出感觉仍然丝毫不减地纠缠着他。这小镇上人们生活的种种熟悉的景象,他所遇到的熟人,本来也一成未变。他们现在的样子既没有变老,也没有年轻;

长者的胡须并没有更白,那些昨天还只会爬来爬去的婴儿,今天也没有直立行走;实在说不出这些在他最近离去时还瞥过一眼的人,到底在哪些方面与原来不同了;然而,牧师最深层的感觉,似乎在告诉他,他们已经变了。当他走过他自己教堂的墙下时,这种类似的印象给他的感触最为突出。那建筑物的外观看来那么陌生,可又那么熟悉,丁梅斯代尔先生在两种念头之间犹豫徘徊:到底只是他先前在梦中见过呢,还是他现在正在梦中观看。

这一变幻得千姿百态的现象,并非表明外观上起了变化,只是说明观察这些熟悉景观的人内心发生了重要的突变,以致在他的意识上有了"一日不见、如隔三秋"之感。是牧师本人的意志和海丝特的意志,以及他俩之间出现的命运,造成了这一变形。镇子还是原来的镇子;但从林中归来的牧师却不同了。他很可能对向他打招呼的朋友们说:"我不是你们心目中的那个人了!我把他留在那边那座林子里了,他退缩到一个秘密的山谷里,离一条忧郁的小溪不远,就在一棵长满青苔的树干旁边。去找找你们的牧师吧,看看他那憔悴的身形,他那消瘦的面颊,他那苍白、沉重、爬满痛苦皱纹的前额,是不是像一件扔掉的衣袍一样给遗弃在那里了!"而他的朋友们,不消说,还会继续坚持对他说:"你自己就是那个人!"——但弄错的恐怕是他们,而不是他。

在丁梅斯代尔先生到家之前,他内心的那个人又给了他一些别的证据,说明在他的思想感情领域中已发生了彻底的变革。的确,若不是他心内的王国已经改朝换代、纲常全非的话,实在无法解释如今支配着不幸而惊惧的牧师的种种冲动。他每走一步,心中都想做出这样那样的出奇的、狂野的、恶毒的事情,他感到这种念头既非心甘情愿,却又有意为之;一方面是不由自主,然而另一方面又是发自比反对这种冲动更深层的自我。比如说,他遇见了他的一名执事,那位好心肠的老人用一种父辈的慈爱和家长般的资格跟他打招呼,那老人是由于具备受人尊敬的高龄、正直圣洁的品性和在教会中的地位所赋予的权利才这么做的;而与此相应的是,牧师则应报以深切并近乎崇拜的敬意,这同样是出于他的职业和个人品德所要求的做法。像这样社会地位较低和天赋能力较劣的人对高于自己者的毕恭毕敬,是年高德重之人如何使自己既有尊严又有相应的礼敬的前所未有的绝好范例。此时,当丁梅斯代尔牧师先生和这位德高望重、须发灰白的执事谈话的片刻之间,牧师只是极其小心翼翼地控制自己,才不致把涌上心头的有关圣餐的某些亵渎神明的意思说出口来。他紧张得周身战抖,面色灰白,生怕他的舌头会不经他的认可,就会自作主张地说出那些可怕的言辞。然而,尽管他内心如此惧怕,但一想到假若他当真说出那番大不敬的话来,那位圣洁的父辈老执事会吓得何等瞠目结舌,他还是禁不住要笑出声来!

此外,还发生了另一件性质相同的事情。就在丁梅斯代尔先生匆匆沿街而行的时候,遇上了他的教堂中的一位最为年长的女教友,一位最虔诚和堪当楷模的老夫人;这位孤苦无依的寡妇的内心中,就像排满名人墓碑的茔地似的满怀对她已故的丈夫和子女,以及早已逝去的朋友的回忆。这一切本该成为深沉的悲哀的,但由于在长达三十余年的时间里,她不停地以宗教的慰藉和《圣经》的真理来充实自己,她在虔诚的年迈的心灵中,已经将这些回忆几乎视作一种肃穆的欢愉了。而由于丁梅斯代尔先生已经对她负起责任,这位好心的老太婆在世上的主要安慰——若不是这种今世的安慰也是一种天国的安慰,也就算不得数了——就是同她的牧师会面;不期而遇也罢,专程拜访也罢,只要能从他那可爱的双唇中说出片言只语的带有温馨的天国气息的福音真谛,送进她那虽已半聋却喜闻恭听的耳朵中,她就会精神焕然一新。然而,这一次,直到丁梅斯代尔先生把嘴唇凑近老妇人的耳畔之前,他竟如人类灵魂的大敌所愿,想不起《圣经》上的经文,也想不起别的,只是说了一句简练的反对人类灵魂不朽的话,他当时觉得这是无可辩驳的论点。这番话若是灌输到这位上了年纪的女教友的头脑之中,可能会像中了剧毒一样,让她立刻倒地死去。牧师到底耳语了些什么,他自己事后无论如何也追忆不起来了。或许,所幸他语无伦次,未能使那好心的寡妇听明白什么清晰的含义,或许是上天按照自己的方式作出了解释。反正,当牧师回头看去时,只见到一副感谢天恩的狂喜神情,似乎天国的光辉正映照在她那满是皱纹的灰白色面孔之上。

还有第三个例子。他在告别了那位老教友之后,便遇到了最年轻的一位女教友。她是新近才皈依的一位少女,而且就是在聆听了丁梅斯代尔牧师先生夜游后那个安息日所作的布道才皈依的,她要以世间的短暂欢乐来换取天国的希望,当她周围的人生变得黯淡时,这希望便会益发明亮,以最后的荣光包围四下的一片昏黑。她如同天堂中开放的百合一样姣好纯真。牧师深知,他本人就供奉在她心灵的无瑕的圣殿之中,并用她雪白的心灵的帷幔罩着他的肖像,将爱情的温暖融进宗教,并将宗教的纯洁融进爱情。那天下午,一定是撒旦把这可怜的少女从她母亲身旁引开,并将她抛到那个被诱惑得心荡神摇的,或者,——我们不妨这样说吧,——那个迷途和绝望的人的路上。就在她走近的时候,魔王便悄声要他缩小形体,并在她温柔的心胸中投入一颗邪恶的种子,很快便会阴暗地开花,到时一定会结出黑色的果实。牧师意识到自己有权左右这个十分信任他的少女的灵魂,他感到只消他不怀好意地一瞥,她那无邪的心田就会立即枯萎,只消他说一个字,她那纯洁的心灵就会走向反面。可是,在经历了一番前所未有的强有力的内心搏斗之后,他抬起他那黑色法衣的宽袖遮住面孔,匆匆向前走去,装出没有认出她的样子,任凭那年轻的女教友去随便解释他的无礼。她察遍她的良心——那是同她的衣袋或针线盒一样,满装着各种无害的小东西——,这可怜的姑娘,就用数以千计的想象中的错误来责备自己;次日天明,去干家务时,她两眼都哭得红肿了。

牧师还没来得及庆贺他刚刚战胜了诱惑,便又觉察到了一次冲动,这次冲动如前几次一样可怕,只是更加无稽。那是——我们说起来都脸红——那是,他想在路上停下来,对那些正在玩耍、刚刚开始学语的一伙清教徒小孩子们,教上几句极难听的话。只是由于与他身穿的法衣不相称,他才没有去做这反常之举。他又看到一个醉醺醺的水手,正是来自拉丁美洲北部海域的那艘船上的;此时,可怜的丁梅斯代尔先生既然已经勇敢地克制了前几次邪恶,却想至少要和这浑身沾满油污的粗人握一握手,并用几句水手们挂在嘴边的放荡下流的俏皮话,和一连串的十分圆滑、令人开心的亵渎神明的诅咒来寻寻开心!让他得以平安地度过这次危机的,倒不是因为他有什么更高的准则,而是因为他天生具有优雅的情趣,更主要的,是因为他那形成牢固习惯的教士礼仪。

"到底有什么东西如此纠缠和诱惑我啊?"最后,牧师停在街心,用手拍着前额，对自己这样喊着，"我是不是疯了？还是我让魔鬼完全控制了？我刚才在树林里是不是和魔鬼订了契约，并且用我的血签了字？现在他是不是传唤我按照他那最恶毒的想象力所设想出来的每一个恶行去履行契约呢？"

就在丁梅斯代尔牧师先生这样一边自言自语，一边用手拍着前额的时候，据说那有名的妖婆西宾斯老太太正好走过。她神气十足地头戴高帽，身穿富丽的丝绒长袍，颈上围着用著名的黄浆浆得笔挺的皱领，那种黄浆是按她的挚友安·特纳因谋杀托马斯·奥弗白利爵士而被绞之前教给她的秘方配制的。不管那妖婆是否看出了牧师的想法，反正她一下子停住了脚步，机灵地盯着他的面孔，狡黠地微笑着，并且开始同她从不打交道的牧师攀谈了起来。

"可敬的牧师先生，原来你去拜访了树林。"妖婆对他点点戴着高帽的头，开口说，"下一次，请你务必跟我打个招呼，我将十分自豪地陪你前往。不是我自吹，只消我说上一句好话，你知道的那位有权势的人，准会热情接待任何生客的！"

"老实讲，夫人，"牧师回答说，还郑重其事地鞠了一躬——这是那位夫人的地位所要求的，也是他的良好教养所必需的，"老实讲，以我的良心和人格担保，我对您这番话的含义实在莫名其妙！我到树林里去，绝不是去找什么有权势的人，而且在将来的任何时刻，我也没有去那儿拜访、谋求这样一个人欢心的意图。我唯一的目的是去问候我的一位虔诚的朋友，艾略特使徒，并和他一起欢庆他从邪教中争取过来的众多可贵的灵魂！"

"哈，哈，哈！"那老妖婆咯咯地笑着，还向牧师一劲儿点着戴高帽的头，"好啦，好啦，我们在这光天化日之下是得这么讲话！你倒像个深通此道的老手！不过，等到夜半时分，在树林里，我们再在一起谈些别的吧！"

她摆出一副德高年迈的姿态走开了，但仍不时回头朝他微笑，像是要一心看出他们之间不可告人的亲密关系似的。

"这样看来，我是不是已经把自己出卖给那个恶魔啦？"牧师思忖着，"如果人们所说属实，这个浆着黄领、穿着绒袍的老妖婆，早就选了那恶魔作她的王子和主人啦!"

这个不幸的牧师!他所做的那笔交易与此极其相似!他受着幸福的梦境的诱惑,经过周密的选择,居然前所未有地屈从于明知是罪大恶极的行径。而那桩罪孽的传染性毒素已经就此迅速扩散到他的整个道德体系,愚弄了一切神圣的冲动,而将全部恶念唤醒,变成活跃的生命。轻蔑、狠毒、无缘无故的恶言秽行和歹意;对善良和神圣的事物妄加嘲弄,这一切全都给唤醒起来,虽说把他吓得要命,却仍在诱惑着他。而他和西宾斯老太太的不期而遇,如果当真只是巧合的话,也确实表明他已同恶毒的人们及堕落的灵魂的世界同流合污了。

此时,他已走到坟场边上的住所,正在匆忙地踏上楼梯,躲进他的书斋中去一避。牧师能够进到这个庇荫之地,暗自高兴,因为这样一来,他就无须向世人暴露他在街上一路走来时那不断怂恿他的种种离奇古怪的邪念了。他走进熟悉的房间,环顾四周,看着室内的书籍、窗子、壁炉、挂着壁毯的赏心悦目的墙壁,但从林中谷地进城来一路纠缠着他的同样的奇异感觉依然存在。他曾在这里研读和写作;他曾在这里斋戒和夜祷,以致弄得半死不活;他曾在这里尽心尽意地祈祷;他曾在这里忍受过成千上万种折磨!这里有那本装潢精美的《圣经》,上面用古老的希伯来文印着摩西和诸先知们对他的训诫,从头到尾全是上帝的声音!在桌上饱蘸墨水的鹅毛笔旁,摆着一篇未完成的布道词,一个句子写到中间就中断了,因为两天前他的思路再也涌不到纸上。他明知道那是他本人,两颊苍白、身材消瘦的牧师做的这些事、受的这些苦,写了这么些庆祝选举的布道文的!但他却像是站在一边,带着轻蔑和怜悯,而又怀着一些羡慕的好奇心,审视着先前的自己。那个自我已经一去不复返了,是另一个人从林中归来了,是具有神秘知识的另一个益发聪明的人了——那种知识是原先那人的简单头脑从来不可能企及的。那种知识真让人哭笑不得!

就在牧师沉浸在这些冥思苦想之中的时候,书斋的房门那儿传来一声敲门声,牧师便说道:"请进!"——并非完全没有料到他可能又要看到一个邪魔了。果不其然!进来的正是老罗杰·齐灵渥斯。牧师面色苍白、默默无言地站在那里,一手放在希伯来文的《圣经》上,另一只手则捂住心口。

"欢迎你回到家中,可敬的牧师先生,"医生说,"你看那位圣洁的艾略特使徒可好啊?可是我看你的样子很苍白,亲爱的先生;看来你在荒野中的这次旅行过于疲惫不堪了。要不要我来帮你恢复一下身心健康,以便在庆祝选举的布道中祈祷呢?"

"不,我看不必了。"丁梅斯代尔牧师先生接口说,"我这次旅行,同那位圣洁的使徒的会面,以及我所呼吸到的自由空气,对我大有好处,原先我闷在书斋里的时间太长了。我想我已经不再需要你的药了,我的好心的医生,虽说那些药很好,又是一只友好的手给的。"

在这段时间里,罗杰·齐灵渥斯始终用医生审视病人的那种严肃而专注的目光盯着牧师。他虽然表面上不动声色,但几乎确信,那老人已经知道了,或者至少暗中猜测到了他同海丝特·白兰已经会过面。那么,医生也就知道了,在牧师的心目中,他已不再是一个可信赖的朋友,而是一个最恶毒的敌人了。事情既然已经昭然若揭,自然要有所流露。然而,奇妙的是,往往要经过好长一段时间才能一语道破事实;而二人为了避免某一话题,又要何等小心翼翼地刚刚触到边缘,便又马上退缩回去,才不致点破。因此,牧师不必担心罗杰·齐灵渥斯会公然说出他们彼此维持的真正地位。不过,医生以他那不为人知的手段,已经可怕地爬近了秘密。

"今天夜里,"他说,"你再采用一下我这微不足道的医术,是不是更好呢?真的,亲爱的先生,我们应该尽心竭力使你精力充沛地应付这次庆祝选举的宣讲。人们对你期望极大呢;因为他们担心,明年一到,他们的牧师就会不在了。"

"是啊,到另一个世界去了。"牧师带着一切全都听天由命的神气回答说,"但愿上天保佑,那是个更好的世界;因为,说老实话,我认为我难以再和我的教众度过转瞬即逝的另一个年头了!不过,亲爱的先生,至于你的药品嘛,就我目前的身体状况而论,我并不需要了。"

"我很高兴听到这一点。"医生回答说,"或许是,我提供的治疗长时间以来未起作用,但如今却开始生效了。我当真能成功地治好你,我会深感幸福,并且对新英格兰的感激之情受之无愧!"

"我衷心地感激你,我最尽心的朋友。"丁梅斯代尔牧师先生说着,郑重地一笑,"我感激你,只有用我的祈祷来报答你的善行。"

"一个好人的祈祷如同用黄金作酬谢!"老罗杰·齐灵渥斯一边告别,一边接口说,"是啊,那都是些新耶路撒冷通用的金币,上面铸着上帝本人的头像的!"

牧师剩下单独一个人后,便叫来住所的仆人,吩咐摆饭。饭菜放到眼前之后,他就狼吞虎咽起来。然后,他把已经写出来的庆祝选举布道词的纸页抛进炉火,提笔另写,他的思绪和激情源源涌到笔尖,他幻想着自己是受到了神启,只是不明所以为什么上天会看中他这样一件肮脏的管风琴,去传送它那神谕的崇高而肃穆的乐曲。管它呢,让那神秘去自行解答,或永无解答吧,他只顾欣喜若狂地奋笔疾书。那一夜就这样像一匹背生双翼的骏马般飞驰而去,而他就骑在马背上;清晨到来了,从窗帘中透进朝霞的红光;终于,旭日将一束金光投入书斋,正好照到牧师晕眩的双目上。他坐在那里,指间还握着笔,纸上已经写下洋洋洒洒的一大篇文字了!

第二十一章　新英格兰的节日

在新总督从人民手中接受他的职位的那天早晨,海丝特·白兰和小珠儿来到市场。那地方已然挤满了数量可观的工匠和镇上的其他黎民百姓;其中也有许多粗野的身形,他们身上穿的鹿皮衣装,表明他们是这个殖民地小都会周围的林中居民。

在这个公共假日里,海丝特和七年来在任何场合一样,仍然穿着她那身灰色粗布做的袍子。这身衣服的颜色,尤其是那说不出来的独特的样式,有一种使她轮廓模糊、不引人注目的效果;然而,那红字又使她从朦胧难辨之中跳出来,以其自身的闪光,把她显示在其精神之下。她那早已为镇上居民所熟悉的面孔,露出那种常见的大理石般的静穆,俨如一副面具,或者更像一个亡妇脸上的那种僵死的恬静;如此令人沮丧的类比,是因为事实上海丝特无权要求任何同情,犹如实际上死去一般,她虽然看来似混迹于人间,确已经辞世。

这一天,她脸上或许有一种前所未见的表情,不过此时尚未清晰可察;除非有一个具备超自然禀赋的观察者能够首先洞悉她的内心,然后才会在她的表情和举止上找到相应的变化。这样一个能够洞悉内心的观察者或许可以发现,历经七年痛苦岁月,她将众目睽睽的注视作为一种必然、一种惩罚和某种宗教的严峻煎熬忍受着,如今,已是最后一次了,她要自由而自愿地面对人们的注视,以便把长期的苦难一变而为胜利。"再最后看一眼这红字和佩带红字的人吧!"人们心目中的这个牺牲品和终身奴仆会对他们这样说,"不过再过一段时间,她就会远走高飞了!只消几个小时,那深不可测的大海将把你们在她胸前灼烧的标记永远淹没无存!"假如我们设想,当海丝特此时此刻即将从与她深深相连的痛苦中赢得自由时,心中可能会升起一丝遗憾之感,恐怕也并不有悖于人之本性。既然自从她成为妇人以来的多年中,几乎始终品尝着苦艾和芦荟,难道这时就不会有一种难以遏止的欲望要最后一次屏住气吸上一大杯这种苦剂吗?今后举到她唇边的、盛在雕花的金色大杯中的生活的美酒,肯定是醇厚、馥郁和令人陶醉的;不然的话,在她喝惯了具有强效的兴奋剂式的苦酒渣之后,必然会产生一种厌烦的昏昏然之感。

她把珠儿打扮得花枝招展。人们简直难以猜测,这个如阳光般明媚的精灵竟然来自那灰暗的母体;或者说,人们简直难以想象,设计那孩子服饰所需的华丽与精巧,与赋予海丝特那件简朴长袍以明显特色的——这任务或许更困难,竟然同时出自一人之手。那身衣裙穿在小珠儿身上恰到好处,俨如她个性的一种流露,或是其必然发展和外部表现,就像蝴蝶翅膀上的绚丽多彩或灿烂花朵上的鲜艳光辉一样无法与本体分割开来。衣裙之于孩子,也是同一道理,完全与她的本性浑然天成。更何况,在这事关重大的一天,她情绪上有一种特殊的不安和兴奋,极像佩在胸前的钻石,会随着心口的种种悸动而闪光生辉。孩子们与同他们相关的人们的激动总是息息相通;在家庭环境中出现了什么麻烦或迫在眉睫的变动时,尤其如此;因此,作为悬在母亲不安的心口上的一颗宝石,珠儿以她那跳动的精神,暴露了从海丝特眉间磐石般的平静中谁都发现不了的内心感情。

她兴高采烈得不肯安分地走在她母亲身边,而且像鸟儿一样地蹦跳着。她不停地狂呼乱叫,也不知喊些什么,有时还尖着嗓子高唱。后来,她们来到了市场,看到那里活跃喧闹的气氛,她就益发不得安宁了;因为那地方平时与其说是镇上的商业中心,不如说像是村会所前的宽阔而孤寂的绿草地。

"咦,这是什么啊,妈妈?"她叫道,"大伙儿干吗今天都不干活儿啦?今天全世界都休息吗?瞧啊,铁匠就在那儿!他洗掉了满脸煤烟,穿上了过星期日的衣服,像是只要有个好心人教教他,就要痛痛快快地玩玩哪!那位老狱吏布莱基特先生,还在那儿朝我点头微笑呢。他干吗要这样呢,妈妈?"

"他还记得你是个小小的婴儿的样子呢,我的孩子。"海丝特回答说。

"那个长得又黑又吓人、眼睛很丑的老头儿,才不会因为这个对我点头微笑呢!"珠儿说,"他要是愿意,倒会向你点头的;因为你穿一身灰,还戴着红字。可是瞧啊,妈妈,这儿有多少生人的面孔啊,里边还有印第安人和水手呢!他们都到这市场上来干吗呢?"

"他们等着看游行队伍经过。"海丝特说,"因为总督和官员们要从这里走过,还有牧师们,以及所有的大人物和好心人,前面要有乐队和士兵开路呢。"

"牧师会在那儿吗?"珠儿问,"他会朝我伸出双手,就像你从小河边领着我去见他的时候那样吗?"

"他会在那儿的,孩子,"她母亲回答,"但是他今天不会招呼你;你也不该招呼他。"

"他是一个多么奇怪、多么伤心的人啊!"孩子说,有点像是自言自语,"在那个黑夜里,他叫咱们到他跟前去,还握住你和我的手,陪他一起站在那边那个刑台上。而在深深的树林里,只有那些老树能够听见、只有那一线青天可以看见的地方,他跟你坐在一堆青苔上谈话!他还亲吻了我的额头,连小河的流水都洗不掉啦!可是在这儿,天上晴晴的,又有这么些人,他却不认识我们;我们也不该认识他!他真是个又奇怪又伤心的人,总是用手捂着心口!"

"别做声,珠儿!你不明白这些事情,"她母亲说,"这会儿别想着牧师,往周围看看吧,看看大伙今天脸上有多高兴,孩子们都从学校出来了,大人也都从店铺和农田里走来了,为的就是高兴一下子。因为,今天要有一个新人来统治他们了;自从人类第一次凑成一个国家就有这种习惯了,所以嘛,他们就痛痛快快地来欢庆一番;就像又老又穷的世界终于要过上一个黄金般的好年景了!"

海丝特说得不错,人们的脸上确实闪耀着非同凡响的欢乐。过去已然这样,在随后两个世纪的大部分年月里依然如此,清教徒们把自认为人类的弱点所能容忍的一切欢乐和公共喜庆,全都压缩在一年中的这一节日中;因此,他们总算拨开积年的阴霾,就这独一无二的节日而论,他们的神情才不致比大多数别处的居民倒霉时的面容要严峻些。

不过,我们也许过于夸张了这种灰黑的色调,尽管那确实是当年的心情和举止的特色。此刻在波士顿市场上的人们,并非生来就继承了清教徒的阴郁。他们本来都生在英国,其父辈曾在伊丽莎白时代的明媚和丰饶中生活;当时英国的生活,大体上看,堪称世界上前所未见的庄严、壮丽和欢乐。假若新英格兰的定居者们遵依传统的趣味,他们就会用篝火、宴会、表演和游行来装点一切重大的公共事件。而且,在隆重的典礼仪式中,把欢欣的消遣同庄重结合起来,就像国民在这种节日穿戴的大礼服上饰以光怪陆离的刺绣一样,也就没什么不实际的了。在殖民地开始其政治年度的这一天庆祝活动中,还有这种意图的影子。在我们祖先们所制定的每年一度的执政官就职仪式中,还能窥见他们当年在古老而骄傲的伦敦——我们姑且不谈国王加冕大典,只指市长大人的就职仪式——所看到的痕迹的重现,不过这种反映已经模糊,记忆中的余晖经多次冲淡已然褪色。当年,我们这个合众国的奠基人和先辈们——那些政治家、牧师和军人,将注重外表的庄严和威武视为一种职责,按照古老的风范,那种打扮正是社会贤达和政府委员的恰当装束。他们在人们眼前按部就班地一一走来,以使那刚刚组成的政府的简单机构获得所需的威严。

在这种时刻,人们平日视如宗教教义一般严加施行的种种勤俭生活方式,即使没有受到鼓励吧,总可以获准稍加放松。诚然,这里没有伊丽莎白时代或詹姆斯时代在英国比比皆是的通俗娱乐设施,没有演剧之类的粗俗表演,没有弹着竖琴唱传奇歌谣的游吟诗人,没有奏着音乐耍猴的走江湖的人,没有变戏法的民间艺人,也没有逗得大家哄堂大笑的"快乐的安德鲁"①说那些由于笑料迭出、虽已流传上百年、仍让人百听不厌的笑话。从事这种种滑稽职业的艺人们,不仅为严格的法律条文所严厉禁止,也遭到使法律得以生效的人们感情上的厌恶。然而,普通百姓那一本正经和老成持重的面孔上依然微笑着,虽说可能有点不自然,却也很开心。竞技活动也不算缺乏,诸如移民们好久以前在英国农村集市和草地上看到和参加的格斗比赛,由于本质上发扬了英武和阳刚精神,被视为应于这片新大陆上加以保留。在康沃尔和德文郡

---

① 一个小丑、弄臣或江湖医生侍者的形象,据说源出亨利八世的医生安德鲁·博尔德。

的种种形式的角力比赛，在这里的市场周围随处可见；在一个角落里，正在进行一场使用铁头木棍作武器的友谊较量；而最吸引大家兴趣的，是在刑台上——这地方在我们书中已经颇为引人注目了，有两位手执盾牌和宽剑的武士，正在开始一场公开表演。但是，使大家扫兴的是，刑台上的这场表演因遭到镇上差役的干涉而中断，他认为对这祭献之地妄加滥用，是侵犯了法律的尊严，是绝对不能允许的。

当时的居民还是第一代没有欢乐活动的人，而且又是那些活着时深谙如何行乐的父辈们的直接后裔，就过节这一点而论，比起他们的子孙，乃至相隔甚久的我们这些人，算是懂得快活的了，我们作这种一般性的结论，恐怕并不过分。早期移民的子嗣，也就是他们的下一代后人，受清教主义阴影笼罩最深，从而使国家的形象黯淡无光，以致在随后的多年中都不足以清洗干净。我们只好重新学习这门忘却已久的寻欢作乐的本领。

市场上的这幅人生图画，虽说基调是英国移民的忧伤的灰色、褐色和黑色，也还因间有一些其它色彩而显得活跃。一群印第安人，身穿有着野蛮人华丽的、绣着奇形怪状图案的鹿皮袍，腰束贝壳缀成的带子，头戴由红色和黄色赭石及羽毛做成的饰物，背挎弓箭，手执尖石长矛，站在一旁，他们脸上那种严肃刚毅的神情，比清教徒们还有过之而无不及。但这些周身涂得花花绿绿的野蛮人，还算不上当场最粗野的景象；更能充分表现这一特色的，是一批从那艘来自拉丁美洲北部海域的船上的水手，他们上岸来就是为了观看庆祝选举日的热闹的。他们是一伙外貌粗鲁的亡命之徒，个个面孔晒得黝黑，蓄着大胡子；又肥又短的裤子在腰间束着宽腰带，往往用一片粗金充当扣子，总是插着一柄长刀，偶尔是短剑。宽檐棕榈叶帽子下面闪着的那双眼睛，即使在心情好、兴致高的时候，也露出一股野兽般的凶光。他们肆无忌惮地违反着约束着众人的行为准则；公然在差役的鼻子底下吸烟，尽管镇上人每这样吸上一口就要被罚一先令；他们还随心所欲地从衣袋里掏出酒瓶，大口喝着葡萄酒或烈性酒，并且随随便便地递给周围那些目瞪口呆的人们。这充分说明了当年道德标准的缺欠，我们虽然认为十分严格，但对那些浪迹海洋的人却网开一面，不仅容忍他们在陆上为所欲为，而且听凭他们在自己的天地里，更加无法无天。当年的那些水手，几乎与如今的海盗无异。就以这艘船上的船员为例吧，他们虽然不是海上生涯中那种声名狼藉的人物，但用我们的话说，肯定犯有劫掠西班牙商船的罪行，在今天的法庭上，都有处以绞刑的危险。

但是那时候的大海，汹涌澎湃、掀浪卷沫，很大程度上是我行我素，或仅仅臣服于狂风暴雨，从来没有过接受人类法律束缚的念头。那些在风口浪尖上谋生的海盗们，只要心甘情愿，可以洗手不干，立刻成为岸上的一名正直诚实的君子；而即使在他们任意胡为的生涯中，人们也并不把他们视为不屑一顾或与之稍打交道就有损自己名声的人。因此，那些穿着黑色礼服、挺着浆过的环状皱领、戴着尖顶高帽的清教徒长者们，对于这帮快活的水手们的大声喧哗和粗野举动，反倒报以不无慈爱的微笑；而当人们看到老罗杰·齐灵渥斯这样一个德高望重的居民和医生走进市场，同那艘形迹可疑的船只的船长亲密而随便地交谈的时候，既没有引起惊讶之感，也没有议论纷纷。

就那位船长的服饰而论，无论他出现在人群中的什么地方，都是一个最显眼、最英武的人物。他的衣服上佩戴着各色奢华的缎带，帽子上缠着一圈金色丝绦，还缀着一根金链，上面插着一根羽毛。他胁下挎着一柄长剑，额头上留着一块伤疤——从他蓄的发式来看，似乎更急切地要显露出来而不是要加以掩盖。一个陆地上的人，若是周身这般穿戴，露出这副尊容，而且还得意洋洋地招摇过市，恐怕很难不被当官的召去传讯，甚至会被课以罚金或判处监禁，也许会枷号示众。然而，对于这位船长而言，这一切都和他的身份相依相附，犹如鱼身上长着闪光的鳞片。

准备开往布利斯托尔的那艘船的船长，和医生分手后，就悠闲地踱过市场；后来他刚好走近海丝特·白兰站立的地方，他好像认识她，径直上前去打招呼。和通常一样，凡是海丝特所站之处，周围就会形成一小块空地，似乎有一种魔圈围着，圈外的人尽管在附近摩肩擦背地挤作一团，也没人甘冒风险或乐于闯进那块空地。这正是红字在注定要佩带它的人四周所形成的一种强制性的精神上的孤立；这固然是由于她自己的回避，但也是由于她的同胞们的本能的退缩，尽管这种退缩早已不那么不友好了。如果说这种隔离圈以前毫无裨益的话,此时倒是大有好处,因为海丝特能够同那位船长交谈而不致冒被人听到的风险;何况海丝特·白兰在众人间的声名已经大有改变,即使是镇上以恪守妇道最为著称的妇人进行这种谈话,都不会比她少受风言风语的指责。

"啊,太太,"船长说,"我得让船员在你要求的席位之外,再多安排一个!那就不必担心路上得坏血症或斑疹伤寒这类疾病了!有了船上的外科医生和另外这位医生,我们唯一的危险就差药剂或药丸了;其实,我船上还有一大批药物,是跟一艘西班牙船换的。"

"你这是什么意思啊?"海丝特问道,脸上禁不住露出了惊诧神色,"你还有另一位乘客吗?"

"怎么,你还不知道?"船长大声说,"这儿的这位医生——他自称齐灵渥斯——打算同你一道尝尝我那船上饭菜的滋味呢,唉,唉,你准已经知道了;因为他告诉我,他是你们的一伙,还是你提到的那位先生的密友呢——你不是说那位先生正受着这些讨厌的老清教徒统治者的迫害嘛!"

"的确,他们彼此很了解。"海丝特神色平静地回答说,尽管内心十分惊愕,"他们已经在一起住了好久了。"

船长和海丝特·白兰没有再说什么。但就在此时,她注意到老罗杰·齐灵渥斯本人,正站在市场远远的角落里,朝她微笑着,那副笑容越过宽阔熙攘的广场,穿透一切欢声笑语以及人群中的一切念头、情绪和兴趣,传达着诡秘而可怕的含义。

第二十二章 游　行

　　海丝特·白兰还没来得及集中她的思路，考虑采取什么切实的措施来应付这刚刚出现的惊人局面，已经从毗邻的街道上传来了越来越近的军乐声。这表示官民们的游行队伍正在朝着议事厅前进；按照早已确立并一直遵照执行的规矩，丁梅斯代尔牧师先生将在那里进行庆祝选举的布道。

　　不久就可看到游行队伍的排头，缓慢而庄严地前进着，转过街角，朝市场走来。走在最前面的军乐队，由各式各样的乐器组成，或许彼此之间不很和谐，而且演奏技巧也不高明；然而那军鼓和铜号的合奏对于大众来说，却达到了要在他们眼前通过的人生景象上增添更加崇高和英雄的气氛这一伟大目标。小珠儿起初拍着手掌，但后来却忽而失去了整个上午她始终处于的那种兴奋不安的情绪；她默不作声地注视着，似乎像一只盘旋的海鸟在汹涌澎湃的声涛中扶摇直上。但在乐队之后接踵而来、充当队伍光荣的前卫的军人们，他们那在阳光下闪闪发光的明亮的甲胄和武器，又使她回到了原来的心情之中。这个士兵组成的方阵，里面没有一个是雇佣兵，因此仍然保持着一个整体而存在，他们从拥有古老而荣誉的声名的过去的岁月中齐步走来。队列中有不少绅士，他们体会到尚武精神的冲动，谋求建立一种军事学院，以便在那里像在"圣堂骑士"那种社团那样，学习军事科学，至少能在和平时期学会演习战争。这支队伍中人人趾高气扬，从中可以看出当年对军人是多么尊崇。其中有些人也确实由于在低地国家①服役和在其它战场上作战，而赢得了军人的头衔和高傲。何况，他们周身裹着锃亮的铠甲，耀眼的钢盔上还晃动着羽毛，那种辉煌气概，实非如今的阅兵所能

---

① 指荷兰、比利时和卢森堡。

媲美。

而紧随卫队而来的文职官员们，却更值得有头脑的旁观者瞩目。单从举止外貌来说，那种庄严神气，就使那群高视阔步的武夫们即使没有显得怪模怪样，也是俗不可耐了。那个时代，我们所说的天才远没有今天这样备受重视，但形成坚定与尊严的人格的多方面的因素却要大受青睐。人们通过世袭权而拥有的受人尊敬的缘由，在其后裔身上，即使仍能侥幸存在，其比例也要小得多，而且由于官员需要公选和评估，他们的势力也要大大减少。这一变化也许是好事，也许是坏事，也许好坏兼而有之。在那旧时的岁月，移民到这片荒滩上的英国定居者，虽然已经把王公贵族以及种种令人生畏的显要抛在脑后，但内心中仍有很强的敬畏的本能和需要，便将此加诸老者的苍苍白发和年迈的额头，加诸久经考验的诚笃，加诸坚实的智慧和悲哀色彩的经历，加诸那种庄重的制度中的才能——那种制度来自"体面"的一般涵义并提供永恒的概念。因此，早年被人们推举而当政的政治家——勃莱斯特里特、恩狄柯特、杜德莱、贝灵汉以及他们的同辈，似乎并非十分英明，但却具备远胜睿智行动的老练沉稳。他们坚定而自信，在困难和危险的时刻，为了国家利益挺身而出，犹如一面危崖迎击拍岸的怒涛。这里提及的性格特点，充分体现在这些新殖民地执政官们的四方脸庞和大块头体格上。就这些生就的当权者的举止而论，这些实行民主的先驱们，即使被接受为贵族院的成员，或委以枢密院顾问之要职，也无愧于他们的英格兰祖国的。

跟在官员们后面依次而来的，是那位声名显赫的青年牧师，人们正期待着从他嘴里听到庆祝日的宗教演说。在那个时代，他从事的职业所显示出的智能要远比从政生涯为多，撇开更高尚的动机不谈，这种职业在引起居民们近乎崇拜的这一点上，就具有极强的诱惑力，足以吸引最有抱负的人侧身其间。甚至连政权都会落在一个成功牧师的掌握之中，英克利斯·马瑟[①]就是一例。

---

① 英克利斯·马瑟(1639—1723)，北美殖民地教士和神学家，曾出任哈佛学院院长，在萨莱姆驱巫案审讯中起过重要作用。

此时,那些殷殷望着他的人注意到,自从丁梅斯代尔先生初次踏上新英格兰海岸以来,他还从来没有显示过这样充沛的精力,人们看到他精神抖擞地健步走在队伍之中。他的步履不像平时那样虚弱,他的躯干不再弯曲,他的手也没有病态地捂在心口。然而,如果没有看错的话,牧师的力量似乎并不在身体上,倒是在精神上,而且是由天使通过宗教仪式赋予他的。那力量可能是潜在热情的兴奋表现,是从长期不断的诚挚思想的熔炉中蒸馏出来的。或者,也许是,他的敏感的气质受到了那向天升腾并把他托着飞升的响亮而尖利的音乐的鼓舞。然而,他的目光是那么茫然,人们不禁纳闷,丁梅斯代尔先生到底听没听见那音乐。只见他的躯体正在以一种不同寻常的力量向前移动,但他的心灵何在呢?他的心灵正深深地蕴藏在自己的领域,忙不迭地进行着超自然的活动,以便安排那不久就要源源讲出的一系列庄严的思想,因此,他对于周围的一切全都视而不见,听而不闻,也毫不知晓;但这精神的因素正提携着那虚弱的躯体向前行进,不但毫不感到它的重量,而且将它变成像自身一样的精神。拥有非凡的智力而且已经疾病缠身的人,通过巨大努力而获得的这种偶然的能力,能够把许多天凝聚于一时,而随后的那么多天却变得没有生命力了。

不错眼神地紧盯着牧师的海丝特·白兰,感到一种阴沉的势力渗透她的全身,至于这种势力出于什么原因和从何而来,她却无从知晓;她只觉得他离她自己的天地十分遥远,已经全然不可及了。她曾经想象过,他俩之间需要交换一次彼此心照的眼色。她回忆起那阴暗的树林,那孤寂的山谷,那爱情,那极度的悲痛,那长满青苔的树干,他们携手并坐,将他们哀伤而热情的谈话交融在小溪的忧郁的低语之中。当时,他俩是多么息息相通啊!眼前的这个人就是他吗?她此时简直难以辨认他了!他在低沉的乐声中,随着那些威严而可敬的神父们,高傲地走了过去,他在尘世的地位已经如此高不可攀,而她此时所看到的他,正陷入超凡脱俗的高深莫测的思绪之中,益发可望而不可即了!她认为一切全都是一场梦幻,她虽然梦得如此真切,但在牧师和她本人之间不可能有任何真实的联系,她的精神随着这种念头而消沉了。而由于海丝特身上存在着那么多女性的东西,她简直难以原谅他——尤其是此时此刻,当他们面临的命运之神的沉重的脚步已经可以听得见是越走越近的时候!——因为他居然能够从他俩的共同世界中一干二净地抽身出去,却把她留在黑暗中摸索,虽伸出她冰冷的双手,却遍寻他而不得见。

珠儿对她母亲的感情或者是看出了,或者是感应到了,要不就是她自己也觉得牧师已经笼罩在遥不可及之中了。当游行队伍走过时,珠儿就像一只跃跃欲飞的鸟儿一般不安地跳起又落下。队伍全部过完之后,她抬头盯着海丝特的面孔。

"妈妈,"她说,"他就是那个在小溪边亲吻过我的牧师吗?"

"别出声,亲爱的小珠儿!"她母亲悄悄说,"我们在市场这儿可不准谈起我们在树林里遇到的事。"

"我弄不准那是不是他;他刚才的样子真怪极了,"孩子接着说,"要不我就朝他跑过去,当着所有人的面要他亲我了——就像他在那片黑黑的老树林子里那样。牧师会说些什么呢,妈妈?他会不会用手捂着心口,对我瞪起眼睛,要我走开呢?"

"他能说些什么呢,珠儿?"海丝特回答说,"他只能说,这不是亲你的时候,而且也不能在市场上亲你。总算还好,傻孩子,你没跟他讲话!"

对于丁梅斯代尔牧师,还有一个人也表达了同样的感觉,那人居然荒唐——或者我们应该说成是疯狂——到干出镇上绝少有人做得出的事情:在大庭广众之中与红字的佩带者讲起话来。那个人就是西宾斯太太。她套着三层皱领,罩着绣花胸衣,穿着华丽的绒袍,还握着根金头手杖,打扮得富丽堂皇地出来看游行。在当年巫术风行一时之际,这位老太婆因在其中担任主角而颇有名气(后来竟为此付出了生命作代价);人们纷纷趋避,仿佛唯恐碰上她的衣袍,就像是那华丽的褶襞中夹带着瘟疫似的。虽说目前已有好多人对海丝特·白兰怀有好感,但人们看到西宾斯太太和她站到一起,由那老太婆引起的恐惧更增加了一倍,于是便从她俩站立的地方纷纷后撤。

"瞧啊,这些凡夫俗子是绝对想象不出的!"那老太婆对海丝特耳语着悄悄话,"瞧那神圣的人!人们都把他看作世间的圣者,而且连我都得说,他的样子真像极了!眼睁睁看着他在游行队伍中走过的人们,谁会想得到,就在不久之前,他还走出他的书斋,——我担保,他嘴里还念念有词地诵着希伯来文的《圣经》,——到森林中去逍遥呢!啊哈!我们清楚那意味着什么,海丝特·白兰!不过,说老实话,我简直不敢相信他就是那同一个人呢。我看见这么多教堂里的人跟在乐队后面游行,他们都曾随着我踏着同样的舞步,由某个人物演奏着提琴,或许,还有一个印第安人的祭司或拉普兰人①的法师同我们牵着手呢!只要一个女人看透了这个世界,这原本是小事一桩。但这个人可是牧师啊!海丝特,你说得准他是不是在林间小路上和你相遇的那同一个人呢?"

"夫人,我实在不明白你讲的话。"海丝特·白兰觉得西宾斯太太有点老糊涂了,就这么回答说;然而,听老太婆说这么多人(包括她本人在内)和那个邪恶的家伙发生了个人联系,她异常吃惊并且吓得要命。"我可没资格随便乱谈像丁梅斯代尔牧师先生那样有学问又虔信《圣经》的牧师!"

"呸,女人,呸!"那老太婆向海丝特摇着一个指头喊道,"你以为我到过那树林里那么多次,居然还没本领判断还有谁去过那儿吗?我当然有;虽说他们在跳舞时戴的野花环没有在他们的头发上留下叶子!我可认识你,海丝特,因为我看见了那个标记。我们在光天化日之下全都可以看见它,而在黑暗中,它像红色火焰一样闪光。你是公开戴着它的,因此绝不会弄错。可是这位牧师!听我在你耳根上告诉你吧!当那个黑男人看见一个他的签过名、盖了章的仆人,像丁梅斯代尔先生那样羞怯地不敢承认有这么个盟约时,他便有一套办法,把那标记在大庭广众之中暴露在世人面前。牧师总用手捂着心口,他想掩藏什么呢?哈,海丝特·白兰!"

"到底是什么啊,好西宾斯太太?"小珠儿急切地问着,"你见过吗?"

"别去管这个吧,乖孩子!"西宾斯太太对珠儿毕恭毕敬地说,"总有一天,你自己会看到的。孩子,他们都说你是'空中王子'的后代呢!

---

① 居住在斯堪的纳维亚半岛和科拉半岛北部的拉普人。

你愿意在一个晚上和我一起驾云上天去看你父亲吗?到那时你就会明白,牧师总把手捂在心口上的原因了!"

那怪模怪样的老夫人尖声大笑着走开了,惹得全市场的人都听到了。

此时,议事厅中已经做完场前祈祷,可以听到丁梅斯代尔牧师先生开始布道的声音了。一种不可抑制的情感促使海丝特向近处靠去。由于神圣的大厦中挤得人山人海,再也无法容纳新的听讲人,她只好在紧靠刑台的地方占了个位置。这地方足以听到全部说教,虽说不很响亮,但牧师那富有特色的声音像是流水的低吟,缓缓送入她的耳鼓。

那发音器官本身就是一种圆润的天赋;对一个听讲人来说,哪怕全然不懂牧师布道的语言,仍然可以随着那声腔的抑扬顿挫而心往神驰。那声音如同一切音乐一般,传达着热情与悲怆,传达着高昂或温柔的激动,不管你在何地受的教育,听起来内心都会感到亲切熟悉。那声音虽因穿过教堂的重重墙壁而显得低沉,但海丝特·白兰听得十分专注,产生了息息相通的共鸣,那布道对她有着一种与其难以分辨的词句全然无关的完整的含义。这些话如果听得分明些,或许只是一种粗俗的媒介,反倒影响了其精神意义。如今她聆听着那低低的音调,犹如大风缓吹,逐渐平息一般;然后,她又随着那步步上升的甜美和力量飞腾,直到那音量似乎用敬畏和庄严的宏伟氛围将她包裹起来。然而,尽管那声音有时变得很威严,但其中始终有一种娓娓动听的本色。那听起来时而如低语,时而如高叫的忽低忽高地表达出来的极度痛苦和受难的人生,触动着每个人心扉的感受!那低沉而悲怆的旋律时时成为你所能听到的全部声音,隐约地在凄凉的沉默之中哀叹。但是甚至当牧师的声音变得高亢而威严,当他的声音不可遏止地直冲云霄,当他的声音达到了最为宽厚有力的音量,以致要充斥整个教堂,甚至要破壁而出,弥漫到户外的空气之中的时候,如果一个听讲人洗耳恭听,他仍然会由此而得以清晰地分辨出同样的痛苦的呼号。那是什么呢?那是一颗人心的哀怨,悲痛地或许是负疚地向人类的伟大胸怀诉说着深藏的秘密,不管是罪孽还是悲伤;它无时无刻不在通过每一个音素祈求着同情或谅解,而且从来都不是徒劳无益的!牧师正是靠了这种深邃而持续的低沉语调而获得了恰到好处的力量。

在整个这段时间,海丝特都如泥塑木雕般地僵立在刑台脚下。如果不是牧师的声音把她吸引在那里的话,就必然还有一个不可或缺的磁力让她离不开这块她经受了耻辱生活第一个小时的地方。她内心有一种感觉,虽说难于明晰地表现为一种思想,但却沉重地压在她心头,那就是,她的全部生活轨道,无论过去还是未来,都和这地方密不可分,似乎是由这一点才把她的生活连成一体。

与此同时,小珠儿早已离开了她母亲的身边,随心所欲地在市场里到处玩耍。她以自己的闪烁不定的光辉,使忧郁的人群欢快起来,就像是一只长着光彩夺目的羽毛的鸟儿跳来跳去,在幽暗的叶簇中时隐时现,把一棵树的枝枝叶叶全都照亮了。她行踪飘忽,时常会做出突然而意外的动作。这表明了她那永不止歇的精神活力,而今天,由于受到她母亲不平静的心情的拨弄和挑动,她那足尖舞跳得益发不知疲倦。珠儿只要看到有什么激励她的永远活跃的好奇心,就会飞到那儿,只要她愿意,我们可以说,她会把那个人或物当作自己的财产一般抓到手里;而绝不因此而稍稍控制一下自己的行动。那些看着她的清教徒们,只见到那小小的躯体发射着难以言状的美丽和古怪的魅力,并且随着她的动作而闪着光芒,他们即使笑容满面,依然不得不把这孩子说成是妖魔的后裔。她跑去紧盯着野蛮的印第安人的面孔;那人便意识到一种比他自己还要狂野的天性。然后,她出于天生的放肆,但仍然带着特有的冷漠,又飞进了那伙水手中间,这些黑脸膛的汉子犹如陆地上的印第安人一样,是海上的野蛮人,他们惊羡地瞅着珠儿,似乎她是变成小姑娘模样的海水的泡沫,被赋予了海中发光生物的灵魂,于夜晚在船下闪烁。

这些水手当中有一个人就是同海丝特·白兰谈过话的那位船长,他被珠儿的容貌深深吸引,试图把一双手放在她头上,并且打算亲亲她。但他发现要想碰到她简直像抓住空中飞鸣而过的鸟儿一样根本不可能,于是就从他的帽子上取下缠在上边的金链,扔给了那孩子。珠儿立刻用巧妙的手法把金链绕在颈上和腰间,使人看上去觉得那金链本来就是她的一部分，难以想象她怎么能够没有它。

"你妈妈就是那边那个戴红字的女人吗？"那船长说，"你替我给她捎个口信好吗？"

"要是那口信讨我喜欢，我就捎。"珠儿回答说。

"那就告诉她。"他接着说，"我又跟那个黑脸、驼背的老医生谈了，他保证要带他的朋友，也就是你妈妈认识的那位先生，随他上船。所以嘛，你妈妈除去她和你，就不必操别的心了。你把这话告诉她好吗，你这小妖精？"

"西宾斯太太说，我爸爸是'空中王子'！"珠儿带着调皮的微笑大声说，"要是你叫我这么难听的名字，我就跟他告你的状，他就会用暴风雨追你的船！"

孩子沿着一条弯弯曲曲的路线穿过市场，回到她母亲身边，把船长的话转告给她。海丝特那种坚强、镇定、持久不变的精神，在终于看到那不可避免的命运的阴森面目之后，几乎垮了；就在牧师和她自己挣出悲惨的迷宫，眼前似乎有一条通路向他们敞开的时候，这副带着无情微笑的阴森面孔却出现在他们通路的中间。

船长的这一通知将她投入了可怕的困惑之中，折磨得她心烦意乱，可这时她还要面对另一个考验。市场上有许多从附近乡下来的人，他们时常听人谈起红字，而且由于数以百计的虚构和夸张的谣传，红字对他们已经骇人听闻，但他们谁也没有亲眼目睹过。这伙人在看腻了诸色开心事之后，此时已粗鲁无礼地围在海丝特·白兰的身边。然而，他们尽管毫无顾忌地挤过来，却只停在数步之遥的圈子以外。他们就这样站在那个距离处，被那神秘的符号所激起的反感离心力钉住了。那帮水手们也注意到了人群拥到了一处，并且弄明白了红字的涵义，便也凑近来，把让太阳晒得黑黑的亡命徒的面孔伸进了圈子。连那些印第安人都受到了白人的好奇心的无声的影响，也眯起他们那蛇一般的黑眼睛，把目光穿过人群，斜睨着海丝特的胸前；他们或许以为佩带这个光彩动人的丝绣徽记的人准是她那一伙人中德高望重的人士。最后，镇上的居民们（他们自己对这个陈旧的题目的兴趣，由于看到了别人的反应，也无精打采地恢复了）也慢吞吞地挪到这一角落，用他们那冰冷而惯见的目光凝视着海丝特·白兰的熟悉的耻辱标记,这或许比别人对她折磨尤甚。海丝特看见并认出了七年前等着她走出狱门的那伙人的同一副女监督式的面孔;其中只缺少一人,就是她们当中最年轻又是唯一有同情心的姑娘,海丝特后来给她做了葬服。就在她即将甩掉那灼人的字母之前的最后时刻,它居然莫名其妙地成为更令人瞩目和激动的中心,因而也使她自从第一天佩带它以来,此时最为痛苦地感到它在烫烧着她的胸膛。

就在海丝特站在那耻辱的魔圈中,似乎被对她作出的狡诈而残忍的判决永远钉住了的时候,那位令人赞美的牧师正在从那神圣的祭坛上俯视他的听众,他们最内在的精神已经完全被他攫住了。那位教堂中神圣的牧师!那位市场中佩带红字的女人!谁能够竟然大不敬到猜想出,他俩身上会有着同样的灼热的耻辱烙印呢!

第二十三章　红字的显露

犹如汹涌的海涛般载着听众的灵魂高高升起的雄辩的话音，终于告一段落。那一刹那的静穆，如同宣告了神谕之后一般深沉。随后便是一阵窃窃私语和压低嗓门的喧哗；似乎听众从把他们带到另一种心境去的高级咒语中解脱出来，如今依然怀着全部惊惧的重荷重新苏醒了。过了一会儿，人群便开始从教堂的大门蜂拥而出。如今布道已经结束，他们步出被牧师化作火一般语言的、满载着他思想的香馥的气氛，需要换上另一种空气，才更适合支持他们的世俗生活。

来到户外，他们如醉如痴的狂喜迸发成语言。街道上、市场中，到处都翻腾着对牧师的谀美之词。他的听众滔滔不绝地彼此诉说着每个人所知道的一切，直到全都说尽听够为止。他们异口同声地断言，从来没有谁像他今天这样讲得如此睿智、如此崇高、如此神圣；也没有哪个凡人的口中能够像他这样吐出如此鲜明的启示。显而易见，那启示的力量降临到了他身上，左右着他，不断地把他从面前的讲稿上提高，并以一些对他本人和对听众都妙不可言的观念充实着他。他所讲的主题音乐是上帝与人类社会的关系，尤指他们在这里垦荒播种的新英格兰。当他的布道接近结尾的时候，似是预言的一种精神降临在他身上，如同当年支配着以色列的老预言家一样强有力地迫使他就范；唯一不同的是，犹太人预言家当年宣告的是他们国内的天罚和灭亡，而他的使命则是预示新近在这里集结起来的上帝的臣民们的崇高而光荣的命运。但是，贯穿布道词始终的，一直有某种低沉、哀伤的悲调，使人们只能将其解释为一个即将告别人世的人的自然忏悔。是啊，他们如此爱戴，也如此热爱他们的牧师不能不叹息一声就离开他们飞向天国啊！他们的牧师已经预感到那不合时宜的死亡的降临，很快就要在他们的哭声中离他们而去了！想到牧师弥留世上的时间已经不长，他那番布道词所产生的效果就更增加了最终强调的力量；如同一个天使在飞往天国的途中在人们的头上扇动了一下明亮的翅膀，随着一片阴影和一束光彩，向他们洒下了一阵黄金般的真理。

于是，丁梅斯代尔牧师先生来到了他一生中空前绝后的最辉煌也是最充满胜利的时期，许多人在他们不同的领域里也曾有过这样的时期，只是经过好久以后他们往往才意识到。此时，他是站在最骄傲的卓越地位之上，在早期的新英格兰，牧师这一职业本身已然是一座高高的础座，而一个牧师要想达到他如今那种高度，还有赖于智慧的天赋、丰富的学识、超凡的口才和最无瑕的圣洁的名声。当我们的这位牧师结束了他在庆祝选举日的布道，在讲坛的靠垫上向前垂着头时，所处的正是这样一个高位。与此同时，海丝特·白兰却站在刑台的旁边，胸前依然灼烧着红字！

这时又听到了铿锵的音乐和卫队的整齐的步伐声从教堂门口传出。游行队伍将从那里走到镇议事厅，以厅中的一个庄严的宴会来结束这一天的庆典。

于是，人们又一次看到，由令人肃然起敬的威风凛凛的人士组成的队伍走在宽宽的通道上，夹道观看的群众在总督和官员们、贤明的长者、神圣的牧师以及一切德高望重的人们走过他们身边时，纷纷敬畏地向后退避。这支队伍出现在市场时，人群中迸发出一阵欢呼，向他们致意。这种欢呼无疑额外增加了声势，表明了当年人们对其统治者孩提式的忠诚，但也让人感到，仍在听众耳际回荡的高度紧张的雄辩布道所激起的热情借此而不可遏止地爆发。每一个人不但自身感到了这种冲动，而且也从旁边的人身上感受到了程度相当的冲动。在教堂里的时候，这种冲动已经难以遏制；如今到了露天，便扶摇直冲云霄。这里有足够多的人，也有足够高的激昂交汇的情感，可以发出比狂风的呼啸、闪电的雷鸣或大海的咆哮更为震撼人心的声响；众心结成一心，形成一致的冲动，众声融成一声，发出巨大的浪涛声。在新英格兰的土壤中还从未迸发出这样响彻云霄的欢呼！在新英格兰的土地上还从未站立过一个人像这位布道师那样受到他的人间兄弟的如此尊崇！

那么他本人又如何呢？他头上的空中不是有光环在光芒四射吗？

他既然被神灵感化得如此空灵，为崇拜者奉若神明，他那在队伍中移动着的脚步，当真是踏在尘埃之上吗？

　　军人和文官的队伍向前行进的时候，所有的目光全都投向牧师在大队中慢慢走来的方向。随着人群中一部分又一部分的人瞥见了他的身影，欢呼声渐渐平息为一种喃喃声。他在大获全胜之际，看起来是多么虚弱和苍白啊！他的精力——或者毋宁说，那个支撑着他传达完神圣的福音并由上天借此赋予他该福音本身的力量的神启——在他忠诚地恪尽厥职之后，已经被撤回去了。人们刚才看到的在他面颊上烧灼的红光已经黯淡，犹如在余烬中无可奈何地熄灭的火焰。他脸色那样死灰，实在不像一个活人的面孔；他那样无精打采地踉跄着，实在不像一个体内尚有生命的人；然而他还在跌跌撞撞地前进着，居然没有倒下！

　　他的一位担任教职的兄弟，就是年长的约翰·威尔逊，观察到了丁梅斯代尔先生在智慧和敏感退潮之后陷入的状态，慌忙迈步上前来搀扶他。而丁梅斯代尔牧师却哆里哆嗦地断然推开了那老人的胳臂。他还继续朝前"走"着——如果我们还把那种动作说成是"走"的话，其实更像一个婴儿看到了母亲在前面伸出双手来鼓励自己前进时那种摇摇晃晃的学步。此时，牧师已经茫茫然，不知移步迈向何方，他来到了记忆犹新的那座因风吹日晒雨淋而发黑的刑台对面，在相隔许多凄风苦雨的岁月之前，海丝特·白兰曾经在那上面遭到世人轻辱的白眼。现在海丝特就站在那儿，手中领着小珠儿！而红字就在她胸前！牧师走到这里停下了脚步，然而，音乐依然庄严地演奏着，队伍合着欢快的进行曲继续向前移动。乐声召唤他向前进，乐声召唤他去赴宴！但是他却停了下来。

　　贝灵汉在这几分钟里始终焦虑地注视着他。此时贝灵汉离开了队伍中自己的位置，走上前来帮助他，因为从丁梅斯代尔先生的面容来判断，不去扶他一把就一定会摔倒的。但是，牧师的表情中有一种推拒之意，令这位达官不敢上前，尽管他并不是那种乐于听命于人与人之间心照不宣的隐约暗示的人。与此同时，人群则怀着惊惧参半的心情观望着。在他们看来，这种肉体的衰竭只不过是牧师的神力的另一种表现；

设若像他这样神圣的人,就在众人眼前飞升,渐暗又渐明,最终消失在天国的光辉中,也不会被视为难以企及的奇迹。

他转向刑台,向前伸出双臂。

"海丝特,"他说,"过来呀!来,我的小珠儿!"

他盯着她们的眼神十分可怖;但其中马上就映出温柔和奇异的胜利的成分。那孩子,以她特有的鸟儿一般的动作,朝他飞去,还搂住了他的双膝。海丝特·白兰似乎被必然的命运所推动,但又违背她的坚强意志,也缓缓向前,只是在她够不到他的地方就站住了。就在此刻,老罗杰·齐灵渥斯从人群中脱颖而出——由于他的脸色十分阴暗、十分慌乱、十分邪恶,或许可以说他是从地狱的什么地方钻出来的——想要抓住他的牺牲品,以免他会做出什么举动!无论如何吧,反正那老人冲到前面,一把抓住了牧师的胳臂。

"疯子,稳住!你要干什么?"他小声说,"挥开那女人!甩开这孩子!一切都会好的!不要玷污你的名声,不光彩地毁掉自己!我还能拯救你!你愿意给你神圣的职业蒙受耻辱吗?"

"哈,诱惑者啊!我认为你来得太迟了!"牧师畏惧而坚定地对着他的目光,回答说,"你的权力如今已不像以前了!有了上帝的帮助,我现在要逃脱你的羁绊了!"

他又一次向戴红字的女人伸出了手。

"海丝特·白兰,"他以令人撕心裂肺的真诚呼叫道,"上帝啊,他是那样的可畏,又是那样的仁慈,在这最后的时刻,他已恩准我——为了我自己沉重的罪孽和悲惨的痛楚——来做七年前我规避的事情,现在过来吧,把你的力量缠绕到我身上吧!你的力量,海丝特;但要让那力量遵从上帝赐予我的意愿的指导!这个遭受委屈的不幸的老人正在竭力反对此事!竭尽他自己的,以及魔鬼的全力!来吧,海丝特,来吧!扶我登上这座刑台吧!"

人群哗然,骚动起来。那些紧靠在牧师身边站着的有地位和身份的人万分震惊,对他们目睹的这一切实在不解:既不能接受那显而易见的解释,又想不出别的什么涵义,只好保持沉默,静观上天似乎就要进行的裁决。他们眼睁睁地瞅着牧师靠在海丝特的肩上,由她用臂膀搀扶着走近刑台，跨上台阶；而那个由罪孽而诞生的孩子的小手还在他的手中紧握着。老罗杰·齐灵渥斯紧随在后，像是与这出他们几人一齐参加演出的罪恶和悲伤的戏剧密不可分，因此也就责无旁贷地在闭幕前亮了相。

"即使你寻遍全世界，"他阴沉地望着牧师说，"除去这座刑台，再也没有一个地方更秘密——高处也罢，低处也罢，使你能够逃脱我了！"

"感谢上帝指引我来到了这里！"牧师回答说。

然而他却颤抖着，转向海丝特，眼睛中流露着疑虑的神色，嘴角上也同样明显地带着一丝无力的微笑。

"这样做，"他咕哝着说，"比起我们在树林中所梦想的，不是更好吗？"

"我不知道！我不知道！"她匆匆回答说，"是更好吗？是吧；这样我们就可以一起死去，还有小珠儿陪着我们！"

"至于你和珠儿，听凭上帝的旨意吧，"牧师说，"而上帝是仁慈的！上帝已经在我眼前表明了他的意愿，我现在就照着去做。海丝特，我已经是个垂死的人了。那就让我赶紧承担起我的耻辱吧！"

丁梅斯代尔牧师先生一边由海丝特·白兰撑持着，一边握着小珠儿的手，转向那些年高望重的统治者；转向他的那些神圣的牧师兄弟；转向在场的黎民百姓——他们的伟大胸怀已经给彻底惊呆了，但仍然泛滥着饱含泪水的同情，因为他们明白，某种深邃的人生问题——即使充满了罪孽，也同样充满了极度的痛苦与悔恨——即将展现在他们眼前。刚刚越过中天的太阳正照着牧师，将他的轮廓分明地勾勒出来，此时他正高高伫立在大地之上，在上帝的法庭的被告栏前，申诉着他的罪过。

"新英格兰的人们！"他的声音高昂、庄严而雄浑，一直越过他们的头顶，但其中始终夹杂着颤抖，有时甚至是尖叫，因为那声音是从痛苦与悔恨的无底深渊中挣扎出来的，"你们这些热爱我的人！——你们这些敬我如神的人！——向这儿看，看看我这个世上的罪人吧！终于！——终于！——我站到了七年之前我就该站立的地方；这儿，是她这个女人,在这可怕的时刻,以她的无力的臂膀,却支撑着我爬上这里,搀扶着我不致扑面跌倒在地!看看吧,海丝特佩戴着的红字!你们一直避之犹恐不及!无论她走到哪里,——无论她肩负多么悲惨的重荷,无论她可能多么巴望能得到安静的休息,这红字总向她周围发散出使人畏惧、令人深恶痛绝的幽光。但是就在你们中间,却站着一个人,他的罪孽和耻辱并不为你们所回避!"

牧师讲到这里,仿佛要留下他的其余的秘密不再揭示了。但他击退了身体的无力,尤其是妄图控制他的内心的软弱。他甩掉了一切支持,激昂地向前迈了一步,站到了那母女二人之前。

"那烙印就在他身上!"他激烈地继续说着,他是下定了决心要把一切全盘托出了,"上帝的眼睛在注视着它!天使们一直都在指点着它!魔鬼也知道得一清二楚,不时用他那燃烧的手指的触碰来折磨它!但是他却在人们面前狡猾地遮掩着它,神采奕奕地走在你们中间;其实他很悲哀,因为在这个罪孽的世界上人们竟把他看得如此纯洁!——他也很伤心,因为他思念他在天国里的亲属!如今,在他濒死之际,他挺身站在你们面前!他要求你们再看一眼海丝特的红字!他告诉你们,她的红字虽然神秘而可怕,只不过是他胸前所戴的红字的影像而已,而即使他本人的这个红色的耻辱烙印,仍不过是他内心烙印的表象罢了!站在这里的人们,有谁要怀疑上帝对一个罪人的制裁吗?看吧!看看这一个骇人的证据吧!"

他哆哆嗦嗦地猛地扯开法衣前襟的饰带。露出来了!但是要描述这次揭示实在是大不敬。刹那间,惊慌失措的人们的凝视的目光一下子聚集到那可怖的奇迹之上;此时,牧师却面带胜利的红光站在那里,就像一个人在备受煎熬的千钧一发之际却赢得了胜利。随后,他就瘫倒在刑台上了!海丝特撑起他的上半身,让他的头靠在自己的胸前。老罗杰·齐灵渥斯跪在他身旁,表情呆滞,似乎已经失去了生命。

"你总算逃过了我!"他一再地重复说,"你总算逃过了我!"

"愿上帝饶恕你吧!"牧师说,"你,同样是罪孽深重的!"

他从那老人的身上取回了失神的目光,紧紧盯着那女人和孩子。

"我的小珠儿,"他有气无力地说——他的脸上泛起甜蜜而温柔的微笑,似是即将沉沉酣睡;甚至,由于卸掉了重荷,他似乎还要和孩子欢蹦乱跳一阵呢——"亲爱的小珠儿,你现在愿意亲亲我吗?那天在那树林里你不肯亲我!可你现在愿意了吧?"

珠儿吻了他的嘴唇。一个符咒给解除了。连她自己都担任了角色的这一伟大的悲剧场面,激起了这狂野的小孩子全部的同情心;当她的泪水滴在她父亲的面颊上时,那泪水如同在发誓:她将在人类的忧喜之中长大成人,她绝不与这世界争斗,而要在这世上做一个妇人。珠儿作为痛苦使者的角色,对她母亲来说,也彻底完成了。

"海丝特,"牧师说,"别了!"

"我们难道不能再相会了吗?"她俯下身去,把脸靠近他的脸,悄声说,"我们难道不能在一起度过我们永恒的生命吗?确确实实,我们已经用这一切悲苦彼此赎救了!你用你那双明亮的垂死的眼睛遥望着永恒!那就告诉我,你都看见了什么?"

"别做声,海丝特,别做声!"他神情肃穆,声音颤抖地说,"法律,我们破坏了!这里的罪孽,如此可怕地揭示了!——你就只想着这些好了!我怕!我怕啊!或许是,我们曾一度忘却了我们的上帝,我们曾一度互相冒犯了各自灵魂的尊严,因此,我们希望今后能够重逢,在永恒和纯洁中结为一体,恐怕是徒劳的了。上帝洞察一切;而且仁慈无边!他已经在我所受的折磨中,最充分地证明了他的仁慈。他让我忍受这胸前灼烧的痛楚!他派遣那边那个阴森可怖的老人来,使那痛楚一直火烧火燎!他把我带到这里,让我在众人面前,死在胜利的耻辱之中!若是这些极度痛苦缺少了一个,我就要永世沉沦了!赞颂他的圣名吧!完成他的意旨吧!别了!"

随着这最后一句话出口,牧师吐出了最后一口气。到此时始终保持静默的人们,迸出了奇异而低沉的惊惧之声,他们实在还找不出言辞,只是用这种沉沉滚动的声响,伴送着那辞世的灵魂。

第二十四章　尾　声

　　过了许多天，人们总算有了充分的时间来调整有关那件事的看法，于是对于他们所看到的刑台上的情景就有了多种说法。

　　许多在场的人断言，他们在那个不幸的牧师的胸前看到了一个嵌在肉里的**红字**，与海丝特·白兰所佩带的十分相似。至于其来源，则有着种种解释，当然都是些臆测。一些人一口咬定，丁梅斯代尔牧师先生自从海丝特·白兰戴上那耻辱的徽记的第一天开始，就进行他的苦修，随后一直用各色各样的劳而无功的方法，对自己施加骇人的折磨。另一些人则争论说，那烙印是经过很长时间之后，由那个有法力的巫师老罗杰·齐灵渥斯，靠着魔法和毒剂的力量，才把它显示出来的。还有一些人是最能理解牧师的特殊的敏感和他的精神对肉体的奇妙作用的，他们悄悄提出看法，认为那可怕的象征是悔恨的牙齿从内心向外不停地咬啮的结果，最后才由这个有形的字母宣告了上天的可怕的裁决。读者可以从这几种说法中自行选择。关于这件怪事，我们所能掌握的情况已经全都披露了，既然这一任务已经完成，而长时间的思考已在我们的头脑中印下了并非我们所愿的清晰印象，我们倒很高兴把这深深的印记抹掉。

　　不过，也有一些从头至尾都在场的人持有异议，他们声明，他们的眼睛始终没离开过丁梅斯代尔牧师先生，但他们否认曾经在他胸脯上看到有任何标记，那上面和新生婴儿的胸脯一样光洁。据他们讲，他的临终致辞，既没有承认，也没有丝毫暗示，他同海丝特·白兰长期以来戴着的红字所代表的罪过有过些微的牵连。按照这些极其值得尊敬的证人的说法，牧师意识到自己行将辞世，也意识到了众人已经把他尊崇到圣者和天使中间，于是便希望能在那堕落的女人的怀抱中咽气，以便向世界表明，一个人类的精英的正直是多么微不足道。他在竭力为人类的精神的美好耗尽了生命之后,又以他自己死的方式作为一种教谕,用这个悲恸有力的教训使他的崇拜者深信:在无比纯洁的上帝的心目中,我们都是相差无几的罪人。他要教育他们:我们当中最神圣的人无非比别人高得能够更清楚地分辨俯视下界的仁慈的上帝,能够更彻底地否定一般人翘首企望的人类功绩的幻影。对这样一个事关重大的真理,我们毋庸争辩,不过,应该允许我们把有关丁梅斯代尔先生的故事的这种说法,仅仅看作是那种墨守忠诚的实例,证明一个人的朋友们——尤其是一个牧师的朋友们,即使在证据确凿得如同正午的阳光照在红字上一般,指明他是尘埃中一个虚伪和沾满罪恶的生物时,有时还要维护他的人格。

我们这篇故事所依据的权威性素材,是记载了许多人口述的一部古旧书稿①,其中有些人曾经认识海丝特·白兰,另一些人则从当时的目击者口中听说了这个故事,该书稿完全证实了前面诸页所取的观点。从那可怜的牧师的悲惨经历中,我们可以汲取许多教训,但我们只归结为一句话:"要真诚!要真诚!一定要真诚!即使不把你的最坏之处无所顾忌地显示给世人,至少也要流露某些迹象,让别人借以推断出你的最坏之处!"

最引人注目的是,丁梅斯代尔先生死后不久,在被叫作罗杰·齐灵渥斯的那老人容貌和举止上所发生的变化。他的全部体力和精力——他的全部活力和智力,像是立即抛弃了他;以致他明显地凋谢了,枯萎了,几乎如同拔出地面、给太阳晒蔫的野草一般从人们眼界中消失了。这个不快的人给自己的生活确立的准则是不断地按部就班地执行他的复仇计划;但是,当他取得了彻底的胜利和完满的结果,那一邪恶的准则再也没有物质来支撑的时候,简言之,当他在世上再也没有魔鬼给的任务可进行的时候,这个没有人性的人只有到他的主子那里去谋职并领取相应的报酬了。然而,对于所有这些阴影式的人物,只要是我们的熟人——不管是罗杰·齐灵渥斯,抑或是他的伙伴,我们还不得不显示点仁慈。一个值得探讨的、引人入胜的课题是:恨和爱,归根结底是不

---

① 参见本书《前言》。

是同一的东西。二者在发展到极端时,都必须是高度的密不可分和息息相通;二者都可以使一个人向对方谋求爱慕和精神生活的食粮;二者在完成其课题之后,都能够将自己热爱的人或痛恨的人同样置于孤寂凄凉的境地。因此,从哲学上看,这两种感情在本质上似乎是相同的,只不过一种刚好显现于神圣的天光中,而另一种则隐蔽在晦暗的幽光里。老医生和牧师这两个事实上相互成为牺牲品的人,在神灵的世界中,或许会不知不觉地发现他俩在尘世所贮藏的怨恨和厌恶变成了黄金般的热爱。

我们先把这一讨论撇在一旁,把一件正事通报给读者。不出一年,老罗杰·齐灵渥斯便死了;根据他的最后意愿和遗嘱——贝灵汉总督和威尔逊牧师先生是其执行人——,他把一笔数目可观的遗产,包括在此地和在英国的,都留给了海丝特·白兰的女儿,小珠儿。

于是,小珠儿——那个小精灵,那个直到那时人们还坚持认为是恶魔的后裔,就成了当年新大陆的最富有的继承人。自然,这种景况引起了公众评价的很实际的变化;如果母女俩留在当地,小珠儿在到达结婚年龄之后,很可能会把她那野性的血液,同那里最虔诚的清教徒的血统结合起来。但是,医生死后不久,红字的佩带者就消失了,而珠儿也跟她走了。多年之中,虽然不时有些模糊的传闻跨过大洋——犹如一块不成形的烂木头漂到岸上,上面只有姓氏的第一个字母,但从未接到过有关她们的可靠消息。红字的故事渐渐变成了传说。然而,它的符咒的效力依旧,使那可怜的牧师死在上面的刑台和海丝特·白兰居住过的海边茅屋都令人望而生畏。一天下午,有些孩子正在那茅屋的近旁玩耍,他们忽然看见一个身穿灰袍的高个子女人走进了屋门。那些年来,屋门从来没有打开过一次;不知是那女人开了锁,还是那腐朽了的木头和铁叶在她手里散落了,或是她像影子一般穿过这重重障碍,反正她是进了屋。

她在门限处停下了脚步,还侧转了身体,或许,只身一人走进以往过着提心吊胆生活、如今已经面目全非的家,连她都受不了那种阴森凄凉的劲头。但她只迟疑了片刻,不过人们还是来得及看到她胸前的红字。

海丝特·白兰又回来了,又拣起了久已抛弃的耻辱!可是小珠儿在哪里呢?如果她还活着,如今应该是个楚楚动人的少女了。谁也不知道,谁也没有得到十足确切的消息,那个小精灵般的孩子是不是早已过早地埋进了少女的坟墓,还是她那狂野而多彩的本性已经被软化和驯服,从而得以享受一个女人的温雅的幸福。不过,从海丝特后半世的生活来看,有迹象表明,这位佩带红字的幽居者是居住在另一片国度里的某个人热爱和关怀的对象。寄来的信件上印有纹章,不过那是英格兰家系上所没有记载的。在那间茅屋里,有一些奢侈的享受品,这些东西海丝特是从来不屑一用的,但这些东西只有富人才能买得起,只有对她充满感情的人才会想得到。还有一些小玩意儿,一些小小的饰物,以及一些表示持续的怀念的精美的纪念品,想必是一颗爱心冲动之时,用一双纤手制作的。有一次,人们看到海丝特在刺绣一件婴儿的袍服,那种华美的样式和奢侈的色彩,如果有哪个婴儿穿在身上在我们这晦暗的居民区中招摇,一定会引起轩然大波的。

总而言之,当年的那些爱讲闲话的人相信,一个世纪后对此作过调查的海关督察普先生相信,而最近接替他职务的一个人[1]益发忠实地相信,珠儿不但活在世上,而且结了婚,生活很幸福,一直惦记着她母亲,要是她孤凄的母亲能够给接到她家里,她将无比高兴。

但对海丝特·白兰来说,住在新英格兰这里,比起珠儿建立了家园的陌生的异乡,生活更加真实。这里有过她的罪孽,这里有过她的悲伤,这里也还会有她的忏悔。因此,她回来了,并且又戴上了使我们讲述了这篇如此阴暗故事的象征,此举完全出于她自己的自由意志,因为连那冷酷时代的最严厉的官员也不会强迫她了。从那以后,那红字就再也没离开过她的胸前。但是随着那构成海丝特生活的含辛茹苦、自我献身和对他人的体贴入微的岁月的流逝,那红字不再是引起世人嘲笑和毒骂的耻辱烙印,却变成了一种引人哀伤,令人望而生畏又起敬的标志。而由于海丝特·白兰毫无自私的目的,她的生活既非为自己谋私利又非贪图个人的欢愉,人们就把她视为饱经忧患的人,带着他们的

---

[1] 指作者本人。

所有的哀伤和困惑,来寻求她的忠告。尤其是妇女们,因为她们会不断经受感情的考验:受伤害、被滥用、遭委屈、被玩弄、入歧途、有罪过,或是因为不受重视和未被追求而无所寄托的心灵的忧郁的负担,而来到海丝特的茅屋,询问她们为什么这么凄苦,要如何才能得到解脱!海丝特则尽其所能安慰和指点她们。她还用她自己的坚定信仰使她们确信,到了更光明的时期,世界就会为此而成熟,也就是到了天国自己的时间,就会揭示一个新的真理,以便在双方幸福的更可靠的基础上建立起男女之间的全部关系。海丝特年轻时也曾虚妄地幻想过,她本人或许就是命定的女先知,但从那以后,她早已承认了:任何上界的神秘真理的使命是不可能委托给一个为罪孽所玷污、为耻辱所压倒或者甚至为终生的忧愁而沉闷的女人的。将来宣示真理的天使和圣徒必定是一个女性,但应是一个高尚、纯洁和美丽的女性;尤其应是一个其聪慧并非来自忧伤而是来自缥缈的喜悦的女性;而且还应是一个通过成功地到达这一目的的真实生活的考验显示出神圣的爱将如何使我们幸福的女性!

　　海丝特·白兰就一边这么说着,一边垂下双眸瞅着那红字。又经过许多许多年之后,在一座下陷的老坟附近,又挖了一座新坟,地点就是后来在一旁建起王家教堂的那块墓地。这座新坟靠近那座下陷的老坟,但中间留着一处空地,仿佛两位长眠者的骨殖无权相混。然而两座坟却共用一块墓碑。周围全是刻着家族纹章的碑石;而在这一方简陋的石板上——好奇的探索者仍会看见,却不明所以了——有着类似盾形纹章的刻痕。上面所刻的铭文,是一个专司宗谱纹章的官员的词句,可以充当我们现在结束的这个传说的箴言和简短描述;这传说实在阴惨,只有一点比阴影还要幽暗的永恒的光斑稍稍给人一点宽慰:

　　一片墨黑的土地,一个血红的 A 字。

七个尖角顶的宅第

引　言

　　当一位作家将其作品称作"罗曼史"之时，毋庸赘言，他希冀自己能够拥有从事小说写作时所无权自许的处理素材和风格上的某些宽容。小说的结构形式要求写得极尽忠实之能事，把普通人生的逼真而不是可能的历程揭示出来。而罗曼史——作为一种艺术形式，在理应严守规律的同时，难免由于偏离人类心灵的真情而犯下不可饶恕的罪孽——却有权表现在很大程度上是作家自己选定或创造的环境中的真谛。如果他认为恰当，还可以把画面增强亮度并加深阴影以渲染该环境的总体色调。毫无疑问，他若想明智，就要恰到好处地运用此处所说的有利条件，把神奇作为一种清淡、精微和纤巧的调料加以融溶，而不是当成一份实实在在的菜肴奉献给公众。不过，即使他忽略了这一告诫，也不能就此认为他触犯了文学的律条。

　　在本书中，作者已忠告自己——至于取得多大的成功，所幸不由他来判断——绝不跨越这种自由度一步。本书故事之所以符合罗曼史的定义，就在于试图将一个久远的时代与从我们身边飞掠而过的当前连接起来。这是一个从如今已经遥远灰黯的时代流传到我们自己的光天化日之下的传说，其自身带有神奇的迷雾，读者可依据各人的好恶，对出于形象效果的事件和人物或者不予理睬，或者任其成为过眼烟云。或许，本书编织得过于粗糙，需要这样的托辞，但同时也表明了，这种写法更难以有所造诣。

　　许多作家十分强调某些特定的道德目标，他们的作品正是以此为宗旨的。笔者亦有此心，自揣不甘人后，因此也让自己抒发一条道德——确切地说，也就是一条真理：一代人的恶行会延续到其后世，这种恶行尽管可以一时得逞，却会成为难以驾驭的真正的危害；而如果这本罗曼史可以卓有成效地说服人类，哪怕实际上只说服了某一个人，认识到攫取不义之财的黄金或地产的罪恶的报应会落到不幸的后代的头上，将他们压垮致残，直到那聚敛起来的财富会物归原主，笔者也就聊以自慰了。然而，笔者由衷地说，并不敢斗胆有此丝毫奢望。当罗曼史真正有所教谕，或者产生了效应之时，通常都是要经过一个远非直截了当的微妙过程。笔者认为不值得为此花费时间和精力，故而毫不留情地把故事用铁条般的道德钉住——颇似用针钉住一只蝴蝶——从而立即剥夺其生命，使之在一种不自然、不雅观的状态下僵挺着。确实，一个精雕细刻的高度真理，经过渐进渐明的描述，在结局处发展为高潮，尽管可以增添艺术的光彩，但其末页比起首页，绝不会更真实，也难以更显而易见。

读者或许可以将这一杜撰的故事置于某一真实地点。即使为历史的牵连允许——这一点在创作计划中虽然微乎其微，却也至关紧要——，笔者也宁肯尽力避免任何影射。更不消说把作者虚构的画面与当前的现实对号入座而招致物议了，那无异于把罗曼史暴露于毫不通融和极端危险的批评之列。不过，描述一些地方色彩的行为举止，以任何方式涉及笔者怀有高尚的敬意和自然的尊崇的社区的特色，绝非他的初衷。他相信，不致因为展示了没有侵犯任何人私权的一条街道，使用了一大片现实中无主的土地，并且拆借了早已用来营建空中楼阁的材料修造一所房子，而触犯不可饶恕的众怒。本书的人物——尽管他们个个家世久远、门第显赫——确实出于作者臆造，或者充其量也只是他的拼凑；他们的美德不会失去光泽，他们的缺欠也不会在最低的程度上令他们指定居住的可尊敬的城镇名誉扫地。因此，如果本书——尤其在笔者暗指的那些部分——被严格地当作一部罗曼史来读，相信其主要是头上浮云而并非埃塞克斯县境的任何一块真实土地，笔者也就欢喜不尽了。

写于莱诺克斯
一八五一年一月二十七日

第一章　古老的潘钦家族

在我们新英格兰一座小镇的一条侧街的中段,竖立着一座锈迹斑斑的木头宅第,七面尖角顶的山墙朝向四面八方,中间是一簇巨大的烟囱。这条街叫潘钦街;这座宅第就叫潘钦老宅;而门前种着的一株树冠广袤的榆树,镇上土生土长的孩子人人都知道那就是潘钦榆树。在我此前为数不多的几次造访该镇时,很难漏掉潘钦街,都是由于穿过这两桩古迹——那巨大的榆树和历经风雨的大宅第的阴影的缘故。

那座古宅的外表总是在我心头留下一种类似人类面孔的印象;不仅由外部的日晒风吹雨淋所形成,而且也由世上的漫长岁月以及内在的兴衰浮沉所表现出来的累累痕迹而造就。假若这些旧事值得重提,必将构成一部不乏兴趣和教益的文字,尤为重要的是,必是具有某种几乎类似匠心安排效果的引人瞩目的完整作品。不过这一故事将包括前后历经近二百年的一系列事件,如果写成合理的篇幅,将是一部对开本的巨册或十二开本的数卷,会比同一时期的全部新英格兰年鉴还要厚重浩繁,这样说绝非失于谨慎。所以必须把以潘钦老宅或者叫七个尖角顶的宅第为主题的传说加以剪裁。因此,我们要简单勾勒一下这座宅基的环境,迅速一瞥其古雅的外观,看看它那在强劲的东风中变黑的墙垣——也要指点指点墙壁屋顶上一处处浓绿的苔斑——,就此开始这个时间距今尚不算久远的故事的正文。不过,其中也还有一种与遥远的过去的联系——涉及那些被遗忘的事件和人物,及其举止、情感和观念,都是差不多或完全弃置不用的——如果适当地转述给读者,将会有助于说明有多少旧材料用来构成了人类生活的最新奇的内容。于是也就可以从无足轻重的事实中吸取有分量的教训:老一代的行为是遥远的日后可能或必然产生的善果或恶报的根由;同人们称作一时得逞的仅仅是一熟作物的种子一起,那些行为必将播下多年生的橡实,其冠盖自会浓密地为其后人庇荫。

这座七个尖角顶的宅第，如今看起来样子古旧，却并非文明人在分毫不爽的原地竖起的第一座住宅。潘钦街先前的名称要低微得多，只叫作莫尔巷，是根据这块土地最初的占有者的姓氏命名的，在那间农舍门前不过是一条牲畜往来的小径而已。当年，是一眼自然形成的涓涓宜人的泉水——在清教徒落脚的这片为海水包围的半岛聚居地上是十分难得的珍贵之物——最初吸引了马修·莫尔在这里搭建了一间茅草屋。虽说离当时的村中心多少有点过于偏僻，然而，在三四十年之后，随着镇子的崛起，当初盖着那间粗陋茅舍的地方，在一个既有权势又有前途的人的眼中，已经变得令人馋涎欲滴了。他花言巧语地断言，依靠立法当局一纸批文的力量，他已领有这里和邻近的一大片土地。这位宣称拥有土地权的人叫潘钦上校，从我们搜集到的有关他的各方面的品性的资料来看，他是一个具有不达目的绝不罢休特点的人。另一方面的马修·莫尔呢，虽是个卑微无闻的人，在保卫他认为是自己的权利上倒是颇为执拗；接连好几年，他都成功地保住了他那一两英亩土地，那可是经他辛勤劳作，在原始森林中开辟出来的家园和宅基啊。有关这场土地所有权的争执迄今未见任何书面记录。我们对全部事态的了解主要来自传闻。因此，对此事的是非曲直提出任何武断的决定性见解都难免过分大胆或者失于偏颇；尽管潘钦上校为了覆盖马修·莫尔的小小地界所提出的土地要求是否合乎情理看来至少颇值怀疑。有一件事实大大加强了这一疑点：两位并不势均力敌的对手间的这场争执——尤其是在当年，我们虽然可以对其推崇备至，但个人影响却要远远重于今天——维持多年而无定论，最后只是由于占有这一有争议的土地的一方的去世才告结束。他的死亡方式从一百五十年前至今也在人们的心目中引起了不同反响。那是一次以其奇怪的恐惧摧毁了茅舍中的住户的卑微姓氏的死亡，简直如同一次宗教行为，把他所住的那一小块土地犁过一遍，在人们当中抹去了他的土地和对他的记忆。

简言之，老马修·莫尔是因为犯有巫术罪而被处死的。他是死于那种可怕的虚妄的一个殉难者，那种虚妄给予了我们颇多的教训，其中之一就是：有影响的阶级和那些自视为人民领袖的人们应对一向作为最疯狂的暴民特色的狂热恐怖行为负起全部责任。牧师、法官、政治家们——当年最英明、最冷静、最圣洁的人——站在绞架周围的最里圈,对那血腥的行径叫得最欢,又是最后才忏悔自己不幸地受到欺骗。如果说在他们行事的整个过程中有哪一步堪称比另一步可以少责其咎,那就是他们行刑时毫不区别对待,不仅像以往的依法屠戮那样只处决穷苦的老者,而且还杀死所有阶层的人;包括他们的同仁、兄弟和妻子。无怪乎在这样杂乱又不同的毁灭中竟会有一个像莫尔那样无足轻重的男人脚踏着殉难者的小径走上行刑的山顶,而几乎在他的共患苦难的伙伴中无声无息。不过,当那阵骇人的疯狂阶段平息下去以后,人们才忆起潘钦上校彼时曾经在一片驱巫声中如何狂呼乱叫;人们同样没有忽略悄声议论:在他罗织马修·莫尔的罪名时,那种急切中包含着叵测用心。众所周知,那个牺牲品当时就觉察到那个迫害他的人对他所采取的行动中有着刻毒的个人恩怨,故此宣称他至死都要查明害他的缘由。在莫尔临刑之时——他颈上套着绞索,而潘钦上校却骑在马上冷眼观看那场面——他曾在刑台上讲了几句话,他发表的那番预言,无论正史经传还是炉边传闻都已丝毫不爽地记录了下来。"上帝,"那个垂死的人面如死灰,用手指着不动声色的敌人,"上帝将令他饮血!"

在那个所谓的巫师死后,他那块不大的宅基很轻易地就成了落入潘钦上校手中的赃物。然而,当人们恍然悟到,上校意在原先马修·莫尔的木屋的地皮上兴建一栋巨宅——以粗重的橡木竖起框架的宽敞宅第,以便他的子孙后代能够绵延福祉——村民当中便大有摇头的人了。虽说在上校策划的这一事件的整个过程中,没有谁深表怀疑这位言出必行的清教徒的作为是否证明他是一个正直而有良心的人,然而,他们却暗示他是在把家宅建立在不宁静的坟墓之上。他的家园将把那位已死并埋葬了的巫师的家宅圈拢在内,从而使死者的亡灵有条件在新宅中,在未来的新郎们引着新娘进入的居室中,在潘钦后世子孙诞生的地方出没作祟。莫尔罪行的丑恶及可怖,对他惩处的过分与可怜,会使粉刷一新的墙壁涂污变黑,使宅子里早早地发散出旧屋孤宅的陈腐气味。那么,为什么——既然潘钦上校四周的大片土地上撒满了未开垦的森林落叶——他为什么竟然要看中一块已经遭到诅咒的土地呢?

然而这位清教徒军人兼行政官可不是那种轻易改变既定谋划的人,任凭那巫师的亡灵的恐怖还是何种貌似有理却又不足信的过敏都不能令他改弦易辙。若是有人对他讲起某种不祥之兆,或许他多少会受到触动;但他已准备好在他自己的阵脚上面对一个恶鬼。他以坚如磐石的广泛常理以及硬如铁钳的执着目的,沿着他原来的设想,可能甚至都没想象过丝毫的反对念头,一步步地走下去。上校凭着或许是更敏锐的感觉教会他的审慎或精细,像他的多数家人和同辈一样,保持着极深的城府。于是,他就在四十年前马修·莫尔第一次清除落叶的地方挖开了地窖,为他的宅院打下了深深的基础。说来奇怪,有些人还认为是不祥之兆,在工人们动工之后不久,前面提到的那股泉水,就完全失去了原有的那种品味。无论是新地窖的深度打乱了水源,抑或在底层还可能潜藏着什么微妙的原因,反正现在还被叫作莫尔井的那股泉水变得又苦又硬了。如今那股水益发咸涩;邻居中的任何一个老妇人都会证实:这水会让那些用它解渴的人患肠疾。

读者可能会认为这一偶然绝无仅有:这栋新宅的木工领班不是别人,恰恰是这块强夺来的地产的原先那死去的业主的儿子。他很可能是当时最出色的工匠;或许,上校以此为得意之举,要不就是受着某种更美好感情的推动,就此公开地将针对他那已经倒下的对手一家的任何敌意全都抛到一旁。也有可能,从当年人们普遍存在的粗率和务实的性格出发,那个做儿子的倒是心甘情愿地从他父亲的死敌的钱袋中赚上一个实打实的便士,或者确切地说,一笔沉甸甸、响当当的英镑。无论如何,托马斯·莫尔成了那座七个尖角顶住宅的建筑师,并且恪尽职守,经他亲手装牢的木架至今仍竖在那里没有散架。

那栋巨宅就这样建成了。它在笔者的回忆中那么熟悉地耸立着,——因为从他儿时起,那栋巨宅就引起他的好奇,既是从早已逝去的岁月中遗留下来的最美好、最庄严的建筑模式,又是可能比一座灰色的封建城堡更充满人情的诸多事件的发生地——那么熟悉地耸立着,历经腐朽而古老的沧桑,以致益发难以想象它当年初次迎接阳光照射时有多么光辉夺目。时隔一百六十年之后,它如今的实际状况给人的印象,不可避免地黯然失色,难以企及我们依稀可以想见的那位清教徒显要当年邀请全镇居民做客的那天早晨新宅落成时的外观。当时举行了一个兼有狂欢和宗教色彩的祭献典礼。希金斯牧师先生做的祈祷和布道,教民异口同声唱出的赞美诗,同烈酒、苹果酒、葡萄酒、白兰地的丰盛酒水和有权威人士证明的一只烤全牛——或至少就更可口的筋腱和腰肉而论,其重量和实惠与一只整牛相差无几——的大量肉食的更粗豪的场面相得益彰。一只在二十英里之内射杀的整鹿,也被制成馅饼,供应教区的这一盛典。在海湾里捕获的六十磅重的鳕鱼给熬成了美味的羹汁。简而言之,这栋新宅的烟囱,冒着厨房的熏烟,向整个地区散发着调和了浓烈的香料和大量的洋葱的鸡鹅鱼肉气味。那香气钻进每个人的鼻孔,只消嗅到这一盛宴的气味,就足以诱人馋涎欲滴。

莫尔巷,或者用如今更郑重其事的名称,叫作潘钦街,在指定的时刻人头攒动,如同全教区的教众在涌向教堂。他们走到近处,都抬头仰望那巍峨的宅第,在人类住房中那座建筑足以显示自己的身份地位。那宅第从街道的边沿上稍稍后缩,却是毫不卑躬而是颇带自豪地耸立在那里。映入眼帘的全部外观都装饰着含有哥特式奇思异想的精致人物,墙壁的木结构上布满了掺有小石子和碎玻璃的光彩熠熠的石膏上的镶嵌和绘画。从每一面山墙上,共有七个尖角顶直插云霄,构成一种和谐工整的住宅外观,中间那筒大烟囱喷烟吐气。装有钻石形小玻璃的许多小方格窗,让阳光射入厅堂和房间;可是,由于二层楼比底层探出很远,本身又在三层下面缩进一段,便把阴影投到楼下,把底层的房间遮得昏昏暗暗。突出的楼层下附着雕花木球。七个尖角顶,每个上面都装饰着小小的螺旋形铁棒。临街的那面尖角顶山墙的三角形部分上有一架日晷,每天早晨都要显示时间,由太阳把注定并不那么光明的历史时期的第一刻光明的历程一丝不苟地标示出来。房子四周撒满了碎屑、薄片、石子、瓦块;这些破烂连同寸草未生过的新翻过的生土,给予在人们的日常兴趣中占有一席之地的一栋房子恰如其分的陌生感和新鲜感。

宽度不亚于教堂正门的住宅前门,处在正面两座山墙的夹角处,前面有敞开的门廊,廊檐下设着板凳。在这座拱门下面尚未磨损的门限上,这时擦过脚便迈门而进的有教士、长者、官员、执事,以及镇上或乡间的种种头面人物。随后蜂拥而入的则是平民百姓，他们同样随意进出，但人数众多。就在大门内侧，立着两名仆从，他们给一些客人指点着去厨房一带的通路，把另一些客人引领到雅致的客厅——他们对所有的人都一概彬彬有礼，但对每位客人的高低贵贱仍有细微的区别对待。达官贵人们身着色彩虽然淡雅，但质地昂贵的丝绒袍服，褶襞硬挺的颈箍和镶带，刺绣的手套，蓄着神气十足的胡须，一副权威的外表和做派，一眼便可与他人区别开来；当年，匠人都有一副操劳的神色，而工人都穿着皮背心，他们走进或许由他们参与修建的这栋房子时，难免畏缩踟蹰。

那儿有一种不祥的气氛，在几个特别谨慎的客人的胸中唤起了难以掩饰的不快。这座恢宏的大宅的缔造者——一位以举止端方、礼仪周到著称的绅士——理应站在他自己的大厅里，对众多亲自光临他的盛宴的显要人士竭诚迎接。然而他尚未露面；最受优待的客人还没有看见他。当全殖民地的第二位显要出现时，发现并没有接待的仪式，潘钦上校方面的这种失礼就益发不可思议了。虽说副总督的到来，是当天预料中的荣幸，但他跨下坐骑并搀扶他的夫人跳下侧鞍，双双穿过上校的门限时，除去家仆领班外，再没有任何迎迓之举。

领班是个头发灰白、态度安详、礼数周到的人，他感到有必要作些解释。他说他的主人还在他的书斋或私室里，一小时以前他刚进去时曾经表示无论如何也不要打扰他。

"难道你没看见，伙计，"县里的那位高级行政官把领班拉到一边，说，"这可不是别人，而是副总督本人吗？马上把潘钦上校叫到这儿来！我知道他今天一早就接到了英格兰的来信，他研读起这几封信，一小时会不知不觉地过去的。但是依我看，你要是让他对我们的一位主要统领失礼，他会不高兴的，何况这位大人物在总督本人未到场的情况下可以说是代表威廉国王的。马上把你的主人叫来吧！"

"不成啊，崇敬的阁下，"那领班十分为难地说，他的迟疑清楚地表明潘钦上校家规的严厉与不可通融，"我主人的吩咐是十分严格的；而且，如崇敬的阁下您所知，他对手下佣仆服从命令绝不容半点含糊。谁要是愿意开那扇门就去吧；我是不敢的，哪怕总督本人亲口要我去开!"

"哼,哼,高官大人!"副总督叫道,他已经听到了上面的商议,觉得自己地位够高了,应该显示一点威严,"我要亲手处理这件事。现在是上校那位好人出来迎接他的朋友们的时候了;不然的话,我们就会怀疑,他为今天这喜庆日子精心备下的加那利①美酒已经事先喝得太多了!但是既然他至今迟迟没有露面,我就只好亲自去提醒他了!"

他这样说着,就迈动那双沉重的骑马靴向仆人指点的房门大步走去,皮靴踏在地板上的咚咚声,连这栋巨宅最偏远的地方都能听见,接着便在新门板上敲得山响。这时他面带微笑地回过头来,朝旁观的人看了看,等候着应声。可是不见动静,他就又敲了一阵,结果仍和前一次一样没有反应。这位副总督本来就易于动怒,此时便举起他那沉重的剑柄用力砸起门来,直震得一些旁观的人悄声低语,这响声也许会惊动地下的死者呢。尽管有这种可能,但似乎对潘钦上校却没有起到唤醒的作用。砸门声响过后,整座宅第陷入一片深沉、骇人和压抑的静寂,尽管许多客人已经因为偷喝了一两杯葡萄酒或烈酒而要信口开河了。

"奇怪,真是!——太奇怪了!"副总督高声叫道,他的笑容变成了苦脸,"既然我们的主人为我们树立了忘记礼节的好榜样,我也可以把礼节抛开,随意闯进他的私房了!"

他试着转动门把,门扇在他手中顺从地松动了,随着从大门口穿过这栋新宅的一切通道和房间的一股突如其来的疾风,屋门被吹得大敞四开。这股风窸窣着女士的丝绸裙袍,吹拂着绅士们的长鬈假发,掀动着卧室的窗帘和帷幔;不动声色地把一切全都搅动了一下。一个令人有些悚然的预兆的阴影——谁也不晓得那是什么和为什么——突然之间降临到众人头上。

不过,他们在好奇心的急切驱使下,还是向此刻已敞开的屋门拥去,把身前的副总督推挤进屋。他们第一眼没有看到任何异常之处:一个布置着漂亮家具的大小适中的房间,由于遮着窗帘,显得有些昏暗;

---

① 非洲西北海岸的珊瑚群岛,盛产葡萄酒。

书架上摆放着书籍;墙上挂着一张大地图和潘钦上校的肖像,下面就是上校本人,坐在一把橡木安乐椅上,手中握着一支笔。他面前的桌子上摊着信件、羊皮纸和空白信笺。他的样子像是盯着由副总督站在前面的人群;他那黝黑的宽脸庞上拧眉攒目,仿佛对他们斗胆闯进他私下休憩之处大为不快。

　　一个小男孩——他是上校的孙子,是唯一敢于和他嬉皮笑脸的人——这时从客人中迈步出来,向那坐着的身影跑去;可是他中途却停住了脚步,开始惊恐地后退。众人如同一株树上的叶子同时抖动起来,他们走上前去,才看出潘钦上校那纹丝不动的凝视中,有一种不自然的扭曲;他的颈箍上留着血迹,灰白胡须也让鲜血凝成一团。任何救助都为时已晚。这位铁石心肠的清教徒,这个毫不仁慈的迫害狂,这个心狠手辣的人,已经死了!在他的新住宅里死了!据传——也只有对这个原本已经够晦暗的场面才值得再加上一笔迷信的敬畏色彩吧——当时在客人中有一个声音高声讲起话来,那语气酷似被处死的巫师马修·莫尔——"上帝已经让他饮了血!"

　　那一位客人——那位注定无疑或迟或早总要寻路进入每个人的居所的唯一的客人——这么早就到了,死神这么早就跨进了七个尖角顶的房子的门限了!

　　潘钦上校突然而神秘的下场在当时引起了一场轩然大波。一时谣言鹊起,有些一直模模糊糊地流传至今,诸如那副模样说明出现过暴力;他的喉咙上有指印,他那硬挺的颈箍上有血手印;他那山羊胡须乱糟糟的,如同被人用力地拉扯过。还有人断言,上校座椅近旁的格窗是开着的;就在那致命时刻之前几分钟,有人看见一个人影爬过了房后花园的篱笆。不过,对这类传言过于认真是愚蠢的,围绕我们上述的那样的事件,总会涌现各式各样的流言蜚语,而且像我们现在讲的这件事有时还会经世流传,有如蘑菇意味着那里很久以前曾经倒下过一段树干,埋到了土中,业已腐烂。就我们而论,我们不妨姑妄听之,正如有一种传闻,说是副总督看到了在上校的喉咙上有一只骷髅的手,但当他向房间里再前进的时候,那只手就消失了。不消说,医生们对这具尸体众说纷纭,争论不休。一位叫约翰·斯温纳顿的,看来是有威望的人,他力主——如果我们没有误解他的医学术语的话——这是中风的病例。他的医界同仁,个个都提出了不同的假设,全都似乎言之成理,但是全都用神秘费解的词句说出,即使没有表明这些博学的医生头脑昏聩的话,也必然引起无知的听话人想入非非。验尸官们围坐在尸体旁边,如同敏感的人们一样,道出了一句不容置疑的裁决:"猝死!"

确实难以想象有谋杀的疑点,何况也毫无依据暗示有任何特定的人是谋杀犯。死者的地位、财富和声名都已确保会对每一个歧异之处做出最严格的检查。既然这方面毫无记录在案,假定谋杀不成立还是稳妥的。尽管有时候轶闻能够把历史忽略的真情流传下来,但更多的情况是随着时间不胫而走,那些本来是炉边的闲谈,如今成了报纸上的消息,因此,要对那一切截然相反的论断负责的正是轶闻。潘钦上校葬礼的布道词是印出来的,如今仍有本可查,希金斯牧师先生除去历数这位显赫的教民一生的众多福祉之外,还详述了他死得恰当其时。他的职责都已尽到;他取得了登峰造极的兴旺;为他的家族和子孙后代打下了稳定的基础,营建了恢宏的住宅,足以延绵世代;除去从尘世迈出最后一步,跨过天堂的金色大门,这个好人还留下什么要去攀登的呢!即使那位虔诚的教士有丝毫的猜疑,认为上校被喉头上狠毒的暴力抛向了另一个世界,他也绝对没有吐露出片言只语。

潘钦上校去世的当儿,他的家人看来注定要福寿绵长,这同在任何方面世事固有的多变性倒是毫无二致。完全可以预见,时间的进程只会增加和丰盛他们的兴旺,而不会加以消耗和毁灭。因为不但他的子嗣立即享有一笔丰厚的产业,而且根据随后经马萨诸塞议会批准的一项印第安契约,他们有权要求一大片既未开垦又未测量的东部土地。这笔几乎可以置定无疑地计入名下的产业,囊括了缅因州内我们如今称作瓦尔多县的大部分地区,比起欧洲土地上的许多公国,甚至一位在位的亲王的领地还要大。当依然覆盖着这片蛮荒的采邑的无路可行的森林一旦让位——这是不可避免的,虽然或许会在若干年之后——给人类文化的灿烂辉煌时,必将成为潘钦的后人无法估量的财源。假如上校仅仅再多活上几个星期,依靠他的巨大的政治影响和在国内外的有力联系,他就能办妥一切必要手续,使那片土地的所有权变成现实。

然而，尽管希金斯巧舌如簧说尽溢美之辞，这件事却成了老谋深算的潘钦上校眼睁睁地失之交臂的憾事。就那块前景无限的土地而论，他无疑是死得太早了。他的儿子不仅缺乏做父亲的那种显赫的地位，而且也没有那种禀赋和力量去获得那片土地；因此他无法凭借政治利益影响任何事情；何况这一土地要求的合理合法性在他死后并不像他在世时所说的那样显而易见。一些联系线索也就此中断，到处都找不到了。

的确，潘钦家的人不仅在当时而且在随后近百年的各个时期，都曾力争得到他们固执地声称属于他们的权利。可是，随着时间的推移，那片土地的一部分被另行批给了更得宠的人物，另一部分也被实际的定居者开垦和据有了。这些定居者即使曾经听到过潘钦的头衔，也会对任何人宣称拥有那块土地的所有权——靠的是早已辞世、被人遗忘的总督和议员们发黄的签字和变霉的羊皮纸的力量——而发笑，他们和他们的父辈曾经依靠自己不懈的辛劳同大自然的荒野之手搏斗，才将其辟为沃土。因此，这一难以企及的要求毫无实际结果，成为一代又一代空怀的门第显赫的荒唐幻想，而这正是潘钦家的性格特点。它使得家族中最穷的成员也觉得自己继承了高贵的血统，或许有朝一日会拥有王公般的财富来支撑门面。就这家后裔中的佼佼者而言，这一特点虽给艰苦的物质生活投上一层理想的光晕，却没有失去任何真正有价值的品德。从根本上说，其效果是徒增懒散和依赖之心，而减少了自食其力的信念，一味等待梦想的实现。年复一年，他们的要求逐渐为公众所遗忘，潘钦家的人却习惯于端详上校那张瓦尔多县还是一片未开垦的荒野时绘就的旧地图。他们在原先测绘人画有树林河湖的地方，标示辟出的空地，点上崛起的村镇，并且计算那块土地与日俱增的价值，仿佛最终还有为他们自己建起一个君主国的前景。

然而，在几乎每一代人中，总还有一个后裔具备一种艰苦奋斗的信念和埋头实干的精力，颇能光宗耀祖。上校的性格的确可以一脉相传下去，颇似他本人略加淡化之后得以在人世间周期性地回光返照。有两三个时期，家族的财产降到了低点，这种承袭的品性便显示了出来，使得镇上那种惯有的议论在人们中间悄声传诵："嘿，老潘钦又回来了！这一下七个尖角顶又要重振雄风了！"从父亲到儿子，他们一代代地以单纯的家宅凝聚力维系着这座古老的宅第。然而,由于各种各样的原因,也出于通常过于含糊难以付诸文字的印象,笔者抱有一种信念:这栋房子一代又一代的业主中,如果不是大多数,也有许多人心怀疑虑,不知有无道德上的权力拥有这栋房产。他们法律上的所有权是不容置疑的;但是,令人心怀余悸的是,老马修·莫尔从他自己的年代一路走到遥远的后世,把沉重的步履踏到潘钦家一个个后人的良心上。果真如此,我们不禁要尴尬地问:这栋房产的每一个继承人虽然意识到了错误但并未纠正,是否在他的先人的深重罪孽上变本加厉并招致对最初的罪孽负责呢?假定如此,这样表达是否更为准确:潘钦家族继承了比财产还大的不幸呢?

我们已然暗示过,我们无意在潘钦家族与七个尖角顶的宅第的藕断丝连中追溯其家史;也不想在一幅神奇的图画中表现岁月造成的衰微破败如何聚积在这座古宅之上。至于宅第内里的生活,在一个房间里始终挂着一面又大又暗的镜子,据说其深处保存着所有在那里照过的人的身影——老上校本人,他的许多子孙后代,有的穿着久远的童年的装束,有的处于女性美貌或男性阳刚的英年盛季,有的因双鬓染霜、满脸皱纹而郁郁寡欢。设若我们掌握了镜中秘密,就会兴致勃勃地坐到镜前,把其间的演变记录在案。有一个难以想象其本源的故事,讲马修·莫尔的后人与那面镜子的神秘有某种牵连,通过看似一种催眠式的过程,他们可以使其内部全都随着死去的潘钦们活动起来;那既不是向世界显露他们自己的当年,也不是表现他们比较美好和幸福的时刻,而是再次演示所做过的一些罪行或是处于一生中最为凄苦的危机之中。确实,众人的想象长期以来与老清教徒潘钦和巫师莫尔结下不解之缘;莫尔临刑时发出的那声诅咒及其十分重要的补充,人们始终记忆犹新,成了潘钦家遗产的一部分。如果潘钦家的一个人喉咙里发出咕咕声,一个旁观者就会亦庄亦谐地悄声低语:"他有莫尔的血要饮!"大约一百年前一个姓潘钦的人在与上校的猝死十分相似的情况下突然死去,被认定为众所周知的这一话题平添了附加的逼真性。尤有甚者,潘钦上校的肖像——据信是遵照他遗嘱中的一款——固定在他死去的房间的墙上,被认为是丑恶和不祥的事实。那副严厉呆板的面孔似乎象征着一种邪恶的影响，在逝去的时光的衬托下，黯淡地与其阴影融为一体，以致美好的思想或意图无法迸发出来，在那里盛开繁茂。在我们这一比喻式的表达中肯定了一个死去的先人的鬼魂——或许是作为对其惩罚的一部分——通常注定要变成他家的邪魔，对有头脑的人来说，这其中毫无迷信的成分。

简言之，潘钦家族绵延了近两个世纪，而其外部的变迁，或许比新英格兰大部分家族在同一时期经历的要少。他们不但具备非常独特的家族品性，而且也汲取了他们所在的小社区的通性；那个镇子以其居民的克勤克俭、谨言慎行、井然有序和热爱家园而著称，同时也以其多少是有局限的同情心而享誉；这样说吧，在镇上也不时出现一些比人们几乎随处可见的还要古怪的人和莫名其妙的事。在革命时期的那一代潘钦，站到了英王一边，成为难民；他幡然改悔之后重新露面，刚好赶上保住七个尖角顶的宅第未被没收。最近这七十年来，潘钦家年表上最引人注目的事件是家族从未经历过的最深重的灾难：那就是家中的一个成员由于——按照人们的判断——被另一成员谋害而死于非命。造成这一致命事件的特定环境已经无可抗拒地在潘钦家后代的一个侄子身上确定了证据。那个年轻人受到了审判并被判定有罪；但是，无论证据的偶然本质，还是法官胸中可能存在某种潜在的疑团，抑或，说到底，——这个问题在一个共和国比在一个君主国更有分量——高度责任心和犯人社会关系的政治影响，导致对他的判决从死刑减缓到无期徒刑。这一悲伤的事件发生在我们的故事开始之前大约三十年。随后，就有了谣传（对此没有什么人相信，只有一两个人深感兴趣），说这个终身监禁的人，出于这样那样的原因，像是要从他的活墓中被召唤出来了。

对现今几被忘却的谋杀案的受害人有必要讲上几句话。他是个上岁数的鳏夫，除去那栋宅第和古老的潘钦家族遗留下来的剩余地产之外，他还拥有大笔的财富。由于他头脑偏执又忧郁，还苦心孤诣地搜罗古旧宗卷，一味遵循老传统，据信就此得出了结论，认为那个巫师马修·莫尔是受了奇冤而被逐出家园，即使不算被逐出了生活的话。情况就是这样，这个老鳏夫据有霸占来的赃物——里面深深渗透着黑色的血污,似可由有良知的鼻孔嗅得出来——,问题就产生了:哪怕迟至此时,他是否理应对莫尔的后人做些补偿。对老鳏夫这样一个孤僻嗜古、一味沉湎于过去、很少生活在现实中的人来说,一个半世纪之后再来恰当地补偿过错并不算太久。那些深知他的人相信,他会主动采取十分果断的步骤,把七个尖角顶的宅第归还给马修·莫尔的后人,但此举引起潘钦族人对老先生这一设想的猜疑,形成了一言难尽的骚动。他们反对的结果推迟了他的动议;但他们仍然担心,他那份竭力不准在他有生之年付诸实施的遗嘱,会在他死后执行时实现他的这一目的。其实,无论是受到挑衅还是引诱,唯有一件事人们是万万不肯去做的,那就是把父辈的产业从亲属处拿走遗赠外人。他们可以爱别人远胜过他们自己的亲人,他们甚至可以怀有对亲人的不满,乃至痛恨;然而,在涉及死亡的问题上,血缘亲疏的强烈成见便复活了,并且推动着这位立遗嘱人在分配遗产时谨遵由古老得近乎天然的习俗标出的界限。在潘钦家所有的人当中,这种感情有一种病态的能量。这对于老鳏夫的良心踌躇是太有力了;不消说,他死后,那栋宅第,连同他的大部分别的财产,全都传给了他的下一位合法的继承人。

这位继承人是他的一个侄子,就是那个犯有谋杀叔父的卑鄙罪行的年轻人的堂兄弟。这位新的继承人直到成年之时,始终被人看作是浪荡子,但之后便洗心革面,成了社会上一个备受尊敬的成员。事实上,他表现出了更多的潘钦家族的品性,在世上赢得了自从早先那个清教徒以来他家的人们从未有过的声望。他早年曾研究过法律,对公职有一种天生的趋附,多年以前,他在某个初级法庭中谋到过一个司法职务,于是获得了令人羡慕的堂而皇之的法官头衔,享用终身。后来,他从了政,除去在州的立法机构的两个分支中崭露头角外,还在议会中任过两期职务。潘钦法官在他的族人中无疑是个荣誉。他在离故乡几英里的地方为自己建了一座乡间别墅,在那里度过他政务之余的大部分时光——一次选举前夕,一家报纸说,从政就是尽情表演适合这位基督徒、好市民、园艺家和绅士的各种风雅和美德。

法官的发迹可谓光芒四射,潘钦家的人无不受到他的恩泽的庇荫。从自然繁衍的角度来说,这个家族人丁不够兴旺,似乎更像是在消亡。

家中仅有的几个成员,所知仍健在的有:首先是法官本人和一个幸存的儿子,他正在欧洲旅行;然后是上述的那个坐牢已三十年的在押犯和他的一个妹妹,按照老鳏夫的遗嘱,她在七个尖角顶的宅第里终身享有一份产权,从而以赋闲的姿态住在里边。人们觉得她贫困潦倒,而且看来她是甘愿如此;那位富裕的法官堂兄,曾多次在这栋老宅或他自己那座新居中为她提供舒适的生活条件。最后是潘钦家最年轻的成员,一个年仅十七的乡村小姑娘,她是法官另一个堂兄弟的女儿,她母亲原先既无门第又无家产,父亲在贫穷的生活中早亡。她母亲近来已改适他人。

　　至于马修·莫尔的后人,现在都认为是绝了嗣。在那次莫须有的巫术事件之后很长一段时间,莫尔一家仍在他们祖先蒙冤而死的镇子上居住着。表面上看,这家人安静诚实,心地善良,虽然他们蒙受了不白之冤,却从来没对个人或公众抱怨憎恨;如果说在家中壁炉旁,世代相传过有关遭诬的厄运和失去的家产的抱有敌意的回忆,反正既没有行动,也没有公开表现出来。设若他们已不再记得七个尖角顶的宅第那沉甸甸的框架就坐落在理应属他们所有的地基上,也并不足奇。人们议论起已经取得的地位和巨产,总有一种广泛、固定甚至无法抗拒的堂皇的说辞,即其存在本身就赋予了存在的资格;至少,这种资格伪造得无懈可击,贫困卑微的人们没有足够的道义就此置疑,哪怕在头脑中窃思冥想都没有。现在的情况就是这样,众多古老的成见早已被抛弃;在革命前的岁月里尤其如此,当年,贵胄们敢于趾高气扬,而下等人却甘心低声下气。因此,莫尔家的人无论如何都要把不平之气隐藏在心。他们总是备受贫穷之苦,始终低微下贱,勤奋地干着手艺活却不成功;在码头上当苦力,或者出海当普通水手;在镇郊租来的土地上东住一阵西待几年,晚年最终来到济贫院,便是他们的自然归宿。经过这么多年在风里雨里苦挨苦挣之后,他们终于承认:或迟或早,所有的家庭,贵族也罢,贱民也罢,都是要沉沦的。三十年过去了,无论镇上的户籍册、墓地的碑石、各种登记指南,还是人们的记忆或知识,都没有留下马修·莫尔后人的任何痕迹。他的血统或许在别处还有;但是在这里,其家史可以溯源而上的地方,那又浅又缓的水流却已干涸了。

　　假如找得到这家的后裔,他们准会有一种家传的内向性格,从而与别人截然不同——并非一目了然,也不是有明显区别,而是凭一种难以言传的感觉。他们的伙伴或者想与他们深交的人,会逐渐觉察到莫尔家的人周围有一个保护圈,尽管他们表面上坦诚可交,外人休想跨进那神圣或符咒般的封圈一步。或许正是由于这样一种说不清道不明的古怪,他们与世人的帮助隔绝,以致生活永远是那么不幸。其结果就必然在人们心目中延长和加固了对他们家唯一的世代相传的记忆,镇上的人哪怕从狂热中清醒过来,马上就会怀着厌恶和迷信的恐惧,重新想起那些臭名昭著的巫师。老马修·莫尔把衣钵,或者毋宁说他的脏衣烂衫,传给了他的儿孙。人们对这家人承袭了魔法将信将疑,但都认为他们的目光具有奇异的力量。别的特点和特权不值一谈,但都说他们家的人有一种特殊的本领,那就是能够左右他人的梦境。假如所有这些故事当真的话,潘钦家的人尽管白日里能在家乡的镇子上高视阔步,但一步入夜里七颠八倒的梦境之中,就不啻是贱民莫尔的卖身家奴。现代心理学或许可以努力把这种所谓的巫术归于一种体系,而不是简单地一概斥为荒诞无稽。

  对这座七个尖角顶的宅第的现状再描述一两段,就可以结束这章开篇的文字了。耸立着这座古老的尖角宅第的那条街,早已不是镇上的时髦地段了;这栋老宅虽说也由现在的住房包围着,但大多是些矮小的纯木建筑,而且是典型的千篇一律的模式,反映了普通人生的单调乏味。毋庸置疑,人类生存的全部底蕴或许潜藏其间,但毫无别致感的外观无法吸引人的想象力或同情心,一切探寻也就此却步了。至于我们的故事所说的这栋建筑,其白橡木的框架,其板墙、顶盖和剥落的灰片,乃至中央那簇巨大的烟囱,无不看来仅仅构成了全部现实的最起码的组成部分。诸多的各种人生体验——诸多的喜怒哀乐,在这里经历着,以致宅第的木头好像都随着一颗心的潮湿而渗出水汽。这宅第本身就犹如一颗硕大的人心,有其自己的生命,充满对丰富的往事冷静的缅怀。

  二层的突出部分赋予这座宅第以一种沉思的外观,从门前经过的人不由得会产生一种念头,觉得其中深藏着秘密,有着可以从中引以为戒的多事的历史。门前,就在未铺路面的人行道边上,长着那株潘钦榆树,就人们常见的这一树种而论,也足以称得起是硕大无朋了。那株巨榆是第一代潘钦的一个曾孙种下的,如今虽有八旬树龄,或许已近百岁,依然枝繁叶茂,高高越过七个尖角顶,低垂的叶簇扫拂着整个黑色屋顶,浓密的树荫遮蔽着街道的两侧。榆树给老宅增加了美感,似是构成了自然界的一个部分。大约四十年前,街道拓宽过一次,如今前山墙恰好齐到路边。山墙两侧伸展出去已经朽坏的镂空方格的木围栏,透过这道围栏可以看到一片草坪,尤其是房角的一簇繁茂的牛蒡,可以毫不夸张地说,连同叶子足有二三英尺长。房后看似一座花园,当初肯定很大,但如今被别的围栏挤占,或是被建在另一条街上的屋舍和库房封闭了。如果我们忘记了提及长久以来布满窗口突出的墙边和屋顶斜坡上的青苔,虽说实属细枝末节,却是不可原宥的疏忽;我们同样不能不指引读者的目光去浏览距烟囱不远的两座山墙的凹处长得高高的一丛植株——是花簇而不是野草。这花簇叫作爱丽丝花束。据传,曾经有一位爱丽丝·潘钦在玩耍时把花种扔在那里,后来街上的尘土和瓦顶的腐灰逐渐形成了花种的沃土,在爱丽丝已在她的坟墓中长眠多年之后,却破土生长了。不管这些花卉是怎么来的吧,看到大自然如何对潘钦家这栋荒芜破败、风雨飘摇的老宅格外垂青;来去匆匆的夏日如何尽其所能以温存的美丽来自得其乐,并在这种努力中益发忧郁,真令人忧喜交加。

还有一个必须注意到的特征,不过,我们十分担心这一特征可能会给我们一直努力为这栋令人起敬的住宅制造的别致而浪漫的印象煞了风景。在二层楼突出的门楣下方、临街的正面山墙上有一座店铺式的门脸,从正中分成上下两半,上面的扇形部分是窗子,恰如我们常见的旧日的住宅。这个店铺门对于可敬的潘钦住宅中现在的居民或是其某些祖先,都是个不算小的耻辱。这个问题微妙而棘手;但是,既然必须让读者窥视秘密,他们一定乐于理解,大约一个世纪以前,潘钦家的家长发现自己陷入了严重的财政困难。这家伙(他称自己为绅士)无非是个手伸得很长的骗子;他既没有向国王和钦派总督谋求官职,也没有索要他继承来的对东部土地的所有权,他认为自己要致富,最好不过的是在他的祖宅的一侧开一扇店铺门。事实上,照当时的习俗,商人们存货和交易都是在自家的住所中办理的。不过,这位老潘钦的商业活动方式有点小手小脚;他的那些个个都是火爆脾气的手下们议论说,他惯于为了给一个先令找零钱,要把一个半便士的硬币翻过来掉过去看上两遍,才确定那是一枚好钱。别的问题且不谈,他的血管里流着一个小商贩的血液,无论经过什么渠道,终归要在那里找到归宿。

他一辞世,那座店铺门便落了锁,上了闩,彻底封闭了;直到我们的故事发生的时期,那座门大概一次都没开启过。小店铺的老柜台、货架和其它用品仍然保持着他撒手人寰时的原样。人们曾经认定,那位死去的店主,头戴白色假发,身穿褪色的丝绒外衣,腰系围裙,袖口的皱边仔细地翻着,在一年中的任何一个夜里,都可以被人从百叶窗的缝隙中发现他正在放钱的抽屉中仔细搜索,或是俯身在发暗的日记账册页上翻阅。从他脸上一成不变的愁苦相来看,他似乎注定要把永恒耗费在无济于事的平衡账面上。

现在——读者会看到,我们将以十分谦恭的方式,开始我们的叙述。

第二章　小店铺的橱窗

　　离日出还有半个小时,海波吉巴·潘钦小姐——我们不要用醒来这个字眼,因为很难说这位可怜的女士在这仲夏的短夜中阖过眼——不管怎样讲吧,从她那孤独的枕头上坐起身,并且,可以揶揄地说,开始打扮自己。旁观一位在洗漱间的女士,哪怕只是想象一下,对我们来说也是大不敬的!因此,我们的故事只好等到海波吉巴小姐来到她闺房的门口;同时也只好设想着注意到了她发自胸扉的深沉的叹息,其实她竭力控制着哀伤的程度和发出的音量,以防别人听到,我们这样游魂似的窃听者当然不在其内。这位老姑娘孤单地住在这座旧宅里。说她只身一人,那是除掉了一位可尊可敬、有条不紊的青年男子,他是位达盖尔①派肖像摄影师,大约在三个月之前,住进了宅内一个偏僻的尖角顶——那儿实际上是一所单独的住宅——与大宅其它地方相通的门都用门锁、插销和橡木门闩封闭了。于是,可怜的海波吉巴小姐迸发的叹气就不为人所闻了。她在床边跪下去时僵硬的膝关节的吱咯作响也不为人所闻。她祈盼上天助她度过这一天的时而低语,时而轻吟,时而压抑着的、无声的、近乎极度痛苦的祈祷,虽然直达充满博爱和怜悯的天听,却依然不为世人所闻!大约二十五年以来,海波吉巴小姐始终这样离群索居,与纷繁的生活毫不相干,对人生的交往和乐趣从不涉足,但显然,今天之于她更胜过平日的煎熬。展望这样冷漠、晦暗、平静得纹丝不动的一天,与难以历数的一个又一个昨天何其相似,如此炽烈地祈祷的可不是已经麻木的茕茕孑立啊!

　　这位贞女小姐的祷告结束了。现在她会不会跨过我们故事的门限

---

①　由路易·达盖尔(1789—1851)发明的实用照相术,在十九世纪中被广泛用于肖像摄影。

呢?还没有,还要等上好一会儿呢。首先,那个高大的旧式柜橱的每个抽屉,都要经过一次次痉挛似的猛拉,艰难地打开;然后,还要经过同样烦躁不安的不情愿再把抽屉一一关好。房间里传出来来回回前后走动的脚步声;硬挺的丝绸的窸窣声。我们揣摩,海波吉巴小姐还迈步登上一把椅子,以便在悬于桌上的失去光泽的椭圆形梳妆镜中,仔细地观察一下自己从头到脚前后左右的身段。真的!的确是的!谁又想得到呢!一位足不出户、无客来访的年老珠黄的女士,把清晨宝贵的时光花费在梳妆打扮上,难道我们要把目光从尽其所能修饰自己的她的身上移开,才算是大发慈悲吗?

　　此刻她已经差不多就绪了。让我们再宽宥她片刻;因为这是给予那位孤独的女性的情感的,或者我们最好说——那是由哀伤和凄苦所形成和加剧的——她的生活中的强烈激情的。我们听到了一把钥匙在一个小锁中转动的声响;她打开了写字台的一个秘密抽屉格子,大概正在端详一幅极尽莫尔本风格①之能事的小巧肖像,画的是无愧于细腻的铅笔笔触的一副面孔。我们曾有幸一睹这幅画像。那是一个青年男子逼真的造像,他身穿一件旧式的丝质袍服,其柔软奢华的质地恰如其分地衬托着那张出神的面孔,上面长着温柔丰满的嘴唇和秀美的眼睛,似乎表明他优雅多情而不善思考。长着这样一副相貌的人我们无权询问一切,只可以说,他会在这个冷酷的世界上巧于周旋,自得其乐。他可能是海波吉巴早年的恋人吗?不;她从来没有过恋人——可怜的人儿,她怎么能有呢?从她自身的经历,也从来不晓得爱情到底是何等滋味。然而,她那尚未止息的忠诚和信赖,她那历历在目的记忆,以及对像中人那种不懈的奉献,是她那颗心唯一可赖以慰藉的了。

　　她似乎把小肖像放到了一边,又一次站到了梳妆镜前。她有泪水需要揩干。然后又是来回踱了几步;嘿,终于——又哀叹了一声,如同从长期封闭的墓穴中吹出来的一股冰冷潮湿的劲风,那扇屋门偶然开启——这才走出了海波吉巴·潘钦小姐!她步入被岁月弄得昏黑的幽暗的走廊;她身材颀长,穿着黑绸衣装,箍着又长又细的腰身,近视眼似

---

① 待考,恐为作者假托。

的——她事实上就是个近视的人——摸索着朝楼梯走去。

此时，太阳即使没有升起，也越来越接近地平线了。高高飘在天空的几朵浮云，攫住了旭日的光芒，把金色的晨曦投向这条街上所有的住宅的窗户，也没有将七个尖角顶的房子忘却，这座历经多次日出的旧宅今天看来十分欢快。太阳辐射的反光相当清楚地照出了海波吉巴下楼走进的那个房间的各个角落和室内布置。屋顶很低，一道横梁穿过天花板，上面镶嵌着深色的木头，还有一个大烟囱口，周围贴着彩瓦，不过现在由一块铁制防火板封着，通向一个现代炉灶的漏斗烟筒。地板上铺着一块地毯，原本织得很漂亮，但近年来磨损褪色得厉害，当初曾是鲜艳的图案，已经颜色模糊难辨了。屋里的家具中有两张桌子：一张结构错杂，露出蜈蚣似的那么多条腿；另一张做工精致，有四条细长的腿，像是一碰就坏，简直难以想象这张古旧的茶几在这几条腿上已经站了多少年代了。围着房间一圈摆着六把椅子，直挺挺地僵立着，不高明的设计不但人坐着不舒服，就是看着都令人生厌，只能设想出当年采用这种椅子的社会最丑陋的审美观。不过还总算有个例外，就是一把古色古香的安乐椅，高高的橡木靠背精雕细刻，扶手之间又宽又深，从其整体的宽大来看，制作上没有今天的椅子上必有的那些人工的曲线。

至于装饰物，我们只凑得出两件——如果可以算数的话。一件是潘钦那块东部领地的地图，不是刊刻的，而是由某个熟练的老绘图员手工绘制的，上面还画着印第安人和野生动物的奇形怪状的插图，其中可以看到一头狮子；那一地区的自然史和地理一样鲜为人知，妄加这些野兽实在可笑之极。另一件就是老潘钦上校的肖像，画的是全身三分之二的长度，表现出一副清教徒模样的板着的面孔，头上戴着室内便帽，饰有绦穗，蓄着一部花白胡须，一只手握着一本《圣经》，另一只手举着一把铁剑柄。这柄剑画家描绘得十分逼真，远比那本神圣的经书突出醒目。海波吉巴·潘钦小姐一走进房间，与画像面对面，就停住了脚步；她拧起一条眉毛，愁苦着脸，凝视起画像，对她不了解的人大概会以为这是恼恨和恶意的表情。其实绝非此种情况。她是在对画上那面孔感到一种崇敬，这种感情是只有相隔多代并经岁月消损的处女才能有的；这种难看的愁苦脸色是她的近视造成的，不该妄加指责；她只是在努力集中视力,看清那模糊一片的画像上的确切轮廓线。

我们必须为可怜的海波吉巴的眉毛的不幸表情赘留片刻。她那副愁苦相——这是世人,或者说这里的人,偶尔从窗口瞥见她那昙花一现的芳容时恶毒地坚持的用语——,海波吉巴小姐的那副愁苦相为她带来了不好的名声,说她是个脾气古怪的老处女;这种说法似乎也没什么不妥,因为就连她自己由于时常盯视那面昏暗的镜子中的映像,总是在那鬼魂般的镜框中看到自己的愁苦相,也就此把那表情解释得和世人一样不堪了。"我这副坏脾气的模样是多么不幸啊!"她一定时常对自己这样悄声低语;而且出于无法避免的低沉情绪,她最终把自己就想象成这样了。但她的内心却从未愁苦过,而自然是温存、敏感,充满小小的震颤和悸动;在保持这一切弱点的同时,她的面孔却违反常情地变得刻板,乃至凶狠了。海波吉巴也从来没有过刚毅的表现,除非来自她情感深处最温馨的隐蔽角落。

然而,到此为止,我们依然缠绵悱恻地徘徊于我们故事的门限。由衷地说,我们实在不忍心揭示海波吉巴·潘钦小姐就要着手的事情。

我们已然提及,大约一个世纪之前,一位不成器的祖先曾经在临街的底层开设过一爿店铺。自从那位老先生洗手生意并长眠在他的棺盖之下以来,不仅那店门,而且内部的布置,始终保持未动;而积年的灰尘则聚在货架和柜台上足有一英寸厚,有些还落在一架天平上,仿佛要称一称灰尘的价值。灰尘也在那半开的抽屉中自珍自重,里面仍然躺着那枚贱金属制的六便士硬币,把当年惹人耻笑的鼎盛不多不少地遗传下来。这就是老海波吉巴儿时的小店铺的那副模样,当年她和哥哥在里边玩捉迷藏的这块被摒弃的地方。那老样子就这样一直保持到几天以前。

可是今天,虽说店铺的橱窗仍然关闭得紧紧的,不为外人所见,里面却发生了明显的变化。由世世代代的蜘蛛花费了它们一个个终生劳碌才吐丝编织起来的沉沉地垂着的密结的蛛网,已经被小心地从天花板上扫除了。柜台、货架和地板全都擦得锃亮,地面上还铺了蓝色的油砂。那架褐色的天平,显然也经过了严格的调整,费了徒劳的工夫要擦掉那铜锈,天啊!那铜锈早已深深地蚀进天平架里边了。古老的小店铺也并非空无可供交易的货物。如果好奇的目光获准察看一下存货,检查一下柜台背后,就会发现一只桶——嘿,是两三只桶和一只半桶:一只里面盛着面粉,另一只里面是苹果,而第三只里面大概是玉米粉。还有一个松木做的方盒子,里面装满了成条的肥皂;另外一个同样大小的方盒里是蜡烛,足有十磅之多。少量的红糖、一些白豆和剥过的豌豆,以及一些廉价货色,都是些日常需要的物品,构成了货物的大部分。这可以视为老店主潘钦供货勉强的亦真亦幻的反映,当然也有些商品是他的年代难以知晓的处于超前和描述阶段的货物。例如,有一个玻璃制的腌菜缸,里面装满了直布罗陀石头的碎片;那绝对不是那座著名要塞名副其实的基石的碎片,而是用白纸整齐地包好的美味糖果。姜饼上印着正在跳着举世闻名的舞蹈的黑小子。一组铅制的龙骑兵穿着时新的装束,全副武装地在一个货架上开步走,还有一些糖人,看不出像是什么时代的人,总算差强人意,衣着像我们而不像数百年之前。还有更显著地属于现代的一个现象,那就是一盒安全火柴,在老年间会被认为当真是从地狱之火借来的一划就着的火苗呢①。

  为了书归正传,简而言之,明显得不容置疑的是,有人已经把早已退休并被人遗忘的潘钦先生的店铺和装置接手,并准备把这位故去名人的买卖重新开张,接待不同的顾客。谁会这么大胆冒险呢?何况,世界之大,为什么要选定七个尖角顶的宅第当作他商业投机的场所呢?

  我们再回来讲那位老姑娘。她终于从上校的肖像的阴沉面孔上收回目光,叹出一口气——那天早晨,她的胸腔简直成了风神的洞穴了——,然后以老妇人惯有的步态,踮着脚尖穿过房间。她穿过中间一条通道,打开与店铺相连的一扇门,店铺里的情况我们已经详加描述了。由于二层楼突出一截,更由于正对着那面山墙长着的那株潘钦榆树的浓荫,曙光在这里被遮住了,室内在清晨仍如同夜晚一样昏暗。海波吉巴又沉重地叹了口气!她在门口停了一会,愁苦着脸用近视眼向窗口窥视了一下,仿佛拧起眉毛瞪着某个恶毒的敌人,然后便扑进店

---

  ① 本句既指出旧时人们的落后意识,又利用了一语双关的文字,因"安全火柴"字面上为"魔鬼(撒旦)火柴"。

铺。那种匆忙,简直不啻是电流的冲动,确实令人吃惊。

她开始神经质地——我们甚至可以说是有点疯狂地——忙着收拾一些儿童玩具和摆在货架和窗台上的其它小商品。这位身着黑装、面色苍白、举止高贵的身影,具有一种同她从事的滑稽的琐事形成强烈对比的深深的悲剧特色。说来古怪得越出常理,这么憔悴忧郁的一个人居然用一只手摆弄起一个玩具;而那个玩具也竟然没从她手心里消失不见,真是奇迹;她还居然用如何引诱小男孩到店铺来的问题纠缠她那昏沉僵滞的智力,实在是个悲惨古怪的念头!然而这毫无疑问是她的目标。此刻,她把一块象形姜饼放在窗前,但她的手颤抖得厉害,姜饼落到了地板上,大象的三条腿和身体摔散了;大象没了模样,成了几块霉坏的姜饼。瞧,她又弄翻了一杯石子,石子全都滚向了四面八方,鬼使神差地滚到了最难找的暗处。上天帮帮我们这位可怜的老海波吉巴吧,也请上天原谅我们对她的姿态采取嘲笑的态度吧!在她那僵硬生锈的躯体手脚着地、跪在那里摸索那些无影无踪的石子时,我们肯定更会觉得要流下同情的眼泪了,不然的话,我们会不得不转过脸去发笑的。因为——如果我们未能给读者留下一个准确的印象,那就要怪我们,而不该怨主题——这是在普通生活中发生的令人伤感的最真实的一个注意点。这是自诩为古老的高贵门第的最后一次痛苦挣扎。一位自幼便以贵族的怀旧的阴郁营养哺育自己、并且笃信一位贵妇为面包做的任何事情都要无可挽回地玷污她的手这类教条的女士,这位生来便是贵妇的女士历经六十年日见局促的财力,如今勉为其难地从她想象中的显贵地位的基石上降贵纡尊了。终身对她紧随不舍的贫困终于追上了她。她必须自食其力,否则唯有忍饥挨饿!当这位贵妇行将变为贫民之际,我们已经偷窥海波吉巴·潘钦小姐多时,实在是大为不恭。

在我们这个共和制的国度里,我们社会生活时起时落的浪潮总是要把一些人置于被淹没的边缘。这样的悲剧如同假日中的通俗剧一样反复不停地上演;又如同一个世袭贵族沉沦于他的地位之下那样令人感到深沉。而由于对我们来说,社会地位是财产和官职的更世俗的体现,一旦人死财空,就不再有精神存在,一切都无可奈何地随之而落花流水，这种感觉会尤为深刻。因此，既然我们在这样不吉的当口介绍我们的女主人公已经不幸之极，就只有恳请关注她命运的朋友抱着一种应有的庄重态度。让我们注视着吧，可怜的海波吉巴，这位不会不被忘却的女士——在此岸被缅怀上二百年，而在彼岸也就是再多出三倍时间——虽有她那些古董般的肖像、家谱、盾形纹章、记事和传说，以及她作为继承人之一对东边那块采邑的权利要求（如今那里已从蛮荒野地变成了人烟辏集的沃土），现在却要在她出生并度过了一生时光的潘钦街的潘钦榆树下的潘钦宅第里，就在这同一座宅第里，沦落为一个零售小店的小贩了。

　　这种开设小店的买卖几乎是所有类似我们这位不幸的遁世的女士所处的状态下唯一的生计了。她是近视眼，原本是僵硬和纤巧的手指如今颤抖不已，当不成女裁缝；虽说五十年前，她的缝纫曾作为最费解的装饰性针黹样品展示过。她曾经一再想过办一所小孩子的学校；还一度开始回忆她在新英格兰启蒙班的早期学业，为的是自己准备担任女教习。但对儿童的热爱从来没让海波吉巴激动心跳过，如今那份爱心即使没有消失，也已迟钝了；她从闺房的窗口观看邻里的小家伙，便怀疑自己能不能容忍和他们的亲密厮磨。何况，在我们今天，识字已经成为十分深奥的学科，再也不是从一个字母指向另一个字母的教授了，一个现代的儿童能够教老海波吉巴的，比老海波吉巴能够教那儿童的还要多。于是，她怀着许多冷而深的心悸，想到终于要和外边的天地发生暗淡的联系了——对那个天地，她多年来始终避犹不及，而且她那种与世隔绝的生活每过去一天，就要为她隐居的洞穴门口抵上另一块滚来的石头——这可怜的人儿为自己想到了那扇古老的店铺橱窗，那锈蚀的天平和那个尘封的抽屉格子。她本来还可再拖延一阵；但尚未提及的另一个情况多少加速了她的决定。她就此做了些卑微的准备，那个小店铺现在就要开张了。她没有资格抱怨她命运中有什么不如他人的晦气；因为，就在她家乡的小镇上，我们可以指出好几家类似的小店铺，其中一些就设在和七个尖角顶的宅第同样古老的住房里；大概有一两个店铺的柜台后面就站着和海波吉巴·潘钦小姐本人一样充当家族荣誉的不屈形象的衰朽的淑女。

我们必须诚恳地承认,这位高贵的老姑娘在把她的小店铺准备就绪向世人展示时的动作实在让人笑破肚皮。她踮起脚尖,小心翼翼地悄悄走到窗前,仿佛她发现了嗜血的恶棍藏在榆树背后,一心想谋害她的性命。她伸出精瘦细长的手臂,把一张纸上的珍珠纽扣、一只犹太琴①或者无论什么小玩意,放在其固定的地方,然后立即消失在暗处,如同外界再休想瞥上她一眼。人们确实可以想象,她希望不为人所见地为社区的需要服务,就像一个不露面的天神或女巫用一只无形的手把成交的商品递给诚惶诚恐的顾客。不过海波吉巴没有这样的奢望梦想。她很清楚,她最终必须走上前来,站在那里,以适当的身份露面;但是,她和别的敏感的人一样,无法忍受在渐进的过程中任人观察,而宁可选择在世人惊异的注目下立即闪现。

那不可避免的时刻没有多久可拖延了。现在已经可以看见阳光正在悄悄照到对街住房的前脸,从那里的窗户上射出一股反光,挣扎着穿过榆树的枝干,把小店的内部照得比此前清晰多了。镇子显然正在醒来。一辆面包房的推车已然辚辚行在街上,用它那不悦耳的叮叮当当的铃声,清除着夜间神圣的最后残余。一个送奶人正在逐户散发瓶装牛奶;一只渔民的螺号的嘶嘎的呜呜绕过远远的街角传了过来。这一切都没有逃过海波吉巴的注意。时候到了。再拖下去只能延长她的痛苦。一切都已妥当,只消从店门上取下门闩,把门敞开,任人出入——不仅如此,还要对所有的过路人都像家中的朋友一样表示欢迎,他们的目光可能会被窗里的商品所吸引。海波吉巴现在正办着的最后一件事——把门闩卸下,随着最动人心魄的咔嗒一响,震撼着她那激动的神经。随后——犹如将她和外界隔开的唯一屏障拆了下来,一股邪恶的结局会跌跌撞撞地穿过那道空隙——,她便逃进里间,倒进那把古老的安乐椅里,哭泣起来。

我们凄惨的老海波吉巴!对于一个试图用合理而正确的轮廓和真实的色彩勾画自然及其诸般姿态和环境的作家来说,这么多卑劣滑稽的事情会无可奈何地与生活随处向他提供的最纯真的怜悯因素掺和在

---

① 一种含在齿间的小形弹拨乐器。

一起，委实是个沉重的烦恼。比如说，在这样的一个场面里能够写进什么样的悲剧的庄严呢！当我们被迫介绍我们最突出的一个人物——既不是年轻可爱的少女，也不是历经风暴摧残却风韵犹存的美人，而是一位身穿长腰身的丝袍，头戴怪得可怕的头巾的瘦削、憔悴、关节锈损的老姑娘，我们又怎能升华那冤冤相报的历史呢！她的面容本不算丑，而且由于她近视得拧眉攒目露出愁苦相更显得非同一般了。最后，她伟大的生活考验似乎是：赋闲六十年后，她发现开设小店铺是赚来一口舒心饭的捷径。然而，如果我们看透一切英雄的人生业绩的话，我们就会发现，卑小和崇高都同样纠缠着欢乐与悲凉。生活中尽有石子和泥土。而如果在我们博大的同情心中没有怀着更深的信任的话，就会导致我们将嘲笑怀疑为侮辱，并猜忌命运的铁板面孔上的不见松缓的蹙额皱眉。所谓的诗一般的洞察力，就是在这种奇怪地纠结在一起的诸多因素中，分辨出被迫采取肮脏外表的美丽和庄严。

第三章 第一位顾客

海波吉巴·潘钦小姐坐在那把橡木安乐椅里,双手捂着面孔,听凭那颗沉重的心往下落去,这是大多数人在开办一个企业的前夕都经历过的:似乎那用铅铸就的沉甸甸的希望形象一时间既可疑又逼近了。她被一颗小铃铛的高亢、尖利和不规律的警报声猛地一惊。这位守贞的老淑女站起身,面孔如同鬼魂听到鸡鸣一般苍白;因为她是个被役使的精灵,而这正是她必须听命的驱邪咒。用浅显的字眼说,这只小铃铛是拴在店门上的,设计成通过一根钢簧来振动,这样,当有顾客上门时,就可引起店铺里间的注意。它那难听的响声(自从海波吉巴那位头戴假发的先人从生意场退休以来,此刻大概还是初次听到),立刻惊得她周身的每一根神经都呼应着不安的振荡。大难临到她头上了!她的第一位顾客就在门口!

她来不及多想,便冲进了店铺,那副面色苍白、动作狂野、表情和举止失措、预感到凶兆便已做出愁苦相的样子,更像是要和一个破门而入的强盗拼死相斗,而不像是在柜台后面满脸堆笑,为了一枚铜板的回报而做一笔小生意。当真如此的话,任何普通顾客就会调头而逃了。其实,在海波吉巴那颗可怜的老心里可是一点凶狠也没有,而且此刻,无论笼统地对外界,或是对个别的男人或女人,她连一点怨气都没有。她巴不得他们都好,但也希望她本人与他们和睦相处,哪怕是在她宁静的坟墓里。

那个买东西的这时已迈进了门口。他从曙光中神清气爽地走了进来,似乎随身把某种欢快的影响带进了店铺。他是个身材修长的小伙子,年龄不超过二十一二岁,脸上带着与年纪不相称的庄重和沉思的表情,但仍然焕发着轻松、快捷的精力。这不但能从他的体态和动作上一目了然,而且几乎能让人立刻感到是他的性格。他的下巴上挓挲着遮不满下颔的不算柔软的褐色胡须,他还蓄着短短的上髭,这些自然的点缀衬得他那深色的面孔和分明的五官益发英俊。至于他的装束,都属于最简单的那一类:他的短上衣用的是廉价的普通材料,花格呢马裤很薄,头上那顶草帽也绝不是上好的细缏编的。他这全套装束大概都是在"橡树厅"购置的。他勉强打扮得像位绅士——如果他如此标榜,也确实不差——因为他那身干净的亚麻布衬衫还是相当洁白漂亮的。

他的目光遇到了老海波吉巴的愁苦相,并没有露出惊讶的神色,仿佛他早已习而不察而且深知其无害了。

"是这样,我亲爱的潘钦小姐,"那位达盖尔派艺术家说——原来他就是这座七个尖角顶宅第唯一的房客,"我很高兴看到您没有从您良好的目的退缩。我只是想进来看看,表示一下我的美好祝愿,再问问我还能为您的准备工作帮些什么忙。"

处于困难和沮丧境地,或者对世界采取什么古怪态度的人们,能够经得起最为粗暴的对待,或许只会益发刚强;然而在他们面对认为是由衷的同情的最简单的表露时,却会立刻心软;因此,当她看到那年轻人的笑容——在那张沉思的面孔上是多么粲然啊——并听到他善意的语气时,她先是爆发出歇斯底里的笑声,接着便抽泣起来。

"啊,霍尔格雷渥先生,"她一缓过气来立刻叫道,"我永远都做不完!永远,永远,永远!我真巴不得我死掉,在古老的祖坟中,和我所有的祖先在一起!和我的父亲,我的母亲,还有我的姐姐在一起!对了,还有我的兄弟,他最好还是在那儿找到我,而不是在这儿!这世界太冷酷,太艰难了——何况我也太老了,太弱了,太孤立无援了!"

"噢,相信我,海波吉巴小姐,"年轻人平静地说,"这种感觉不会再困扰您了,等您这买卖做顺了就好了。这种感觉此时还是难免的,因为像您这样长期与世隔绝,远远站在一边冷眼看这个世界,就会把世人看成奇形怪状,您很快就会发现,这和儿童故事中的巨人和妖魔一样并不是真的。我就发现生活中没什么可怪的,因为一个人一旦实际与之交上手,一切看来都会失去其原样。所以说,只是您想得这么吓人罢了。"

"可我是个妇人!"海波吉巴哀婉地说,"我是想说,我是个淑女——不过我认为这已经是过去的事了。"

"好吧;别管是不是过去的事了!"艺术家答道,在他那好心的姿态中闪现出若隐若现的奇异的嘲讽光芒,"算了吧!没有那过去更好。恕我出语直率,我亲爱的潘钦小姐!我们难道不是朋友么?依我看,这是您一生中的一个走运的日子。今天结束了旧时代,开始了新时代。在此之前,您的血管里的生命之血已经逐渐变冷了,因为您高高在上,墨守高贵的圈子,而外部世界却在为了这样那样的必需而奋斗着。从今以后,您至少有了为一个目的而做出健康和自然的努力的意识,有了为人类的团结斗争尽您一分力量——别管是大是小——的意识。这就是成功——人人都会遇到的所有的成功!"

"您有这样的看法,霍尔格雷渥先生,是很自然的,"海波吉巴回答道,她挺了挺瘦高的身体,她的尊严稍稍受到了伤害,"您是个男人,年轻的男人,而且我推测,您和如今差不多每个人一样,长大成人时就有了追求您的福祉的观点。可我生来就是一位淑女,而且始终像位淑女似的生活着;不管在什么拮据的情况下,始终是淑女!"

"我可不是生来就是绅士;我的生活也不像个绅士,"霍尔格雷渥微笑着说,"所以嘛,我亲爱的女士,您难以指望我用这种情感来表示同情;不过,既然我不想自欺,我对这种情感还有些不完全的理解。绅士淑女这样的名号在这个世界以往的历史上有一种含义,有这种头衔的人就获得了想要的或不想要的特权。在当今——尤其是未来社会的条件下,这种头衔意味的不是特权,而是束缚!"

"这倒是新说法,"老淑女摇着头说,"我永远不会理解的;我也不希望理解。"

"那我们就停止说这个吧,"艺术家答道,面带比刚才更加友好的笑容,"我要请您自己感受一下,做一个真正的妇人是不是胜过做淑女。您当真以为,海波吉巴小姐,自从这座宅子建成以来,您家族的任何女士曾有过比您今天在这屋里所做的事更为英雄的壮举吗?从来没有;而如果潘钦家的人一向有高贵的作为,我就怀疑,您有一次告诉我的老巫师莫尔的诅咒到底能对上天教训他们有多大分量了。"

"啊!——不,不!"海波吉巴道,对于涉及世代相传的诅咒的不光彩往事并没有表示不悦,"如果老莫尔的鬼魂或是他的一个后人能够看到我今天待在柜台后面,他会把这看成他最坏的希冀实现了。但我为您的善意感谢您,霍尔格雷渥先生,而我要尽我所能做一个好店主。"

"请您就这样做吧,"霍尔格雷渥说,"让我荣幸地当您的第一位顾客吧。我在回我的房间之前先要漫步到海滨,我要在那里利用上天赐福的阳光,通过我的设备描绘出来人类的外貌。几块饼干蘸上点海水,刚好够我吃早餐。六块饼干要多少钱?"

"让我再多做一会淑女吧。"海波吉巴回答说,一丝忧郁的苦笑为她幽远的庄重投上一种优雅。她把饼干放进他的手里,但拒绝收款。"一个潘钦家的人无论如何也不能在她先辈的屋顶下,为了一点吃的要她仅有的朋友付钱!"

霍尔格雷渥走了,使她一时精神不那么压抑了。可惜,她的精神很快就又像刚才那样死气沉沉的了。她的心怦怦跳着,聆听着此时增多了的早晨的行人沿街走动的脚步声。有一两次他们似乎放慢了步伐;这些陌生人,或者也可能是邻居吧,在观看海波吉巴的店铺橱窗里陈列的玩具和漂亮的物件。她备受折磨:一则是深深的羞耻感,那些陌生和无爱的目光居然有权凝视,一则是因为她想到了一个念头,而且可笑地摆脱不掉,即橱窗摆放得不娴熟,没有显示应有的那种优越性。似乎她的店铺的盈亏全在于商品的不同陈列方式,或者该用一个更漂亮的苹果替代看着有些斑点的那个。于是她做了改动,但立刻又幻想着一切全都就此糟践了;而没有认识到这是由于关键时刻的紧张,以及她自己的那种老处女的吹毛求疵,才把一切都看成不如人意。

不久,就在台阶上有两个人相遇了,从说话的粗喉咙大嗓门可以听出是两个干力气活的。他们闲聊了几句他们自己的事情之后,其中一人刚好注意到了店铺的橱窗,就指着让另一个人看。

"瞧这儿!"他叫道,"你看这玩意儿怎么样?看来潘钦街的生意看好呢!"

"好啊,好啊,这倒是个苗头,没说的!"另一个人惊呼道,"在潘钦老宅里,就在潘钦榆树的下边!谁想得到呢?潘钦老姑娘办起了小店铺!"

"你看,她办得下去吗,狄克西?"他的朋友说,"我看这位置不大好。就在拐角那儿还有另一家店呢。"

"办得下去!"狄克西嚷道,他的表情极其轻蔑,仿佛这念头就是想入非非,"根本不成!嘿,瞧她那张脸——我可是见过,因为有一年我给她挖过花园——她那张脸足可以吓退撒旦本人,要是他有那副好心肠和她做买卖的话。我告诉你,人们受不了那张脸!她那副愁苦相实在吓人,不管有没有理由,纯粹出于最丑的脾气!"

"嗐,那倒没多大关系。"另一个人说,"这种坏脾气的人做些生意多半倒得心应手,清楚该怎么做。不过,像你说的,我看不出她能干出多大名堂。这种开小店的生意做过头了,跟别的行当一样,就是工匠手艺和力气活。我可知道,我是吃了亏的!我老婆开了三个月小店,光她的开销就赔掉了五块钱!"

"倒霉的生意!"狄克西附和说,听口气他还摇了摇头——"倒霉的生意!"

出于分析不清的这样那样的原因,海波吉巴一听到上述的对话,原先刺激着她的忧心忡忡,又增添了无以复加的痛苦。有关她的愁苦相的那番议论真是重要得骇人;似乎是从她自爱的虚伪光芒中把她的形象彻底揪了出来,而且难看得她自己都不敢正视。尤其是,她心力交瘁地开办的这爿店铺,对公众——这两个人算是最近的代表——似乎完全无足轻重,这实在让她伤透了心。只是这么一瞥,说上了一两句话,粗声粗气地放声大笑,不消说,他们没转过街角就把她忘个一干二净了!他们毫不顾及她的尊严,对她的沦落也不予理会。随后,从那纯粹的经验之谈而来的不成功的不吉利的预言,如同把尸体投入坟墓一般落到了她那半死的希望之上。那人的妻子已经作过同样的试验,而且失败了!这样一位生就的淑女,过了半生的与世隔绝的生活,完全没有涉世的体验,而且年届六旬,又如何能够梦想成功呢,何况那个硬朗、粗俗、热切、忙碌、平庸的新英格兰妇人在她的小小开销上已经损失了五元钱!成功既然没有可能,成功的指望就只能是荒唐的泡影了。

极尽逼疯海波吉巴之能事的某种恶毒精神,在她的想象力面前展开了一种全景,显示出顾客人头攒动的城市通衢大街。那儿有多少漂亮的商店啊!杂货店、玩具店、干货店,橱窗镶着大块的厚玻璃板,室内装修得令人眼花缭乱,各色各样的商品琳琅满目,一应俱全,表明了投资之巨大;每座店堂尽头装着的那些大型镜子,通过明亮的层层映像,把室内的财富照成了两倍!在街道一侧的光灿灿的商场里,那些衣冠楚楚、洒了香水的商人,满脸堆笑,点头哈腰,推销着商品。在街道的另一侧是昏暗的七个尖角顶老宅,古旧的店铺橱窗缩在突出的二层楼下,而海波吉巴本人身穿霉腐的黑色丝袍,待在柜台后面,愁苦着脸凝视着匆匆过往的外部世界!这一强有力的对比映衬得她赖以为生计开始奋争的那些小货色益发不足取。能成功吗?荒谬!她再也不会这样想了!当别的住宅沐浴在阳光之下时,这栋古宅完全会依然笼罩在无尽无休的雾气之中;因为不会有一只脚跨过店铺的门限,也不会有一只手推一下店门!

然而,就在此时,悬在她头上方的店铃,如同受到魔法般地叮当响了起来。这位老淑女的心似乎被连到了那同一根钢簧上,因为已经随着那铃声剧烈地谐振了好一会。门被猛地打开,只是那半截窗户外不见人影。而海波吉巴却紧握双手站在那里盯视着,那神情仿佛是已经召唤来一个邪恶的精灵,虽说内心忐忑,仍决心铤而走险,与之周旋。

"上天帮助我!"她心里呻唤着,"现在是我需要你的时候了!"

那扇门在锈蚀的门轴上吱吱作响,艰难地被迫开启了,一个两颊红润得苹果似的虎头虎脑的小顽童露面了。他衣着褴褛(不过看来更像是出于他母亲的疏忽而不是由于他父亲的贫穷),系着一条蓝围裙,穿着又肥又短的裤子,脚下是露趾的鞋子,头上扣着一顶柳条帽,弯曲的鬈发从缝隙中钻了出来。他腋下夹着一本书和一块石板,说明他正在去上学的路上。他用一位老成顾客的那种目光盯视了海波吉巴一会儿,不知该如何对待她逼视他的奇怪的愁苦相和悲凄的态度。

"好啊,孩子,"她说,看到原来是这样一个不足惧的小人儿,她的精神振作了起来,"好啊,我的孩子,你想要点什么?"

"窗子里放的那个黑小子。"小顽童一边回答,一边递过一分钱,还指着在他懒洋洋地去学校的路上吸引了他注意力的那个人形姜饼。

于是海波吉巴便伸出她那瘦长的手臂,从橱窗里取出那个人形姜饼,递给她的第一位顾客。

"别提钱了。"她说着,轻轻把他推向门口;她不由自主地出于固有的高贵派头对那枚铜板不屑一顾,何况,用一小块不新鲜的姜饼去交换一个小孩子的零用钱,也太可怜太卑下了。"别提那一分钱了。欢迎你要那个黑小子。"

那孩子瞪圆了眼睛瞅着这一慷慨的举动,他虽然时常出入这类小店,却从未经历过这种事情,他接过那个姜饼人,就走出了店铺。还没等他走到便道上(他可是个小馋猫!),那个黑小子的脑袋已经进了他的嘴。由于他没有仔细关好门,海波吉巴只好在他走后费点事把门关上,还对那个年轻人,尤其是这个小男孩惹下的麻烦小声哼唧了一两下。她刚刚另外拿了一个黑小子姜饼放到橱窗里,店铃又叮叮当当地响了起来,门也再次给推开,随着那特有的吱吱嘎嘎的声音,两分钟之前刚刚离去的胖胖的小顽童又露了头。那块还没吃完的糖果美餐褪了颜色的残余还在嘴里含着,看得一清二楚。

"这次要干什么,孩子?"老姑娘不大耐烦地问道,"你是回来关门的吗?"

"不是,"那个小顽童边回答,边指着刚放好的人形姜饼,"我想要另一个黑小子。"

"好吧,给你。"海波吉巴伸手取下姜饼;但她意识到,只要她的店铺里还有一块人形姜饼,这个不死心的顾客是无论如何不肯走的,于是她把伸出去的手收回来一些:"那分钱呢?"

小男孩已经把那枚硬币准备好了,不过,仍像个真正的天生美国佬一样,生怕自己吃亏。他脸上带着懊悔的样子,把那枚硬币放到海波吉巴手里,走出店门,立即从第二个黑小子的身上追寻起先前的滋味。新店主把她的生意的第一笔实实在在的收入放进抽屉格子。完啦!那枚铜币上地道的铜臭再休想从她的掌心上洗掉了。那个小学生在黑人舞蹈家的顽皮身形的协助下,已经造成了无可弥补的毁损;古老贵族的构架已经被他推翻,犹如他孩子气的折腾推倒了这座七个尖角顶的大厦。现在,让海波吉巴把老潘钦的一幅幅肖像都转过去面对墙壁,把她家的东部领地的地图投进厨房的灶膛,用她悠久传统的空乏的吹气煽起火苗吧!她能够为先人做些什么呢?没有;对她的后人也同样无所作为!现在没什么淑女了,只有一个没有头衔的海波吉巴·潘钦,一个被人遗忘的老姑娘,一个小店的老板娘!

然而,即使在她把这些念头有些炫耀地在脑子里一一想过之时,她居然还那么平静自若,实在令人诧异。自从她的谋划逐渐成形以来,那种在睡眠或阴郁的白日梦中始终折磨着她的忧心和疑虑,竟然化作乌有。她确实体味到了她的崭新的地位,便不再受恐惧的干扰了。甚至不时有一种几乎是充满青春愉悦的激动。那是历经她生活中长时期麻木乏味的与世隔绝之后,从外界吸进的新鲜又具活力的空气。这种作用实在彻底!这种力量实在神奇,我们闻所未闻!就在海波吉巴有生以来伸出手去自食其力的时候,多年来为她深知的最健康的闪光,如今在最危急的关头,突然出现了。小男孩的那枚圆圆的小铜板——虽然它本身黯无光泽,却在世界上到处给人以小小的帮助——已经证明是个香气四溢的驱邪物,完全值得用黄金铸就,佩在她的心坎。它那种潜在的功效,或许不亚于一个电流圈!无论如何,海波吉巴的身心从其微妙的作用中大受裨益,以致她在其鼓舞下去准备了一些早点,而且不仅如此,她还在喝红茶的时候让自己多喝了一匙,以便保持她的勇气。

她的小店开张的第一天,是在大受这种欢欣鼓舞心情的多次严重干扰下不平静地度过的。作为一般的规律,上天赐予人的鼓励,绝不超出足以使他们保持合理并充分地发挥他的能力的程度。就我们这位老淑女而论,在新的努力的激动平息以后,此前和今后始终都威胁着她全部生活的那种沮丧就又恢复了。如同我们常见的那种大面积的浓云,遮没了天空,到处只有昏黄的一片,直到夜幕降落之时,才暂时让位于一抹阳光;然而,那满怀妒意的云朵总是要再次在湛蓝的天际上集结起来。

随着午前时光的消逝,小店又有人来光顾过,不过相当徐缓;必须承认,有几次还使顾客或海波吉巴不很满意;而且总的来说,抽屉格子中聚积的收款并不很多。一个小女孩被她母亲打发来配一束特殊颜色的棉线，买走了据这位近视的老女士宣称是分毫不爽的货色，但小女孩很快就跑了回来，还带来了唐突愠怒的口信，说那束线颜色不能用，而且还都糟朽了！随后，来了一位面色苍白、脸上满是操劳的皱纹的妇女，年纪不大却形容枯槁，而且头发中已经有了绺绺灰发，仿佛别着银色发卡；这种女人你是能够一眼就认出来的，多半是被粗暴的——八成是酒鬼——丈夫折磨得半死不活，而且至少有九个孩子，这种女人自然都很斤斤计较。我们所说的这个女人想要几磅面粉，而且也掏出了钱，但是我们这位潦倒的淑女默默地拒绝了货款，还给了那可怜的人儿更多的分量。之后不久又来了个穿蓝色棉布大衣的男人，买了一个烟斗，立时把整个店铺充满了烈酒的热烘烘的气味，那气味不仅从他呼出的热气中升起，而且还像燃着的煤气般的从他的周身散发出来。海波吉巴有一种感觉，这就是刚才那个满脸操劳皱纹的女人的丈夫。那男人要一包烟叶；由于她忽略了备这种货，那位粗暴的顾客把刚买的烟斗一扔，转身就出了店铺，嘴里还说了些不雅的话，其语气和刻毒都无异于咒骂。海波吉巴连忙闭上眼睛，面对着上天不自主地做出了愁苦相。

整整一上午不少于五名顾客，想买姜汁酒、植根酒这类的淡啤酒，由于没有供应，便愤愤地离去。其中三个人门也没关就走了，另外两个恶狠狠地出门，把那个小小的店铃碰得山响，震撼着海波吉巴的晦气的神经。一个面颊火红、圆圆胖胖的邻妇，风风火火、气喘吁吁地跑进店里，迫不及待地要买酵母，当这位可怜的淑女以她冷静羞涩的态度，让她浮躁的顾客明白，她没有备下这种货时，那位能干的家庭主妇立即担当起正当的指斥之责。

"一个小店，没有酵母！"她说，"这可不像话！谁听说过这种事？你赚的钱永远不会增多，就像我今天不顺心一样。你最好马上关门。"

"唉，"海波吉巴深深地叹了口气，"也许我得这么做！"

除去上述例子，她那淑女式的敏感还多次受到人们对她讲话时即使不算粗鲁也称不上尊重的语气的严重干犯。显然，他们不仅把她视为平等之辈，而且还以高高在上的施恩者自居。本来，海波吉巴曾经不自觉地得意地想过,她周身散发着某种光束或光晕,会使人对她那纯正的高贵气派顶礼膜拜,或至少是予以默认。而另一方面,当这种认可表现得过于突出时,那种折磨却让她最无法忍受。对于一两个人相当殷勤的同情表示,她的反应中不乏苛刻;而且,海波吉巴曾怀疑她的一位女顾客进店来并非当真需要她假装要买的东西,只是心怀叵测地瞪瞪她,我们得遗憾地说,这可是她明显的非基督徒的心态。那个粗鄙的家伙打定主意要亲眼目睹一下,这位温文尔雅的高贵女性在荒废了青春和长期与世隔绝之后,坐在柜台后面会是一副什么模样。就这次特定的例子而论,不管海波吉巴的拧眉攒目在别的情况下是多么呆板无害,这次可是恰如其分地表达了她的愁苦。

"我这辈子从来没这么吓坏过!"那个好奇的顾客向她的一位相识描述这件事时说,"她可真是一个地道的悍妇,信我的话好了!说实话,她没说什么,可是只要你看看她眼里那种凶狠狠的神气就足够了!"

因此,总的说来,我们这位衰朽的高贵淑女的新经历使她对她视为下等人的脾气和举止得出了难以相处的结论,那些人都是她此前由于自己处于不容置疑的优越地位,怀着高贵和怜悯的真情所轻蔑的。不过,不幸的是,她也还得与一种完全相反的苦情相斗,那就是对直到最近她还以自己侧身其间而引以为荣的无所事事的贵族阶级的刻毒忌恨。当一位女士身穿轻柔昂贵的夏装,蒙着飘动的面纱,优雅地摆动着长袍,以那种若有若无的轻飘,使你去观看她穿着秀丽拖鞋的双脚,以便弄清她是在土地上曳步还是在空气中飘浮——当这样一种意象刚好穿过这条今不如昔的街道,在她的身后留下温柔和虚幻的幽香,如同有一束发出茶香的玫瑰被人举着走过——这种时候,恐怕老海波吉巴的愁苦相就无法再以近视的托辞来自我辩解了。

"为了什么目的,"她想着,所发泄的这种敌对情绪正是穷人在富人面前唯一真实的自卑,"为了什么良好的目的,有上天作证,那个女人才活着呢?难道为了她那双手掌保持洁白纤秀,而要让整个世界受苦受难吗?"

这时,她深怀羞惭之心,蒙上了脸。

"愿上帝宽恕我!"她说。

无疑,上帝确实宽恕了她。不过,考虑到第一个半天的内在和外部的历史,海波吉巴开始担心,这爿店铺会从道义和宗教的观点上证明她的破产,而无法哪怕只对她暂时的福祉做出最基本的贡献。

第四章 柜台后的一天

将近正午时分,海波吉巴看到一位身材高大魁梧、举止异常尊贵的年长绅士沿着白亮多灰的街道的对面缓缓走过。就在走进潘钦榆树树荫下面之时,他站住脚步,并且(在取下帽子的同时,揩去眉毛上的汗水)似乎怀着特殊的兴趣,仔细打量起前脸损蚀的七个尖角顶宅第。他本人那与众不同的风度其实和这栋宅第一样耐人寻味。那种高雅尊贵是无须去找,也不可能找到更好的模式的;那种气派,出于某种难以言传的魔力,不仅从他的外貌和举止上表现出来,甚至笼罩在他那身十分合身得体的衣服上。他的装束从外表看与别人的没什么形式上的差别,但却有一种无处不在的庄重,那是由穿衣服的人的气质决定的,而绝非材料或裁剪造就的。他那根镶着金头的乌亮的木制手杖也有着同样的效果,设若单独出现,无论在什么地方,人们都会认定是显示主人身份的代表。这种气派——在他身上到处显而易见,我们尽可能将其效果传达给读者——最深刻地体现在他的身份、习惯和外部环境上。人们会觉得他是一位举足轻重的头面人物;尤其敢肯定他是一个富翁,仿佛他曾出示过他的银行存折,或者看过他触摸过潘钦榆树的细枝,像迈德斯似的将其点化为黄金[①]。

他年轻时大概被人视为翩翩少年;到了目前的年纪,眉毛显得太浓,太阳穴太秃,残余的头发太灰,一双眼睛过于冷酷,上下嘴唇抿得过紧,已经毫无英俊可言了。他应该请人作一幅五官浓墨重彩的肖像,尽管他的相貌在落到画布上的过程中肯定会变得刺目,但现在为他造像或许比先前的任何时候都更恰当其时。画家会感到求之不得地研究他

[①] 西方传说中古腓立基亚的迈德斯国王求神获得点金术,结果凡他所触之物均变成黄金。

的面孔,证明那张脸能作出各种表情:一颦一蹙可使之阴沉,一嘻一笑能为之增光。

当这位年长的绅士站在那里观望潘钦宅第时,他脸上便相继闪过皱眉和微笑的表情。他的目光落在小店的橱窗里,就把拿在手中的一副金丝眼镜架到鼻梁上,详尽地观察起海波吉巴摆设的那些小玩意和小商品。起初他似乎面露不快——不,应该说他极不满意——然而,他立即就显出笑意。就在他唇上笑意未消时,他瞥见了不情愿地俯向橱窗的海波吉巴;他那苦涩尴尬的笑容登时焕发出粲然的自得和慈悲。他怀着既尊贵又谦恭的仁慈的喜悦躬身颔首,又继续走他的路了。

"那是他!"海波吉巴自语道,同时吞咽下去一种苦恼之极的情感,而既然无法摆脱,便竭力将这种情感逐回心底,"不晓得他作何感想?他感到愉悦吗?啊!他在回头看呢!"

那位绅士在街上站住脚,半转过身,眼睛依然凝视着店铺橱窗。事实上,他已经完全掉转身体,还迈出一两步,仿佛打算走进小店;但他这一目的刚好被海波吉巴的第一位顾客抢了先:那个吃过黑小子的小生番正在被象形姜饼吸引得割舍不开,瞪大眼睛盯着橱窗呢。这个小顽童好大的胃口!刚刚在早餐后吃掉两个黑小子!如今又要在午饭前用一只大象开胃了!等到这位顾客办完他的货,那位年长的绅士已经迈开脚步,转过街角了。

"随你怎么想吧,杰弗瑞堂兄!"这位老姑娘小心翼翼地探出头去,向街道两头来回看了看,回到店里低声咕哝道,"随你怎么想吧!你已经看到了我的小店橱窗了!唉!你有什么可说的?只要我活着,潘钦宅第难道不是我自己的吗?"

这件事发生之后,海波吉巴退回到店后的里间,她先是抓起一只织了一半的短袜,开始神经质地东一下西一下地胡乱织了一阵,但很快就发现她织乱了针脚,便撇到一旁,急匆匆地在屋里团团转。最后,她在她的祖先、这栋住宅的奠基人、那位老清教徒板着面孔的肖像前停下了脚步。从一种意义上说,这幅画像已经差不多消退到了画布之中,在昏黑的岁月中将自身隐藏了起来;从另一种意义上说,她又不禁幻想着,与她儿时就已司空见惯的相比,这幅肖像却变得益发咄咄逼人和意味深长了,因为,尽管那具体的轮廓和形象已经在这位注视者的眼前愈益昏暗模糊,但那位画中人物的大胆、坚韧同时又含蓄的个性却似靠某种精神解脱而突显了出来。这种效果偶尔会在古旧的画像中看到。那些画像自有一种神肖,是画家(如果他具备当今画家们的自鸣得意之类的心情的话)绝想不到为其恩主呈现的特有表情,然而我们却一眼便认出那反映了一个人的灵魂的不可爱的真相。在这种情况下,画家对被画人内心世界的深入观察,自动地渗入到肖像的精髓之中,而在表层的色彩随岁月磨损之后,便会显现出来。

海波吉巴盯视着肖像,在其目光下战栗起来。她对之与生俱来的敬畏,使她不敢把画中人物的品性看得如此苛毒,然而她所发现的真相又迫使她不得不这样看待。但她仍目不转睛地凝视着,因为画中人物的面孔使她能够——至少她这么想象——更精确、更深刻地理解她刚才看到的街上的那张面孔。

"就是这个人!"她自言自语地咕哝着,"让杰弗瑞·潘钦随心所欲地微笑吧,微笑背后就是那副模样!让他戴上一顶室内便帽,佩上绦穗,穿上一件黑斗篷,一手握《圣经》,一手擎铁剑,再让杰弗瑞照他的样子堆起笑容——谁都不会怀疑是老潘钦再世了!他已经证明了正是他起造了一座新住宅!或许也会招致新的诅咒!"

海波吉巴就这样胡思乱想着往事。她过于离群索居了——在潘钦宅第里深居简出得太久了——以致她本人的头脑也浸透了宅子的朽木的衰腐。她需要在正午沿街散散步,来保持头脑正常。

出于对比的联想,另一幅肖像在她眼前升起,那是出自别的画家都不敢冒此风险的最大胆的恭维的手笔,其细腻的笔触描绘得纤毫毕现,逼真酷肖。莫尔本派的小巧画像,虽然画的是同一个人,比起海波吉巴的那幅集钟爱和伤怀的记忆于一身的风化了的肖像,却要低劣得多。娇柔、温顺和欢快的容貌,即将露出笑意的丰满的红唇,那双明眸闪着温柔的亮光似乎也预示着眼睛就要眯出笑纹!男女两种性别的特征不可分割地融溶为一!那帧小肖像也有这最后一种独特之处;因此人们必然会想到像中的本人酷似其母,而她则是个可爱的和讨人喜欢的女性,或许具有性格上的某种美好的弱点,使得他人乐于结识并易于爱恋她。

"是啊,"海波吉巴怀着哀伤想道,那情感只是从她心底涌向眼睑的更可容忍的部分,"他们在他心中摧残了他母亲!他从来就不是一个潘钦家的人!"

但这时店铃又响了起来;那声音仿佛来自遥远的地方——那是因为海波吉巴业已沉浸在她回忆的坟墓般的深处。她一走进店铺,就看到那里站着一个老人,他是潘钦街上的一位穷苦居民,多年来,她一直勉强把他视为这宅子的熟客。他老得让人说不准年纪,仿佛始终就是满头白发和一脸皱纹,从来就只有过一颗半残的上门牙。就海波吉巴记忆所及,这位邻居们都称作凡纳大叔的老人总是躬腰驼背,拖着脚步,沉重地踏在砾石或铺过的路面上,在潘钦街上走来走去。然而他身上仍有一种刚强和活力,不仅让他逐日里苟延残喘,而且能让他在这显然十分拥挤的世界上保有他的一席栖身之地。他举步维艰地缓缓而行,人们不禁怀疑他究竟能到达什么目的地;他锯上一两英尺小块的家用木柴,或者把一只旧木桶砸成碎片,或者把一块松木板劈成柴火;夏天,他为廉价出租住房的花园挖几码土,用他的劳动分上一半收成;冬天,他铲除便道上的积雪,或者在雪地里扫出通向柴棚的一条小路或沿晒衣绳下的一片空地;这就是凡纳大叔为二十多户人家所做的一些必要活计。在这一圈主顾中,他独占鳌头,大概和一个教堂执事在他的教民中独享教区事务权力一样热衷。他从未坚持权利养上一口向教堂缴纳什一税的猪;但是,他却以煞有介事的那种郑重姿态,每天早晨在他那个圈子里转悠着,搜集人家的残羹剩饭,充当他那口猪的饲料。

在他较为年轻的时候——毕竟有一种模模糊糊的因袭看法,觉得他曾经不是年轻而是较为年轻过——人们普遍认为凡纳大叔至少在智力上有些欠缺。事实上,他还确曾对此予以默认,因为他既不像别人那样胸怀大志并孜孜以求,又只谦卑恭谨地参与属于低下智力的生活交往。但如今到了他这把年纪,——或者由于他长期的苦难经历确实让他头脑开了窍,或者由于他那日益衰退的判断力使他更无自知之明——这位令人起敬的老人居然自命聪明过人,而且还当真以此为荣。有些时候,他身上也会有些诗一般的意向;那是他的头脑在其小小的断壁颓垣中滋生的墙花或青苔,为他早年和中年生活中的平庸增添了魅力。海波吉巴对他怀着几分敬意,因为他的名字在镇上很古老,原先又一直颇受尊敬。奖给他一种不拘礼仪的敬重的更好的理由是:凡纳大叔在潘钦街上,除去七个尖角顶的宅第或许再加上为其遮阴的潘钦榆树之外,他是众多的人和物中存在最久的了。

此刻这位长者出现在海波吉巴面前,他身穿一件旧的蓝色外衣,那衣服有点时新的派头,准是哪个爱打扮的执事从弃置的衣箱里赏给他的。至于他的裤子,是亚麻短纤维的料子,穿在他的腿上嫌短,后裆还怪模怪样地垂下一个鼓包,不过对他的身姿倒很合适,而他别的衣服却没有这种优点。他的帽子和他的一身打扮毫不相称,戴在他的头上是太小了。于是,凡纳大叔成了一位七拼八凑的老绅士,有一部分是他自己,但也有相当一部分是别人;那也是不同年代补缀在一起的结果;还是多种时代和风尚的缩影。

"唉,你真的开起买卖了,"他说,"真的开起买卖了! 嘿,我看到了可真高兴。在这个世界上,年轻人绝不该过游手好闲的日子,老年人也不行,除非全身害了风湿病。这毛病已经给了我警告;再过两三年,我就得想到撒手生意,退休回我的农场了。就在那边——就是那座大砖房,你是知道的——那个济贫院,人们都这么叫的;但我想先干我的活儿,再到那儿去享清福。我很高兴你开始干你的活儿了,海波吉巴小姐!"

"谢谢你,凡纳大叔。"海波吉巴微笑着说;她对这个头脑简单、说话唠叨的老人一向怀着善心。假如他是个老妇人,她也许会拒绝此时这种畅所欲言。"我该开始做点事了,真的! 不然的话,说实在的,我刚开始恐怕就该放弃了。"

"噢,千万别这么说,海波吉巴小姐!"那老人回答道,"你还年轻嘛。唉,我从来没觉得自己像今天这么年轻,就好像还是不久以前,我常看见你在这栋老宅子门口玩儿,还是个小孩子呢! 不过,你更常坐在门槛上,一本正经地盯着街道;你总有一种一本正经的样子——一种小大人的神气,那会儿你才齐我膝盖那么高。就像我现在看着你这样真切;而你爷爷穿着他的红披风,戴着白假发、三角帽,手里提着手杖,从房子里走出来,那副走上街的神气真高贵!那些在革命前长大的老绅士个个都要摆出派头。我年轻的时候,镇上的大人物都叫作国王;而他的夫人,可不叫王后,而叫女士。这年头,不敢让人叫国王了;要是他觉得自己高人一等,反倒只好尽量屈尊去俯就别人。我在十分钟前见到了你的堂兄,那位法官;尽管我穿着这么条破裤子,这是你看见的,法官还向我举了举帽子,这是千真万确的!反正,法官微笑着点了头!"

"是啊,"海波吉巴说,一种苦涩的东西突然悄悄地钻进她的声音,"我的杰弗瑞堂兄,人们都觉得他的微笑很动人呢!"

"是这样的!"凡纳大叔应声说,"他的微笑对潘钦家的一个人来说,可是够突出的;因为,请你原谅,海波吉巴小姐,你们家的人从来没有容易相处的名声。没法跟他们接近呢。我说,海波吉巴小姐,要是一个老头子可以大胆问一声的话,潘钦法官这么有钱,干吗不走来告诉他的堂妹,把小店立刻关掉呢?要干点事是你的本分,法官这样对你不管不顾可是没尽到心!"

"你要是愿意的话,凡纳大叔,咱们别谈这个了。"海波吉巴冷冷地说,"不过,我得说,要是我选定了为我自己赚来吃喝,那可不怪潘钦法官。是绝不应该责备他的。"她想到了凡纳大叔年纪高迈,待人又这样谦恭亲切,就又更和善地补充了一句,"过上一段时间,也许我觉得随你退休到你的农场去挺好呢。"

"我那个农场可不是坏地方!"老人兴致勃勃地高声说,仿佛真有什么令人欣慰的前景,"那个挺大的砖盖的农舍也不是坏地方,尤其对那些愿意找好多老伙伴的人,我就是这样。有时候,在冬天的夜里,我特别想和他们在一起;像我这样的孤苦老人,除去密封的火炉没个伴儿,那样打着瞌睡熬过一晚上,实在枯燥乏味。夏天也罢,冬天也罢,我那农场的好处都说不尽!就拿秋天来说吧,再也没有比在谷仓或柴堆的向阳的一面待上一整天,跟和你一样老的人聊天更痛快的了;要不,就和一个会过悠闲日子的天生的傻瓜消磨时光,因为我们这些忙忙碌碌的美国佬从来都不知道该怎么给他派用场呢!听我的吧,海波吉巴小姐,我真不知道我有过没有像我在我的农场那样舒服的日子,大多数人都管那地方叫济贫院。可是你呢,——你还是个年轻女人哪——你绝不需要到那儿去的！还会有些更好的事情会出现在你面前的。我敢说这句话！"

海波吉巴思忖着，在她这位一把年纪的朋友的模样和语气中有什么独特之处；于是，她便十分热切地盯着他的面孔，如果那里隐藏着什么秘密含义的话，她就竭力看个明白。但凡处于绝境的人无不靠希望来保持生命力，而在他们掌握着的足以形成任何审慎的良好愿望的实物越少时，那美好的愿望就越像空中楼阁。因此，在海波吉巴完善她开办小店的设想的整个过程中，始终怀着一个朦胧的念头，一笔外财会为她从天而降。比如说，一位五十年前航海到印度，一向音讯全无的叔叔，也许会不期而归，在他的衰朽之年收养了她，用珍珠、钻石和东方的围巾及缠头装扮她，并且把她定为他那无法计数的财富的最终继承人。再比如说，她的家族留在英格兰的那一支目前的长者是位议员——而大西洋这一侧的家族支脉在过去的两个世纪里与那边的宗亲始终没有什么联系——，那位显赫的绅士可能会邀请海波吉巴离开颓败的七个尖角顶宅第，返回英格兰，在潘钦大厅同她的旧宗同居一堂。然而，出于绝对必要的理由，她却无法屈从他的要求。因此，更可能的倒是：迁移到弗吉尼亚的潘钦家一个成员的后裔，经过几代已成为那里的一个大种植园主——听说了海波吉巴的窘迫，并且在丰富了新英格兰血脉的混有弗吉尼亚性格的慷慨大度精神的推动下——将给她汇来一千美元的款子，还暗示以后每年都会重复这样的馈赠。或者再举例说，——诚然，任何无可争辩的事情一定不可能超出合理预期的限度——瓦尔多县那一大片土地的继承权可能最终判给潘钦家族；因此，海波吉巴不必开办小店，而是要建起一座殿堂，从最高的塔楼上向下俯视她祖传领地中自己的那一份：山岗、溪谷、森林、田野和城镇。

这都是些她长期梦寐以求的，而且在这种幻想的支撑下，凡纳大叔信口鼓励的一番好心，在她头脑的那个贫乏、空荡和忧郁的腔室中便燃亮了欢喜的辉光，犹如那个内部天地猝然被煤气灯照得通明。然而，或者是他对他的空中楼阁一无所知——他又怎么会知晓呢？——或者她那热切的愁苦相扰乱了他的冥想——连比他勇气大得多的人都顶不住她那副模样——，凡纳大叔不但没有继续讲什么更有分量的话题，而是高高兴兴地赠予了海波吉巴一些她开店能力方面的忠告。

"别让人赊账!"——这是他的一些至理名言——"绝对不要接受纸币!看好你的零钱!在四磅重的砝码上敲敲银币,识别一下!拒绝所有的英国半便士和含贱金属的劣等铜板,这种钱在镇上是很多很多的!闲着没事的时候,就织织小孩子的毛短袜和连指手套!自制酵母,自酿姜汁啤酒!"

就在海波吉巴竭尽全力消化他已然表达出来的智慧的又硬又小的药丸时,他道出了他的最后的、自称是他最重要的劝告:

"对你的顾客要做出笑脸,在递给他们所要的东西时,要愉快地笑!一件陈腐的商品,如果你把它浸到温馨明亮的善意的笑容中,会比你用愁苦相盯视着的新鲜货色还容易脱手。"

对这最后一条箴言,可怜的海波吉巴报以深沉的叹息,几乎把凡纳大叔瑟瑟地吹走,如同他是一片枯叶——他其实就是——遇到了一阵秋风。然而,他镇静了一下,就俯身向前,用他衰老的面孔上诸多的感情,招呼她向他靠拢些。

"你希望他什么时候回家来?"他低语道。

"你指的是谁?"海波吉巴问,面色苍白了。

"啊?你不喜欢谈这个。"凡纳大叔说,"好吧,好吧!我们再不说了,尽管城里对这件事议论纷纷。海波吉巴小姐,我记得他还不能自己跑的时候的样子!"

在那天剩余的时间里,可怜的海波吉巴作为店主,比起早些时候的努力,表现得更不如人意了。她像是在梦游,或者说得更准确些,由她的情感幻觉出来的生动的现实生活使得外界发生的一切都变得虚渺,如同一个昏睡的人的骗人的幻梦。她仍然对店铃的频频声唤机械地作出反应,并且按照顾客的要求,用昏聩的目光在店中寻找着一件又一件商品,把他们索购的那样东西取出来,往柜台上一扔——大多数顾客都以为她在使性子。的确,当精神飞往过去或是飞进更尴尬的未来,或是以任何方式跨越其自身地域和现实世界之间无形的疆界之时,有一种悲哀的困惑,因为在现实世界中躯体仍在不啻蝇营狗苟地苦苦偷生。这种苟且偷生与死无异,却无死亡的那种安宁的特权——那种解除一切精神烦恼的自由。而当实际的责任屈从于鸡毛蒜皮的琐事，就像如今这样烦恼着这位老淑女的宁静沉思的灵魂时，这种困惑就尤甚了。由于这种命中注定的厄运，整个下午顾客川流不息。海波吉巴在她的小店中东奔西撞，犯下最闻所未闻的错误：本来一磅蜡烛是十支，她却时而包上十二支，时而包成七支；她还把姜粉当作苏格兰鼻烟，把大头针和缝纫针颠来倒去地出售；她又一再算错零钱，有几次亏了别人，但更多是亏了自己；她就这样弄得乱上加乱，到她忙碌一天，关门打烊时，她惊诧莫名地发现，她的钱柜里几乎没有什么银币。经过她整日的奔波劳碌，全部收入大概只有五六个铜板，还有一枚令人生疑的九便士，最终证实也是铜币。

　　无论以这一代价或者以什么代价，她盘算着这一天总算是过去了。她从来没有感到从清晨到黄昏的漫长的一天如此悠悠难过，不欲为又不得不为的那种苦挣苦熬，以及巴不得立刻灰溜溜地无可奈何地躺倒，听凭生活及其劳累和烦恼从身上践踏而过！海波吉巴的最后一笔生意是与那个吞吃了黑小子和大象的小顽童做的，他这次要吃一峰骆驼了。她神不守舍地先给他拿了一条木龙，然后又取出一把石子；但两样东西都未被他那不择食的胃口所接受，她便匆忙地把她能凑成一部博物史的各色姜饼和盘托出，才算把那位小顾客推出店门。随后她便用一只未织完的短袜塞住店铃，给大门上了一道橡木门闩。

　　就在她关门的当儿，一辆公共马车在榆树的枝叶下面停了下来。海波吉巴的心揪到了喉咙口。往事的烟云遥远而晦暗，中间毫无阳光照耀，而她唯一的客人竟然会如期而至！她现在就要与他谋面了吗？

　　不管那人是谁吧，反正已经从公共马车的尽里头向车门而来。一位绅士下了车；但他只是伸出一只手去搀扶一个少女，其实她身段苗条根本用不着这样帮助，这时她已然轻巧地走下阶梯，并且从最后一级上轻盈地一跳，落到便道上了。她对她的骑士奖以微笑，他的脸上映着那粲然的笑容，返身又进了马车。那少女这时转过身来，到了七个尖角顶的宅第的门前——不是店铺的大门，而是那古老的正门——，此时，赶马车的人已经提过一只轻皮箱和一个有带子的盒子。他猛敲一阵门上的旧铁环，便留下他的乘客和她的行李，走开了。

"这会是谁呢?"海波吉巴思索着,一边竭力聚拢她的视觉器官去观察,"这姑娘准是认错了门!"

她蹑手蹑脚地溜进前厅,以防被人看见,然后透过门口昏黄的侧光,窥视着那张赏心悦目、花儿般的年轻面孔。那张面孔出现在门口,正准备进入这座阴暗的老宅,就凭着那面孔本身,是几乎任何一扇门都会敞开接纳的。

你一眼就可看出,那位少女是那么鲜嫩、那么脱俗,又是那么循规蹈矩,而在此时此刻与她周围的一切又形成那么强烈的对比。房角蔓生着的肮脏而丑陋的蒿草,遮蔽着她的沉重的突出的二楼,以及年久失修的木门——这一切都不属于她的范畴。然而,恰如射进阴暗之处的一束阳光立刻为自己身处该地而制造出一种得体一般,那姑娘站到门限处也是恰到好处。那扇门也就显然该敞开来迎接她才合礼仪。我们这位老姑娘本人尽管生性绝不好客,却很快就觉得应该把生锈的钥匙在不情愿的锁孔中转动,把门扇大敞四开。

"会是菲比吗?"她内心自问着,"准是小菲比;因为不可能是别人了——何况她还长得像她父亲!可是她来这儿想干什么呢?这多么像一个乡下来的堂亲就这样来造访一个可怜的人儿,连提前一天的招呼都不打,也不问问会不会受到欢迎!好吧,我揣测她会留宿一夜;明天就会回到她母亲身边去了!"

应该明白,菲比就是我们已经提及的潘钦家族的一个后裔,是仍然保持着部分老式亲族感情的新英格兰乡下的土生土长的女孩。在她那个圈子里,未经邀请或事先通告的礼节就在亲属间相互拜望,没有谁会认为不妥当。不过,考虑到海波吉巴小姐遁世的生活方式,还是写了一封报告菲比预计要去拜望的信,并且寄出了。那封书函在过去的三四天里,始终放在报酬低微的邮差的衣袋里,他刚好在潘钦街没有别的东西要投递,也就没有顺便造访七个尖角顶的宅第。

"不!——她只能逗留一个晚上。"海波吉巴说着,把门闩打开,"如果克里福德发现她在这里,会受到干扰的!"

第五章 五月和十一月

　　菲比·潘钦到达的当晚,睡在俯瞰老宅花园的一间卧室里。房间朝东,因此,在适宜的时刻,总有一束朝霞射进窗户,用自身的色彩沐浴着污黑的天花板和糊墙纸。菲比的床上有帷帐,上面是古旧的深色篷顶,四周垂着沉重的流苏,当年曾经色彩鲜艳,甚至富丽堂皇,现在却如同一片乌云笼罩着那少女,在房间开始出现白昼的明亮时,让那个角落依然处在一片黑夜之中。然而,曙光很快便悄悄透过褪色的床帷空隙溜进床脚的孔眼。晨曦发现了那里的新客——两颊绯红如同旭日本身,沉睡中四肢微动,如同晨风掀拂叶簇——便亲吻了她的秀眉。那是犹如"晨光"一样不朽的鲜露般的少女给她安睡的姐妹的那种爱抚,既是出于抑制不住的疼爱的冲动,也是出于一种亲切的暗示:现在该睁开你的双眼了。

　　菲比在光线之唇的轻触下,安详地醒来,一时却没弄明白自己身在何处,也不清楚那沉重的帷帐如何会笼罩着她。确实,她还处于绝对的恍惚之中,只晓得此时已是清晨,不管下一步会发生什么事情,首先无论如何都要起床做早祷。她倒是更愿意从这房间及摆设的昏暗气氛中祈告上苍,尤其是那些僵硬的高背椅,其中一把就立在她床边,那样子仿佛一位老派人物整整在那儿坐了一夜,只是怕被发现才刚刚消失。

　　菲比差不多穿戴整齐了,便从窗口向外窥视,瞧见了花园中的一丛玫瑰。由于长得高大茂盛,已经抵到了侧墙上,并且实际上遮住了一株非常漂亮的稀有的玫瑰。姑娘后来发现,那丛玫瑰的很大一部分的花心已经枯萎和霉坏;但从远处看,那整丛玫瑰连同下面的沃土仿佛就在刚过去的夏天才从伊甸园中移植而来。可惜,实情是,这丛玫瑰是菲比的高曾祖姑爱丽丝·潘钦手植的,当时只考虑到这里的土壤是小块的花圃土,如今却由于近一百年的腐殖质而变得肥沃了。尽管长在旧土上,玫瑰花却依然向它们的造物主散发着清新的芳香;而且其纯净和妩媚也不减当年,当那股芬馨飘过窗口时,菲比的青春气息就与之交融了。她匆匆走下没铺地毯、吱嘎作响的楼梯,寻路迈进花园,采摘了几朵最完美的玫瑰,带回了她的房间。

小菲比是那种生来就有务实的安排禀赋的人。这种天生的魔力能使其宠儿把他们周围的东西的潜在能力发挥出来;尤其能给哪怕只是他们临时住所的地方赋予一种舒适和居室的外观。由旅行者在原始森林中踏平的一片矮树丛中的荒郊野舍,经这样的女人睡上一夜,也会具备家室的规模,即使在她那安详的躯体消失在周围一片树荫中之后,还会长久保持那种状态。事实上,这种布置家宅的魔法需要大大发挥一番,才能清理好菲比这间荒废已久、死气沉沉、灰尘遍布的房间——除去蜘蛛、老鼠和鬼魂出没,这里好长时间都没住过人了,那派比比皆是的颓败景象虎视眈眈地要抹去人们欢乐时光的一切痕迹。菲比到底做了些什么,我们委实难以说清。她似乎胸无成竹,只是东触一下,西摸一把;把一些家具移到亮处,把另一些拖进暗影;拽起或放下一条窗帘;不出半小时,就完全成功地把一种善意好客的微笑洒遍全屋,也就是昨夜之前,这里还酷似那位老姑娘的心,因为这里既没有阳光,也没有炉火,而且除去鬼魂和幽灵般的回忆,多年来并没有一位客人曾进入过这个房间的心脏。

这种不可思议的魅力别有一番风味。这间卧室作为人类生活的场地,无疑具有辉煌和丰富的经历:在这儿悸动过新婚夜的欢愉;在这儿新生婴儿曾吸进尘世的第一口空气;在这儿老人家曾撒手人寰。但是——不管是那些白色玫瑰,抑或是某种微妙的影响——一个敏感的人会立刻觉察出这里如今是一位少女的闺房,她的沁香的呼吸和愉快的心绪已将原先这里的一切邪恶和哀伤扫除殆尽。她昨夜的美梦令她欣喜万分,业已驱荡了阴暗,如今萦绕了这个房间。

菲比把房间布置得满意之后,便走出屋,想再下楼到花园去。刚才除去玫瑰花之外,她还注意到好几种别的花,为人忽略地长得很野,由于枝蔓无拘束地交错和纠缠,互相妨碍着发展(人类社会时常有类似的情况)。可是,她在楼梯顶上遇见了海波吉巴。由于时间还早,老小姐是来请她到一个房间里去,如果她受的教育中掌握着一些法文词语的话,一定会把那房间称作"闺房"。房间里东一本西一本地乱扔着几本旧书,一个针线筐和一张满是灰尘的写字台;在一侧还有一件又大又黑的家具,外观很怪,老淑女告诉菲比那是一架拨弦古钢琴,样子更像是棺材;确实,由于多年没人演奏或开启过,里面准有大量的死乐曲,因缺乏空气而窒息了。当年爱丽丝·潘钦在欧洲学会了优美的音乐,随着她的时代的结束,还不知有哪根人类的手指曾经拨动过它的琴弦。

海波吉巴请她的年轻客人坐下,然后,她自己也坐到近旁的一把椅子上,热切地紧盯着菲比娇小的身材,仿佛一心要看透她的青春幼稚和秘密动机。

"菲比堂侄,"她终于开口了,"我当真想不好我怎么才能留下你和我一起。"

不过,这句话绝没有那种可能令读者震惊的不好客的唐突;因为这堂姑侄俩在昨晚上床前的一次交谈中,已经在某种程度上达到了相互理解。海波吉巴已了解到不少情况,足以让她能够意识到(由这姑娘的母亲的再婚所引起的)菲比期望自己能够另有一个家的处境。她也没有误解菲比的性格和渗透着这种性格的和蔼行为——那是真正的新英格兰妇女最为可贵的品性——,可以说,由此推动着菲比前去寻求她的好运,但出于自尊的目的,又要获取在她所从事的任何工作中可能接受的最大的利益。海波吉巴是她最亲近的家人,她自然不会利用她,也没想过要堂姑保护她,只是想来小住一两个星期,要是双方都高兴,也许会不定期地延长下去。

因此,对海波吉巴那番生硬的言语,菲比只是率真和更愉悦地作了回答。

"亲爱的堂姑,我也没法告诉你会是什么样子,"她说,"不过我真心认为,我们会相处得比你设想的好得多。"

"你是个好姑娘——我看得很清楚,"海波吉巴继续说,"这不是让我犹豫到那种程度的问题。不过,菲比,我的这栋房子对一个年轻人来说,住在里边太忧郁了。阁楼和楼上的房间透风漏雨,冬天还渗雪,却从来不让阳光射进来!至于我自己嘛,你看得出我是个什么人——一个沉闷孤独的老妇人（我开始称自己老了，菲比），恐怕我的脾气绝说不上是最好的，而我的精神更是最糟不过了。我没法让你生活愉快，菲比堂侄，我也供不起你面包。"

"你会发现我是个快快活活的小女孩，"菲比笑容可掬地回答，但仍不失一种温柔的自尊，"而且我打算自己挣吃的。你知道，我并不是作为一个潘钦家的人长大的。在新英格兰乡村里，一个女孩子能学会许多东西。"

"啊！菲比，"海波吉巴说着，叹了口气，"你那些知识在这里没多大用处！说起来让人伤心，在这样一个地方，你是在耗费你的青春岁月。过上一两个月，你的面颊就不再这么红润。看看我这张脸吧！"——那对比真是强烈之极——"你看得出来我是多么苍白！依我看，这种老宅子的继续衰朽和充满灰尘对肺部是有害的。"

"这儿有座花园——有些花需要照料。"菲比发表着意见，"我会在户外活动，保持我身体健康。"

"终归，孩子，"海波吉巴惊叫着，突然站起身，似乎要放弃这个话题，"谁可以在潘钦老宅做客或是住下来，可不由我说了算。房子的主人回来了。"

"你指的是潘钦法官？"菲比吃惊地问。

"潘钦法官！"她堂姑愤愤地回答，"我活一天，他绝不会跨进这道门槛！不，不会的！不过，菲比，你会看到我说的这个人的脸的。"

她去找前面已经提及的那帧小画像，回来时就拿在手里。她把小像递给菲比，同时紧盯着她的面孔，怀着某种妒意注视着姑娘受到画像的吸引会表现出来的模样。

"你觉得这张面孔怎么样？"海波吉巴问。

"挺英俊的！——真是挺漂亮的！"菲比崇敬地说，"一个男人能够或者说应该长成这样是最可爱不过的了。有一种孩子似的表情——可又不是孩子气——只是让人觉得要好好待他！他大概从来没受过什么苦。一个人要是让他受累伤心，会因此忍受很多痛苦的。他是谁啊，海波吉巴堂姑？"

"你难道从来没听说过，"她堂姑俯身凑近她，低声说，"有关克里福德·潘钦的事?"

"从来没有！我原以为除去你和我们的杰弗瑞堂亲,再没别的姓潘钦的人活着了。"菲比回答道,"不过,我好像听说过克里福德·潘钦这个名字。对了！——是从我父亲或母亲那儿听到的；可是,他不是过世多年了吗?"

"唉,是啊,孩子,也许是吧！"海波吉巴说道,还空洞地苦笑了一声,"在这样的老宅子里,死人是非常容易再回来的！我们等着看吧。还有,菲比堂侄,既然在我讲了这么许多之后,你的勇气一点没有从你身上消退,我们就别分手这么快吧。目前,我的孩子,欢迎你住在这个家里,你的堂姑我只能给你提供这样的条件了。"

海波吉巴说完这番颇费斟酌、却并非完全表示冷漠的待客的话语,还吻了吻她的面颊。

她俩这时走下楼梯,到了楼下,菲比——她说不准是不是那地方固有的合适的设备把她吸引住了——特别卖力地忙起早饭。与此同时,这栋房子的女主人则以她一向待人时的那种僵硬呆板的姿态,大部时间都在袖手旁观；虽说她一心想帮忙,却明知自己天生笨手笨脚,只能添乱。菲比和那烧茶水的火一样明亮、欢快,并且在各自的职责内发挥着效力。海波吉巴凝视着这一切,由于长期封闭所必然形成习惯性懒散,就如同来自另一个世界似的静观着。不过,她不由得不发生兴趣,甚至感到开心：她的新来的伙伴这么快就适应了这里的环境,尤其是把这栋房子及一切布满灰尘的旧用具全都变得适于她的目的。无论她做了什么,都没有特别费心用力,还时时哼着歌子,听起来十分悦耳。这种自然的乐调使菲比犹如树荫中的一只小鸟；换句话说,生活的溪流潺潺淌过她的心房,就像一条小溪有时欢快地跃下一个小谷。这表明了一种乐观向上的气质,在活动中自得其乐,因此也就把美赋予了活动；这是一种新英格兰的特色——清教徒的那种执着的旧有素质,又织进了金线。

海波吉巴取出了一些雕有家族纹饰的旧银匙,和绘有置身于稀奇古怪风景中的奇形怪状的人、鸟和兽的瓷茶具。这些画中的人物都是些古怪的幽默家,生活在他们自己的天地里——就色彩而论,那是个鲜艳生动的天地,而且并没有褪色,虽说那把茶壶和那些小茶杯几乎和喝茶成为习惯一样古老。

"你上溯第七代的老祖母结婚时就有这些茶杯了。"海波吉巴对菲比说道,"她姓达文波特①,出身名门。这些茶具几乎是这块殖民地所见到的最早的了;如果有一只茶杯打破了,我的心也就随着碎了。但是,当我想起我的心虽然没碎可经历了这么多事的时候,再这么谈起一只易碎的茶杯,实在是废话。"

这些茶杯——大概从海波吉巴年轻时起就没有用过——里边积的灰尘分量不比杯子本身轻,菲比精心仔细地洗去灰尘,似乎是要尊重这些无价之宝的瓷器。

"你是个多么出色的小主妇啊!"海波吉巴惊呼着,还微微笑了,同时也深深地皱起了眉头,相形之下,那笑容便如同一片雷雨云下的阳光,"你还做别的事吗?你读书是不是和你洗茶杯一样出色?"

"恐怕还不行。"菲比说道,一边笑着海波吉巴提问题的方式,"不过去年夏天我当过我们地区小学的女教师,教过小孩子,很可能还要继续当下去。"

"啊!这都好极了!"老姑娘肯定地说,顿了顿,"不过这种本领一定来自你母亲的遗传。我从来不晓得哪个姓潘钦的人有这方面的才干。"

说起来虽然奇怪,但却是千真万确的:人们对自己的缺欠甚至比对自己现有的才能还要虚荣;海波吉巴在说到潘钦家的人在实用目的上一无所能时就是这样。她视之为一种遗传的品性,或许言之成理,但不幸的是,这是一种病态的品性,往往产生于那些高踞于社会表层之上的家庭。

他们还没离开早餐桌,店铃就刺耳地响了起来,海波吉巴把她没喝光的最后一杯茶放下,面色变得无可奈何地灰黄,让人看了实在心疼。在操乏味的职业时,通常第二天比第一天还要难过;简直不啻是带着原先受刑时四肢的全部痛楚又回来重受解肢的刑法。无论如何,海波吉

---

① 约翰·达文波特(1597—1670)曾是开拓纽黑文的一位清教教士。

巴已经彻底相信自己绝不可能习惯于这只乖戾骚扰的小铃了。那店铃说响就响,总是粗暴猝然地打击着她的神经系统。尤其是现在,当她俯身在茶匙和瓷器古董之上,已经飘飘然陶醉于贵族式的观念时,她感到去应接一位顾客有一种难言的不情愿。

"别折磨自己了,亲爱的堂姑!"菲比高声说道,同时轻轻站起身,"今天我来卖货吧。"

"你,孩子!"海波吉巴惊叫道,"一个乡村小姑娘懂什么这种事?"

"噢,我们家所有的东西都是由我在我们村里的小店买的。"菲比说道,"而且我在集市上还有一个摊位,生意做得比谁都好。这种事情是学不来的;依我看,全靠一点诀窍,灵机一动。"她笑眯眯地补充道,"有点母亲的遗传吧。你会发现,我不但家务活干得出色,还是个满不错的小掌柜呢!"

老淑女偷偷躲在菲比身后,从廊道里向店堂窥视,想看个究竟她是怎么做生意的。情况有点错综复杂。一个年纪很大的老妇人,身穿白色短袍,上面罩着一件绿色的小外套,项上挂着一串金珠,头上扣着一顶像是睡帽的帽子。她拿来一团纱线,要换店里的小商品。她大概是在不断变革的社会中镇上最后一个使用历史悠久的手纺车的人了。老夫人那低沉嘶嗄的声调和菲比的悦耳的嗓音扭在一起,一来一往地交谈着,倒真值得一听;她俩的身材更形成了鲜明的对比:一个轻盈清新,一个衰朽老迈;她们虽然只隔着一张柜台,却有六十多年岁月的距离。至于那笔交易,则是老谋深算的伎俩同朴实本分的精明之间的斗智。

"这笔交易不是蛮好吗?"顾客走了之后菲比咯咯笑着说道。

"干得好,真的,孩子!"海波吉巴回答道,"我实在没法干得这么出色。正像你说的,这是你从你母亲那边继承来的灵气呢。"

这是十分由衷的赞美,那些在这个喧嚣的世界上由于过分羞怯尴尬而不肯扮演自己应有的角色的人,正是怀着这种赞美来看待在生活的激情场景中的真正的演员;这些人认定这种积极进取的品性同他们自以为更高尚和更重要的风度无可比拟,事实上,他们之所以如此由衷,就是因为他们总一心想把这种品性纳入他们自爱的轨道。这样,海波吉巴看出菲比当店主的优异禀赋,倒是十分满意;她洗耳恭听着她的各式各样的建议:用什么方法可以增加生意流水,如何才能不担资金流失的风险而赢利。她答应这个乡下姑娘自制曲子和发面团,酿造某种既美味可口又健脾养胃的啤酒,甚至还烤制并展销一些加香料的小点心,那是无论谁尝过以后还盼望着再吃的美味。这一切都证实了菲比成竹在胸、技艺熟练,为这位出身高贵的女店主欣然接受,她只能苦笑着自言自语,怀着夹杂有不解、怜悯和增长的慈爱的情感,相当自然地喟叹一声——

"她是个多好的小家伙啊!要是她也能成为一名淑女就好了!——不过这是不可能的!菲比没有潘钦家的气质。她继承的全是她母亲的那一套。"

至于菲比不是一位淑女,或者说,她是不是一位淑女,大概是难以确定的,不过,对任何健全公正的头脑来说,恐怕很少想过要去判断。出了新英格兰的圈子,不大可能会遇到一个把众多的淑女般的品性与众多的对构成这种身份毫不必要(如果可以和谐共生的话)的其它特色结合在一起的人。她视任何清规戒律于不顾,独善其身令人钦敬,又从不与周围环境相左。说实在的,她的身材——小巧得简直还像个孩子,那种灵活似乎更适宜活动而不是静处——恐怕难以符合人们心目中的伯爵夫人的标准。她的面孔也不像:两鬓是棕色的鬈发,中间是略显调皮的鼻子,面色健康红润,显然常受日晒,上面还长着五六个雀斑,那是四月份的阳光及和风的友好纪念——我们完全有理由说她漂亮。但她的目光却炯炯有神并且十分深沉。她长得很标致,而且恰似一只小鸟般的轻盈优雅;犹如一束阳光透过婆娑的叶影投到地板上,又如炉火的辉光在夜幕降临时在墙壁上翻舞,她使得满室生辉。与其讨论菲比有无资格跻身淑女之列,不如将她视作女性优雅和实际能力相结合的典范,设若社会上有这样一个等级,也就不存在淑女了。在实际事务中间,应该有妇女活动的余地,把这些事务都涂上具有亲切温馨气氛的十足的家庭味——甚至包括洗刷锅壶在内。

菲比的地位就是如此了。另一方面,要找到天生的有教养的淑女,则近在眼前,只消看看我们这位孤苦伶仃的老姑娘海波吉巴就可以了:

她身穿窸窣作响的破旧的丝绸衣服,心中可笑地深深怀念着悠久的血统和对那一大片领地的模模糊糊的要求,在造诣方面,她可能忘不了曾经正规地拨动过拨弦古钢琴,跳过小步舞,还在她的样品上刺绣过古老的织锦花样。这倒是新的平民阶层和旧的贵族阶级之间的一种恰到好处的平衡。

确实,当菲比在七个尖角顶的宅第内部走来走去的时候,尽管其经风沐雨的外观自然依旧是昏黑一片,但似乎透过其晦暗的窗户流露出一种欢快的闪光。否则,就无法解释邻里怎么会如此迅速地就晓得了那少女的存在。从大约上午十点到中午——午饭前后稍稍松了口气,然后在下午重新开始,直到黄昏前半小时左右,漫长的一天最终逐渐结束,顾客一直川流不断,随时都有人光临。其中一个最坚定的顾主是小奈德·希金斯,就是吞食黑小子和大象的那个小顽童,今天他又一次显示了他那不择食的本领:吞掉了两峰骆驼和一台火车头。菲比在石板上计算出售的总账时出声笑了;而首次戴上一副丝质手套的海波吉巴,则清点着那一堆肮脏的铜板,其中也掺杂着银币,叮当响着纷纷落进抽屉格子。

"我们得进新货了,海波吉巴堂姑!"小售货女郎叫道,"那些象形姜饼已经卖光了,还有那些荷兰挤奶女木人和大多数别的玩具也没货了。很多人想买廉价的葡萄干,要哨子、喇叭和犹太琴的很多;还有至少十多个小男孩要买麦芽糖。我们应该设法进一配克①赤褐色苹果,因为就快过季节了。可是,亲爱的堂姑,这儿有多大一堆铜板啊!简直堆成铜山了!"

"干得好!干得好!干得好!"凡纳大叔道,这一天里,他找到机会进出小店好几次了,"这是个绝不会在我的农场终其一生的姑娘!祝福我的眼力吧,多麻利的小精灵啊!"

"是啊,菲比真是个好姑娘!"海波吉巴说着,做出来严厉的愁苦相表示认可,"可是,凡纳大叔,你了解这个家族有年头了。你能不能告诉我,潘钦家有哪一个人像她这样呢?"

---

① 干量单位,一配克等于八夸脱,约八升多。

"我相信还没有过。"这位受人尊敬的老人说,"无论如何,我从来没这份福气在你们家的人里见过她这样的,其实,在别处也没见过。我见过的世面多了,不只是人们的厨房和后院,还有街角,码头,还有我的生意需要我去的别的地方;我敢说,海波吉巴小姐,我还从来没见过像菲比这孩子这样干起活来如同小天使一般的呢!"

凡纳大叔的这番赞美词,在这种场合用在这个人身上,如果说调子过高的话,但其感受却是既精微又准确的。在菲比的活动中,有一种精神品性。把漫长而劳碌的一天的生活——而且是花费在很容易令人轻视和厌恶的贱业上——过得这么快活,甚至可爱,这都是由于她那种自发的优雅,使家务职责看上去就像是从她的性格中开放出来的鲜花;因此,当她操持那些劳务时,辛苦也就焕发出了轻松灵动的魅力。小天使是不干辛苦活的,但却变得出漂亮的东西;菲比也是这样。

一老一少堂姑侄俩在天黑之前,趁生意的间隔,加速推进了她们的感情和信心。一个像海波吉巴这样的遁世的人,在完全走投无路的时候,通常能十分坦率,至少还会有些暂时的和蔼,及至做一些促膝谈心;她就像和雅各①角过力的天使,一旦败了就当即给你祝福。

这位老淑女怀着阴郁的自得,引着菲比观看着旧宅中的一个个房间,叙说着——我们可以这样说——哀伤地录在壁画里的传说。她指给菲比看副总督的剑柄在老潘钦上校的书房门板上留下的凹痕,当时那位死去的主人的可怕表情吓坏了他的贺客。海波吉巴说,那表情的阴暗可怕据认为从那时起始终遗留在走廊里。她请菲比跨上一把高椅,察看东部潘钦领地的那幅老地图。她把手指放到一片土地上说,那儿有一处银矿,其方位精确地记在潘钦上校本人的一些备忘录中,但只有在家族要求的所有权被政府认可时才能公布。因此,潘钦家族的正义得以伸张,实在是使整个新英格兰获益之举。她还讲道,有一大笔英格兰基尼②确定无疑地隐藏在这栋古宅的某个地方,或者在地下室,或者很可能就在花园里。

---

① 《圣经》人物,此处指犹太人的一个祖先,即以撒,见《创世记》第25章第23—34节。
② 英国金币,一基尼为一英镑一先令。

"你要是碰巧发现了,菲比,"海波吉巴说,侧目瞥了她一眼,还难看地但是善意地微笑了一下,"我们就此一劳永逸地把店铃拴起不用了!"

"是的,亲爱的堂姑,"菲比回答道,"不过,就在这时候,我听到有人拉铃了!"

那位顾客走后,海波吉巴含糊其词、拖拖沓沓地谈到一位爱丽丝·潘钦:一百年前她活在世上时,长得美貌出众,才艺非凡。她那多彩活泼的性格至今还在她生活过的地方散发着香气,犹如一株干玫瑰熏香了它枯萎时所在的抽屉。这位可爱的爱丽丝曾经遭遇过巨大而神秘的灾难,变得苍白消瘦,最终就与世长辞了。但直至如今,人们还认为她萦绕着七个尖角顶的宅第,在很多时候——尤其是当潘钦家有人弥留欲死之际——都听得到她在拨弦古钢琴上演奏着哀婉动人的曲调。其中有一支曲子由一位音乐爱好者在听到她的精灵弹拨时记下了谱子;那种凄楚哀伤至今无人能够卒听,除非至悲至痛才能让人体味到乐曲中更加深邃的美妙。

"就是你指给我看过的那架拨弦古钢琴吗?"菲比询问道。

"就是那架,"海波吉巴说道,"那是爱丽丝·潘钦的琴。我学音乐的时候,我父亲从不允许我开启它。结果,由于我只能在我的教师的琴上演奏,我早已把我的音乐忘光了。"

老淑女放下这些古老的话题,开始谈起那位达盖尔派艺术家。由于他看来是个心地善良、有条不紊的年轻人,而且生活困苦,她当初就答应他住进了七个尖角顶的一隅。可是,后来和霍尔格雷渥先生见多了,她却说不清他是个何许人了。他的伙伴都怪得难以想象:那些男人全都蓄着长胡须,穿着亚麻布长衬衫和别的这类花样翻新又不合体的长袍,是什么改革派,禁酒宣讲人和千奇百怪愁眉苦脸的哲学家,社区头面人物,还有急进分子;海波吉巴已相信,他们不懂法律,不吃饭菜,见到食品便仰起鼻子,只靠嗅别人烹饪的气味过活。至于那位达盖尔派艺术家本人,有一天他从一张一便士的报纸上读到一段文字,责骂他在他的那帮狐群狗党的一次聚会上发表满是胡说八道的演说。就她自己而论,她有理由相信,他在实施动物催眠术,而如果这类事情当今正时髦的话,怀疑他在他那间孤室里钻研巫术也未尝不可。

"可是,亲爱的堂姑,"菲比说,"既然这个年轻人这么危险,你又何必让他住在这儿呢?要是他干更坏的事,说不定会放火烧掉这宅子呢!"

"唉,有时候,"海波吉巴回答道,"我认真想过这个问题:要不要打发他走。不过,他怪虽怪,倒是不惹是生非,还挺能抓住人心,我虽说不上喜欢他(因为我对这年轻人了解不够),我要是一点看不见他,心里还不好过。你我这样孤单过活的女人只要是认识的人就割舍不掉。"

"万一霍尔格雷渥是个无法无天的人呢!"菲比规劝道,其实她内心里也只有一部分是受法律限制的。

"噢!"海波吉巴漫不经心地说——尽管她一本正经,但在她生活的经历中,也曾有过对人类的法律咬牙切齿的时刻——"我琢磨他有他自己的法律!"

第六章　莫　尔　井

　　喝过早茶之后，乡村小姑娘溜进了花园。那一片园子原本很开阔，现在已经缩成了一个小院，一部分由高高的木篱围着，一部分由另一条街上矗立的住宅的附属建筑隔断。院中央有一块草地，四周有矮小的断墙，充分表明早先那里是一座凉亭。一株蛇麻子的藤蔓从去年的老根中生出，开始爬到墙上，但还需要很长时间才能用其青荫覆盖住屋顶。七个尖角顶的山墙中有三面或正或侧地竖在园内，露出阴森的外貌。

　　肥沃的黑土是由长久以来的腐殖质提供营养的：诸如落叶、花瓣和到处孳生的野生植物的茎梗和种壳，它们在死后腐烂比在阳光下招摇更有用途。这些逝去岁月的邪恶在这种莠草丛生的环境中（有如社会道德沦丧的泛滥）自然会重新蔓延，因为杂草总是植根于人类居所的周围。不过，菲比看得出，只消在园中花费逐日的系统的精心劳作，这种蔓延是可以遏制的。那株双头白玫瑰显然从一转暖就已吐出新芽，靠着墙高高长起来了；而除去一排茶藨子，仅有的果树——一棵梨树和三棵西洋李树露出了新近剪过余蔓残枝的痕迹。还有几株古老的多年生花卉，虽说不具备繁茂的条件，却仍审慎地丛生着；仿佛有人出于爱心或好奇，急切地想将它们培育成美轮美奂的最高境界。花园中的其余地方是些精心挑选的蔬菜，呈现出一片勃勃生机，可赞可叹。南瓜几乎就要开出一片金灿灿的黄花，黄瓜此时显示出要从主干上向四外繁衍的趋势，已经向周围蔓延了；两三排菜豆都已经在棚架上挂花；西红柿占据着既挡风又日晒的一隅，已经长得十分高大，预示着早来的丰收。

　　菲比想不出是谁这么精心和辛勤地种植这些蔬菜，把苗圃整治得如此干净有序。肯定不是她的堂姑，海波吉巴没这份兴致和精神做这种育花的淑女式劳务,而且——出于她孤僻的习惯和自我封闭在宅中阴暗角落的倾向——不大会走到阳光浮云之下,在彼此亲密无间的豆秧瓜蔓丛中拔草锄地。

这是菲比彻底脱离乡土故物的第一天,她在这小小的青草丛生、高贵的名花和平凡的菜蔬竞相生长的世外桃源中感到始料未及的心旷神怡。阳光似乎喜悦地俯视这里,还露出微笑,仿佛乐于看到大自然——在别处本是随意可见,却被喧嚣尘浮的城镇所弃逐——在这里得以重新有了一片自由呼吸的净土。这里自有一种优雅的野趣,并且弥足温柔:一对知更鸟在梨树枝上筑下了巢,并在枝叶纠缠的浓荫中愉快地忙碌着,这一事实就是明证。说来奇怪,蜜蜂也认为值得到此一游,说不定还是从数英里之遥的农舍旁的蜂巢飞来的呢。从早到晚,它们要在空中飞行多远来寻觅花粉酿蜜啊!然而,此时虽已迟暮,仍有一群愉快的蜜蜂从一两株南瓜花中飞起,它们已在那花丛深处勤奋地付出了金色的劳动。花园里还有一样东西,无论人类对其进行了什么加工,大自然仍完全有权宣布其为自己不可分割的天成之物。那就是一眼喷泉,四周由长了青苔的旧石头砌成圆形,底部则由各色石子铺成图案。向上喷出的小股激流与色彩斑驳的石子相映成趣,不停地变幻出光怪陆离的神奇花样,瞬间即逝,永无定形。泉水也就此溢出布满青苔的石边,偷偷从篱下淌出,形成了我们只能遗憾地叫作明沟,而无法称为水渠的细流。

我们也不该忘记提及一座古老得令人起敬的鸡舍,它位于花园远端的一角,离喷泉不算很远。目前里边只有一只雄鸡①,它的两位妻室和一只壮实的雏鸡。这些鸡都是纯种,是潘钦家世代相继的传家宝,据说,当初个头足有火鸡那么大,因其肉味鲜美,完全适于充当王公贵人的佳肴。为了证实这种传说的真实可靠,海波吉巴若是出示一个这样大的鸡蛋,连鸵鸟恐怕都要自惭。姑妄听之吧,如今的母鸡也就比鸽子大不了许多,而且有一种萎靡不振的怪模样,动作时如同犯有痛风病,

---

① 雄鸡一词原文用了法国《列那狐》寓言中那只骄傲的雄鸡拟人化的名字"唱天晓",暗示读者此段实际写的是人。

不管怎么咯咯叫,总有一种昏睡和阴郁的调子。显然,这一品种和其它许多高贵的品种一样,由于过分严格地重视其纯种的结果,已然退化了。这类披羽之族①长期倨傲地存在,从其故作伤感的姿态来看,当前的这一代似乎已经有些警觉。毫无疑问,它们生存了下来,而且不时下个蛋,孵一只雏鸡;并非为了其自身的什么乐趣,而是唯恐世界上会彻底失去一度如此令人起敬的禽种。近年来,这种母鸡的突出标志是鸡冠可怜巴巴地发育不全,而且莫名其妙又居心不善地颇似海波吉巴的头巾,以致菲比——尽管伤心透顶,但仍不可避免地——引起联想,觉得这些遭人遗弃的二足动物与她那可敬的亲属之间有一种大体上的相似。

姑娘跑进屋,去弄些面包屑、冷土豆这类适合家禽口味的零七八碎的食物。回来之后,她发出一声奇怪的呼唤,那些鸡似是听懂了。雏鸡爬过鸡舍的木桩,显出一点生机,跑到她脚边;那只雄鸡和它的夫人们对她怪模怪样地侧目而视,然后彼此咯咯叫了几声,仿佛对她的人格交换着明哲的意见。它们的模样不但古老而且聪慧,暗示人们:它们不仅是因古老而倍值钦敬的族类,而且由于它们自身的本领,从七个尖角顶的宅第奠基之日起就存在并与之命运交关了。它们是一种守护的精灵,或者叫"伴死"②;与其他多数守护神之差别只是有羽翼罢了。

"来,你们这些奇怪的小鸡!"菲比说道,"这是给你们的好吃的!"

于是,那只小鸡尽管外貌几乎像它的母亲一样令人起敬——确实完美地具有其祖先的雏形——却活泼地奔上前来,振翅飞上了菲比的肩头。

"这只小家禽对你表示了高度的敬意呢!"菲比身后一个声音说。

她急忙转身,惊异地看到了一个年轻人,他是从另一面山墙上开向花园的另一扇门走进来的。他手中握着一把锄头,刚才菲比进屋去找面包屑时,他就已经开始在西红柿的根部锄地培土了。

"这只小鸡当真把你当作老相识了。"那人态度平和地继续说着,

---

① 这里明显地一语双关地影射贵族,因旧时贵族衣着华丽,头戴羽饰。
② 爱尔兰民间故事中一个女性形象的精灵,其露面或呜咽意味着一位亲人要死亡。

他的笑容使得那张面孔比菲比起初想象的要中看得多了,"鸡舍里那些尊贵的家伙看起来也禀性和蔼呢。你真走运,这么快就得到它们的恩典了!它们认识我要早得多,但从来不给我一点熟识的荣幸,尽管我差不多没有一天不喂它们的。我推想,海波吉巴小姐会把这一事实和她别的传统观念交织在一起,认为这些家禽知道你是潘钦家的人!"

"这秘密在于,"菲比微笑着说,"我懂得怎么和鸡谈话。"

"啊,可是这些母鸡,"那年轻人回答道,"这些血统高贵的母鸡会不屑于懂得仓院里的鸡的粗俗语言的。我倒宁愿以为——海波吉巴也会这么想的——它们辨出了那种家族的音调。你是潘钦家的人吧?"

"我叫菲比·潘钦。"姑娘意犹未尽地说,因为她想到了她这位新相识一定是那位达盖尔派摄像师,对他那些无法无天的脾性,老姑娘颇有微词,"我不知道,我堂姑海波吉巴的花园还有别人照料呢。"

"是啊,"霍尔格雷渥说道,"我在这块黑土地上挖土、掘地、除草,就是为了利用人们在这里耕种收获了这么些年之后可能还留下的一点自然和单纯,来恢复一下精力。我翻土是为了消遣。我认真的职业——就算我有的话——用的是更轻巧的材料。简单地说,我在阳光底下拍照;我对自己的生计不算很迷恋,就说服了海波吉巴小姐让我住进了这些阴暗的房子里的一角。走进屋里,就像在眼上蒙了眼罩。不过,你愿意看看我的一幅作品吗?"

"你指的是达盖尔派肖像摄影吗?"菲比问道,不再那么克制了;因为尽管有偏见,她自己的青春气息已经涌出来去与他的会合。"我不大喜欢那种肖像——过于刻板了;让人不想看,干脆想避而不看。这种像注定是死气沉沉,我是这样想的,因此是故意不肯让人看。"

"如果你允许我的话,"摄影师看着菲比说道,"我倒愿意试一下,看看达盖尔摄影能不能在一张绝对和蔼的面孔上显出不同的品性。不过你这番话自有道理。我的多数肖像看起来确实不那么和蔼;但我认为,最充分的理由是因为本人如此。在上天广袤而简单的阳光中有一种奇妙的洞察力。当我们只相信它会描摹最表面的相貌时,实际上却显示出带有真情的秘密性格,而一位画家即使能探察出这种性格,也不会冒险画出来。至少,在我拙劣的艺术线条中是没有取悦的想法的。

瞧，这儿就有一帧肖像，我曾经拍了又拍，但效果仍无改进。而在普通人的眼里，本人的表情大不一样。你来判断一下这个人物，这对我将是莫大荣幸。"

他从一个摩洛哥皮匣中取出一帧达盖尔式小肖像。菲比只看了一眼，便还给了他。

"我认识这张脸，"她回答道，"那种严厉的目光差不多追随了我一整天。那是我的一位清教徒祖先，他的肖像就挂在那边的房间里。可以肯定，你一定设法复制了那幅肖像，只是没给他戴黑丝绒便帽，没给他蓄上灰色的胡须，而是让他穿上了现代的外套，系上锦缎领巾，替下了长袍和箍带。你这一更动，依我看，没有帮他改进。"

"你要是再多看一会，就会发现别的差别。"霍尔格雷渥哈哈笑着说，不过明显地有些做作，"我向你保证，这是一张现代人的面孔，这个人你很可能会遇上的。咳，值得注意的是，他本人，在天眼之下——就我所知，也在他多数挚友面前——总是带着极其和颜悦色的表情，体现着他心地善良、胸怀坦荡、性格开朗，以及与此相关的其它值得赞美的品德。你看得出来，阳光下拍出来的却是另一回事，我耐心地试了五六次，都处理不掉。如今我们看到的这个人却是狡诈精明、冷酷专横，简直冰冷。看看那双眼睛！你愿意任其摆布吗？还有那张嘴！会笑吗？可是，你要是见过他本人那慈祥的微笑就好了！更为不幸的是，他是个颇有地位的众目所瞩的人士，这帧肖像是准备印制的。"

"算了，我不想再看了。"菲比边说边移开目光，"这帧肖像当然和那幅旧肖像十分相似。不过我堂姑海波吉巴还有另一帧小肖像。要是那个本人还活在世上，我想他大概不会让阳光把他弄成死板冷酷的模样。"

"这么说，你已经看到那帧小肖像了！"艺术家惊呼道，露出益发感兴趣的表情，"我还从来没见过，不过我极为好奇，很想能看一看。你对那张面孔的判断是蛮好的了？"

"再没见过更温柔的了。"菲比说道，"对一个男人来说，简直太柔顺温雅了。"

"目光中没有什么野气吗？"霍尔格雷渥继续说着，他那种急切使菲比发窘,他们才刚刚相识,他竟然如此不动声色地咄咄逼人,"别处也没什么阴暗罪孽的痕迹吗?你难道看不出他本人犯有大罪吗?"

"我们这样议论一帧你从未见过的肖像,"菲比有些不耐烦地说,"实在是毫无意义。你错当成另一个人了。居然说到犯罪!你既然是我堂姑海波吉巴的一个朋友,你应该求她给你看看那帧肖像嘛。"

"看看本人倒更合我的目的。"达盖尔派摄影师冷静地说,"至于他的人格,我们不必详加讨论;已经由司法当局确定了,或者说由一个自认有权的法庭确定了。不过,等一等!如果你愿意的话,先别走!我还有个建议要向你提呢。"

菲比本来已经要撤离了,但还是迟迟疑疑地转回身来;她虽然不完全理解他的举止,但仔细观察,他的表情似是不大拘礼,并不是触犯他人的粗鲁。在他要说的话中也只有一种奇怪的权威性,倒像是这座花园是他自己的,而不是海波吉巴仅仅出于殷勤才让他进来的。

"如果你同意的话,"他说道,"我很乐于把这些花圃和那些古老尊贵的鸡群都转给你照料。你离开乡村的农活和新鲜的空气来到这里,很快就会感到需要做些户外活动了。我自己的处境倒不一定非在这些花中待着不可。所以,只要你高兴,你可以给花培土,照看;我只不时在开花的时候做些小事,算作对那些味道纯正的蔬菜的交换,那是我建议海波吉巴小姐用来丰富她的餐桌的。这样我们就成了劳动伙伴了,倒有点像村社制度。"

菲比默默地顺从了,连她自己都奇怪竟然这么听话,随即为花圃除起草,同时忙着动起脑筋,思考着她不知不觉地与之随便起来的这个年轻人。她根本不喜欢他。他的性格使这个乡下小姑娘感到困惑;她更像个实地旁观者;尽管他谈话的语调总的来说有点戏谑味道,但留在她心目中的印象倒是那种庄重劲儿,其原因除去他的青春朝气之外,更主要的是他的那种严峻。她实际上对这位摄影师本性中的某种吸引力作了对抗,而他对她施加的这种吸引力恐怕并不是自觉的。

过了一会,由果树和周围的建筑的阴影加深的暮霭投向花园,四下笼罩在一片昏暗之中。

"好啦,"霍尔格雷渥说道,"该停止工作了!最后锄的那一下砍断了一根豆秧。夜安,菲比·潘钦小姐!赶上晴朗的日子,要是你愿意头上戴朵玫瑰,到我在中央大街的工作室来,我就抓住最佳的太阳光线,给那朵花和戴花人拍一张照片。"

他向自己那座孤独的山墙走去,但在走到门口时又回过头来招呼菲比,那语气虽肯定带着笑意,却似乎十分真诚。

"当心别喝莫尔井的水!"他说,"不但别喝,也别在井水里洗脸!"

"莫尔井!"菲比答道,"是那口由长着青苔的石头砌井沿的吗?我没想过要在那儿喝水,——可是为什么不能喝呢?"

"噢,"摄影师继续说,"因为那水和一位老女士的茶水一样,是有妖法的!"

他走掉了;菲比又待了一会,先是看到那面山墙内一个房间里亮光一闪,随后便射出了一盏灯稳定的光束。她返回宅第中海波吉巴的住处,发现那低矮的居室一片昏黑,她的目光看不透室内。不过,她还是隐隐约约地觉察到那位老淑女瘦削的身影坐在离窗不远的一把直背椅中,窗口透进来的弱光映出了她苍白的面颊,半侧面地对着一个角落。

"要不要我点起灯,海波吉巴堂姑?"她问。

"要是你愿意,我亲爱的孩子,就请吧。"海波吉巴回答道,"不过,把灯放在走廊角落里的那张桌子上吧。我的视力弱;受不了那灯光。"

人类的嗓音是多么出色的乐器啊!能够多么奇妙地反映出人类灵魂的每一种情愫啊!此时此刻,在海波吉巴的语调里,就有某种低沉湿润的华彩,如同那些再普通不过的词句都在她心房的温馨中浸泡过。当菲比在厨房里把灯点亮的时候,仿佛听见她堂姑又对她说话了。

"稍等一等,堂姑!"姑娘回答道,"这些火柴闪一下亮就灭了。"

可是,她没听到海波吉巴应声,反倒像是听见了一个陌生的声音在咕哝。不过,那声音含糊得奇怪,与其说是清晰的语言,不如说是模糊的响声,仿佛表达感情或同情发出的声音而不是传达思想的词句。那声响隐隐约约,给菲比头脑的印象或反响是极其虚幻。她认为一定是把什么别的响声误当成人声了;要不干脆就是出自她的幻觉。

她把点亮的灯放到走廊里,回到了房间。海波吉巴的身影虽然轮廓加深,与暮色融溶,却并非完全难以分辨。然而,在房间的尽头,墙壁反光极差,几乎仍和先前一样昏黑一片。

"堂姑,"菲比说,"你刚才和我讲话了吗?"

"没有,孩子!"海波吉巴回答。

她的话比先前还少,但声音里仍带有同样的神秘的音调!那语调甘醇、孤凄但并不哀伤,仿佛在海波吉巴的心房深井中浸泡过深沉的情感之后才喷涌出来。那语调还有些颤抖——如同所有强烈的感情一样是一种电流——也部分地把自身传给了菲比。姑娘默默地坐了一会。但很快,她的感觉便敏锐起来了,觉察到在房间的说不准的某个角落里有不规则的呼吸。她周身的机体立刻调动起来,变得异常灵敏和旺盛,似乎具备了一种由降灵者所赋予的接受能力,让她感觉到就在近旁有个人。

"我亲爱的堂姑,"她克服了一种说不清的不情愿说道,"这屋里除去我们没有别人吗?"

"菲比,我亲爱的小姑娘,"海波吉巴停顿了一会之后说,"你起得很早,又忙了一整天。祈祷完就上床吧;我肯定你需要休息了。我还要在这屋里再坐一会儿,理一理我的思绪。这已是我多年的习惯了,孩子,早在你没出生之前就开始了!"

老姑娘这么催着菲比,还迈步向前,亲吻了她,她俩的前胸紧紧贴着,她的心脏强烈地跳动着,高高起伏地抵着姑娘的心口。在那颗孤老的心中怎么会涌出这么多的爱,居然这么有力地滔滔不绝呢?

"夜安,堂姑,"菲比说道,莫名其妙地被海波吉巴的态度感染了,"要是你开始爱我了,我可太高兴了!"

她回到了自己的住室,但没有立刻入睡,后来睡着了,也不深沉。在深夜的某个说不准的时间,事实上通过睡梦的窄窄的渠道,她觉察到有脚步踏上楼梯,虽然沉重但并不有力,而且还带几分犹豫。海波吉巴的声音,略带嘶嗄地随那脚步声升起;菲比听到那陌生的咕哝声又应和着堂姑的声音,仿佛是人发出的含糊不清的话语。

第七章　客　人

　　菲比醒来时——梨树上的那对知更鸟夫妻早早地开始吱吱喳喳地叫了——，她听到了楼下有动静，便匆匆下楼，发现海波吉巴已经在厨房里了。她站在一面窗旁，把一本书举在靠近鼻尖的地方，仿佛由于她视力不佳不易读到内容，便希冀获得一种嗅觉上的沟通。如果说世上有什么书用这种方式表达其智慧精髓的话，当然就是海波吉巴手里拿的这本了；而厨房呢，有了这样一本书，也就立即充溢着精心混合调制的鹿肉、火鸡、阉鸡、腌山鹑、布丁、蛋糕和圣诞饼的香味。她手中拿的是一本烹饪书，印的全是无以计数的老式英国菜肴，所附的雕版插图呈现出贵族在其城堡大厅举办盛宴时餐桌上陈设的样式。在这些丰盛诱人的烹调艺术的制品中（恐怕在任何人祖父的记忆中都没有鉴定过其中的哪一道菜），可怜的海波吉巴正在搜寻着某种小巧玲珑的珍馐，以她的技艺和手头的材料，仓促地准备早餐。

　　她很快就发出一声深沉的叹息，随手把那散发着香味的书本撇到一旁，向菲比询问"小斑点"——这是她对一只母鸡的叫法——头一天下了蛋没有。菲比跑出去看，回来时手中却没拿着那期待着的珍宝。刚好这时候听到了鱼贩的螺号声，宣告他已沿街走来。海波吉巴有力地拍打着店铺窗户，把那人招了进来，买下一只鲐鱼，鱼贩保证那是他车中最好的一条，而且是他在这么早的季节里所摸过的最肥的一条。老姑娘要菲比煮些咖啡——她随便一看，是地道的原产阿拉伯的上等咖啡，存放时间之久，每一粒咖啡豆都值同等重量的黄金了——自己就往那古老的壁炉的巨大炉膛内堆进了大批燃料，很快就把迟迟不肯离去的幽暗逐出了厨房。一心要提供最大帮助的乡村姑娘，建议照她母亲的特殊的简便制作方法烘一个印第安式糕点，她保证味道浓烈，而如果准备得当，一定美味可口，是其它早餐糕点所无法企及的。海波吉巴欣然同意，厨房里很快就洋溢起准备工作的芳香。偶尔，在从构造蹩脚的烟囱中冒出的烟气的普通成分中，会有已故的厨娘的鬼魂莫名其妙地旁观或者向宽大的烟囱中窥视，尽管饭菜简单，她们还是徒劳无益地把影影绰绰的手伸进每道简单的菜肴。至少，腹中空空的老鼠从它们隐藏之地偷偷溜到明处，蹲在那里嗅着喷香的空气，巴望着瞅个机会偷食。

海波吉巴没有烹饪的天赋，而且说实话，由于她宁愿饿着肚子也不肯转动炙叉或沸扬菜锅，才在很大程度上造成了目前的赢瘦。因此，她对火的热情，堪称是对她温情的英勇考验。那场面实在感人，就是落泪也完全值得（除去上述的鬼魂和老鼠，唯一的旁观者菲比若不是忙着做饭，也许就会落泪了）：她扒出一堆正在冒着红火的煤块，接着就用来烤鲐鱼。她平素苍白的面颊由于烘烤和忙碌而闪着红光。她聚精会神一眼不眨地看着烤鱼，如同——我们实在无法用其它方式来表达——她自己的心就在炙叉之上，她永世的幸福也完全系于把鱼烤得恰到好处时再翻转！

家庭生活很少有比整齐而丰盛的早餐桌更令人欣慰的了。我们在一天的晨露青春期，朝气勃勃地来到桌旁，我们的精神和感官胜过一天后来的时间；因此，早饭的内容可以充分享受；不致由于哪怕多塞下一口而引起我们动物本性方面胃口或感觉上的严重斥责。早饭时在挚友圈中才有的那种活泼愉快并且往往是生动的真知灼见的思想，是绝少在正餐桌上的精心交谈中出现的。海波吉巴那张由纤细而优雅的桌腿支撑的古色古香的小餐桌上面铺了色彩斑斓的锦缎，外观足以充当最愉悦的聚餐会的中心和台面。烤鱼的蒸汽如同野蛮人崇拜的偶像神龛前冒着的香烟，而上等咖啡的香气则可以使守护家神或任何主宰当代早餐桌的势力的鼻孔得到满足。菲比的印第安式糕点更是最为香甜的食物——其造型适于天真的黄金时代的质朴祭坛，而其黄灿灿的颜色则类似迈德斯想吃又变成闪亮的黄金的面包[1]。黄油也是不该忘记的——那是菲比在她乡下的家中搅制好，拿来作为取悦她堂姑的礼

---

[1] 参见第四章第242页注。

物——使深色壁板的客厅充溢着田园风光的魅力和苜蓿花的芳香。这一切,再加上古老豪华、图案离奇的瓷杯和托盘、顶部饰有族徽的茶匙和银质奶罐(海波吉巴仅有的另一种餐具,其形状如同最粗糙的粥碗),构成了一个连潘钦老上校最刻板的客人都无法挑剔地欣然就座的餐桌。然而,那个清教徒却愁眉苦脸地从他的肖像中向下望着,仿佛餐桌上没有一样东西可以满足他的口味。

菲比为了奉献她所能表现的优雅,采集了一些玫瑰和别的既不美观也无香气的花卉,插进一个玻璃大水罐里,那水罐的柄早已碰掉,完全适于充当花瓶。旭日的曦光——如同在夏娃和亚当共进早餐时射进她的闺房的阳光一样新鲜——透过梨树的枝叶,闪烁着进入房间,洒遍桌面。一切都已就绪。座椅和杯盘是为三个人准备的。除去海波吉巴和菲比,她的堂姑还期待着什么客人呢?

在全部准备过程中,海波吉巴的身体不时战栗着;她那瘦削的身影的震颤,或是由炉火投射到厨房的墙壁上,或是由阳光映照到客厅的地板上,使菲比得以看到。其轮廓多种多样,彼此各异,以致那姑娘判断不出到底像什么。有时如同大喜过望。此刻,海波吉巴会伸出双臂,搂住菲比,像她母亲那样温柔地亲吻她的面颊;老姑娘这样做的时候,似是出于一种无法遏制的冲动,仿佛她胸中充塞着温情,需要一吐为快,才能透过气来,可是接下来,看不出什么变化的理由,她那异乎寻常的欢乐却收缩了回去,事实是受了惊恐,并且由丧服包裹了起来;或者如此说吧,那欢乐跑去藏匿在她心房中它长期被锁铐的牢笼内,而由魔鬼般冷酷的哀痛来取代,唯恐将关闭着的欢乐释放出来——那哀痛的昏黑一如那欢乐的明亮。她还时常迸发出一阵神经质的轻笑,比起任何眼泪都要动人;不仅如此,似乎要试验一下什么才最动人;随后便涌出两行热泪;或许笑声和泪水同时而来,以一种又浅又昏的彩虹,在道义上将可怜的海波吉巴团团围住。对于菲比,如前所述,她倒是柔情满怀——在她俩相识的短短时间内,除去头一天晚上的亲吻,她比以往任何时候都要温柔——不过依然时时发些小脾气,显得暴躁易怒。她会对她声色俱厉地讲话;然后撇开她平素那种拘谨内向的举止,求她原谅,尔后又重演刚刚得到谅解的出言不逊。

终于,她俩的合作全部完成了,她用颤抖的手拉住菲比的手。

"容忍我吧,我亲爱的孩子,"她高声说道,"我的心当真要溢出来了!容忍我吧;我爱你,菲比,虽然我说话如此粗暴!不要在意,最亲爱的孩子!我会渐渐和蔼起来的,而且只会和蔼了!"

"我最亲爱的堂姑,你不能告诉我出了什么事了吗?"菲比怀着明朗而欲哭的同情问道,"到底是什么事把你激动成这样?"

"嘘!嘘!他来了!"海波吉巴一边说着,一边匆匆揩去泪水,"让他先看到你吧,菲比;因为你年轻鲜艳,随时都会绽出笑容。他一向喜欢明媚的笑脸的!而我这张脸如今已经老了,泪水总抹不干。他从来容不得泪水的。喂,把那边的窗帘拉上一点,这样他那边的餐桌就不会照到太阳了!但是还要让屋里亮堂堂的,因为他像某些人一样,从不喜欢周围昏暗。他这一生得到的阳光太少了——可怜的克里福德——噢,一个多么漆黑的影子啊!可怜,可怜的克里福德!"

老淑女就这样低声咕哝着,更像是对自己的内心而不是与菲比交谈,她踮起脚尖在屋中走来走去,又把房间稍加整理,让一切看上去像是在等候这一重大时刻。

与此同时,楼上的走廊里传来了脚步声,她听出和她夜间睡梦中传上楼的声响一样。不管正在走近的客人是谁,看来是在楼梯顶上停了下来;他在下楼的过程中又驻足了两三次;他在楼梯下又停住了。每一次耽搁都看不出什么目的,倒像是由于忘记了那让他举步的目的,或者说,那人由于动力过弱无法让他继续前进而不情愿地将步履停顿了下来。最后,他在客厅门外停顿了很长时间。他握住了房门的把手;但随后却没有开门而松了手。海波吉巴的双手痉挛地紧握在一起,伫立在那里盯视着入口。

"亲爱的海波吉巴堂姑,请不要这样看吧!"菲比颤抖着说;因为她堂姑的心情和神秘的不自主的举动,使她觉得似乎有一个鬼魂来到了屋里。"你真把我吓坏了!是不是要发生什么可怕的事了?"

"嘘!"海波吉巴轻声说,"高高兴兴的!无论出现什么情况,一定要高高兴兴的!"

门外的最后一次停顿时间如此之长,海波吉巴无法忍受那种悬念,便冲向前去，猛地拉开房门，拽着陌生人的手，把他引了进来。菲比第一眼瞥见的是一位长者，他身穿一件褪色的旧式锦缎晨衣，蓄着灰得几乎全白了的非同一般的长发，除去他把头发甩向脑后，茫然地打量着房间的时候，那长发严实地遮住了他的前额。简短地端详一下他的面孔之后，就不难想象：他的步履会如此缓慢维艰，而且如同蹒跚学步的幼儿初次在地板上走路似的漫无目标，把他带到了这里。不过，并没有迹象表明他的体力不足以迈出自由而坚实的步法。其实是这个人的精神迈不动步了。他的面部表情——尽管其中必有隐情——似乎在踟蹰，在隐现，几乎在消失，正在无力地再次恢复。如同我们在半灭的余烬中所看到的闪动的火苗；比起正在熊熊燃烧的烈火，我们会对之更加瞩目——虽然更加瞩目，却怀着某种不安，不知那火苗会冒出悦目的光焰，抑或迅即熄灭。

那位客人进入房间后的一瞬间站立不动，仍然握着海波吉巴的手，犹如一个孩童拉着领他走路的大人。然而，他看到了菲比，并且感染到她那焕发着青春和愉悦的面容，确实，她使满室生辉，犹如立在阳光中的玻璃花瓶反射出一圈光芒。他行了一个礼，或者说得更准确些，是含义不明、礼数未尽的致意。不过，虽然没做到家，却传达了一种意思，至少是暗示了难以形容的优雅，诸如实用艺术所无法靠外部形态来描写的。那表示极轻微，一眼看不出来；然而，事后回忆，却改变了他的整个形象。

"亲爱的克里福德，"海波吉巴用哄任性婴儿的口气说道，"这是我们的菲比堂侄——小菲比·潘钦——阿瑟的独女，你知道吧。她从乡下来和我们小住；我们这栋老宅如今变得十分孤独了。"

"菲比？——菲比·潘钦？菲比？"那客人反复叨念着，发音迟缓、含糊，令人奇怪，"阿瑟的孩子！啊，我忘记了！没关系！她很受欢迎！"

"来，亲爱的克里福德，坐这把椅子。"海波吉巴说着，把他引到座位上，"菲比，请你把窗帘再稍稍拉下一点。现在咱们开始吃早餐吧。"

客人在指给他的座位上就座，好奇地打量着四周。他显然想牢牢抓住眼前的景象，把更满意的清晰印象记在脑海里。至少，他试图肯定自己是在这里,在这间天花板低垂、横梁交叉、镶着橡木护墙板的客厅里,而不是在别的所在,并且把这一切印进他的感官。可惜,尽了这么大的努力,也不过只有片断的收效而已。我们可以这样说,他不时地从他的座位上消退,或者,换言之,他的精神和意识离他而去,只把他那憔悴、苍灰和忧郁的躯体——一个实体的虚无,一个物质的鬼魂——留下来占据着桌旁的座位。过了茫然的片刻之后,他的眼眸中会再次闪烁出消退的光芒。这表明他的精神又回归到他身上,正在尽其所能点燃他心房中温馨的壁炉,在昏黑倾圮的宅第中燃亮智力之灯,而那宅第无疑是荒废无人的。

在这样一次不太麻木,但也不完全活跃的时刻,菲比确认了她最初不敢相信的大胆而惊人的念头。她看出面前的这个人一定是她堂姑海波吉巴藏有的那帧漂亮小肖像的本人。确实,她以女性对服饰的敏锐目光立即分辨出裹在他身上的那件锦缎晨袍与精确地描绘在肖像中的那件袍服的身材、质料和款式分毫不爽。这件褪色的旧袍,连同其业已消逝的原有的光彩,似乎以某种难言的方式,把穿衣人未加叙述的不幸传达出来,收进旁观者的眼帘。其外形令人更清晰地看出,这人眼下的衣着是多么蔽旧,而那人当年的身段和五官,俊美和优雅几乎超越了艺术家最精妙的技巧。还可以更充分地看出,这人的心灵因其尘世的经历,曾遭受过一些悲惨的冤屈。他坐在那里,似乎同世界隔着一层朽毁的朦胧的面纱,然而,透过那层面纱,在眨眼的瞬间,仍能抓住那同一表情,正是莫尔本——屏息大胆地用欢快的笔触——所赋予那帧小肖像的如此温文尔雅的想象。在这种面容中始终有一种固有的品性,即使那昏暗的岁月和落在他头上的不宜的灾难的重负,也未足以将其摧毁。

这时海波吉巴倒出了一杯香美可口的咖啡,端到了她的客人面前。他和她的目光相遇时,他似乎着迷和不安了。

"是你吗,海波吉巴?"他哀伤地咕哝着;随后,益发神不守舍了,或许没意识到还有别人在听他说话。"变化多大啊!变化多大啊!她是不是生我的气了?她为什么这样拧着眉毛?"

可怜的海波吉巴!正是那长期以来的近视和内心的折磨形成习惯的愁苦相,只要心情一有激变,就会不自主地表现出来。然而随着他那含混不清的词句,她的整个面孔都由于伤感而变得柔嫩甚至可爱了;平素严峻的神情已经消失在温存朦胧的容光背后了。

"生气!"她重复道,"和你生气,克里福德!"

她发出的这声惊呼中,贯穿着一种哀怨而动听的震颤,可惜依然未能消除迟钝的听觉会误认为是刺耳的音调。如同某位超卓的乐师用一部破损的乐器演奏着动人心魄的甜美曲调,结果在缥缈的和谐中却听出了实在的欠缺——海波吉巴满怀激情的语调的深处就有这样一种不完美的嗓音!

"这儿只有爱,克里福德。"她补充说——"除去爱没有其它!你是在家里!"

客人对她的口气报以微微一笑,但丝毫没有改变他的愁容。尽管那只是淡淡的一笑而且转瞬即逝,仍然美妙动人。那张脸随后的表情益发难看,或者说,由于没有使之缓和的理智,那姣好的面貌终有一种难看的模样。那是一副饥渴的馋相。他吃起东西来可说是饕餮大餐,似乎忘却了他自己、海波吉巴、那少女和周围的一切,完全沉耽于满桌食品的口腹之乐。他的机体虽然生来高贵文雅,但饮食之欲恐怕亦是遗传而来。然而,只要他那更优雅的品性还保持着活力,这种饮食之欲就会受到抑制,甚至变成一种造诣,成为成千上万文化模式之一种。但就其目前的存在而论,其效果令人痛心,让菲比落泪。

片刻之间,客人感觉到了那尚未品尝过的咖啡的香气。他热切地啜饮着。那精妙的香气如同一剂神药作用在他身上,使他那坚实的肉体变得透明或至少半透明了,带着迄今未有过的光泽,发射出精神的辉煌。

"再来,再来!"他叫道,发音中有着神经质的匆忙,仿佛急于抓牢要想溜走的东西,"我就需要这个!再给我来点!"

他在这种微妙而有力的影响下,坐得更加笔直,眼睛中射出的目光落在哪里就会凝神不动。倒并非他的表情变得更聪慧了;虽说有那么一点意味,但还称不上极突出的效果。也不是我们所说的道德本性已然觉醒到显而易见地呈现的地步。某种良好的心态虽未充分放松地表现出来,毕竟还是有所变相的流露,那是遇到一切赏心悦目的事情时都会有的功能。在以此种特性为主的人身上，就会产生一种强烈的嗜好和令人羡慕的自得其乐。他的生活就是追求美；他的全部抱负都趋向于此，他听凭自己的躯干和器官都与之和谐，使自身的发展也随之美好起来。这样一个人与哀伤、与争斗、与牺牲都是无关的；谈到牺牲，是以难于计数的多种多样的方式等候着那些以身心、意志和良知同世界一战的人。对这种英雄品德来说，自我牺牲乃是这个世界所能馈赠的最丰盛的报酬；而对我们面前这个人来说，只能是一种悲哀，而且遭遇得越不幸，那悲哀也就越强烈。他无权成为烈士；看他如此适合享乐，而对其它目标又如此虚弱，依我之见，所有慷慨、坚强和高贵的精神随时都会让位给小小的自得其乐——希望的想法在其心目中如此不屑一顾，完全可以抛下不管——，如果我们这粗暴的地球上刮起凛冽的寒风，这样一个人是难以承受的。

　　看来克里福德是个本性耽于享乐的人，这样说既非危言耸听，也不是语带讥讽。这是可以感觉得到的，即使在这间昏暗的老客厅里，他的目光也不可避免地被透过叶荫跳动着的阳光所吸引。他的这种本性还可从对那瓶花的赞赏目光中看出，他吸进花香时的那种热切，对人体器官来说，实在太特殊，几乎优美到铸进了精神成分。这种本性还在他注视菲比时那不由自主的微笑中流露出来：她那黄花少女的鲜灵身段，是阳光也是鲜花——这是就本质而论，而从外形上却更美丽也更动人。同样显而易见的是，他对美的热爱和必需，已经成为出于本能的注目，他的目光这样快就从他的女主人身上转移开去，停留在任何方位上而不肯回来。这是海波吉巴的不幸，而不是克里福德的过失。他怎么可能——她脸上那样蜡黄，那么多皱纹，神色那么哀伤，头上还缠着那么欠雅观的老头巾，以及那最违反常情的拧眉攒目的愁苦相——他怎么可能乐于盯着她看呢？那么，既然她默默地付出这么多温情，难道他就不欠她的情吗？不欠。像克里福德这样的本性是不会有这种债约的。因为——我们这样讲绝无非难之意，亦无减少另一种人所具有的无法取消的这类要求的想法——这样的本性实质上是自私的；我们应该对其听之任之，并把我们英雄的、不求回报的爱更多地加之于他，而且不指望得到补偿。可怜的海波吉巴深谙这一实情，或者至少本着这样的直觉去行动。只要与克里福德原先的可爱之处疏远,她就高兴——这种高兴尽管带有目前的叹息,也许还有她要躲在自己的房间里偷偷落泪的结果——因为他的眼前有了比她这年老珠黄的人更鲜艳夺目的目标。他的那双眼睛从来就不具有魅力;如果有的话,她对他的哀伤的腐蚀作用也早已将其摧毁了。

客人在他的椅子中向后靠了靠。他的面部的梦幻般愉悦的表情中,夹杂着吃力和不安的困惑样子。他在寻求更充分地感受周围景象;或者说,唯恐这是一场梦境或一种幻想的表现,从而竭力以某种附加的光明和延长的幻境来拖延这一美妙的时刻。

"多么惬意! ——多么高兴!"他咕哝着,不过仿佛只是自言自语,"还会延长吗?从敞开的窗口透进来的空气是多么芳香啊!一扇敞开的窗户!阳光的舞动是多么美啊!那些花又是多么香馥啊!那少女的面孔是多么愉悦,多么盛开啊! ——那是一朵上面带着露珠的花,露珠中又有阳光闪烁!啊!这一切都是一场梦!一场梦!一场梦!可是却隐藏在石头四壁之中!"

随后他的面容黯淡了,犹如被一座山洞或城堡塔楼遮住了;面部表情中的光彩不比透过牢窗铁门的光亮为多——而由于他仿佛进一步沉到了底层,反倒更少。菲比生性活泼好动,很少长时间地自甘寂寞,通常在进行的活动中都要积极参与,此刻已按捺不住,要和这陌生人交谈。

"这里是一棵新品种的玫瑰,是我今天早晨在花园里找到的。"她说着,从花瓶里挑了一朵绯红的小花,"这个季节里,花丛中也就有五六株。这是一株最完美的;一点都没有虫咬发霉的地方。而且多香啊! ——别的玫瑰都比不上!这扑鼻的香气让人一辈子都忘不了!"

"啊! ——让我看看! ——让我来拿着!"客人高声说着,急切地把花抓到手里,那朵花由于令人难以忘怀的阵阵清香,引起无数的遐想,"谢谢你,这花对我太好了。我记起了我曾经多么珍惜这种花——很久以前,我想,是很久很久以前了! ——或许就在昨天?它使我又感到年轻了!我年轻吗?要么是这一记忆极其清晰,要么是这一感觉莫名其妙地模糊!不过,这位漂亮的少女心地真好!谢谢你!谢谢你!"

由这朵绯红的小玫瑰花引起的爱不释手的激动,为克里福德带来了他在早餐桌旁最明媚的时光。本来这份喜悦还可以再延长些时候的,可惜他的目光不久就刚好落在了那位老清教徒的面孔上——老上校正从脏污的镜框和黯淡的画布中,像个凶神恶煞的鬼魂似的垂眼看着这场面。客人用一只手做了个颇不耐烦的手势,并且用一听便知是这个家族一名不满的成员以特有的怒气冲冲的语气对海波吉巴发话。

"海波吉巴! ——海波吉巴!"他声嘶力竭地嚷道,"你为什么要把那幅可憎的画像一直挂在墙上?是的,是的! ——那正是你的品味!我已经和你讲过上千次了,那是这栋宅子的罪恶之源! ——尤其是我倒霉的渊薮!摘下来,马上摘下来!"

"亲爱的克里福德,"海波吉巴悲哀地说道,"你明知道不可能的!"

"那么,不管怎么说,"他继续用力地说道,"就请你罩上一幅暗红的帘幕,宽得有褶襞的,再加上金边和流苏。我无法忍受!不能让它盯着我的脸看!"

"好的,亲爱的克里福德,这幅像该遮起来。"海波吉巴抚慰着说道,"楼上的箱子里有一幅暗红的窗帘——恐怕有点褪色和虫蛀了——不过,菲比和我会用它做出奇迹来的。"

"今天就做,记着!"他说道;然后又用自言自语的低声补充道:"我们何必要住在这栋凄凉的宅子里呢?何必不去法国的南方?——去意大利?——巴黎、那不勒斯、威尼斯,罗马?海波吉巴会说我们没那份财力。那是个滑稽的念头!"

他自顾笑了笑,然后向海波吉巴投去善意的揶揄的一瞥。

但是,陌生人在短短的瞬间里所经历的那一系列没有流露出来的情感,显然使他精疲力竭了。他大概已经习惯于生活中单调的哀伤。那哀伤并不像他脚下水池中哪怕是迟滞流淌的溪水,而是一张渗进他面容的面具,具有一种堪称是道德的效力,作用在其本是纤细优雅的轮廓上,犹如其中没有阳光的低垂的薄雾,笼罩着大地的风光。他的样子变得有些粗俗——简直是呆滞。如果在这个人身上还能看出丝毫兴致或美——哪怕是毁弃的美——,旁观者此时可能会开始怀疑,并且指责自己的想象力,居然会用那张面孔上掠过的什么高雅和那双颓丧的眼睛中闪出的什么优美光芒来自欺。

然而,还没等他完全颓然垮倒,店铃那刺耳乖戾的声响便传了过来。那不和谐的响声刺激着克里福德的听觉器官和他那特殊敏感的神经,惊得他猛地从座椅中站起身。

"我的天,海波吉巴!我们此刻在宅子里受到什么骇人的惊扰了?"他叫道,把愤愤的烦躁——理所当然地,而且出于老习惯——发泄到世上那一个疼爱他的人身上,"我从来没听见过这么可恨的喧闹!你怎么会容许呢?以所有不谐和的名义,这到底是什么声音?"

这一并不起眼的烦扰,把克里福德其人抛进了多么明显的解脱啊——不啻是一幅昏暗的肖像从画布上猛地跳了出来——这实在太奇异了。其秘密在于,有他这样脾性的人总是对美好和谐在感官上的刺激较在心灵上的刺激更敏锐。甚至可能——因为类似的情况时常发生——如果克里福德在其往日的生活中曾经享受过培育美轮美奂的味道的话,那种微妙的品性可能在此前就已经把他的爱心全部吞食一空或束之高阁了。因此,我们可不可以冒险声明:他的长期阴暗的灾难并没有在他的内心深处挽回丝毫慈悲呢?

"亲爱的克里福德,我真希望我能让你的耳朵听不到这种声响。"海波吉巴耐心地说道,不过还是羞得痛苦地涨红了脸,"连我听起来也很不悦耳。可是,克里福德,你知道吗,我有些事要告诉你?这讨厌的声响——请你快点跑,菲比,去看看谁在那儿!——这种难听的小小的叮当声不是别的,只是我们的店铃!"

"店铃!"克里福德瞪大眼睛,重复了一句。

"是的,我们的店铃。"海波吉巴说道,一种自然的愤慨夹杂着深深的激动在她的举止中表露了出来,"你应该知道,亲爱的克里福德,我们穷得不可开交了。而且除去伸手求人这种我不肯(你也不肯的!)的途径,已经没有别的财源了,毕竟我们还没到不拿人家的面包就活下去的地步——除去求他再没人能帮忙了,不然我们只能用我们的双手来挣我们的生计!我自己倒可以甘心挨饿。可是你回到了我身边!那么,亲爱的克里福德,"她苦笑着补充道,"你认为我在正面的山墙开个小铺子是给这栋老宅无可弥补地丢了脸?我们的老老老祖父在远没这么必要时也做过同样的事!你为我觉得羞耻吗?"

"可耻!丢人!这是你对我讲的话吗,海波吉巴?"克里福德说道——不过并没有生气;因为当一个人的精神彻底垮掉时,他可能会对小小的冒犯大发脾气,而对大伤害却绝不会怨恨。因此,他只是怀着悲痛的心情说道:"这样讲就不好了,海波吉巴!如今还有什么羞耻能降临到我头上呢?"

随后,这位气馁的人——他曾经生来为了享受,却遭遇了倒霉的命运——女人似的伤心痛哭起来。不过,他并没有不停地落泪;他很快就沉默了,从他的表情来看,不算很不舒服。也正是以这种心情,他多少振奋了一会儿,并且还含笑看着海波吉巴,那热切又略带嘲弄的意味,使她大为困惑。

"我们穷到这地步了吗,海波吉巴?"他问。

最后,克里福德深深陷进座椅的软垫里,打起了瞌睡。海波吉巴已听到了他呼吸的更有规律的起伏(不过,即使这时,那呼吸也不强烈充分,而是一种与他精力不足相应的微弱的震颤)——听到这种安心入睡,她便抓紧时机更真切地审视起他的面孔——刚才她一直没敢这样做。她的心在泪水中溶化了:从她精神的最深处发出了一声哀怨,低沉、轻柔,然而有着难以形容的伤心。在这种深沉的悲哀和怜悯中,她感到盯视他那改变了的衰老损毁的面孔没有什么不敬了。但由于他简直判若两人,她的那一点点舒心很快就因为好奇的凝视而使良心受到了折磨;于是,海波吉巴匆匆起身转过去拉下透进阳光的那扇窗户的窗帘,让克里福德在那里沉睡了。

第八章　今日之潘钦

菲比一走进店铺，就看见那个小馋猫的熟悉面孔已然在那里了——我们应该还记得，就是他吃掉了黑小子、大象、骆驼和火车头的。这位少年绅士在过去的两天里，花掉了他的私有财富，购买了上述的前所未闻的奢侈品，此次却是为他母亲跑腿，要买三个鸡蛋和半磅葡萄干。菲比把这些东西一一拿给他之后，为了表示对他先前的惠顾的感激和作为早餐后的一点额外补充，又在他手中放上了一只鲸鱼姜饼！这条大鱼与之有过的尼尼微①预言的经历相反，立刻踏上了与其外形截然不同的那些前辈经历过的同一条红色的命运之路。事实上，这个引人注目的小顽童不啻是时间老人的翻版：一方面在于他对人和物一概吞下的胃口，一方面还因为他和**时间**一样，在吞食了如此众多的造物之后，依然如同他刚刚被制造出来似的那样年轻。

那孩子把门半关上之后，又转回身向菲比嘀咕了些什么，由于那条鲸鱼还有一半含在嘴里，她没能完全听清。

"你刚才说的什么，我的小伙伴？"她问。

"妈妈想知道，"奈德·希金斯更清楚地重复说道，"潘钦老姑娘的哥哥怎么了？人们说他已经回家了。"

"我堂姑海波吉巴的哥哥！"菲比惊呼道，对海波吉巴及其客人之间关系这一突然的解释始料不及，"她哥哥！那么他一向在哪里呢？"

小男孩把拇指放到他宽宽的狮子鼻上，那是一个孩子在街上泡掉了许多时光之后很快懂得了要在脸上装出的机灵神情，哪怕他的五官并不精明。随后，当菲比继续盯视着他却没有回答他母亲的问题时，他

---

① 位于今伊拉克境内的底格里斯河东岸，为公元前七世纪时亚述人之首都，其规模与人口足以代表美索不达米亚文明，后毁于劫掠焚烧，其遗迹现仍在不断发掘。

就转身走了。

孩子走下台阶之际，一位绅士踏上了台阶，跨进了店门。他身材魁梧，如果再有稍稍高大一些的优势，对一个垂暮之年的老人来说，简直就很伟岸了。他身穿一套黑西装，料子很薄，极像是薄的绒面呢。一根由稀有的东方产的木料做的金头手杖，又从外观上实实在在地平添了几分高雅尊贵，为他增光添色的还有那条洁白如雪的颈巾和精心擦得锃亮的皮靴。他那黝黑的宽脸庞和两道浓眉，自然令人印象深刻，而设若这位绅士不是有心做出一副慈悲心肠的模样来尽量减少那种严峻的效果的话，他的容貌恐怕是相当冷酷的。然而，由于在他面孔的下部有些过多的脂肪堆积，显得或许有些油光闪闪，不够那么超世脱俗，而且可以说，是一种肉肥油腻，这无疑并非出自己愿，连他本人也难以满意。无论如何，一位多疑的旁观者很可能会认为这无法证明本人慈悲为怀，尽管他满心指望别人有此外部印象。而假如这位旁观者刚好不仅精明多疑，而且心怀叵测，大概就会怀疑，绅士满脸堆起的笑容与他靴上的光亮颇为类似，一个要花费他大量的力气，一个要耗费他大量的鞋油，才会出现并保持这种效果。

当这位陌生人踏进小店之时，突出的二层楼和榆树的浓荫，以及窗台上的商品，在店中制造出一种灰蒙蒙的中间色，他的笑意更浓了，仿佛他无须脸上那不中用的光泽，只用他的一颗心对抗整个昏暗的环境（与海波吉巴及其同住者相关的精神上的阴郁要除外）。他一看到那含苞欲放的少女，而不是老姑娘憔悴的模样，立即露出惊讶的神色。他先是拧起眉毛；继而绽开比平素还要焕发慈悲心怀的微笑。

"啊，我明白是怎么回事了！"他用低沉的嗓音说——那嗓音如果发自一个没教养的人的喉咙一定会显得粗暴生硬，但是凭借认真的训练，如今听起来已相当悦耳了——"我还不晓得，海波吉巴·潘钦小姐是在这样得力的襄助下才开业的呢。你是她的助手吧，我想？"

"我当然是啦，"菲比回答道，并且以颇有淑女般自负的口吻补充说（因为那位绅士虽然彬彬有礼，显然把她当作挣钱糊口的年轻人了），"我是海波吉巴小姐的堂侄，来拜望她的。"

"她的堂侄？——而且从乡下来？那，请你原谅我。"那位绅士说着，还微笑颔首，菲比此前从未受过如此礼遇，"在这种情况下，我们最好还是认识一下吧，因为，除非我遗憾地犯了错误，你也是我的一家人！让我想想看——玛丽？——多莉？——菲比？——对，就是菲比这个名字！你难道就是菲比·潘钦，我亲爱的堂兄和同学阿瑟的独生女儿？啊，现在我从你的嘴形上看出你父亲的模样来了。是啊，是啊！我们最好还是认识一下吧！我和你是一家人，我亲爱的。你一定听说过潘钦法官吧？"

　　菲比还礼致意时，法官带着歉意甚至——虑及他们血缘的亲近和年龄的差距——值得称赞的目的，俯身向前，去亲吻他的年轻的亲属，以示承认了血亲关系和自然的慈爱。不幸的是（出于无意，或者仅仅出于本能而与理智无关），就在这关键时刻，菲比却退缩了回去；以致她那颇值尊敬的亲属身体俯过柜台；双唇向前突出，成了亲吻空气的十分尴尬的怪相。不啻是当年尼克西翁拥抱云朵故事①的现代翻版，而且由于法官一向以务实自豪，绝不会把幻影误当作实物，显得益发滑稽。实情是——而且是菲比唯一的借口——潘钦法官那光彩四射的慈悲足以跨越街道甚或普通房间，在这位女性看来不一定绝对感到不快，但当这黑黪黪、油光光的面容（还有那用什么剃刀也刮不净的毛茸茸的胡须）试图与其相中的目标发生实际接触时，却委实太热切了。法官表现出来的那种男子雄风、异性欲望，以及一些别的什么，着实太过分突出了。菲比垂下了眼睛，而且不知为什么，感到在他的目光逼视之下，面孔羞得通红了。其实，她曾经没有什么特殊挑剔地被差不多五六个亲族的人亲吻过，比起这位围着白颈巾、浓眉蓬须、油光满面、慈悲心肠的法官，有的年纪大，有的年纪轻，那么，为什么偏偏不肯让他亲吻呢！

　　菲比抬起眼睛，被潘钦法官面部的变化惊呆了。犹如暴风雨前阳光普照的大地上那种风云突变的万千气象，令人触目惊心；瞬息之间那张脸上已经不再像阳光灿烂的温情脉脉，而如同终日阴霾密布那样冷

---

① 尼克西翁在希腊神话中是阿瑞斯之子，得宙斯之助到奥林波斯山，却试图勾引赫拉，宙斯遂用一片云冒充赫拉，与之生下马人，后遭罚被缚在火轮（一说为地狱车轮）上，永远旋转不停。

漠、严峻、阴气森森。

"我的天！现在该如何是好？"乡下姑娘自问着，"他那副样子简直像铁石心肠般毫无怜悯之心，也不比东风更温柔！我对他不会有所伤害啊！既然他当真是我的堂叔，但凡我能够的话，我也会让他亲吻我的！"

这时，猛然之间，菲比意识到：眼前这位潘钦法官正是那位达盖尔派摄影师在花园中拿给她看的那帧小肖像的本人，如今他脸上那种冷酷专横就是阳光毫不通融地坚持要表现出来的同一个特征。因此，这恐怕不是一时的情绪，而是无论如何巧妙都掩饰不了的固有的禀性吧？还不仅如此，这是不是从那个蓄着胡须的祖先遗传给他，又由他继承下去的传家宝呢？肖像中祖先的表情和当前这位法官的五官在奇异的程度上是否都如同一种预言似的表现出这种遗传呢？比菲比高深的哲学家或许会在这一念头中发现某种可怕的东西。这意味着，导致罪行的那些弱点缺欠、不良感情、卑劣倾向和道德病症仍在世代相传，其绍续过程远比人类制定的财产和头衔继承法所谋求的要可靠得多。

然而，目前的情况是：菲比的目光刚刚落到法官的面容上，那一切丑陋的冷酷便已消失殆尽；她发觉自己被这位卓越人物从他伟大的心房向四周发散的慈悲的闷燥酷热深深慑服——十分类似一条毒蛇在迷惑猎物之前以其特有的气味充满周围的空气的传说。

"我喜欢这样，菲比堂侄！"他高声说道，还用力点点头，表示赞同，"我非常喜欢这样，我的小堂侄！你是个好孩子，懂得怎样当心自己。一个少女——尤其是漂亮的少女——对自己的嘴唇怎么谨慎也不为过的。"

"的确，先生，"菲比说道，竭力一笑了之，"我并不想让人觉得我心肠不好。"

然而，无论是否完全由于他们相识的不祥开端，她依然小心从事，这绝非她开朗大方本性的习惯使然。她无法摆脱那种幻觉：她听过众多阴暗传闻的那位清教徒祖先——整个新英格兰潘钦家族的老祖宗，这栋七个尖角顶宅第的奠基人，那个不明不白地死在这里的人——如今已经迈步进入了这个店铺。在当今这个有方便设备的时代，事情是很容易办妥的。当此老清教徒从另一个世界回来之际,只消他认为必要,就可以在理发馆坐上一刻钟,把他那清教徒的大胡子修剪成两撇灰白的八字胡,然后再光顾一家成衣店,把他那身丝绒的紧身马甲和深色大衣以及颔下的手工精致的环领,换成白色硬领和颈巾、外衣、背心和马裤;最后,把他那钢柄的宽剑撇到一旁,拿起一根金头手杖,两个世纪前的潘钦上校就变成眼前的潘钦法官迎面走来了。

诚然,菲比这女孩太过敏感,无法只用一个微笑来看待这一念头。其实,假定这两个人在她面前并肩而立,就会一眼看出许多不同之处,或许仅仅是大体相像罢了。经历了漫长的岁月间隔,当初养育过英格兰祖先的气候也已今非昔比,上校的后人在体态上必然会形成重大变化。法官的肌肉群难以同上校的相比;他身上的腱肉无疑要少。尽管在他的同代人当中,他的体重算是重的,而且作为对基本发育突出的奖励,让他坐到了法官的座位上,我们可以设想,如果把当代的潘钦法官和他的上校祖先放到同一架天平上,至少还要给他加上老式的五十六号砝码,才能保持天平的平衡。而且,法官的脸上已经失去了透过上校饱经风霜的黝黑面颊泛出的温暖的英格兰红光,而带上了他的乡亲们所固有的菜色。不仅如此,如果我们没看错的话,即使在我们议论中的绅士这样一位清教徒后代的坚实的楷模身上,总会流露出或多或少的某种神经质。其结果,就是赋予了他的面容上比那位老英格兰人更迅捷的变化和更集中的活力,同时却犹如溶解酸一样起着销蚀作用,减少了坚毅的特征。就我们所知,这一进程属于人类进化的大系,就是说,随着每一个前进的脚步,在减少必需的动物力量的同时,可能通过扬弃粗壮的体能,从而注定要逐渐使我们精神上有所增益。果真如此的话,潘钦法官还要再忍耐上一两个世纪才能去粗取精到他人的程度。

法官和他的祖先在智力和道德上的近似,看来至少和他们在外貌和神采上的相仿同样强烈,这就使我们有理由再说几句。在老潘钦上校的葬礼演讲中,教士绝对地把他这位故去的教民列在圣徒之列,并通过教堂的屋顶,进而透过上面的天空,展开了一条景色,显示出他手持竖琴,坐在天国的戴冠的唱诗仙班中间。他的墓志铭也极尽歌功颂德之能事;他名垂一页的青史也把他的坚毅和正直的人格标榜得无以复加。因此,涉及今日的潘钦法官,无论是神职人员还是法定官员,抑或是墓碑撰写人或是通史或地方志的史学家,都不会斗胆对这位人品诚挚卓越的基督徒,这位备受尊敬的人士,这位正直不阿的法官,这位他的政党的勇敢忠诚、久经考验的代表置一贬词。然而,除去为公众目睹、为历史记载而刀刻、口说和笔写的这些冷漠、空洞的官样文章——出于其本身的致命的意识,必须要失去其真实性和自由度——之外,还有对那位先辈的口头传闻和对这位法官的私下日常议论,都是活灵活现、有根有据的。听取一下妇女在家中对一个出名的男人的私下议论是十分有教益的;而最难捉摸的莫过于一个人准备印制的肖像和在他背后悄悄传递的铅笔速写之间的巨大差异了。

　　举例说,传闻肯定地讲,那位清教徒对财富贪得无厌;而这位法官据说也在铁拳般地攫取财富时表现出不择手段。那位祖先用慈善的外衣包裹他的残酷,用亲切的言行掩饰他的粗野,从而使人们误以为他有真诚热心的本性,使他得以用男人气概隐藏他不达目的不罢休的凶狠。而这位后辈,则依照一个更美好的时代的需求,把他那面善心狠的阴险升华为慈祥宽厚的微笑,从而使他在街上如中天之日,在他的客厅中接待私交时亦如壁炉之火一样散发着温暖。那位清教徒——如果不因直至今日还被人悄声传播的一些奇特故事而被误解——已然堕落到某种犯罪的地步;不管人们有什么信条或原则,他们动物性的重大进化仍会有这种趋向,直到他们涤净包含着粗野物质的杂质。我们不应该用那种类似的针对这位法官的流言蜚语的当代谣传来玷污我们的篇章。那位清教徒在家中也是位蛮横的家长,他先后娶过三房妻室,而由于夫妻关系中他表现出来的那种残忍严厉的性格,把她们一个接一个地心碎地送进坟墓。在这方面失去了相似之处。这位法官只娶过一位妻子,并且在婚后的第三四年失去了她。有一种传说——我们之所以予以考虑,还不仅因为不无可能,主要是因为的确是潘钦法官典型的大男子作风——,那位夫人在蜜月中遭受毒打,就再也没笑过,因为她丈夫强迫她每天早晨把咖啡端到他床头,以示对她的老爷和主人的孝敬。

　　但是这个遗传而来的相似的话题委实太丰富了——当我们考虑到,在一两个世纪的长时间内,每个人背后会有多少代累计的祖先的时候,在直系后代身上这种相似的频仍再现委实是数不胜数。因此,我们只消补充一点:那位清教徒——至少可以说,壁炉边的议论时常是极大地忠于人物性格的——是个大胆、专横、无情、狡猾的人;他心机深藏不露,而行动起来则执着追求,既不知疲倦,也不讲良心;他欺凌弱小,而且当有利于他的目的时,则尽其所能击败强者。至于这位法官在多大程度上与他相似,我们故事的进一步发展会揭示出来。

上述这些类似之点,在菲比身上没有出现;事实上,由于她在乡下出生和居住,对大多数家族传统所知甚少,而在这栋七个尖角顶的宅第里,那传统却如同蛛网和烟垢般地在墙角和壁炉周围环绕着。这里有一种气氛,虽然本身微不足道,却给她一种莫名的恐怖印象。她曾听说过被处死的巫师莫尔直指潘钦上校及其后人发出的诅咒:上帝将令他们饮血;她还听到过那种流传甚广的说法:这种不可思议的鲜血会不时被人听到在他们家人的喉头咯咯作响。对于这后一种传说,——作为一个理智的人,尤其是潘钦家族的一员——菲比斥之为荒诞不稽,当然确实如此。然而古老的迷信,在浸入人心、融进呼吸,并经过多次出于口入于耳的以讹传讹的重复,历时若干代人之后,就具备了素朴真理的效用。家中的炉烟一次又一次地嗅到过这种迷信的气息。通过长时间在宅第中的缭绕,这种迷信逐渐喜欢上这里,而且有一种安家落户的亲切感觉,以致其影响大大超过我们所料。事实上,当菲比听到潘钦法官喉咙里的某种响声——那是他的一种习惯,完全不是自主的,而且没有任何含义,有时只是支气管的一种轻微怨声,或者如某些人暗示的,是一种中风的预兆——当少女听到这种怪声怪气的打嗝(笔者从未听过,因此难以描述)时,她竟然十分愚蠢地吃了一惊,并握紧了双手。

当然,菲比被这样的小事弄得心神不宁,是十分可笑的,而且居然把这种不安在当事人面前流露出来,更是不可原谅的。然而,这件事与她先前涉及那位上校和这位法官的幻觉如此奇怪地相呼应,一时之间两个人物简直难分彼此了。

"你这是怎么的了,年轻人?"潘钦法官说道,同时严厉地看了她一眼,"有什么事让你害怕了吗?"

"噢,没有,先生,——什么事都没有!"菲比回答道,还带点自嘲地苦笑了一下,"也许你想和我堂姑海波吉巴谈谈。要不要我去叫她?"

"再等一会,如果你愿意的话。"法官说着,面孔上又容光焕发了,"今天早晨你看来有些紧张。镇上的空气,菲比堂侄,对你良好的健康的乡村习惯不适宜。要不就是有什么事搅扰了你?——海波吉巴堂妹的家里出了什么大事了?——来人了,嗯?我想是的。莫怪你神不守舍呢,我的小堂侄。和这样一位来客同居一宅可能会使一个单纯的少女不安的!"

"你把我弄糊涂了,先生。"菲比用询问的目光盯着法官,回答道,"这房子里没有什么吓人的来客,只有一个可怜巴巴、彬彬有礼的孩童似的男人,我想是海波吉巴堂姑的哥哥。我担心(恐怕你比我更清楚,先生),他的神志不大健全;不过他的样子十分温和安详,一个做母亲的肯把婴儿交给他照看呢;依我看,他会逗着那婴儿玩,就像他只大上几岁。他让我吃惊了!——噢,真的!"

"我很高兴听到对我的克里福德堂弟这么直率的赞语。"好心的法官说,"多年以前,我们还是一起玩的孩童和小伙子的时候,我就对他有很深的感情,至今仍对他的各方面十分关心。你刚才说,菲比堂侄,他看起来有点弱智。上帝保佑他至少还有足够的智力来弥补他以往的罪孽!"

"依我看,"菲比评论道,"他要弥补的比谁都少呢。"

"我亲爱的,"法官露出怜悯的神色继续说道,"有没有可能你从来没听到过克里福德·潘钦呢?——大概你对他的以往一无所知吧?好吧,这没什么;而你母亲可是对她嫁到的这家的名门大姓表示出了得体的尊重。尽你所能相信这个不幸的人,对他抱着最好的希望吧!这是基督徒在彼此判断时应该永远遵循的规矩;在一定程度上性格必定相互依存的至亲中间尤应如此。可是,克里福德是在客厅里吗?我这就进去看看。"

"大概是吧,先生,我最好去叫一下海波吉巴堂姑。"菲比说道,不过心里不清楚她该不该阻拦这样一个温情脉脉的亲人进入这栋宅第的内室,"她哥哥早饭后好像睡着了;而且我肯定她不愿意让他受到打扰。请稍等,先生,让我来通报她一声!"

但是法官却表现出不加通报就断然进去的非凡的决心,当菲比带着心想意动、行随念转的活力向门口迈步走去时,他毫不客气地把她推到了一旁。

"别,别,菲比小姐!"潘钦法官说道,声音低沉如同雷鸣,皱眉蹙额仿佛阴云密布,"你在原地待着别动!我熟悉这栋宅子,而且我也了解我的堂妹海波吉巴和她哥哥克里福德!——用不着我的乡下小堂侄费心去替我通报!"——随着这最后一句话,他当即流露出要收回刚刚突然而来的阴沉,变成先前的慈祥,"我这是在自己家里,菲比,你应该明白,而你才是生人。所以,我就这样进去,亲眼看看克里福德怎么样,并且让他和海波吉巴清楚我的一番好心善意。在这种当口,让他俩亲耳听听从我嘴里说出来的我一心给他们帮忙的愿望,是很恰当的。哈!海波吉巴本人不是来了吗!"

情况就是这样。法官的嗓音的震响传到了客厅,坐在那里的老淑女正侧着头,照看着她熟睡的哥哥。此时她走出来,看来是要防止别人进去,我们应该说,那副样子极像童话故事中守护面貌迷人的美女的恶龙。不可否认地说,她那习惯的愁苦相此时远远超出了无辜的近视的外观,变得十分吓人;那目光逼视着潘钦法官,那样子似乎即使不想惊吓他,也要让他明白:他是多么不恰当地低估了她对他根深蒂固的厌恶的道德力量。她用一只手做了个拒之门外的姿势,站在黑乎乎的门框里,从头到脚俨然一尊严禁入内的造型。然而,我们必须暴露海波吉巴的秘密,也应该承认,她那胆小的天性,即使此时此刻,还是演变成一阵迅速的战栗,她自己觉得全身的骨节都随之移位了。

可能,法官很清楚在海波吉巴那难看的外表背后到底有多少得可怜的真正的凶狠。无论如何,他是位神经健全的绅士,便很快镇定下来,禁不住伸出一只手,朝他堂妹走去;不过,他还是敏感而小心地掩饰着他的友好表示,先堆起满脸的热情笑容,假如那笑脸只有一半的温情是真的,在其夏日般的曝晒下,一架葡萄也会立即成熟变紫的。确实,他的目的可能就是要在当场把可怜的海波吉巴融化,犹如她是一个黄蜡做的人形。

"海波吉巴,我可爱的堂妹,我真高兴!"法官极其夸张地惊呼道,

"现在你终于有了生计了。是啊,依我说,我们所有的人,你的亲友,都比我们原先有了更多的生计。我一刻也不迟疑地准备在我的权限之内协助克里福德过上舒适的生活。他属于我们所有的人。我深知,由于他食不厌精和美不厌爱,他有多少要求——曾有多少要求。我住宅里的任何东西——图画、书籍、美酒、佳肴——他可以随意享用!看到他会给我由衷的满足!我可以这就进去吗?"

"不,"海波吉巴回答道,她的声音痛苦地颤抖着,无法再多说,"他不能见客!"

"客人,我亲爱的堂妹!——你这样称呼我吗?"法官高声道,他的感情似乎被这称谓的冷漠所伤害,"不,我说,让我来做克里福德和你自己的主人吧。马上到我的住宅里来。那里的乡村空气,以及我为自己准备的一切方便条件——可以说是奢侈品——,可以为他作出奇迹。而你和我,亲爱的海波吉巴,将一起商量,一起照看,一起干活,来使我们亲爱的克里福德幸福。来吧!在对我来讲既是责任又是乐趣的这件事上,我们还啰嗦什么呢?马上就到我那里去吧!"

菲比听到这样好客的邀请和这样慷慨的认亲,感到十分冲动,很想跑到潘钦法官跟前,出于她自己的主动,去亲吻他一下——就在刚刚不久,她还逃避过呢。海波吉巴却不同了:法官的微笑仿佛作用在她内心的酸涩之上,如同阳光照射到醋上,使之酸了十倍。

"克里福德,"她说道——依然激动得只能冒出一句话来,"克里福德在这儿有个家!"

"让上天原谅你吧,海波吉巴,"潘钦法官说道——他把眼睛虔诚地抬起,向着高高在上的公道的天庭,吁请着,"如果在这件事上还有什么久远的偏见或憎恨重重地压在你心头的话,我敞开我的胸扉站在这里,心甘情愿和迫不及待地要把你和克里福德接待进去!不要拒绝我的好心吧——为了你自己的生活,不要拒绝我真诚的建议吧!从各方面来说,这都是你最亲近的家人所应该做的。如果我那乡间别墅的令人欣慰的自由任你的哥哥享用,而你却把他封闭在这所阴暗的宅子和窒闷的空气里,堂妹,那可是责任重大啊。"

"那里永远不会适合克里福德的。"海波吉巴仍然像先前一样简短地说。

"女人啊!"法官发泄着不满,脱口说道,"这一切都是什么意思?你还有其它收入吗?没有,我怀疑得很!当心啊,海波吉巴,当心!克里福德已经濒临毁灭的黑暗边缘,比先前遭遇的都要严重呢!可是,既然你是这样的态度,女人,我何必要和你啰嗦呢?让开吧!——我得见克里福德!"

海波吉巴张开她瘦削的肢体,拦住屋门,仿佛当真增加了块头;而且样子也更可怕了,因为她心中充满了恐惧和激动。这时,潘钦法官要强行通过的明显目的,被从里间传出来的话音打断了;那虚弱、颤抖、恸哭的嗓音表明了无可奈何的惊惧,其自卫能力并不比一个吓坏了的婴儿更强。

"海波吉巴,海波吉巴!"那声音叫道,"跪倒在他面前!吻他的脚!求他别进来!噢,让他对我发发慈悲吧!慈悲!——慈悲!"

一时之间,面对着从里间传出来的伤心痛苦的低声哀求,法官要推开海波吉巴、迈门进入客厅的坚定目的看来是动摇了。牵制他的并非怜悯之心,因为那虚弱的声音一发出,他的眼睛里就燃起了红焰,事实上还从他的周身发出了某种难以形容的凶猛和阴沉,推动他迅速向前跨了一步。要想了解潘钦法官其人,就要看清这种瞬间的他。经过这样一次暴露,随他怀着什么激烈的感情去笑好了,反正他能很快把葡萄变紫,把南瓜变黄,却无法那么快地把烙进旁观者记忆中的印象抹掉。这样无常的变化不但没有减少反倒增加了他外貌的狰狞,似乎表达的不是愤懑或仇恨,而是某种激烈的凶残的目的,那是不惜排除一切只要目的本身的目的。

那么,我们不是在诋毁一个出色和可亲的人吗?现在看看这位法官吧!他显然意识到自己犯了错误:他把慈爱的行动过于强制地加到了无法感恩戴德的人身上了。他只好等待他们心情变好些再说,准备好到那时再像此刻这样支援他们。在他从门口抽回身时,脸上已泛出充分理解的仁慈之光,表明他已把海波吉巴、小菲比和那没露面的克里福德他们三个人,以及整个世界,全都包容进了他那宽广的胸怀,并且在亲情的激流中给他们温暖的沐浴。

"你极大地冤枉了我,亲爱的海波吉巴堂妹!"他说着,第一次和蔼地伸出一只手,然后又戴上手套,准备离去,"极大的冤枉!但我对此表示谅解,并且要学着让你改变对我的看法。当然,我们可怜的克里福德既然处于如此不快的精神状态,我不能在目前急着想去见他。但我将关注他的幸福,把他当作我的嫡亲兄弟;我仍然满怀希望,我亲爱的堂妹,要他和你承认你们的不公允。到那时候,我不想别的洗雪,只要你们接受在我的权限内能够给予你们的最好的照料。"

法官对海波吉巴鞠了一躬,又对菲比怀着父爱般的感情颔首告别,便出了店门,面带微笑地沿街走去。如同富人注重社团的荣誉时的习惯做法一样,他为其财富、成功和地位,通过对熟人随便而亲切的姿态,来取悦他人;他所致敬的人愈是卑下,他所抛弃的尊严也就相应地愈多,从而证实他深知自己的优越地位是无可非议的,犹如他在行进时由一队穿号衣的男仆前导为他清路一样。在这个特定的上午,潘钦法官的慈眉善目散发出来的温暖过多了,以致(至少在镇上有这样的谣传)人们觉得迫切需要一列洒水车,以便压下由如此多余的阳光所造成的尘土!

他刚一消失,海波吉巴便脸色惨白、跌跌撞撞地走向菲比,把头靠到少女的肩头。

"噢,菲比!"她咕哝道,"那个人始终是我生活中的恐惧!我这一辈子还有没有勇气——我的声音还能不能保持足够的时间不颤抖,以便我讲讲他是个什么人呢?"

"他这么刻毒吗?"菲比问道,"不过他倒是好心地提供方便的!"

"别提这个了——他有一副铁石心肠呢!"海波吉巴继续说,"现在去和克里福德谈谈吧!让他高兴高兴,他就安静了!他要是看到我这副激动的样子,会搅得他痛苦不堪的。你这就去吧,亲爱的孩子,我来照看店铺吧。"

菲比顺从地进去了,但同时却对刚刚看到的场面的内情满腹狐疑,也不知道那些法官、教士和其他职高位尊的人,会不会在某一瞬间表现出不那么公平正义。这种性质的困惑对那些安分守己、被人忽视的阶层具有震撼人心的影响,如果表现为事实,就会使他们从内心感到惊恐,而我们这位村姑恰恰属于这一阶层。既然世界上存在着邪恶,而且居于高位的人也会和下等人一样拥有一份邪恶,倾向于更大胆思考的人就会从这一发现中引申出一种严峻的领悟。再进一步拓宽视野和深入内心去探讨,就会看到:等级、尊严和地位无非都是一场虚幻,因为他们只一味重视受尊重的权利,而感觉不到这个世界已然一头栽进混乱的泥坑。然而,菲比为了保持这个天地的原貌,却在某种程度上宁愿将自己对潘钦法官的直觉加以窒息。至于她堂姑对他的种种不利的说法,她认为是因为海波吉巴的判断力受到了那些家庭长期不睦的毒化所致,他们把逝去和销蚀的爱同其固有的毒素混为一谈,从而造成了难解的仇恨。

第九章　克里福德和菲比

在我们可怜的老海波吉巴的身上确有一些高尚、慷慨和高贵的秉性！或者说——情况很可能恰恰如此——她由于贫困而丰盛了，由于哀伤而发展了，由于她生活中强烈而孤独的感情而升华了，因此才被赋予了崇高的品德，这在所谓的幸福环境中是绝不可能成为她的性格的。在那些阴郁的岁月里，海波吉巴曾经企盼着——她基本上不抱幻想，从来没信心有什么希望，但始终觉得那是她最光明的可能——能有今天的这种地位。就她本人而论，她对上天一无所求，只指望她能为她的这位兄长奉献她自己，她对他如此钟爱——如此钦佩他这个人或者说本来的他——并且，她对他始终忠贞不贰，哪怕全世界只有她一个人如此，她也全心全意，贯彻于一生的每一时刻。如今，这个倒霉的人已进入晚年，从他长时间的奇特的不幸中回到了这里，托庇于她的同情来度过余生，看来，并不仅仅出于身体的生存而需要有一口面包，而且还为了精神的活力而应有的一切。她对他的需求做出了呼应。她挺身而上——我们这可怜的海波吉巴，她那瘦削的躯体穿着朽旧的丝绸衣服，周身关节都已僵硬，脸上由于伤心的失落感而带着愁苦相——，准备尽其所能；而且，如果她还有一丝温情的话，就要奉献出上百倍！没有再比这催人泪下的了——如果我们的看法中渗进一丝笑意，愿上天原宥我们！——没有比海波吉巴在第一天下午所表现的更真实的痛苦了。

她是多么耐心地用她那伟大而温馨的爱把克里福德尽量紧紧包裹起来，成为他的全部天地，以便他忘掉外界的寒冷和恐怖的折磨人的感觉啊！她尽了多大的努力让他高兴啊！尽管那努力微弱得可怜，又是多么宽宏高尚啊！

她记起他早年对诗歌和小说的爱好，便打开一个书柜，取出几本当时的优秀读物。其中有一卷蒲柏①的诗集，内中包括《鬈发遇劫记》，还有一卷《闲话者》②，以及德莱顿③的奇书《杂集》，一概是烫金封皮，不过和思想辉煌的内容一样，都已黯然失色。这些书对克里福德全都无济于事。这几部书和一切关心社会问题的作家的新颖著作都如同刚刚织成的五光十色的地毯般地熠熠生辉，能够以其魅力吸引一两代读者也就足矣，实难设想对一个对举止风度失去判断力的头脑还能保有多少影响。海波吉巴随后又拿起《拉塞拉斯》④，开始读"幸福谷"一段，她隐隐约约地觉得，如果书中阐述了美满生活的某些秘密，或许可以聊解克里福德和她本人这一天的烦愁。然而，幸福谷上却笼罩着一片乌云。书中所强调的难以计数的罪孽反倒使海波吉巴的听者益发烦恼，看来他不但对其讽喻含义一无领悟，而且事实上也没听进去多少她读的意思，显然感到对那种说教十分厌烦而一无所获。她妹妹在她悲凄的生活中养成了嘶哑着嗓音说话的习惯，因为那种嘶哑一旦进入了喉咙，就像罪孽一样摆脱不掉了，所以她的嗓音自然就沙嘎难听了。无论男女，这种终身的嘶哑偶尔会伴随着悲与喜的每一个字，成为固有的忧郁的一种症状；无论在哪里出现，整个不幸的历史就会在其最轻微的发音中传达出来。那效果如同嗓音被染成了黑色；或者——如果我们必须使用一个比较缓和的比喻——这种痛苦的嘶哑声夹杂在话音的抑扬顿挫之中，就仿佛一条黑色的缎带，把言语的晶珠串联起来，形成嘈杂的声音。这样的声音为逝去的希望穿起丧服，理应同逝去的希望一起死掉和埋葬！

　　海波吉巴觉察到她的努力没有使克里福德愉快起来，便在宅第里

---

① 亚历山大·蒲柏(1688—1744)，英国启蒙主义时期的第一位诗人，惯写"英雄双行体"，《鬈发遇劫记》是他以现实题材所写的一部滑稽英雄史诗。
② 为理查德·斯梯尔(1672—1729)主编的报纸，每周二、四、六出版(1709—1711)，对英国启蒙主义做出了贡献。
③ 约翰·德莱顿(1631—1700)，英国王政复辟时期古典主义最杰出的代表，曾受封为桂冠诗人。
④ 全名为《阿比西尼亚王子拉塞拉斯史传》，为塞缪尔·约翰逊博士(1709—1784)所著哲理性传奇小说，拉塞拉斯及其兄弟姐妹被其父王拘限在"幸福谷"中不得外出。全书讽刺了享乐主义。

寻找更能振奋人心的娱乐手段。有一次,她的目光刚好落在了爱丽丝·潘钦的拨弦古钢琴上。那是极担风险的时刻;因为——尽管这件乐器上聚集着传统的可畏之处,而且据说是由精灵的手指在上面演奏出了哀乐——那位尽心尽意的妹妹为了克里福德的缘故,便庄严地想到要拨动琴弦,并伴奏着一展她的歌喉。可怜的克里福德!可怜的海波吉巴!可怜的拨弦古钢琴!他们三个凑在一起,全都够痛苦不幸的了。通过某个良好的媒介——可能就是早已埋葬的爱丽丝本人的不为人知的介入——那迫在眉睫的灾难,才得以免除。

然而,最糟不过的是——对海波吉巴或许也对克里福德是最难以忍受的致命的打击——,他对她的尊容的厌烦难以遏制。她的容貌本来就不那么称心,如今随着年龄的增长、长年的哀痛和因他而生的愤世之情,就益发难看了;还有她那身衣裙,尤其是那件缠头巾;以及在她的孤独之中不知不觉增长的稀奇古怪的举止——这一切构成了这可怜的淑女的外部特征,而对美有着本能的爱恋的那位兄长不自主地移开了目光,虽说令人哀婉至极,却也没什么大惊小怪的。这是无可奈何的事。恐怕是他内心最后消逝的冲动了。到克里福德弥留之际,当他的唇间微弱地溜出了出气时,出于对她全部丰裕的爱的炽烈的认可,他无疑会按着海波吉巴的手,并且阖上他的眼睛——但并非即将辞世,而是抑制着不再去看她那张脸!可怜的海波吉巴!她自思自忖该做些什么,而且还想到了在她的缠头巾上再加上些缎带;但由于好几位护所神的一时冲动,她总算没有伸手去做那一试验,没有置她关怀备至的对象于死地。

简言之,除去海波吉巴自身的不利条件之外,还有渗透在她一切行动中的笨拙;那种笨手笨脚的样子定会被人误解其用意,而绝不会不被认为是矫揉造作。她是克里福德的痛苦之源,而且她深知这一点。这位老处女在绝望之中求助于菲比。她内心中毫无卑下的嫉妒之意。设若通过她本人对克里福德的幸福的直接作用,能够让上天满意地为她一生的英勇的忠诚加上桂冠,那将是对她的全部过去的褒奖,她从中得到的愉悦,虽然没有明亮的色彩,却是深刻而真实的,抵得上千倍的狂喜。然而这却是不可能的。于是她转向菲比,把这项任务分配到少女的手中。菲比像她做任何事情一样,高高兴兴地接受了,只是缺乏使命感,随后便更加轻而易举地执行了。

菲比生性和蔼,很快就毫不费力地成为她那两个孤凄的伙伴日常舒适——如果还不是日常生活——的绝对要素。自从她在七个尖角顶的宅第出现以来,那里的尘垢和脏污似乎都已消失不见了;朽损的啮齿被封在了旧木头的框架里;灰尘也不再从古老的天花板上密密地落到下面房间里的家具和地板上——无论如何,宅子里有了小管家,她轻快的脚步如同掠过花园小径的清风,滑来滑去,把一切污垢全都一扫而光。自从死亡多年前造访这里以来,便在原本是孤零零的房间的阴沉沉的家具上投射下暗影,并在不止一间卧室里留下了沉重窒息的气味——,这一切统统在洒遍宅第空气中的一颗年轻、清新和完全健康的心灵的纯净影响面前,无能为力了。菲比身上没病;如果有的话,老潘钦宅第可正是把疾病变成不治之症的所在。但如今,她的精神就其潜能而论,还似是海波吉巴的一个包了铁页的大箱子中的一滴玫瑰油,透过各式各样的亚麻制品、手工花边、绢帕、女帽、长袜、折叠着的衣裙、手套以及珍藏在箱中的其它物品,散发着香气。恰如箱中的一切都被玫瑰油熏得香郁一般,海波吉巴和克里福德的思想感情,尽管看似阴郁,却从他们与菲比的交往中获得了精微的幸福感。她身体、头脑和心灵的活动,推动着她继续从事着身边的那些家务琐事,思考适合目前的想法,并且,时而与那株梨树上知更鸟的吱吱喳喳的欢快共鸣,时而尽其所能深深为海波吉巴的忧虑和她哥哥的哀叹操心。这种随遇而安立即就成为完全恢复健康和最好地保持健康的征兆。

菲比这样的禀性自然有其相应的效用,但绝少受到相应的尊重。然而,其精神力量却可以部分地估价出来:一个事实是,在包围着宅第女主人的那么阴沉的环境中,她居然能为自己找到一片立足之地,另一个事实是,她对比她高大得多的一个人竟然产生了重大作用。因为海波吉巴憔悴瘦削的躯干和四肢,毕竟比菲比小巧轻捷的身材高大,或许与这女人和姑娘各自的精神的分量和实体是成比例的。

对于客人——海波吉巴的哥哥,或者克里福德堂叔——菲比现在开始这样称呼他了,菲比是不可或缺的。并非说他能和她交谈,或者经常用任何其它十分肯定的方式表现他在同她的交流中感到的魅力。但是如果她长时间不在，他就变得焦躁不安，以他一切动作中特有的茫然，在室内踱来踱去；要不就郁闷地坐在他那把大椅子里，双手托着头，每逢海波吉巴试图叫他，便冒出电火花似的发一通脾气，表明他还有点活力。他所需要的一切，通常便是菲比的存在，是在他衰朽的生命的附近有她清新的朝气。确实，她天生热情洋溢，精力充沛，难有完全安静、不动声色的时刻，仿佛一口永不停歇地冒着涟漪、发着乐声的喷泉。她还有歌唱的天赋，而且唱得那么自然动听，人们不会想到去询问她怎么会的或是跟哪位大师学的，就如同我们不会向鸣禽探询同样的问题，只晓得它们那小小的乐弦来自造物主的歌喉，同他震耳的雷鸣一样不问自明。只要菲比一唱起来，就要尽情地唱下去，让歌声传遍克里福德所在的这栋宅子：无论她那甜润、快活的亲切曲调从楼上的房间中传下，或者沿店铺的通道传来，或者响彻阳光闪烁的花园，透过梨树的绿荫，他就会安安静静地坐着，面孔上焕发出沉稳的愉悦光彩，随着她歌声的飘近或荡远，时而明亮，时而黯淡。当然，他最喜不自胜的是她坐在他膝边的矮脚凳上的时候。

或许是与菲比的气质相悖，因此特别值得注意的是，她更常挑选些悲怆而不是欢快的歌曲。不过，快乐的年轻人并不以为透明的暗影与他们的生活违连。菲比的最深切的悲怆歌声，尤其像是滤过欢快精神的金色结构，多少总会融进由此获得的品性，让人听了心里有一种为之恸哭后反倒轻松的感觉。在阴沉不幸的神圣存在面前，欢天喜地必然会和翻卷过海波吉巴和她哥哥生活的庄严的交响乐的低调生硬不虔地格格不入。因此，菲比时常选些悲歌来唱是正确的，她唱的时候，他俩得以暂停哀伤也是无误的。

克里福德习惯了有她陪伴，便随时表现出来自他本性的多种品格，他是多么善于吮吸欢乐明快的色彩和光束啊。她坐在他身边时，他就变得年轻了。一个美人——并非一定是血肉之躯，即便是描绘得尽美尽善的肖像，甚至是由一位画家注视良久后才看准并固定到画布上，终归并不成功的肖像——，然而只要不是仅仅存在于梦境中的美，有时便会辉映他的面孔。还不单是辉映；简直靠一种只能解释为优雅幸福精神的焕发而改变了他。他那灰发和那些皱纹，连同深深刻写在他的眉宇间的无限哀伤的记录——那是费尽力气才挤缩进全部故事的，以致通篇文字都小得辨认不清了——，这些都在瞬间消失了。一双同时变得既温柔又犀利的眼睛可能会在这个人身上看出他本来存在的一些阴影。随着岁月的悄悄流逝，哀伤的昏光爬上了他的身体，你会禁不住要同命运争辩，并且确定，要么这个人不该死，要么死亡的存在已经被锻造进他的品性里。他似乎根本就没有必要吸进空气；这个世界从来就不需要他；但是，既然他已经呼吸了，就该永远吸进最芳香的夏天空气。关于倾向于独独以美的东西为养料的那些生命，同样的困惑也会不可避免地萦绕着我们，让他们在世上的命运尽可能地减少痛苦吧。

菲比恐怕对她如此仁慈地抛出了魔力的人物只有十分不完整的理解。其实也没有完全理解的必要。壁炉中的火可以让围坐炉前的人脸上都乐融融的，但是不需要了解他们中间某一个人的个性。确实，克里福德的品性中有些十分精致微妙的东西难以被菲比这样只在现实的天地中生活的人全然赞赏。然而，对于克里福德来说，这少女本性中的真实、单纯和绝对亲切，同她拥有的一切一样，都有强大的魅力。的确，美和几乎以其自身的方式显得完满的美是不可或缺的。假若菲比容貌粗陋，身材臃肿，嗓音嘶哑，而且举止笨拙，却在这不幸的外表之下拥有一切良好的天赋，只要她仍是个女儿身，她仍会使克里福德吃惊，以她的不美令他沮丧。但是，没有比菲比塑造得更美的了——至少是更好看的了。因此，对于这个男人——这个人的心灵和幻想在他体内都已逝去之前，他的全部可怜和虚幻的享受生存始终只是梦境，他心目中的女性形象已经越来越失去了她们的实在和温馨，变得冰凉僵硬，如同那些隐居的画家的作品中的冷酷理想——，对他来说，这个最欢快地操持家务的小小身影，正是把他带回有呼吸的世界所需要的。脱离普通事物轨道四出漂流或遭到驱逐的人们，即使身处更好的环境，都别无它求，只想被引领回来。他们在孤独中战栗，如同身处高山绝顶之上或城堡地牢之中。如今，菲比的出现，在她的周围造就了一个家——正是那些被遗弃的、坐牢的或当权的人，那些被人类踩在脚下，撇在一旁或捧得高高的可怜虫，出自本能所苦苦追求的——一个家！她是真实的！握着她的手,你会感到有些东西,一种温柔的东西,一种实实在在和暖暖和和的东西;而只要你感觉得到那只手的把握,尽管那手很柔软,你仍然会确信:你在人类本性的整个同情链条中有你自己牢牢的一个位置。这个世界就不再是一个梦幻。

如果我们沿着这个方向再向前探询一步,就会对一种颇有启迪的神秘提出一种解释。诗人们为什么会恰如其分地选择他们的伙伴呢?——原来他们的标准并非在于对方有任何类似的诗人天赋,而在于可以使最粗俗的匠人和他身为理想的灵魂工程师双方都感到愉快的那种品性。因为可以说,在诗人达到最高的升华时,他需要的并非人与人之间的交流,而只是因为降贵纡尊和充当陌客而感到萎靡消沉,郁郁寡欢。

在这两个人之间发展起来的关系中有些十分美好的东西:他俩经常且紧密地连在一起,然而从他的问世到她的诞生中间隔着阴郁而神秘的蹉跎岁月。在克里福德一方来说,那是一个男人与生俱来的对女性影响最为敏感的情愫,但他从未畅饮过情爱的醇浆,而且深知现在已为时过晚。他凭借着把他从智力衰退中复活的那种本能的敏锐而对此十分明瞭。因此,他对菲比的感情虽然不是父亲的,却如同她是他的女儿一般纯洁无瑕。的确,他是个男人,而且也承认她是个女人。她是他仅有的女性代表。他始终兴致不减地注视着属于她的每一种女性魅力,看到了她嘴唇的成熟,她少女胸脯的增高。如同幼小果树上的花苞般从她身上冒出来的所有微小的女性特征,都对他具有其效力,有时还引起他那颗心最热切的快乐而激动的颤栗。在这种时刻——因为那种效力大多转瞬即逝——,这位半痴的人,就会充满和谐地生活,犹如一架长期沉默的竖琴,一经乐师手指的拨动,就充满乐声一样。但毕竟,这似乎更像是一种感受或共鸣,而不像属于他本人的一种感情。他把菲比当作一篇甘美而简单的故事一样阅读;他把她当作一首描写家务的诗篇一样聆听,仿佛上帝为了补偿他凄凉阴惨的命运,便允诺某个最怜悯他的天使来把呜啭的歌声传遍宅子。对他来说,她不是一个真实的存在,而是对他以往在世上一切缺憾的诠释,给他醍醐灌顶的温馨;因此,这一十足的象征或生动的画面,却几乎具备真切现实的舒适。

然而我们却徒劳地想把这一概念撰成文字。给我们深刻印象的深切痛苦和美,是找不到恰当的词句来表达的。这个人本是为幸福而生,此前却十分悲惨地没有幸福可言——他的追求遭过可怕的挫折,在说不准的某个过去的时候,他那心灵和智力上从不坚强的性格小心翼翼的迸发却碰了壁,如今他成了低能的人——这个来自极乐岛①的被遗弃的可怜的旅行者,乘着不结实的树皮筏,在骚动的海面上漂流,终于被一个如山的巨浪掀翻,最后却进入了一个安静的港湾。当他半死不活地躺在那里的海滩上时,一个实在的玫瑰花苞的香气吹进了他的鼻孔,正如强烈的气味会有的作用一样,唤醒了他赖以为家的栩栩如生的美的全部幻觉及对其怀恋。而且由于他对欢乐作用的本能的敏感,便把那轻微、缥缈的狂喜吸进他的灵魂,再呼出去!

那么菲比又是如何看待克里福德的呢?这姑娘不是那种易于被人类性格中奇怪而独特的东西吸引的人。最适合她的路径是日常生活的踏烂了的轨迹;最使她高兴的伙伴则是随处可见的普通人。那包裹着克里福德的神秘,就其对她的影响而论,无非是一个谜,而不是许多妇女会在其中发现的那种有刺激性的魅力。她天生的仁慈之所以得到更充分的发挥,既不是因为他所处境遇中的那种阴暗画面,甚至也不大是由于他性格中的优雅——这是像他那样孤凄的心对像她那样充满真诚同情的心的简单的呼吁。她给了他温情的关心,因为他十分需要爱,却似乎得到的极少。由于她具备始终活跃又十分健全的悟性,便有一种得心应手的老练,把什么对他有益看得一清二楚,并且付诸行动。他的头脑和经历中无论有什么病态的内容,她并不在意;从而通过看似漫不经心,实际上她的全部行为都因有上天指导而随心所欲却不逾矩的做法,保持他们的交往健康无害。头脑中甚或身体上的病态,通过周围多方面的不健康的东西反映回来,这种疾病的漫反射就使病态益发阴暗无助;这种人被迫永无止歇地一再吸入自己呼出的空气中的毒素。但是,菲比却能把更纯净的空气提供给她的病人。这种空气不是她用野花的香气——因为野的东西不符合她的禀性——而是靠花园中的玫

---

① 源出希腊神话,指极乐世界。

瑰、石竹和其它香花的芬芳酝酿而成的,这些花卉都是人类和自然合作,经过一个又一个夏季、一个又一个世纪才培育出来的。菲比在同克里福德的关系上,就是这样一朵花卉,而他从她那里吸入的就是这种愉悦。

不过应该指出,她的花瓣有时也会有些萎靡,这是她周围沉闷的气氛造成的。她比先前变得更深思熟虑了。她的目光移向克里福德脸上的时候,看到的是令人不快的阴暗的优雅和几乎熄灭了的智力,她就会探询,他经历了什么样的生活?他是一向如此吗?他是生来就蒙着这层面纱吗?——在这层面纱下,他的精神世界深深地隐藏着而不是揭示着,透过这层面纱他委实难以辨清现实的世界——还有,这面纱的灰色织物是否由某种深暗的灾难所编成的呢?菲比不喜欢猜谜,宁肯逃避这些扑朔迷离的浓雾。然而,她对克里福德性格的探究到此为止还是大有裨益的:当她的偶然推测连同四周每一个怪现象逐渐透露出来慢慢将事实真相揭示给她的时候,她已经不会感到惊恐了。任凭这个世界使他蒙受了多大的冤枉吧,她对克里福德堂叔了解太多了——也许只是她想象如此——从来不会在触到他的细瘦手指时战栗。

在这位引人注目的人物出现的几天之后,我们所叙述的这栋老宅中的日常生活就井然有序地日复一日地过下去了。每天上午,早餐后不久,克里福德习惯于坐在他的椅子里小憩;如果没有意外的打扰,他会一直沉陷在酣睡的浓云或轻睡的往来漂浮的薄雾中,直到时近正午。他这几个小时的昏昏沉沉刚好让老淑女妹妹去照看他,菲比则做店里的生意;这种安排很快便被大众所理解,而且在她经营的时间里频频造访,以示他们对这个年轻的女店员既定的偏爱。午饭之后,海波吉巴拿起她的针织活——为她哥哥冬天穿用的灰纱长袜——叹上一口气,温情地做出愁苦相向克里福德道过别,再用一个手势责令菲比多加小心,便走出去坐到柜台后面她的座位上。这时便轮到少女担任护士之责了——看护兼玩伴或者随便什么别的合适的字眼——,照顾这灰发的男人。

第十章　潘钦花园

　　若不是菲比的热心怂恿,克里福德通常都会屈从于那种麻木状态,听凭其爬遍他的周身部位,遵照其懒散的劝告,从清晨到薄暮一直坐在他的椅子里。但姑娘总能成功地建议他到花园中去,那里的凉亭,经凡纳大叔和达盖尔派摄影师将坍颓的屋顶一番修葺,如今已经成了遮阳避雨的蛮好的所在。茶蔍子的藤蔓也茂盛地爬满小小的格窗,把亭内铺满片片青翠,透过无数的空隙,偷窥着空旷孤寂的花园。

　　有时候,在这绿荫铺地、日光闪动的地方,菲比为克里福德诵读着诗文。她结识的那位艺术家似乎爱好文学,为她提供了一些活页的小说和几卷诗集,其风格趣味都和海波吉巴为了愉悦他而选的作品大不相同。如果说姑娘的诵读比起她年长的堂姑在某种程度上更为成功的话,绝少是由于作品本身。菲比的嗓音里总有一种悦耳的乐声,或者能够用迸发着火花的欢快语调振奋克里福德,或者可以靠飞溅着涟漪的溪水般流畅的节奏抚慰着他。不过那些小说——不熟悉那种性质的这位村姑时时被其深深吸引——使她的奇怪的听者很少甚至根本无法感兴趣。生活的画面,激情的场景,智慧、幽默和怜悯,对克里福德来说,都已抛弃殆尽,甚或比这更糟;要么是因为他缺乏用来检验其真实性的经历,要么是因为他本人的哀伤就是现实的试金石,那些杜撰的情感经不起考验。当菲比对她所读的作品爆发出一阵欢快的笑声时,他也会不时发出一声同情的干笑,但更经常的反应则是困惑、探询的目光。如果一滴泪水——少女为想象中的不幸而流下的闪着阳光的眼泪——落到了某一忧郁的书页上,克里福德不是将其作为实际灾难的标志,便是十分恼火,气狠狠地示意她合上书本。这其实是很聪明的!说句现实的公道话,没有这些骗人眼泪的消遣玩意,这个世界难道还不够悲哀的吗?

那些诗作就要好得多了。那些抑扬顿挫的节奏和悦耳动听的叶韵让他高兴。克里福德并非不能体味诗中的情感——或许在那些最高和最深的地方不成,但在恰到好处和虚无缥缈的地方却毫无问题。实在难以预料,在什么样的精妙的诗行中潜藏着正在觉醒的魔力;但菲比的目光从书页上抬起,对着克里福德的面孔时,就会从透过他面孔的光彩意识到:对方比她自己有更细腻的智慧来领略她所朗读的诗歌中的闪烁的光焰。当然,这种一度的焕发往往预兆着事后许多小时的阴暗;因为那焕发一离开他,他就仿佛意识到一种失却的感觉和力量,从而四下探索着去寻找,犹如一个盲人去寻求他失去的视力。

他更高兴而且对他的内心更有利的是菲比的闲谈,她那夹叙夹议的方式把过去发生的事生动地再现给他的头脑。花园中的这种生活为最适合克里福德的这种闲聊提供了足够的话题。他从来不乏提问昨天以来又有什么花开放了。他对花卉的感觉十分精微,但从情感上似乎并非一种乐趣;他喜欢坐在那里,手中举着一朵花,目不转睛地凝视着花朵,时而把目光从花瓣上移到菲比的面孔上,仿佛那朵园中花是这位家庭小主妇的姊妹。不仅仅有花香中的欣喜,或者花的美丽外形中的乐趣和花的色彩中的娇嫩或鲜艳;而且,克里福德的赏心悦目还伴随着对生活、性格和个性的感知,使他喜爱园中的这些鲜花,仿佛它们被赋予了温情和灵性。这种对花卉的怜爱之情几乎是女性独具的特点。如果男人生来有这种天性,很快也就会在与比花卉粗糙的东西的接触中失去、忘却和学会摒斥它了。克里福德同样早已忘怀了花卉;但如今,随着他从生活的冰冷麻木状态中缓缓苏醒,又重新发现了它。

自从菲比在这座荒僻的花园中着手寻找赏心悦目的事情以来,有多少这样的事情不断地来到这里啊,真是太奇妙了。她初次结识这里的那一天,就曾经在这里看到或听见过一只蜜蜂。从那以后,事实上几乎是接二连三地时常有蜜蜂飞来寻香采花,天晓得为了什么或是出于何种固执的欲望,既然毫无疑问,在离它们的家园比这里近得多的地方有广阔的苜蓿地和长着各种花草的多处花园。无论如何,蜜蜂飞到了这里,钻进南瓜花里,仿佛在一天的飞行路程中,再没别的南瓜藤了,又好像为了在它们整个蜂群的新英格兰蜂蜜中加入海米特①风味,海波吉巴花园的土壤可以为这些辛劳的小巫师们提供它们所需要的那种质量的产品。当克里福德听到它们在南瓜的大黄花的花心里开朗的嗡鸣时,他就怀着愉悦的温馨感觉,眺望着他的四周:蓝天绿草,和由天到地整个空间中上帝赐予的自由空气。毕竟,这些蜜蜂为什么会来到尘土飞扬的镇中这一块绿茵茵的角落,是无须提问的。上帝打发它们到这里来就是为了让可怜的克里福德开心高兴。它们随身带来了丰裕的夏季,作为采到的那一点点蜜的报答。

当豆蔓在架杆上开花时,其中有一株开着鲜明的猩红色花朵。那位达盖尔派摄影师在一座尖角顶的阁楼上发现了这种豆种,那是多年前由潘钦家中某位深谙园艺的人珍藏在一个五斗橱里的,那位先生无疑打算翌年夏天将种子播下,可惜他本人却先被播进了死神花园的土地之中。霍尔格雷渥为了试验这些陈年的老种还有没有活的胚芽,就种下了几粒;他试验的结果是长出了一排茂盛的瓜蔓,早早地爬满了高高的架杆,从上到下盘满了红花。而且自从第一个花蕾开放以来,就吸引来了大批的鸣禽。有时候,似乎那上百朵的花上,每一朵都有一只这种小巧的飞禽——那些拇指大小长着火红羽毛的小鸟在棚架上下穿梭,振翅翻飞。克里福德正是怀着难以形容的兴趣,甚至比童心还要高的兴致,观察着这些鸣禽。他常常把头轻轻伸出凉亭,以便看得更清楚些;每逢这种时候,他还要暗示菲比悄悄的,同时瞥上一眼她那满面笑容,有了她的同情,他的欣喜又提高了几分。他不单单变得年轻了——简直又成了孩子了。

海波吉巴每逢恰巧目睹他这种热情的流露时,就会奇异地夹杂着母亲和妹妹的感情,半喜半悲地摇摇头。她说,克里福德从孩提时代起,一看到群鸟飞鸣就总是这副样子,他这种高兴劲是他流露对美的东西的爱慕的最早的标志之一。这位好心的女士想,那位艺术家种下了这些开红花的豆子——正是鸣禽到处寻觅的,而且没早在四十年前就种下——刚好在克里福德返回的这个夏季,倒是个妙不可言的巧合。

---

① 山脉名,位于希腊东南,距雅典不远。

随后,可怜的海波吉巴的泪水直在眼中打转,接着便如泉涌,她只好躲到一个角落里,以免克里福德会窥见她的激动。确实,这一段的所有欣慰都足以催人泪下。尽管姗姗来迟,仍不失为一个印第安夏季①,暖和的阳光中漂浮着薄雾,在绚丽的喜悦中衰朽和死亡。克里福德越显示童稚的乐趣,那种差别看起来就令人倍觉伤感。那神秘骇人的**过去**已然抹煞了他的记忆,他面对的**未来**又是如此茫然莫测,他所有的只是虚幻飘忽的**当前**,如果你密切窥视,就会发现这个**当前**一无所有。由许多征候来看,他本人黑乎乎地躺在他的欣喜背后,明知这是一场幼儿游戏,即使不大相信,也还是非玩不可。可能,克里福德在他的更深层的意识之镜中看到,他是难以捉摸的上苍不停地将其置于同世界相矛盾的那个伟大阶级的代表和楷模:他们从本性上背弃看似自己的诺言;他们拒绝正常的饮食,而把毒药摆在面前举办宴会;于是——人们会认为,在原本很容易调整成相反的情况的时候——却把他们的存在安排成怪异、孤僻和折磨。终其一生,他始终在学着如何倒霉,就像人们学习一门外语一样;如今他已将教训铭记在心,可以艰难地理解他那小小的逍遥自在了。他的目光中还时常有怀疑的阴影。"握住我的手,菲比,"他会这样说,"用你小小的手指握紧它!给我一朵玫瑰,我可以捏捏上面的刺,挨一下扎,疼一疼,就能证明我自己醒着了!"显然,他愿意挨一下刺痛,用这种他最有把握证明真实存在的方法,让自己确信这座花园,这栋七个尖角顶的宅第,还有海波吉巴的愁苦相和菲比的笑容也全是真的。如果没有他皮肉上的这一印记,他很可能觉得这一切和他想象的景象一样空空如也,令人困惑,多年来,他正是靠这种想象的景象来馈饲他的精神,直到后来连这可怜的营养也都匮乏了。

笔者对其读者的共鸣极其信赖;否则他就会迟迟不肯下笔去描述这些细枝末节和看似琐碎的事件,而这些又是构成这一园中生活的概念所必不可少的。它是一个遭过雷击的亚当的伊甸园,这位亚当从同样恐怖和危险的荒野逃到那位人祖亚当被逐出的地方来避难。

菲比为了克里福德的缘故采用最多的一个现成的娱乐手段,是那

---

① 指北美晚秋的晴暖宜人的小阳春气候。

些羽族,就是我们已经讲过的潘钦家那件古老的传家宝,那两只母鸡和它们那只鸡雏。由于克里福德看见它们关在笼子里就心烦,按照他的异想天开,就全都自由自在地散放在园中,随意走来走去;花园有三面是建筑物,一面是尖桩木篱,它们既跑不出去,也难以调皮惹事。它们的大部分悠闲的时间都消磨在莫尔井周围,那里聚着一种蜗牛,显然是合它们口味的佳肴;而那含盐的井水,无论别人如何厌恶,倒是大受这些羽族的尊重的,人们会看到它们啄饮一点水,扬起头,咂咂嘴,和那些围着新酿的酒桶品酒的人的神情一般无二。它们那种一般很安详,不过经常也很活泼,时而这时而那的谈话,无论是互相交谈,抑或是自己独白——它们同时在从黑色沃土中抓虫子吃,或是啄食适合它们口味的植物——都有一种家居式的语调,人们不禁奇怪:人类和禽鸟之间为何不能建立起一种有关家务想法的固定交流呢。所有的母鸡都值得很好地学习它们活泼和多姿多彩的举止;不过别的禽类不可能像这些古老的鸡种一样有这种怪里怪气的模样和做派。它们大概通过连续不断的生蛋繁殖,把祖先一脉相承的怪异体现了出来;不然的话,出于它们孤僻的生活方式和对于它们女恩主海波吉巴的同情,这位"唱天晓"及其两位妻室恐怕早已成为幽默大家,外加有点疯癫古怪了。

确实,它们看上去有些怪模怪样!"唱天晓"自己虽然迈动两条高跷似的腿高视阔步,倨傲之态不一而足,但身材不比鹧鸪大多少;而它的两位妻室也就有鹌鹑那么大;至于那只雏鸡,个子小得如同仍在蛋里,与此同时,却老得已然萎靡老成得堪与它们这一古老家族的奠基人相比了。尽管它是这个家庭中最年轻的一员,却将这一家系活着的成员,连同其所有的先父先母们的年龄,以及它们的优质和怪异,全都拥塞进它那小小的躯体之内。它母亲显然视其为全世界唯一的雏鸡,事实上还视其为世界延续的必然,或者说,无论如何还是当今政务和教务两条系统间取得平衡的必需。即使把这只雏鸡的重要性估计得再低,在做母亲的看来,仍要极尽保护其安全之能事,为了它这只肩负重任的后裔,它可以乍起周身羽毛,把体型扩大上两倍,飞到紧盯着雏鸡看的人面前。它抓刨精选的花草和作物,以便在其根部找到肥虫时那种不倦的热情和不顾一切的精神令人肃然起敬。当雏鸡刚好藏在高草中或南瓜叶下时,它那种紧张的吱吱惊呼,当它确知雏鸡躲在它的翼下时,它那满意的轻声呻唤;当它看到它的死敌,邻家的一只猫卧在高篱的顶上时,它那种隐藏不住的恐惧和吵吵嚷嚷的挑战,——这些各式各样的叫声几乎响遍一天的每个时刻。其结果,就是让旁观的人逐渐对这一卓越家族的这只雏鸡的关注不亚于它母亲对它了。

菲比在和那只老母鸡混熟之后,居然有时候能够获准把那只雏鸡握在一只手里,那小小的躯体只有一两个立方英寸大小,要做到这一点并非难事。她好奇地检看着它遗传的标记——羽毛上奇特的小斑点,头上的可笑的簇羽和每条腿上各有的一个疖瘤——那小小的两足动物也就在她不停地盯着它看的时候,不断地对她精明地眨着眼睛。那位达盖尔派摄影师有一次悄悄告诉她:这些标记显示了潘钦家族的怪癖,这只雏鸡本身就是这栋老宅生活的一种象征,虽说这种暗示通常都晦涩费解,但也体现了一种诠释。那是一个有羽毛的谜语,一个从蛋中孵出的奇迹,而且恰如那蛋是臭的一样神秘莫测。

自从菲比来到这里,"唱天晓"的第二位妻室始终垂头丧气,后来才明白,原来是因为它不能下蛋。不过,有一天,它以那种自鸣得意的步态,头转向一旁,眼睛斜睨着,朝花园的各个角落东瞅西看——同时不停地顾自叽叽叫着,有一种难以尽述的扬扬得意——显而易见,这位母亲尽管为人类所轻视,自身却有一种用黄金和宝石都无法衡量的价值。没过多久,"唱天晓"及其全家,包括那只萎靡的雏鸡,便发出一阵叽叽嘎嘎庆贺的喧嚣,连那只小雏鸡看来都和它的父亲、母亲和姨娘同样理解发生了重大事件。那天下午,菲比发现了一只微型鸡蛋——不是在寻常的窝里,这只蛋太珍贵,那地方不足以信赖——而是狡黠地把鸡蛋隐蔽在茂盛的灌木丛中,下到去年的一些干草棵上。海波吉巴一听说这件事,立刻把鸡蛋拿到手,拨给克里福德充当早餐,因为她相信这种蛋总是非常令人满意的,味道一定精美异常。于是,这位老淑女便不顾一切地把这或许是古老羽族的血脉作了牺牲,只不过是为她哥哥提供了勉强填满一个茶匙的精致早点!面对这种蛮横逞凶,第二天那位"唱天晓"便由那只产蛋丧子的母亲陪同,在菲比和克里福德面前站好姿势,发表了一篇堪与其古老家系相比的高谈阔论的长篇演说,在菲比方面，倒是颇为开心了一阵。之后，那只受到侮辱的雄鸡便迈动它的长腿，昂首阔步地走开，再也不理睬菲比和其余的人类，直到她求和似的给它喂了些蛋糕屑，那是满足它贵族口味的仅次于蠕虫的美味。

无疑，我们在淌过潘钦宅第花园的这条微不足道的小溪旁徜徉过久了。但是，由于这些卑琐的小事和可怜的乐趣对克里福德委实大有裨益，我们也就不揣冒昧实录于此了。这些琐事中自有新鲜的土气，对他的健康和身体贡献匪浅。他的某些活动对他的影响非他所愿。例如，他有个独特的嗜好，就是在莫尔井边静立着，凝视着从彩石镶嵌的井底涌出的泉水所形成的变幻莫测的奇形怪状。他说，那里有面孔向上望着他——漂亮的脸蛋，带着迷人的笑靥——每个倏忽即变的面孔都美如玫瑰，每个笑容都那么灿烂夺目，以致消失之时，他都感到一阵委屈，直到那同一个变幻不定的巫术再露出一张新的满面笑容。但有时候他会突然高叫："那张黑脸在盯着我呢！"事后就要难过上一整天。菲比站在克里福德旁边向泉水中望下去时，从来看不到这些——既没有美也没有丑——，只能看到五彩的石子，仿佛在井水的喷涌中不停地摇动幻化。而那张让克里福德心烦意乱的黑脸，不过是一株李树的枝叶投下的阴影，扰乱了莫尔井中的光亮。其实，是他的幻觉——比他的意愿和判断力不但恢复得快，而且要强烈——创造出了作为他本性象征的可爱的形象和反映他命运的时而严厉时而狰狞的形象。

每逢礼拜日，菲比去过教堂回来——这姑娘有去教堂的良知，设若她错过任何祈祷、唱诗、布道或祝福，就要心中不安——，过了礼拜时间之后，通常都在花园中有一个小小的有节制的聚会。除去克里福德、海波吉巴和菲比之外，还有两位客人。一位是艺术家霍尔格雷渥，尽管他与改革派有过从，还有些令人生疑的怪癖，在海波吉巴的心目中却始终有相当高的地位。另一位，我们简直羞于启齿，便是年高德劭的凡纳大叔，他身穿一件洁净的衬衫，罩一件绒面呢的外套，尽管两个肘部整整齐齐地打了补丁，而且下摆的长度稍显不适，简直可以说是一件地道的袍服了，因此显得比素常的衣装更令人起敬。克里福德通过几次交往，似乎很喜欢这位老人的谈吐，因为他那甘醇愉快的气质颇似一个人在十二月份从树下拣起的霜打的苹果一样甘美可口。处于社会底层的人比起任何中等人士更容易同这位沦落的绅士融洽相处；何况，由于克里福德青年时期曾经有过迷惘，如今他愿意和凡纳大叔这样的长者平起平坐，以感受他自己相对的年轻。有时候颇值评说的事实是：克里福德有意无意地逃避多年受挫的意识，并怀着面前仍有尘世希冀的幻想；不过，当一个漫不经意的事件或回忆使他联想到枯叶时，这种希冀的幻想便本能地油然而生，以致忽略了继之而来的是失望——而不是注定无疑的沮丧。

这个奇异地组合起的社交聚会就这样在坍颓的凉亭中进行了。海波吉巴——内心里和往常一样庄重，对她那旧有的斯文不肯丝毫让步，而且尤有甚者，作出一副公主般降贵纡尊的姿态——表现出一种不失优雅的殷勤好客。她仁慈和蔼地和那位漂泊的艺术家谈话，并且以贵妇的身份听取贤者——那位锯木工、众人琐事的听差和东拼西凑的哲学家的进言。而凡纳大叔是个从街角和任何同样适合的位置冷眼旁观、研究这个世界的人，他随时都能像镇上的水井供水似的滔滔不绝地奉献他的智慧。

"海波吉巴小姐，尊敬的女士，"有一次他们欢聚一堂之后，他说，"我当真十分喜欢礼拜日下午的这种安安静静的小聚会，太像我所期盼的退休后回到农场的日子了！"

"凡纳大叔，"克里福德用昏昏沉沉、自言自语的口气评论道，"总是讲他的农场。不过我倒是替他想出了一个更好的主意。我们等着瞧吧！"

"啊，克里福德·潘钦先生！"傻乎乎的老人说，"你可以随你的意来为我想办法；但我却不想放弃我自己的计划，虽然我从来没真正把这项计划拿去通过。依我看，人们在不断积累财富上犯了奇妙的错误，我要是这么做，我就会觉得像是上天不打算照顾我了；不管怎么说，反正这座城不行！我属于那种人，认为无限大对我们所有的人都够大的——而永恒就够长的了！"

"怎么，本来就是的嘛，凡纳大叔。"菲比过了一会说道；因为她在揣摩这一结论式的箴言的深奥和贴切。"但对我们短短的生命而言，一个人需要的是一栋住宅和他自己的面积适当的花园。"

"在我看来,"达盖尔派摄影师微笑着说,"凡纳大叔智慧的深处有着傅立叶①的原理;只不过在他的头脑里不像那个法国人的思想体系那么清晰明确罢了。"

"来,菲比,"海波吉巴说,"该把茶藨子拿来了。"

之后,当夕阳的金黄色光辉依旧照射在花园的空地上时,菲比取出来一条长面包和一瓷碗新从灌木丛中采集来的拌了糖的茶藨子。这两样食品再加上清水——不是从近旁的不吉利的井里打出来的——构成了全部的茶点。与此同时,霍尔格雷渥认真地同克里福德开始了交谈,不难看出,他完全出于一种善意的冲动,以便让这位可怜的遁世者比平素或将来注定的日子更愉快地度过眼前的这段时光。然而,在艺术家那深沉、多思、犀利的目光中,不时闪着一种虽然不是阴险的却是可疑的表情;仿佛他对这场面有着超出一个陌生人、一个年轻和无关的冒险家应有的兴趣。不过,由于他巨大的外在灵活性,他自动承担起活跃气氛的任务;他取得了很大的成功,甚至阴沉着脸的海波吉巴都抛掉了一分忧郁,并将剩余的部分尽她所能加以改变。菲比对自己说:"他多能让人愉快啊!"至于作为友好和满意的标志的凡纳大叔,他随时都乐于为这个青年按其职业要求提供他的面孔——明白无误地不是比喻而是本意,因为他让他用达盖尔派技术拍摄下他那为全镇所熟悉的面容,摆在霍尔格雷渥摄影室入口处展示。

在几个人参加他们的小小宴会时,克里福德是他们当中最为开心的了。或者是一种处于不正常状态的头脑所倾向的精神亢奋的闪光,抑或是那位艺术家巧妙地拨动了产生乐音的心弦。确实,在这喜气洋洋的夏日黄昏时分,又有这一小圈心地善良的人的同情,恐怕像克里福德这样易于动情的人自然会变得生气勃勃,随时对周围人的谈话准备呼应。而且他也同样表达着他自己那些闪着虚幻之光的念头,事实上那光彩还逸出凉亭,穿过树荫的空隙散发出去。不消说,他单独和菲比在一起的时候始终都兴致勃勃,但从来没有这样犀利,尽管只带有部分智慧。

---

① 弗朗索瓦·傅立叶(1772—1837),法国空想社会主义者。

可惜,随着夕阳离开七个尖角的屋顶,那种兴奋也从克里福德的眼中消退了。他茫然而哀伤地环顾四周,仿佛丢失了什么珍贵的东西,而尤为可怕的是并不确切知道丢失的到底是什么。

"我要我的幸福!"他终于咕哝道,声音嘶哑而含糊,难以辨清字句,"我等待了多少、多少年啦!太迟了!太迟了!我要我的幸福!"

天哪,可怜的克里福德!你上了年纪,而且蒙受了本不该落到你头上的烦恼。你已经半疯半痴;和几乎所有的人一样毁弃了,失败了——不过有些人比起他们的伙伴程度稍差或者不易觉察。命运是不为你贮备幸福的;除非你把有忠心耿耿的海波吉巴住在其中的住所当作安居的家宅,把与菲比共度的漫长的夏日午后,与凡纳大叔和那位达盖尔派摄影师共聚的礼拜日茶会都认为称得起是幸福!为什么不呢?即使不是这件事本身,也相去无几,而且尤其如此,因为正是那种虚无缥缈的品性才使一切消失得过于近似内省了。因此,当你还可能的时候,就抓住它吧!不要咕哝,——不要盘问,——但一定要充分利用吧!

第十一章 拱顶窗

　　从克里福德平素情绪的惰性或者称之为无性的性格来看,他大概乐于按照我们前面所述的那种方式,无休止地日复一日地生活下去——或者至少度过这个夏天。然而,菲比觉得偶尔换换景色可能对他有益,于是有时便建议他向外眺望一下街道上的生活。为此,他们曾经一起爬上楼梯,来到宅第的二层楼上,在一个宽大的入口的尽头,有一扇宽得非同寻常的拱顶窗,上面遮着两条窗帘。窗户开在游廊上方,原先曾有一个阳台,栏杆早已朽坏,也就拆掉了。在这扇拱顶窗背后,把窗子推开,但靠窗帘半遮着自己,克里福德得以有机会目睹这个滚滚洪流般运转的伟大世界的一角——一个人口不多的城市的一条僻静的街道。但他和菲比照样看到了在这个城市的任何地方都能展现的值得一看之处。面色苍白,头发灰白,上了年纪又有孩子气,虽然忧郁但经常单纯地感到愉快,有时还有些小聪明的克里福德,从褪色的绯红窗帘背后向外窥视——以一种百无聊赖的兴致和诚挚,观察着单调的日常琐事,并且在他情感的每一次微小悸动时,转回头来在艳丽的少女的眼中寻求共鸣!

　　如果克里福德能够好好在窗边坐上一会,其实潘钦街都难说是孤独乏味的,放眼沿街望去,他总能在某处地方发现一些可以吸引他目光的东西,使他即使称不上目不转睛,也是抓耳挠腮。那些连小孩子都熟悉、业已成为既定事实存在的东西,在他看来仍然新奇陌生。一辆出租马车;一辆里面挤满了人的公共马车,在这里那里停下来,下来一名乘客,再上去另一个,那辆滚滚向前的大车就是这样,象征着这个世界,其行程的终点随处都是,又哪里也不是;他的目光热切地追随着这些东西,但是不等马蹄和车轮扬起的灰尘落回车道上,他已经把这一切忘怀了。涉及新鲜事物(出租马车和公共马车应该计算在内)时,他的头脑似乎丧失了把握和保持的能力。比如说,在一天的白昼期间,一辆水车两三次驶过潘钦宅第,在地面上留下宽宽的一道水迹,盖住了由一位女士最轻盈的落脚所踏起的白色灰尘;水车洒下的水如同夏日的阵雨,市政当局因势利导,强制水车洒水,成为他们简便易行的例行公事。对于这辆水车,克里福德无论如何也无法熟悉;它总是让他像初次见到一样惊诧不已。它显然给他的头脑留下了一个鲜明印象,但在这种转来转去的水车再次出现之前,犹如街道从未喷洒过而立即有白尘随热汽蒸腾而起一般,他已经把它忘得一干二净了。铁路的情况也是一样。克里福德能够听见那个冒着蒸气的怪物的喧嚣嘶吼,而且,从拱顶窗稍稍探出头去,还能瞥见那一串车厢在街的尽头横穿而过。如此强加给他的能量骇人的概念,每次出现都那么新奇,第一百次似乎仍和第一次一样使他感到格格不入和几乎同等程度的惊诧莫名。

应付不习惯的事物并保持与时间飞逝同步的能力,其失落或悬浮的伤心感是再大不过了。这只能是一时的心情波动;因为如果这种能力当真消失了,永生也就成了无稽之谈。这样的灾难无论什么时候落到我们头上,就当前而论,我们还不至于成为鬼魂。

克里福德的保守确实是根深蒂固的。街上一切古旧的景象都让他备感亲切,即使其中有使他那挑剔的敏感理所当然地觉得厌烦的粗鲁特色。他喜爱那种摇摇晃晃、吱嘎作响的车子,他还能在他那久久埋藏的记忆中找到那种车子早先轧出的车辙,如同今日的观察家找出残存在赫克兰尼姆①的古老轨迹。支着雪白顶篷的鲜肉车,是个可接受的景致;还有伴随着螺号声的鱼贩车;同样还有乡下人的蔬菜车,挨门逐户地缓缓驶过,拉车的马耐心地等待着它的主人出售萝卜、胡萝卜、夏南瓜、菜豆角、青豆和新鲜土豆,这一带有半数的家庭主妇都要买他的菜。响着粗嘎乐铃的面包车让克里福德精神振奋,因为它和为数不多的别的东西一样能震颤出往昔的不和谐音。一天下午,一个磨剪刀的刚好在潘钦榆树下支起砂轮,正在拱顶窗前。孩子们拿着他们母亲的剪刀、切肉刀,父亲的刮脸刀或者什么别的不够锋利的东西(当然,可

---

① 古罗马城市,公元七十九年与庞培及施塔比亚两城同毁于维苏威火山的喷发。

怜的克里福德那发钝的智慧要除外)蜂拥而至,以便让磨刀人把这些东西放到他那神奇的砂轮上,等到递回来时就和新的一样好使了。磨刀人用脚蹬踏着,那机器便忙碌地旋转不停,在坚硬的砺石上磨去钢屑。于是便产生了如同撒旦及其伙伴在地狱中发出的那样凶猛的强烈而恼怒的咝咝长音,只是喷射的范围要小而已。这是噪音中一种又丑又小的毒蛇,总是对人耳造成不大的伤害。然而克里福德却听得欣喜若狂。这种噪音无论多么不中听,其生命毕竟短促,连同那圈观看砂轮旋转的好奇的孩子,似乎比任何其它场合都使他更鲜明地感受到了有活跃明朗的勃勃生机的存在。不过,其魅力主要滞留在过去,因为磨刀人砂轮的咝咝声只是回响在他童年的耳朵里。

他有时哀叹,如今没有公共驿车了。他用受伤害的语调问道,那些由农妇和村姑赶着耕马拉着的轻便马车现今怎么样了,那种车轮突在两侧的方顶马车,过去都是拉着欧洲越橘和黑莓在镇上转着叫卖的。他说,不见了这种车,他怀疑草莓是否不在广阔的草原上和沿着成荫的乡村小路生长了。

但是,引起美感的任何东西,无论以多么卑微的方式,都无须靠这种旧有的联想来举荐。这一点可以在一个意大利男孩(他是我们这条街上一个相当时髦的点缀)挎着手摇风琴走来,站到榆树的清凉的宽大浓荫下时看得出来。他用行家的目光迅速一瞥,立刻便注意到了拱顶窗里有两张面孔正在凝视着他,于是打开他的乐器,传播出外国的曲调。他的肩头上卧着一只穿着苏格兰高地民族服装的猴子;并且,为了增加他出现在公众面前的光彩夺目的吸引力,他还准备了一伙小人,他们的活动场所和居住地点就在他那手摇风琴的桃花木匣子里,而他们的生活准则就是意大利人赖以谋生的摇出来的音乐。他们的职业彼此各异——鞋匠、铁匠、士兵、手握扇子的贵妇、拿着酒瓶的醉鬼、坐在奶牛旁的挤奶妇——,这个幸运的小小社会委实可以说是满足于一种和谐的存在,把生活变成地地道道的舞蹈。那个意大利小伙子转动一个曲柄;嘿,瞧吧!每一个小人都开始最奇怪地动作起来。鞋匠做起一只鞋;铁匠打着他的铁器;士兵挥动着闪亮的刺刀;贵妇举起扇子扇出微风;快乐的醉鬼用嘴对着酒瓶开怀畅饮;一位学者怀着对知识的渴求打开了书本,还对着书页来回摆着头;挤奶妇用力地在奶牛身上挤奶;还有一个财迷数着金币扔进他的结实的钱匣——这一切动作都在同一次摇动曲柄时进行。是啊,在这同一次摇动中,一个情郎为了表示敬意同他的心上人接吻!在这个哑剧场景中,大概有些玩世不恭地将欢快和痛苦同时表现出来,意在表明:我们这些凡夫俗子无论操何职业、有何乐趣——严肃也罢、琐碎也罢——全都按着同一个曲调舞之蹈之,尽管我们的行为令人捧腹,最终将一事无成。就这种状况最令人瞩目的方面而论,当音乐终止之时,所有的人都立刻从最为放肆的生活变得呆若木鸡,成了昏死的醉鬼。不管鞋匠的鞋是否做完,铁匠的铁器是否成形;也不管醉鬼的酒瓶中是否少了一滴白兰地,挤奶妇的桶里是否多了一滴牛奶,财迷的结实的钱匣里是否多了一枚金币,学者是否又翻过了一页书。一切全都分毫不爽地回到他们那么可笑地操劳、享乐、积累金币和谋求智慧之前的状态。而令人伤心不过的是,那个情人一点都没有因他的心上人允许他亲吻而更感到幸福!不过,我们非但没有吞下上述的最后那种太过辛辣的调料,而且摒斥这一表演的全部训谕。

这时,那只猴子把它的粗尾巴从那身衣服下面卷出来,伸长到不可思议的程度,在意大利男孩脚边占好它的位置。它把一张不讨人喜欢的皱巴巴的小脸转向每一个过路人和迅速围拢来的一圈孩子,转向海波吉巴的店门,还抬起头来对着菲比和克里福德向下看的拱顶窗。它还不时摘下它那顶高地人的帽子,一条腿擦地后退着弯腰鞠躬。有时候,它甚至还伸出又小又黑的手掌,向人要东西,要不就明目张胆地表现出它的贪得无厌,要随便哪个人口袋里可能有的无论是什么肮钱。它那张皱巴巴的脸上的卑微下贱又出奇地像人的表情,它那流露出随时抓牢每一个可怜的有利时机的窥测和狡猾的目光,它那巨大的尾巴(大得无法体面地掩藏在华达呢衣服下面)及其邪恶的性质——简言之,以这只猴子就事论事,你不可能指望有比它更能象征嗜财如命的最粗俗的贪欲之神的形象了。也不存在满足这个贪婪的小魔鬼的任何可能性:菲比撒下了满满一把钱币,它没有露出高兴的样子,只是急忙把钱捡起来,递给那个意大利人存了起来,随后便立即做出一系列的姿态乞求再多给一些。

无疑,不止有一个新英格兰人——或者,不管他是哪国人,恐怕也会这样的——经过这里,瞥上一眼那猴子就又顾自走下去了,根本没去想他自己的道德意境在这里得到多么真切的示范。不过,克里福德是另一类人。他从音乐中感受到了孩童般的乐趣,还对那些随着音乐动作的小人面带微笑。但是,他看了一会那只长尾巴的小魔鬼之后,便为它那外形上和精神上的丑陋深为震惊,甚至当真开始落泪了;对那些生来娇嫩、缺乏更狂放、深沉和悲哀的笑声的人来说,当面临生活最恶劣、最卑鄙的一面时,这样的弱点是难以避免的。

有些时候,潘钦街由比上面所述更庄重的景象装点得生气勃勃,于是也就造成了更多的走动的人流。只要这人流的涌动和嘈杂的声响足以传到克里福德的耳鼓,他就会为一种强有力的冲动攫紧,对亲身与外界接触这一念头有一种格格不入的惊悸。一天,这种情况变得显而易见了,原来是发生了政治游行:几百面旗帜飘摇招展,锣鼓震响,乐声轰鸣,在一排排建筑物中间穿行,游遍全城;绵延的咚咚脚步声和极不寻常的呐喊,响彻平时十分安静的七个尖角顶宅第。单就一种景象而论,一支游行队伍走过窄窄的街道委实毫无观赏价值可言。我们这位旁观者在看清每个人平板乏味的面容时,觉得这是傻瓜的举动:他们一个个脸上淌着汗,带着疲倦的自重表情,他们马裤剪裁的式样,他们衬衫的颜色和或笔挺或松垮的外观,他们黑外套背上的尘土,无不表明这一点。应该从某个最佳角度来观看这支队伍,才会显得壮观,比如让这支长长的队伍缓缓走过开阔平原的中心,或者最庄重的城市的公共广场;因为在这种情况下,远远望去,参加游行的每个好看的个人都已溶入广大群众的单一存在之中——由一个浩瀚而单一的精神所激励的一个伟大的生命,一个人类的集体。但在另一方面,如果一个容易受到影响的人独自站在这样的游行队伍的近旁,不去分辨每个单独的个人,而是将其视为整体——如同滚滚向前的生命之流,汹涌澎湃,神秘得晦暗,从其深处呼唤着他心底的共鸣——,这种近在咫尺的观看会增加这种效果,让他迷恋之极,难以遏制地涌出同情之心的溪流。

克里福德当时的表现就是明证。他周身战栗,面色变白;他向同他一起站在窗边的海波吉巴和菲比投去求告的眼色。她们毫不理解他的感情,以为他只是受到了这不习惯的骚乱的干扰。终于,他颤抖着四肢站起身,一只脚踏上窗台,转瞬间就会出现在没有护栏的阳台上了。事实上,整支游行队伍都可能看到他那狂野不驯的身躯,他的绺绺灰发在吹动旗帜的风中飘拂,这个形只影单、自外于别人的人,此刻凭着难以抗拒地攫住他的本能,感到自己又重新成为一个人了。克里福德若是已经站到了阳台上,大概就已经跳到了街上;然而,究竟是受到有时促使其牺牲品越过望而生畏的楼层的那种特殊恐惧的驱使呢,抑或受到投向人群的伟大中心的那种自然的磁力的吸引呢,那就难以确定了。可能两种冲动同时作用于他。

但是他的两个同伴被他的姿态——那是一种奋不顾身地向前冲去的姿态——吓坏了,立刻抓住他的袍服,把他拽了回来。海波吉巴尖叫着。菲比是个害怕一切出圈行为的人,此时便抽抽搭搭地哭了起来。

"克里福德,克里福德!你疯了吗?"他妹妹惊叫道。

"我也说不清,海波吉巴,"克里福德长长吸了一口气,说道,"没什么可怕的,——现在已经过去了,——不过,我要是跳了下去,又没有死,我想就会把我变成另一个人了!"

从某种意义上说,克里福德可能是对的。他需要受一次震惊;或许他需要深深地投身到人生的海洋中去,深深地被淹没,然后再浮上来,恢复清醒的头脑和充沛的精力,重新投入生活的天地。或许,他所需要的仍不外乎是那伟大的最后一个治疗方法——死亡!

要重续与其亲人已断的手足情谊的类似渴想有时也以较为温和的形式显示出来;一度还被埋藏更深的宗教激发得十分美丽。在现时描述的事件中,在克里福德方面,有对上帝予他关怀至爱的动人的认同;这个可怜的弃儿既然曾被抛弃,被遗忘,被丢给某个好以恶作剧为乐的魔鬼充当玩物,原是可以谅解的,上帝已然对他垂怜,但愿凡夫俗子也能对他仁爱。

这是礼拜天的上午,是一个晴朗、宁静的礼拜天,有其自身的空洞的氛围,上天似乎以一种庄严的微笑将自身融入大地的表面,那种甜蜜毫不亚于庄严。在这样一个礼拜天的上午,假如我们是足够纯净的中介,就应该意识到,无论我们站在哪一处地方,大地的自然崇尚都会向上穿透我们的躯体,敲出不同的音调。而完全和谐一致的教堂钟声,互相呼应着叫道:"今天是礼拜天!——礼拜天!——对;礼拜天!"钟声响遍全城,传播着祝福的声音,时而缓慢,时而带着生气勃勃的欢快,时而一只钟在响,时而所有的钟声齐鸣,真诚地呼叫着:"今天是礼拜天!"那声响远远抛出,融进空气,渗透着神圣的词句。带有上帝最甜美、最温柔的阳光的空气,是为人类吸进心房,再发着祈祷呼出来的。

克里福德和海波吉巴坐在窗旁,看着邻居们踏上街道。他们所有的人,无论在其它日子里如何无精打采,都被礼拜天的感召所改变,因此,他们的着装——无论是一个老人认真刷过上千次的体面的外套,还是由母亲昨天刚刚缝好的小男孩的第一身上衣和裤子——都多少有一种升天袍服的性质。从这栋老宅的前廊也走出了菲比,她撑起绿色的小阳伞,抬起头来向露在拱顶窗口的两张面孔,投去一瞥和善意告别的微笑。在她身上有一种轻松的快意,和一种你可以加以玩笑的神圣,还有一种一如既往的尊严。她像是一个祈祷者,用亲切美好的母语向上天祈求。菲比不仅清新,而且服饰也开朗甘甜,仿佛她穿的衣服——无论是袍服、小草帽,还是小手帕,抑或雪白的长袜——都是此前从未上身的;或者说,即使曾经穿过,今天也显得格外新鲜,而且还像是和玫瑰花蕾一起存放过似的散发着清香。

姑娘向海波吉巴和克里福德挥着一只手,走上街道;她本身就是宗教的化身,温馨、单纯、真实,具有能够走在地面上的实在和能够升天的精神。

"海波吉巴,"克里福德看着菲比走到街角后说道,"你从来不去教堂吗?"

"不去,克里福德!"她回答说,"这么多年来都没去过了!"

"我是不是该去呢,"他继续说,"依我看,周围既然有这么多人类的灵魂都在祈祷,我也能再祈祷一次!"

她盯着克里福德的面孔,看出来有一丝柔情自然地从心里流出,眼睛里充满对上帝的崇敬和对人间兄弟的博爱。这种情感传达给了海波吉巴。她渴想着握着他的手,两个人一起跪下去——他俩与世隔绝太久了,而且,如她此刻才认识到的,称不上是上天的**他**①的朋友了——在人们中间跪下去,同时和上帝及别人和解。

"亲爱的哥哥,"她热切地说,"咱们去吧!我们不属于任何地方。我们在任何教堂里都没有跪下去的一席之地;但是让我们到一个崇拜上帝的地方去吧,哪怕我们站在宽宽的走道里呢。我们已然如此贫困和孤凄了,教堂的大门会对我们开放的!"

海波吉巴和她哥哥就这样准备起来了——他们穿起了最好的旧式袍服,都是长时间地挂在木钉上或放在箱子里、布满陈年的潮气和霉味的货色——扮出他的枯萎了的最好的模样准备好去教堂了。他们一起步下楼梯——身体消瘦、面带菜色的海波吉巴和苍白、衰弱、被岁月摧垮的克里福德!他们拉开前门,跨过门限,俩人都感到似乎站到了整个世界面前,而这个世界正用人类的可怕的大眼凝视着他们俩。他们的天父的目光仿佛收了回去,没有给他们鼓励。街道上充满阳光的暖和的空气使他们战栗。他们想到要再向前迈动一步,内心就颤抖了。

"我们不能去,海波吉巴!——太晚了。"克里福德深深哀伤地说,"我们是鬼魂!我们没权利置身于人类之中——没权利到任何地方去,只能待在这栋老宅里,这里有诅咒,因此,我们也注定要让那诅咒纠缠!何况,"他以他个性中特有的那种好挑剔的敏感继续说,"我们去教堂既不合适也不雅观!一想到我会吓坏我的教友们,孩子们看到我的样子会紧靠着母亲的长裙,实在是太丑恶了!"

他们缩回到积满灰尘的走道,并且关上了大门。但是,再踏上楼梯,他们发现宅第的内部简直阴沉了十倍之多,而且空气也更沉闷了,这都是他们刚刚瞥见和吸进了自由的结果。他们无法逃脱,他们的看守故意嘲讽地让门半开着,躲在门后盯着他们偷偷溜出去。他们在门限处感到他毫不留情地抓住了他们。还有哪座地牢能比他们自己的心灵更黑暗呢!还有哪个看守能像他们自己一样无可通融呢!

然而,如果我把克里福德描述成仍然或益发颓唐,对于他的精神状态是不公平的。相反,我们敢于肯定,这座城里再没有别人像他一样在

---

① 按新英格兰地区唯一理教的观点,这里的"他"指耶稣,与教友是兄弟关系。

半生之中享受过那么多的无忧无虑的轻松时光。他没有任何需要操心的负担，没有销蚀着所有人生命的那些随安排前途而生的困扰和机遇，也就没有在为此徒劳奔波之后而出现的悔之莫及的心理。在这方面，他是个孩子——在他生存的全部概念上的孩子，无论他活得多么长久或多么短促。确实，他的生命似乎停滞在一个时期，绝少越过孩提阶段一步，而他的记忆也就全都粘连在那一时期；恰如一次重击后的麻痹，挨打的人在恢复知觉后，他的记忆只会回到他被打傻的那一事件的相当长一段时间之前。克里福德有时向菲比和海波吉巴讲述他的梦境，梦中的他总是扮着孩童的角色，或者是个少年。这些梦境十分逼真，与他息息相通，一次他和妹妹为一件擦光印花布的晨装上特有的人物或花样争吵，而那件晨装正是他在前一夜的梦里看见他母亲穿的。海波吉巴在这种事情上有女性的认真，她愠怒地坚持说，那件衣服和克里福德描述的稍有不同；可是从一个旧箱子里取出那件晨装后，却证明他的记忆分毫不爽。假使克里福德从梦境中走出来时，如同经历了从孩童到一个风烛残年的老人的折磨，而又保持了勃勃生机，恐怕日常生活中出现的震惊就太难以忍受了。因为那种刺激的极度痛苦要从晨曦开始，经过整整一天，直到上床为止；而且即使上床之后，也还会有不可思议的单调的痛楚和颜色惨白的不幸，夹杂在他熟睡的初期之中。但是，黑夜的月色和黎明的晨霭交织在一起，如同罩袍般包裹着他，他也紧紧地用它阻挡着现实穿过；他倒不常醒着，但睁着眼睛睡，或许幻想着自己处于最深的梦境之中。

于是，由于他自己总是十分贴近他的童年，他很同情儿童，并且就此保持着一颗童心，如同一座水库，只有从离源头不远的小溪注入的水。虽然他还有起码的意识知道行为要得体，而不至于要求和儿童厮混嬉戏，但他最喜欢的莫过于从拱顶窗向外眺望，看一个小女孩沿便道滚铁环，或男学生们在一起玩球。他还最爱听他们那远远传来的童声，那夹缠在一起的嗡嗡声简直就像照满阳光的房间里由苍蝇发出来的。

无疑，克里福德是巴不得和他们一起嬉戏的。一天下午，他难以遏制地非要吹肥皂泡不可；海波吉巴悄悄在一边告诉菲比，那是他们兄妹俩儿时最喜欢做的开心事。看吧，他居然站在拱顶窗口，嘴里叼着一根陶管！看吧，他的灰发飘拂，他那依然保留着优雅的苍白面孔上堆起了假笑，他的那种优雅已经存在多年，连他的最恶毒的敌人都只好认可是与精神同在，与生命长存的！看吧！他从窗口到街心散播出虚幻的境界！那一个个肥皂泡是不可触摸的小小世界，在其一无所有的表面上，凭着幻化出来的光彩，映现出这个大千世界。看看过路人是如何看待这些从上飘下的异彩纷呈的小玩意把周围枯燥的环境点染得引人遐想，倒是蛮有趣味的。有的人驻足凝视，甚或一路走到街角仍愉快地回味着这些肥皂泡；有的人怒目仰望，仿佛可怜的克里福德把一个美丽的形象飘得离他们尘土飞扬的通道如此之近是犯了大忌。更多的人伸出指头或手杖去触碰，而当肥皂泡带着如画的天地美景一起消失殆尽时，他们无疑得到了一种违反常情的满足。

后来，就在一位十分尊严庄重的长者刚好走过时，一个大肥皂泡神气十足地飘然而下，恰恰对着这位绅士的鼻尖爆裂了！他抬头仰望——起初是严厉的盯视，那目光立即钻进了拱顶窗内的昏暗，随后绽出了微笑，足可把他头上数码之内的空间中那种令人无精打采的闷热化解。

"啊哈，克里福德堂弟！"潘钦法官叫道，"喂！还在吹肥皂泡嘛！"

那语调似乎怀着善意和抚慰，但其中自有辛辣的讽刺意味。而克里福德，当即周身掠过了一阵恐惧的彻底麻痹。除去出于他以往的经历所必然感受到的骇怕之外，他还体会到了这位出色的法官以巨大的力量施于一个脆弱而敏感的人物的那种天生和本能的威慑。那种力量是弱者所无法理解的，因此也就益发可怖。在他交往的圈子内，再没有比一个意志果决的亲属更令他惧悚的了。

第十二章　达盖尔派摄影师

不该武断地认为,像菲比这样生性活泼的人的生活会全然局限在老潘钦宅第的辖区之内。克里福德需要她的时间,在那些昼长夜短的日子里,通常不到日暮就得到了满足。他每天似乎不声不响地度日,却抽净了他赖以生存的全部源泉。并非体力活动使他过于疲惫——因为他只有时锄锄地,在花园中散散心,或者遇上雨天在一间空着的大房间里踱踱步——,而是他担心四肢和肌肉的吃力而宁肯一动不动。然而,或许他体内的闷火耗空了他的活力,或许那种足以使别的头脑麻木的单调呆滞对克里福德毫无影响。诚然,他处于再生和康复状态,需要时时以所见所闻和各种事件来滋补他的精神和智力,而对那些整日活动于天地之间的人来说,这些身边琐事纯属过眼烟云。如同一个孩童的头脑对周围的一切都感到活跃变换一般,一个经历了长期漂泊的人生而正在新生的成人的头脑恐怕会有同样的感受。

无论出于何种原因,克里福德在阳光依然透过窗帘,把迟暮的余晖投上墙壁时,通常就已经心力交瘁地瘫倒休息了。在他像别的孩子一样早早上床,做着童稚的睡梦时,菲比在余下的黄昏和夜晚时光里,就可以听凭自己的乐趣自由自在了。

这种自由即使对菲比这样绝少受病毒影响的人的健康也是必不可缺的。如我们已经说过的,这栋老宅的墙壁里既有霉烂也有干朽;不吸进别的空气是无益的。海波吉巴虽有其可贵和自新的品性,但由于长期将自己拘禁于一地不与他人交往,只有一门心思、一种情感和一种错误的痛苦意识,已经变得有些疯疯癫癫。读者或许可以设想,克里福德无论别人对他多么亲密无间和独一无二,他也懒得对他们施加道德上的影响。然而,人类间的同情心或吸引力比起我们想象的要微妙得多也普遍得多;确实存在于有组织的社会生活的不同阶层的人们之间,而且逐一扩散。比如说，菲比观察到，一朵鲜花在克里福德或海波吉巴的手里总要比在她自己手中枯萎得快；同理，如果把她的整天的生活变成花香呈现给这两个病态精神的人，这位鲜花般的姑娘必然会比佩在一个更幸福更年轻的人的胸前时枯萎和凋谢得早得多。若不是她不时地在郊区的散步中，在岸边的海风吹拂中，放纵一下她轻松的脉搏，呼吸一下乡间的空气，——偶尔也遵从新英格兰少女心中大自然所赋予的冲动，出席形而上学或哲学的讲座，或者去观赏一片七英里长的壮观景象，或者去欣赏一个音乐会，也要在城里到处走，转遍五光十色的市场去采购，买回一条缎带，同样也花费一些时间在她的闺房里阅读《圣经》，偷空想想她的母亲和她的家乡——除非有这些精神药物来治疗，不然我们很快就会发现可怜的菲比变瘦了，脸色挂上不健康的苍白，并且会采取奇怪的羞怯姿态，预示着一个老处女的风范和没有欢乐的前途。

即使如此，还是渐渐看得出变化：尽管无论什么魅力遭到损害，还会有另一种魅力来补救，或许更为珍贵，但这一变化仍多少令人遗憾。她不再那么终日笑逐颜开，而是有沉思的味道，对这一点，克里福德总的来说倒是比她原先那种一味地只是欢乐更喜欢；因为如今她对他理解得更深更细了，有时甚至对他本人解释着他。她的眼睛看上去更大、更黑、更深沉了；深沉得在某些沉默的时刻简直像是那些自流井，深得不见底。她不再像我们初次见到她走下公共马车时那么女孩子气了；少了些女孩子气，但多了些妇人风度。

菲比有机会得以频频交谈的唯一的年轻头脑是那个达盖尔派摄影师的。他们周围的那种与世隔绝的压力，必然把他们带上某种亲切的轨道。假如他俩在不同的环境中相遇的话，谁也不大会把想法告诉另一个人，除非他们的迥异确实能证明相互吸引的原理。两个人倒是都适合在新英格兰生活，因此，在他们更外向的发展中也就具有一个共同的起点；但在他们各自内心中的差别，却如同他们的家乡一样，相距甚远。在他俩初识时期，面对霍尔格雷渥不很明显的主动，菲比也一反她坦率单纯的习惯举止，相当收敛。如今他们虽然几乎每天都见面，在一起亲切友好、看似随意地谈话，但她并不感到满意。

那位艺术家已经断断续续地给菲比讲了些他的历史。他虽然年纪轻轻，而且事业有成，但他经历的大大小小的事件，已经令人信服地足以写满一卷自传了。如果要写一部吉尔·布拉斯①在美洲社会和行为的罗曼史，就不会是罗曼史了。我们当中许多人都认为自己的经历不值一谈，其实都和那个西班牙人早年的浮沉相类似；而他们最终的成功，或者他们的前途，恐怕与任何小说家为他的主人公所设想的无法比拟。霍尔格雷渥照他有些骄傲地对菲比所说，他的出身除去极其贫困之外无可吹嘘，而他的教育除去少得可怜，只在地区学校听过冬季几个月的课之外，也没什么可得意的。在他还是个孩子的时候，就已经无人照管，开始自己独立生活了；这样的条件倒完全适合他的意志的自然力量。虽说如今他只有二十二岁（还差几个月，但在他的生命中，要相当于几年），他已经从事过好几种职业：先是乡村学校教师；然后是给一家乡村小店当推销员；而且在那期间及之后，还担任一家乡村报纸的政治编辑。他后来受雇于康涅狄格的一家制造科隆香水和其它化妆品的工厂，做零售生意，在新英格兰和中部各地到处销售产品。他断断续续地学习并充任牙医，尤其在沿岛诸河的许多工业城镇中，取得了骄人的成功。他在一艘邮轮上担任多种替补工作的高级船员，得以访问欧洲，并设法在返航之前参观了意大利和法国、德国的部分地方。近来，他在一个傅立叶主义团体中度过了几个月的时光。最近，他成了一位催眠术的公众演讲人，他对这一学科做出了令人瞩目的贡献（为了让菲比确信无疑，他确实做了满意的证明，把刚好在附近刨地的"唱天晓"催眠入睡了）。

在他看来，他目前的达盖尔派摄影师的职业无足轻重，并不比先前的任何工作更像长久之计。这不过是一个冒险家为谋生而随手抓来的活计。什么时候他能选到其它同样随遇而安的谋生手段，就会同样无所谓地把这种活计撇到一边。不过，这个年轻人最令人瞩目或许是非同寻常之处在于：尽管他历尽沧桑，却始终未失去自我。他虽然无家可

---

① 法国著名小说家阿兰·勒内·勒萨日（1668—1747）的小说《吉尔·布拉斯·德·山悌良那传》中假托为西班牙人的主人公，他十七岁外出闯荡，有过堕落，但良心未泯。

归——他不断漂泊,因此无需对公众意见或任何个人承担责任;他放弃一种外表,顺手换上另一种,很快又转到第三种——,却从未违背过内心的禀性,而是始终不忘良知。如果不承认这些都是事实,就无法了解霍尔格雷渥。海波吉巴看到了这一点。菲比不久也看到了,并且受到对他这一肯定的鼓舞而给予他鼓励。不过,她还是感到吃惊,有时还有抵制情绪——并非由于对他认可什么原则的诚笃有任何怀疑,而是由于感到他的原则与她的大相径庭。他对既定现实的缺乏尊重,除非有时她事先有准备认为他言之成理,否则总是使她感到不安,而且他似乎把她周围的一切都搅乱了。

后来,她又进一步觉得他本性上很少动感情。他过于心平气和地冷眼旁观。菲比经常感觉得到他的目光;却绝少感觉得到他的内心。他对海波吉巴和她哥哥,对菲比本人,都抱有一定的兴趣。他专心致志地研究他们,不放过他们个性的任何细枝末节。他随时都准备尽其所能对他们做些有益的事;然而,他毕竟从来没有和他们同心同德过,而且也没有可靠的证据表明,他对他们的喜爱随着对他们的了解的加深而增加。在同他们的关系中,他似乎只需要精神食粮,而无须心灵营养。由于他对她的朋友和她本人抱着无所谓的态度,或者比较而言,对人类情感的施与如此微不足道,菲比实在难以想象,他对他们如此感兴趣,又有什么理智上的缘由。

在这位艺术家和菲比见面的时候,他总要特别询问克里福德的健康和精神情况,因为除去礼拜天下午的聚会,他们很少见面。

"他看上去还高兴吗?"有一天他问道。

"像个孩子似的高兴,"菲比回答道,"不过——也就和孩子一样——非常容易受干扰。"

"怎么受干扰呢?"霍尔格雷渥问道,"是由于外界的事情呢?还是由于内心的想法呢?"

"我看不透他的想法!我怎么能够呢?"菲比带着天真调皮的神情回答道,"他的脾气说变就变,没有什么猜得出的原因,就像浮云遮住太阳。近来,由于我开始了解他了,我感觉那么紧盯着注意人家的情绪不大对头。他曾经有过极大的哀痛,他的心灵由此变得十分庄严神圣。

在他愉快的时候——在太阳晒进他心里的时候——我就大胆地向里窥视，一直看到阳光到达的地方，不过就此为止了。那是落下一片阴影的神圣土地！"

"这种情感你表达得多美啊！"艺术家说，"我虽然不具备这种感情，不过我能理解。我若是有你的机会，我会毫无顾忌地把我的测锤线一直放到头，来探测克里福德的内心的！"

"你这种念头真怪！"菲比脱口评论道，"克里福德堂叔对你怎么了？"

"噢，没什么，——当然，没什么！"霍尔格雷渥微笑着回答道，"只不过这个世界这么稀奇古怪，不可思议！我越观察，就越困惑，于是我开始怀疑，一个人的痴迷是他的智慧的量度。男人也罢，女人也罢，乃至孩子，实在都是奇怪之极，谁也没把握真正了解他们；也无法根据他现在看到的他们的情况来琢磨他们原先的样子。潘钦法官！克里福德！他们是多么复杂的谜——复杂中的复杂！它需要少女般的直觉的同情心才能猜透。像我这样（从来没什么直觉，充其量只是敏锐而已）仅仅是一个旁观者，非常自然会误入歧途的。"

这位艺术家此刻把话题转到了不那么晦暗的内容上。菲比和他都很年轻，霍尔格雷渥在他未成年的生活经历中，并没有完全荒废青春的美丽精神，那是从一颗小小的心房和幻想中涌出来，足以将其自身撒遍世界，使之如同创世的第一天那样明媚的。人自身的青春就是这世界的青春；至少他觉得是如此，并且幻想：这个地球上的花岗岩物质还没有变硬，他能将其浇铸成他所喜欢的形状。霍尔格雷渥就是这样想的。他可以郑重其事地谈论这个世界的古老年龄，可是实际上从来都没相信过自己的话；他毕竟还是年轻人，因此，他看待这个世界——那个须发灰白、满脸皱纹的浪子，既衰朽又不值得尊敬——如同一个温情脉脉的小伙子，能够被改进成应有的美轮美奂的一切，只是尚未显示出这种前景的雏形罢了。他有那种感觉或内心的预言——一个年轻人最好是根本不要诞生，而不要不得不出生，一个成年人则最好是立即死掉，而不要勉强苟活——：我们并非注定要在老路上永远爬行，而是，就在此时此刻，在外界就有先行者宣告一个黄金时代即将在他自己的生活时期实现。在霍尔格雷渥看来,——犹如亚当的孙子时代以来每个世纪都似乎充满希望一般置定无疑——在当今,远比以往任何时代都更应该把布满青苔、已经衰朽的过去扳倒,把那些失去生命的机构从前进的道路上清除,把它们的死尸埋葬,使一切都重新开始。

至于更好的世纪正在到来这一主要观点——但愿我们在有生之年不会对此怀疑!——艺术家肯定是对的。他的错误在于:他认定当今的时代比起任何过去的或将来的时期都更注定会看到,古旧之褴褛袍服要为一套新装所取代,而不是靠补缀来逐渐更新;他把自己的寿命当作测量人类漫无止境的进展的尺度;尤其是幻想着以他本人的好恶来极大程度地决定任何事情的取舍。他有这些想法倒未尝不可。这种浸透在他平和的性格之中又以固定的思维和智慧为外形的热情,可以用来保持他青春的纯洁,并使他具备崇高的抱负。随着时间更沉重地落到他的肩头,他早期的信念必然会由于阅历而得以完善,他的情感也就会不那么生硬突兀地改变了。他依然会对人类日益光明的前景充满信心,或许还会益发热爱他们,因为他已经认识到了一个人单枪匹马的无能为力;而他走上生活时所产生的那种崇高信念,也就会在他结束生活时变得低微得多,因为他终究辨别到了人们尽了最直接的努力,也只是取得了梦幻般的效果,而上帝才是现实世界的唯一创造者。

霍尔格雷渥读书不多,而且是在人生的大道上读的,他走在这条大道上,他读的书中的神秘语言必然和大众的唠唠叨叨混杂在一起,自然会失去各自专有的任何含义。他自认为是位思想家,自然具有深思的特性,但以他个人的探索途径,恐怕难以企及受过教育的人思考的起始点。他性格的真正价值在于他内心力量的深邃良知,这使得他以往的沉浮似乎只像更换袍服;他的热情平静得他自己很少知其存在,但却使他对所插手的所有事情都付出赤子之心;他个人的雄心深隐不露——不为他自己和他人的目光所见——藏在他的更慷慨大度的冲动之中,其间潜藏着某种效验,使他从一个理论家充实成投身一些实践事业的斗士。尽管他既有文化又缺乏文化——表现在他那粗糙、狂热和朦胧的哲学中和事与愿违的实践经验中;在他为人类谋福利的高尚热情中和岁月为了人类的利益而造成的他的无论什么鲁莽草率中;在他的忠于信仰和不信宗教中;在他拥有的一切和缺乏的一切之中——,这位艺术家都是以作为他的乡土上许多同伴的代表傲然挺立的。

霍尔格雷渥的前途难以预料。他身上表现出来的一些品质,在这样一个可以自由把握一切的国度里,恐怕能将世界上的某些奖项手到擒来。不过这种事是随兴之所至而说不准的。在生活的几乎每一步中,我们都会遇见霍尔格雷渥这样年纪的年轻人,我们预期他们做出惊人之举,但即使经过仔细盘问,我们也从来听不到另一个字眼。青春和激情的生气勃勃,智慧和想象的鲜艳光彩,赋予了他们一种自欺欺人的虚幻辉煌。仿佛某些擦光印花布和方格花布,初上身时显得精致鲜亮,但经不起日晒雨淋,洗过之后便黯然失色了。

但我们的正题是在这特定的下午,在潘钦花园的凉亭里我们所见的霍尔格雷渥。就此而论,看着这位年轻人实在赏心悦目:他充满自信,漂亮的外表中显示着令人羡慕的力量——他虽然饱经风霜却绝少受到伤害——,看着他和菲比和颜悦色地交谈真让人高兴。她认为他生性冷漠的看法对他实在不公;即使他果真如此,此时也变得热情起来。她虽然无心,他也无意,她却把七个尖角顶的宅第变成了他的家,把这座花园变成了一块亲切的场地。他以引为自豪的内心,想象着他能看透菲比和她周围的一切,能像一页儿童故事书似的读懂她。然而她的这些透明的本性在其深处时常具有欺骗性;泉底的石子比我们想象的要深远。因此,无论这位艺术家如何判断菲比的能力,都被她那沉默的魅力所欺骗,居然侈谈什么他在这个世界上梦想的事业。他如同对另一个自己般地倾诉心胸。极其可能的是,他在和菲比畅谈时,忘记了她,只是被由热切的情感激发出来的必然思想倾向所推动,流进了所遇到的第一个安全水库。但是,如果你透过花园篱墙的缝隙向里窥视,那年轻人的真诚和面红耳赤的样子,会使你以为他在向那少女表达爱情呢!

终于,霍尔格雷渥说了些话,使菲比觉得可以询及他初次结识她堂姑的缘起和他如今选定住进这所孤凄的潘钦老宅的理由。他没有直接作答,而是把他一直讲着的有关**未来**的话题转到了**过去**的影响上。其实,一个题目只是另一个题目的回响。

"我们会不会永远永远也摆脱不掉这个**过去**呢?"他依然用着此前的真诚语气叫道,"它如同一个巨人的尸体一般压在**现在**的身上!事实上,这种情况就如同一位年轻的巨人正在被迫把他的全部力气浪费在搬运早已死去的他的祖父老巨人的尸体上,那是只消埋葬掉就完事了的。好好想一下吧,你会吃惊地看到我们是以往时代——如果我用一个确切的字眼,应是**死亡**——的什么样的奴隶吧!"

"可是我看不出来。"菲比评论说。

"那么,比如说,"霍尔格雷渥继续说道,"一个死人如果设下一份遗嘱,处理已不再属于他本人的财产;或者说,他死时没有留下遗嘱,那么就要按照比他死得早得多的人的遗嘱来分配财产。一个死人占据了我们所有的法官席位;而活着的法官们只不过是搜集和重复他的决定。我们读的是那些死人的书籍!我们为那些死人的玩笑而开怀大笑,为他们的悲怆而痛哭流涕!我们得的是那些死人的身体和道德的疾病并死于那些死去的医生害死他们的病人的疗法和药方!我们按照那些死人的形式和教条来崇拜活着的神祇。无论我们出于我们自由的动机想做些什么,死人的冰冷的手都要阻止我们!我们只要把目光转向某一点,死人的刻板的白脸就要迎着我们的眼睛,把我们的心冻僵!在我们能够开始对我们自己的世界施加适当的影响之前,我们自己恐怕也该死掉了,这个世界也就不再是我们的世界,而成了另一代人的世界,我们将没有一丝权利去干涉。我原也可以说,我们住在死人的住宅里;就拿我们现在来说,就住在这栋七个尖角顶的宅第里!"

"只要我们能在这里住得舒舒服服的,"菲比说道,"为什么不可以呢?"

"但是我相信,"那位艺术家继续说道,"我们将要活着看到那一天:没人会为他的后代建造宅第。他何必呢?他也完全可以有理由定做一套耐穿的衣服——皮革的、古塔胶的或无论什么最耐久的材料——以便他的曾孙子女们可以穿用,而且完全按照他自己的时代的式样、他本人的身材来精确裁剪。如果每一代人都获准并被期待着建起自己的住宅,就其自身而论并不那么重要的这一点点变化,也会隐含着如今社会因之而遭受恶果的几乎全部改革。我怀疑,甚至我们的公共大建筑——我们的议会大厦、州政府大楼、法院、市政府大楼和教堂——是否也要用石头和砖块这样的耐久材料建造。这些大建筑倒是每隔二十年左右坍塌一次才好,那样就可以暗示人们检验并改良这些建筑物所象征的机构。"

"你对一切旧东西都恨之入骨!"菲比惊愕地说道,"世界要是这样变化的话,我想着都头晕眼花!"

"我当然不喜欢一切破烂货。"霍尔格雷渥回答道,"瞧,这座老潘钦宅第!这些发乌的木瓦,还有这些表明有多潮湿的青苔,难道住在这里舒服吗?——还有这些低矮、阴暗的房间!——还有人们在不满和痛苦中呼吸而结晶到墙上的污垢!这栋宅子理应用火来净化——净化到只留下灰烬!"

"那么你为什么还要住在这里呢?"菲比有些怄气地问。

"噢,我在这里是为了我的研究;不过不是研究书本。"霍尔格雷渥回答道,"在我的心目中,这栋宅子是那个可厌可憎的**过去**及其全部恶劣影响的表现,我的反感刚才已经说清了。我在里边暂住一时,就可以更好地懂得如何恨它。顺便问一句,你听到过那个巫师莫尔的故事,还有他和你那位先祖之间发生的事情吗?"

"听过,真的!"菲比说,"我早就听我父亲讲过了,在我住到这里来的一个月中间,也听到我堂姑海波吉巴讲过两三次。她似乎认为,潘钦家的一切灾难都始于与那个巫师——照你的叫法——的争吵。而你,霍尔格雷渥先生,好像也这样看!你既然反对许多更值得信赖的事情,居然会相信这么荒诞的故事,实在太奇特了!"

"我确实相信这个故事。"艺术家郑重其事地说,"不过不是当成迷信,而是作为有无可置疑的事实的证明,作为一种理论的例据而相信的。现在你来看吧,在我们正抬头看着的这七个尖角顶底下——就是老潘钦上校为他的后人准备下的宅第,以便他们世世代代过着兴旺幸福的生活,直到远远超过目前的时代——就在其屋顶之下,历经三个世纪之久,始终存在着经久不渝的良心自责,一种不断破灭的希望,亲族之间的争斗,各式各样的不幸,莫名其妙的死亡,心地阴暗的猜忌,难以启齿的耻辱——这全部或几乎种种灾难,我都能追溯到那个老清教徒要培育和赋予一个家族的奢望。培育一个家族!这样的一个念头从根本上就是人类铸就的最大错误和危害。事实上,最长每隔半个世纪,一个家族就该融入广大而微贱的人群中去,将其祖先的一切全都忘却。人类的血统,为了保持其新鲜,应该在暗流中流动,如同自来水要在地下管道中传送一样。例如,在这些潘钦家人的生存中——请原谅,菲比,不过我不认为你是其中的一员——在其简短的新英格兰家系中,始终有足够的时间让他们全都染上这样或那样的精神病!"

"你对我的家人出言不逊。"菲比说道,内心斗争着要不要为此生气。

"我说的是一个真实头脑的真实思想!"霍尔格雷渥回答道,那种激动是菲比以前从未在他身上看到过的,"我说的是实情!不仅如此,这一危害的祖宗和始作俑者看来又炮制了一个他自己,而且就在街上走着——至少在身心上是他的形象的再现——具有与他所继承来的丰富而不幸的遗产相仿的最漂亮的外貌!你还记得那帧达盖尔派肖像,以及它与那幅老肖像的相似吗?"

"你的诚挚有多奇怪啊!"菲比惊呼道,一面惊诧莫名地看着他;她既惊讶又想笑。"你谈到了潘钦家人的精神病;能传染吗?"

"我明白你的意思!"艺术家脸红了,笑着说道,"我相信我有点发疯。自从我住进那边那个尖角以来,这个念头一直奇怪而顽固地占据着我的头脑,摆脱不掉。于是我就把刚好熟悉的一段潘钦家史的往事写成一部传奇,准备在杂志上发表,以此作为一种忘却的手段。"

"你为杂志撰稿吗?"菲比问道。

"你难道不知道吗?"霍尔格雷渥叫道,"嘿,这可是文学声望呢!对了,菲比·潘钦小姐,在我的众多的天赋中间,我也有出色的写故事的才能;我可以告诉你,我取了格拉罕姆和高荻这样的笔名作掩护,以便看上去令人起敬,因为就我所知,这就和圣徒名册上的那些名字联系起来了。在幽默作品中,我被公认为相当具有特色,至于悲天悯人的作品嘛,我和洋葱一样能催人泪下。要不要我给你读一篇我的故事?"

"好啊,如果不是很长,"菲比说完,又笑着补充了一句,"也不很枯燥的话。"

这后一条使得达盖尔派摄影师委决不下,但他还是取出了一卷手稿,在迟暮的阳光镀亮七个尖角顶之时,朗读了起来。

第十三章　爱丽丝·潘钦

一天,令人崇敬的杰维斯·潘钦派人带了一个口信给年轻的木匠马修·莫尔,让他立刻到七个尖角顶的宅第去。

"你的主人要我做什么?"木匠对潘钦先生的黑仆人说,"那座宅子要修理吗?这么长时间了,恐怕该修了;也不能怪盖这栋宅子的我父亲!就在上个星期天我还在读老上校的墓碑呢;从那时算起,这栋宅子已经矗立了三十七年了。莫怪屋顶上需要修一修了。"

"不知道老爷想干吗,"西皮奥回答道,"那所房子好极了,我琢磨老潘钦上校也是这么看的;——要不,老人家干吗老在那儿转,吓唬一个可怜的黑小子,嗯?"

"好啦,好啦,西皮奥朋友;告诉你主人我这就来,"木匠笑嘻嘻地说,"做一件漂亮的手艺活,他找我就对了。这么说,宅子里闹鬼了,是吗?要把妖精赶出七个尖角顶的宅子,可得找个比我厉害的工匠,连上校都会老实的,"他继续说,已经是自言自语了,"我的老祖父,那个巫师,只要墙壁不倒,一定会待在潘钦家不走的。"

"你自言自语地嘀咕什么呢,马修·莫尔?"西皮奥问道,"你这么瞪眼瞧着我干吗?"

"没什么,黑小子!"木匠说,"你以为除了你就没人让人瞪了吗?去告诉你主人我这就来;要是你看见他女儿爱丽丝小姐,向她致以马修·莫尔的卑微的敬意。她从意大利回来,脸蛋更漂亮了——又漂亮,又温和,又骄傲——还是那同一个爱丽丝·潘钦!"

"他谈起爱丽丝小姐!"西皮奥叫道,一面转身回去交差,"这个下贱的木匠!他连从远处看她都不够格!"

必须指出,这个年轻的木匠马修·莫尔在他住的这个镇上,是个既不为人所理解,也不大讨人喜欢的人;并非有什么说得准的不利于他的真诚或者他所从事的手艺的勤快与熟练的事例。许多人对他的反感（可以恰当地这么说），一半出于他本人的个性和举止，一半出于对他的传统看法。

他是这个镇上最早的定居者之一、当年一个著名和可怕的巫师老马修·莫尔的孙子。那时候，科顿·马瑟[1]和他那些教士兄弟，以及那些有学识的法官和别的智者，还有那位精明睿智的总督威廉·菲普斯爵士[2]曾经竭尽全力削弱灵魂之大敌，并将其一批追随者送上绞架山的石径。毫无疑问，从那时起，人们越来越怀疑，驱巫活动尽管自吹自擂，其不幸地过分作法的结果已经证实，虽然按照他们的意愿压制并彻底整垮了那个头号敌人，却远没有为仁慈的天父所接受。而且，也无法肯定，那种恐怖就一定镇住了对那些死于这一可怕的驱巫罪行的人们的怀念。他们位于石缝中的坟墓，被认为是不可能继续容纳当时被匆忙塞进去的尸体了。人们尤其知道，老马修·莫尔像平常人起床一样，毫不迟疑、毫无困难地从他的坟墓中站起身来，而且时常有人在午夜看到他，就像白天里看见活人一样。这个害人的巫师（看来对他的正义的判决没有起到令他幡然改悔的作用）有个根深蒂固的习惯，喜欢在一个叫作七个尖角顶的宅第中出没，自称拥有那地产的未确定的产权，要房产主付出地租。看来，他的鬼魂——他活着时就以执拗的个性而著称——坚持认为，他才是那块宅基地产的合法所有者。他的条件是，要么从地下室开挖之日起交清上述的地租，要么就放弃这栋宅第；否则，他这位鬼魂债权人就要染指潘钦家族的任何事务，令事事都与他们作对，哪怕要等到他死后一千年。这个故事或许有些离奇，但对那些依然记得这位莫尔巫师曾经是个多么不屈不挠的顽固老家伙的人来说，看来并非全然不可信。

如今，那个巫师的孙子，我们这个故事中的年轻的马修·莫尔被人

---

[1] 科顿·马瑟(1663—1728)，英克利斯·马瑟之子，北美殖民地的著名教士和学者，曾协助建立耶鲁大学，并为伦敦皇家会的第一名美洲人会员。他曾积极参与驱巫活动。

[2] 威廉·菲普斯爵士(1651—1695)，马萨诸塞的殖民总督(1692—1694)，曾率军与法国殖民军作战。

们普遍认为继承了他祖先的一些可疑的品行。有关这年轻人有这么多的荒诞的流言蜚语实在奇怪。比如说,传说他有一种奇异的力量能够进入人们的梦境,随心所欲地在梦中左右事物的进展,十分相似于剧场的舞台监督的作用。在他的邻居,尤其是那些穿裙子的人们中间,纷纷谣传着他们称作莫尔的眼睛的巫术。有人说,他能看透人们的内心;也有人说,靠他眼睛的魔力,他能把别人吸进他的内心,或者,要是他高兴,还可以把他们打发到他祖父那个鬼魂世界中去当差;还有人说,这就是叫作"邪恶眼睛"的可怕魔力,能够使庄稼枯萎,还能够用那种灼烧心口的手段,把儿童干化成木乃伊。但终究,对这个年轻木匠最为不利的是:首先,他天性中那种含蓄执拗的天性,其次,他不是个接受圣餐的人,还怀疑他在涉及宗教和政体问题上持异端邪说。

木匠接到潘钦先生的口信之后,把手上的一点小活干完,随后就上路向七个尖角顶的宅第进发了。这栋著名的住宅,虽说风格可能有点过时,仍不失为堪与镇上任何绅士的家宅相媲美的令人仰慕的建筑。这栋宅子目前的主人杰维斯·潘钦,据说由于儿时祖父猝死的刺激,变得十分疑神疑鬼,对这栋宅子很不喜欢。当年,就在他跑着要爬上潘钦上校的膝头时,孩子发现那位老清教徒已经是死尸了!这位潘钦先生长大之后,访问了英格兰,在那里娶了一位富有的夫人,结果客居了多年,一部分时间住在祖国,另一部分时间游览了欧洲大陆的各个城市。在这期间,这栋家宅指定由一位族人照看,他可以暂时住在里面,以便于对其全面修缮。那人十分忠实地完成了协议,此刻当木匠走近宅子时,他那行家的目光竟挑不出任何毛病。七面山墙的尖顶直插天空;屋顶的木瓦看上去绝不漏雨;熠熠发光的石灰涂层严实地盖满了外墙,在十月的阳光中分外明亮,仿佛是一个星期前才刚刚竣工。

宅第有一种欣欣向荣的外观,如同人在舒适的活动中脸上愉悦的表情。你可以立即看出,里面有重大的家务活动。满满一车橡木正穿过大门口,向宅后的附属建筑行进;那个胖厨师——或许是管家——站在侧门边,和一个卖火鸡和家禽的乡下人在讨价。不时有一个穿戴齐整的侍女或皮肤黑得发亮的奴隶在楼下窗子里面忙来忙去。在二楼一个敞开的窗口处,吊着几盆漂亮而纤巧的鲜花——是外国品种,从来没晒过比新英格兰秋天更明媚的阳光了——,还有一位年轻女士的身影,也像那些鲜花一样,有着异国风情,也那么漂亮而纤巧。她的出现给整个宅第平添了一种难以言传的优雅和恬淡的魅力。这栋大宅的其它方面是坚实和美观的,并且似乎适合一个家族居住:家长在正面的山墙中设下大本营,把他的六个孩子分别安排在其余的六座山墙中,而位于中央的大烟囱象征着老人家的大度胸怀,它使大家都感到温暖,并把七个部分构成一个整体。

正面的山墙上有一座竖直的日晷;木匠在下面走过时,抬头看了看时间。

"三点钟!"他自言自语说,"我父亲告诉过我,这个日晷刚安上一小时,老上校就死了。在这过去的三十七年中,它多么真实地报告着时间啊!那阴影爬呀爬的,永远越过阳光的肩头看着!"

像马修·莫尔这样的工匠应召到一位绅士家中去干活,理应走仆人和工人常走的后门;至少也要走侧门,那是较好的商人阶层所用的。可是这位木匠生性十分高傲和执拗;何况在此刻,由于他认定潘钦大宅是竖在原属于他的土地上的,心中因为觉得辈辈受到委屈而气恼。就在这处地方,靠近一股涓涓细流的泉眼旁,他的祖父伐倒了几棵松树,盖起了一座棚屋,在里面生儿育女;潘钦上校正是从死人僵硬的手指中抢走了地契。因此,年轻的莫尔径直走向镶嵌着雕花橡木大门的正面主要入口,用力敲响铁门环,简直会让人想象成是那位板着面孔的老巫师本人站在了门限处。

黑仆西皮奥极其匆忙地跑出来回答敲门声;却惊奇地看见只有木匠,他瞪起白眼。

"仁慈的上帝!这个木匠伙计是个多么了不起的大人物啊!"西皮奥在喉咙口咕哝着,"谁都会以为他用最大的锤子砸门呢!"

"我来了!"莫尔严肃地说,"指给我到你主人客厅去的路!"

他步入宅第时,从楼上的一个房间里沿走廊传来震颤着的优美而忧郁的乐声。那是爱丽丝在演奏从海外带回来的拨弦古钢琴。漂亮的爱丽丝把她的大部分少女的悠闲都用在了鲜花和音乐上,虽然鲜花到时候会枯萎,但乐曲却长时间地流露着哀伤。她受的是外国教育,却无法平和地习惯于新英格兰的生活方式,这里从来没有培育过美的东西。

潘钦先生早就不耐烦地等候着莫尔的到来了,黑仆西皮奥当然也就不敢耽搁地引领着木匠到他主人的面前去。这位绅士就座的房间是个不大不小的客厅,朝向外面的宅第的花园,窗户掩映在果树的树荫中。这是潘钦先生独特的套间,里面那些考究而昂贵的家具主要来自巴黎;地板(在那个年代是很不寻常的)上铺着地毯,上面织着精致而鲜艳的花样,看上去足以乱真。在房间的一角立着一个女性雕像,对她来说,她自己的美丽就是唯一而充分的服饰。墙上挂着一些画——看上去很古旧,柔和的色调渗透出艺术的灿烂。在壁炉附近有一个又大又美的乌木柜橱,上面镶嵌着象牙雕饰;这件古董是潘钦先生在威尼斯购置的,用作存贮勋章、古币,以及他在旅游沿途搜集来的小巧珍贵的古玩的百宝箱。透过这些不同的点缀,房间仍显出其固有的特色:那低矮的天花板,那交叉的横梁,那装有老式荷兰瓦的壁炉架;这一切堪称是充满外国观念的头脑的象征,又体现了精雕细刻的艺术风格,但由于其自身的得体,房间既不显得空旷,也不比先前更雅致。

在这间装饰漂亮的房间里,有两件摆设显得不够协调。一件是一份土地的地图或勘测平面图,样子像是多年以前绘制的,上面沾着烟熏土迹,还有多处指印。另一件是一个身穿清教徒袍服的严厉的老人的肖像,笔法粗糙,但有一种大胆的效果,鲜明强烈地表现出个性。

在英式壁炉前的一张小桌旁,坐着潘钦先生,他啜饮着咖啡,这是他在法国时开始上瘾的最喜爱的饮料。他是个十分英俊的中年人,假发飘洒在肩头;他的外衣是蓝色丝绒的,衣边和扣眼处都镶有缎边;火光映照在缀满金饰的宽宽的背心上。西皮奥引着木匠进门的时候,潘钦先生半转过身,但没有改变姿势,故意继续喝他的咖啡,不去立即理睬应召而至的客人。他并非故作粗鲁或不讲礼法——他确实会为这种非礼脸红的——,而是他从未想过,像莫尔这样地位的人有权接受他的礼遇,或者说值得他为此费这样那样的事。

然而,那木匠却立即走到壁炉跟前,转过身来,正视着潘钦先生的面孔。

"你派人去叫我。"他说,"请解释一下你的活计,以便我回去办我自己的事。"

"啊！请原谅，"潘钦先生平静地说，"我不会让你花费了时间而不付报酬的。我想，你姓莫尔——托马斯或马修·莫尔，——是建造这栋住宅的人的儿子或孙子吧？"

"马修·莫尔，"木匠回答道，"这栋住宅建造人的儿子，——这片地基合法所有人的孙子。"

"我明白你所影射的争执。"潘钦先生泰然自若地评论道，"我十分清楚我的祖父为了确立对这片宅基的土地所有权，曾不得不诉诸法律。如果你愿意的话，我就不再继续这场讨论了。这件事当时就由主管当局判定了，——结论据认为是公平合理的，而且，无论出现什么情况，都不容更改。是的，奇特之极，刚好有个与此有关的参考，我现在就来告诉你。而你刚刚表现出来的这种同样积习难改的妒忌——请原谅，我无意伤害你——这种过激，并非与此事完全无关。"

"如果你能从一个人为其亲人的冤枉油然而生的怨恨中发现什么符合你的目的的东西。"木匠说道，"潘钦先生，欢迎你这么做！"

"我同意你的话，莫尔先生，"七个尖角顶宅第的主人带笑说道，"而且我还准备提出一项建议，让你那世代相承的怨恨——那还是情有可原的嘛——在我的事务中可以有些牵连。我想，你已经听说了，潘钦家族从我祖父的时代起，就一直对东部一大片土地的未确定的所有权提出靠法律裁决，是吧？"

"听过多次了，"莫尔回答道，——据说脸上还带着笑容——"常听说——听我父亲说的！"

"这一要求，"潘钦先生停顿了一会，似是在考虑木匠的笑容可能意味着什么，然后继续说道，"似乎马上就要解决了，而且对我祖父死后这段时间将给予补偿。他的亲信们都知道，他当初既没想到困难，也没料到会拖延。如今，不消我说，潘钦上校是个务实的人，他熟悉公私事务，绝不抱无稽的希望，也不试图寻求不切实际的计划。因此，显然可以得出结论说，在东部土地问题上他事先就有成功的信心，虽然他的理由并不为其后人所知。简言之，我相信——我的法律顾问也同样相信，这种信念在某种程度上更主要地是从家族传统上确立的——我祖父掌握着对这一产权至关重要的一些契约或其它文件,可惜后来就不见了。"

"很可能。"马修·莫尔说,——据说,他脸上再次露出阴暗的笑容——"不过,一个穷木匠又能同潘钦家的如此大事有什么关系呢?"

"或许无关,"潘钦先生回答道,"也可能关系重大!"

于是,马修·莫尔和七个尖角顶宅第的主人就这一问题谈了很多。尽管潘钦先生在涉及看来如此荒诞不经的故事上讳莫如深,但人们似乎相信在莫尔家和这一大片潘钦未实现的财产之间有着某些神秘的关联和依赖性。普遍的说法是:那个老巫师虽然被绞死,却在与潘钦上校的那场争执中最后达成了一笔最好的交易:他用那花园的一两英亩土地换得了东部那一大片土地的所有权。一位刚刚故世的年纪很大的老太太在她炉旁的谈话中,时常用一种比喻的表达方式说,潘钦家成英里见方的土地给堆进了莫尔的坟墓;最后渐渐变成了绞架山顶附近两块石头之间浅浅的凹坑。还有呢,当律师们询问那遗失的文件时,有一句笑话说:除非在那巫师骷髅的手中才能找到。那些精明的律师们对这种种说法十分重视,(不过潘钦先生认为不宜对木匠讲出事实)他们偷偷设法搜查了巫师的坟墓。可惜什么也没发现,只是那骷髅的右手却莫名其妙地不见了。

毋庸置疑,如今重要的是,这些流传甚广的谣言的一部分,尽管含糊其词,却可寻根究源到那个被处死的巫师的儿子即目前这个马修·莫尔的父亲的失言和隐约的暗示。此时此刻,潘钦先生能够启用他本人的一条证据。当年他还是个孩子,但他要么记得要么想象:在上校去世的前一天或者可能就在当天上午,马修的父亲在他和木匠此刻正在谈话的这间私室中有些活计要做。潘钦先生清晰地记得,属于他祖父老上校的某些文件,当时就摊在桌上。

马修·莫尔明白这种暗示的怀疑。

"我父亲,"他说道,——脸上仍然带着那阴暗的笑容,使他的面部谜一般地难以猜测——"我父亲比残忍的老上校要诚实得多!为了重新夺回他的权力,他不会随便处理那些文件的!"

"我不会和你争执的,"这位外国风度的潘钦先生以高傲的冷静评论道,"也不会因为对我祖父或我本人的任何无礼而动怒。一位绅士在同你这样地位和习惯的人谋求谈话之前,首先就要考虑到,目的的迫切性值不值得手段的不愉快。目前的情况就是这样。"

随后他又继续谈起来,他主动提出,如果木匠能够提供线索找到丢失的文件,并最终能得到东部土地的所有权的话,他可以给他一大笔钱。据说,马修·莫尔好长时间对这些建议都充耳不闻。不过,最后他发出奇怪的大笑,反问潘钦先生肯不肯把老巫师的宅基地连同如今建在上面的尖角顶宅第一起交付给他,作为潘钦如此迫切要得到的文件证据的回报。

这种荒唐的炉边谈话的传闻(我只叙述了其中的精华,而没有全文照录)讲到这里,插进了一段潘钦上校肖像的非常奇怪的叙述。应该理解,这幅肖像被认定与这栋宅第的命运息息相关,因此而颇具魔力地镶进墙里,一旦被移动,整座宅第就会立即坍塌成瓦砾堆。在潘钦先生和木匠上述谈话的整个过程中,那幅肖像一直在拧眉蹙额,紧握拳头,表现出种种极度的烦乱不安,可惜丝毫没引起谈话双方任何人的注意。最后,当马修·莫尔放肆地建议要把七个尖角顶的宅第过户时,有鬼魂附着的肖像显然丧失了一切耐心,流露出要顿时从框架中迈步下来的样子。不过,这种难以置信的情节只是姑妄言之罢了。

"放弃这栋宅第!"这个建议令潘钦先生委实吃了一惊,失声叫道,"我要是这么做了,我祖父会在他的坟墓里不安的!"

"如果所有的故事都是真的,他绝对不会不安的,"木匠镇静自若地说,"不过,这件事对于他的孙子比起对于马修·莫尔要关系更大。我没有别的建议了。"

潘钦先生起初认为无法遵照莫尔的条件,不过,转念一想,倒觉得这至少可以作为讨论的前提。他本人对这栋宅第没什么割舍不掉的感情,而且儿时在这里度过的时日也没有留下什么愉快的回忆。相反,时隔三十又七年,他那故去的祖父似乎仍旧萦绕在这里,和当天早晨那个惊恐男孩看见他僵死在座椅里的可怕模样时是一样的。他长期旅居国外,尤其是熟悉了英格兰的许多城堡和祖居,意大利的石砌宫殿,使他对七个尖角顶宅第的外观和便利不屑一顾。这座大宅极不适合居住,当潘钦先生得知他那片领地的权力时,就义无反顾地要去争取了。他的管家或许乐于住在这里,但这位大片土地的所有者本人却绝对不肯屈尊。此举如能成功,他的目标也还是回英格兰去,说实话吧,若不是因为他自己的还有已故妻子的财产开始出现捉襟见肘的征候,他是不会这么快就离开那个更惬意的家的。东部的土地所有权一旦确定并打下实际拥有的坚实基础,潘钦先生的地产——不是以英亩而是以平方英里为单位计量的——将称得起一个伯爵的领地,使他有理由去请求颁赐他这样一个头衔,或者使他能够变卖,总之可以提高他在英王心目中的尊严和地位。潘钦勋爵!——或者是瓦尔多伯爵!这样一位显贵如何指望以七个尖角顶的区区弹丸之地来与他的堂皇相称呢?

简言之,用扩大的生意观点来看,木匠的条件看来也容易得可笑,潘钦先生禁不住露出了笑容。有了上述的反应,他简直羞于启齿去压缩为了提供这么大一片土地而要求如此小的补偿了。

"我赞成你的建议,莫尔。"他大声说道,"把确立我的土地所有权的必要文件拿给我,这座七个尖角顶的宅第就归你所有了!"

根据这一传闻的某种说法,上述的一个有效的正式契约由一位律师起草,并在数名证人在场的情况下签字盖章。有人说,马修·莫尔满足于一份私下的书面协议,上面写明潘钦先生以他的名誉起誓,尊重契约各项条款的实施。随后这位绅士便吩咐拿酒来,为了确认他们的交易,和木匠举杯共饮。在整个商讨和后来仪式的过程中,那个老清教徒的肖像似乎态度暧昧,执意拒绝,不过无济于事;只是在潘钦先生放下空酒杯时,觉得看到了他祖父满脸不悦。

"这种雪利酒①对我太烈了;我已经感到上头了。"他有些惊讶地看了一眼肖像后这样评论着,"一返回欧洲,我就只喝更清淡的法国或意大利葡萄酒了,其中的上等佳酿是无法长途运输的。"

"潘钦老爷可以在无论什么地方随他高兴想喝什么就喝什么。"木匠应答着,仿佛他始终和潘钦先生野心勃勃的计划利害攸关,"不过,先生,如果你一心要得到这丢失的文件的消息,首先我渴望得到允准和

---

① 原产西班牙等地的浅黄或深褐色葡萄酒。

你漂亮的女儿爱丽丝谈一谈!"

"你疯了,莫尔!"潘钦先生轻蔑地叫道;此时,他的高傲中终于夹杂着愤怒了。"我女儿能和这种交易有什么关系?"

的确,对于木匠的这一新要求,七个尖角顶宅第的主人比听到要他让出这栋房子的冷冷的建议还要震惊。在前一项提议中至少还有其不难推测的动机;而后一条要求看来就毫无道理了。然而,马修·莫尔却顽固地坚持要把那年轻的女士召来,甚至用有些神秘的解释——使情况比原先更加晦暗难辨了——使她父亲明白:要想得到所需要的消息,唯有通过犹如美丽的爱丽丝的纯洁无瑕的聪慧那样清澈透明的中介。我们不必赘言潘钦先生的迟缓是出于良心、倨傲抑或父爱,以免我们的故事节外生枝,反正他最终还是吩咐唤他女儿出来。他深知她在闺房里,而且不会有什么无法立即放下手的事情;因为,事实上,从提及爱丽丝的芳名起,她父亲和木匠都听见了她弹奏拨弦古钢琴的哀伤而甜美的曲调和她伴着琴声歌唱的益发缥缈的忧郁。

于是爱丽丝·潘钦应召而至。据说,由一位威尼斯画家①为这位年轻女士绘制的肖像被她父亲留在了英格兰,落入德文郡现公爵之手,如今保存在查茨沃斯;此事与作品的原型毫无关系,只是由于其绘画艺术的价值和那副容貌美艳的特色。如果说有一位女士生来就由某种优雅庄重而与世俗的芸芸众生相隔绝,那就是这位爱丽丝·潘钦小姐了。不过,她身上仍混有女性的温柔,或至少是有温柔的潜能。由于有这种品性的弥补,一个生性大度的男子会原宥她的全部傲慢,而宁愿倒在她的路上,让她那双纤足践踏他的心房。他所需要的一切仅仅是要承认他是个地道的男子汉,和她是用同样的材料构成的人类。

爱丽丝走进屋里的时候,她的目光落到了木匠的身上:他站在房间的中央,穿着绿色的羊毛外套和膝盖处敞着口的宽松的马裤,一个长长的口袋里装着木工尺,底部突出着;那副工匠的模样,和潘钦先生身着礼服、腰佩长剑的贵族绅士的矫饰,都恰如其分地使他们的身份一目了然。爱丽丝·潘钦的脸上闪现出艺术家式的赞许光彩;她深深地倾

---

① 威尼斯画派曾是意大利文艺复兴时期的主要画派之一,此处强调画家师出名门。

慕——她无意隐藏这种感触——莫尔躯体散发出的出众的得体、力量和精力。然而，这种赞佩的目光（大多数别的男人或许会终生难忘），木匠却绝不宽恕。恐怕是莫尔本身那种魔鬼般的心理使他的感受如此难以捉摸。

"这姑娘是不是把我当作野兽来看待了？"他咬牙切齿地想着，"她会知道我到底有没有人性；如果证明了比她的人性还强，对她可够呛呢！"

"我的父亲，你派人去叫我。"爱丽丝用竖琴般甜美的声音说道，"不过，如果你和这个年轻人有正事，请让我还是走开吧。你明知道我不喜欢这个房间，尽管有你试图带回你美好回忆的那幅克劳德的绘画。"

"请稍候，年轻的女士，如果你愿意的话！"马修·莫尔说，"我与你父亲的正事已经完毕。而与你的，这才开始！"

爱丽丝带着惊诧和探询的目光向她父亲望着。

"是的，爱丽丝，"潘钦先生有些困扰地说道，"这个年轻人——他名叫马修·莫尔——声称，就我所能理解的而言，他能借助你发现早在你出生前遗失的一张纸或羊皮纸。我们所说的这一文件的重要性使我要不遗余力乃至不择手段地将其得到。因此，我亲爱的爱丽丝，你要答应我，回答这人的询问，并听取他的合法和理智的要求，只要这一切看上去符合刚才说的目的。由于我还留在这里，你不必担心这个年轻人会有什么粗暴或不妥的行为；而且，不消说，只要你稍有表示，这次调查，或者我们随便叫什么名目吧，就会立即中断。"

"爱丽丝·潘钦小姐，"马修·莫尔毕恭毕敬地说，但目光和语调里隐现着一丝讽刺，"无疑会因为她父亲在场并受到最充分的保护而感到十分安全。"

"有我父亲在身边，我当然不会做出忧心的举止，"爱丽丝带着少女的庄重说，"而且我也无法设想，一位有自己的准则的女士，会在任何情况下，对无论什么人，有丝毫的畏惧之心！"

可怜的爱丽丝！她出于何种不幸的冲动，竟然立即将自己置身于向一个她无法估计的力量挑战的地位呢？

"那么，爱丽丝小姐，"马修·莫尔说着，拿过一把椅子——就一个工匠而论，已经相当礼数周到了——，"您肯赏光就座，并且注视我的眼睛吧（其实这已经是一个穷木匠的非分之福了）！"

爱丽丝遵从了。她是十分高傲的。姑且不谈她门第的一切优越，这位美丽的姑娘诚然意识到一种力量——综合了美貌、高贵、纯洁无瑕和女性的预防力——使她具有一个固若金汤的防御圈，除非她内心的叛逆引狼入室。或许她凭本能知道某种罪孽或邪恶的潜在力量此刻正在努力穿过她的防御线；不过她并不拒绝这场争战。于是爱丽丝便以女性的力量对抗男性的力量；这样的对抗通常于女方并非是势均力敌的。

此时她父亲已经背过身去，仿佛为克劳德所绘制的景色陷入了沉思，画中一道阳光穿透浓荫的远景深深插入一座古老的森林，莫怪他的想象力沉溺在画中那迷人的深邃意境之中。其实，此刻那幅画对于他与挂画的墙壁一样，都是一片空白。他的思绪萦绕着他听过的那许多怪异的故事：那些故事把即使不是超自然的也是神秘的色彩赋予了这些莫尔家的人，以及这座花园和他的最近两代的祖先。潘钦先生长期旅居国外并与那些聪慧又时髦的人物——宫廷大臣、世俗凡夫和自由思想家——交谈，已经在相当程度上抹掉了早年在新英格兰出生的人所无法摆脱的那种邪恶的迷信。不过，在另一方面，难道不是所有的居民都相信莫尔的祖父是个巫师吗？难道那罪名没被证实吗？难道那巫师没有为此而死吗？难道他没把对潘钦家人的愤恨遗赠给他的这个唯一的孙子吗？莫尔家的这个后人如今不是正在对他敌人的住宅的女儿施加着一种微妙的影响吗？这一影响会不会和叫作巫术的手段毫无二致呢？

他半转过身，在镜中瞥见了莫尔的手指。那木匠在离爱丽丝几步远的地方，高举双手，那姿势仿佛正指点着一个看不见的重物缓缓地向少女头上落下。

"住手，莫尔！"潘钦先生向前迈了一步，高叫道，"我不准你继续做下去！"

"求你了，我亲爱的父亲，不要妨碍这个年轻人吧。"爱丽丝说道，一点没有改变她的姿势,"我向你保证,他的做法将会证明是无害的。"

潘钦先生又转向了克劳德的绘画。这时,与他的意愿相违,他的女儿一心要把这实验继续做到底。因此,他唯有赞同,只是不去催促罢了。难道只是为了她,远远不是为了他自己的缘故,他才切望这一实验成功吗?一旦得到那张丢失的羊皮纸,美貌的爱丽丝·潘钦就会有了他能给予的丰盛妆奁,就可能嫁给一位英格兰公爵或德意志的在位亲王,而不致下嫁给一名新英格兰的执事或律师!这位野心勃勃的父亲想到这里几乎由衷地赞同了,如果哪个魔鬼的妖法能够帮助他实现他的伟大目标,就让莫尔去唤起他吧。爱丽丝自己的纯洁就是她的保护神。

潘钦先生的脑海中正充满恢宏的想象,忽听到他女儿发出悄声惊呼。那声音虚弱而低沉,并且含混不清,似乎不大情愿吐清字眼,别人也难以分辨其主旨。不过那是求救的呼叫!——他的感觉绝不怀疑这一点;——虽说传到他耳中的只比耳语稍高,却是闷声的尖叫,而且长时间地在心区回响!但这一次,做父亲的并没有回头。

又停顿了一段时间,莫尔说话了。

"看看你的女儿吧!"他说。

潘钦先生匆匆走上前来。木匠正笔挺地立在爱丽丝的椅前,一个手指指向那姑娘,他那种胜利的表情似有无穷的力量,确实,其范围一直隐约地扩展到不可见的无垠。爱丽丝坐在那里,长长的棕色睫毛垂过眼睛,处于一种沉睡的状态。

"她就在那儿!"木匠说,"和她讲话吧!"

"爱丽丝!我的女儿!"潘钦先生叫道,"我自己的爱丽丝!"

她一动不动。

"大点声!"莫尔微笑着说。

"爱丽丝!醒醒!"她父亲喊叫道,"看到你这样让我难过!醒过来吧!"

他高声叫着,话音中含着恐惧,而且离那双对一切不谐和音总是十分敏感的纤巧的耳朵那么近。可是那叫声显然没有传进她的耳鼓。他的声音居然传不到她耳中,让这位父亲有一种他和爱丽丝之间的距离是遥远、模糊和不可及的感觉,那简直是难以描述的。

"最好去碰碰她!"马修·莫尔说,"摇一摇这姑娘,用力摇!我的这双手因为使用斧头、锯子和刨子太多,变得粗硬了——不然我会帮你的!"

潘钦先生抓起她的一只手,怀着真切的惊惧情感按着。他亲吻着她,那吻中含着巨大的心悸,因为他认为她应该需要这种感觉。随后,他对她的木无知觉一阵暴怒,用力摇撼起她那少女的躯体,他立即恐惧地醒悟了。他松开了搂着她的手臂,而爱丽丝——她的身体虽然还柔韧,却毫无感觉——随即垮下去,恢复了想弄醒她之前的姿势。莫尔换了一个位置,这样她的面孔就转得稍向着他,但看来像是处于昏睡中任他摆布的样子。

之后就看到了奇怪的景象:那位因循守旧的人如何从他的假发中摇出白粉;那位含蓄庄重的绅士如何忘却了他的尊严;那件绣着金线的背心又如何随着里面那颗心气恼、恐惧和哀伤的跳动而在壁炉的火光中摇曳闪亮。

"坏蛋!"潘钦先生向莫尔挥着紧握的拳头叫道,"你和魔鬼一道夺走了我的女儿!还给我,你这个老巫师的小畜生,不然你就要步你祖父的后尘爬上绞架山!"

"轻些,潘钦先生!"木匠不动声色地嘲讽说,"轻些,这样对阁下有好处,不然你会把你手腕上华丽的缎子褶边弄坏的!如果说你仅仅为了希望得到一纸发黄的羊皮纸就出卖了女儿的话,难道是我的罪过吗?爱丽丝坐在那里静静地睡着了!现在让马修·莫尔试试看,她还像不像木匠刚才看到她那么骄傲嘛。"

他说着话,而爱丽丝则随着轻柔、屈服的内心默认作出呼应,身体还向他倾着,如同火炬随着微风指向一边。他招着手,骄傲的爱丽丝便从椅子上起身——虽然闭着眼,但无疑还是受着中枢神经肯定和必然的支配——,向他走去。他挥手要她回去,爱丽丝便退回去又陷进了她的座椅中。

"她是我的!"马修·莫尔说,"凭着最强的精神的权力,她是我的!"

那传说进一步用漫长的篇幅叙述了在发现那份遗失的文件中木匠咒语(如果要这么叫的话)的种种怪异和偶尔是骇人的事实。他的目标似乎是把爱丽丝的头脑变成了一种望远镜似的媒介,使潘钦先生和他本人借以观察到精灵的世界。他取得了相应的成功,进展到了和死去的人进行不完整的谈话的地步,原来那十分珍贵的秘密在他们的监管下已经被携出人世。爱丽丝在精神游离的状态下,描述了她灵魂所见的三个人物的现身。一个是位威风凛凛、板着面孔的长者,身穿庄严的节日的那种黯淡而昂贵的袍服,但那条做工考究的腰带上有一大片血渍;第二个也是位上年纪的人,衣着破旧,表情阴沉凶恶,脖子上有一根断折的绞索;第三个人没有前两个岁数大,也就是刚过中年,穿着粗毛的短袖束腰长外衣和皮马裤,侧衣兜里探出一把木匠用尺。这三个虚幻的人物都知道那遗失的文件的下落。事实上,其中一个——就是腰带上有血渍的那人——,如果没误解他的姿态的话,似乎直接掌握着那张羊皮纸,但是被他的两个神秘伙伴阻挠着,无法卸掉那秘密的重负。最后,当他显出要把秘密高声叫出口,让他的话音从他的鬼蜮天地传到人间时,他的两个伙伴和他争斗起来,用手捂着他的嘴;后来——不知是他被憋得咯了血,抑或那秘密本身就有鲜红的色彩——,他的腰带上又淌起新的血。那两个衣着破旧的人形看到这个,便指点着血渍,嘲笑起那狼狈不堪的老绅士。

就在这一时刻,莫尔转向了潘钦先生。

"绝不准许,"他说,"这一能使其子孙富有的秘密,成为你祖父的果报。他只能把这秘密保持到不再有任何价值。你就好好保持着这栋七个尖角顶的宅子吧!这笔遗产是花了太昂贵的代价,而且载着太沉重的诅咒,目前还不能从上校的后代手中出让!"

潘钦先生想说话,但是——由于过分恐惧和激动——只能在喉咙里低声咕哝。木匠笑了。

"啊哈,尊敬的先生!——你总算有老莫尔的血可饮了!"他嘲弄地说道。

"人形的魔鬼!你为什么要控制我的孩子?"潘钦先生在终于能够说出话来时这样叫道,"还给我女儿!然后走你的路;我们永远不要再见面了!"

"你的女儿!"马修·莫尔说,"怎么,她已经成了我的了!不过,为了不致对美丽的爱丽丝小姐做得过分,我会把她留给你;可是我不能向你保证,她难免总会记得木匠莫尔的。"

他举起双手挥动着;重复了几次这个姿势之后,美貌的爱丽丝·潘钦从她那怪异的恍惚状态中清醒了过来。她恢复正常之后,丝毫不记得那段虚幻的经历;而是如同一个陷入片刻的白日梦之后,又恢复了实际生活的知觉,那瞬间之短暂,犹如壁炉中的火苗下沉了一下,又向烟囱蹿了上去。她一认出马修·莫尔,立即做出一副冷漠而高雅的尊贵的姿态,与之相应的是木匠脸上某种奇怪的笑容,刺激着美丽的爱丽丝天生的骄傲。这次寻求潘钦家东部领地遗失的契约的努力就此结束了;后来虽曾多次尝试,任何一个潘钦家的人却再也无缘看到那张羊皮纸了。

可惜啊,美丽、优雅和过于高傲的爱丽丝!她意想不到的一种力量就此攫住了她那少女的灵魂。一个绝非是她本人的意志左右着她做出种种怪谲离奇的举动。事实上,她父亲牺牲了自己可怜的孩子去满足一个非分的欲望,妄想得到以平方英里而不是以英亩计量的大片土地。因此,爱丽丝·潘钦活着的时候,始终是莫尔的奴隶,那种受人摆布的羞辱比起锁链缠身还要高上千倍。莫尔坐在他破旧的壁炉旁,只消挥一下手,无论那位倨傲的女士——在她的闺房里或者正接待她父亲那些庄重的客人或者正在教堂里敬神——无论她在什么地方或做着什么事情,她的灵魂就会不受她自己的支配,来到莫尔面前,向他鞠躬。"爱丽丝,放声大笑吧!"坐在火边的木匠会这样吩咐;或者不用说话,只用强烈的意旨命令她。这时,即使正在祈祷或参加葬礼,爱丽丝也会爆发出狂笑。"爱丽丝,伤心吧!"——她的泪水会立时潸然而下,如同倾盆大雨落到篝火上一般,使周围人的欢乐大煞风景。"爱丽丝,跳舞吧!"——她就会随时起舞,而且跳的不是她在国外学会的宫廷舞步,而是适合村姑在乡下人作乐时跳的蹦蹦跶跶的快步舞或踢踢踏踏的双人舞。看来,莫尔的动机并非想毁掉爱丽丝,或对她做出阴险的危害,那样就会以悲剧式的优雅来使她的哀伤登峰造极,而只是对她加以低劣鄙吝的戏耍。这样一来,生命的全部尊严便丧失殆尽了。她自觉十分卑下,渴望着经受折磨来改变自己。

　　一天晚上,在一次婚庆上(不是她自己的;因为失去自我控制以来,她认定结婚是一桩罪孽了),可怜的爱丽丝被那看不见的暴虐的主人召唤和支配着,穿上白色薄纱衣裙和缎子便鞋,沿街匆匆跑到一个工匠的破旧的住所。室内传出了欢声笑语;因为那天夜里,马修·莫尔要娶那工匠的女儿,便召来骄傲的爱丽丝·潘钦伺候他的新娘。她遵命做着一切;在新人合卺之时,爱丽丝从她那中魔的昏睡中醒了过来。不过,不再骄傲了,——而是卑躬屈膝、满脸堆着惨笑——她亲吻了莫尔的妻子之后,便走开了。当晚天气恶劣:东南风夹带着雨和雪,吹过她衣着单薄的胸膛,她的缎子便鞋踏进泥泞的便道,浸得冰凉透湿。第二天她就感冒了;很快就不断地咳嗽;不久以后,面颊上出现了肺病患者的潮红,那虚弱的身体坐在拨弦古钢琴旁弹奏着,整栋房子都充满了琴声!那琴声中回荡着上天唱诗的旋律!噢,欢乐!因为爱丽丝经受了她最后的羞辱!噢,更大的欢乐!因为爱丽丝在忏悔她在世间的唯一的罪孽,再也不骄傲了!

　　潘钦家为爱丽丝举行了隆重的葬礼。亲友们都到了,还有全镇所有的头面人物。但是送葬队列的最后来了马修·莫尔,他咬紧牙关,似乎要把他自己的心咬成两半——他是走在尸体后面见所未见的最消沉最哀伤的送葬人了!他只想羞辱爱丽丝,并不想杀害她;但他把一个女性纤小的灵魂粗暴地掌握着,戏弄着——结果她死掉了!

第十四章　菲比的辞别

　　霍尔格雷渥以年轻作家所固有的专注和精力投入他的故事,在能够发挥和示意的地方都加上许多动作表演。此时他观察到,某种显而易见的昏昏欲睡(与读者诸君可能感受到的效果迥然不同)已经攫住了他的听书人的感觉。无疑,这正是他试图在她的感觉中形象地再现那个会催眠术的木匠的神秘姿态的收效。她的眼睑低垂——稍睁开一会便像坠了铅似的又闭上了——,身体向他微微前倾,似乎在随着他的呼吸而呼吸。霍尔格雷渥凝视着她,一边卷起他的手稿,心里明白这是奇妙的心理状态的初步征兆,正如他对菲比所说,他具备超出常人的本领。一层薄幕开始笼罩她,使她只能看到他,并且仅仅生活在他的思绪和情感之中。他那紧紧盯视在这少女身上的目光,不自主地越来越集中;在他的神志中有一种意识的力量,将并不属于其躯体的尊严,注入他那尚未成熟的身材。显然,只消他的手掌一挥,表现出相应的意志力,他就能完全控制菲比那似是自由和贞洁的精神:他能对这个善良、纯洁和质朴的孩子施展出影响,和他那传说中木匠对命运不济的爱丽丝的所作所为同样危险甚至恶毒。

　　对于霍尔格雷渥这样集思考与行动于一身的气质的人来说,没有比全然控制人类灵魂的机会更大的诱惑了;对一个青年人来说,也没有比成为一个少女命运的主宰更具魅力的想法了。因此,——无论他的本性和教育有何欠缺,也不管他对教义和成规如何嘲弄——让我们还是承认这位达盖尔派艺术家尊重他人个性的非凡而高贵的品德吧。也让我们许诺他在受到信任之后永远正直吧;因为他不准自己把锁链再绕紧一环,否则他施予菲比的咒语将无可解救。

　　他向上做了个轻微的手势。

　　"你当真克制了我,我亲爱的菲比小姐!"他有些对她嘲笑地惊呼道,"我的故事过于浅显,无论用高狄还是格拉罕姆做笔名都起不了什么作用! 只消想一想你正在昏昏欲睡吧! 这正是由于我希望报纸评论会宣称的一种最辉煌、最有力、最富于想象、最感人和最有创造性的效果。真的,要是这份手稿通篇都是文雅的枯燥的话,也就只能付之一炬,可以用来点灯了!"

"我昏昏欲睡! 你怎么能这么说呢?"菲比回答道,如同婴儿滚到悬崖边上似的对她刚刚经历过的危机一无觉察,"不,不! 我认为自己一直专心致志呢;虽说我记不清细节了,但我有一种印象,故事里有许多麻烦和灾难,——所以,毫无疑问,这篇作品会十分吸引人的。"

这时太阳已经西沉,将天际的云层涂上晚霞,那是只有在日暮之后地平线上失去了灿烂的辉光时才看得到的。月亮虽然早已爬到头顶之上,并且已经毫无遮拦地将银盘融入蓝天,——如同一个野心勃勃的民众领袖采用符合民意的流行风采来掩饰其抱负——此时也开始在其行进的轨道中,向广阔的天穹射出光芒。那束束银光已经明亮得足以改变踟蹰不去的白昼的面貌。月光给老宅的外观敷上了柔润的色彩;只是在各座山墙的角落里加深了阴影,在突出的二层部分下面和半开的门里投下了黑暗。随着时间一分分的流逝,花园更加如绘似画了:果树、灌木、花丛在月色下显得朦胧。种种平常的景色——在正午时分似乎要花费一世纪的生活才能一点点积累起来——如今却由一种浪漫的魅力美化了。每逢轻柔的海风钻到这里,拂动树叶时,上百年的神秘便在其中悄声耳语。月光穿过掩映着凉亭的树荫舔来舔去,随着树叶中摇曳不定的缝隙的允准或阻拦,时有时无地把银亮的白光洒到阴暗的地面、小桌和环形的条凳上。

经过白昼的酷热,空气变得十分甘甜清凉,夏日的夜晚简直可以想象成随着一阵冰流的爆发,从银瓶中迸洒而出的露水和液化的月光。几点如许的清新洒到人心的这里那里,重新赋予其青春,并和永葆青春的自然和谐相通。我们这位艺术家刚好就是一个受到这种复活效应的人,使他感到——由于他过早地投身到人与人残酷的斗争之中,有时甚至忘却了——他仍是多么年轻。

"依我看,"他评论道,"我还从来没见过这样美轮美奂的夜色的降临,也从来没感到此时此刻这种十分类似幸福的体验。毕竟,我们生活在一个多么美好的世界上啊!多么好,又多么美啊!没有丝毫真正的衰朽或年迈,又是多么年轻啊!而以这栋老宅为例,那种朽木的气息有时便逼迫着我的呼吸!还有这座花园,污黑的陈土总是粘到我的铁锹上,仿佛我是教堂墓地的掘墓司事!假如我能保持此时攥住我的这种感觉,这座花园就会每天都是处女地,在豆类和南瓜的气味中夹杂着土壤的首次清新;还有这栋宅子!——就会像伊甸园中的凉亭,开遍上帝创造的最早的玫瑰。月光和与之呼应的人心的情感,是最伟大的改革家。而其余的一切改革,按我的想法,都将证明无法与月光相比!"

"我曾经有过比目前更幸福的时刻,至少更愉快。"菲比沉思着说,"不过,我在这愈益明亮的月色中也体会到了一种伟大的魅力;而且我乐于看着一天疲惫地硬撑着不肯离去,而不愿这么快地就把它叫作昨天。我以前从未留意过月光。我不知道今晚的月光中有什么美丽之处。"

"你以前从没有感觉到吗?"艺术家在朦胧的夜色中热切地凝视着姑娘,问道。

"从来没有,"菲比回答道,"而且生活看上去并不一样,我现在是这样感受的。仿佛我先前看着每一件事都是在光天化日之下,或者是在闪烁跳动着照遍房间的欢快炉火的红色光焰之中。啊,可怜可怜我吧!"她略带忧郁地微笑着又补充说,"我再也不会像见到海波吉巴堂姑和可怜的克里福德堂叔以前那样愉快了。在这短短的时间里,我已经变得大多了。大了,而且我希望也更懂事了,而且——倒并非更伤感了——当然,在我的精神气质里,再也不那么轻松愉快了!我把自己的阳光给了他们,而且是高高兴兴地付出的;不过,当然,我不可能既付出又保留。尽管如此,还是应该给他们的!"

"那些值得保留或者可能保留的一切,菲比,你丝毫没有失去。"霍尔格雷渥停顿了片刻之后说,"我们的第一次青春毫无价值;因为没等我们意识到,就已经消失了。但是有时候——我怀疑总是的,除非一个人极其不幸——会有一种第二次青春的感觉,那就是处于恋爱中从内心的欢愉喷涌而出的;或者,这第二次青春可能会超越人生中其它一些喜庆——如果还有别的喜庆的话。对于逝去的第一次青春的无忧无虑和肤浅的欢快的这种自我哀婉（犹如你目前这样）和重新获得青春的这种深沉的幸福——比我们失去的要深刻和丰富得多——对灵魂的发展是必不可少的。在某种情况下，这两种状态几乎同时到来，在一次神秘的激情中交融着哀伤和狂喜。"

"我觉得很难理解你这番话。"菲比说。

"这不奇怪，"霍尔格雷渥微笑着回答，"我告诉你的是一个秘密，在我说出口之前，连我自己也还不大清楚呢。不过，你记住就是了；当这条真理对你变得清晰起来的时候，再想想这一月色夜景吧！"

"现在已经是满天月光了，只是在西边的天际，透过建筑物的间隙，还能看见些许淡红的晚霞。"菲比说道，"我该进去了。海波吉巴堂姑对数字比较迟钝，我要不帮她，这一天的账目会让她头痛的。"

但是霍尔格雷渥又拖延了她一会。

"海波吉巴小姐告诉我，"他说道，"你过几天就回乡下去了。"

"是的，不过时间不长，"菲比回答道，"因为我已经把这里当作目前的家了。我回去安排几件事，向我母亲和朋友们正式请上一段假。住在人们很需要你而且你也确实有用的地方还是很愉快的；我想我在这儿就可以感到这种满足。"

"你肯定会的，而且超出你的想象。"艺术家说，"无论这栋宅子里存在着什么健康、舒适和自然的生活，都体现在你个人身上。这些幸事都随你而在，你一跨出门限就会消失。海波吉巴小姐将自己与世隔绝，与之失去了一切真正的关系，实际上与死掉无异；虽然她激励着自己活跃在貌似的生活中，站在柜台后面，用她那别人巴不得不看的愁苦相折磨着世界。你那可怜的堂叔是另一位死去并早已埋葬的人，总督和市政会在他身上简直创造出了巫术般的奇迹。如果在你走后的某天上午，他消失得无影无踪，除去一抔尘土，什么也看不见，我也不会奇怪的。海波吉巴小姐无论如何都一定会失去她那仅有的一点点灵活性的。他们俩全靠你才生存呢。"

"这样想我会很难过的，"菲比郑重其事地回答，"不过，这倒是真的，我的绵薄的能力确实是他们所需要的，而且我也对他们的福祉由衷地关切——那是一种奇怪的母性感情——希望你不要见笑！让我和你坦率地说吧，霍尔格雷渥先生，我有时想不明白，你是希望她们好还是坏。"

"毋庸置疑，"达盖尔派摄影师说道，"我确实对这位老古董似的潦倒的老淑女和那位沦落和垮掉的绅士——夭折的爱美者感兴趣。这是一种善意的兴趣，他们可真是孤立无援的老小孩！但是你想象不出我的心和你的心有多么不同。对于这两个人，助也罢，阻也罢，都并非出于我的冲动；我只是要旁观、分析、对自己解释并且理解，二百年来一直在你我如今立足的地面上拖沓着的戏剧。我如果获准从近处目睹，无论事态如何发展，都无疑会从中汲取道德上的满足。我内心中坚信，结局已经接近了。尽管上天把你送到这里来协助，而只派我来作为一个适合的优先观察者，我对自己发誓会尽我所能对这两个不幸的人提供援助的！"

"我希望你能说得更明确些，"菲比困惑不悦地叫道，"而且尤为重要的是，那样你才会觉得更像个基督徒和人！看到有人处于悲苦之中，怎么可能不迫不及待地去帮助和慰藉他们呢？照你这么说，这栋老宅如同一座剧场，你似乎在看着海波吉巴和克里福德的，以及他们先辈的不幸，当成一出悲剧，就像我在乡村旅馆的大厅里看到的那些演出，只不过眼前这出戏似乎是只为你取乐才上演的。我不喜欢这样。这出戏让演出的人付出太大了，而看演出的人的心也太冷酷了。"

"你言重了。"霍尔格雷渥说，被迫承认了对他心情的这种辛辣的勾勒中有一丝真理。

"那么，"菲比继续说，"你刚才对我说，结局已经接近了，你这种信念又意味着什么呢？你是否知道在我可怜的亲人的头上又悬着什么新麻烦了呢？果真如此的话，请马上告诉我，我就不撇下他们了！"

"原谅我，菲比！"达盖尔派摄影师伸出一只手说道，姑娘对此只好屈从了，"我有点灵气，这得承认。这种禀赋和我的催眠本领一起，存在于我的血液中，若是在驱巫的那年间，可能会把我送上绞架山的。相信我吧，果真我知晓什么秘密的话，说出来会对你的朋友——他们也同样是我的朋友——有利，你一定会在我们分手之前知道的。可惜我不了解。"

"你有些情况没有讲!"菲比说。

"没有——除去我自己的,再没有秘密了。"霍尔格雷渥回答道,"真的,我看得出来,潘钦法官不但过去对克里福德的沉沦负有重大责任,而且如今仍然对他虎视眈眈。不过,他的动机和意图对我还是个谜。他是个意志坚定和无情无义的人,具有真正的调查官的个性;如果把克里福德送上解肢刑架,他能从中取利的话,我敢说,为了达到目的,他会从套管处猛拉关节的。不过,潘钦法官既有钱又有名——其势力又是那么强大,而且各方面都有社会支持——他从受尽侮辱的、半迟钝的低能儿克里福德身上又能希望或害怕什么呢?"

"不过,"菲比连忙说道,"照你所说,仿佛不幸已经临头了!"

"噢,那是因为我有点病态!"艺术家回答道,"我的头脑和几乎所有人一样有些偏见,只有你不同。不仅如此,我奇怪地发现自己住进了这栋潘钦老宅,还坐在这座老花园里——(听,莫尔井在如何低声嘀咕啊)——单单出于这样一个环境,我就禁不住要幻想,**命运**正在为一个大结局安排第五幕。"

"啊!"菲比带着新的烦恼叫道;因为她生性与神秘格格不入,犹如阳光和阴暗的角落一般。"你让我更加莫名其妙了!"

"那就让我们作为朋友来分手吧!"霍尔格雷渥握紧她的手说,"如果称不上朋友,就在你还没有彻底恨我之前分手吧。你毕竟是个热爱世界上所有人的人!"

"那就再见吧。"菲比坦率地说,"我并没有生多大的气,你要是这么想,我会很难过的。海波吉巴堂姑在过去的这一刻钟里,一直站在门口的暗影处!她认为我在潮湿的花园里待得太久了。好了,夜安,也再见吧!"

第二天上午,可以看见菲比戴着她的女式草帽,一只手臂上搭着一条围巾,另一只上挎着一个小毡包,向海波吉巴和克里福德告别。她准备乘坐下一列火车,到六英里外她的乡村去。

菲比的眼睛里噙着泪水;她那可爱的小嘴周围闪着含有温情遗憾的笑意。她在这座心情沉重的老宅中几周的生活,竟然如此攫住了她,并且深深融进了她的交往之中,如今似乎成为她有生以来最重要的记忆中心,她简直不知如何来度过这离别的一关了。海波吉巴——这么刻板、沉默、对她的洋溢热情无动于衷——如何能够赢得如此厚爱？而克里福德——在过早的沉沦之中,怀着担心罪恶降临的神秘感,甚至在呼吸中都潜藏着迫近监狱的气味——怎么会把自己变成了一个单纯的孩子,使菲比觉得必须照看他,并且事实上成为他不值考虑的时光的佑护者呢！在此离别之际,一切全都突现在她眼前。看着她要去的方向,把手放在她可解放的地方,那目标呼应着她的意识,似乎其中有一颗湿漉漉的人心。

她从窗口向花园中窥视,觉得自己要离开这块被多年的野草腐殖的黑土的遗憾,比起重新嗅到她的松树林和苜蓿地的愉快念头还要强烈。她招唤"唱天晓"、它的两位妻室和那只令人起敬的雏鸡,把早餐桌上的一些面包屑抛给它们。那些食物很快就被一抢而光,那只雏鸡张开翅膀,飞落到窗台上离菲比很近的地方,严肃地盯着她的面孔,咯咯叫着发泄它的情感。菲比要它在她不在的期间作一只好鸡,还许诺给它带回来一小袋荞麦。

"啊,菲比！"海波吉巴说道,"你不像刚来时笑得那样自然了！当时,是笑容本身十分槳然;如今,是你认为笑容要槳然。你回去一小段时间,重返你家乡的空气之中,是一件好事。你精神上的压力太大了。这栋宅第过于阴暗孤凄了;店铺也让人心烦;至于我嘛,本来就没有本领让东西显得更明亮。只有亲爱的克里福德才是你的慰藉！"

"到这里来,菲比。"她堂叔克里福德一早晨都很少说话,这时突然叫道,"近点！——再近点！——紧盯着我的脸看！"

菲比把她的一双小手分别放到他椅子的两个扶手上,把面孔凑向他,以便他可以尽量仔细地观察她的脸。这一离别时刻的潜在情感或许在某种程度上复苏了他那黯淡和变弱的本能。无论如何,菲比很快就感觉到,如果不是一个观察者的深邃的洞察力,也是比女性还要精细的鉴赏力,在把她的内心当作了注意的对象。就在刚才,她还不知道她有什么需要设法隐藏的。此时,仿佛某种秘密通过别人感官的中介在暗示她的知觉,她只好在克里福德的逼视下垂下眼睑。面颊上的红润——由于她竭力遏止,反倒更红了——也随着阵阵潮涌越升越高,直到连眉毛都透着红色。

"够了,菲比。"克里福德忧郁地微笑着说道,"我初次见到你的时候,你是这世上最漂亮的小姑娘;如今你已经长成美人了!少女时代已经步入妇人时代了;花苞已然开放了!现在走吧!——我比先前更孤独了。"

菲比离开这形影相吊的兄妹二人,穿过店铺,眨着眼甩掉一滴泪珠;因为——考虑到她只离别很短一段时间,故此沮丧是愚蠢的——她到此刻为止并不想用手绢擦干眼泪而引人注目。在门外的台阶上,她遇到了前面篇章中记叙过的胃口惊人的小顽童。她从窗台上取下了一样什么动物形食品——她的眼睛中泪水模糊,使她辨不清那是一只老鼠还是一头河马——放到那孩子的手里,算作临别礼物,然后就继续赶路了。老凡纳大叔刚刚走出他的屋门,肩上扛着一只木马和锯子;他蹒跚而行,虽然和菲比有一段同路,仍踌躇着不肯与她并肩而行;尽管他穿着有补丁的上衣,戴着褪色的海狸皮帽,套着式样古怪的亚麻布裤子,她仍发现自己内心中不想超过他走到前面。

"下个礼拜天下午,我们会想念你的。"这位街巷哲学家评论道,"实在难以解释,有些人怎么会用了这么一点时间,就像喘口气那么自然地长起来了;请你原谅,菲比小姐(尽管一个老年人这样讲绝无冒犯),依我看,你就是这样长的!我的年纪已经很大了,而你的生活才刚刚开始;可是,我对你是那么熟悉,简直就像我在我母亲的门口看见了你,而且,从那时起,你就如同一根沿着我的小路飞快长着的藤蔓,已经开了花。早点回来吧,不然我就要到我的农场去了;因为我开始感到这种锯木的活计对我的背痛有点太厉害了。"

"会很快的,凡纳大叔。"菲比回答道。

"越早越好啊,菲比,为了那边那些可怜的灵魂着想吧。"她这位同伴继续说道,"他们现在没有你不成啦——再也不成啦,菲比,不成啦!——就算上帝的一个天使和他们同住,把他们这栋沉闷的住宅变得愉快舒适,也不如你在这里呢!假如在一个像今天这样的愉快的夏日上午,天使竟展开翅膀,飞回他原来的地方,你难道不认为他们会感到凄凉吗？唉，他们就是这样感觉的，如今你却要乘火车回家了！他们受不了这个，菲比小姐；所以一定要回来！"

"我可不是天使，凡纳大叔。"菲比微笑着说，一边在街角把一只手伸给他，"不过，依我看，人们在做着力所能及的微不足道的好事时，从来不觉得是什么天使的。我一定会回来的！"

老人和玫瑰花似的少女就这样分手了；菲比乘着上午的翅膀，很快就飞走了，仿佛真像凡纳大叔优雅地比喻的那样，她被赋予了天使般的飞行能力。

第十五章　愁苦相和笑脸

　　七个尖角顶的宅第沉重而阴郁地度过了好几天。事实上（且不必将天空和大地的阴沉归于菲比离别的那一种不祥气氛），从东部来的暴风雨，持续不懈地以将老宅的墙壁和黑瓦的外观弄得比原先更加惨淡为己任。然而外表的惨淡远不如内部的凄凉。可怜的克里福德那有限的愉快源泉立时被切断了。菲比不在这里，阳光也照不到地板上了。花园中小径泥泞，凉亭上攀附的树叶淌着冰凉的水滴，一派令人寒颤的景象。飘着海风吹来的带咸味的小雨珠的阴冷、潮湿、无情的空气中，没有盛开的鲜花，只有沿着木瓦接榫的青苔和正面两座山墙夹角处近来遭旱的大片杂草。
　　至于海波吉巴，她看来不仅为东风所迷，而且她本人就成了这阵灰暗、愠怒天气的另一种表现；而那残忍无情的东风，也在身上裹着褪色的黑缎袍，头上缠起云环状的头巾。店铺的顾客稀少了，因为有传言说，由于她用愁苦相对着商品，她的啤酒变酸了，别的会坏的食品也都霉掉了。公众抱怨她的举止自有一定道理，这恐怕是真的；但是她对克里福德既没有坏脾气，也没有坏心眼，如果她发自内心的温暖可能传达给他，她的热心也绝不亚于过去。不过，她的最好的努力，却是劳而无功，而且使那位可怜的老先生陷入无能状态。当湿漉漉的梨树枝掠过小窗，使正午的室内一片昏暗的时候，她只知道默不作声地坐在屋角，她那副愁眉苦脸的模样非她所愿地平添了阴沉。这并非海波吉巴的过错。宅内的一切——甚至经历这种天气足有像她这样的三四代人之久的那些旧桌椅——都显得阴冷潮湿，仿佛目前这次暴风雨是前所未有的那么恶劣。清教徒上校的肖像在墙上颤抖着。这栋老宅自身，从七个尖角山墙的每个窗格到堪称大宅心脏的厨房大壁炉，都在战栗；那座壁炉虽是为送暖而建，如今却废弃不用，空荡荡的毫无舒适可言。

海波吉巴已试图在房间里点起壁炉,以增加生气。但那恶魔似的暴风雨却在上面监视着,只要火苗一燃起,就用自己吹出的凉气堵住烟囱的喉咙,把烟赶回来。尽管如此,在暴风雨肆虐的四天时间里,克里福德仍然裹着一件旧大氅,占着他习惯的座位。第五天早晨,当招呼他吃早餐时,他只用伤心的咕哝作答,表示他不肯起床的决心。他妹妹没有设法改变他的目的。事实上,海波吉巴虽说全心全意地疼爱他,却再也难以容忍这受罪的职责了——她那点可怜巴巴的生活能力实在难当此任——,要为这个有着仍然敏感又已经受损的头脑、既挑三拣四又毫无力量和意志的人寻求消磨时光的良策,她已经无能为力了。今天,听着她那同病相怜的伙伴一阵阵的唉声叹气,她会坐在一旁独自发抖,而不致连续不断地经受新的简短而无理的自责,这至少是一种不去自寻绝望的表现了。

但是,克里福德虽然没在楼下露面,却依然被寻求欢乐的愿望搅得心神不定。在整个上午的时间里,海波吉巴听到了一个音符,由于在七个尖角顶的宅第内再无其它乐器,她心想那只能是爱丽丝·潘钦的拨弦古钢琴发出来的。她知道,克里福德年轻时具有一定的音乐素养,并且还有相当程度的演奏技巧。然而,实难想象,他居然能够恢复弹奏这种乐器的不可一日荒疏的技巧,如今悄悄传递她耳中的竟是尽管十分忧郁,却是甜润、缥缈和精微的琴声。这件沉寂已久的乐器仍能发出如此悦耳的乐音也算是奇迹了。海波吉巴不由得想到有关爱丽丝的传说中那段家族死亡前奏的幽灵的和声。不过,似乎要证实并非精灵的手指在作祟,几下拨弄之后,琴弦便像随着自身的震颤戛然而止,乐声就此停息了。

但在那神秘的音符之后,继之而来的却是粗嘎的声响;并非那整日的东风注定要就此止息,从而不足以毒化在海波吉巴和克里福德看来能够带来鸟鸣的十分清香的空气。爱丽丝·潘钦弹琴(或许是克里福德奏的,果真如此,我们应予考虑)的最后回声也被比店铃的噪音不在以下的粗俗响声逐赶开去了。原来是一个人的脚步声擦着门槛,然后又砸在地板上。海波吉巴延宕了片刻,一面用一条褪色的围巾裹住自己,这是她四十年来抵挡东风的唯一的护甲。然而,一种独特的声音——既不是咳嗽也不是哼唧,而是发自某个人宽阔的胸膛深处的隆隆震荡的痉挛——推动着她急匆匆地赶向前去,那副失魂落魄的模样,是遇到紧急情况时妇女们常有的。逢到这种时刻,女人们很少像我们可怜、愁苦的海波吉巴那样面色难看的。这时那位不速之客轻轻地在身后关好店门,把他的雨伞放在屋角,换上一副自若而慈善的面容,迎见由于他的出现被激得又惊又怒的女主人。

海波吉巴的预感没有欺骗她。来人正是潘钦法官,他没有推开宅第的前门,于是便从店铺走了进来。

"你好啊,海波吉巴堂妹?这场十分险恶的急风暴雨天气对我们可怜的克里福德影响怎么样?"法官开口问道;说来奇怪,他这亲切仁慈的笑容竟然没让东风自惭或是多少平息一下。"我不来再问一问我能不能用什么方式促进一下克里福德或你的舒适,我于心不安啊。"

"你对此无能为力。"海波吉巴竭力控制着她的激动说道,"我全心全意地照顾着克里福德。他的现状所允许的一切舒适都应有尽有了。"

"但请允许我说一句,亲爱的堂妹,"法官继续说,"你错了,——你无疑怀着所有的温情和慈爱,还有最美好的动机——但是你错了,你不该让你哥哥这样与世隔绝。你为什么要把他与一切同情和善意这样阻断呢?克里福德,天哪!孤独得太厉害了。现在让他试试社交——就是说,同好心人和老朋友交往。比如说,让我先来看看克里福德,我会对会见的良好效果作出答复的。"

"你不能见他。"海波吉巴答道,"克里福德从昨天就卧床未起。"

"什么?怎么回事?他病了吗?"潘钦法官像是气得吃惊地叫道;就在他说这话时,老清教徒紧皱眉头,房间都黯淡了。"这样的话,嘿,我更是非见他不可了!万一他死了可怎么办?"

"他没有死的危险,"海波吉巴说——并且以再也抑制不住的苦楚补充道,"丝毫没有;除非现在他被很久以前试图置他于死地的那同一个人迫害致死!"

"海波吉巴堂妹,"法官说道,那种诚挚的态度感人至深,他接着说下去时甚至催人泪下,"你难道看不出来,这种对我长时间的连续不断的怀恨是多么不公平,多么不友善,多么没有基督精神?而我囿于职责和良心,受着法律力量的约束,自己还承担着风险,只能这么做啊。我做了什么本来可以避免的有损于克里福德的事情呢?你作为他的妹妹——因为你那永无止境的哀伤如同我的哀伤一样,假若你知道我做了什么就好了——如何才能表示最大的温情呢?你是不是以为,堂妹,这件事没有让我痛苦呢?——从那天起直到现在,即使在上天赐给我的全部成功之中,我就没有难过吗?——或者,由于公共正义和社会福利的应得权益,人们坚持相信,这位亲爱的手足,这位早年的朋友,这位生性如此精美——让我们说是如此不幸,且不要说如此罪过——的,总而言之是我们自己的克里福德应该回到生活中去,享受一下,我现在就不高兴吗?啊,你太不了解我了,海波吉巴堂妹!你太不了解这颗心了!现在正为了想见到他而跳动呢!世上再没有哪个人(除去你自己——而你也不见得胜过我)为克里福德的灾难落过这么多泪的了!你现在看见了一些人。再没有谁会这么乐于促成他的幸福了!看看我吧,海波吉巴!——看看我吧,堂妹!——看看这个你视为你和克里福德的敌人的这个人吧!——看看杰弗瑞·潘钦,就会发现他是真诚的,发自内心的忠诚的!"

"以上天的名义,"海波吉巴叫道,一个生性严厉的人流露出如此不可估量的温情,只能使她更加愤慨,"以上帝的名义,你侮辱了上帝,可是他听到你说了这么多假话,竟然不把你的舌头弄麻木,我简直要怀疑他的权力了,——我求你别再这么恶心地假惺惺地对你的牺牲品表示温情了!你明明恨他!却像个人似的说这些话!就在此时此刻,你心里还怀着阴暗的目的反对他!马上说出来吧!——不然的话,如果你希望不说更有利于你的目的,那就隐藏到你能庆祝成功的时候吧!但绝对不要再提你对我可怜的哥哥的爱了!我受不了!那会逼我超出女性的体面的!会把我逼疯的!千万别讲了!一个字也别讲了!那会让我唾弃你的!"

海波吉巴的愤怒一时给了她勇气。她把话说出来了。但是,毕竟,对潘钦法官的诚实的这一难以遏制的不信任,对他宣称站在人类同情圈内的显而易见的全盘否认——是在他的性格的任何表现中看出来的呢,抑或仅仅是出于一个女性无端的偏见,无中生有的结果呢?

不消说,法官是一位社会名流。教会承认这一点;政界也承认这一点。没有人否认这一点。在认识他的那些人的十分广泛的圈子里,对他处理无论公务还是私事的能力,都没有一个人——除去海波吉巴和达盖尔派摄影师那样目无法纪的神秘人物,可能还有少数政治反对派——曾经梦想过认真阻挠他获得世人瞩目的荣耀的高位的要求。我们还应该为他进一步说句公道话,潘钦法官本人大概也没有很多或经常的怀疑:他那令人钦羡的名声是他应得的褒奖。因此,他的良知通常考虑最有把握证明一个人正直的作法——他的良知除去在二十四小时中可能有那么短短的五分钟,或者在一整年的周期内偶尔有那么黑暗的一天——他的良知都经受得住拥有普遍赞赏声的相应证明。不过,尽管这些证据可能看起来很有力,我们还是不要轻易用我们的良知在这种断言上冒险:法官和赞同他的世界是对的,而怀有特殊偏见的可怜的海波吉巴则是错的。他的日常生活由于被他本人忘却,或深藏在矫饰行为的浮雕和装饰的厚壁之下而无法为人所见——可能潜匿着某些不为人类所知的邪恶和丑陋的事情。我们几乎可以斗胆地进一步说:可能会由他做出一种日常的罪行,不断地更新,并且变得鲜红,如同一桩谋杀的神秘血渍,他不一定每时每刻都意识到。

具有坚定意志、强烈个性和敏锐感觉的人极可能陷入这种错误。通常,他们把形式看得至关重要。他们行动的天地在生活的外部现象之中。他们在占有、安置和为自己挪用诸如黄金、地产、信托和津贴办事处这类庞大而沉重、实在又虚幻的事物以及公众荣誉上具备广泛的能力。由于这些物质财富和在公众目光中外表可取的行为,该阶级的一个个人就此建起了高大雄伟的巨厦——在别人并最终在他自己的心目中不啻是他的个性甚或他本人。请看看一座殿堂吧!那灿烂的大厅和成套的宽敞房间是用昂贵的石头镶嵌而成的;和每个房间等高的窗户,让阳光透过最透明的厚玻璃板;高大的檐口镀了金,天花板涂了彩;一座高耸的穹顶——从铺过的中央地面透过其圆盖可以毫无阻隔地仰视天空——踞于整座建筑之上。人们还能指望什么更美观更高贵的标志来象征他的个性呢?啊!然而在某个低矮阴暗的角落——底层的常年闭锁加闩,钥匙已经扔到一边的某个窄小的壁橱里,或者在铺着镶嵌成多彩花样的石头地面下的积水潭中——可能会躺着一具仍在腐烂的半腐尸体,把死尸的气味散发到整座殿堂!里面住的人不会嗅出这种气味,因为长年以来每天吸进的都是这种空气!客人也嗅不出来,因为他们只能嗅到主人在四处殷勤洒下的浓香和他们带来并乐于在主人面前点燃的焚香!或许会不时有个观察家到来,在他那双可悲的天才目光之前,整座建筑都融入了稀薄的空气之中,只留下那隐蔽的角落、被遗忘的门上封着蛛网的闭锁的壁橱或者地下躺着个正在腐烂的尸体的死气沉沉的窨洞。于是,我们在这里才能找到那人的个性和显示他生活无论什么真实性行为的真正象征。而且,就在大理石殿堂外观之下,那个积水潭里,不但藏污纳垢,而且还可能染有血水,——在那秘密的令人作呕的地方的上面,主人很可能做着祈祷,而全然忘记了身体下面是什么——那才是主人不幸的灵魂所在!

把这一番话更贴切地用在潘钦法官身上,我们可以说(丝毫不致涉嫌归罪于一个颇受尊敬的名流),他的生活中有颇多的辉煌的垃圾需要掩饰,并足以麻痹比法官感到烦恼的还要活跃和精微的良知。他在法官席位上就座时那种执法风度的纯洁,他以这种权势为公众效劳时的忠诚,他对他的团体的奉献精神,他坚持团体的原则或在任何情况下与其有组织的运作相协调的执着,他主持一个圣经学会时的那种出众的热情,他担任一个鳏夫寡妇基金会司库时的无可指摘的诚实,他通过培育两个备受推崇的梨的品种对园艺学和通过著名的潘钦牛的代理对畜牧业的赞助,他在以往的多年中道德作风上的清白,他对一个挥霍无度的儿子反感并最终摒弃,直到那青年死前一刻钟才肯原谅的严厉,他早晚的两次祈祷和饭前的感恩祝告,他对戒酒事业的推动,他自从最后一次痛风发作就限制自己每天只饮五杯雪利陈酒的努力,他的亚麻布衬衫的雪白、他的皮靴的锃亮、他的金头手杖的漂亮、他的外衣的宽松式样和细密质料——总之,他服饰的精心得体,他付诸公众注目的审慎,在街上遇见所有的熟人时,不论贫富,一概弯腰、抬帽、点头或以手示意,他取悦于全世界的宽厚仁慈的微笑,——由这一切外表构成的形象,难道还可能发现有污点的余地吗?这张得体的面孔正是他在镜中所见的。这一令人仰慕地安排下的生活正是他日复一日地小心在意的。那么,他可不可以将这一切的总和视为权利,对自己和社会宣称:"看看潘钦法官吧"?

请允许我说,许多许多年以前,当他还是个莽撞少年时,他曾铸成某个大错——甚或如今,那无可避免的环境力量也还会偶尔使他在上千次值得赞扬,或至少是无懈可击的行为中做出一件颇可怀疑的举动——你能靠这必然而几被忘却的举动来描绘法官,并一叶障目地抹煞他终生的美好表现吗?邪恶所包含的实在沉重,拇指大的邪恶居然会压住天平另一端堆积的非邪恶东西的重量!这样的天平和衡器系统是潘钦法官亲属所喜爱的。把他置于那个不幸的位置上,就会将他视为一个严厉而冷酷的人;很少或从来不自省,只是一味地从公众舆论的反射中而不问出于何种目地看待自己的形象,除去失去产业或声名时,绝少能达到真正的自知之明。疾病并不一定总能帮他做到这一点,弥留之际也不成!

但是我们所要说的是潘钦法官站在那里,面对海波吉巴冲天怒火的猛烈爆发。她始料未及,连她自己都大吃一惊而且当真骇怕了,她刚才竟一时把积郁了三十年的对这位亲人的根深柢固的愤懑发泄了出来。

此前,法官的表情一直是温和克制的——对他堂妹欠妥的暴怒表现出严峻而几乎是绅士派的不满——对她的恶语伤人表示了随便和基督徒式的谅解。不过,当那些话脱口而出时,他的样子显出严厉、权势和坚定不移;这是种不易觉察的自然变化,仿佛从一开始站在那里的就是一个铁石心肠的人,而根本不是和颜悦色的人。那效果就如同阳光、薄云连同其柔和的色彩,突然从一座险峻的石顶上消失,露出了你立刻就感到才是本来面貌的峥嵘。海波吉巴几乎接受了那荒唐的看法:她刚发泄了满腹心酸的对象是她的老清教徒祖先,而不是现代的法官。在这关键时刻,潘钦法官与内室那幅肖像分毫不爽,再没有一个人像他那样明显地表现出家系相传的证明了。

"海波吉巴堂妹,"他十分平静地说道,"是结束这一切的时候了。"

"我倒是满心愿意!"她回答道,"既然如此,你又何苦一再迫害我们呢？让可怜的克里福德和我过平静的日子吧。我们俩别无它求！"

"我的目的是在离开这里之前见到克里福德。"法官继续说道，"不要像个疯女人似的，海波吉巴！我是他唯一的朋友，而且是拥有一切权势的朋友。你难道从来没想过吗？——你真瞎到视而不见吗？——若是没有我的赞同，以及我的努力，我的请求，我施加的全部影响——政治的、官方的、私人的影响，克里福德绝不会有你们所说的自由吧？你难道认为，他的释放是对我的胜利吗？不是的，我的好堂妹；无论如何都不是这么回事！差得远之又远！不；那是我长期处心积虑的成功。是我给了他自由。"

"你！"海波吉巴回答道，"我永远不愿相信这一点！他坐牢是因为你；而释放则是天意！"

"是我给了他自由！"潘钦法官表情平和地又肯定了一遍，"而我现在来这里就是要决定，他还要不要保持他的自由。这要取决于他本人。为了这个目的，我必须见他。"

"绝对不成！——那会把他逼疯的！"海波吉巴高呼道，但她的犹疑已经被法官的密切注视的目光抓到了；因为她毫不信任他的善意，她不知道最可怕的是屈服还是抵制。"你为什么一定要见这个悲惨地垮掉的人呢？他很难说保留了多么少的一点智力，何况连那么一点点智力他也宁愿不让一双其中没有爱的眼睛看到呢？"

"他在我的目光中会看到足够的爱，如果只需要这一条的话！"法官说道，他的慈祥的表情中有着充分依据的信心，"不过，海波吉巴堂妹，你承认了很多而且切合目的。现在，听我说吧，我要坦率直陈我坚持要见他的原因。三十年前，我们的杰弗瑞叔叔去世时，发现了——我不知道在笼罩那件事的悲哀氛围中，你还有没有心情去留意——但是发现了他的各种可见财产比起原先的任何估计都要少得多。人们都认定他十分富有。没人怀疑他跻身于当时的要人中间。不过，他有一个怪癖——一点不是蠢事——，他喜欢以别的名字和各种为资本家熟悉但在这里没必要说明的方式在远处和外国投资，以隐藏他财产的数量。根据杰弗瑞叔叔的最终遗嘱，这你是知道的，他的全部遗产都归我所有，只是由你终身享用这栋老祖宅和与之相联的那些产业要除外。"

"你是不是想要剥夺我们这一产权?"海波吉巴按捺不住她刻毒的轻蔑问道,"这是不是你停止迫害可怜的克里福德的开价?"

"当然不是,我亲爱的堂妹!"法官露出仁慈的微笑回答道,"恰恰相反,你应该为我说句公道话,我不断表示,只要你什么时候决定从你的亲人手中接受这一性质的善意,我随时都可以把你的财源增加两或三倍。不,不!这里存在着这一问题的要旨。在叔父的无可置疑的巨大产业中,如我所说,在他死后只有不足一半——不,就我充分估算,不足三分之一——是显而易见的。现在,我有大概是最好的理由相信,你哥哥克里福德能够给我一个线索,恢复余下的产业。"

"克里福德!——克里福德知道什么隐匿的财产?——克里福德掌握着让你致富的秘密?"老淑女叫道,感到这个念头有点滑稽。"不可能!你在欺骗自己!这可真是件可笑的事!"

"这事像我站在这里一样确定无疑!"潘钦法官说道,一面用他的金头手杖敲着地板,一面还跺着脚,仿佛在用他整个躯体的强调,更有力地表达他的信念,"是克里福德亲口对我这样说的!"

"不,不!"海波吉巴怀疑地惊呼,"你在做梦,杰弗瑞堂兄!"

"我可不是那种爱梦想的人。"法官平静地说,"在叔叔去世前的几个月,克里福德向我吹嘘,他掌握着难以计数的财富的秘密。他的目的是要奚落我并激起我的好奇心。我深知这一点。但是,从我们谈话的细节的历历在目的回忆来看,我完全相信他讲的是真情。在这个时刻,克里福德如果愿意——他应该愿意的!——可以通知我在哪里能够找到杰弗瑞叔叔丢失的大笔财产的细目、文件和证据以及存在的形式。他掌握着秘密。他不是瞎吹的。那些直接、强调和具体的说法表明,在他故作神秘的表达中有着实在含义的主旨。"

"但是,克里福德把这件秘密保持这么久,"海波吉巴问道,"目的又何在呢?"

"这是我们沉沦的本性的一种恶劣冲动。"法官抬起眼睛回答道,"他把我看作敌人。他认为我是他的丢尽脸面、他的死亡危机、他的无可挽救的毁灭的原因。因此,在他出狱之后,不大可能主动提供信息,助我在直步青云的阶梯上更上一层楼。但如今已是他说出秘密的时候了。"

"如果他拒绝了呢?"海波吉巴询问道,"或者——我坚信如此——如果他对这份财富毫不知情呢?"

"我亲爱的堂妹,"潘钦法官说,态度相当平静,他有能力使这种平静比任何粗暴都更具威胁,"自从你哥哥回来之后,我已经采取了措施(在近亲中有一个极其合适的人,恰当地担任了自然的监护人),认真监视他的举止和习惯。你们的邻居也是花园中发生的一切的目睹者。卖肉的、卖面包的、卖鱼的、你那小店的一些顾客,以及许多爱打听的老太婆,都对我讲过你们内部的不少秘密。更大的一圈人——我自己也在其中——能够对他在拱顶窗口的忘形作证。一两个星期之前,有成千的人看到他要从那里跳进街心。从这一切证据出发,我就认为——我并不情愿而且深感悲伤——,克里福德的不幸已经影响了他的智力,虽然始终不很严重,但无法经常保证他的安全。另一个办法,你应该知道,——要不要走这条路完全取决于我现在即将做出的决定——另一个办法就是把他作为头脑处于不幸状态的人关进公共收容所,可能要在里边度完他的余生。"

"你不能这样!"海波吉巴尖叫道。

"假如我的克里福德堂弟,"潘钦法官若无其事地继续说道,"仅仅出于对一个理应对他自然是亲密的人的怨恨——这种感情经常和其它形式一样,表明头脑有病——,假如他拒绝把对我至关重要的信息告诉我,而他又肯定掌握着那一秘密,我就要认为这正是满足我的看法所需要的一个小小证据:他精神失常。而一旦肯定我的良知所指出的道路,你太了解我了,海波吉巴堂妹,你不会怀疑的,我将坚持到底。"

"噢,杰弗瑞——杰弗瑞堂兄!"海波吉巴悲苦而不是激动地叫道,"是你头脑有病,而不是克里福德! 你已经忘记了,一个女人是你的母亲! ——你还有兄弟姐妹和自己的子女! 你还忘记了,在这个灾难的世界上,人与人之间从来都是有情义的,一个人对另一个人是有恻隐之心的! 再有,你怎么能梦想到这一点? 你已经不年轻了,杰弗瑞堂兄! ——而且,也不是中年人了——已经是个老年人了! 你头上的头发是白的! 你还有多少年可活? 对这么短短的时间来说,你难道还不够富有吗？从如今到你被送进坟墓，你会挨饿——会缺衣服穿，会没有房子住吗？不会的！就你现在所有的一半财产，也足以得意扬扬地有昂贵的菜肴和酒水，还可以盖一栋比你现在住的房子漂亮两倍的住宅，向世界大大地炫耀一番——还可以给你的独子留下财富，让他在你死时为你祝福！那么，你又何必做这种残酷无比的事呢？——这纯属发疯，我不知道可不可以称这是恶毒！天哪，杰弗瑞堂兄，这二百年来，这种无情和攫取的精神一直在我们的血液中流动。你只是正在用另一种形式重复你的祖先在你之前的所作所为，还要把你从祖先那里继承来的诅咒传给你的后代！"

"为了上天的缘故，海波吉巴，说话理智些！"法官叫道，他的不耐烦是一个理智的人在商讨生意中听到如同上述那样全然荒谬的提法时自然会有的，"我已经对你讲了我的决心。我无意更改。克里福德必须说出秘密，不然就自食其果。让他快点决定吧；因为今天上午我还有好几件事要去办，与一些政界的朋友还有一个重要的午餐安排。"

"克里福德没有秘密！"海波吉巴答道，"而上帝将不准你做你想做的事！"

"我们会看到的。"无动于衷的法官说，"与此同时，你选好要不要叫来克里福德，把这件交易通过两个亲人间的交谈友好地办妥，不然就是逼我采取更严厉的手段——如能避免，我将十分高兴地感到自己是合情合理的。责任全都在你身上呢。"

"你比我强有力，"海波吉巴略略沉思了一下之后说，"你倒是毫不吝惜自己的力量！克里福德现在精神没有不正常；但你坚持的会面可能会让他精神大大失常。然而，我既然了解你，我相信我的最好办法是，听凭你自己去判断，他是绝对不可能掌握任何有价值的秘密的。我愿意去叫克里福德。你和他打交道时千万发点慈悲！——比你的心所要求你的还要慈悲得多！因为上帝在看着你呢，杰弗瑞·潘钦！"

法官随着他的堂妹从进行完上述谈话的店铺走进客厅，沉沉地坐进那把古旧的大椅子里。潘钦家的许多先人都在那宽大的扶手间得到过休息：嬉戏之后的玫瑰花般的儿童，梦想着爱情的青年，忧心忡忡的成人，受冬天所累的老人——他们在那里沉思，在那里酣睡，乃至告别到一种更深沉的长眠中去。有一种值得怀疑但流传甚久的传说，就是坐在这把椅子里，法官最早的新英格兰祖先——他的肖像仍在墙上悬挂着——曾经对一群显要的贵客给予了一位死者沉默而严峻的接待。从那个凶兆的时刻到目前，——尽管我们对其内心的秘密一无所知——恐怕没有比这位潘钦法官更疲惫、更哀伤的人曾经坐进这把椅子了——我们刚才还看见他毫不宽容地坚定不移呢。确实，他这样用钢铁加强他的灵魂大概是分文未付的。而要达到这种宁静倒要比一个弱者付诸暴力还要花费更大的力气。但是他还有一个重大的任务要去执行。那是不是一件小事——需要稍事准备、然后就可借以休息的琐事呢？经过三十年之后，他现在必须面对一个从活墓中起身的亲人，从那人身上挤出一项秘密，不然就再把那人推回活墓中去。

"你说话了吗？"海波吉巴从客厅的门限向里张望着，问道；因为她们听到法官曾发出什么声音，一时冲动之下，她急于想弄清。"我还以为你叫我回来呢。"

"没有，没有！"潘钦法官声音粗嘎地答道，同时还皱起了眉头，在阴暗的房间里，一双眉毛简直变成黑紫色了，"我为什么要叫你回来？时间飞快！叫克里福德到我这儿来！"

法官刚从背心口袋里取出了怀表，现在握在手里，测着克里福德露面之前这段间歇的时间。

第十六章　克里福德的房间

海波吉巴去执行那桩倒霉的差使时,这栋老宅在这位可怜的女士心目中变得前所未有的阴沉。宅子里有一种古怪的面貌。她踏着踩得凸凹不平的走廊,打开一道又一道歪斜摇晃的门扇,爬上吱嘎作响的楼梯,随时又期盼又骇怕地观察着四周。即使在她身后或身旁有死人袍服在窸窣作响,或者在楼梯上方的拐角处有苍白的面孔在守候着她,也不会引起她那业已受到刺激的头脑惊慌的。她经过刚才那场拼争的激动和恐怖的场面已然意乱神迷了。她和同这个家庭的奠基人外貌和脾性都十分酷似的潘钦法官的对话,勾她回忆起那些沉重地压在她的心头的可怕的往事。无论她从那些有传奇色彩的姑妈和祖母们那里听到过什么有关潘钦家族好运或厄运的故事——此前一直随着与之相关的壁炉火苗在她的记忆中温馨地留存着——如今又重现在她眼前,同大多数在忧郁的情绪中孵育过的家史的篇章一样,变得阴沉、恐怖和冰冷。通篇无非是代代相继、不断再现的一系列灾难,除去其轮廓之外,都大同小异。但海波吉巴却觉得:仿佛法官、克里福德和她本人——他们三个人一起——即将对这栋老宅的年谱补缀上另一事件,以其更大胆的发泄冤屈和哀伤,使之凌驾于往事之上。这样,虽然那往昔时刻的悲哀呈现出其自身的个性和高潮的特征,不久便注定要消失和淡化在多年之前的或悲或喜的事件共有的灰暗结缔之中。相对而言,不过在片刻之间,事情才会显得陌生或惊人——其间自有酸甜苦辣的真谛。

但海波吉巴却无法摆脱转瞬即逝的那种始料未及的感觉。她的神经震颤了一下。她本能地在那扇拱顶窗前站住,向外面的街道望去,以便靠她的精神把握,抓住街上常在的景物,就此稳定她不久前因受刺激而造成的晕眩和震颤。我们可以说,当她看到一切都和昨天——乃至无数的前一天,除去阳光和暴雨天气的明暗区别——一模一样时,简直惊呆了。她的目光沿街望去,从一个门前台阶到另一个门前台阶,扫过湿漉漉的便道,那里的坑坑洼洼只有积满雨水时才显而易见。她把昏花的老眼竭力聚好焦点,希望能更清楚地辨出某个窗口,她半猜半看地确定一个女裁缝正坐在那里做针黹。海波吉巴尽管与那个素不相识的女人相距甚远,却觉得自己的心已飞向她,愿与她相伴。随后她又被一辆疾驶而过的轻便马车所吸引,盯视着它那湿得发亮的顶篷和溅着水花的车轮,直到那辆车转过街角,拒绝继续承载她那由于心惊胆战、负担过重而闲极无聊的心情。马车消失之后,她又听凭自己闲散了片刻,因为好心肠的凡纳大叔那褴褛的身影此时进入了视野,由于东风吹透了他的关节,他迈着饱受风湿症之苦的双腿,从街尽头缓缓地踽踽而来。海波吉巴祈愿他能走得更慢些,以便能够延缓慰藉她那颤抖的孤独的时间。只要能够把她从悲哀的现状中解脱出来,在她和离她最近的东西中间插进活生生的人——只要能把束缚着她又逃避不掉的这份差使稍稍拖延上一时——所有这样的阻隔都是受她欢迎的。只消靠近最轻松的心,最沉重的心也就会变得最为愉悦了。

　　海波吉巴对她自己的痛苦绝少刚毅的精神,更无力对克里福德予以支持。他生性脆弱,又被其先前的灾难所损害,如果与那个使他厄运终生的无情无义的狠心人面对面地相会,很可能把他彻底摧毁。即使没有辛酸的往事回忆,也没有目前横亘于他们之间的危若累卵的敌对利益,单单凭他那更加敏感的身心系统同那令人难以信服的魁梧粗重的躯体的对立,本身也就足以对他构成灾难了。犹如把一个已然有裂口的瓷瓶摔到花岗岩柱子上。海波吉巴还从来没有这么恰如其分地估计过她的这位杰弗瑞堂兄的强大——因智慧而有力,因意志而精劲,具有在人们中间活动的长期习惯,而且如她所坚信的,不惜用邪恶的手段全力追逐一己之私。潘钦法官如今一心以为克里福德掌握着秘密,就益发难以应付了。像他这样一贯精明又具有不达目的不罢休的力量的人,一旦在具体情况下采取了错误的意见,将之与真情实况紧紧拴牢在一起,弄假成真,再想从他的脑子里硬扳出来,其难度实在不亚于将一株橡树连根拔起。因此,当法官强克里福德所难,要他做无中生有的事的时候,他既无能为力,也只有一死了之了。在这样一个人的控制之下,克里福德这个一生除去把享受美好的人生付诸悠扬有致的乐声之外,再也没承担过更棘手的重任的具有柔弱诗人本性的人,又能如何呢!确实,这样的本性已经变成什么样子了呢?破损了!凋敝了!就差消失了!很快就会全然逝去了!

一时之间,海波吉巴心头掠过一个想法,不知克里福德是否当真如法官所说,知道他们故去的叔父的消失的产业。她记得她哥哥曾有些隐约的暗示,如果那一假定不是一味荒谬的话,倒是可以这么解释。有过到国外旅行和居住的计划,有过在国内过上辉煌生活的白日梦,也有过灿烂的空中楼阁的幻想,这都需要不计其数的财富才能实现。假如海波吉巴有这笔财富在握,她就如数赠予她这位铁石心肠的堂兄,赎回克里福德的自由和这栋老宅的与世隔离。但她坚信,她哥哥的计划缺乏实在的物质基础和目标,犹如一个小孩子坐在母亲膝边的小椅子里为未来生活绘制的图画。克里福德手中除去影影绰绰的黄金一无所有;那诚然是不能满足潘钦法官的!

事情是不是已经走进极端,无处求援了呢?看似奇怪,她周围有偌大一个城市,居然孤立无援。只消打开窗户,向外面高声尖叫,所有的人听到这种痛苦的异声都会明白那是一个人的灵魂遇到可怕的危险时发出的呼唤,就会立刻赶来解救!可是,命运又是多么蛮横和可笑啊——海波吉巴想着,在这个麻木谵妄的世界上,又是多么不断地来而复往啊——无论什么人出于何种动机前来帮助,肯定会帮助最强的一方!力量与错误相结合,就会如同铁受到磁化一样,被赋予了不可抗拒的吸引力。潘钦法官是公众心目中的显要,位高财广,又是慈善家,议会和教会的成员,与各种美誉都密切相关,在这些辉光中高高耸立,使海波吉巴本人禁不住要对他那空洞的正直呼喊出自己的结论。法官在一方!那么谁在另一方呢?有罪的克里福德!一度曾是人们的笑柄!如今仍是一个隐约记忆着的耻辱!

然而,尽管认为法官会把一切他人的援助都拉到他一方,海波吉巴仍是十分不惯于为自己采取行动,恐怕一句稍稍安慰的话就足以动摇她任何方式的行动。小菲比即使拿不出现成的主意,也会以她性格中那温暖的朝气,立即照亮整个场面。海波吉巴还想到了那位艺术家。

霍尔格雷渥年轻又无名，只是个流浪的冒险家，她早已意识到他身上有一种力量，完全能使他成为危难中的斗士。她想到这里，就打开了一扇长期废弃、布满蛛网的门，那里本是在她自己那部分住宅和那漂泊的达盖尔派摄影师临时居所的山墙之间的通道。他不在那里。桌上有一本扣着的书，一卷手稿，一张写了一半的纸页，一份报纸，他目前所操职业的一些工具和几帧废弃的照片，给人一种印象：他就在附近。不过，正如海波吉巴本已料到的，在一天的这一时刻，艺术家应该在他的店堂里。她沉重的心头掠过了无聊的好奇心的冲动，便看了一张照片，见到潘钦法官正对她拧目皱眉。命运在盯视她的面孔。她怀着失望的深重心情，从这次毫无结果的探询中转身走开。她已经多年离群索居，但她从来没像如今这样感到什么是孤独。这栋房子仿佛立在沙漠之中，或者说出于某种魔力，使那些住在周围或途经这里的人都看不见这栋老宅；因此，在宅里可能发生的任何形式的不幸、痛苦的事件或罪行都不可能得到援助。海波吉巴处在悲哀和受伤的骄傲之中，是在放弃朋友的情况下度日的；上帝本来安排下他所创造的人类需要互相帮助的，但她却顽固地拒绝了这种支持；如今，她和克里福德就要成为他们亲族中的敌人的砧上肉了，她尝到了她摒弃援助的惩罚。

　　她回到拱顶窗口，抬起眼睛——在上天面前，视力模糊、愁苦着脸的可怜的海波吉巴！——竭力把她的祈祷穿过浓密的灰色云层送上天际。云雾在地面和上天之间集结，仿佛象征着正孕育着大量的人类的烦恼、疑虑、困惑和冷漠。她的虔诚还不够强烈；她的祈祷又沉重得难以直达天听，却返回来如同笨重的铅块般地落到她的心头。她遭到沮丧的信念的打击：上天对一个人冤枉另一个人这样的琐事不予干预，也不对一个孤单的灵魂的这类微小痛苦给予安慰；只是如同广袤的阳光同时普照半个地球一样，洒下它的公正和仁慈。失之过泛，便没有效果了。但海波吉巴没有看到这一点，因为这时温暖的阳光照进了每一家宅的窗户，伴随而来的是上帝对每个人个别需要的关怀和怜悯的爱。

　　终于，她发现再没有别的托辞来拖延她要带给克里福德的折磨——她在窗前逗留，她寻找那位艺术家，甚至她那夭折的祈祷，其真实原因都是她不情愿立即就去通知他——也害怕听到从楼下传来潘钦法官用严厉的声音责备她的耽搁——这个面色苍白、身体哀伤无力、外形沮丧、四肢几乎麻木的女人,慢慢地爬着楼梯,缓缓地走向她哥哥的门口,敲响了房门!

没有回答!

里面怎么的了?她那只手由于临阵畏缩而颤抖不已,敲到门上时已经十分无力,声音难以传进室内。她又敲了一次。依然没有回答!这不足为怪。因为她刚才是用她的心房颤抖的全力敲门的,通过某些微妙的磁力,把她自己的恐惧传达给了被她召唤的人。克里福德会像个半夜受惊的孩子一样,把脸趴到枕头上,用被子蒙住头的。她又敲了第三次,规则地敲了三下,虽然很轻,但十分清晰,而且其中有着含义;因为我们可以按照小心的意愿来调整敲门的轻重缓急,手下就会自然而然地在没有感觉的木头上奏出我们心情的曲调。

克里福德仍然没有回答。

"克里福德!亲爱的哥哥!"海波吉巴说,"我能进来吗?"

一阵沉寂。

海波吉巴重复了不止两三次他的名字,依然毫无结果;后来她想到她哥哥睡觉异常地深沉,便打开门走进去,却发现房间里空空的。他是什么时候又是如何未惊动她就出去的呢?尽管有暴风雨的天气,他会不会因为闷在屋里心烦,仍然习惯于到花园中走动,如今正在冷清的凉亭中躲着,瑟瑟发抖呢?她连忙打开一扇窗,把缠着头巾的脑袋和半个瘦削的身子探出窗外,尽她那模糊的视力所及,把整个花园搜寻了一遍。她能够看到凉亭的内部,那儿的环形座位,都被屋顶的漏雨淋得湿漉漉的。里边没有人。克里福德不在那里;除非他当真为了藏身(因为海波吉巴一时想象着会有这种情况)而钻进了枝叶大面积地纠缠成一片的湿荫,就是瓜藤乱糟糟地攀爬在随便搭在篱笆上的一个木架那里。不过,这不可能;他不在那地方;因为就在她盯视的时候,一只老猫怪模怪样地从那里悄悄钻出来,穿过花园跑开了。它两次停下脚步嗅嗅空气,然后就又继续径直向客厅的窗户跑去。无论那只猫出于本性做出偷偷摸摸四处窥视的样子,抑或它的头脑中有不同寻常的鬼念头,使得这位老淑女尽管困惑不已,仍然感到一阵冲动,想把它赶跑,于是便扔下去一根窗户木销。那只猫像个窃贼或凶犯似的抬头瞪着她看了一会,然后便逃掉了。花园里再没有活物了。"唱天晓"和它的家人不是被连绵不断的雨天弄得无精打采,没有离开鸡舍,就是采取了另一条最明智之举,及时地返回了那里。海波吉巴关上了窗户。

可是克里福德到哪里去了呢?可能不可能由于意识到面临着厄运,趁着法官和海波吉巴站在店铺里谈话之机,悄悄溜下楼梯,又不声不响地打开大门,逃到街上去了呢?她想到此,仿佛看到了他的身影:布满皱纹又带着稚气的灰白色面孔,穿着在家中不离身的那件旧式袍服,就像一个人在难堪的梦境中,在众目睽睽之下想象着自己的那副模样。她这位备受折磨的兄长的身形在镇上徘徊,吸引了众人的目光,人人都把他当作幽灵一般觉得奇怪又厌恶,而由于在光天化日之下显形,就更令人不寒而栗。他招致了不认识他的年轻人的嘲笑——而那些可能忆起他那一度是熟悉的外表的几个老年人则表现出一派蔑视和愤慨的严厉样子!他成了男孩子们的玩物:他们长到能在街上跑来跑去的时候,就对美丽和神圣的东西不怀更多的敬意,对悲伤的事情没有更多的怜悯——对以人形体现的神圣的不幸缺乏更多的感觉——即使撒旦是这一切的渊薮,也不过如此!他受着他们的嘲弄、高声尖叫和残忍的笑声的刺激——受着他们对他公开谩骂的侮辱——或者他也可能仅仅由于他自身的古怪处境而迷惑,哪怕不会有人用什么无心的言语折磨他——如果克里福德就此发起狂乱,自然会被人视为疯癫,那又有何奇怪的呢?这样的话,潘钦法官那友善的阴谋便可唾手实现了!

这时,海波吉巴才看出来,全镇几乎全都积满了水。延伸到海港中心的码头,平日里挤满了商人、工人和海员,在这种狂风暴雨的天气里已经渺无人烟;一个个码头孤零零的,在雾气中隐现着并排停泊着的一艘艘船只,沿岸摆开。她哥哥漫无目标的脚步会不会溜到那里,一时弯下腰去,对着漆黑的深深的海浪,自以为那里是他有把握可及的藏身之地,结果只消迈出一步或者身体一歪,可能就此永远让他的堂兄抓不到他了呢?噢,诱惑啊!把他的沉重的哀伤当作了安全!就这样带着铅般的重负沉入海底,再也浮不上来了!

这最后一种猜测,对海波吉巴实在是太可怕了。现在她宁可向杰弗瑞·潘钦求援了！她匆匆奔下楼梯,边跑边叫。

"克里福德跑了!"她尖叫道,"我找不到我哥哥了！帮帮忙吧,杰弗瑞·潘钦!"

她猛地推开客厅的门。可是,或许是由于遮着窗户的树枝,由于被烟熏黑的天花板,由于深色的橡木护墙板,使房间里光线不足,海波吉巴那不完满的视力难以清晰地分辨出法官的身形。不过,她肯定她看到了他坐在靠近地中央的那把古老的安乐椅里,面部稍稍侧转,望着一扇窗户。潘钦法官这类人的神经系统坚强而镇定,因此,在她离开之后,他或许不止一次地动转过,然而,出于他那种坚毅的气质,仍然保持着原来刚好摆下的姿势。

"我告诉你,杰弗瑞,"海波吉巴不耐烦地叫道,同时离开客厅门去察看别的房间,"我哥哥没在他的卧室里！你该帮我找找他!"

可惜潘钦法官不是那种人,听到一个歇斯底里的女人的惊叫,就会有失他性格尊严或个人准则地从安乐椅中匆匆一跃而起。而会在想妥他自己在这一情况中的利益之后,才略显轻捷地动一动身体。

"你听见我的话了吗,杰弗瑞·潘钦?"海波吉巴一无所获地找遍了各处之后,又出现在客厅里的时候高声叫道,"克里福德跑掉了!"

就在这时,就在客厅的门限处,从屋里钻出了克里福德本人！他的面色苍白得出奇;简直是死人一般惨白,尽管走廊里光线昏暗难辨,海波吉巴仍能看清他的五官,仿佛有一股光线单单落到了他的脸上。那生动而狂野的表情似乎也足以照亮他的面目;那是一种嘲讽的表情,所流露的感情,与他身体的姿态相一致。克里福德站在门限处,侧着身,手指指向客厅里面并且缓缓地摇动着,仿佛他召唤的不仅是海波吉巴一个人,而是整个世界,去盯视某个一时还看不见的可笑目标。这一举动既不合时宜又太过分——还伴随着一种更像愉快而不像别的激情的神色——,迫使海波吉巴担心,她那位严厉的亲属不祥的造访已经把她可怜哥哥彻底逼疯了。对于法官的镇定自若,她只能解释为他在狡猾地注视着克里福德表现出这些神经错乱的征兆。

"安静点,克里福德!"他妹妹悄声说,同时还举起一只手以示小心,"噢,看在上天的分上,安静点!"

"让他安静点吧！他还能做什么更好的事吗？"克里福德回答道，以更加狂野的姿势，指着刚刚离开的房间，"至于我们嘛，现在可以跳舞了！——我们可以唱，可以笑，可以玩，想做什么就做什么！重负已经消失了，海波吉巴！已经从这个令人疲惫的旧天地里消失了，我们可以像小菲比那样轻松愉快了！"

随着这番话，他开始纵声大笑，同时依旧指着海波吉巴看不见的客厅里的那个目标。她被一种突然的直觉所攫住，感到发生了什么可怕的事情。她越过克里福德扑过去，消失在屋里；但几乎立即就返了回来，喉头还哽着哭叫。她用惊慌失措的询问目光瞪着她哥哥，看见他从头到脚周身都在颤抖，同时在混杂着激动或惊惧的情绪中依然迸发着笑声。

"我的上帝！我们会怎么样呢？"海波吉巴喘着气说道。

"来！"克里福德说道，那种果决的语气完全不像他平时的口吻，"我们在这里待得太久了！咱们把这栋老宅留给我们的堂兄杰弗瑞吧！他会好好照看的！"

海波吉巴此刻注意到，克里福德穿了一件大衣——许久以前的袍服——在这几天东风暴雨的日子里，他时常裹着这件衣服。他用手召唤着，就她对他的了解来判断，是在暗示他们应该离开这栋宅第。在缺乏真正的性格力量的人们的生活中，总有那么一些混乱、盲目或迷醉的时刻——那是勇气最能表现自己的考验时刻——逢到这种时刻，这些人如果没人过问，就会漫无目的地蹒跚而行，或是无保留地追随落到他们面前的无论什么向导，哪怕来自一个孩子。不管一个目的是多么荒唐或反常，总是上帝指引给他们的。海波吉巴领悟了这一点。她不习惯于行动或责任——她为目睹的一切充满恐怖，又不敢询问，而只是想象着事情是如何发生的——她对似乎紧随她哥哥的命运心怀悚惧——她被充斥着宅子的死亡气味及抹掉一切思维确定性的令人窒息的阴暗而浓重的恐怖气氛吓呆了——她此时不加询问就服从了克里福德所表达的意愿。就她本人而论，她就像一个梦中人，而那个意愿一直在沉睡。克里福德平素十分缺乏这种能力，在这危难的紧急时刻，却找到了这种能力。

"你还拖延什么?"他厉声叫道,"穿上你的外套,披上你的斗篷,或者随便你愿意穿件什么!什么都行;你不会美艳照人的,我可怜的海波吉巴!拿上钱袋,里面装好钱,走吧!"

海波吉巴遵从了这些吩咐,仿佛再无别的可做可想的了。确实,她开始思考,她为什么没有觉醒,在困扰着她精神的什么益发难以容忍的情况下才能挣出迷宫,并使她意识到这一切都根本没发生过。当然这不是真的:像现在这样的东风狂吹、天昏地暗的气候还没有开始,潘钦法官还没有和她谈话,克里福德还没有大笑,还没有指点她和他一起出走,而她只是在一场晨梦中才有的不合理的苦难中大受折磨——孤独的入睡者时常如此嘛!

"好啦——好啦——我当然要醒的!"海波吉巴一边来回忙着做准备,一边想道,"我再也无法忍受啦!我现在就该醒来啦!"

但是那个清醒的时刻并没有到来!直到他们离开宅第之前,克里福德悄悄走到客厅门口,对房间里唯一的人致以告别的敬礼之时,那个时刻始终没有到来。

"这个老家伙现在这副姿势多怪啊!"他悄声对海波吉巴说,"就在他设想已经完全把我玩弄于股掌之上的时候!好啦,好啦;赶快!要不然,他会起身,像'绝望巨人'追逐'基督徒'和'希望'①一样,把我们抓获!"

他俩走到街上时,克里福德要海波吉巴注意前门一根柱子上的什么东西。那只是他名字的起始字母,那还是他孩提时代出于对字母形状的特殊尊重而刻下的。兄妹二人扬长而去,留下潘钦法官独自一人坐在他的祖先的老宅里;其沉重和呆滞,我们只能比作一个不复存在的梦魇,在其恶毒的中间就暴卒了,将其松散的遗体留在了被折磨的人的胸口上,就此被摆脱了!

---

① 这几个人都是英国作家约翰·班扬(1628—1688)《天路历程》一书中的人物,该书常以人物所代表的性格或形象为人物命名。

第十七章　两只猫头鹰的出逃

尽管时处夏季,当可怜的海波吉巴和克里福德沿着潘钦街向镇中心走去时,迎面而来的东风仍吹得她残余的几颗牙齿咯咯打战。不仅仅是无情的寒风吹得她周身颤抖(尤其她的手脚从来没像此时这样冰凉得没有活力),而且还有道德上的惊恐,与肉体上的寒意交相作用,造成她在精神上比在身体上更加战栗不已。天地间广袤的萧瑟气氛实在令人痛苦!的确,这就是每个新的冒险者所得到的印象,即使最温暖的生命之潮正在他的血管中奔腾。那么,当海波吉巴和克里福德离开大门的台阶,走过潘钦榆树的宽阔的树荫下时——虽然他们饱经风霜,却像孩童似的缺乏经验——,他们又该有何感受呢!他们离家到四处漂流,恰如一个孩子所幻想的,凭着衣袋里的六便士和一块饼干便要一路走到天尽头。海波吉巴的心中有一种漂泊不定的沮丧感。她已经丧失了指引自己的能力;而且,考虑到周围的困难,还认为不值得吃力地去重新获得这种能力,何况她根本就没了力气。

当他们一路踏着陌生的征程时,她不时地侧目瞥上克里福德一眼,只见他由一种强有力的激情把握着,摇撼着。确实,正是这种冲动赋予了他一时具备的控制能力,并且难以遏制地坚定了他的行动。这完全不同于酒力发作。或者,可以更富想象力地比作以野性的活力在一部失调的乐器上奏出的一篇欢快的乐章。如同吱嘎作响的音符总会传入耳鼓,而且在最高亢的欢快旋律中这种噪声就最响,克里福德也不停地周身颤抖,而且在他面带胜利的微笑,并且仿佛必要似的几乎一蹦一跳地走着的时候,这种战栗也就到了极致。

他们出门后没遇到什么人,甚至从幽静的七个尖角顶宅第四周进入平素更拥挤热闹的城区时也未见人影。便道湿得泛光,凹凸不平的表面上不断有积着雨水的水洼;商店的橱窗里炫耀地陈列着雨伞,仿佛生意的活力全集中在这一种商品之上;七叶树和榆树的湿叶不合时节地被风吹落,撒满了沿街;街中间积聚着泥泞,不堪入目,而且随着长时间的雨水的用力的冲刷益发肮脏——这仅仅是一幅十分晦暗的画面中可以清楚描绘的几处景色。在车辆行人的移动中,时有一辆马车匆匆驶过,车夫从头到肩蒙着雨帽;一个老人的孤苦身影似乎刚刚从某处地下污水道中爬出来,正在弯着腰沿阴沟用一根木棍拨动湿漉漉的垃圾,寻找一些锈铁钉;有一两个商人站在邮局门口,同一位编辑和一位并无定见的政客一道,等候迟到的邮车;几名退役船长模样的人,站在一家保险公司的窗后,茫然地望着窗外空荡的街道,咒骂着天气,为缺乏公共新闻和地方闲传而烦恼。设若他们猜测到海波吉巴和克里福德随身携带的秘密,对这些令人起敬的包打听们来说,该是多么珍贵的宝库啊!可惜他们两个的身影根本没引起什么注意,倒是一个与他们同时走过的少女,刚好把裙裾提得高过脚踝一点,使他们大感兴趣。假如遇上阳光明媚的欢乐日子,他们一定会穿过街道,说出引人反感的评头品足。如今,他们会让人觉得由于这沮丧恶劣的天气所阻,也就不得肆无忌惮了;如同太阳晒到他们身上,却融进晦暗之中,很快便被忘怀了。

可怜的海波吉巴!若是她能明了这一事实,就会给她带来些许舒适;因为,除去她其余的一切忧烦——说来奇怪!——还要加上从她体内的不体面感升腾出来的女性的和老淑女式的悲惨。因此,她真心想深深地缩进自己的身体里,似乎这样便能指望人们认为,只有一件磨光了绒面、颜色褪得不忍目睹的大衣和斗篷在暴风雨中飘浮,而没有穿这外衣的人!

他们继续前行,那种亦真亦幻的感觉始终模模糊糊地笼罩着她,甚至融进她的肌体,使得她的一只手难以感到另一只的触摸了。若是能有一种确定感也好啊。她一次又一次地悄声自言自语:"我是醒着吗?——我是醒着吗?"有时还露出面孔任凭寒风拍打,以便用这种粗暴的方式确认她是醒着的。不知克里福德是有心还是无意,他们就这样一路走着,穿过了一座灰色石头大拱门的下面。里面十分宽敞,从地面到屋顶高大通风,如今烟雾腾腾,成团地升起,在人们的头顶上形成一片云区。一列火车正在蓄势待发;车头正在喷吐着蒸气,犹如一匹骏马正迫不及待地要脱缰疾驰;急促的铃声响成一片,恰当地表明了生活在召唤着我们奔向征程。克里福德毫不迟疑地——他那种无法遏止的决定,即使不便称作轻举妄动吧,反正是莫名其妙地攫住了他,并且通过他传达给海波吉巴——推着她向火车走去,并协助她踏进车厢。信号发出了;车头喷出短促的蒸气;列车启动了;车上这两位非同一般的旅行者连同一百名其余乘客,便如风驰电掣般地向前驶去了。

这样,他们经过长时期同世界上的活动和乐趣都形同陌路之后,终于被拖进了人类生活的滚滚洪流,并如同受到命运本身的吸附一样,随波逐流而去。

包括潘钦法官的造访在内的往事,无一是真的——这种念头依然在七个尖角顶的宅第的隐士的心头萦绕,她在她哥哥的耳畔喃喃道——

"克里福德!克里福德!这难道不是在做梦吗?"

"做梦?海波吉巴!"他重复着她的问话,几乎是公然对她嘲笑起来,"恰恰相反,我以前从来没醒过!"

此时,他们向车窗外面望去,可以看到飞速退去的景色。有一会,他们的列车轧轧穿过一片荒漠;接下来,在他们周围耸起一座村庄;转瞬之间,村庄消失了,宛如被一次地震所吞没。议事厅的尖顶似乎离开了地基飘浮起来,基础宽宽的山头滑了开去。一切的一切都脱离了上百年的休憩变得动摇不定,朝着他们相反的方向旋风般地退去。

车厢内仍保持着平素的铁路内部生活,在其余的乘客的心目中都已司空见惯,但在这一对奇怪的被释放的囚徒的眼里,新鲜事却比比皆是。说起来也弥足新奇了:在这又长又窄的屋顶下,居然有五十个人与他们挤在一起,被业已掌握住他们两个人的同一个强大的力量向前拖去。所有这些人全都安安静静地坐在座位上,而那个隆隆作响的力量正在为了他们而工作,这有多么不可思议啊。一些人把车票放在帽子里(他们都是些长途旅客,要乘上百英里的火车),专心致志地读着活页小说中的英格兰风光和历险,沉浸在与公爵和伯爵为伍之中。另一些人只做短途旅行,无法致力于这种深奥的学习,便靠一便士的报纸来消磨这无聊的行程。车厢另一侧的一群姑娘和一个小伙在一场球戏中感到了极大的乐趣。他们把一个球抛来抛去,接二连三的笑声足足绵延了上英里的路程;因为玩球的人在不知不觉中乘车飞速前进,比那个轻捷的小球的传递更快,把他们愉快的痕迹留在身后,到游戏结束时窗外已是不同于开始时的另一处天地了。拿着苹果、糕点、糖果和一卷卷各色各样的糖块——这些商品使海波吉巴想起她那撇下的小店——的男孩子们出现在每个停车站上,匆忙地做着生意,或者被迫中断交易,以免这个流动的市场把他们带走。每个车站都要陆续有些新乘客上车。老乘客——他们在这样迅速流动的条件下很快就成了老相识——也不断地告别。在隆隆作响和种种喧闹声中,总会有人在这个那个座位上打着瞌睡。睡觉,游戏,生意,或认真或轻松的学习,以及平常而必然的向前运行!这就是生活本身!

克里福德天生的深切同感全都唤醒了。他抓住超过他身边的一切事物的色彩,再将其比接收时更生动地抛回去,而且还混入了渲染和奇特的色彩。海波吉巴则不然,她觉得甚至比起她刚刚告别的离群索居更同他人格格不入了。

"你不高兴,海波吉巴!"克里福德郑重其事地说,语气中有些责备的意味,"你还在想着那栋阴沉的老宅和杰弗瑞堂兄。"——说到这里他打了个寒战——"杰弗瑞堂兄独自一人孤零零地坐在那里!听我一句忠告——学着我的榜样——让这类事情过去算了。我们在这里,在这个世界上,海波吉巴!——在生活中间!——在和我们同样有血有肉的人群中间!让你我都高兴起来吧!像那个小伙子,像那些漂亮姑娘玩球戏时那样高高兴兴吧!"

假如有了固执的念头就是发疯的话,她可能也就相去不远了。随着他们沿着铁轨隆隆作响地向远方飞速行驶,就海波吉巴的想象力而言,他们也完全可以照这样来来回回地驶过潘钦街。窗外的景色不断变换,列车已行驶了许多英里,但对她来说,没有哪一个是属于她的,除去那古老的七座尖角顶山墙,以及那上面的青苔,一个角落里的簇簇杂草,那个小店的橱窗,一个顾客摇着门,弄得那小铃铛刺耳地响着,却惊动不了潘钦法官!这样一栋老宅竟然无处不在!那粗笨的庞然大物比火车的速度还快地迁移着,无论她向哪里望去,它都黏滞在那里。海波吉巴的思维一向呆板，不像克里福德那样随时可以接受新的印象。他生性如长着飞翼；她倒更像草本植物，一被连根拔起，便活不了多久。就这样，她和她哥哥之间存在的关系发生了变化。在家里，她是他的保护人；而在这里，克里福德却成了她的保护人，并且以独特的机敏理解了属于他们这种新地位的一切。他一惊之下就具备了男人的气概和智慧的力量；或者至少进入了类似的状态，尽管可能只是病态的和暂时的。

列车员这时来检票了；克里福德早已把钱包放在了他的衣袋里，便按照别人的作法，也拿出一张钞票，递到那人手里。

"买这位女士和您自己的票吗？"列车员问道，"到多远的地方？"

"车把我们带到的最远的地方，"克里福德说，"这无关宏旨。我们只是乘兴旅行！"

"您挑了个旅行的怪天气，先生！"坐在车厢另一侧的一位目光犀利的老绅士评论道，一面看着克里福德和他的同伴，仿佛好奇地想理解他们，"在这种东风暴雨的天气里，我认为最好的快乐机会还是在自己家里，把壁炉烧上旺旺的小火。"

"我无法完全苟同。"克里福德彬彬有礼地向老先生点头致意说，并且立刻抓住了对方谈话中的暗示，"依我看，恰恰相反，铁路这项令人起敬的发明——从其速度和方便来看，还有广阔和不可避免的改进余地——注定要摒弃住宅和壁炉那些陈腐观念，并代之以更好的东西。"

"从常识的观点来说，"老绅士相当不耐烦地问，"还能有什么比一个人他自己的客厅和壁炉更好的呢？"

"这些东西并不具备许多好人所描述的那种优越性，"克里福德回答道，"可以简练地说成，为可怜的目的提供了恶劣的服务。我的印象是，我们奇妙地增进了并仍在增进的旅行设备注定要把我们再次带到游动状态。您很清楚，我亲爱的先生——您一定从您自身的经验中观察到了——人类的一切进步就是一个圆；或者用更精确和美妙的比喻，是一个上升的螺旋形。当我们自认为在笔直地前进，每走一步都达到了一个全新的境界时，我们实际上却回到了好久以前尝试并放弃了的东西,只是我们如今发现这些东西对其理想而论已经升华了,精炼了和完善了。过去无非是现在和未来的粗糙而表面的预言。把这一真理用于我们目前讨论的话题吧。在我们人类的早期,人们住在临时性的茅屋里,结草为庐,构造简易如同鸟巢,这就是他们盖的——如果可以称得起是盖的,夏至时节的这种温馨的家园更像是长起来的,而不是用手修建的——我们应该说,是大自然协助他们竖起来的,都是在果实繁茂、鱼兽丰富之处,或者尤其在景色优美之地,那里比别处有更可爱的树荫和更精雅的湖光山色及林木。这种生活自有一番魅力,然而自从人们与之告别以来就已不复存在了。而这一切象征着比其自身更好的东西。当然也有其欠缺之处:诸如饥渴、严寒、酷暑,以及奔波于物产丰富的沃土和自然美景的胜地之前,越过贫瘠和丑陋的荒野的精疲力尽的跋涉。但在我们上升的螺旋形中,却避免了这一切。这些铁路——只消把汽笛声弄得悦耳,并去掉这种隆隆作响的轧轧声——诚然是这一时代为我们奉献的最伟大的福祉。铁路为我们平添了羽翼,免除了征尘之苦,使旅行超凡脱俗了!交通成了轻易之举,株守一地对哪个人又有什么诱惑力呢?因此,人们又何必修建一处拖累重重的家宅而不随时得以轻装出发呢?人们为什么要把自己禁锢在砖石朽木中生活,而不出于别无其它的一种考虑——一种更好的考虑,只要那地方很美并适合安家——去建立一个简易的居所呢?"

克里福德眉飞色舞地宣讲着他的理论,从他的躯体内部焕发出的青春特征,把他老气横秋的发皱和苍白的晦暗面孔简直变成了透明的面具。那些兴高采烈的姑娘们把球掉到了地板上,直愣愣地盯视着他。她们或许自言自语地说,眼前这个衰朽的人在他头发变灰、眼角爬上鱼尾纹之前,一定曾经以其堂堂外表印入许多女性的芳心。可惜啊!没有哪个女人曾经亲眼目睹过当年他那张漂亮的面孔。

"我难以将其称为状态的改进,"克里福德的新相识评论道,"这种四处为家就是无处为家!"

"是吗?"克里福德底气十足地惊呼道,"这对我恰如阳光一般清晰——只要天上有阳光——在人类幸福和改善的路途上最大可能的障碍,就是靠大钉钉在一起的原木或者用灰浆加固的一堆堆砖头石块,那就是人们精心营造的痛苦,叫作家宅的东西!灵魂需要空气;开阔流通和频仍变换的空气。病毒的影响千变万化地聚在壁炉周围,污染着家人的生活。一栋老宅由其已故的祖先和亲人散发出有毒物质,再没有比那更有害的气氛了。我说的都是我所知道的。在我熟悉的回忆中有这样一栋宅第——那种有尖角顶(一共有七个),有突出的二层楼面,你有时候会在我们的一些古老的镇子上看到的房子——一座衰败、摇晃、作响、干朽、潮霉、肮脏、昏暗和不幸的旧土牢,前廊上方有扇拱顶窗,一面侧山墙上开了个店铺的小门,宅前有一株伟岸的大榆树!现在,先生,我的思绪无论什么时候转到这栋七个尖角顶的宅第(奇怪的是,我非提到这件事不可),我就立刻幻视或想象到一位长者,板着严峻的面孔,坐在一把橡木安乐椅上死了,实实在在地死了,衬衫前襟上还淌着污浊的血!人死了,眼睛却睁着!就我记忆所及,他玷污了整栋住宅。我在那里既不能兴旺,也无法幸福,同样做不成上帝要我做的,享受不到上帝赐予我的!"

他的面孔阴沉了,似乎还收缩了,枯萎了,凋皱成了一张老脸。

"绝对不能,先生!"他重复说道,"我绝对不能在那里吸到愉快的空气!"

"我也这样想。"那位老绅士热切地甚至相当理解地注视着克里福德说道,"您的头脑里既然有这样的想法,先生,我想您是不能在那里吸到愉快的空气的!"

"肯定不成,"克里福德继续说道,"如果那栋宅子拆毁,或者烧光,就此从地面上抹掉,在其基础上广播草种,对我诚然是一个宽慰。我可不想再去看那块地方!因为,先生,我离开那里越远,就会有更多的欢乐、清新、激动的心跳,智慧的活跃,青春的朝气——简而言之,对,我的青春,我的青春!——回归到我身上来。就在今天早晨之前,我还是老的。我记得我照着镜子,惊叹我自己的灰发,还有我的皱纹,那么多,那么深,横贯我的眉宇之间,深深通下我的两颊,乱糟糟地践踏着我的眼角!老得太早啦!我无法忍受!老年还没权利到来!我还没生活过呢!可是现在我的样子老吗?果真如此,我的外表可就奇怪地欺骗了我;因为——我的心头卸下了一个重负——我觉得自己正处在青春期呢,整个世界和我的最好的日子就在我面前!"

"我相信您会找到的。"那位老绅士说道,他的样子相当尴尬,一心想避开由于克里福德信口雌黄引来的人们对他俩的瞩目,"我对您致以最美好的祝愿。"

"看在上天的份上,亲爱的克里福德,安静点吧!"他妹妹耳语道,"他们还以为你疯了呢。"

"你自己安静点吧,海波吉巴!"她哥哥回敬道,"管他们怎么想呢!我反正没疯。三十年来我的思想才第一次喷涌而出,并且找到了现成的字眼表达出来。我必须讲话,我一定要讲!"

他又一次面对着那位老绅士,重新讲起来。

"是的,我亲爱的先生,"他说道,"我坚定地相信和希望,长期用来体现神圣之物的屋顶和壁炉这类字眼,很快就会从人们的日常生活的使用中逝去并被遗忘的。仅仅想象一下吧,随着这一变化,多少人间的邪恶会滚开啊! 我们叫作地产的东西——在上面盖房子的坚实的土地——正是这个世界上几乎一切罪孽休憩的广阔基础。一个人会犯各种错误——他会堆积起巨大的恶毒,像花岗岩一样坚硬,会沉重地压在他的灵魂之上,及至永恒——,却修建了一栋阴暗的巨宅,以便他自己在里面死去,他的后代在里面遭难。他把自己的尸骸置在地基之下,可以这么说吧,并且把他蹙额的肖像悬挂在墙上;在将他自己如此这般转变成邪恶的命运之后,却期望着他的曾重孙子女会在那里享福! 我说的不是疯话。我心目中就有这样一栋住宅!"

"那么,先生,"那位老绅士说道,急切地想放下这个话题,"您离开那里是不该受到责备的。"

"在已然出生的孩子们的寿命期间,"克里福德继续说,"这一切就会驱除殆尽。这个世界已经升华得十分超凡脱俗,再也无法长时间忍受这种罪大恶极了。对我来说,——尽管在一个相当长的时期内,我一直主要过一种隐居式的生活,比起大多数人对这类事情了解要少——即使对我来说,一个更好的时代即将到来则是置定无疑的。现在可以安睡了! 依您看,对于荡涤掉人类生活中的粗俗难道不起作用吗?"

"全是鬼话!"老绅士气哼哼地说道。

"那天小菲比对我们讲的那些敲击的精灵①,"克里福德说道——"他们不就是精神世界的传令使者,在敲击物质的门扇吗?门随着就大敞四开了!"

"又是鬼话!"老绅士叫道,对于克里福德这种形而上学的只言片语火气越来越大了,"我倒愿意用一根好手杖敲敲散布这种废话的傻瓜的空脑壳!"

"还有电呢,——魔鬼,天使,强大的体力,无处不在的智慧!"克里福德叫道,"那也是鬼话吗?通过电的手段,物质世界已经变成了一根巨大的神经,能在呼吸之间震颤到数千英里之外——这是事实呢,还是我在做梦?倒不如说,圆圆的地球是一个大脑袋,一个有着智慧本能的头脑!或者,我们可不可以说,它本身就是一种思想,只是一种思想,而不是我们所认为的物质!"

"如果您指的是电报,"老绅士说道,一边望着沿铁轨架设着的电线,"倒是个好东西——当然啦,这是说,如果棉花投机商和政客没有占有电报的话。确实是个好东西,先生,尤其是在侦破抢劫银行的罪犯和杀人凶手方面。"

"就这一点而论,我不大喜欢电报。"克里福德回答道,"一个抢银行的,还有你说的杀人凶手,自有其道理,具有开明的人道和良知的人应该以更自由的精神来看待,因为整个社会倾向于否定他们的存在。像电报这样的几乎是精神的中介应该奉献给更崇高、更深邃、更愉快和更神圣的使命。情人们会一日接一日地——如果更经常想到要用的话,也许一个小时接一个小时地——把他们激动的心情从缅因发到佛罗里达,写上这类词句,诸如:'我永远爱你!''我的心洋溢着爱!''我爱你超过我所能!'接着,在下一封电报中又说:'我每活一小时,对你的爱就增加两倍!'或者,当一个好人去世之时,他的远方朋友会感觉到如同来自幸福精神的世界②的电击,告诉他:'你亲爱的朋友进入了天堂!'或者,一位外出的丈夫会接到这样的消息:'一位以你为父的不

---

① 当时的降神活动认为,降临的精灵以敲击代替语言表达意思。
② 指天堂。

朽的生命,此时从上帝处到来!'紧接着,那小家伙的嗓音仿佛传到了那么远,在做父亲的心里回荡了。可是对那些可怜的无赖,那些抢银行的罪犯——终归像十个人当中有九个那样真诚,除去他们蔑视某些条规,宁可在夜间而不肯在交易时间做生意——还有你所说的那些杀人凶手,他们的行为动机往往是可以原谅的,如果我们只考虑其结果,也完全值得跻身于公众福利家之列,——因为像他们这样的不幸的人们,我实在不能赞赏诉诸一种无形和超凡的力量在全世界对他们穷追不舍!"

"你不赞赏,嗯?"老绅士叫道,还狠狠地瞪了一眼。

"肯定不!"克里福德答道,"这种做法把他们推到了十分悲惨的不利地位。比如说,先生,在一栋老宅的一间横梁交叉、贴了护墙板的低矮、阴暗的房间里,让我们假定在一把安乐椅中坐着一个死人,衬衫前襟上还有血渍——让我们的假定再补充另一个人,他感到宅子里充满了那死人的存在,就溜了出来——最后我们再设想他逃跑了,天晓得向什么地方,以飓风般的速度乘火车出走了!现在,先生,如果这个逃亡者在远方的某个镇子下了车,发现所有的人都在嘀咕那同一个死人的事,而他正是为了逃避不见和不想那个死人才跑到这么远的,难道你不承认他天生的权利被侵犯了吗?他避难的城市被剥夺了,而且依我的浅见,他受了无尽的委屈!"

"您是个怪人,先生!"那位老绅士说道,把犀利的目光对准克里福德,似乎决心要一直钻进他身体里边,"我看不透您!"

"当然,我肯定您看不透!"克里福德笑着说,"不过,我亲爱的先生,我和莫尔井的水一样透明呢!我说,海波吉巴!我们这一步已经飞得够远了。咱们下车吧,像鸟儿似的,先在最近的细枝上栖息一下,商量商量下一步我们该飞向哪里!"

说着话,列车刚好到达了一个中途站。利用这短暂的停车时间,克里福德拉起海波吉巴就离开了车厢。不一会,列车载着车内所有的人——克里福德已经成为他们瞩目的对象——缓缓滑出一段距离,迅速地越变越小,转眼间就消失不见了。那个天地离开这两个漂泊者飞驶而去了。他俩消沉地凝望四周。不远处竖立着一座木教堂,木质因年久已经发黑,一副衰微破败的颓唐景象:窗户都已破损,主体的前脸有一道大裂缝,方形塔楼的顶上垂着一根椽。再往远处是一栋老式农舍,和教堂一样古老得发黑,房屋的坡顶从三层的高度一直斜到离地面不足一人高的地方。看来没人居住。在门前确实还留有木垛的残迹,但在木屑及散开的圆形木柴中间蔓生着杂草。小雨珠斜扫着落下来;风不再旋转,但刮来湿冷的潮气,阴沉沉的。

克里福德周身颤抖着。他那种发狂的兴致——即兴激发着思绪、幻象和连珠的妙语,并且促使他仅仅出于发泄他那泉涌般的思想的必要而滔滔不绝的谈话——已经彻底平息了。一阵有力的激动赋予了他精力和活力。激动一过,他就沉寂松垮了。

"现在该由你引路了,海波吉巴!"他迟钝又不情愿地喃喃说道,"你随便安排我吧!"

她跪倒在他们站立的月台上,两手相握举向苍天。浓重的灰云遮住了天空,但这并非不相信上苍的时刻——此刻不消探询头上有天,而万能的天父就在那里俯视!

"噢,上帝!"——可怜又憔悴的海波吉巴突然迸发出这呼叫,然后稍稍停顿了一下,思考她该祈祷什么——"噢,上帝,——我们的父,——我们难道不是你的子民吗?对我们发发慈悲吧!"

第十八章　潘钦州长

潘钦法官在他的两位堂亲想入非非、匆匆外逃之时,依然坐在那间老客厅里,按照那句老话,在平日的住户不在时照看房子。我们的故事也就要回到他和令人起敬的七个尖角顶的宅第,犹如猫头鹰惑于白昼的光明急忙赶回它的中空的大树。

法官已经好长时间没有变换过姿势了。自从海波吉巴和克里福德的脚步走过吱嘎作响的走廊,外面的大门在他们跨出后被小心翼翼地关好以来,法官的手脚没有动弹过一下,他的目光也没有须臾离开过凝视着的角落。他左手握着他的怀表,但别人却无法看到表盘。好一副深思的模样!或者,设若他入睡了,他睡得完全不受干扰,没有惊恐、痉挛、扭曲,没有梦呓,鼻孔没有发出鼾声,呼吸也没有轻微的不规律,这表明他的良知多么像孩童般的安详,他的胃区又处于多么健康的状态!你只能屏住自己的呼吸才能证实他是否还在喘气。那是完全无声无息的。你听得见他的怀表的嘀嗒声;却听不见他的呼吸声。无疑,那是最为解乏的酣睡!然而,法官不可能在睡觉。他的眼睛大睁着!像他这样老练的政治家绝不会大睁着双眼睡觉,以免某些敌手或恶作剧的人趁其不备借机从眼睛这对窗口窥视他的内心,发现他不为人知的回忆、计划、希望、忧虑、弱点和长处。据民谚所说,一个警觉的人是睁着一只眼睡觉的。这或许是明智之举。但绝不会同时睁着两只眼,那就掉以轻心了!不,不!潘钦法官不可能在睡觉。

不过,说来古怪,一位面临接二连三的约会——而且以准时著称——的绅士会在他看来一向不喜欢造访的一座孤独的老宅中这样耽搁。那把橡木大椅确实会以其宽大诱惑他。那把在不够开化的年代时兴的安乐椅,确实够大的,其座位能容纳下任何人,对法官的魁梧身躯绝不会显得紧窄。再胖大的人坐在里面也有足够的余地。他那位肖像悬在墙上的祖先周身长满了英格兰人的发达肌肉，也填不满两只扶手之间、椅子前部的空当，臀部也盖不住整个坐垫。当然还有比这更好的椅子——桃花心木的、黑胡桃木的、青龙木的，座位下装有弹簧，上面铺了缎垫，还有可随意变动的斜坡和无数的精巧构造，既增加了舒适，又避免了烦人的过分松软——，数量也极多，可为潘钦法官效劳。是啊！在众多的客厅里他都会受到远接高迎的礼遇。做母亲的会伸出双手走上前来迎迓他；与他如今这把年纪——用他自嘲的说法，一个老鳏夫——相仿的守贞的老处女会为他拍鼓坐垫并尽其绵薄之力让这位法官感到舒适。因为法官是个走运的人。不仅幸运，而且还和别人一样胸怀抱负，却比他们聪明理智；或者说，至少在今天清晨他躺在床上，在半睡半醒之中，安排着一天的计划，展望着未来十五年的成功前景的时候是如此。他身体健壮，年齿的增长尚未见其害，未来的十五或二十年——嗯，也许是二十五年呢——他完全可以说是属于他自己的。二十五年的时间让他享有他在城乡的房地产、他的铁路、银行和保险股金，他的合众国股票——简言之，无论如何投资的，现在已经在握或很快就可获取的财富；连同他已经得到和即将得到的公共荣誉的分量！好啊！太妙啦！足够了！

可是他依然在那把旧椅中拖沓着！如果法官还有时间可以抛却，何必不照他往常的习惯，造访保险公司，坐进他们的一把皮垫安乐椅中，聆听当天的流言蜚语，插上一句必然引起翌日街谈巷议的深思熟虑的妙语呢？难道就没有一次银行的董事会他要出席，没有哪间办公室他要去坐吗？确实有的，而且时间就记在一张卡片上，那是，或应该是放在潘钦法官背心的右侧衣兜里的。让他到那些地方去吧，在他那些钱袋上舒心地懒散一下吧！他已经在这把旧椅里闲坐得太久了！

这一天本来是十分忙碌的一天！首先，他要同克里福德会面。据法官预计，这件事半小时就足够了；本来可以更短的，可是——考虑要先应付海波吉巴，而这种女人会把几句话就能说清的事啰嗦好多的——打上半个小时是最保险的。半个小时？喂，法官，按照你那分秒不差的天文钟，已经两个小时了！垂下眼睛，看一下你自己的表吧！唉！他不想给自己添那份低头或抬手的麻烦，以便把那忠实的计时器移到目力所及的范围之内！一时之间,时间对法官来说似乎已经变得没有分秒必争那样的紧要了!

　　他已经把备忘录上别的项目全都忘光了吗？把克里福德的事情办妥之后,他要去会一位州街上的经纪人,那人正设法赚一笔实惠的佣金,法官身边刚好有几千元闲散资金没有投放,而那种股票又最看好。那个以高利率贴放票据的满脸皱纹的骗子要劳而无功地乘一次火车了。半个小时之后,紧挨着这里的那条街上,要有一次地产拍卖会,包括原属莫尔花园地皮在内的一部分老潘钦产业。其产权近八十年来已经从潘钦家让渡出去;但是法官一直注视着这片土地,并决心将保留下来的七个尖角顶小块宅基周围的外圈土地重新兼并;如今,在这场古怪的健忘症发作期间,那致命的小锤一定已经落了下去,把这份古老的祖产转让给外人所有了！诚然,这次拍卖或许会推迟到天气较好的时候。果真如此,法官会否得便出席,并使拍卖人在这第二次机会中偏袒他的喊价呢？

　　下一件事是要为他自己买一匹坐骑。就在今天上午进城的路上,他一向钟爱的马匹失了蹄,应该立即更换了。潘钦法官的脖子那么珍贵,焉能交给这样一匹跛马呢！一俟上述这一切交易都按时完成,他还要去出席一处慈善协会的会议;不过,在他众多的善举中,那慈善协会的名称已经被他忘怀了;好在这种事不做也罢,没有什么大妨碍。如果他还有时间,会在百忙之中抽暇采取措施重修潘钦太太的墓碑,教堂司事已经告知他,那块大理石墓碑已然向前翻倒,裂成两半了。法官认为,她还算是个值得称道的女人,尽管她有些神经质,说哭就哭,在烧咖啡上表现愚蠢;由于她死得及时,他倒不吝惜再给她立一块新碑。这至少总比她根本不需要墓碑为好吧！他的单子上的下一件事是订购一些稀有品种的果树,以便在接踵而至的秋季,把这些果树移栽到他的乡村别墅。是啊,千方百计地买下这些果树吧,但愿你的嘴里能品尝到那甘美的桃子,潘钦法官！这之后是件更重要的事。他的政党的一个委员会已经谋求他在前次支付之外,再为秋季的竞选捐赠一二百美元。法官是位爱国主义者;国家的命运押在十一月份的大选上;何况,如在另一段将要预示的,他在这场重大的角逐中自己还拥有不算小的筹码呢。

他会按委员会的要求去做;不过,他将出乎他们的期望,格外慷慨地给他们五百元的支票,如果需要,以后再追加。下一件事呢?潘钦法官早年的一个朋友的潦倒的遗孀给他写了一封动人的信件,向他直陈了她的窘状;她和她的美丽的女儿已经断炊。他尚未想好一定在今天去拜访她,去与不去要看他是否有空余时间和小额钞票。

不过,他没有把另一件事太放在心上(要知道,对于个人健康,注意一下是对的,但不必过于忧虑),——那件事就是去咨询他的家庭医生。苍天在上,去咨询什么呢?唉,要描写症状谈何容易。只是有点视力模糊和头脑晕眩,对吧?——或是喉头有些不舒适的噎塞或打嗝,解剖学家是这样说的吧?——或是心脏跳动有时加剧,使他认为这个器官比其余的更需要表现一番健康的做作呢?别管是什么了吧。医生对他那职业的耳朵听到的这种小病的说明大概会报以微笑;法官也会以笑脸相答;两人目光相遇,便会一齐开心地放声大笑!真是无病乱投医!法官永远不需要这一套!

请吧,请吧,潘钦法官,现在看看你的表吧!什么——不瞥一眼!离吃饭就差十分钟了!你肯定不会忘记今天这顿饭比起你以前吃过的所有正餐都要有更重要的后果吧。是啊,绝对是至关紧要的;虽说在你那颇不寻常的仕途中曾经高踞盛宴的首席,对着那些仍然回荡着韦伯斯特①的雄辩的耳朵鼓起你那如簧之舌。不过这次不是公众宴会。只是来自州里几个地区的十来个朋友的聚会;他们这些有影响的显赫人物在一个同等地位的共同朋友家中随意小酌,也就是比平日他的招待稍为隆重些而已。无非是家庭美味,谈不上法式大餐。据我们理解,不过是地道的甲鱼,还有鲑鱼之类,北美野鸭、猪肉、英国羊肉、上等牛排等等精制菜肴,都是能满足大多数就餐者所属的殷实乡绅口味的。简言之,就是时鲜美味佐以无时不以为荣的最中意的马德拉酒②,品牌叫"朱诺"③,是一种浓郁有力的名酒;将其封装于瓶中久藏备用不啻是储

---

① 韦伯斯特是十八世纪新英格兰的望族之一,出过好几位政界名流,还有编纂词典的语言学家。
② 非洲一群岛所产的白葡萄酒。
③ 古罗马神话中朱庇特之妻,为天后。

备了福气;这种金色的饮料比液体黄金还要值钱;其来之不易和备受推崇使那些资深的酒徒饮上一次便足堪载入他们的饮酒史!它可祛心疾,镇头痛!法官如能畅饮一杯,便可治愈使他迟到(足足过去了十有五分钟)这次宴会的莫名其妙的嗜眠症。这酒足以使死人回生!你愿意呷上一口吗,潘钦法官?

  天哪,这顿聚餐!你当真忘记其真正的目的了吗?那么就让我们悄悄对你耳语,以便你能从那把橡木安乐椅中一惊而起——那把椅子看来当真有了魔法,犹如考莫斯①故事中那把座椅或囚禁你祖父的莫尔大水罐。但野心是比巫术更强有力的法宝。那就赶快醒来吧,匆匆穿过街道,冲到聚会上,他们可能趁着鱼味尚鲜已经动起刀叉了!他们等候着你;其实你倒不在意他们等不等你。这些绅士们——还需要告诉你吗?——从全州的各地到此聚集一堂,不是没有目的的。他们当中的每一个人都是讲求实际的政客,善于调整预选措施,在众百姓不知不觉之中窃取他们选择自己的统治者的权力。在下一届地方长官的选举上,公众的呼声哪怕响如雷鸣,其实也不过是这些绅士们在今天这次聚餐会上悄声低语的回声。他们在你朋友的餐桌旁的这次聚会就是为了确定他们的候选人。这一小伙工于心计的密谋家们将操纵全国大会,并就此控制全党。除去我们面前这位潘钦法官,还有谁是更合格的候选人——更明智和博学,更以慈善慷慨闻名,更忠于原则,在公众信任上经受过更多的考验,在私人品德上更无瑕可指,在清教的信仰和实践上,由于家传的门风,有着更深厚的基础,在公共福利上拥有更多的资助——什么人能够如此杰出地将领袖人物必须具备的这一切气质集于一身,由选民举荐出来呢?

  那就赶快吧!尽你那份力吧!你为之辛苦、为之奋斗、为之攀爬的那份报酬,正在等着你去掌握!去出席这场聚餐吧!——喝上一两杯那种名贵的酒!——随你愿意压低嗓音发誓吧!——从桌上站起来,你就成了这个荣耀的老州的地道的州长了!马萨诸塞的潘钦州长!

  在这样的置定无疑之中就没有强烈和兴奋的热诚吗?这是你半生

---

① 罗马神话中的酒神和欢宴之神。

来要达到的重大目标。如今,正是需要你稍稍表示一下你接受提名的时候,你为什么要坐在你曾曾祖父的橡木安乐椅中死气沉沉的,如同宁可放弃了州长的官位呢?我们都听过木头王的寓言①;但在这个竞争的时代,一位皇族是难以在竞选中当上执政长官的。

唉!出席聚餐是绝对太晚了!甲鱼、鲑鱼、丘鹬、煮火鸡、南方羊肉、猪肉、烧牛肉就要给吃光了,或者只有半温的土豆和凝着油腻的肥肉这类残羹剩饭了。法官即使没有其它成就,原可以用刀叉创造奇迹的。要知道,正是在谈及他那饕餮食欲时,人们说,造物主把他造成了一头巨型动物,而就餐时他就成了巨型猛兽。像他这样食欲极大的人,应该在就餐时享有特权。可惜这一次,法官去赴宴实在太迟了!我们担心,迟得连酒都喝不到了!客人们酒酣耳热,已经放弃了法官,并且得出结论他已去了自由民的乐土②,因此就另定了一个候选人。倘若我们的朋友此刻蹑手蹑脚地来到他们中间,还瞪着既急切又迟滞的眼睛,这种并不和蔼的出场就足以给在座的诸君泼下冷水了。这也不大像潘钦法官的作风,他一向注重仪表,不可能带着衬衫前襟上的血污在餐桌上露面。那血污是怎么弄上去的?无论如何,那样子都是很不入目的;对法官来说,最明智之举是扣紧外衣,遮严前胸,从租马房骑上马,全速驰回自己的家中。在家中喝上一杯兑水白兰地,吃下一块羊排、一块牛肉、一只烤禽或是什么如此匆匆一气吞下的便餐,然后坐在壁炉边度过一晚。他应该穿着拖鞋烘烤上好长时间,以便驱赶掉这栋讨厌的老宅发散出来的寒气,那种冷飕飕的氛围简直把他周身的血液都凝固了。

因此,起来吧,潘钦法官,快起来吧!你已经损失掉一天了。而且明天很快就要来到这里了。你早点起来,抓紧时间好不好?明天!明天!明天!我们这些充满活力的人明天应该早起。至于今天死去的人,他的明天将是复活的早晨。

---

① 伊索寓言中讲,青蛙们请求有个国王,朱庇特给它们一段木头作王,在平静中统治它们,但青蛙却嫌它没有生命;后来朱庇特又让鹳为王,鹳便贪婪地吃掉了所有的青蛙。

② 原文此词指美国南北战争前禁止蓄奴的州,此处引申为天堂。

与此同时,暮霭渐暗,从房间的四角向上升起。高大家具的阴影加深了。室内起初还亮暗分明;之后,随着阴影的扩大,在缓缓爬过的深灰色湮没之潮中,各种物件和坐在其中的那个人的轮廓逐渐变得模糊了。这阴暗并非自户外进入,而是整天都在室内孵育着;如今已然从容又难免地占有了一切。唯有法官那僵滞的面目苍白得出奇,拒绝融入这一万能的溶剂。光线越来越暗。仿佛又有两只手满握着昏黑撒遍空中。此刻已不再是灰色而是深褐了。窗口还依稀可见,但既不是亮光,不是闪光,也不是微光——任何表达光的词语都远比这可疑的感觉更为明亮,应该更确切地说,只是知道那里有一扇窗户而已。那光亮消失了吗?没有!——对!——还没有完全消失!还有一点点黝黑的白色,——我们冒险地把这两个含义截然相反的词语强拉在一起——那就是潘钦法官黝黑的白色面孔。五官全都消失了:留下的只有它的苍白。现在它是什么样子呢?没有了窗户!没有了面孔!一个无垠的不可思议的漆黑消灭了光亮!我们的宇宙呢?全都从我们面前崩溃了;而身在混沌中飘荡的我们,可以聆听无家的狂风徘徊哀叹,低声询问世界一度曾是何等模样!

那里就没有别的声音了吗?只有一个,而且是一个听着可怕的声音。那就是自从海波吉巴走出房间去找克里福德开始,法官一直握在手中的他那只怀表的嘀嗒声。无论出于什么原因,**时间**永不止息的脉冲的轻微、安详的悸动,在潘钦法官木然的手中以其忙碌的节奏重复着那低声的鸣响,其恐怖的效果,是我们在这种场面的任何其它伴随物中所不能发现的。

可是,听啊!风吹得更响了;但那声调不像是五天来的自我哀叹并以痛苦的共鸣折磨着所有人类的那种沉闷阴郁。风转向了!如今从西北方向狂吹过来,抓住了七个尖角顶年久失修的框架,如同一个摔跤手和对方角力似的摇撼着。随着一股股的劲风,是一下又一下地猛烈的抽打!老宅又吱嘎作响起来,从它那沾满烟灰的喉咙(我们指的是那个宽阔的烟囱的大烟道)中发出喧闹而又不那么明智的吼叫,既是对粗暴的狂风的抱怨,却更像是以粗鲁的挑战表达其一个半世纪以来的敌意的亲切。壁炉板背后是一种狂风怒吼的隆隆声。楼上的一间屋门给吹开了。一扇大概是没关或是吹开的窗子成了一股劲风的进口。事先难以想象,这种木建宅第成了多么奇妙的管乐器,又如何奏出了顿时响起的歌唱、叹息、抽泣和尖叫的古怪噪声——还伴以远处房间里传来的空旷而沉重的大锤的打击乐——以及仿佛迈着沉重脚步跨过门限,穿着僵挺得不自然的丝绸窸窸窣窣地上下楼梯的声响——这便是大风穿过敞开的窗户,钻过宅中肆虐之时。我们当然会以为这里来了一个精灵呢!太可怕了:狂风穿过孤独的宅第时的喧嚷;法官不声不响地坐在那里不为人所见;还有他的怀表的执拗的嘀嗒声!

至于潘钦法官不为人所见这件事,很快就会解决了。西北风把天空吹晴了。窗户清晰可辨了。而且透过窗玻璃,我们隐约地看到了窗外那一团黑乎乎的叶簇的摇动,随着不断变换的拍打,时而这时而那地透过一缕星光。这缕缕光线更经常地照亮了法官的面孔,尽管其它东西还在影影绰绰之中。这时射进了更明亮的光线。看啊,那银色的月光先是在梨树上部的枝叶处舞蹈,后来低了一些,照到了整片的较粗树枝,同时穿过不断变换的杂乱缝隙,斜斜地落进了房间。月光在法官的身体上抚弄,表明在几个小时的昏暗中他一直没有动弹。月光以变化着的嬉戏,追随着阴影,越过他那不变的面容。月光照到他的怀表上。他握着的手遮住了表盘;但我们知道,那两根忠实的指针已经重叠,因为城里的一个大钟敲响了子夜十二点。

像潘钦法官这样有着坚定判断力的人,对于子夜十二点并不比正午十二点更介意。无论在前面一些章节中他和他的清教徒祖先被描绘得多么相像,在有一点上他们却大不相同。二百年前的那位潘钦,和他的大多数同时代人一样,完全笃信精灵驾驭术,尽管认为那种作法有些恶毒。而今天晚上坐在那把大安乐椅中的潘钦,根本不相信这种鬼话。至少几个小时之前他还抱这种信仰。因此,关于他祖先的这栋宅第的这个房间的故事——在当年壁炉周围还摆着板凳,老人们坐在那里拨弄着往昔的灰烬,像是扒出燃着的煤火似的翻动传统——不会使他毛发直竖。事实上,那些故事也实在荒唐,即使孩童也不会吓得毛骨悚然。比如说,连鬼故事都能接受的那些感觉、含义或寓意是什么呢?在那些可笑的传记中讲,一到子夜,所有故去的潘钦家的人就一定要聚集到这间客厅里。他们为的什么呢？嘿，说是为了看一看他们祖先的肖像是不是仍然按照他遗嘱的要求挂在墙上的那地方！为此目的从他们的坟墓中出来值得吗？

我们不由得要把这一看法当作趣闻了。鬼故事再也难以认真对待。我们假定，那些已故的潘钦的家庭聚会就照此方式开始吧。

最先到来的是老祖宗本人，他身穿黑色外衣，头戴尖顶帽，下身是紧腿马裤，腰上扎着宽皮带，悬着钢柄剑；他手中握着上等绅士常携的长拐杖，主要是为了显示身份而不是撑着走路。他抬眼看了看肖像：一个幽灵凝视自己的画像！一切平安。肖像还悬在原处。虽说他本人从墓地的草丛中钻出这么久了，他头脑中的目的依然十分神圣。瞧！他举起了一只动作不灵的手去摸像框。一切平安！可是他在微笑吗？——还是仅仅舒缓了加深他面部阴影的一种死者的皱眉呢？粗壮的上校不满意呢！他那不悦的神情确定无疑，连他的五官轮廓都清晰了，月光也在此时越过他的面部，在身后的墙上摇曳着。这位祖宗有什么心烦的事！他不祥地摇了摇头，便转身走开了。这时进来了潘钦家别的人，整整六代的一个家族，他们推推搡搡地来到了肖像跟前。我们看到的是些上年纪的男男女女，其中一个是教堂执事，板着面孔，穿着长袍，依然是清教徒那种僵硬模样；一个穿着旧时对法作战时的红色军上装；接着是一个世纪之前开店铺的潘钦，袖口卷边在腕部翻起；还有那位艺术家的小说中的戴假发、穿缎袍的绅士，旁边是爱丽丝，她美丽的面孔上罩着愁容，从她的处女坟墓中没有带来任何骄矜之色。所有的人都去摸了摸像框。这些幽灵人物在寻找什么呢？一位母亲举起她的孩子，让他的小手触摸那像框！那幅肖像显然有一种神秘之处，让这些本应安息的潘钦们感到茫然。与此同时，在一个角落里站着一个长者的身形，他身穿皮制短上衣和马裤，侧兜里伸出木匠用尺；他伸出手指，指着蓄长须的上校和他的后辈，点着头，嘲讽着，最后爆发出肆意的大笑，尽管听不到他的笑声。

我们就这样不加控制和引导地听凭自己继续想象下去吧。我们在幻视出来的场面中辨出了一个意想不到的身影。在那些祖辈人物中有一个年轻人，穿着今日时尚的服饰：他披着一件深色斗篷，几乎没有了下摆，下身是灰色马裤，脚上是蒙着鞋罩的漆皮鞋，胸前佩着做工精致的金链，手中提着一根银头鲸鱼骨的小手杖。我们若是在光天化日之下见到这个人，我们会把他当作法官那个仍然在世、近两年来旅居国外的独子，年轻的杰弗瑞·潘钦，对他致意。如果他还活着，他的身影怎么会来到这里？如果他已死了，又是多么不幸！老潘钦的财产，加上这年轻人的父亲获得的大批地产，该移交给谁呢？给可怜又愚钝的克里福德、憔悴的海波吉巴和质朴的小菲比！还有另一件更大的怪事等着我们呢！我们能相信自己的眼睛吗？一个年长而壮健的绅士露面了；他有一副备受尊敬的威严的外表，穿着黑色外衣和宽大的裤子，整个服饰堪称是整洁得毫无瑕疵，然而在他雪白的颈巾和衬衫前襟上却沾着一大片鲜红的污渍。是不是法官呢？怎么可能是潘钦法官呢？我们可以借助摇曳的月光，像看清别的一切那样，看清他的身形仍然坐在那把橡木安乐椅中！管这个幻象是谁呢，反正它走向肖像，似乎还抓住了像框，想窥视其背后，随后便像那些先辈一样，阴沉地皱着眉头走开了。

　　这里所提到的怪异场面，绝不能视为我们的故事的实际组成部分。我们为颤抖的月光所诱，做出了这种简短的夸张；月光与阴影挽手共舞，映现在镜中，而我们都很清楚，镜子是通往精神世界的门窗。何况，我们对椅中坐着的那个人物心无旁骛地思考了这么久的时间，也需要松弛一下了。这个野性的世界已经把我们的思绪搅得异常混乱了，不过始终没有从一个确定无疑的中心拉扯开：如同铅块般一动不动的法官紧压在我们的心头。他永远不会再动弹一下了吗？他快点动一下吧，不然我们恐怕会疯的！他的这种安详神态，可以从一个小老鼠的无畏精神更好地加以评估：那只老鼠正在一束月光的笼罩下，紧靠着潘钦法官的脚，坐在后腿上，似乎在思忖铤而走险地越过这个黑乎乎的庞然大物，完成它的旅程。哈！是什么把这只机灵的小老鼠惊吓了？原来是窗外的一只老猫的身影，它像是蹲在那儿不慌不忙地盯着。这只老猫模样十分丑陋。到底是猫在盯着老鼠呢，还是魔鬼盯着人的灵魂呢？我们倘若能把它从窗子那里吓跑就好了！

　　感谢上苍，这一夜总算是平安无事地度过了！月光不再那么银亮，也不再同它照出的阴影的黑暗形成那么强烈的对比了。此时的月光是苍白的,阴影也不是黑的而是灰的了。狂风也平息了。什么时间了?啊!那表终于不再嘀嗒作响了;因为法官健忘的手指,没有在他习惯上床前半小时左右的十点钟给怀表上弦——结果就在五年以来第一次停了摆。但**时间**的宇宙大钟仍在保持其节拍。沉闷的夜晚——紧随我们身后,又毫无生气,实在令人沉闷——终于让位给清澈透明、万里无云的早晨。给万物赐福的光芒四射啊!白昼的阳光——哪怕射进这间总是阴暗的客厅的亮光再少——似是普天祝福的一部分,能够驱尽魔鬼,使一切美好成为可能,一切幸福得以企及。潘钦法官现在会从椅子里站起身吗?他会走上前去,接受照到他额角的阳光吗?他会不再像多年来那样心怀叵测地度日,而怀着善心开始这新的一天——上帝面带微笑地赐予人类福祉的一天吗?抑或昨天他一切深藏的阴谋仍一如既往地顽固地隐匿于心,不停地转动于脑吗?

  果真是这后一种情况,他可就有太多的事情要做了。法官还会坚持对海波吉巴说要与克里福德会面吗?他还会买一位稳健而年长绅士的坐骑吗?他还会出于一己之利说服老潘钦财产的买主取消那笔交易吗?他还会去见他的家庭医生,得到延年益寿的良药,使他在最长的时间内为他的同胞谋福和争光吗?尤其重要的是,潘钦法官会不会对那伙尊贵的朋友致歉,让他们心悦诚服地相信,他未能出席聚餐会是势在难免,从而彻底恢复对他的好评,仍然推举他做马萨诸塞的州长呢?而在这一切目的都达到之后,他会不会扮起精心设计的慈善家的面孔,带着灼人的微笑,重新走上街头,乃至招引了苍蝇飞来,嗡嗡地叮着他的面孔呢?或许,他在经过刚刚过去的一天一夜的坟墓般的独处之后,会不会以一种谦卑和悔过自新的姿态走出来,成为一个充满悲伤、温文尔雅、不谋私利、不争浮名、不敢热爱上帝却勇于热爱他的同类,尽其可能为他们造福的人呢?他会心怀——不是伪善的丑笑,那种做作只能显得傲慢,那种虚伪只能令人作呕——一颗悔悟的心的柔情哀伤,而那颗心终于在罪孽的重压下破碎了吗?因为我们相信,无论他在上面堆积了多少荣耀的显示,这个人的心底有着沉重的罪孽。

  起身吧,潘钦法官!晨曦透过树荫闪烁,尽管美丽又神圣,却回避着不去照亮你的面孔。起身吧,你这个老谋深算的世俗和自私的铁石心肠的伪君子,作出你的选择,是继续做一个老谋深算的世俗的自私的铁石心肠的伪君子呢,还是把这些给你带来生命之血的罪孽,从你的本性中驱逐殆尽!复仇者已经来到你面前!赶快起来吧,不然就太迟了!

什么!你对这最后的呼吁无动于衷吗?居然没有,一点没有!这时候我们看到了一只苍蝇——就是你常见的在窗玻璃上碰撞的普通的家蝇——,它嗅到了潘钦州长的气味,就落了下来,一会儿停到他的前额上,一会儿落到他下颌上,一会儿,上帝保佑我们,还在他的鼻梁上爬,一直爬到这位即将成为行政首脑的睁着的眼睛上!你难道不能把这只苍蝇轰开吗?你难道这么懒散吗?你这个人,昨天还有那么多事要办呢!你难道这么弱小,而那只苍蝇又那么强大吗?赶不走一只苍蝇?唉,看来,我们只好不管你了!

听啊!店铃响了。经过这最后几个小时我们强忍着听了那个沉重的故事之后,意识到还有一个活着的世界,而且这个古老而孤独的宅第仍与之保持着某种联系,倒是蛮好的。我们离开潘钦法官的所在,走进七个尖角顶宅第的街道上,我们才得以舒畅地呼吸。

第十九章　爱丽丝花束

凡纳大叔推着手推车走在街头,他是暴风雨过后的这一天清晨,最早出现在这一带的人。

七个尖角顶宅第前的潘钦街,比起侧巷来要悦目多了——那些侧巷中住的都是穷苦阶层,放眼望去只能看到木头住房和破烂栅栏是不足为奇的。经过前面五天的恶劣天气,这天早晨大自然总算做了些温柔的补偿。单单抬头眺望苍天的阳光普照或是看看房屋间重新充满的和煦,就足以令人心旷神怡了。无论粗看抑或细察,每个物体都那么妥帖。比如,被雨水冲刷一新的便道上的石子和沙砾,甚至映着蓝天的街心的积水潭,如今显得葱嫩的爬在篱根的青草,如果向篱内窥视,则会瞥见长着绚丽多彩的花草的花园。长势繁茂、多汁鲜嫩的蔬菜,样子分外喜人。潘钦榆树巨大树冠的枝叶,全都生机勃勃,洒满了旭日的辉光,聚敛着宜人的和风,让千万个叶舌齐声低语。这棵古木似乎毫未受到狂风的迫害,枝未断,叶未落,遍体青翠;只有一根细枝,以榆树有时报秋的早期变化,转成了金黄,如同使埃涅阿斯和西比尔得以进入冥府的金枝①。

这根神秘的树枝垂在七个尖角顶宅第的正面入口前面,离地面不高,任何一个过路人都可踮着脚尖,把它拽下来。那树枝垂在门外,仿佛象征着它有权进去,并且熟悉宅内的一切秘密。与老宅的外观毫不相容的是,那令人起敬的大厦确实有一种诱人的姿态,表明其历史是庄重和幸福的,作为炉边的谈资,一定可以愉悦身心。窗户在斜阳下欢快地熠熠闪光。随处可见的一处处青苔的轮廓和簇丛似乎在显示与大自然的亲密和姐妹关系;这栋年深日久的人类的居所,仿佛以其连绵久

---

① 典出维吉尔《埃涅阿斯纪》第四卷中埃涅阿斯游历冥府的故事。

存,在原始的橡树及其它一切客体间理直气壮地赢得了应有的一席之地。一个富于想象力的人在经过这栋古宅时,会一再回眸,加以仔细观察:众多的山墙簇拥着烟囱;突出在底层之上的二层建筑,虽不够壮观但还算古雅的拱顶窗,俯瞰着破败的景色;门旁繁茂挚生着巨大牛蒡。他会将这一切特色尽收眼底,而且还会意识到比他眼见的还要深刻的东西。他会设想,这栋宅第曾经是固执的清教徒的住所;这位虔诚的信徒,虽然已死去不知有多少年了,却给宅第中所有的房间留下了祝福,其后果直至今日仍可在他的后代的宗教、诚挚、有限的能力或赤裸的贫困及纯粹的幸福中看得出来。

尤其有一件东西会在富于想象力的观察者的记忆中深深植根。那就是一大丛花——仅仅一周之前你还会称之为杂草——,在正面两座山墙的交角处的朵朵梅红色的鲜花。老年人惯于把这种花叫作爱丽丝花束,以纪念人们认为把种子从意大利带来的美丽的爱丽丝。今天,这丛花开得异常艳丽,十分醒目;似是在神秘地表示,宅内完成了某件事情。

如前所述,太阳刚刚升起,凡纳大叔就沿街推着一辆手推车露面了。他正在从事他的清晨巡回活动:四处搜集白菜帮、萝卜缨、土豆皮以及周围俭省的主妇们惯于抛弃的、只能喂猪的各色各样的臭菜馊饭。凡纳大叔的猪靠了这种施舍,喂得很足实,长得膘肥肉厚;这位穿着补丁衣服的善心人总是许诺,在他退休到他的农场之前,一定要办一次肥猪大宴,邀请所有的邻居品尝他们协助喂肥的这口猪的鲜肉和骨头。海波吉巴·潘钦小姐的饮食自从克里福德归来之后大有改进,她在宴会上应得的该是一大份额;故此,凡纳大叔今天没在七个尖角顶宅第后门台阶上找到平素等着他来取的装满剩菜的大陶盘,就感到分外失望。

"我从来没见过海波吉巴小姐这样丢三落四过。"这位可敬的老人自言自语道,"她昨天总得吃过饭啊——这是没问题的!近些日子她总是要正正经经吃上一顿的。可是,我要问那一罐泔水和土豆皮呢?我要不要敲敲门,看看她有没有动静?不,不成——那可不成!要是小菲比在家,我会毫无顾忌地敲门的;可是海波吉巴小姐就和她不同了,这位小姐会从窗口满脸愁苦相地向下瞪着我,就算她心情愉快,让人看着也不痛快。所以,我还是中午再来吧。"

老人这样想着,就把小后院的门关上了。不过,这扇门的合页和别的大门一样吱嘎作响,声音传到了北山墙的住客的耳朵里,那里的一扇窗侧对着大门。

"早安,凡纳大叔!"那位达盖尔派摄影师从窗口探出身子说道,"你没听到人的动静吗?"

"一点没有。"身穿补丁衣的人说道,"但这没什么奇怪的。太阳出来还不到半小时呢。我真高兴见到你,霍尔格雷渥先生!宅子的这一侧有一种古怪的孤独样子;所以,我心中感到有点说不清的不安,我觉得里边好像没有活人似的。宅子的前脸很振奋人心;爱丽丝花束开得可漂亮呢;我要是个年轻人的话,霍尔格雷渥先生,哪怕我冒着摔断脖子的危险去攀摘呢,也要让我的心上人在她的胸口戴上这样一朵花!我说,昨天夜里的大风没让你睡不着觉吧?"

"我还真没睡着!"艺术家笑着回答道,"我若是个信鬼的人——连我自己也不清楚我是信还是不信——,我就会以为,潘钦家所有老一辈的人全都聚到了楼下,尤其是在海波吉巴小姐那部分住宅里,跑来跑去的。但现在已经很安静了。"

"是啊,海波吉巴小姐经过这一夜的骚扰,大概是睡过头了。"凡纳大叔说,"不过,要是法官把他的堂弟妹全都带到乡下去,可就有点怪了,是吧?昨天我看见他进了店铺。"

"几点钟的时候?"霍尔格雷渥问道。

"噢,在上午吧。"老人说,"好啦,好啦,我该推着车去转悠了。但是到吃饭时间我会回来的;因为我的猪不光吃早点,还吃正餐。我那口猪似乎从来没误过吃饭时间和哪一顿饭。祝你早安!霍尔格雷渥先生,我要是像你这样年轻,我就摘一株爱丽丝花束,养在水里,等候菲比回来。"

"我听说过,"达盖尔派摄影师一边往窗内缩回头去,一边说道,"莫尔井的水最适合那种花了。"

谈话到这里就停止了,凡纳大叔继续走他的路。有半小时之久,七个尖角顶的宅第的平静没有受到搅扰；也没有什么客人来访,只有一个报童在经过前门台阶时扔下了一份报纸,因为近来海波吉巴订了报。过了一会儿,走来一个胖女人,她步子迈得极快,在跑上店铺门前的台阶时脚下绊了一下。她红光满面,由于那天早晨相当热,她跑得气喘吁吁的,仿佛炉火烤、太阳晒和她本人的胖身子走急路的热量同时在煎熬着她。她推了下店门,门闩着。她又推了一下,由于她气哼哼地猛地使劲,门铃也气哼哼地响着回敬她。

"潘钦老姑娘中了魔了！"这位怒气冲冲的主妇咕哝着,"想想看,她装模作样地开了个小店,却躺在床上,到中午都不起来！我想,这就是她所说的上等人的风度吧！不过我要么就惊动她这位小姐,要么就把门撞倒！"

于是她就摇动店铃,而那只小铃自有其小脾气,立即狂响起来,那抗议的声响直传到——可惜没有按预计的那样让该听到的人听见——街对面一位好心的太太的耳朵里。她打开窗户,对那位不耐烦的顾客开了腔。

"你不会叫到人的,格宾斯太太。"

"可是我非得在这儿找到个人不可啊！"格宾斯太太叫道,一边又气哼哼地摇起了店铃,"我要买半磅猪肉,煎些头一流的比目鱼,给格宾斯先生当早点；不管潘钦老小姐是不是一位淑女,她总该起床卖给我的！"

"可是你听听缘由吧,格宾斯太太！"对面那位太太回答,"她,还有她哥哥,俩人全都去了他们堂兄潘钦法官的乡间别墅了。宅子里没人,只有住在北山墙的那个年轻的达盖尔派。昨天我就看到老海波吉巴和克里福德走了；真是怪模怪样的一对鸭子,他们踏着泥水一路走着！我跟你说,他们走了。"

"你怎么知道他们到法官那儿去了？"格宾斯太太问,"他是个有钱人；他和海波吉巴好多天以前吵过嘴,因为他不肯帮她一把。这是她开起小店铺的主要原因。"

"这件事我知道得很清楚。"那邻居说道,"可他们真走了——这也是确定无疑的。我问你,除去血亲,还有哪个自己都生活无着的人肯于接纳那个脾气古怪的老小姐和那个骇人的克里福德呢？就是这么回事，你可以肯定的。"

格宾斯太太转身离去了，依然为海波吉巴的不在而火冒三丈。又过了半小时，或许还要更长些，宅第外面几乎一直和里面一样阒无声息。不过，那株榆树却在本来不易感到的微风的吹拂下，发出了愉悦明快的低吟；一群飞虫在其低垂的树荫下欢乐地嗡嗡叫着，而在冲进阳光中时，就变成了一片亮点；一只蝉躲在树的难以捉摸的隐蔽处，鸣唱了一两次；一只孤独的小鸟，披着一身淡金色的羽毛，飞下来在爱丽丝花束的上方盘旋。

终于，我们那位小朋友，奈德·希金斯沿街艰难地走来，他是在上学的路上；两周以来他才第一次有了一分钱，无论如何也不能从七个尖角顶宅第的店门前白白走过。可是店门没开。一次又一次地，接着又有五六次，他以一个儿童要得到他自认是重要的东西时那种百折不挠的执拗，竭力想进到店里去。无疑，他的心思全都放到一只大象形的姜饼上，或许是一块哈姆莱特形的巧克力上了。店铃在他越来越猛烈的敲门中，不时地作出呼应，轻轻响上两声，但无论小家伙怎样用力踮脚，也未能抻着身子摇得铃响。他手握着门柄，透过门帘的缝隙向里窥视，看到穿过走廊通向客厅的那扇内门是关着的。

"潘钦小姐！"那孩子敲着门高叫，"我想买一块象形姜饼！"

奈德重复多次呼叫都不见应声，开始有些焦躁了；他那小小的热情之罐很快就沸腾溢出了，他拣起一颗石子，怀着调皮的目的，把石子扔进了窗口；与此同时，还气得唾沫飞溅地大吵大嚷。一个人——刚好走过的两个人中的一个——抓住了这个小顽童的胳膊。

"出什么麻烦事啦，老先生？"那人问。

"我想找老海波吉巴，或者菲比，或者谁都行！"奈德抽泣着回答，"她们不肯开门；我也买不到大象！"

"上学去，你这小淘气！"那人说。"街角还有一家小店。这事挺怪，狄克西，"他又对他的同伴补充说道，"潘钦家这些人都怎么了！马房老板史密斯告诉我，潘钦法官昨天把他的马存在了那里，一直留到饭后，到现在还没骑走。法官雇的一个人今天上午来了，打听法官的消息。他们都说,他是个很少打破习惯或在外过夜的人。"

"噢,他会平安无事地露面的!"狄克西说道,"至于潘钦老姑娘嘛,听我一句话,她跑出去是为了躲债,逃避债主。我以前说过,你还记得吧,就是在她开店的第一天上午,她那魔鬼般的愁苦相会把顾客吓跑的。人家受不了!"

"我从来没认为她会把店铺办下去。"他的朋友说,"这种小店的生意在女人间开得太多了。我老婆就试过,结果赔了五块钱!"

"可怜的生意!"狄克西摇着头说道,"可怜的生意!"

整整一上午,还有各式各样的人试图同这栋静不可测的宅第里居住的人沟通。卖生啤酒的人乘着他那辆漆得整洁的车子来了,他带着两打啤酒,想换回空瓶;面包房师傅送来了海波吉巴为零售订下的好多饼干;肉店老板送来了上等的鲜肉,以为她会高高兴兴地为克里福德买下呢。这些接二连三来窥视的人若是晓得了隐藏在宅中的可怕的秘密,看到人生激流在这里掀起了小小的涟漪——旋转着的木棍、草枝等等这类杂物,在漩涡中转呀转的,下面是漆黑的深洞,里面有一具看不见的尸体——一定会受到异乎寻常和难以形容的惊吓!

肉店老板一心一意要推销他的羊肉馅甜面包或者是别的美味,他敲遍了七个尖角顶宅第所有入口的门,最后又转回到店门口,他平日都是从这里出入的。

"这是上等货色,我知道老女士会迫不及待地要买下的。"他自言自语地说道,"她不可能走掉的!十五年来我每天都赶车走过潘钦街,从来没见过她离家出门;虽说一个人可能会敲上一天的门也叫不出她来是常有的事。但那还是只有她独自一人过日子的时候。"

肉店老板从不久前那个有吞象胃口的小顽童窥视过的同一个门帘缝向里察看,也和那孩子一样,看到了里面那扇门,发现门大开着。不管发生了什么情况,事实就是如此。走廊形成一条黑洞,直通里面稍亮但仍一片模糊的客厅。肉店老板觉得能够相当清晰地分辨出一个坐在大橡木椅中的男人穿着黑色肥腿裤的两条健壮的长腿,椅背则遮住了那人身形的其余部分。宅子里住的一个人居然对肉店老板要引起注意的不倦的努力如此不屑一顾,使这位有着血肉之躯的汉子大为愠怒,愤然决心离去。

"哼。"他想道,"原来是潘钦老姑娘那个该死的哥哥坐在那儿,我却给自己惹那么多麻烦!嘿,要是一口猪不懂规矩,我就捅死它!依我看,跟这种人做生意是降低身份;从今以后,要是他们想要一根香肠或是一盘司猪肝,让他们跟在车子后边跑吧!"

他气哼哼地把那块精肉往车子里一扔,满心不痛快地赶着车走了。

没过多久,一阵乐声从街角传来,接着便沿街走近,中间停歇了多次,随后又在附近重新奏起活泼轻快的曲调。这时可以看见一群孩童随着像是发自他们圈中的乐声走走停停;他们就这样被那和谐的细弦所吸引,松散地围着乐声前进;不时加入一些从门口雀跃而来的系围裙、戴草帽的小家伙。当这群孩子来到潘钦榆树的绿荫下时,才看出原来是那个带着猴子和木偶戏在拱顶窗下演奏过手摇风琴的意大利少年。菲比那逗人喜爱的脸蛋——无疑还有她抛给他的慷慨报酬——仍然停留在他的记忆中。他辨出了他流浪生活中偶然遇到的那件小事的地点,他那富于表情的面孔立刻容光焕发了。他走进那无人照料的院落(如今长满了猪草和牛蒡,显得益发荒芜了),站在正门入口的台阶上,打开他的表演匣子,开始了演奏。那伙木偶按照各自的身份自动表演起来:那只猴子脱下高地人的草帽,以十足的媚态向围观者一只脚擦地后退深深地鞠躬,并察言观色地拣起零散的分币;而那个外国少年本人,一边摇动机器的曲柄,一边抬头瞥着那扇拱顶窗,期待着有人露面,以便把音乐奏得更加活泼甜美。那群孩童站在附近:有些人在便道上,有些人在院落里,有两三个在台阶上就位,还有一个蹲在门口。与此同时,那只蝉在巨大的老潘钦榆树上不停地鸣啭。

"我没听见宅子里有人的动静。"一个孩子对另一个说,"这只猴子在这儿什么也捡不到了。"

"有人在家呢。"门口那顽童肯定地说,"我听到了脚步声!"

那意大利少年还在侧目向上瞥视;仿佛那轻松而几乎带着戏弄但又真挚的琴声当真向他那枯燥乏味的游吟生涯传达了甜蜜多汁的情感。这些流浪者随时都会对落在他们街头卖艺生涯上的任何自然的慈悲——哪怕只是一个微笑或一句听不懂但温情脉脉的话语——作出呼应。他们记得这种场面,因为这种慈悲具有小小的魔力,会在一瞬间——在一个肥皂泡映出山光水色的空间——在他们的周围建起一个温馨的家园。因此,这个意大利少年并不为这栋古宅似乎决心对他生动的演奏充耳不闻的死气沉沉而垂头丧气。他坚持用他的乐曲呼唤着;他依然举目张望,相信他那张黝黑的外国面孔很快就会被菲比那灿烂的容光所照亮。他不能不再看上一眼克里福德就离开,那位老先生的多愁善感和菲比的亲切笑靥一样,对一个外国人表述了一支心曲。他把他所有的乐曲奏了一遍又一遍,直到他的听众感到了厌烦。连他那表演匣子中的小木偶也腻味了,那只猴子更其如此。除去蝉鸣,没有任何呼应。

"这栋宅子里没住着小孩,"那个小学生终于开了腔,"除去一位老女士和一位老先生,没人住在里边。你在这儿什么也赚不到的!你干吗不向前走呢?"

"你这傻瓜,你干吗告诉他呢?"一个精明的小美国佬悄声说道,他对那音乐本不大以为然,但这样不花钱听热闹,倒让他十分开心,"他愿意演多久就演下去嘛!要是没人付钱,那是他自己的事!"

然而,那个意大利人又奏起了一轮他的乐曲。对于普通的看客——他们对艺人的心情一无所知,只晓得音乐声和照在门上的阳光——可能会觉得看着这个街头艺人的执拗很开心。他最终会成功吗?那扇顽固的门会猛然间大敞四开吗?会有一群这家的小孩子,活蹦乱跳地叫着笑着跑出宅门,来到这露天地里,围着这只表演匣子,热切快乐地看着这些木偶,每个人扔出一枚铜板,让那只贪财的长尾巴猴子从地上捡起来吗?

但对我们这些既熟悉七个尖角顶宅第的外观又熟悉其内情的人来说,在门前台阶上反复演奏的轻快而通俗的乐曲,自有其骇人的效果。假如潘钦法官(他在心情最好的时候也不会丝毫中意于帕格尼尼[①]的小提琴曲的)那张苍白的黝黑面孔上挂着狰狞的怒容,衬衫前襟上浸着血渍在门口露面,挥手逐开这个流浪的外国人的话,那场面才够难堪

[①] 尼可罗·帕格尼尼(1784—1840),意大利作曲家和小提琴演奏家。

的呢！以前有过这种没人随之翩翩起舞的吱吱哑哑的华尔兹乐曲吗？当然有过，而且十分经常呢。这种悲喜的交集或对比是每日每时每刻都有的。这栋里面端坐着冷酷狰狞的死神的远离生活、阴郁而孤凄的老宅，却总在被迫聆听周围天地的欢快的回响和激动，这正是许多人心灵的象征。

在意大利人的演出结束之前，有两个人刚好在去吃午饭的路上经过此地。

"我说，你这个年轻的法国伙计！"其中一个人叫道——"离开那个台阶，带着你那帮废物到别处去吧！那儿住的是姓潘钦的人家；这会儿他们刚好出了大事了。今天不是他们听音乐的时候。全镇都已得到通告，这栋宅子的房主潘钦法官被谋杀了；镇上的执法官就要来察看这一情况呢。所以，你还是赶快走吧！"

就在那意大利人背起他的手摇风琴之时，他看到台阶上有一张卡片；那张卡片一上午都被报童扔下的报纸盖着，这时才露了出来。他拣起那张卡片，看到上面有些铅笔字，就递给那个人读。事实上，那是潘钦法官的一张名片，背面用铅笔写着备忘记事，都是他打算在前一天要处理的各类事情；构成了一日活动计划的要点，只是还没有按计划逐一实现罢了。这张卡片一定是在他最初想从宅第的正门进去时从背心口袋里遗失的。尽管被雨水淋得精湿，但字迹仍依稀可辨。

"瞧啊，狄克西！"那人叫道，"这和潘钦法官有牵连。看！——这上面印着他的名字；还有这面，我想是他的笔迹。"

"咱们拿上它去见镇执法官吧！"狄克西说道，"说不定能给他想要的线索呢。毕竟，"他对着同伴的耳朵私语道，"如果法官进了那扇门再也没出来就不奇怪了！他的某个堂弟妹可能玩起了老花样。潘钦老姑娘为那个小店背了债，而法官的钱袋里又装得鼓鼓的，何况他们之间早就有了恶感！把这一切情况凑在一起，看看会怎么样吧！"

"嘘，嘘！"另一个悄声说，"第一个说起这种事的人可是罪孽啊。不过我认为，你我最好还是去见镇执法官吧。"

"对，对！"狄克西说，"嘿！——我一直说，那女人的愁苦相中有点妖气！"

两个人说着就掉转身，沿街扬长而去。那个意大利人也匆匆离开，临走还向拱顶窗上投去一瞥，算是告别。至于那群孩童，一齐转身就走，那副惊惶四散的模样就如同有巨人或妖魔紧追其后，直到离宅第很远的地方才像刚才拔腿就跑那样又一齐戛然停下了脚步，他们那疑心颇重的神经受到刚才偷听到的那番对话的莫名惊吓。他们回头望着那栋宅第的怪诞的尖顶和晦暗的角落，幻想着有一种阴郁融入其中，连阳光的明媚也驱赶不散。一个想象中的海波吉巴正同时从好几个窗口愁苦着脸，向他们摇着一个指头。一个想象中的克里福德——（他若是知道了会深受伤害的）因为他对这些小家伙始终是一种恐怖——站在那个并非真实存在的海波吉巴的身后，穿着褪色的长袍，正做着可怕的姿态。如果可能的话，小孩子会比成年人更快地受到惊惧的感染。在那一天剩余的时光里，胆小的孩子一直避开七个尖角顶宅第在街上四处转悠，而胆大的则向他们的伙伴挑战，看谁能以全速跑过那栋大宅，以显示他们的勇敢坚强。

那个意大利人带着他那不合时宜的乐曲消失之后不足半小时，一辆马车沿街驶来。车子停在了潘钦榆树下面；车夫从车顶上取下一口箱子、一只帆布袋和一个硬纸匣，把这些行李放到老宅的台阶上；从车里先是露出一顶草帽，接着是一个少女的窈窕身影。那是菲比！虽然不像初次涉足进入我们的故事时那样如盛开的花朵一般鲜艳——因为在这几周的间隔里，她的经历使她变得凝重起来，更像妇人了，目光也更深沉了，象征着一颗心灵开始怀疑世事深不可测——不过，她周身依然放射着大自然阳光的安详的闪耀。她也没有丧失在她的天地里使一切看上去都那样真切而不是幻象的天赋。然而我们仍然认为，即使是菲比，在这样一个关键时刻跨越七个尖角顶宅第的门限，是不是一件好事。她那健康的出现，是否具有足够的潜力来驱散自她离去以来就一直盘踞在这里的那群苍白、隐蔽和罪孽的幽灵呢？抑或，她也同样是凋谢的、病态的和哀伤的，也会变得畸形，无非成为另一个苍白的幽灵，无声无息地在楼梯上滑上滑下，并且当她逗留在窗口时也会把孩童们吓坏呢？

至少，我们乐于警告这个心怀坦荡的少女，屋内没有实在的人形来接待她,只有潘钦法官的身影——自从我们在那漫漫长夜中守护他以来,他在我们的记忆中已经成了可怕又可悲的模样了!——仍然占据着他在橡木椅中的位置。

菲比先推了一下店门。门没有开;门上方窗户上的白窗帘,让她感到有些非同寻常。她没有再次努力从这座门进去,就来到了拱顶窗下的大门口。她发现这座门也闩着,就敲了一下。从空荡荡的室内传来回声。她又敲了第二次和第三次;她侧耳聆听,幻想着地板在吱嘎作响,仿佛海波吉巴像平日那样跐着脚走来,接待她进门。但是死一般的沉寂压倒了她想象中的声响,她开始怀疑自己也许认错了门,尽管她相信对宅第的外观了若指掌。

她的注意力被远处传来的一个童音所吸引,原来是在叫她的名字。她朝那个方向望去,看见小奈德·希金斯远远站在街的一头,用力摇头、跺脚,还用双手做出绝望的姿势,并且张大了嘴扯破喉咙尖叫着。

"别,别,菲比!"他尖叫道,"别进去!那儿有坏事!千万别——别——别进去!"

但是,由于那小家伙不可能大着胆子走近前来把话说清,菲比只好认为,那孩子在某次来店铺的时候,被她堂姑海波吉巴吓坏了;因为那位好心的女士的表现,说实话,还真会把小孩子吓掉魂,要么也会给逗得不适宜地哈哈大笑。不过,她这时也确实感到了这宅子变得多么莫名其妙地静谧和深不可测。菲比的下一步就是寻路走进花园,在这样一个温暖明媚的日子,她自信能在凉亭的荫蔽里找到消磨正午时光的克里福德,或许还有海波吉巴。她刚刚跨进花园大门,那个鸡的家族立即半跑半飞地向她迎来,此时,一只在客厅窗下徘徊的野猫,也拔腿就逃,匆匆跃过篱笆,消失不见了。凉亭空空如也,地面、桌子和围成一圈的条凳还是湿漉漉的,并且满撒着细树枝,一派暴风雨后的乱糟糟的景象。花园里的植物狂张着,野草趁着菲比不在和连绵的阴雨,蔓生着盖过了花卉和蔬菜。莫尔井水溢出石沿,在花园的那个角落形成了很大的一片水潭。

整个园景给人一种印象:整座园子在过去的许多天里始终无人涉足——或许自从菲比离去以来——,因为她在凉亭的桌下看到了她自己的一只用于头侧的发卡，准是她走前的最后一个下午和克里福德坐在那里时失落的。

　　姑娘深知，她的这一对堂叔和堂姑能够做出比把自己关在他们的老宅要古怪得多的行径，看起来如今就是这样。然而，她又隐约地担心出了什么差错，似有一种尚未成形的恐惧；她怀着惴惴不安的心情走近了平素常走的宅子通往花园的门洞。和刚才她试过的那扇门一样，门从里面闩上了。不过她还是敲了敲；仿佛这次奏了效，门立刻应声而开，是由一个看不见的人相当有力地开启的，但开得不大，只容她侧身而入。由于海波吉巴为了不让外面的人看到她，总是这样把门开上一半，菲比自然而然地认为，这是她堂姑让她进去。

　　因此，她毫不迟疑地跨过了门限，她刚一进去，门就在她身后关上了。

第二十章　伊甸园之花

　　菲比猛然间从明亮的阳光下走进室内,在老宅漆黑一团的走廊中,一时什么也看不见了。起初她不知道是谁给她开的门。她的眼睛还没来得及适应周围的昏暗,一只坚定又轻柔的手温存地用力握住了她的手,这样传达给她的欢迎,使她的心随着一阵兴奋莫名的颤栗而激跳不已。她感到自己被拖着向前走去,不是到客厅,而是进入了一个没人居住的大套间,那里当年曾是七个尖角顶宅第的接待大厅。阳光从所有没装窗帘的窗口射进来,落到积满灰尘的地板上;这时菲比才清楚地看到——确实,在那只温存的手和她自己的手接触之后,已经没有秘密可言了——,迎接她的原来既不是海波吉巴也不是克里福德,而是霍尔格雷渥。那种微妙的直觉的交流,或者更确切地说,那种隐约无形的要被告知什么的印象,让她毫无抗拒地顺从了他的冲动。她没有抽回她的手,而是热切地直视他的面孔;她并没有预感到什么邪恶,而是不可避免地意识到,自从她走后,这个家庭的状况发生了变化,因此急于要得到解释。

　　那位艺术家比原先更加苍白;他的前额由于严肃的深思,眉宇间收缩成一道纵向的深纹。不过他的微笑却充满了真诚的温馨,如果说其中含着欢乐,也绝对是菲比目睹到的最生动的表情,显然已冲破了霍尔格雷渥平素借以将任何感情都隐藏于心的那种新英格兰式的含蓄。犹如一个人在阴郁的森林或无垠的荒漠中独自沮丧地沉思于某个可怕的问题之际,突然辨出了他最亲密的朋友的熟悉的面孔,从而回想起属于家园的全部宁静的概念和日常事物的暖流,当时那人的表情一定就是这样的。然而,当他感到了必须对她探询的目光作出反应时,他的笑容消失了。

　　"我不该为你的到来高兴的,菲比,"他说道,"我们是在一个奇怪的时刻会面的！"

"出什么事了？"她惊呼道，"这栋宅子怎么这样荒凉？海波吉巴和克里福德在哪里？"

"走了！我想象不出他们在哪里！"霍尔格雷渥回答道，"这宅子里只有你我二人！"

"海波吉巴和克里福德走了？"菲比叫道，"这不可能！你为什么把我带到这个房间，而不到客厅里去？啊，发生了什么可怕的事情了！我应该赶紧过去看看！"

"别，别，菲比！"霍尔格雷渥说道，一边拉住她，"如我告诉你的，他们已经走了，我也不知道去了哪里。真的出了可怕的事，不过不是发生在他们身上，而且我也毫不怀疑，这件事绝不是他俩假手于人所为。如果我对你的性格观察得正确的话，菲比，"他怀着殷切的忧虑直视她的眼睛，继续说道，"你虽然温文尔雅，但看来对普通的事情自有己见，而且还具备显著的力量。你能够处变不惊，并且在受到考验时能够对远远越出常规的事态镇定自若。"

"噢，不，我是很懦弱的！"菲比战栗着说，"不过，告诉我出什么事了！"

"你是坚强的！"霍尔格雷渥坚持说道，"你既坚强又聪颖；因为我方寸已乱，需要你来拿拿主意。可能正是你的指点才是正道呢！"

"告诉我！——快说吧！"菲比周身打战着说道，"太压抑了，——这件神秘的事吓死我了！我简直受不了啦！"

艺术家迟疑了。尽管他话已出口，而且出于菲比给他印象颇深的自持能力，他是十分由衷地讲出那番话的，但要把昨天那桩可怕的秘密亲口告诉她，似乎依然过于恶毒。犹如把一具隐藏的尸体拖到壁炉前的洁净而欢快的空间，将其一切丑陋展示在周围的彬彬有礼之中。但这事又不能瞒她，她需要了解真情。

"菲比，"他说道，"你还记得这个吗？"

他把一张肖像摄影放到她手中，就是他俩在花园中初次会面时他给她看的那张，照片把本人的冷酷无情惊人地表现了出来。

"这同海波吉巴和克里福德又有什么关系呢？"菲比问道，霍尔格雷渥居然会在这种时刻对她如此婆婆妈妈,使她既不耐烦又觉得吃惊,"这是潘钦法官嘛!你以前给我看过的!"

"可是这里是同一张面孔,刚拍了半小时。"艺术家说着,又给她看另一帧小照,"我听到你来到门口时,刚刚冲洗的。"

"这是死人!"菲比打了个冷战,脸色变得十分苍白,"潘钦法官死了!"

"照片描绘的就是这样,"霍尔格雷渥说道,"他坐在隔壁的房间,法官死了,而克里福德和海波吉巴不见了!其余的我就不晓得了。全都猜测不出。昨天晚上我回到我孤独的房间时,我注意到客厅里、海波吉巴的房间里还有克里福德的房间里全都没有亮光;整座宅子既没有动静也没有脚步声。今天早晨仍是死一般的沉寂。我从我的窗口听到一位邻居证明说,看见你的堂叔、堂姑在昨天的暴风雨中离开了这栋祖宅。我还听到传言,说是潘钦法官也不见了。一种难以形容的感觉——一种说不准的悲剧或完满的结局感——推动着我来到宅子的这一部分,发现了你现在看到的情况。作为可能对克里福德有用的证据,也是对我有价值的纪念——因为,菲比,有种种遗传的原因把我和那个人的命运奇怪地连接在一起——,我运用了自己得心应手的技术,把潘钦法官之死保留在画面的记录里。"

菲比即使万分激动,仍不禁注意到了霍尔格雷渥那种不慌不忙的性格。确实,他看来是感到了法官之死的全部恐怖,然而他接受起这一事实来,却毫不掺杂惊讶,如同这件事是早已注定,在所难免,与往事之契合几乎是意料之中的。

"你为什么不把门打开,叫人进来作证呢?"她询问道,还痛苦地抖了一下,"一个人待在这里太可怕了!"

"可是克里福德!"艺术家启发着说,"克里福德和海波吉巴!我们得考虑怎么做对他们才最有利。他们消失不见可真是大灾大难!他们这一跑会给这桩可疑的事件投上最糟糕的色彩。不过,对了解他们的人又是易于解释的!先辈的那次猝死,已经给克里福德带来了灾难性的后果,如今这次暴死又十分相似,把他们兄妹俩吓得六神无主,不知所措,只有赶紧逃离现场。真是天大的不幸!假定海波吉巴高声尖叫,而克里福德又把门大开,宣布了潘钦法官的死讯——无论这件事本身有多么恐怖,对他们将以良好的结局告终。依我看,事情照此发展下去,将难以洗刷克里福德人格上的污点。"

"那么,"菲比询问道,"这件可怕的事又怎样才能有个好结果呢?"

"因为,"艺术家说,"如果能够公正无私地考虑和解释这件事的话,显然,潘钦法官是不可能有不公正的下场的。这种死亡方式是他家世代以来所特有的;确实不常发生,但一旦出现,则总是赶上法官这种年龄的人,而且通常在某种精神危机的高潮或接近盛怒的时刻。老莫尔的预言大概在潘钦家族的这种身体弱点上找到了科学依据。如今,从现象上看,昨天发生的死亡和记载上说的三十年前克里福德的叔叔的去世相似之极,甚至是雷同的。的确,不必赘言,环境的某种安排看来似是可能——唉,人们在看待这类事情时会认为可能,甚至肯定——当年老杰弗瑞·潘钦死于暴力,而且是克里福德下的手。"

"那种环境是从何而来的呢?"菲比惊呼道,"他是无辜的,我们明知道的!"

"是安排下的,"霍尔格雷渥说道,"至少长期以来我坚信如此——是在那位叔父死后而他的死讯尚未公布之前,由如今坐在那边客厅里的人安排的。他自己的死和先前那位叔叔的死十分相似,却没有那种可疑的环境,看来是上帝所为,既是对他的恶毒作为的惩处,又是表明克里福德的无辜。但是这一逃跑——把一切全搅乱了!他可能躲在附近。如果我们能赶在法官之死被发现以前把他找回来,邪恶便不攻自破了。"

"我们不该将此事再隐藏片刻了!"菲比说道,"把这件事存在心里太可怕了。克里福德是无辜的。上帝自会表明这一点!我们来把门敞开,把所有的邻居都叫来看看真相!"

"你是对的,菲比,"霍尔格雷渥答道,"你无疑是对的。"

不过,艺术家感受不到菲比那种温柔顺从的性格在面对社会问题并触及超出常规的事件时所产生的恐惧心理。他也不会像她那样匆匆置身于普通生活之中。相反,他获得了一种野性的欢乐——诸如一朵长在绝处、具有异彩的鲜花在风中开放——他从目前的状态中获得的就是这样一朵鲜花似的瞬间幸福。它将菲比和他与世隔绝,而且由于他们是潘钦法官神秘之死的唯一知情人,不得不就此进行商讨,从而彼此密切相关。这桩秘密只要依旧还是秘密,就把他俩保持在一个激动的圈子里,一个人群中的荒漠、一座大海中的孤岛一般的全然与世隔绝;一旦这桩秘密泄露出去,海水必将流过他们之间,让他们站在被隔得宽宽的海滩上。与此同时,他们所处的全部环境似乎在把他俩拉到一起;他俩如同两个手拉手、肩并肩穿过一道黑影幢幢的走廊的孩子。宅中无处不在的狰狞的死神形象,以其令人窒息的压抑,将他们紧紧结合在一起。

这种影响加速了原本不会这么快就成熟的激情的发展。这的确可能是霍尔格雷渥的初衷:让激情在尚未生长的萌芽期就死去。

"我们还耽搁什么呢?"菲比问道,"这桩秘密让我透不过气来!咱们把门敞开吧!"

"在我们的一生中,再也不会有这样的时刻了!"霍尔格雷渥说道,"菲比,全都是恐怖吗?——除去恐怖再无其它了吗?你难道没像我一样感受到欢乐吗?那才是没有虚度一生的唯一意义所在啊!"

"这似乎是一种罪孽,"菲比颤抖着说道,"在这样的时刻居然还想到欢乐!"

"菲比,你要是知道你回来之前那一小时我是多么难过就好了!"艺术家惊呼道,"那是黑暗、冷酷、痛苦的一小时!那边那个死人的存在,给一切都投上了暗影;他把这个宇宙——就我所能感知的范围而论——变成了罪孽和比罪孽更可怕的果报的场所。这一意识夺走了我的青春。我从来没有那么巴望着重新感到自己还年轻!这个世界看上去陌生、野蛮、邪恶、敌对;我以往的生活是那样的孤凄沉闷;我的未来又是无形的晦暗,我只有将其铸成晦暗的形状!可是,菲比,你跨过了门限;你随身带来了希望、温暖和欢乐!那黑暗的时刻顿时变成了幸福的时刻。我不能不说一句话就听凭它过去。我爱你!"

"你怎么会爱我这样的一个头脑简单的姑娘呢?"菲比为他的真情所动,只好开口问道,"你有许多、许多思想,我想与之呼应只能是徒劳无益。而我——我——我也有些癖好,你也难以同享。这倒也无关紧要。可惜我没本事让你幸福。"

"你是我幸福的唯一可能!"霍尔格雷渥回答道,"除非你将幸福赐予我,否则我就没指望了。"

"这么说——我倒有点怕了!"菲比继续说着,尽管她口口声声坦率地告诉他,他使她疑虑重重,身体还是向霍尔格雷渥凑去,"你将引领我走出我自己寂静的小路。你将使我努力追随着你到无路的地方去。我却没有这能力。这不是我的本性。我会沉沦并灭亡的!"

"啊,菲比!"霍尔格雷渥惊呼道,几乎叹了口气,还露出一个心事重重的微笑,"未来将远非你所料。世界前进的动力要归功于不安分守己的人。幸福的人不可避免地将自己禁锢于古老的局限之内。因此,我有一种预感:我的命运就是伐木、竖篱——到时候甚至还要为下一代建造住宅——简言之,让自己遵从于法律和社会的平和实践。你的沉静要比我的躁动不安的倾向更为有力。"

"我不会任其如此的!"菲比诚挚地说。

"你爱我吗?"霍尔格雷渥问道,"如果我们彼此相爱,此时此刻便再容不下其它。让我们停留在这一时刻之上并且自满自足吧。你爱我吗,菲比?"

"你看透了我的心,"她说着,垂下了眼睛,"你明知道我爱你!"

正是在这充满了疑惧的时刻,一件奇迹出现了,没有了这样一件奇迹,每个人的生存都只是一片空虚。这个使一切事物都变得真实、美好和神圣的幸福,在这对青年男女的周围熠熠生辉。他们感受不到哀伤和古老了。他们把人间重新变成了伊甸园,而他们自己则是住在园中的那两个人类的初祖。离他们那么近的那个死人被忘得一干二净。在这样独特的时刻,就不存在死亡;因为永存重新显示并以其神圣的氛围拥抱了一切。

可惜,那沉重的人间梦幻多么快地又一次地笼罩了下来!

"嘘!"菲比悄声说,"街门口有人!"

"现在咱们去面对世界吧!"霍尔格雷渥说道,"毫无疑问,潘钦法官造访过这栋宅第和海波吉巴及克里福德双双逃走这两件事已经传了出去,就要来人调查这宅子了。我们除了迎上前去别无它法。咱们马上把门打开吧。"

但是出乎他们所料,他们还没走到街门——甚至还没离开发生刚才那一幕的房间——,就听到了走廊那一头的脚步声。因此,他们以为锁得牢牢的大门——确实,霍尔格雷渥亲眼看到门锁得好好的,而且菲比想进门时也没推开——一定是从外面打开了。那脚步声不刺耳、不大胆、不果断,并不像闯入的陌生人在大摇大摆地走进明知自己不受欢迎的住所时的步伐。这脚步声十分轻微,仿佛走路的人身体羸弱或疲惫;还夹杂着两个人的嘀咕声,这对年轻人对那语音很熟。

"可能吗?"霍尔格雷渥低声问道。

"是他们!"菲比回答道,"感谢上帝!——感谢上帝!"

随后,犹如与菲比突发的细语产生了共鸣,他们更清楚地听到了海波吉巴的声音。

"感谢上帝,哥哥,我们又回到家了!"

"好啊!——是啊!——感谢上帝!"克里福德回答道,"一个沉闷的家,海波吉巴!不过你把我带回来,做得太好啦!等等!客厅门开着呢。我不能走过那门口!让我到凉亭那儿去休息吧,原先——噢,经过我们这番遭遇,在我看来已经是好久以前了——原先我和小菲比在那儿是多幸福啊!"

但是这栋宅第并不像克里福德想象的那样沉闷。他们还没有迈出几步——事实上,由于到达目的后的那种精疲力尽,他们还在入口处踟蹰,不知下一步该如何是好——,菲比就跑过来迎接他们了。海波吉巴一看到她,泪水当即夺眶而出。她在哀伤和责任的重负下,使尽了全力蹒跚前行,如今总算可以平安地甩下那负担了。事实上,她已经无力甩下了,只是不再举着那负担,任凭它把她压倒在地。克里福德的模样要坚强些。

"这是我们的小菲比!——啊,还有霍尔格雷渥陪着她。"他惊呼道,同时闪动着热切和蕴含精细洞察力的目光,并露出善意但又忧郁的好看的笑容,"我们沿街走来,看到爱丽丝花束怒放时,我就想到了你们两个。这么说,伊甸园之花今天也在这栋古旧、阴暗的宅第里开放了!"

第二十一章 启 程

　　像令人起敬的杰弗瑞·潘钦法官这样的社会知名人士,由其猝死所制造的一场轩然大波(至少在与死者贴近的圈子里),是难以在两周内平息的。

　　不过,需要指出的是:在构成一个人传记的所有事件中,难得有那么一件——其重要性诚然与其余的事情不可同日而语——是世人易于用来为其故世作解释的。在大多数其余的情况乃至偶然事件之中,一个人总是置身于我们中间,在事务的日常运转中随波逐流,只是在某一点上引起我们另眼相看。当他逝去之际,只有些许空虚和片刻漩涡——与逐日狼吞虎咽的食物的明显数量相比是微乎其微的——以及冒出深渊在水面上迸出的一两个泡沫。至于潘钦法官,可能初看起来,他最后的猝死似乎会引起比通常对一位名士的怀念更大和更久的身后议论。但是一经高层专业权威断定,这件事十分自然——一些无足轻重的个别人要除外,他们以吹毛求疵为癖——,而且绝对不是什么非正常死亡,公众便会以其惯常的轻易,淡忘了他曾经生活在人们中间。简言之,半个国家的报纸还没来得及刊载讣告和公布歌功颂德的悼词,备受尊崇的法官就已经开始成为陈词滥调了。

　　然而,在这位出众的人物生前出没的地方,却暗暗地爬行着一股私下谈话的潜流,倘若在街头巷尾高声议论起来,实在有伤大雅。说来奇怪,一个人一死,反倒像是让大家比他生前在人们中间活动时更真实地认清了他一向具备的无论善恶的品性。死亡这件事再真实不过了,既排除一切虚伪,又暴露所有的空泛;它是一块试金石,既能证明真金,也能摒弃劣金属。设若死者,无论是谁吧,能够在死后一周还阳的话,他几乎定然会发现:在公众评论的天平上,他占据着比生前或高或低的位置。但我们这里所指的议论或谣言,涉及的是三四十年前这位已故法官的叔父据说是遭到谋杀的不算太久远的往事。联系法官本人最近这次抱憾的去世,医界的舆论几乎完全否定了他叔父遇害身亡的说法。然而,有记载表明,那不可辩驳的环境暗示:曾经有人在老潘钦法官死亡或弥留之际,设法进入了他的私室。在与他的卧室紧连的一个房间里,他的写字台和锁着的抽屉被人翻动过了:里面的现金和值钱的东西不见了;老人的亚麻布衬衫上印着一个血手印;由一系列侦查而得的强有力的铁证,把入室抢劫和明显谋杀的罪名归结到当时与其叔父共居在七个尖角顶宅第中的克里福德身上。

由此追溯起来,如今便出现了一种看法,认为从当时的环境来分析,应该排除克里福德下手的判断。许多人都一口咬定,多年来如此神秘的历史和事实阐释,终于由那位达盖尔派摄影师靠了一位在被催眠时能闭目视物的人而拨云见日,这种闭目视物的奇迹,至今仍奇异地混淆着人间事物的视听,使每个人天生的视力为之赧颜。

按照该故事的这一说法,潘钦法官尽管在我们的描绘中堪称为人表率,年轻时却是个不可救药的无赖。他那种残忍的兽性,早已屡屡有所表现,并早在他后来引人瞩目的智慧品质和性格力量形成之前就已经发展得昭然若揭了。他让人看到的是野蛮、放纵、沉溺于低级趣味,不乏流氓倾向;他挥霍无度,而唯一的财源则来自他叔父的慷慨解囊。他的这种种表现,使老鳏夫一度强烈地专注于他的钟爱逐渐疏淡了。如今人们断言——但是否有法庭的权威记载,我们不拟佯装已经调查清楚——,一天夜里,这个年轻人受到魔鬼的引诱,便用他肯定掌握的开锁工具去搜寻他叔叔的抽屉。就在他进行这一罪恶勾当时,房间的门开了,使他大吃一惊。门口就站着身穿睡衣的老杰弗瑞·潘钦本人!老鳏夫看到眼前的场面又惊又惧,由于惊吓的刺激,诱发了家族遗传的严重失调性痼疾;他似乎被血噎住了,跌倒在地,太阳穴沉重地撞到了一个桌角上。怎么办?老头子肯定是没命了!抢救是来不及了!真是不幸之极,他死得太快了,不然的话,他苏醒过来会回忆起他亲眼目睹的他的侄子在这一行径中的无耻冒犯!

可惜他再也没有苏醒过来。而这个年轻人以他惯有的冷酷狠心,竟然继续搜寻那几只抽屉,结果找到了老人近日写下的一份遗嘱,条款对克里福德十分有利——他把这张遗嘱毁掉了——还有原先写的一张有利于他的遗嘱,他留了下来。杰弗瑞想到自己在盗窃这些抽屉时的证据,终会使人发现曾经有人心怀叵测地进入过这个房间。除非转移目标,否则怀疑定会落在真正的作案人头上。于是,他就在死者的面前设下阴谋,以牺牲克里福德来保全自己,因为克里福德是他的对手,一向为他所蔑视和不容。这么说吧,他完全可能设下圈套,旨在将克里福德卷入谋杀的指控。他知道他叔叔并非死于暴力,但在他匆忙作案时却没有想到这是可以推断出来的。但是,当事态果然呈现出这一阴暗面时,杰弗瑞事先的措施已然确保他与余下的证据无关了。他把那环境安排得十分狡猾,当克里福德受审时,他这个作堂兄的发现已经没什么必要一口咬定经过伪造的现场,而只消控制着自己陈述他本人所做和目睹的一切,就足以抵制那致命的解释了。

如此看来,杰弗瑞·潘钦对克里福德的隐蔽罪行的确是阴暗和可诅咒的;而其仅有的外部表现和明确的犯罪实在微乎其微,根本无法和如此重大的罪孽相匹敌。这正是肩负重大责任的人认为最容易处理的那种罪行。在可敬的潘钦法官后来长时期对自己的生活的反思中,这件事已然淡化出了视界或者只被认为是小事一桩。他将其抛到一边,置于他青年时期可以忘怀和原谅的鸡毛蒜皮之中,绝少再去想了。

我们让法官安息吧。他在临死的时刻诚然不能被描写成是幸运的。在他奋力为他的独子的遗产增加更多的财富时,他并不知道自己已成了无嗣之人了。他死后不到一个星期的时间,库纳德公司的一艘汽轮带来了噩耗:就在潘钦法官的儿子即将踏上故乡的土地时,却死于霍乱。由于这一不幸,克里福德变富了,海波吉巴也富了,还有我们那位小村姑,而且通过她,那位与财富和一切传统不共戴天的敌人——那位狂热的改革家——霍尔格雷渥也沾了光!

对克里福德的一生来说,如今这一飞来之福已经为时过晚,社会上有利于他的舆论不会不厌其烦地去为他做出正式的平反昭雪。他所需要的只是少数几个人的爱,而不是许多素不相识的人的赞美乃至尊敬。因为克里福德可能期盼的舒适只能存在于忘却的平静之中,而他的福祉监护人如果坚持为他开脱,或许可以使他赢得多数人的赞美尊敬,却定会将他抛进旧事重提的痛苦之中。他所承受的冤屈,其实是事后无法弥补的。这个世界随时可以提供的怜悯,总是在那极度的痛苦已经产生了最大的恶果之后才姗姗来迟的,其愚弄性只能令人苦笑,那是可怜的克里福德从来做不到的。举凡在我们的有生之年犯下或忍受的重大错误,无一是真正处置公允的,这是一条真理(如果去掉其中所暗示的更高希望,这是一条令人十分伤心的真理)。时间、沧桑的不停变迁和死亡的绝对的不合时宜,全都使这种公允不可能实现。如果经过多年之后我们似乎握有了这种权利,我们也找不到适当的地位来安放它。最好的处方是让那不幸的人继续前进,把他一度认为不可弥补的毁灭远远撇在身后。

潘钦法官死亡引发的惊愕,对克里福德产生了不断滋补和最终获益的效果。那个庞大而强有力的人物始终是克里福德的梦魇。在其如此恶毒影响的范围内,是没有自由空气可以吸进的。我们在克里福德那漫无目标的出走中所目睹的争取自由的最初影响,是一次颤栗的振奋。沉静下来之后,他并没有陷入先前的智力冷漠。确实,他从未达到过几近充分地发挥他的机能的地步。但他还是部分地恢复了足够的机能,照耀出他的性格,显示了其中发育不全的奇异的优雅的一些轮廓,使他成为人们兴趣的目标——这种兴趣与过去相比虽然不那么忧郁却同样深沉。显而易见,他是幸福的。如果我们能够停顿下来给他的日常生活再描绘一番,由于他用如今所拥有的全部装置来满足他爱美的本能,原先在他看来如此甜美的花园景色相比之下就显得过于一般和微不足道了。

他们的命运改变之后不久,克里福德、海波吉巴和小菲比,在那位艺术家的赞同下,决定迁出这座阴沉的七个尖角顶的老宅,目前暂在已故潘钦法官的那座考究的乡间别墅中住下。"唱天晓"及其一家已经搬到了那里,两只母鸡即刻开始了不倦的生蛋过程,怀着明显的企图,在过去的这一个世纪以来最好的呵护下,尽职尽心地继续繁殖它们出类拔萃的家族。在定好的启程之日,我们故事的主人公们,也包括好心肠的凡纳大叔在内,全都聚集在客厅里。

"就我们的设计图而论,那座乡间别墅肯定是个好去处。"当这一行人商讨他们未来的安排时,霍尔格雷渥评论说,"但是我奇怪,已故的法官——他这么富有,而且颇具远见卓识地把他的财产传给他的嫡亲子孙——原不该认为建筑这样一栋家用住房,用石头反倒比用木料更合适。要不然的话,家中的每一代人都可以改变其内部,以适应他们自己的趣味和便利;而外部呢,随着岁月的流逝,则可以在其原有的美观上增加悠久的色彩,从而给人一种持久的印象,我认为这对随时会有的幸福感是很必需的。"

"怎么,"菲比无比惊讶地凝视着艺术家的面孔叫道,"你的主意变得多怪啊!一栋石头住宅,真是的!仅仅在两三个星期之前,你似乎还希望人们住在鸟巢一般暂时而不牢固的地方呢!"

"啊,菲比,我和你讲过那会是怎样的呢!"艺术家半忧郁地笑着说,"你已经发现我是个保守派了!虽说我从来没想过成为一名保守分子。尤其是在这栋继承如此众多不幸的住所里,在一个保守派代表人物那幅肖像的眼下,就尤其不能原谅——那个人出于他保守的性格,把他的家族的邪恶命运在他自己身上长久保留了下来。"

"那幅肖像!"克里福德说道,仿佛在像中人严厉的盯视下萎缩了一下,"无论我什么时候看着它,都有一种旧日的梦幻般的回忆笼罩着我,而且超出了我的头脑所能控制的范围。那梦幻般的回忆像是在讲财富!——无尽的财富!——难以想象的财富!我能够幻想,在我的青少年时代,那幅肖像曾经说过话,告诉我有秘密的财富,或者是伸出一只手,举着一张写有藏宝的记录。但是如今那些旧日的情况对我已经太模糊了!这个梦幻可能是什么呢?"

"或许我记得起来。"霍尔格雷渥回答道,"看!不了解这一秘密的人绝不可能触到这根弹簧,连百分之一的机会都没有。"

"一根秘密弹簧?"克里福德叫道,"啊,现在我想起来了!好久好久以前的一个夏天的下午,我在宅子里闲逛和梦幻的时候,确实发现了弹簧,但是我不知道有什么秘密。"

艺术家把他的一根手指放到他提到的那个装置上。在过去的日子里,那作用大概会造成肖像向前松动。但是,经过如此漫长的封闭,机械已经遭到锈蚀;于是在霍尔格雷渥的揿按之下,整个肖像连同其框架突然从原来的位置上往前一扑,正面朝下落在了地上。墙上于是露出了一个壁龛,里面放着一件东西,由于上百年的积尘,难以立即辨出是一卷羊皮纸。霍尔格雷渥将其展开,显出一张古老的契约,上面有好几位印第安酋长用象形文字签的名,将东部的一大片领土永远移交给潘钦上校及其后裔。

"就是这张羊皮纸,为了寻找它,耗费了美丽的爱丽丝·潘钦的幸福和生命。"艺术家说道,引用了他那个传说,"在这张羊皮纸有价值的时候,一代代的潘钦家人徒劳地寻找着,现在这个财宝找到了,却早已一文不值了。"

"可怜的杰弗瑞堂兄!他受了这东西的骗了。"海波吉巴感慨地说,"他们儿时在一起的时候,克里福德可能把这一发现编成一个童话了。他总是在宅子的这里那里到处做着梦幻,用美丽的故事照亮各个阴暗的角落。而可怜的杰弗瑞对那一切都信以为真,以为我哥哥已经找到他叔父的财富了。他是头脑中存着这一幻想死去的!"

"但是,"菲比转向霍尔格雷渥说道,"你怎么知晓这一秘密的?"

"我最亲爱的菲比,"霍尔格雷渥说道,"你改用莫尔这个姓会高兴吗?至于这一秘密,是我的祖辈传给我的唯一遗产。你本来早该知道的(只因为我担心把你吓跑),在这部冤冤相报的漫长戏剧中,我代表那位老巫师,既然把他当成巫师,我大概和他一样也得算是巫师了。被处死的马修·莫尔的儿子,在修建这栋宅第时,借机构筑了那个壁龛,并且把载明潘钦家大片土地所有权的印第安契约藏了进去。这样,他们就用他们的东部领地交换了莫尔的花园地基。"

"如今呢,"凡纳大叔说道,"我想他们的全部的土地权还不如那边我的农场中一个人的占地值钱哪!"

"凡纳大叔,"菲比握住这位穿补丁衣服的慈善家的手说道,"你再不要讲什么你的农场了!只要你活着,你永远不必到那里去了!在我们的新花园里有一座小房子——是你从未见过的最漂亮的黄褐色的小房子,也是最美丽的地方,看起来就像用姜饼做的——我们将要把它装修好,备好家具,好给你住。你高兴做什么就做什么,就像漫长的白昼一样快活,还可以用经常由你说出口的智慧和妙趣,让克里福德堂叔永远兴高采烈!"

"啊!我亲爱的孩子!"好心的凡纳大叔颇受感动地说道,"要是你对一个年轻人像对一个老人这样讲话,他保持心脏再跳一分钟的机会还不如我背心上的一粒纽扣牢靠呢!还有——哎哟!——你让我发出的那大声叹息,泄掉了我最后一口元气!不过,别放在心上!那是我有生以来发出的最幸福的叹息;看来我准是吸进了一大口天国的空气,才叹出那样一口气呢。好啦,好啦,菲比小姐!人们在这花园里、这周围还有那后门附近会看不到我;而潘钦街没有凡纳大叔怕是难以有旧面貌了,在大叔的记忆中,这条街一边是刈过的田地,一边是七个尖角顶的花园。至于是我该到你们的乡间别墅去呢,还是你们该到我的农场来——这是二者必居其一的问题,我留给你们来选择吧!"

"噢,无论如何还是和我们一起去吧,凡纳大叔!"克里福德说道,他特别欣赏老人家的温和、安详和单纯的气质,"我要你永远留在溜达五分钟就能到我身边的范围之内。你是我所知道的唯一的一位连智慧的底层都没有一滴苦味的哲学家!"

"我的天!"凡纳大叔叫道,他开始有点明白他是什么样的一个人了,"然而,在我年轻的时候,人们总是把我置于头脑简单的人之列!但我认为自己像是罗克斯别里①的土布——让我在这世上活得越久,就越要好得多。是的,还有你和菲比告诉我的,我的那些智慧的妙语,如同金色的蒲公英,从来不在炎热的月份里生长,而只可能在衰草中和败叶下,有时迟至十二月,才看得见其闪光。朋友们,你们这么喜欢我的蒲公英丛,我真高兴,但愿它们能多上一倍!"

一辆朴实而雅致的深绿色四座四轮马车已经驶到了这栋老宅第的颓圮的大门前。一行人走到车前(好心的凡纳大叔不在内,他要过几天再去),陆续就座。他们在一起十分愉快地有说有笑;而——当我们应该伤感动情时常常如此——克里福德和海波吉巴对他们的祖居作了最后告别,其实他们并不比打算到喝茶时候就回来更为激动。好几个孩童被这非同寻常的两匹灰马拉着的四轮车吸引了过来。海波吉巴认

---

① 苏格兰东南部地名,那里出产的布为土褐色。

出了里面有小奈德·希金斯,就把手伸进她的衣兜,给了她最早也是最坚定的顾客——这个小顽童一些银币,足够用进入方舟的各色各样的一长串动物填满他那无底洞的胃口了。

就在马车启动时,有两个人刚好走过。

"喂,狄克西,"其中一个人说道,"你怎么看待这件事?我老婆开了三个月小店铺,开销上赔了五块钱。潘钦老姑娘做买卖的时间差不多,却带着二十万块钱乘车扬长而去!——这是把她那一份还有克里福德和菲比的都估算进去——,有人说还要多一倍呢。要是你把这个叫走运,倒是蛮不错;要是我们按照老天的旨意拿到这么一份财产,嘿,我简直摸不着头脑了!"

"蛮好的生意!"那位精明的狄克西说道,"蛮好的生意!"

莫尔井在这么长的时间中虽然遭到冷落,却喷出一串万花筒般的画面,天才的目光或可在其中看出海波吉巴和克里福德,还有传说中那位巫师的后裔和他用爱情的魔网罩住的村姑的未来幸福的预兆。还有那棵潘钦榆树,以其经过九月的大风而幸存的枝叶悄语着晦涩的预言。而聪颖的凡纳大叔在缓缓经过毁弃的前廊时,似乎听到了一串乐音,便幻想着甜美的爱丽丝·潘钦——在目睹了她的亲人的这些事实,那些以往的哀怨和目前的幸福之后——在她的拨弦古钢琴上弹出了一支精灵愉悦的告别曲,随之她便从七个尖角顶的宅第飘上天去!

"名著名译丛书"书目

(按著者生年排序)

第 一 辑

书　名	著　者	译　者
荷马史诗·伊利亚特	[古希腊]荷马	罗念生　王焕生
荷马史诗·奥德赛	[古希腊]荷马	王焕生
伊索寓言	[古希腊]伊索	王焕生
一千零一夜		纳训
源氏物语	[日]紫式部	丰子恺
十日谈	[意大利]薄伽丘	王永年
堂吉诃德	[西班牙]塞万提斯	杨绛
培根随笔集	[英]培根	曹明伦
罗密欧与朱丽叶	[英]莎士比亚	朱生豪
鲁滨孙飘流记	[英]笛福	徐霞村
格列佛游记	[英]斯威夫特	张健
浮士德	[德]歌德	绿原
少年维特的烦恼	[德]歌德	杨武能
傲慢与偏见	[英]简·奥斯丁	张玲　张扬
红与黑	[法]司汤达	张冠尧
格林童话全集	[德]格林兄弟	魏以新
希腊神话和传说	[德]施瓦布	楚图南

高老头 欧也妮·葛朗台	[法]巴尔扎克	张冠尧
普希金诗选	[俄]普希金	高　莽　等
巴黎圣母院	[法]雨果	陈敬容
悲惨世界	[法]雨果	李　丹　方　于
基度山伯爵	[法]大仲马	蒋学模
三个火枪手	[法]大仲马	李玉民
安徒生童话故事集	[丹麦]安徒生	叶君健
爱伦·坡短篇小说集	[美]爱伦·坡	陈良廷　等
汤姆叔叔的小屋	[美]斯陀夫人	王家湘
大卫·科波菲尔	[英]查尔斯·狄更斯	庄绎传
双城记	[英]查尔斯·狄更斯	石永礼　赵文娟
雾都孤儿	[英]查尔斯·狄更斯	黄雨石
简·爱	[英]夏洛蒂·勃朗特	吴钧燮
瓦尔登湖	[美]亨利·戴维·梭罗	苏福忠
呼啸山庄	[英]爱米丽·勃朗特	张　玲　张　扬
猎人笔记	[俄]屠格涅夫	丰子恺
包法利夫人	[法]福楼拜	李健吾
昆虫记	[法]亨利·法布尔	陈筱卿
茶花女	[法]小仲马	王振孙
安娜·卡列宁娜	[俄]列夫·托尔斯泰	周　扬　谢素台
复活	[俄]列夫·托尔斯泰	汝　龙
战争与和平	[俄]列夫·托尔斯泰	刘辽逸
海底两万里	[法]儒勒·凡尔纳	赵克非
八十天环游地球	[法]儒勒·凡尔纳	赵克非
马克·吐温中短篇小说选	[美]马克·吐温	叶冬心
汤姆·索亚历险记	[美]马克·吐温	张友松
爱的教育	[意大利]埃·德·阿米琪斯	王干卿
莫泊桑短篇小说选	[法]莫泊桑	张英伦
契诃夫短篇小说选	[俄]契诃夫	汝　龙
泰戈尔诗选	[印度]泰戈尔	冰　心　等
欧·亨利短篇小说选	[美]欧·亨利	王永年

名人传	[法]罗曼·罗兰	张冠尧 艾珉
童年 在人间 我的大学	[苏联]高尔基	刘辽逸 等
绿山墙的安妮	[加拿大]露西·蒙哥马利	马爱农
杰克·伦敦小说选	[美]杰克·伦敦	万紫 等
卡夫卡中短篇小说全集	[奥地利]卡夫卡	叶廷芳 等
罗生门	[日]芥川龙之介	文洁若 等
了不起的盖茨比	[美]菲茨杰拉德	姚乃强
老人与海	[美]海明威	陈良廷 等
飘	[美]米切尔	戴侃 等
小王子	[法]圣埃克苏佩里	马振骋
钢铁是怎样炼成的	[苏联]尼·奥斯特洛夫斯基	梅益
静静的顿河	[苏联]肖洛霍夫	金人

第 二 辑

威尼斯商人	[英]莎士比亚	朱生豪
忏悔录	[法]卢梭	范希衡 等
罪与罚	[俄]陀思妥耶夫斯基	朱海观 王汶
哈克贝利·费恩历险记	[美]马克·吐温	张友松
漂亮朋友	[法]莫泊桑	张冠尧
斯·茨威格中短篇小说选	[奥地利]斯·茨威格	张玉书
海浪 达洛维太太	[英]弗吉尼亚·吴尔夫	吴钧燮 谷启楠
日瓦戈医生	[苏联]帕斯捷尔纳克	张秉衡
大师和玛格丽特	[苏联]布尔加科夫	钱诚
太阳照常升起	[美]海明威	周莉

第 三 辑

神曲	[意大利]但丁	田德望
吉尔·布拉斯	[法]勒萨日	杨绛
都兰趣话	[法]巴尔扎克	施康强

叶甫盖尼·奥涅金	[俄]普希金	智 量
笑面人	[法]雨果	郑永慧
红字 七个尖角顶的宅第	[美]纳撒尼尔·霍桑	胡允桓
死魂灵	[俄]果戈理	满 涛 许庆道
南方与北方	[英]盖斯凯尔夫人	主 万
莱蒙托夫诗选 当代英雄	[俄]莱蒙托夫	余 振 等
前夜 父与子	[俄]屠格涅夫	丽 尼 巴 金
白鲸	[美]赫尔曼·梅尔维尔	成 时
米德尔马契	[英]乔治·爱略特	项星耀
小妇人	[美]路易莎·梅·奥尔科特	贾辉丰
娜娜	[法]左拉	郑永慧
一位女士的画像	[美]亨利·詹姆斯	项星耀
十字军骑士	[波兰]亨利克·显克维奇	林洪亮
樱桃园	[俄]契诃夫	汝 龙
约翰-克利斯朵夫	[法]罗曼·罗兰	傅 雷
我是猫	[日]夏目漱石	阎小妹
嘉莉妹妹	[美]德莱塞	潘庆舲
月亮与六便士	[英]威廉·萨默塞特·毛姆	谷启楠
人性的枷锁	[英]威廉·萨默塞特·毛姆	叶 尊
人类群星闪耀时	[奥地利]斯·茨威格	张玉书
尤利西斯	[爱尔兰]詹姆斯·乔伊斯	金 隄
好兵帅克历险记	[捷克]雅·哈谢克	星 灿
城堡	[奥地利]卡夫卡	高年生
喧哗与骚动	[美]威廉·福克纳	李文俊
老妇还乡	[瑞士]迪伦马特	叶廷芳 韩瑞祥
金阁寺	[日]三岛由纪夫	陈德文
万延元年的 Football	[日]大江健三郎	邱雅芬

扫码免费领取听书券

七十余部外国文学名著经典
0元订阅，无限畅听